中間小説とは何だったのか

小嶋洋輔　高橋孝次　西田一豊　牧野悠

Chūkan Shōsetsu Studies: An Analysis from Postwar Literary Magazines and its Readers

戦後の小説雑誌と読者から問う

文学通信

Contents

Contents

第三部　昭和四〇年代の中間小説誌

［凡例］

（1）引用文の漢字は原則として現在通行の字体に改めた。だが、現在も刊行されている雑誌名など（たとえば、『オール讀物』『文藝春秋』『文學界』）は、旧字のままとした。また仮名遣いは原文のままとした。

（2）本書で扱った作品などには差別的な表現も含まれるが、時代性を明示するという本書の目的に鑑み、それはそのまま表記した。

（3）単行本の書名および、新聞・雑誌のタイトルは『　』、作品名及び記事名は「　」で示した。

（4）本書には雑誌への読者からの投書を扱った章がある。そうした投書には、投書本文のあとなどにそれを送った読者の職業や住所氏名、年齢などが記載されているが、本書では伏せることとした。

中間小説とは何だったのか

「はじめに」に代えて

高橋孝次

一　中間小説とは何だったのか

戦後日本には、多くの小説読者が生まれた。活字への飢えや新たな時代の自由な空気から、文学青年や一部のエリートのためではない、大人も味わい楽しめる面白さが小説には求められた。しかしその面白さは、戦後すぐの混乱のさなか、雨後の筍のごとくあらわれたカストリ雑誌の類いとはちがう。瞬間風速的に消費されるキワドイ娯楽の面白さではない、ときに人生の指南書となり、伴走者となるような面白さであるべきだった。人々は雑誌で小説を読み、小説とともに人生を味わい、数多くのベストセラーが生まれた。昭和二〇年代から四〇年代にかけて隆盛したこれらの小説は、純文学と大衆小説の「中間」的な小説、という意味で「中間小説」と呼ばれた。

それからさらに六〇年近い歳月を経たいま、中間小説という言葉もすっかり風化してしまった。文学史上にもその姿をほとんどとどめず、中間小説は歴史の記憶の彼方へと消え去ろうとしている。はたして、かつて多くの読者を引きつけ、多様なジャンルを呑み込んだ中間小説とは何だったのか。中間小説の生まれる場となった雑誌とはどのようなものだったのか。本書では、とりわけ中間小説とそれらを掲載した雑誌との関係に注目することで、時代とともに移り変わってゆく中間小説の輪廓を明らかにしたいと思う。そこには「純文学と大衆小説の「中間」」という図式には収まりきらない、小説家と雑誌メディア、読者と文壇、あるいは戦後文学の諸問題とのつながりのなかで、はじめて浮かび上がる中間小説の姿が見えてくるだろう。

ただ、かつての文学研究の場では、その存在の大きさにもかかわらず、中間小説はほとんど論じられてこなかった。そもそもその名称のもととなった純文学や大衆小説といったジャンル名でさえ、歴史的にどのようなものを指していたのかを説明できたとしても、明確な定義を与えることは難しい。たとえば、昭和三〇年には、中間小説は「純文学の作家が、調子をおろしてかいた小説」(荒正人「中間小説と免罪符」『文學界』昭和三〇・三)ととらえられていた。そこには純文学側に立つ作家が中間小説を軽視する姿勢が露骨に表明されている。これは同時代の作家に広く通用していた認識だが、実際には作家側の主観的な姿勢にその本質を求めるだけで、方法でもなければ中間小説の実体を説明したものでもない。中間小説に関するこれまでの議論や認識もまたこれと同様で、それぞれがあうんの呼吸で、それが何かは曖昧なままにやりすごしてきたのである。

だが、このように輪廓も実体も判然としないにもかかわらず、むしろ、その曖昧さゆえに、中間小説は多くの読者を呼び込む器として大きな市場を形成し、その存在の大きさによって戦後の純文学や大衆小説の価値認識を転換させる契機となった。さらにいえば、戦後日本における娯楽・教養の一形態として幅広く受容された中間小説とは何かを問うことは、戦後の社会を文化的に規定する一つの巨大な底流を明らかにすることにもつながるのではないか。

本書では、まず中間小説を敗戦直後から高度経済成長期にかけて、文壇(作家)、メディア(雑誌)、市場(読者)が相互に強く連動し、その折々にかたちを変えていくダイナミズムとしてとらえてゆく。それは、互いの力がせめぎ合い影響し合う「場」のなかで時代ごとに変化していく中間小説の輪廓をとらえようとする試み、といいかえてもいい。

こう考えたとき、その交錯と変化のさまがもっとも顕著にあらわれるメディアとして、中間小説誌という雑誌群が浮上してくるのである。

本書が中間小説とは何かを問うにあたって、中間小説誌という雑誌メディアからアプローチしようと考えたのには、令和元年八月に亡くなった大村彦次郎《おおむらひこじろう》氏の存在がなにより大きい。大村氏は昭和四四年から『小説現代』編集長を担当した、中間小説誌のオーガナイザーであり、実地の経験をふまえた『文壇うたかた物語』（平成七、筑摩書房）、『文壇栄華物語』（平成一〇、筑摩書房）、『文壇挽歌物語』（平成一三、筑摩書房）のいわゆる〈文壇三部作〉は、あらためて中間小説が戦後文壇においてどれだけ重要な範囲を占めるのか、「物語」という伸縮自在な形式で初めて明瞭に提示した、記念碑的な仕事であった。ここから編者らは、茫漠とした中間小説という対象領域を把握するにあたって、大村氏のような雑誌編集者の視点のいかに有効かを学んだ。どの作家に、どのような作品を書かせ、それを雑誌にどう並べるか。作家イメージや作品ジャンル、雑誌の売上げ部数や地方と東京の流通のちがい、雑誌の色合いや読者の求める形など、さまざまな要素を複雑に重ね合わせながら、実際に決断をしつつ雑誌を作っていく編集者の役割をどう考えるかが、中間小説研究の鍵なのではないかと考えたのである。編者らは平成二三年一一月三日、早稲田奉仕園において大村氏に直接、著書のみでは得がたい、経験に裏打ちされた貴重なお話をうかがうことができた。あれからすでに一二年がすぎたが、わたしたちは本書にまとめた成果と取り組むあいだ、つねにこのときの大村氏との対話の場に立ち戻り、向き合ってきたつもりである。本書ではこうした経緯から、中間小説誌という雑誌メディアを通して中間小説とは何か、を問うていくこととなった。

では、ここで本書の射程を確認しておこう。本書は、昭和二〇年代から昭和四〇年代の中間小説誌をその主な対象としている。もちろん、こうした便宜的な期間の画定を根拠として中間小説のすべてを論じ切ることは難しいだろうが、昭和二〇年代の中間小説誌の誕生から、その定着と変容、そして拡大と拡散といったプロセスを昭和四〇年代までたどることを目指した。

二　中間小説誌と呼ばれた雑誌

ここで中間小説誌と呼ぶ雑誌にもかなりの幅があるが、ひとまず本書で取扱う代表的、特徴的な雑誌名を以下にあげることとする。これらの雑誌に関してわれわれは、表紙・目次・挿絵・読者欄・編集後記等の雑誌を構成する諸要素のデータを採取するところから研究を始めた。その創廃刊などの情報は、巻末に資料として付した中間小説誌関連年表に載せているため、ここでは雑誌名を昭和二〇年代、昭和三〇年代、昭和四〇年代と年代ごとに箇条書きにしてまとめておく。記載は原則刊行順である。

【昭和二〇年代】

『オール讀物』『小説と読物』『苦楽』『別冊文藝春秋』『日本小説』『小説新潮』『小説界』『小説公園』『小説朝日』など

これらは初期の中間小説誌のスタイルを作った雑誌群といえる。ただ、中間小説誌というメディアが確立するまでには、下記のような先行する雑誌群も存在していた。中間小説はしばしば文芸誌と大衆小説誌の間を狙う雑誌と論じられ、そのなかでもとくに文芸誌と中間小説誌とのちがいに議論は集中して、大衆小説誌と中間小説誌とのちがいはあまり注意を払われてこなかった。たとえば戦後すぐのカストリ雑誌と自らを区別して小説の面白さを追求する雑誌群の存在は、のちの中間小説誌を準備したものといえる。明確に区分することはできないが、そうした特色を相応に含んだ雑誌としては、『平凡』『にっぽん』『ホープ』『モダン日本』『りべらる』『読物と講談』『小説倶楽部』『日本ユーモア』『小説会議』『読切読物』『小説サロン』などがあげられる。

【昭和三〇年代】

『小説新潮』『別冊文藝春秋』『オール讀物』『小説公園』『小説春秋』『オール小説』『小説中央公論』『小説現代』など

昭和三〇年代は、主要な中間小説誌が出揃い、中間小説の黄金時代と呼ばれるような、幅広い読者を持った時期といえる。この年代においては、週刊誌の「別冊」としてあった読物特集号の調査も行った。『週刊朝日別冊』と『サンデー毎日特別号』がそれである。

【昭和四〇年代】

『小説新潮』『別冊文藝春秋』『オール讀物』『小説現代』『小説宝石』『小説セブン』『小説エース』など

中間小説誌の共通の特色が拡散してゆく時期に当たる昭和四〇年代には、よく似ていながら中間小説誌と自らを切り分けて規定する雑誌も登場する。『野性時代』はその代表格といえよう。また、人気作家を編集長に据えた『面白半分』もある。昭和三〇年代にあった週刊誌の「別冊」は、『小説週刊朝日』『小説サンデー毎日』（『読物専科（別冊サンデー毎日）』の後継）となる。ポルノ小説色が強くなる『問題小説』などの調査は今後の課題である。

以上が中間小説誌として調査を行った対象であり、本書に収載した論考もこれらの雑誌への調査を前提としている。

三　本書の構成

本書の構成は三部に分けられた一二の章による論考と各中間小説誌のコラム、そして巻末に付した中間小説誌関連年表によって構成されている。各章は、前述の雑誌調査にもとづき執筆された。そして、これらをおおよそ時代順に配置することで、それぞれの中間小説誌と当時の時代動向を照らし合わせられるよう留意した。

第一部は、「**昭和二〇年代の中間小説誌**」として、中間小説誌が「誕生」した時代である昭和二〇年代を対象とし、その黎明期ゆえの中間小説誌の揺れ動きと輪郭の形成をとらえる各論を収めた。

まず、高橋孝次「**中間小説誌」の誕生——和田芳恵と『日本小説』**」では、『小説現代』が創刊され、中間小説誌の御三家が出揃う昭和三七年ごろに、『小説新潮』でなく『日本小説』が「中間小説誌」の嚆矢としてあらためて見いだされたのはなぜか。戦後の出版事情を整理した上で、『日本小説』が試みた編集実践を、大衆娯楽誌『日の出』の編集者であった和田芳恵《わだよしえ》の視点からあらためてとらえ返し、「純粋小説論」の昭和一〇年代と戦後との連続性と非連続性から「中間小説誌」の成り立ちをさぐる。

牧野悠「**「チャンバラ中間小説」の徴候——戦前期大衆文学論からの要請**」では、戦前から戦中にかけて大衆文学論に潜在していたニーズを析出し、戦後時代小説の変容との関係性を論じる。伊集院斉《いじゅういんひとし》『大衆文学論』などに見られる高級な娯楽小説を待望する言説と、戦後の剣豪小説に特徴的な高いリテラシーを要求する剣戟描写との呼応に着目し、時代小説ジャンルの展開を典型的な中間小説的現象としてとらえ直す。

そして、西田一豊「**舟橋聖一『雪夫人絵図』と中間小説誌**」では、中間小説作家として昭和二〇年代に名を馳せた舟橋聖一《ふなはしせいいち》について、同時代の作家をめぐる言説を参照し、舟橋聖一が中間小説作家として登用された経緯を明らかにする。また『小説新潮』に掲載されたその代表的小説『雪夫人絵図』について、『小説新潮』の編集意図と同時にテクストに施された読者を引き込む戦略をも明らかにする。

そして第一部の最後、高橋孝次「**大衆雑誌懇話会賞から小説新潮賞へ――「中間小説」の三段階変容説**」では、「中間小説」という場の生成の錯綜した過程を把握するため、場の変容を昭和二四年、二九年、三六年の三つの結節点で切り分ける。その上で、面白い小説を志向して大衆雑誌懇話会を発足させた中小出版社の大衆文芸誌による三つの文学賞の系譜と、大手出版社による初の中間小説賞であった「小説新潮賞」とを順に検討することで、場の生成の誘因として、中間小説における読者・編集者・作家のあり方への意識の変遷を明らかにしようとする。

第二部は、「**昭和三〇年代の中間小説誌**」として、第一部の高橋論「大衆雑誌懇話会賞から小説新潮賞へ「中間小説」の三段階変容説」で示された三段変容の二段目、中間小説誌の市場確立後の場の動きと社会派推理小説の隆盛の関わりに、松本清張《まつもとせいちょう》から迫る論考を中心に構成される。

高橋孝次「**中間小説の「真実なもの」――「地方紙を買う女」と「野盗伝奇」**」では、昭和三〇年代半ばに起こった松本清張らの社会派推理小説の中間小説への編入を、新たな場のダイナミズムとしてとらえ、清張のテクストをそこでの稀有な実践の試みとして、当時の中間小説が内包していた可能性を検討する。それは「小説の面白さ」をめぐる中間小説の理念的側面であり、それが「地方紙を買う女」において、清張の倫理的な実践として体現されているさまを検証する。

次に牧野悠「**清張の〝ポスト銭形〟戦略――『オール讀物』のなかの「無宿人別帳」**」では、松本清張の代表的時代小説を、初出時の地平に再配置し、検討を行う。本作の開始直前、長期間雑誌の看板的作品であった野村胡堂《のむらこどう》「銭形平次捕物控」が終了しており、その連載スペースを継承したのが清張作品であった。これにより、性善説にもとづく明朗な作風の先行作品に対し、差異を際立たせるべく清張が巧んだ、陰惨さを強調し読者のネガティブな興味に訴える戦略を見出す。

そして小嶋洋輔「**中間小説誌における「読者の声」欄の位置――『小説新潮』の試み**（昭和二八年～昭和三九年）」は、中間小説誌を代表する雑誌である『小説新潮』の特徴を、名物企画「小説新潮サロン」の人気コーナーである「読者の声」欄に寄せられた投書から見出すものである。投書に書かれた内容を考察し、またその投書を掲載した雑誌側の意図まで含めて考察することで、『小説新潮』という中間小説誌がどのような「場」を形成していたかを探る。

第二部の最後は、西田一豊「**『日本の黒い霧』と小説群――松本清張の小説方法をめぐって**」である。日本における所謂ノンフィクションの嚆矢とされる『日本の黒い霧』を、執筆される前後の小説作品と比較し、松本清張における事件小説、社会派小説の流れのなかから現実の事件に作者自らの推理を加えるという独特の形式が生まれたことを検証する。また松本清張がノンフィクションというジャンルにとどまらず、『日本の黒い霧』と同じ創作手法を用いて再度小説へと回帰していった動きについて、松本清張が作家としての出発時からもっていた小説に関する信念、あるいは方法から考える。

第三部は、「**昭和四〇年代の中間小説誌**」とし、中間小説誌が、拡大・拡散してゆくさまを、吉行淳之介《よしゆきじゅんのすけ》、遠藤周作《えんどうしゅうさく》、山田風太郎《やまだふうたろう》、五木寛之《いつきひろゆき》といった作家たちが中間小説誌というメディアといかに関わり、いかに振る舞ったかを通じて論じていく。

まず、小嶋洋輔「**吉行淳之介『男と女の子』と『別冊モダン日本』――〈戦後〉の違和をいかに描くか**」は、吉行初の長篇作品でありながら論じられることの少ない『男と女の子』を対象とする。『男と女の子』には一九五〇年代の文化、それも戦争の影を残さない文化的な事象が描き込まれている。たとえばテレビの普及や、吉行自身が関わった『別冊モダン日本』に代表される雑誌メディアの変化などがそれである。いわば中間小説誌黎明期を舞台とした作品といえ、それを吉行自身多くの中間小説誌に作品を寄せていた、昭和三三年に作品として書くことの意味も探る。

次に、牧野悠「**笑いのリベンジ――山田風太郎「忍法相伝73」から「笑い陰陽師」へ**」では、山田風太郎の「忍法帖シリーズ」のうち、作家の自己評価が両極端である「忍法相伝73」と「笑い陰陽師」を対比する。前者は週刊誌からの要請で他動的に書かされた作品だったが、ユーモア表現が空回りし失敗に終わったと評価される。しかし、『オール讀物』や『別冊小説宝石』などの中間小説誌に発表された後続シリーズでは、読者の笑いを誘う作品の割合が飛躍的に増している。この系譜を雪辱戦ととらえ、その達成を果たした作品として、「笑い陰陽師」を再評価する。

そして、小嶋洋輔「**遠藤周作と中間小説誌の時代――『小説セブン』と人気作家の戦略**」は、小学館から出された後発の中間小説誌『小説セブン』と、当時人気作家となっていた遠藤との関連を探るものである。この両者の関係からは、雑誌の軸に人気作家を据えたい編集の意図と、そのなかで自身の色を出そうとする作家の意図の絡み合いを透かし見ることができる。各メディアの作り手（編集）と作家が作り出していた「場」をどのようにとらえ直すか、その必要性を指摘する。

そして最後に西田一豊「**表皮としてのエンターテインメント――五木寛之「さらばモスクワ愚連隊」論**」では、後発の中間小説誌『小説現代』で作家としてデビューした五木寛之について、『小説現代』という中間小説誌が志向したものと五木の志向した「エンターテインメント」の親和性について検証し、昭和四〇年代の中間小説あるいは中間小説誌がその当初持っていた理念性を崩し、「エンターテインメント」へと変容する過程を追う。

本書は以上の論考でもって構成されている。その間に各部、各論の時代の代表的な中間小説誌に関するコラムを付す。具体的には、昭和二〇年代の中間小説誌の先駆として、『小説と読物』『苦楽』『小説界』『小説朝日』、確立期の代表的な中間小説誌として昭和二〇年代の『小説新潮』、『別冊文藝春秋』、昭和三〇年代の老舗中間小説誌として、『オール讀物』を、そして昭和四〇年代は中間小説誌御三家最後の一誌として登場する、創刊から昭和四〇年代前半までの『小説現代』を取り上げ、まとめている。

また巻末の関連年表には、関連雑誌の創廃刊、文学賞の設定時期などをまとめ、変わりゆく中間小説誌の全体を理解する一助となるものを心がけ作成した。加えて、具体的な小説作品からも中間小説の輪郭に触れ、より深く味わってもらうため、編者らの選んだブックガイド八編を収録した。

詳細は本書に収められた論に譲るが、各論考の概要からも分かるように、本書は昭和二〇年代から四〇年代にかけて、特徴的な「中間小説誌」をとりあげながら、さまざまな角度から光を照射することで、それぞれの雑誌や出版、作家や作品、あるいは編集者、読者が相互に干渉し合い、それぞれの時代に段階を経て、大きなうねりの一部となっていく過程をたどるものとなった。読者諸氏には戦後日本の社会そのものを映しだす鏡としても、新たに中間小説を再発見していただければと願っている。

第一部　昭和二〇年代の中間小説誌

第1章

「中間小説誌」の誕生

和田芳恵と『日本小説』

高橋孝次

一　はじめに――「中間小説」とはなにか、という問い

「中間小説」とはなにか。まずはこの問いについて整理することからはじめたい。

たとえば、瀬沼茂樹は「中間小説は純文学と大衆小説との中間をいくというが、はじめは純文学作家が純文学の芸術性を備えながら、大衆文学のおもしろさを持った読物小説を書くということであった。やがて純文学作家が純文学で磨いた技術を「応用」して、高級な大衆文学を書くという方向に進んだ。」（「中間小説」『日本近代文学大事典』第四巻、昭和五二・一一、講談社）とまとめている。「純文学と大衆小説の中間」という相対的な中間項としてのジャンル・概念として提示した上で、それを「芸術性」と「おもしろさ」を双方併せ持つという理念で整理し、「純文学作家による高級な大衆文学」という作家と作品の属性の現実面での組み合わせとしてまとめていることになる。ここで瀬沼がかぎ括弧付きで「応用」と書いているのは、おそらく、中村光夫《なかむらみつお》の議論を前提としている。

> 元来が既存の技術の「応用」にすぎない中間小説にかういふ好都合な夢が達成できるわけはなく、中間小説の実態は今日では大衆小説とまつたく区別がなく、新聞や週刊誌に連載される小説が、大衆小説であるにたいして、月刊

> の専門雑誌にのる短篇、中篇が中間小説といふ風に漠然と呼びならされてゐるだけです。
>
> （中村光夫「中間小説論」『文学』昭和三一・一二）

ここでいう「好都合な夢」は「芸術性」と「おもしろさ」を併せ持つという理念的な側面を指しているといっていいだろう。中村は『風俗小説論』（昭和二五・六、河出書房）で、丹羽文雄《にわふみお》の職人的技術の応用と無思想性を批判したのと同じ論理で、「既存の技術の「応用」」による再生産にすぎない「中間小説」を「純文学」から切り離している。「大衆小説」と「中間小説」との曖昧な区別は、現状として「新聞、週刊誌に連載される小説」と「月刊の専門雑誌にのる短篇、中篇」という発表メディアと、そのメディアに即した小説の長さのちがいに「漠然と」拠っているにすぎないという認識を示している。この論理こそ、当時の純文学側の作家や読者が内面化していた「純文学の作家が、調子をおろしてかいた小説」（荒正人「中間小説と免罪符」『文學界』昭和三〇・三）というスタンスの内実であった。

「中間小説」とはなにか、という語義的な検証や実践面からとらえようとするアプローチは「中間小説」という言葉の登場とともにはじまるといえるが、これについてはすでに丸山倫世による研究が存在する。ただし、丸山は時代を昭和二〇年代の言説分析に限定しており、中間小説という語のそもそものはじまりについては、次のようにわずかに触れるにとどめている。

> 中間小説という名称はいつごろから流通しはじめたのだろうか。前田愛は、新居格が昭和九年九月に「中間文学」という語を用いていたことを指摘している。「新居は〈中間文学〉という新造語に託して、なしくずし的な大衆化の兆しを見せはじめた〈純文学〉の危機的状況に向けて手きびしい警告を発した」。高見順もまた、古沢元が昭和一六年八月に、「中間文学者」という語を俗化した文学を発表する大衆読物作家という意味で用いていたことを紹介している。（丸山倫世「昭和二〇年代における中間小説——その文学的位置づけと変遷」『人文研究』平成二七・三、一八二頁）

前田愛「読者論小史——国民文学論まで」（『近代読者の成立』所収、昭和四八・一一、有精堂、二六八頁）が新居格「中間

文学論――純文学概念に対する提議――」（【上、中、下】『読売新聞』昭和九・九・二三、二六、二七）を採り上げた先の引用箇所は、「横光利一の「純粋小説論」がこの危機的状況を実作者の側から切実に受けとめた表白であったことはすでに定説となっている」と続き、横光の「純粋小説論」（『改造』昭和一〇・四）直前の、純文学大衆化の時代状況を踏まえた文脈といえる。新居はこの文章のなかで、尾崎士郎と徳田秋聲の作品を例に挙げながら、「中間文学と純文学」には「形式上には何の差異をも見出せない」、違いは「専らその内容である」、それは「人生にわれ〳〵を強く付着させる磁力」であって、それが「純文学の要諦」だと述べている。そして「大衆文学と中間文学（それを純文学の呼称と認識の上に立つて）との対照乃至論議ほど大凡意味なきものはない」、「中間文学作品の復興を目して文芸復興と混同することは甚だしい錯覚と云はねばならぬ」とする。いわば新居のいう「中間文学」は、純文学の形式を持ちながら人生上の断面を描きとるような「純文学の要諦」を満たさない「作家身辺の平面描写」とされている。これは前田が指摘するとおり、文芸復興の語が聞かれた当時に、純文学のなしくずし的大衆化に対して発せられた「警告」を意図した提議であった。

前田は昭和初年の芸術大衆化論とプロレタリア文学の敗北とをこれらの純文学大衆化の動きに結び合わせ、昭和一〇年代の国民文学論へと接続している。そこでは高倉テル「日本国民文学の確立――読者層編成替えの上に現われた明治文学発展の経路と、文学大衆化のキソとしての国語・国字の問題」（『思想』昭和一一・八、九）も引かれているが、高倉の議論でも「〈純文学〉の解体と文学の大衆化、士族的読者層の解体と新興読者層の進出という基線」（前田前掲）のなかで「最近中間文学とでも名づくべき特殊な文学が発生しはじめた」、と「新興読者層が伝統的な読者層」を吸収する動きの例証として「中間文学」の語が使用されている。こちらは当時問題となっていた「風俗小説」を想像させる文脈といえる。[1]

この時期は、プロレタリア文学の退潮と転向、大衆文学や通俗小説の伸張、『文学界』（昭和八・一〇、文化公論社）創刊とともに文芸復興の呼び声が聞かれるようになった昭和八年を経て、日本の経済不況に起因する円本以降の出版不況と文芸雑誌の苦境、単行本の売れ行き減少を背景とした純文学作家の経済的窮状が押し迫り、第一回芥川賞・直木賞設置が発表されたのが昭和九年であった。山本芳明が「それは『純粋小説論』から始まった――『純文学』大衆化運動の軌跡」（『学習院大学文学部研究年報』平成二二・三）以来の一連の論考で緻密に検証してきたように、純文学作家による「新聞や婦人雑誌などの連載長編小説を執筆することで生計を立てるスタイルへ」（山本芳明「文学の経済学――昭和十年代をよむ――」『人文』、平成二三・三、一五九頁）の転身が試みられ、実際に「昭和十二年前後に風俗小説として具体化された」（山本芳明「風俗小説の可能性――湯浅克衛「でぱあと」を中心に」『研究年報』、平成二四・三、一三三頁）という。山本はここで、浅見淵の次のような言葉を引いている。

> 長篇小説の流行に促がされて純文学と通俗小説との垣が次第に取れて行き、あらたに教養小説、風俗小説、といつた謂はゆる純粋小説が台頭し、徐々に荒唐無稽な通俗小説を駆逐しつゝあるのは、一般大衆のためには甚だ喜ぶべき現象だ　（浅見淵「長篇小説時評（1）／文学精神の稀薄／最近の『純粋小説』の流行」『信濃毎日新聞』昭和一三・五・二三）

実際に純文学作家は長篇小説へと進出し、流行を見せ、昭和一三年後半からは文学書のベストセラーが相次ぐような状況が現出する。それは純粋小説論の実践でもあったが、文芸映画のひろがりや円本ブームによる読者層の段階的な拡大といった要因もあったと見られる。高見順が触れた昭和一六年の古沢元のいう大衆読物作家という意味での「中間文学者」という言い回しには、この時期の変化に対するネガティブな反応が透けて見えるだろう。

付け加えれば、舟橋聖一《ふなはしせいいち》は同じ昭和一六年、すでに「中間小説」という語を用いている。

> 全く「カン」の鈍い作家が、豊富な材料を取り揃へて、小説の社会性の波に乗りこんだ結果は、或る意味で文学の大衆化となり、中間小説の売行を増大する効果があつたことは、没す可きでないが、その反面に、小説のネタがゆるんだことも争へない。　（舟橋聖一「小説家の「カン」の問題」『多感』所収、昭和一六・三、矢貴書店、九四頁）

ここでは「中間小説」という語がやはり、当時の文学の大衆化状況への批判的な言辞として使用されている。これは「豊富な材料を取り揃へ」た、つまり、社会に取材した「社会性の波」が小説に押し寄せているという反発であり、そうした小説が昭和一〇年代によく売れ、よく読まれたことの証左でもあろう。

こうしてかつての文学大衆化の動きをとらえようとする概念語の形成は、一つ一つは異なる範囲を含みこみつつも重なり合っているように思える。そしてこの文学大衆化の流れは、戦後に中間小説が大きな市場を形成していく時期と、よく似た状況ともいえる。そしてこのように「中間小説」とはなにか、という問いを系譜的に検証していくことは重要であるが、本書が狙うのはむしろ、そうした問いがその都度呼びこもうとするものがなんであったか、ということである。

かつてセシル・サカイは、戦後の「中間小説」について、次のようにまとめていた[2]。

この名称を作り出した評論家たちは中間小説を純文学と大衆文学との中間にあるものと定義しているが、この名前の選択はきわめて象徴的である。なぜならここで誕生した新しい文学は、すでに存在している二つのジャンルとの関係によってしか名づけられないものだからである。別の言い方をするならば、この文学は固有の内容も特質も持ってはいない。事実上中間小説は作家の地位の平等化と、そのなかに含まれる作品の多様さ、多彩さによって特徴づけられるものと言えるだろう。

こうして読者は中間小説の専門雑誌のなかに、恋愛小説から推理小説、時代小説、エロチック小説、さらには伝統的なジャンルの混合から生まれたさまざまな折衷的カテゴリーにいたるまで、ありとあらゆるジャンルに属する中編小説や連載小説を見いだすことになる。つまり中間小説の出現は、はっきりしたジャンルの区別をいわば粉砕してしまったのである。

サカイは「同一の出版物のなかにさまざまな作品が発表されることで、各ジャンルの形式や内容が均質化する傾向があること。こうした場の同一化と作品の均質化の結果、中間小説が誕生したわけだが、この中間小説はいわば大衆小説の歴史がたどり着いた到達点なのである」（前掲、一九〇頁）とも述べ、「中間小説」を明確に大衆文学の一つの形と見ている。実際、同書の中で大衆文学は「時代小説」「推理小説」「現代小説」の三つのジャンルに大別され、「中間小説」とは戦後の「現代小説」を当初意味していたが、のちに「時代小説」「推理小説」も包含するジャンルへと膨張すると把握される。こうなると、「大衆小説」もまた、「中間小説」と相関することでその明確な輪廓を失っていくようだ。

「中間小説」という概念のこうした相対性こそ、多様な文学需要に支えられた戦後の文学状況の中で要請されたものであったといえようが、だからといって「中間小説」があらゆる小説ジャンルの差異を消費し、均質化しようとする恣意的な概念であると決めてしまうのは性急だろう。中村が「好都合な夢」と呼んだ「芸術性」と「おもしろさ」を併せ持つ小説という戦後の「中間小説」の理念的な側面は、その時代ごとの要請に応じてさまざまにその輪廓を変えていくとすれば、その変容のプロセスはどのようなものであったのか。

ここでさしあたって見取り図を示すならば、昭和一〇年前後の文芸復興期における「純粋小説論」周辺の、純文学作家の経済的自立を背景とする小説再建の理念との連続性、そして戦後の旺盛な小説需要を支える新たな読者層と、それに応える新たな雑誌メディアが織り成した文学市場という非連続性とが歴史の中で交錯する問題系として、「中間小説」を立体的にとらえるという視座が本書の立場となる。

これらの視座をふまえ、本章ではあらためて、時代ごとの「中間小説」に輪廓を与える場としての雑誌メディアである「中間小説誌」がどのようなものか、その成立から検証していきたい。

二　『日本小説』――中間小説誌の誕生

『日本小説』は、中間小説誌（「中間雑誌」等の呼称もあるが、以下統一）の嚆矢として文学史上にその位置を占めている。たとえば、『日本小説』総目次を収録した勝又浩監修『文芸雑誌内容細目総覧――戦後リトルマガジン篇』（平成一八・一一、日外アソシエーツ）の「解題」には、「和田芳恵《わだよしえ》を編集長として創刊された雑誌。（中略）装丁、誌面構成、全作品に挿絵をつけた点、などから、中間小説誌の初めとされた」とある。先に引いた瀬沼茂樹「中間小説」の項にも、まず中間小説の掲載雑誌として『日本小説』の名が挙げられている。

しかし、実は中間小説誌の起源として『日本小説』が史的に位置づけられたのは、昭和三七年の村松定孝「中間小説と風俗小説」（『国文学解釈と教材の研究』昭和三七・八）以来のことで、それは講談社が最後の倶楽部雑誌である『講談倶楽部』を廃刊して、あらたに『小説現代』（二月創刊新春特大号、昭和三七・一二）を創刊し、「中間小説誌御三家」の出揃う年のことであった。

それ以前に、中間小説誌の代表とされたのは『小説新潮』（新潮社）、『オール讀物』（文藝春秋新社）、『小説公園』（昭和三三・五まで、六興出版社）であった。なかでも『小説新潮』は「中間小説誌の開祖」（十返肇「偽らぬ中間小説」『新潮』昭和三〇・一二）とされ、わずか二年で廃刊となった『日本小説』については、昭和三〇年代後半に至るまでほとんど忘れられていたといっていい。また、事典類における「中間小説」の祖述のなかでは、昭和一〇年前後の「純粋小説論」を淵源とすることに重きが置かれ、中間小説誌としての『日本小説』には触れられないことさえ多い(3)。

それはいわば、「中間小説」という言葉を、「純粋小説論」の「純文学にして通俗小説、このこと以外に、文芸復興は絶対に有り得ない」という問題構成に象徴される昭和一〇年前後の文芸復興期の、小説に社会性と通俗性を持たせようとする試みの焼き直しととらえている。たとえば『日本小説』創刊号の「編集後記」で和田芳恵も、『日本小説』

の編集方針を宣言する際、武田麟太郎《たけだりんたろう》の言葉を引用する。

「かねて、私は小説芸術の正しい通俗性を信じ、それを実行にうつしたいと考へてゐた。独り合点の個人主義に立つ無味乾燥を、い実験室から解放して、手をのべてゐる多数の所有にしたいからであつた。高い根柢を持つ小説を狭何か高踏的な芸術性とはきちがへてゐる態度を打ち破るのが、行き詰りに行き詰つてゐる小説を救ふ唯一の方法であると思ふ。その意味で、低劣な常識にだけ媚びた通俗小説が、それらが対象とする読者層にさへ嫌厭されはじめた今日、小説の本道は自ら拓かれ直す機縁に会してゐると云へるだらう。」と死んだ武田麟太郎氏が述べたのは昭和十三年の夏であつた。現在も教へられるところがある言葉であらう。

和田が引いているのは武田の短篇集『浅草寺界隈』（昭和一三・八、春陽堂書店）の「跋」の一節である。昭和一〇年前後の『文学界』周辺から広がった「純粋小説論」の問題圏のなかで、新聞小説の小説欄の純文学作家による失地回復運動の代表格であった武田の言葉を引用する「編集後記」からは、『日本小説』創刊の前年に亡くなった武田の遺志を継ぐような心積もりが垣間見える。

そして和田自身、「中間小説」という現象と文芸復興期との連続性を意識していた。

横光利一が新しい文学の方向として、心理主義の大衆化をめざしたりしたのは昭和五、六年頃のことであった。そんな頃から、いわゆる純文学の畑には純文学の危機が叫ばれていたのだが、横光利一はその畑に育って、文学の大樹を達成するためには、大衆化という方向に枝を張らなければならないと考えていた。彼のなかには、大衆小説・通俗文学のもつ重みが意識されつづけていた。

「文芸復興」という言葉がしきりに使われだしたのは、昭和八年の半ば頃からであったが、なるほど「復興」を叫ばなければならないほど、当時の文学的土壌は荒廃していた。したがって、横光利一のこの提唱は当時の文壇にさまざまな論議を呼び、のちの風俗小説論・国民文学論、さらに戦後の中間小説論へと間接的にもちこまれていく

ことになった。（和田芳恵「大衆文学通史　現代小説」、『大衆文学大系』別巻〈通史・資料篇〉所収、昭和五五・四、講談社）

しかし、先にも述べたとおり、戦後復興期の「中間小説」、あるいは「中間小説論」という現象を、戦前期以来の「純粋小説論」の問題圏から一方的に意義づけることには留保が必要であろう。後述するような雑誌『日本小説』における困難な試みを、単に文芸復興期の焼き直しと断じるわけにもいかない。昭和一〇年前後との理念の連続性だけでなく、戦後の『日本小説』が直面した状況のなかでこそ、必要であった実践的な試みとしてとらえ返さなければならないのではないか。

戦後復興期、とりわけ昭和二〇年から二四年までの出版社濫立期の雑誌群は、戦後の活字に飢えた読者の購買力と、用紙割当やインフレに伴う原稿料の高騰と資金難、他雑誌との差異化と執筆者の奪い合いのなかで、『日本小説』同様、サバイバルレースを演じることになる。中間小説誌に関しては、かつて『日本小説』の存在が忘れ去られていたように、雑誌メディア間の自由競争に勝利するのは、新潮社の『小説新潮』や文藝春秋新社の『別冊文藝春秋』『オール讀物』のような資本力に勝る老舗出版社の雑誌であった。

ここからは、敗戦後の混乱期に新興出版社・大地書房から発行された『日本小説』という雑誌メディアの成り立ちに焦点化し、編集長・和田芳恵の実践を軸に昭和一〇年前後の雑誌メディアの諸相と比較することで、中間小説誌の起源とされるに至ったメディアの内実と可能性を明らかにしていきたい。

三　丸炭・丸木の新興出版・大地書房

敗戦翌年、インフレのなかでも「出版すればなんでも売れる」と言われた昭和二一年、爆発的な需要に対して用紙不足は相変わらずであったが、出版社はヤミ紙を使って雑誌や本を濫発し、敗戦時三〇〇社ほどであった出版社も二四五九社に激増していた（『出版データブック改訂版一九四五―二〇〇〇』平成一四・五、出版ニュース社）。

それに伴い、製紙業者へ石炭や木材を自ら調達して持ち込み、用紙を購入・横流しする「バーター取引」、いわゆる「丸炭・丸木」が横行することになる。『日本小説』の発行元である大地書房も、そうした投機的な出版社の一つであった。

「日本小説」の発行元は戦後になって設立された大地書房という新興の出版社であった。社長の秋田慶雄はまだ二十七歳の青年であったが、王子製紙に磐城の泥炭を入れ、その見返りに用紙統制の網の目をくぐって、割当て量以上の紙を仕入れることができた。敗戦直後はパルプ用紙が極度に不足していたので、闇ルートの利権を得ていた者が手っ取り早い金儲けの手段として出版事業を選んだりした。

（大村彦次郎『文壇栄華物語』平成二一・一二、ちくま文庫、五三頁）

大地書房の秋田は大手出版社に多量の用紙を提供して財をなし、一躍出版業に進出した。戦後最初の総合雑誌として知られた『新生』の青山虎之助のごとく、戦後雑誌の氾濫期にその名を記すこととなる大地書房は昭和二一年創業、自社ビルを購入し、『プロメテ』（昭和二一・一一〜二三・三）、『日本小説』（昭和二二・五〜二四・四）のほか、『白鳥』や『朝日』といった雑誌のかたわら、川端康成『純粋の声』（昭和二二・一）や織田作之助『夫婦善哉』（昭和二一・三）、梅崎春生『桜島』（昭和二二・一二）など、文芸書も盛んに出版していた。

しかし、戦後の混乱期であり、戦争終結に伴う財政資金支払超過と金融貸出増加、臨時軍事費からの復員、解雇手当や軍需会社への補償金など、政府の財政拠出は巨額に達したが、物資は決定的に不足しており、物価統制令がしかれ、新円切替・預金封鎖など強行的にインフレ対策を行うも、いまだインフレと用紙不足は進んでいた。公定価格ベースの消費者物価指数は、戦争終結時から昭和二四年までにおよそ一〇〇倍にまで上昇した（実態としては自由・闇価格が存在し、公定価格もそれに収束していくという方向でインフレは進んだため、実質的には三〇倍から四〇倍のインフレ率であったと考えられる）(4)。

敗戦直後の時代を反映した投機的な出版経営者であった秋田は、昭和二二年に入って間もなく「丸炭・丸木」取引によって当局に検挙・留置され、かねてから秋田の同族経営の方針や待遇に不満を募らせていた社員たちはこれを機に労働争議を起こし、退職金をめぐって紛争が続いた(5)。

角川書店から大地書房に移って刊行予定であった『徳田秋聲全集』の編集委員を引き受けていた和田芳恵は、秋田と社員のあいだの調整役となり、結局新しく創刊する『日本小説』の編集長を引き受けることになる。『日本小説』の出版元は創刊号のみ大地書房だが、二号以後、労働争議で五〇名以上が退職した大地書房から独立した新組織、日本小説社が版元となっている。ただ、日本小説社も秋田とその一族が株を保有し、営業の実権も秋田に残った。『日本小説』が創刊七万部を売り、その後も順調に売上げを記録しても、日本小説社の資金は結局大地書房へと流れ、流動的な資本の下で、和田は実質、『日本小説』の編集と同時に日本小説社の経営も担って、昭和二三年六月からは事務所を神田駿河台に移し、独立会計となる。それは一面として、和田自身による雑誌経営と編集方針の一本化であったが、他方、自らが負債を背負い、編集作業よりも資金繰りや稿料支払いの遅延の謝罪に時間を割く結果を招いた(6)。

GHQの過度経済力集中排除法の指定を受け、昭和二四年三月、日本出版配給株式会社が閉鎖指定により活動停止、出版社への債務支払い延期を決定、折からのデフレと不況により零細出版社の淘汰は急速に進んだ。日本小説社も例外でなく、日配の支払い延期決定の翌月、和田芳恵は三五〇万円の負債を抱えて失踪、地下生活に沈むことになる。前年に出版社数は戦後最大の四五八一社までに膨れあがっていたが、この年、一五〇〇社が倒産、実質的に営業できたのは二〇〇社ほどでしかなかった(『出版データブック改訂版一九四五―二〇〇〇』前掲書)。

それでは、『日本小説』はこの過酷な出版サバイバルレースのなかで、いかなる編集方針を掲げ、いかなる誌面構成や雑誌企画によって他誌との差異化を図り、いかなる点が中間小説誌の先駆けとされる所以となったのだろうか。和田が編集に携った大衆娯楽雑誌『日の出』や、『日本小説』と同時期に近似した理想を掲げ、消えていった雑誌メディアとの比較から、その諸特徴を浮かび上がらせていこう。

四　編集者としての和田芳恵

和田芳恵は、昭和六年に新潮社に入社した。昭和九年には大衆雑誌『日の出』の編集部配属となり、講談社の一〇〇万部雑誌『キング』に対抗すべく、編集に打ち込んでいた。

私は、このころ、古い一冊の「キング」をこわして、自分なりに編集し直してみようと試みたりもした。いろいろと内容の入れかえをして、たとえば、訓話ものの前に小説を、また、グラビヤや、漫画などを移動してみたりしたあげく、やはり、最後は、「キング」の型が、最初のページから読んでゆく、一般読者の読み方に、いちばん、適していて、また、生理的にも読者の満足感を味わわせることを知った。

（和田芳恵『ひとつの文壇史』平成二〇・六、講談社文芸文庫、三三〜四頁）

和田が編集者としてキャリアを積み、講談社の『キング』に追いつき対抗するために研究を重ねている様子がここでは描かれている。(7)

昭和十二年の新年号から、長いあいだ文芸出版を手がけてきた新潮社らしい「日の出」にしようという機運が生れ、純文学作家を月にひとりは載せようという方針になった。

（同右、五七頁）

手始めに試みたのは前年に『オール讀物』編集長に就任した永井龍男《ながいたつお》の企画を真似て、大衆娯楽誌である『日の出』で純文学作家に書かせることであった。創設されて間もない芥川・直木両賞を当初から取り仕切っていた永井が『オール讀物』編集長に復帰したのは昭和一一年一月のことだが、誌面改革に乗り出した永井は、純文学畑の作家を登用していった。(8) 永井は昭和一一年七月以降、深田久弥、丹羽文雄、林芙美子、石川達三、井伏鱒二、武田麟太郎、高見順、尾崎一雄らの現代短篇小説を次々と誌面に掲載していった。これは、先に触れた「純粋小説論」に象徴される、当時の純文学作家たちの経済的苦境からの脱出の試みでもあった純文学大衆化の動きがそれぞれの雑誌編集方針にも波及していたと考えていいだろう。

『日の出』昭和一二年、新年号に掲載されたのは尾崎士郎「吹雪の朝」であった。続いて武田麟太郎、林芙美子、丹羽文雄らの顔ぶれも登場する。和田が新潮社を辞める昭和一六年までには、火野葦平、石坂洋次郎、壺井栄、真杉静枝、石川達三、和田伝らの名も見える。彼らの顔ぶれの多くは当然『オール讀物』とも重なっている。同時に「この頃、大衆雑誌に純文学作家という人たちを執筆させまいという運動が文壇内部の一角から起きてもいた」（同右、九七頁）ともいう。まさに昭和一〇年前後の純文学作家の経済的自立か、文士としての矜持か、といった当時の引き裂かれた文壇の空気を当事者として和田は呼吸している。

また、和田は、雑誌そのもののコンセプトを練り直し、『キング』に対抗しうる手立てを探っていく。

> 私たち編集者は芸者のようなもので、金の苦労は知らなかったが「日の出」は創刊二年のあいだに、百二十万円の赤字をこしらえていたのであった。（中略）
>
> 私が、とぼしい知恵をしぼって、社長に、家庭縦割り方式による編集を進言したのは、このすぐのちのことであった。一家族の単位を、祖父母、父母、息子、娘、小学生に分け、例えば、祖父母だけが読みたいが、他は目もくれぬ講談、息子や娘は読みたいが、親が反対するような恋愛小説などというぐあいに、読者の対象を、「キング」のように、横にひろがる底辺ではなく、縦割りに考えることである。
>
> 私が、この方式を原稿のたびに言って歩いたので、作家のあいだで一時「ワダ・システム」と、からかわれたりした。（同右、一六五～六頁）

『ひとつの文壇史』によると、「キング」の幅広い底辺層をターゲッティングした編集方針に対抗した、「家庭縦割り方式」が「ワダ・システム」と呼ばれたというが、これはまさに長く大衆雑誌の王座にあった『キング』を裏返した差異化戦略といえる。つまり、『キング』『富士』『講談倶楽部』『婦人倶楽部』『少年倶楽部』『少女倶楽部』『幼年倶楽部』『雄弁』『現代』の九大雑誌によって雑誌王国と謳われた当時の大日本雄弁会講談社の活字世界を、「家庭縦割り方式」の『日の出』一誌ですべて味わえるといった構想であっただろう。

だが、昭和一二年以前から時局色の強かった『日の出』には、政治家や軍幹部の談話も載れば、婦人向けの生活の知恵、動植物についての教育的な科学記事や漫画のページもあり、小説・読物に関しても以前から現代小説、時代小説、探偵小説、冒険小説、実話などと並んで長篇講談も掲載されていた。昭和一二年新年号から「コドモのページ」を創設するなど、従来のコンテンツを「家庭縦割り方式」で整序し直そうとする雑誌プランも垣間見えるが、基本的には武田麟太郎や林芙美子、丹羽文雄らが書くような現代的な風俗をとらえた恋愛小説を導入することで若い世代の読者層へ訴求することに重点があったのではないだろうか。

そして、この「ワダ・システム」の雑誌プランは、功を奏し、雑誌の売り上げを大きく伸ばしたように見える。和田氏は、このシステムに沿ってその構想を実現し、遂に八十五万部まで売れゆきを上昇させ、「キング」に迫った。また、新鮮味を出すことにも気をつかい、純文学系の作家で家庭人にも親しめそうな小説の書ける人に執筆を依頼することにし、昭和十年頃には同誌に尾崎士郎、武田麟太郎、石坂洋次郎、石川達三といった顔ぶれもならぶようになった。その後、和田氏は情報局の文芸出版への干渉をよろこばず、新潮社を退いたが、氏が戦前に「日の出」でこころみた構想が、「日本小説」に実ったとみることもできると思う。

（村松定孝、前掲）

しかし、そもそも「満州国建国年に創刊しただけに国民精神の高揚を誌上に反映し、時局問題、軍事問題を積極的に扱う」ところに特色を持っていた『日の出』は「昭和一二年七月、日華事変の勃発期を迎えるにあたり、売行き好転の曙光があらわれ、国策伸展と非常時意識強調を標榜する雑誌の特色が時流に投じて、一四、五年ごろには毎号返本皆無の好調を続けるにいたった」とされてきた（磯貝勝太郎「日の出」『日本近代文学大事典』所収、昭和五二・一一、講談社）。雑誌の好調に「ワダ・システム」がどの程度貢献したかははかりがたいが、『キング』や『オール讀物』と対峙しつつ、新潮社という老舗文芸出版社で、大衆雑誌の編集者として、さまざまな編集実践を重ねた濃密な経験が、『日本小説』を中間小説誌の起源とする神話の、一つの根拠といえるだろう。そして同時に、和田は編集者としての無力感もこのとき体験している。

昭和十六年にはいると、ほとんど、手や足をうばわれた編集者は、頭さえ失うところへ追いつめられていた。これは、なにも、編集者に限ったことではなくて、どの職場に働く人たちも、強力な統制の枠にはめられ、身動きのできない状態になっていた。（同右、二〇二頁）

戦時下と戦後では統制のあり方は異なるにせよ、戦後和田が『日本小説』で経験した労苦ですら、このときの歴史の反復に思えてくる。そして和田は新潮社を去る。

昭和十六年の八月、私は新潮社をやめることにした。
それは、勤めて、まる十年、編集者として限界にきていたこともあるが、私は生きてゆく危機にもたっていた。編集者として、自由に自分の考えを編集の面で出せたような気がしたのは、入社して五、六年たってからだった。十年もたつと、世のなかの新しい動きに柔軟にはついてゆくことができなくなってきた。そのころ、私は、どうして生活してゆくか、見当がつきかねていた。（同右、二〇八頁）

和田はこうして、編集者をやめ、作家として立とうとするがうまくはいかず、ふたたび和田が生きていく糧となったのは、新潮社で蓄積した編集者としてのノウハウや人脈という資本であったといえる。『日の出』と『日本小説』には、大衆娯楽誌と文芸雑誌という大きなちがいがあったとはいえ、和田の編集実践によって生じた雑誌の越境性は、単なる理念としてでなく、そこに掲載された小説のあり方そのものに新たな輪廓を与えようとするものであった。

それでは最後に、『日本小説』の編集実践がどのようなものであったのか、概観しておきたい。

五　『日本小説』という越境性

和田芳恵は、大衆娯楽雑誌『日の出』の編集に携わることで、多くの大衆娯楽雑誌と対抗し、海千山千の編集者として生き抜いてきた。このころの試みは、『キング』との差異化を軸として、大衆雑誌の半高級化の傾向を持っていた。『日本小説』は、大衆雑誌のノウハウを縦横に利用しているが、文芸雑誌にカテゴライズされているように、『日の出』

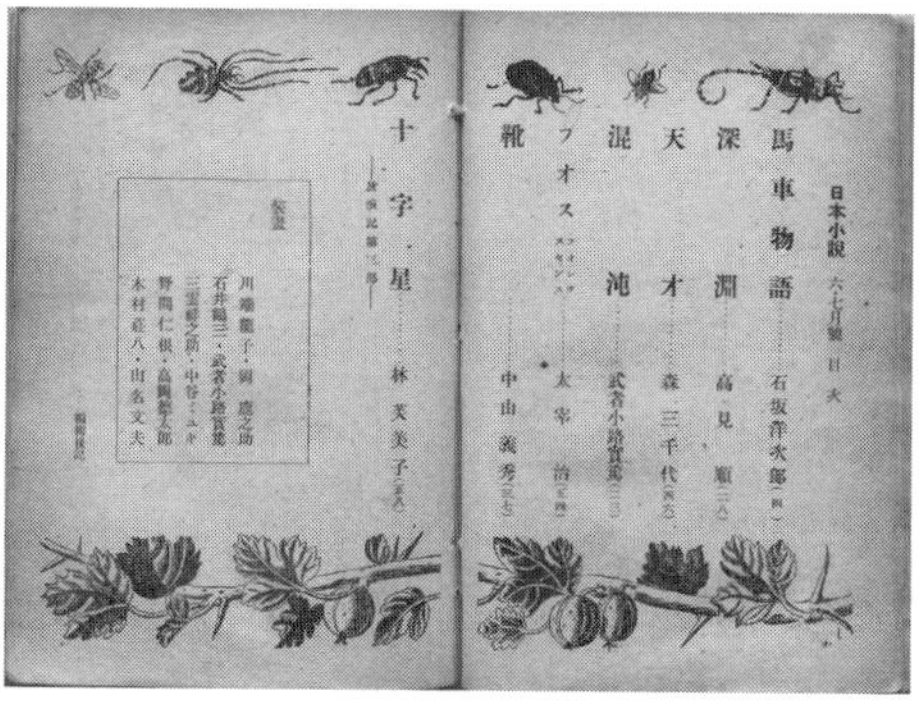
日本小説　六・七月號　目次
馬車物語……石坂洋次郎
深淵……高見順
天才……森三千代
混沌……武者小路實篤
フォスフォレッスセンス……太宰治
靴……中山義秀
十字星……林芙美子

『日本小説』目次（昭和 22・6・7）

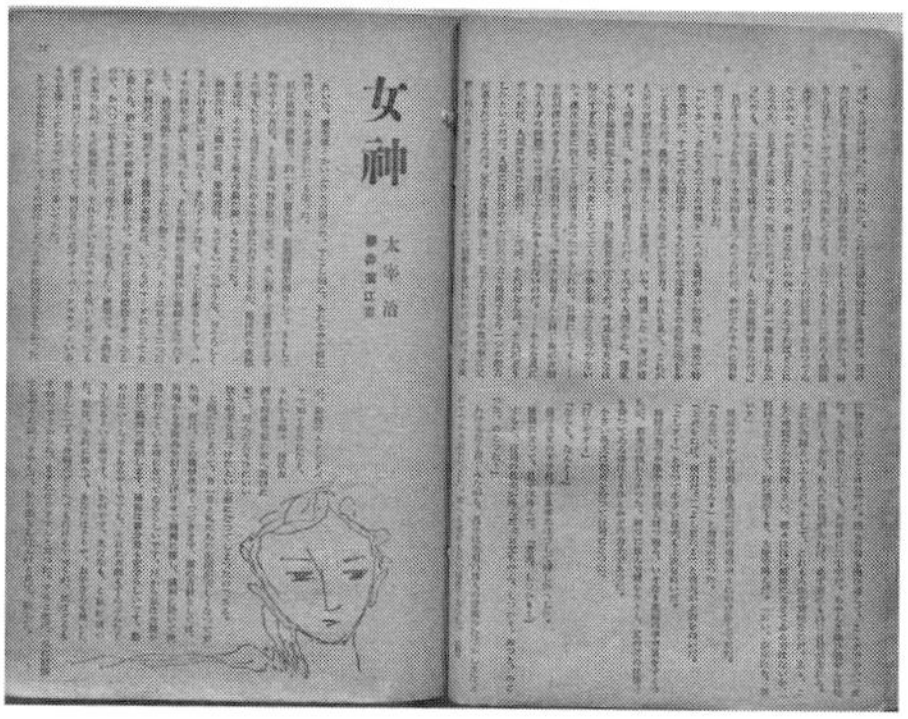

太宰治「女神」櫻井濱江画（昭和 22・5）

とは逆向きの、純文学の通俗化の方向性を打ち出す方向、文芸雑誌の大衆化の傾向へシフトしているといえる。

これは戦後雑誌に共通した傾向といえるが、裸婦のモチーフを頻用して男性読者を引きつけつつ、装丁を洋画家に依頼し、あるいは、有名な洋画のカットをコラージュするなどして、雑誌の高級感を演出するよう苦心している。また、大衆娯楽誌の挿絵画家は排し、本格日本画家へ全作品に挿絵を依頼するなど、非常に装丁・挿絵に注力した編集方針で旧来の大衆文芸誌・大衆娯楽誌などとの差異化を目指した。和田は創刊号の「編集後記」で、次のように書いている。

五月創刊号を編集し了へた。今は何も云ひたくない。長いあひだ頭のなかで考へてゐたものがここに形をとつた。それだけの事でしかない。この絵で飾られた小説ばかりの雑誌が、やがて読者の手にわたり、どのやうに読まれ、どんな価値を与へられるかは、もう、私達の悔恨や自負を越えたところにある。

（和田芳恵「編集後記」、『日本小説』創刊号、昭和二二・五）

ここに、挿絵を重視した小説専門雑誌としての体裁が宣言されている。判型はA5判であり、のちの中間小説誌に共通するスタイルである。しかし、和田は「中間小説」というレッテルに対しては、明確な拒絶をもって応えている。

此頃「中間小説」といふ言葉を聞き、それは何のことかと訊ねたら、相手は答へて「日本小説」に載つてゐるやうな小説を指すのだとのこと。思ふに「オール讀物」や「苦楽」や「小説と読物」などの類で、純文芸雑誌と云はれてゐるものとも大衆文芸とも違ふ中間の存在の意味らしい。したがつてどちらの側の批評家にも取りあげられない小説を指すらしい。そこで対抗的に中間雑誌連盟を作りたいとも考へないし、また中間小説の批評家の出現を待たうともしない。ただここに広々とした荒野があり、放たれた人民の群れが夥しくゐることだ。この人々は一行の註釈も批評にも頼らずに小説自体をひたすら読む。もちろん投書階級でもないので輿論調査などに反響も出ては来ない。だからと云つて無力なのではない。黙つてはゐても、はつきりした最後の審判者の群れだ。その事を指導的な位置にあるとうのぼれてゐる人達は肝に銘じて知つてゐるだらうか。中間小説などといふ新らしい言葉を作りだすのは、その重要な意味をちつとも知つてゐない証拠だ。日本の雑誌読者は主として青年層にあるやうだ。それがやがて壮年期に入るにしたがつて段々と遠退いてゆく。それは種々の事情にもよる事であらうが、雑誌そのものにも罪があるやうだ。表面的な高踏にだまされる幼稚さが、もう、大人にはないのだ。それなのにそれが幅をきかして澄しこんでゐる。

(和田芳恵「編集後記」、『日本小説』昭和二三・八)

ここで明白なのは、「中間小説」という新たな概念で自身の編集実践を分断し、スポイルしようとする批評や文壇的な括りに対して和田は背を向け、当時の読者だけを見ているということである。「表面的な高踏にだまされる幼稚さが、もう、大人にはない」といった読者側から雑誌をみる冷徹な目を意識して、和田はその審判を待っている。面白くなければ読まない、かつての青年読者でもある壮年のシビアな読者を想定して、新たな小説の場を創り出そうとしている張り詰めた気配が漂っている。和田が想定している読者は、坂口安吾《さかぐちあんご》「感想家の生れでるために」(『文学界』昭和二三・二)で安吾が感想家＝大読者と呼ぶ存在と重なるものだろう。

特筆すべき試みとしては、第一回直木賞受賞者である川口松太郎《かわぐちまつたろう》に、覆面作家・関伊之助の名で創刊号に「裸婦」(『日本小説』昭和二二・五)という純文学的な作品を書かせている。丹羽文雄や志賀直哉の賞賛を得たが、すぐに正体が判明してしまったため連載は続かなかったものの、純文学作家が調子をおろして書く、といったのちのパターンとは逆向きの企画が創刊号から投じられている。また、太宰治《だざいおさむ》に上野の地下道を歩かせ、小説「美男子と煙草」(『日本小説』昭和二三・三)を書かせてもいる。当時、空襲をまぬがれた上野駅の地下道は、引揚者や焼け出されて行き場をなくした人々のひしめき合う場所であり、前号の予告に「小説探訪」の題があるように、作家がその体験をどう小説化するかという雑誌企画は、小説を社会と接続しようとする一つの試みだったといえるだろう。評論家の亀井勝一郎《かめいかついちろう》には小説「亡霊の対話」(『日本小説』昭和二二・一二)を書かせている。和田は次のように書いている。

日本小説には小説専門の雑誌のつねとして、すぐれた評論も詩や短歌などの記事も掲げてゐない。理論によつて文へられた方向が一見なささうである。ただ、見渡すかぎり小説があるばかりだ。しかし、小説にはつねに底を流れる批評精神があるが、批評には小説精神がない。もし「日本小説」に現実の姿が稀薄なら日本の小説に欠陥があるのであらう。本誌が他の文芸の力も理論も借りようとしないのは、小説の旺盛な自力とその傷を埋める新風が自然におこると信ずるからである。

（和田芳恵「編集後記」、『日本小説』昭和二三・二）

和田において、『日本小説』は、小説の可能性を追究する場として信じられているのがわかる。

また、のちに第二回探偵作家クラブ賞を受賞した坂口安吾「不連続殺人事件」の連載（昭和二二・八〜二三・八）によって、探偵小説の懸賞犯人探し企画を実施したことも文芸雑誌としては異例の方針といえる。坂口安吾は平野《ひらの》謙《けん》や荒正人ら『近代文学』同人の仲間とともに探偵小説を愛読していたが、『日本小説』の編集方針に共感し、自ら原稿を持ち込んだのだという。懸賞金や犯人探し企画の文面まで安吾の手になるものであり、一方ならぬ傾倒といえる。和田の編集実践が、従来の文芸雑誌の枠組みをはみ出していくものであったことは、原稿を書く作家たちに少なからぬ影響を及ぼしただろう。

編集実践ということでいえば、懸賞犯人探しは、かつて『キング』で大下宇陀児「宙に浮く首」（昭和五・一〜三など）がすでに企画し、同じ講談社の『富士』（野村胡堂「手柄の銀次」昭和一一・四、五など）も含め、講談社の大衆娯楽誌の目玉企画でもあった。文藝春秋社も夢野久作「二重心臓」（『オール讀物』昭和一〇・九〜一二）で「大懸賞犯人探し」企画を採用していた。しかし、これら既存の企画とは異なる本格探偵小説の構えを備えた難易度の高い安吾の「不連続殺人事件」での懸賞犯人探しは、大きな反響を呼んで、『日本小説』の売り上げに貢献した。

講談社からは、『日本小説』創刊号からの柱の一つ、「名作絵物語」の構想も借用している。創刊号には「シラノ・ド・ベルジュラック」が掲載されたが、『講談倶楽部』の同名企画「名作絵物語」の水谷まさる「噫無情」（昭和三・一一「御

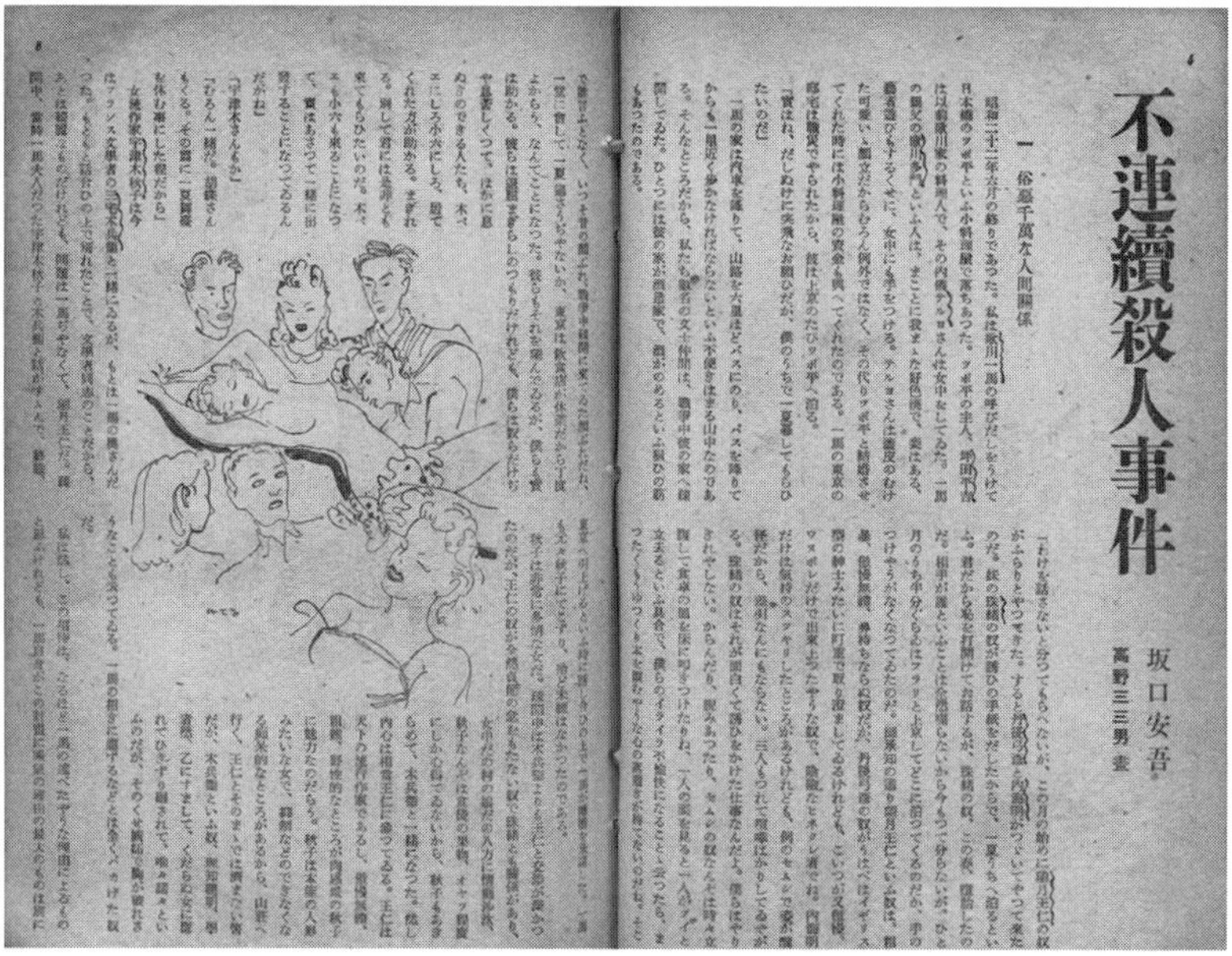
不連續殺人事件

坂口安吾

高野三三男畫

一　俗惡千萬な人間關係

坂口安吾「不連続殺人事件」高野三三男画（昭和 22・8）

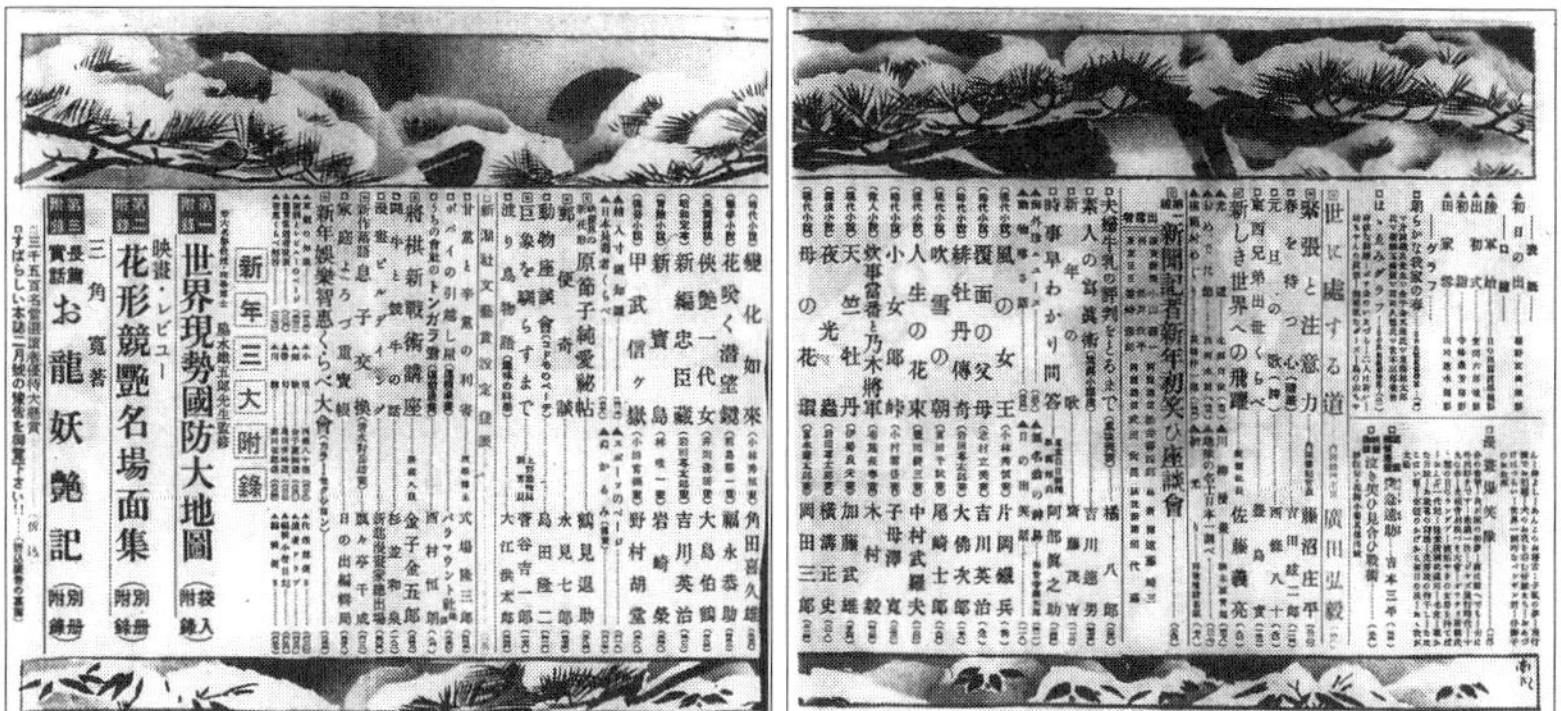
新年三大附錄

世界現勢國防大地圖

花形競艶名場面集

お龍妖艶記

世に處する道

新聞記者新年初笑ひ座談會

『日の出』目次（昭和 12・1）

大典記念号」所収）その他の、旧作を目に鮮やかな「絵物語」として発表する構成も、講談社の倶楽部系雑誌の得意とするところであった。当時同じく「名作絵物語」を看板企画とした雑誌に大佛《おさらぎ》次郎《じろう》編集の『苦楽』がある。『日本小説』と共通する面として、やはり、純文学を好む文学青年ではなく、壮年の読者を想定している点が挙げられる。

「苦楽」は青臭い文学青年の文学でなく社会人の文学を築きたいと志してゐる。なまぐさくつて手がつけにくいと云ふ代物でなく、洗練と円熟を求めてゐる。文学に縁のない生活をしてゐる読者が読んでも、素直に平明に文学なり人生の明るい理解に立ち入り得ると云つたやうな小説を生む機縁となれば難有いのである。読者の側からも御協力を願ひたい。我々は所謂大衆雑誌や娯楽雑誌を作つてゐるものとは信じない。誠実に、謙抑にもつと大きく明るい世界を拓きたいと志してゐるのだ。

（坐雨廬（大佛次郎）「編集後記」、『苦楽』創刊号、昭和二一・一一）

「大衆雑誌や娯楽雑誌」ではなく、「洗練と円熟」を求める「社会人」のための文学を構想している。これは『日本小説』や『苦楽』に限ったことではない。戦後間もない文学雑誌に共通の空気でもあったといえる。

数年前文学界は読者カードによつて、読者の意向を調査したことがあるが、平均二十三歳であつた。あまりにも若いので驚いたが、文学雑誌の読者は大抵この年配の青年らしい。しかし四十代の読者も多数欲しい。責任はむろん我々の側にあるのだが、日本には壮年者も読む十万ぐらゐ売れる文学雑誌が二三冊あつてもいい筈だ。所謂純文学と称されてゐたものへの反省にも関連してくるであらう。純文学と大衆文学といふ従来の曖昧な独善的な枠は撤去するつもりである。探偵小説でもユーモア小説でも、小説なら掲載したい。

（亀井勝一郎「文学界後記」、『文学界』復刊号、昭和二二・六）

また、次のような主張からも、『日本小説』とつながる問題意識が見える。

新しい小説、面白い小説といふ声はつねに絶えない。これは或る側面からの考察だが、従来の所謂純文学に目だつて欠けてゐるものは思想対話、ユートピア、ユーモア、探偵性、冒険スリルの五要素である。大作の風格あるものは悉くこれをそなへてゐることは、ドストエフスキイやバルザツクをみれば明らかだ。ところが日本へくるとそれが分化して一つ一つのジヤンルとなり、その上通俗的などと云はれる。何と云つてもこれは不具的現象である。様々の理由はあるが、これからの小説はこの五要素の綜合に向はねばならぬ。

（亀井勝一郎「文学界後記」、『文学界』昭和二二・一二）

当時の『文学界』も、同様の主張をしていることがわかる。また、純文学と大衆文学の読者の乖離は、読者の年齢層の乖離でもあるとしており、戦後の小説再建の方向性が多くの読者に文学を開いていくことにあった様子がうかがえる。また、純文学に欠けた要素を通俗的として排除するのでなく、範囲を狭めず、分化したジャンルにもせず、小説はそれらの綜合へ向かわなければならないという主張は、『日本小説』とは異なり、小説そのものの理念的な方向性を打ち出している。

そして和田は当時から、『日本小説』の編集実践がどのような意義を持つのか、きわめて意識的だったと考えられる。この当時の大衆文芸誌が置かれた状況を俯瞰しつつ、そこに『日本小説』を置いてみている。

大衆小説を向上させようとする派が、やや商業的な制約を感ぜずに執筆できる雑誌は、正規な用紙割当を受けている大衆雑誌一〇一誌（二三年七・九期現在）のうち、僅かに「オール讀物」「苦楽」「小説と読物」「小説新潮」「大衆文芸」等の数誌に過ぎず、そのうちの大衆文芸作家の養成機関紙ともいえる「大衆文芸」を除けば、すべて純文芸作家と共存する立場で活動しているに過ぎず、したがつてその小説の優秀性は純文学の批評にやや堪え得るとする限界にとどまり、かつての大佛次郎の純文学への復帰運動が、読者層を狭隘にした功罪と揆を一にしている。（中略）大衆文芸復興のために設置された大衆雑誌懇話会賞や直木賞の復活なども、その意図が明確でなく、その示向するところは純文学的であるらしいのは、果して大衆小説に寄与するかどうか疑わしい。／（中略）／純文学作家を動員し、頑強に大衆作家を拒否しながら大衆雑誌部門に属する「日本小説」は広汎な読者層を狙う小説を純文学の世界に求めつつ、数万の読者を有する川口松太郎を関伊之助の名で執筆させたり、坂口安吾に探偵小説を、評論家の亀井勝一郎に小説を書かせているのは、戦後の混乱した読者群のなかに新しい層を築きあげようとしているらしいが、多数の読者を持つ大衆作家を切り棄てているだけにその発展性に疑問がもたれる。

（和田芳恵「大衆文学」、『一九四九年版朝日年鑑』所収、昭和二三・一二、朝日新聞社）

和田の編集実践が新たな読者層を開拓しようとしている面が切り取られている。和田が純文学側の評価基準で大衆小説を高めようとしても限界があるとしている点は、のちの「中間小説」や「大衆小説」が文壇批評によって「純文学」の境界画定と活性化のために繰り返し利用されることへの明確な批判となっている。「純文学」とは異なる小説評価の基準を持つ読者を創出することを目指す和田の編集実践は、しかし、先にも触れた経営問題によって頓挫する。昭和二三年五月号の「編集後記」には創刊一周年を期して「日本小説賞」の設置が発表され、昭和二四年四月号では応募作五七八篇のうちから、候補作三篇が掲載されたが、この号を最後に『日本小説』は途絶した。

『日本小説』のもっとも特徴的な方針は、やはり、ほぼ小説のみの誌面構成という、ある意味できわめて純粋な小説への志向であり、『日本小説』において積み重ねられた試みは、和田がそのノウハウと経験としての資本を調達・蓄積した新潮社へと再び還流し、『小説新潮』がこの誌面構成をいち早く取り入れたことで、中間小説誌のスタイルが確立していくことになる。

戦後の『オール讀物』でも『別冊文藝春秋』でも『文学界』でもなく、『日本小説』が中間小説誌の起源として機能しうるのは、すでに市場から退場した雑誌だったからだろう。しかし、戦後雑誌の投機的なサバイバルレースの中で、理念ではなく、目にみえる形で雑誌というメディアの特性を最大限に生かしつつ、「純文学と大衆文学のあいだ」を描いて見せた実践は記憶されなければならない。

注

（1）これらの文脈を再検討している滝口明祥「「庶民文学」という成功／陥穽――文学大衆化と井伏鱒二」（『昭和文学研究』平成二三・三）は、高倉テルのいう「「中間文学」を「風俗小説」に、「国民文学」を「社会小説」に読み替えることも可能であろう」として当時の文学大衆化の動きとの重なりを確認した上でとらえ直し、「政治的な立場の違いを超えて成立している強固な共通性をこそ見据えるべきなのだ」と、文学大衆化がこの時代の大きな流れに組み込まれ「国民」という共同体を立ち上げることに寄与」していく危険性にあらためて注目している。

（2）セシル・サカイ『日本の大衆文学』（朝比奈弘治訳、平成九・二、平凡社、七五～六頁）

（3）森英一「風俗小説と中間小説」（『講座昭和文学史』第三巻「抑圧と解放〈戦中から戦後へ〉」所収、昭和六三・六、有精堂）、松本鶴雄「私小説・中間小説・風俗小説」、『時代別日本文学史事典』現代編所収、平成九・五、東京堂出版）などを参照のこと。

（4）高木信二・永井敏彦・河口晶彦・嶋倉収一「戦後インフレーションとドッジ安定化政策―戦後期物価変動の計量分析―」（大蔵省財政金融研究所『ファイナンシャル・レビュー』平成六・一一）参照のこと。

（5）宮守正雄『ひとつの出版・文化界史話――敗戦直後の時代』（中央大学出版部、昭和四五・三、一一八頁）

（6）（5）と同じ、一二三～一二七頁を参照のこと。

（7）『和田芳恵全集』第五巻（昭和五四・五、河出書房新社）収録の保昌正夫編「和田芳恵年譜」、一九三七年（昭和一二年）の条には「『日の出』の編集長となる」と記載がある。また、古河文学館編『和田芳恵展　作家・研究者・編集者として』（平成一一・一〇、古河文学館）収載の丹羽文雄「葬儀委員長挨拶」や佐多稲子「和田さんへの親近感」にも、和田を『日の出』編集長として言及する箇所が確認できる。しかし、和田自身による「自作年譜」（『自選和田芳恵短篇小説全集』付録収載、昭和五一・七、河出書房新社）にも「編集長」の記載はなく、新潮社での編集者生活を描いた『ひとつの文壇史』（昭和四二・七、新潮社）などでも言及は見られない。一方で、『日の出』昭和一四年八月号から設置された編集部による「覚え書」欄には、次のような記載が見られる。

　◎大衆雑誌の生みの親とも云はれる広瀬照太郎編集長が功なり名遂げて円満に勇退することゝなり、その後を新進気鋭な佐藤道夫（本社々長の三男）が襲ふこととなつた。前者の円熟に対して後者は情熱を以つて当るであらう。宜しく御支援を願ひたい。

昭和一四年八月号の時点で『日の出』編集長が、初代の広瀬照太郎から佐藤義亮の三男・道夫へ交代したことが『日の出』本誌から確認できる。他方、和田が新潮社を退社後に自らの編集者時代を素材として書いた小説集『作家達』（昭和一七・五、泰光堂）には「殊に津村啓三（筆者注・和田芳恵をモデルとする）は、小説の責任者として働いてきたので、殊更作家の身の上ばかりを思ふのであつた」（一五八頁）という記述もあり、『ひとつの文壇史』の叙述や丹羽らの言及と照らし合わせると、和田は『日の出』編集部で小説部門をとりまとめていたのではないかと推測される。

（8）永井龍男による『オール讀物』誌面改革については、永井龍男「小説『オール讀物』」（『オール讀物』昭和二七・四）および、乾英治郎『評伝永井龍男　芥川賞・直木賞の育ての親』（平成二九・四、青山ライフ出版）を参照した。

「筋の面白さ」を追求した先駆け

『小説と読物』

【発行期間・総冊数】昭和二一年三月～昭和二五年一〇月（昭和二四年七月～一二月無し）・全四一冊（別冊含む）。

【刊行頻度・判型】月刊・A5判。

【発行所】株式会社桜菊書院（第一巻第一号～第四巻第四号）。所在地は東京都渋谷区千駄谷四の七三七番地。次いで株式会社上田書房（第五巻第一号～第五巻第六号）。所在地は東京都渋谷区千駄谷四の八一八。

【編集人・発行人】編集人の推移は森本富蔵（第一巻第一号、第一巻第二号）、上田健次郎（第一巻第三号～第二巻第七号）、夏目伸六（第二巻第八号～第四巻第二号）、谷井正澄（第四巻第三号）、平岩正男（第四巻第四号）の順となる。その間の発行人（兼印刷人として）は森田光男がつとめている。そして、第五巻第一号～第五巻第三号（奥付に通巻通号は消えるが便宜的に付す）まで編集人兼発行人として上田健次郎がつとめ、第五巻第四号～第六号は勝田豪が編集人、上田健次郎が発行人の体制となる。

【印刷人・印刷所】印刷所は大日本印刷株式会社。所在地は東京都牛込区市谷加賀町一の一二。昭和二二年三月一五日に新設合併され牛込区は新宿区となる。次いで共同印刷株式会社。所在地は東京都文京区久堅町一〇八。森本光男（第一巻第一号～第四巻第四号）が発行人兼印刷人をつとめ、次いで印刷人は大橋芳雄（第五巻第一号～第五巻第六号）がつとめた。

【概要】『小説と読物』が目指した雑誌像は、創刊から一年二か月にわたって巻末に付された「編集後記」を読めば明らかである。「「大衆文学の左、純文学の右」といふやうな便宜的な狙ひを、われわれはしてゐるのではない。「よきものはただ一種」といふのが、われわれの固い信念なのである」（第一巻第七号）という言葉からは、「よき」作品掲載を目指す姿勢が見て取れる。またその「よき」に説明を付し、「今まで日本の文学で不当に軽視されてきた小説に於ける筋の面白さといふものに、正当な地位を与えて貰ひたい」とも述べる。さらには「筋の面白さ」とは「作品の浸透性」の意味であるともいう（第二巻第一号）。これらの言説は和田芳恵《わだよしえ》の言説に近いが、時期的に先んじていることは指摘できる。

　紙面構成からも、その小説を中心とするという意図は見て取れる。創刊号には菊池寛の随想、第二巻第一号から第一〇号までは尾崎士郎の「人生劇場（夢現篇）」を置くなど、ある種の「目玉企画」を中心に据え、そこから紙面を構成している。ただこうした理念・構成は『小説と読物』全四一冊全体を通していえるものではなく、編集人の交代で変化する雑誌としてもこの『小説と読物』はある。

　最初の発行所である桜菊書院および、創刊に至る経緯については矢口進也『漱石全集物語』（昭和六〇年九月、青英舎）に詳しい。発行人森本光男は「戦時中、伊勢神宮など神社仏閣の参拝団を編成して送り出す旅行会社」、桜菊会の会長であった。桜菊会は「皇室関係」の出版物も扱っていたため、「豊富な用紙割当をうけ終戦時には九〇万ポンドとも一〇〇万ポンドともいわれる厖大な用紙を保有」できたという。この厖大な用紙でもって戦後桜菊書院となり、岩波書店と競うかたちで『夏目漱石全集』を刊行したのである。そしてこの『漱石全集』の編集者として、文藝春秋社から引き抜かれたのが、後に両者とも『小説と読物』の編集人となる上田健次郎と漱石の次男夏目伸六であった。なお編集人に関して上田、夏目の他に四名の編集人がいるが、その詳細は不明である。

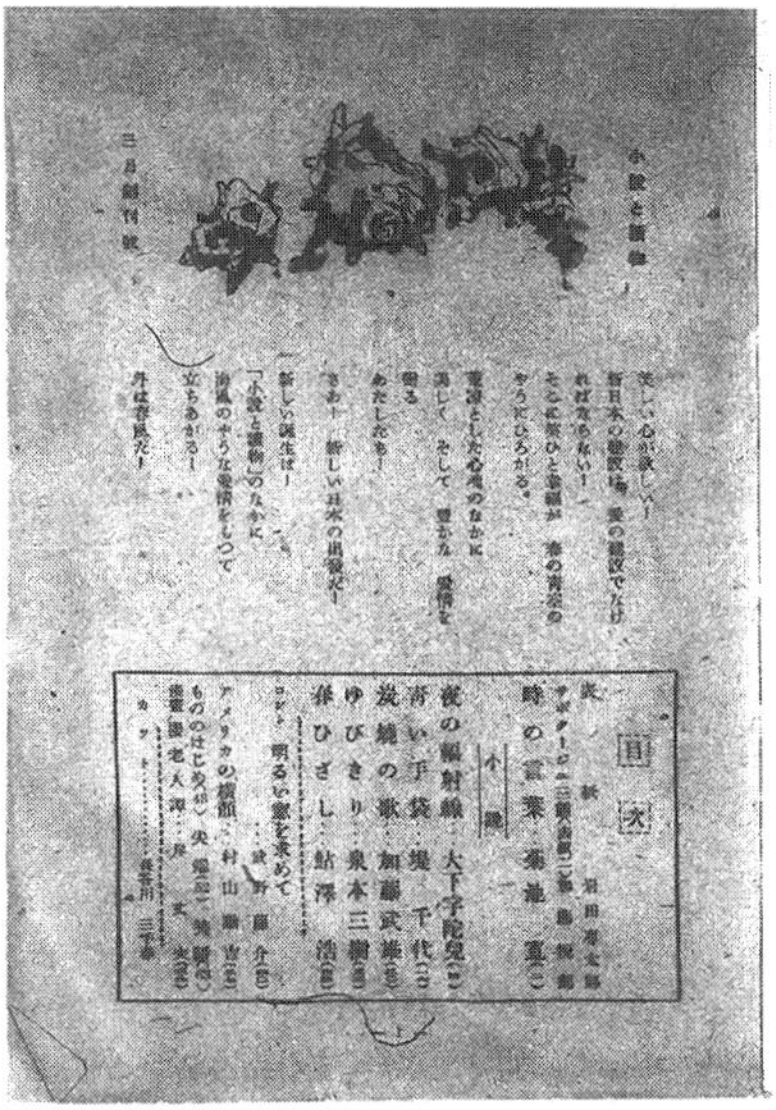

『小説と読物』創刊号目次（昭和 21・3）

　紙面構成について眼を戻せば、森田・上田・夏目が編集人をつとめている間は、「よき」小説を中心とする理念・構成が生きている。挿絵の充実もその一例といえる。そして、その理念の現実化の方策として『小説と読物』が掲げたのが、「夏目漱石賞」だった。だが、夏目伸六が退く第四巻第三号から、その構成は大きく様変わりしている。その変化を一言でいうならば「読物」の充実である。第三号の編集後記には「名実ともに「小説と讀物」の二本建てで進む事になりました」と記されている。だがこうした梃入れは功を奏さず、『小説と読物』は廃刊、桜菊書院の手から離れることになる。

　その後半年の空白を経て昭和二五年一月、上田書房から『小説と読物』は復刊する。これについては上田自身の文章であ

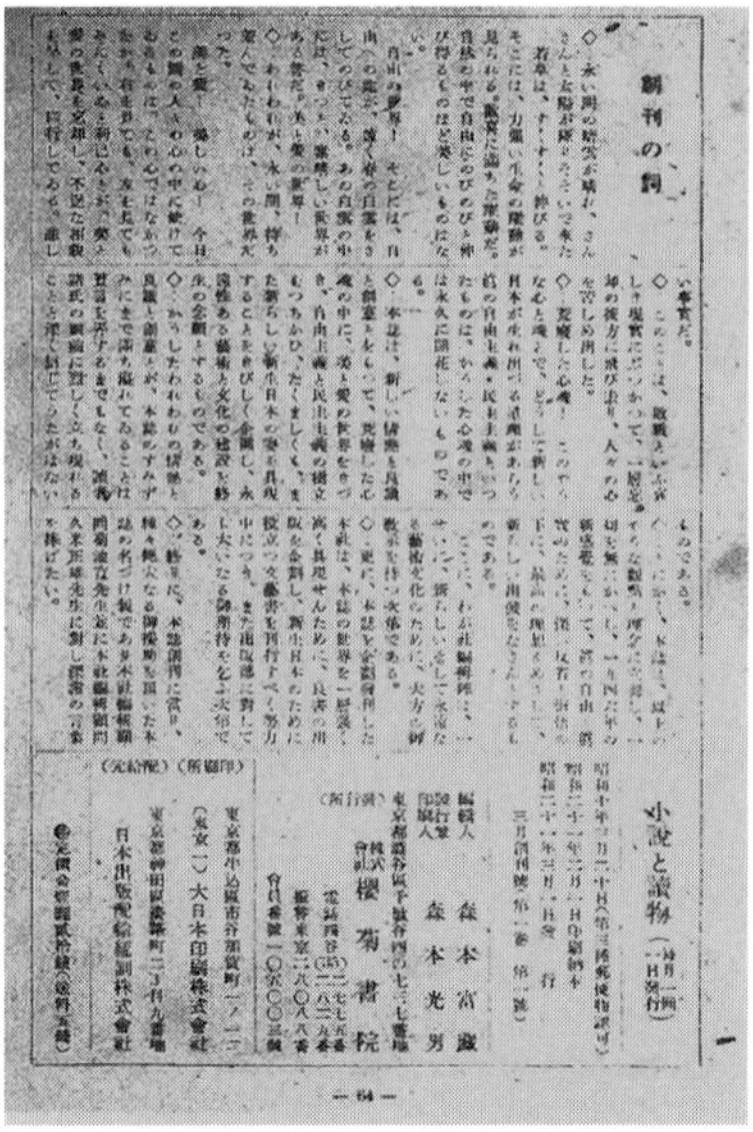
創刊の詞

小説と讀物

『小説と読物』「創刊の辞」（昭和 21・3）

る「三盃座談会の頃」（内田《うちだ》百閒《ひゃっけん》『居候匆々』昭和五九年二月、旺文社文庫）に詳しい。それからもわかることであるが、「読物」の比重の増加はあれど、昭和二五年に刊行された六号は創刊当初の理念・構成を目指している。立ち消えになっていた第二回「夏目漱石賞」受賞者の発表もそのあらわれといえる。

最後に『小説と読物』廃刊についてであるが、この事情に関しては内田百閒の随筆「いすかの合歓」（『小説新潮』別冊　昭和二六年一月）に詳しい。「三盃座談会」にのぞんだ百閒が金の無心を社長に依頼しようしたのだが、逆に会社が手

形の不渡り間際という危機的な状況にあることを告げられている。「いすかの合歓」には上田書房の切迫した状況がコミカルに映し出されているが、事実廃刊は急なものであったようだ。終刊号に「次号予告」があることからもそれはわかる。詳細は紙幅の都合でここには書けないが、その号には第二回夏目漱石賞受賞作家である森山潤の第二作目が掲載される予定であった。

［小嶋洋輔］

column

大佛次郎の再始動
『苦楽』

【発行期間・総冊数】『苦楽』は、昭和二一年一一月一日〜昭和二四年九月一日発行（昭和二三年七月、一二月は刊行なし）の計三三冊。通巻通号表記はなし。『別冊・苦楽』は、昭和二三年七月一〇日発行の一冊。『苦楽・臨時増刊』は昭和二三年一一月一〇日、二四年五月二〇日、六月二〇日、八月二〇日発行の計四冊。三年一一か月の間で総冊数は三八冊。ただし、『苦楽』には在米邦人へ向けて、美人画、紀行文等を追加した紙面構成の異なる海外版（昭和二三年三、四、一〇〜一二月号の計五冊）も存在している。

【刊行頻度・判型】Ａ５判の月刊誌（昭和二三年八月号のみ、印刷所変更のため「七・八月合併号」）。

【発行所】株式会社苦楽社。所在地は、東京都京橋区京橋三丁目一番地第一相互館内。昭和二二年三月、京橋区が日本橋区と合併して中央区に記載変更。同年七月、中央区銀座西八ノ五へ移転（電話は京橋局区内日吉ビル　銀座二八〇一）。

【編集人・発行人】創刊号から昭和二三年六月までは、編集人が須貝正義、発行人が山口新吉だった。昭和二三年八月から終刊までは、須貝正義が編集兼発行人をつとめた（別冊、臨時増刊のみ、編集人が須貝正義、発行人が田中延二）。

【印刷人・印刷所】印刷人・印刷所は、創刊から昭和二二年五月まで、小野通久・文寿堂工場。昭和二二年六月から二三年六月まで、勝畑四郎・文寿堂富岡工場（創刊号のみ、印刷人・印刷所は小野通久・文寿堂富岡工場）。昭和二三年八月から終刊まで、大橋芳雄・共同印刷株式会社。『別冊・苦楽』と、『苦楽・臨時増刊』のうちの二冊（昭和二四年五月二〇日、八月二〇日発行）の計三冊のみ、山本平八郎・出光興産株式会社印刷部（※配給元・日本出版配給株式会社の記載は、創刊から昭和二二年五月、二四年一〜五月の期間のみ）。

【概要】『苦楽』は、戦後一年たらずで大佛《おさらぎ》次郎《じろう》が創刊した文芸娯楽雑誌。広く壮年層に向けた、ヴィジュアル面重視の「名作絵物語」やグラビア、漫画、「色頁特集」などの企画に特色がある。

　編集人須貝正義は元『モダン日本』編集長であり、大佛の勧誘を受け、昭和二一年七月に新太陽社（旧モダン日本社）を退き、創刊に参加している。当初の主要な編集者に、元新興キネマ大泉撮影所の大佛次郎係専門文芸部長であり、松竹映画、改造社等を経て、鎌倉文庫宣伝部長であった営業部長兼出版部長の田中延二、元『新青年』編集長であり推理作家としても知られる編集顧問（非常勤）水谷準がいる。主宰である大佛は、新作「鞍馬天狗」をはじめとする小説作品に加え、「坐雨盧」の筆名で終刊まで編集後記を執筆した。

雑誌の牽引者であった大佛の意図は、創刊号の編集後記において、端的に表明されている。「青臭い文学青年」のための「なまぐさくつて手がつけにくいと云ふ代物」ではなく、「文学に縁のない生活をしてゐる読者が読んでも、素直に平明に文学なり人生の明るい理解に立ち入り得ると云つたやうな小説を生む機縁となれば有難い」という、「洗練と円熟」を求めた「社会人の文学」を目指す方針とともに、「我々は所謂大衆雑誌や娯楽雑誌を作つてゐるものとは信じない。誠実に、謙抑にもつと大きく明るい世界を拓きたい」とする志望も着目に値する。後記では、娯楽雑誌に分類されることを峻拒する主張が繰り返されたとおり、既存大衆雑誌よりもハイブラウな読者層に訴求するねらいは明確であり、新たな文学的領野開拓への志向は、他の中間小説誌とおおむね一致している。

発行所となった苦楽社については、須貝による『大佛次郎と「苦楽」の時代』（平成四・一一、紅書房）に詳しい。苦楽社が合弁会社として出発した当初は、印刷所となった文寿堂から、出版資金および用紙が提供されていた。しかし、株式の配分を巡る編集部と印刷所との確執が生じたため、昭和二三年五月に雑誌発行人であり副社長の山口新吉以下、文寿堂側が経営から撤退し、印刷所も変更されている。その後は、『苦楽』の姉妹雑誌として昭和二四年一月より刊行した、『天馬』（ペガサス）の返本率九割ともいわれる不振（七月号終刊。計六冊）のように、折からの出版不況のあおりを受け経営が傾き、『苦楽』においても原稿料支払いの遅滞を招く。さらに、事実上の『苦楽』終刊号となる昭和二四年九月号での、鏑木清方からの表紙画家変更に対する大佛の不興が起因となり、編集部内で須貝と田中の対立が悪化する。田中を支援する態度を硬化させた大佛は、同年一〇月二〇日、和田日出吉を通じ編集部総退陣を要求し、同月末をもって編集部は解散、『苦楽』も消滅している。

［牧野悠］

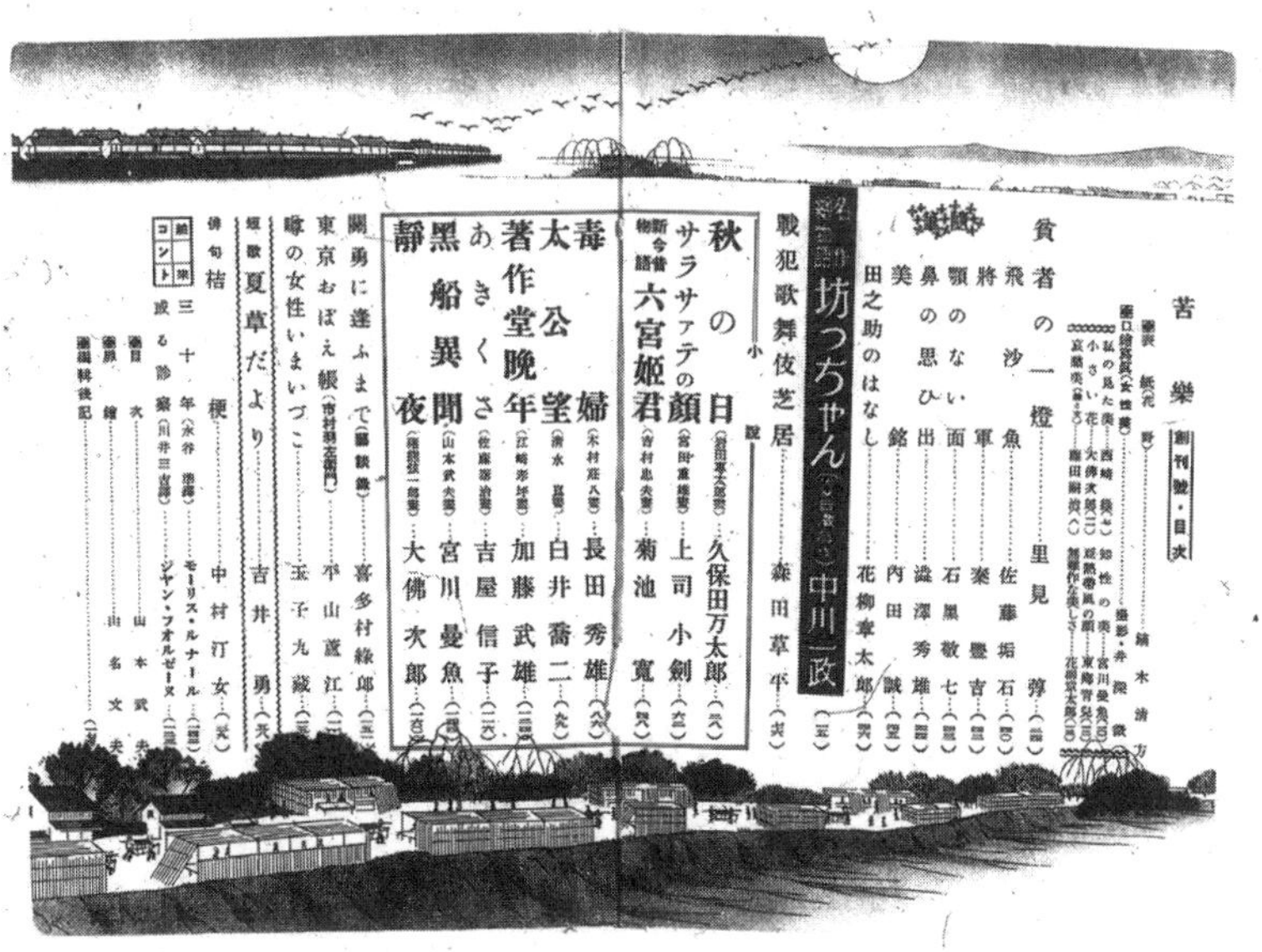
苦樂 創刊號・目次
表紙（花野）……鏑木清方
口繪寫眞（女性美）……撮影・井深徴
私の見た美……西崎緑
知性の美……宮川曼魚
小さい花……大佛次郎
成熟香氣の顔……東郷青児
哀艶美……藤田嗣治
無曖昧な美しさ……花柳章太郎
貧者の一燈……里見弴
飛沙魚……佐藤垢石
將軍……秦豊吉
顎のない面……石黒敬七
鼻の思ひ出……澁澤秀雄
美銘……内田誠
田之助のはなし……花柳章太郎
名作讀物 坊っちゃん……中川一政
戰犯歌舞伎芝居……森田草平
小説
秋の日……久保田万太郎
サラサァテの顔……上司小剣
新今昔物語 六宮姫君……菊池寛
毒婦……長田秀雄
太公望……白井喬二
著作堂晩年……加藤武雄
あきくさ……吉屋信子
黑船異聞……宮川曼魚
靜夜……大佛次郎
關勇に逢ふまで……喜多村緑郎
東京おぼえ帳……平山蘆江
噂の女性いまいづこ……玉子九蔵
短歌 夏草だより……吉井勇
俳句 桔梗……中村汀女
繪樂 コント 三十年……モーリス・ルナール
破る診察……ジャン・フオルゼーヌ
目次……山本武夫
扉繪……山名文夫
編輯後記

『苦楽』創刊号目次（昭和21・11）

『小説界』

堅実な中間小説誌を目指して

【発行期間・総冊数】 昭和二三年六月～昭和二五年一月・全一四冊（増刊号含む）。

【刊行頻度・判型】 月刊・A5判（増刊号はB5判）。

【編集兼発行人】 北島宗人。

【発行所】 小説界社　東京都中央区銀座西八ノ四。

【印刷人】 印刷人は創刊号（昭和二三・六）から第二巻第六号（昭和二四・一二）までは小野総次、増刊小説界第二号（昭和二五・一）が小松弘一、小説界臨時増刊（昭和二五・一）が山本初三となっている。

【印刷所】 印刷所は創刊号（昭和二三・六）から第二巻第六号（昭和二四・一二）までは中越印刷株式会社（東京都目黒区上目黒三ノ一九〇八）、増刊小説界第二号（昭和二五・一）および小説界臨時増刊（昭和二五・一）が山菱印刷株式会社（東京都中央区日本橋富沢町五）となっている。（※配給元・創刊号（昭和二三・六）から第二巻第五号（昭和二四・八）までは日本出版配給株式会社となっているが、以後廃刊まで配給元の記載なし）。

【概要】『小説界』は昭和二三年六月から昭和二六年一月までのおよそ一年半の間、計一四冊発行された中間小説誌である。編集者兼発行人である北島宗人は元『改造』編集長で、北島の編集長時代は昭和二一年に限られるが、当時の『改造』最終ページ「編集後記」に北島の名前を見ることが出来る。昭和二二年一月号の『改造』の編集委員に北島の名前がないことから、昭和二一年の後半期に改造社を去ったと推測することが出来る。『小説界』第一巻第一号の「後記」では「昨冬以来の準備ようやくなり新緑爽涼の机辺に「小説界」復刊第一号を贈る」とあることから、北島が『小説界』に関わり始めたのは改造社を去った一年後の昭和二二年の冬からであったと考えられる。この時期のことについて北島自身が『雑誌『改造』の四十年』（昭和五二・五、光和堂）で「編集長時代の思い出」として語っているが、この時の北島の肩書きは「映画プロデューサー・共同製作社代表」である。

『小説界』の実質創刊号であった第一巻第一号が『海光』復刊号であるという点については復刊になったという『海光』を含め詳しいことは分からない。ただし第一巻第二号の「後記」で「特に一切の既得権と地盤を持たぬ「小説界」の如き新発足誌の前途は今後愈々困難の度を深めてゆくものと思ふ」と記されており、復刊した雑誌にもかかわらず「既得権と地盤を持たぬ」といった表現や、自らを「新発足誌」と規定している点は「復刊」という字句と矛盾を来している。現在『海光』というタイトルの雑誌を国立国会図書館プランゲ文庫内に二冊確認できるが、どちらも『小説界』とつながるような要素を見いだし得ない。恐らく用紙割当の問題（新創刊では用紙の割当がのぞめない）のため、割当紙のある既存の雑誌を買いとって改題復刊したと考えられる。

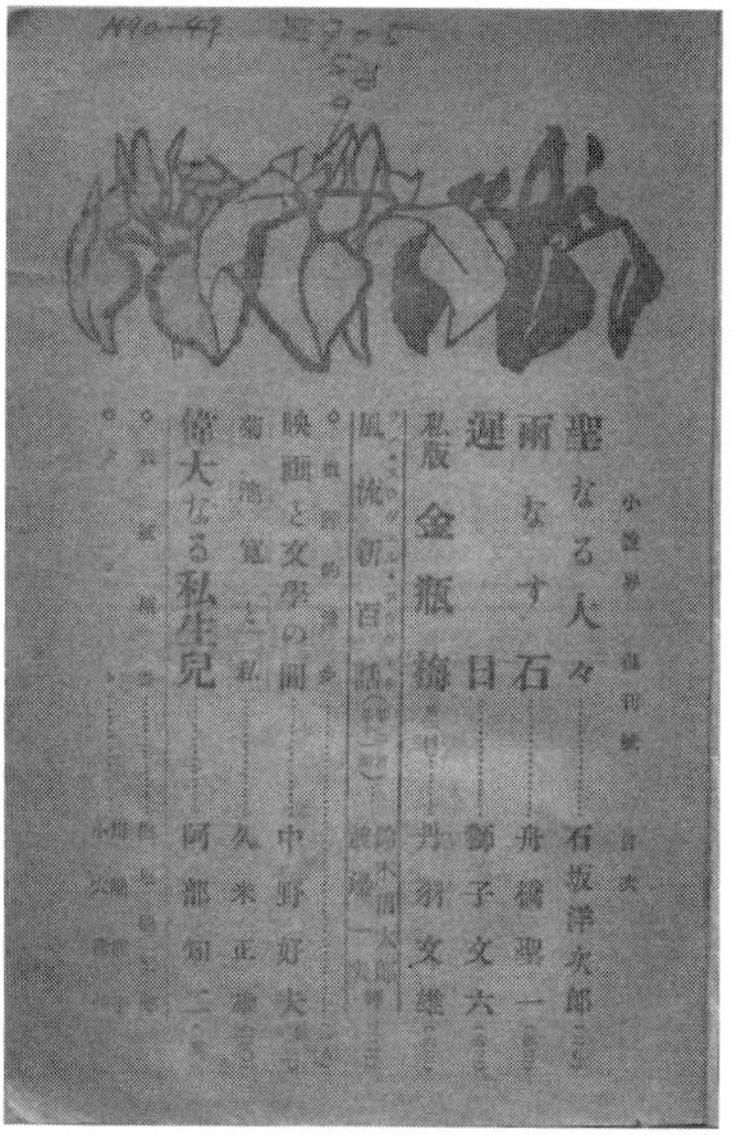
聖なる人々……石坂洋次郎
雨なす石……舟橋聖一
運日……獅子文六
私版 金瓶梅……丹羽文雄
映画と文学の間……中野好夫
菊池寛と私……久米正雄
偉大なる私生児……阿部知二

『小説界』創刊号目次（昭和23・6）

雑誌の内容は第一巻第一号「後記」に「徒らなる高踏を排し、低劣なるアユを斥けつつ新しき日本文学の真の基盤を大衆のうちに確立するために微力をつくしたいと思ふ」とあり、また第一巻第五号「編集後記」に「純文学と称しては徒らに孤高にやせて魅力を失ひ、他方大衆文学と称しては堕落目を覆はしめるに至つた最大の原因は、まさにこの愚劣な区分けにあつた。／「小説界」は具体的な編集の上で、徹底的にこの愚劣な区分けを取り払ひつゝ、「健康で明るく豊かな」日本文学を生み出す努力を続けたい」とあるように、中間小説誌一般に見られる理念を共有している。詳しく見れば谷崎潤一郎や久米正雄といったベテラン作家から、丹羽文雄、舟橋聖一といった中間小説誌常連の作家、中村八朗、松下達夫、塙英夫、榛葉英治といった新人作家までの小説を配し、また表紙画家として梅原龍三郎、安井曾太郎、寺田竹雄などを用い、堅実な中間小説誌を目指していた。こうした点は先行する中間小説誌『日本小説』や『小説新潮』が参考になっていると考えられる。発行期間を通じての大きな話題としては中村八朗の「桑門の街」（第二巻第一号）が第二一回芥川賞、直木賞それぞれの候補作品となったことが挙げられる。

終刊に関しては詳しいことはわからないものの、第二巻第六号「編集後記」に「本誌は、刊行が遅れて読者諸賢に御迷惑をおかけしてゐましたが、日配の業務指定より、その後の出版配給機構の民主化としての、配給機構の整備を見るに及んで、創刊以来の宿願に対して愈々前進出来る確信を得た」とあることから、昭和二四年の日本出版配給閉鎖指定に関わるものと考えられる。『小説界』の実質最終号となった『小説界臨時増刊』は、それまで雑誌に掲載された小説のアンソロジーとなっており、これもまた『日本小説』などに見られたものである。

［西田一豊］

自覚的な中間小説誌

『小説朝日』

【発行期間・総冊数】昭和二六年六月〜昭和二七年一二月・全二二冊（臨時増刊号含む）。

【刊行頻度・判型】月刊・A5判。

【発行所】太陽出版株式会社（第一巻第一号〜第一巻三号）。所在地は東京都千代田区西神田二―一〇。次いで株式会社小説新社（第一巻第四号〜第二巻第二号）。所在地は変わらず東京都千代田区西神田二―一〇。次いで株式会社小説朝日社（第二巻第三号〜第二巻一三号）。所在地は東京都千代田区神田小川町一―一〇（三勢ビル内）。

【編集人・発行人】編集人は山田静郎。発行人は木原靖行（第一巻第一号〜第二巻第二号）。のち山田静郎が編集兼発行人となる（第二巻第三号〜第二巻第一三号）。

【印刷人・印刷所】印刷人・印刷所は第一巻第一号が加藤俊一・加藤印刷株式会社（東京都港区芝西久保桜川町四）。第一巻第二号〜第三号および第二巻第三号〜第一一号が小泉輝章・小泉印刷株式会社（東京都文京区戸崎町七二）。第一巻第四号が松浦九一・株式会社松浦印刷所（東京都千代田区神田猿楽町二―一四）。第一巻第五号〜第二巻第二号が岩見雄司・相馬印刷株式会社（東京都千代田区神田猿楽町二―一三）。第二巻第一二号が日興印刷株式会社（印刷人および所在地記載なし）。第二巻第一三号が新興印刷製本株式会社（印刷人記載なし、東京都板橋区板橋町一―一九五二）。

【概要】『小説朝日』は昭和二六年六月から昭和二七年一二月まで発行された中間小説誌である。発行人の山田静郎は元春陽堂の編集者で、『新小説』に携わっていた。山田の春陽堂時代については自身による回想（「春夏秋冬㉕　春陽堂と私」『電電ジャーナル』昭和五一・八）があり、それによって『小説朝日』創刊までの山田の足取りを追うことが出来る。山田は昭和二〇年秋に春陽堂に入社し、当初『ユーモア』の編集に加わったが、大学の先輩の誘いで雑誌『風雪』の編集を手伝うため一時春陽堂を離れた。しかし『風雪』が風雪社から六興出版へ出版元を変更したのを契機に、春陽堂に復帰し、『新小説』の編集長となる。その編集長時代は『新小説』昭和二四年一月号から休刊号となった昭和二五年六月号までである。昭和二五年の出版不況の煽りを食った形で『新小説』が休刊とな

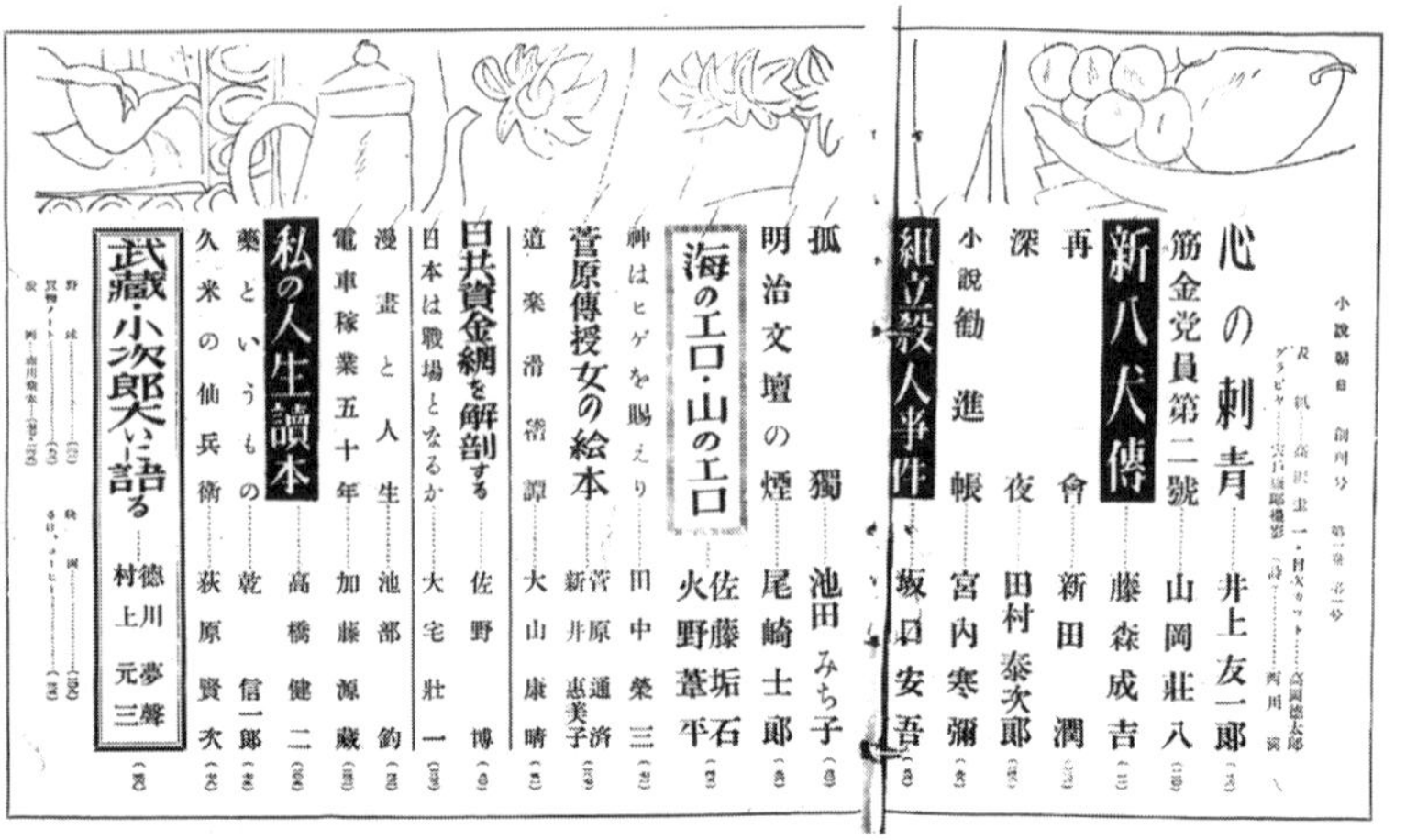

『小説朝日』創刊号目次（昭和26・6）

り、また春陽堂も人員整理を余儀なくされたため、自発的に山田は社を辞し、家庭生活社発行の『家庭生活』および同社発行の読物誌『家庭生活臨時増刊　読物朝日』（昭和二五・八）の編集に携わった。この『読物朝日』が誌名からも推察出来るように『小説朝日』の前身であったと考えられる。またこの『家庭生活』との繋がりの発端として「そのころ私が世話になった人に作家の三島正六氏がいる。友人の紹介であったと思うが、初めて三島正六氏にあった。当時三島氏は婦人雑誌社の編集局長をしていた」とあり、元『日本小説』編集者の三島正六の存在がある。山田は三島を通じて中間小説誌編集のノウハウないしヒントをこの時得たことで『読物朝日』の後『小説朝日』発刊へ至ったと推測される。『小説朝日』刊行中の昭和二七年二月二五日付『全国出版新聞』に掲載された「ジャーナリズム人物点描　執筆者から編集者から」欄における山田静郎の紹介記事にこの間の経歴と人柄について簡潔にまとめられている。

小説朝日の山田静郎君は実に立派な編者だと思う。ユーモアクラブ、風雪、新小説、読物朝日と現在の小説朝日に至るまでの氏の編者行旅は、もう相当に長い。しかも決して平坦な道ではなかつた。風雪は風雪社から六興出版社に渡り、新小説、読物朝日は社運非にして廃刊している。

隆昌な社をバックにした編集者は、苦労がないとはいはないが、ひたすら雑誌をよくするための編集に専念すればいゝので苦労は比較的少い。しかし、山田君の場合はきりつめられた条件のもとで、もつとはつきり言ふなら雑誌の発行不能、あるいは遅刊、また不払の稿料を気にしながら、出来得る限り良い雑誌を作らうと、実に身を切るやうな苦心を重ねている。見ていて気の毒で涙が出たことがあつたくらいである。

この記事が掲載された昭和二七年二月は『小説朝日』の発行元が小説新社から山田が発行人を務める小説朝日社へ変更された時期にあたり、この「応援」記事が書かれた背景にはそうした事情が反映していると思われる。

『小説朝日』自体は、昭和二五年の出版不況で比較的資本の乏しい出版社が倒れていった後に刊行された、新興の中間小説誌であった。しかし小説専門の月刊誌である中間小説の市場は、すでに『小説新潮』『オール讀物』『小説公園』等、先行する雑誌によって占められており、新規に参入した『小説朝日』にどれほどの勝算があったかは疑わしい。『小説朝日』の誌面に目を向けても、創刊当初は佐野博「日共資金網を解剖する」、大宅壮一「日本は戦場となるか」といった政治ルポないしは社会評論然とした読物記事も散見されたものの、号を追うに従って小説を中心とする目次構成となり、掲載される小説は丹羽文雄、藤原審爾、火野葦平、井上友一郎といった中間小説誌常連の作家の名前が並び、他誌との差異が見えにくくなっている。

ただし、『小説朝日』が他誌と一線を画すのは、後発雑誌ということもあり自覚的な中間小説誌であった事実である。それはたとえば「中間小説月評」欄（第一号第六巻〜第二号第一号）を設け、「この中間小説勃興期に、よもやとは思つたが、十月号諸雑誌を繙いてみて、いまだに、この不明瞭の跡を絶たないのを知り、中間小説のために婆心を披瀝した。以下、中小界の四天王雑誌に若干の例をとり、この間の事情を説明する」とし、『小説新潮』『オール讀物』『小説公園』に加え自誌『小説朝日』を「四天王雑誌」の一角に加えていることからも明らかである。また『日本小説』創刊号（昭和二二・五）において言及されていた武田麟太郎の、その小説『銀座八丁』を意識した「グラビア　銀座八丁」（第一巻第六号）および菊岡久利による「銀座八丁」（第二巻第六号〜第二巻第一二号、ただし第二巻第九号は臨時増刊号のため除く）なども中間小説誌が強く意識されていた証左と言えよう。こうした『小説朝日』にあって中村八朗の小説「霊を持つ手」（第二巻第三号）「貝殻追放」（第二巻第五号）が第二七回直木賞候補作に、また同じく中村八朗の「紋章家族」が第二八回直木賞候補作となった。

『小説朝日』は二度の発行元の変更および先に引いた『全国出版新聞』の記事から推察されるように、出版資本として脆弱であったと言ってよく、『小説朝日臨時増刊号』として娯楽雑誌『小説と映画　東京倶楽部』の発行、また「読物」に特化した『小説朝日夏の臨時増刊　話の手帖』（第二巻第九号）といった隣接ジャンルの雑誌発刊、更に小説朝日社時代には書籍の刊行にも手を広げたが（小説朝日社の書籍刊行は昭和二八年まで確認できる）、遂に昭和二七年一二月の第二巻第一三号を最後に、本誌が刊行されることはその後なかった。第二巻第三号の「編集後記」には「猶、本号は現在文壇でもっとも活躍されて居ります中堅諸作家に、それぞれの個性的作品を発表させていただき中間小説の新しい方向を探ろうと致しました」とあるが、昭和二二年に『日本小説』が創刊されてからすでに五年を経、中間小説誌市場は飽和状態をむかえており、小説だけを並べた月刊誌という目新しさだけでは立ちゆかない時代になっていたのである。

［西田一豊］

第2章

「チャンバラ中間小説」の徴候

戦前期大衆文学論からの要請

牧野悠

一　潜在していた「中間小説化」への要望

戦後時代小説の変質を考察する上で、大井広介《おおいひろすけ》の遺した発言は、示唆に富んでいる。たとえば、「剣豪ブームの秘密　大衆文芸の史的背景を見る」（『図書新聞』昭和三一・一・一）では、異常な剣法の遣い手を描く「喪神」[1]（『新潮』昭和二七・一二）で、第二八回芥川賞を獲得後、『面白倶楽部』や『オール讀物』に発表した剣豪小説により、短期間で流行作家へと駆けのぼった五味康祐《ごみやすすけ》について、

> 新講談の支配に対し、現われるべくして現われたのが、五味をチャンピオンとするチャンバラ中間小説である。五味の『秘剣』『一刀斎は背番号６』は気の利いたコントとして、現代の読者の鑑賞に耐える。

と評価している。ここで大井のいう「新講談」とは、直前に、「作品がウケることを狙っているばかりでなく、——部屋といわれる結束が、更に繁栄を助長しているように感じられるのは私は厭だ」とあるように、長谷川伸《はせがわしん》を中心とする「新鷹会《しんようかい》」出身の大衆作家たちを指している。また、大井は、「通俗小説の中に、大衆文芸を解消させた」として川口松太郎《かわぐちまつたろう》を槍玉に挙げており、「白井喬二《しらいきょうじ》も直木三十五《なおきさんじゅうご》も当ったが、ウケること以外に世界観なり性格創

造なり斬り合い描写なりにモチーフをもっていた。川口と現在のチャンバラ流行作家はウケること以外に、何か念頭にあるだろうか」としている。白井や直木、つまり大正一四年に「二十一日会」へ集った初期大衆文芸の書き手たちが、「通俗小説でもない、講談でもない、抱負と新鮮さをもっていた」と見做す大井が、「講談に後退し、新講談となり果てた」と名指ししたのが、当時、屈指の人気を誇っていた村上元三《むらかみげんぞう》の「次郎長三国志」（『オール讀物』昭和二七・六〜二九・四）である。

村上は、長谷川伸門下の中心的作家であり、師弟ともに股旅物を多く手がけている。だが、大井は、後に上梓した『ちゃんばら芸術史』[2]（昭和三四・三、実業之日本社）で、小説だけでなく、剣戟映画や剣劇を低迷させた元凶として、股旅物を痛烈に批判した。

> 昭和年代の股旅物に至っては、一定のシチュエーションで殺傷を行っても、土地を売る、旅に出るという形で、責任の追求から逃れ去る。再び大詰には、旅から戻った主人公が姿を現し、敵役を仕留めるが、その場で捕縛されたり、おれも傷ついて倒れるケースはむしろ稀で、敵役一味を斬り倒してしまうと、おおむね再び旅へ高飛びしてしまうのである。（中略）
>
> 本人にどのような言い分があろうとも、社会的な秩序は彼を葬らずにはおかない。こうした社会と個人の葛藤こそ、小説や劇の問題であったとすら言えるだろう。このような社会倫理通念の欠如と喪失が、股旅物の流行でもたらされた決定的堕落である。

よし長谷川伸、次いで現れた子母沢寛《しもざわかん》に記憶されるべき幾つかの佳作があるにせよ、股旅物を流行させ、そのおびただしいエピゴーネンによって、この弊風を瀰漫《びまん》させ、功罪ともに相当大きいのは否めない。

そのエピゴーネンの最たるものとして「次郎長三国志」を俎上に載せ、「社会感覚の欠如、低能ぶり」を「肯定的に書いて、流行作家で通用しているのだから、大衆文芸の発足時から見るとお話にならぬ低下ぶりである」と断じている。今日からすれば、戦後初めて新聞連載された時代小説「佐々木小次郎」（『朝日新聞』夕刊、昭和二四・一二・一〜二五・一二・三一）など、いち早くジャンル復興に着手した、村上の功績は少なくない。だが、同時代で有数の大衆文学に関する知見を持ち、大正中期から昭和初年代にかけての「個人的被害から、社会人生へ否定的になった」懐疑派の主人公類型に愛着を寄せる大井が、「大人の鑑賞に耐えられない」と退けたのも無理からぬものがある。

同書で大井は、

> 私はチャンバラ小説が、講談や、（廣澤）虎造の浪花節の水準に低下し、しかも文壇では中間小説なるものが、すこぶる繁栄し、新聞から引っぱりだこの作家は、おおむね、純文学などというものに、さして未練執着を抱かず、中間小説をせっせと書いているので、なぜチャンバラ中間小説というべきものが現れないのかと、小首をかしげていた。

と回想している。冒頭で示した一節にある「現われるべくして現われた」は、現状に対する不満、それに端を発する渇望を受けてのものであり、『ちゃんばら芸術史』でもまた、「五味康祐、柴田錬三郎《しばたれんざぶろう》、南條範夫《なんじょうのりお》は現れるべくして現れたチャンバラ中間小説作家である」と再規定された。「チャンバラ中間小説」の隆盛、すなわち〝剣豪ブーム〟が、きわめて広範な読者を獲得した事実は、あらためて記すまでもないが、その端緒となった五味の登場を、大衆文学史上、重要な分水嶺とする見解は、大井個人に限ったものではない。真鍋元之《まなべもとゆき》もまた、

> 大衆文学とは対蹠の地点に立つ、〝純文学〟の芥川賞作品から、こうしたブームが導き出されたのは、ふと考えれば皮肉にも思われるが、この現象こそ大衆文学の、中間小説化に他ならないのだ。

としている。[3] 結果的に、五味と柴錬[4]の剣豪小説[5]は、一時代を築いており、保田與重郎《やすだよじゅうろう》門下の芥川賞作家、『三田文学』出身で芥川賞候補となり直木賞を獲得、といった両者のプロフィールにより、時代小説ジャンルに生じた「中間小説化」現象を後付式に説明するのは容易だろう。しかし、こうした変革の誘因を、作家個々の資質に還元する認識

は、あたかも事象が突発的に生じたかのような印象を免れず、いたずらに過去との断絶のみが際立つ。
むしろ、「チャンバラ中間小説」登場に至る経緯からは、大井の言辞と違わず、必然的な事由を析出できるのではないだろうか。以下では、それ以前の時代小説に関する主だった言説から、潜在し続けた要請を拾い上げていく。大井を代表とする一部読者層の歯痒さ、そこから生じた期待の内実を大づかみにすることにより、時代小説ジャンルにおける戦前・戦後にまたがった、一つの照応を提示したい。

二　「大衆文芸」と「時代小説」

尾崎秀樹《おざきほつき》『大衆文学論』（昭和四〇・六、勁草書房）では、「マスコミ・ジャーナリズムがまじめに大衆文学論をとりあげた「大英断」として、『中央公論』大正一五年七月号に言及している。本号は、千葉亀雄、菊池寛、生田長江、村松梢風等の「大衆文芸研究」に、佐藤春夫、正宗白鳥、直木三十五、白井喬二、江戸川乱歩、芥川龍之介等による「大衆文芸論」の二本立て、計一三人の書き手による特集号である。とりわけ芥川龍之介「亦一説？」は一般的知名度が高く、「大衆文芸家ももつと大きい顔をして小説家の領分へ斬りこんで来るが好い。さもないと却つて小説家が（小説としての威厳を捨てずに）大衆文芸家の領分へ斬りこむかも知れぬ」という挑発には、尾崎も着目している。続いて尾崎は、特集号に掲載された菊池寛「大衆文芸と新聞小説」からの引用を起点とし、大正末年から戦後までの、文学史的認識を簡潔にまとめている。

菊池寛、久米正雄《くめまさお》では、「大衆文芸は、かびの生えた講談から来る退屈と、私小説流行の文壇から来る倦怠とを救ってくれる点に於いて、知識読者階級からも十分歓迎されていい」という大衆文学への同情的立場となって通俗文学への接近をしめしている。菊池・久米らの通俗文学への親近的議論は、約一〇年をへて、横光利一《よこみつりいち》の「純粋小説論」

> となって再生したと考えたい。横光の実験は時代の雰囲気におされて不幸な歪みを刻印する結果となった。しかしその死屍からは、戦後になって織田作之助《おださくのすけ》の「可能性の文学」が誕生し、文学の虚構性と、偶然性が、戦後的土壌に濃艶な花を開く。これと丹羽文雄《にわふみお》・武田麟太郎《たけだりんたろう》のマダムものや、市井ものが、社会性ぬきの風俗小説となって戦争をくぐりぬけ、戦後ふたたび、中間小説として装いを新たに登場する姿は、狭義の大衆文学とはことなる通俗小説論の重要なメルクマールであろう。

明解な見取り図ではある。だが、注意したいのは、本章の議論と直接関係する「狭義の大衆文学」、つまり時代小説ジャンルの変遷が、ここではこぼれ落ちていることだ。

尾崎の『大衆文学』(昭和三九・四、紀伊國屋書店)では、「日本の大衆文学はそのまま時代小説を指していわれていた」と今日の通説となっている理解を示した上で、

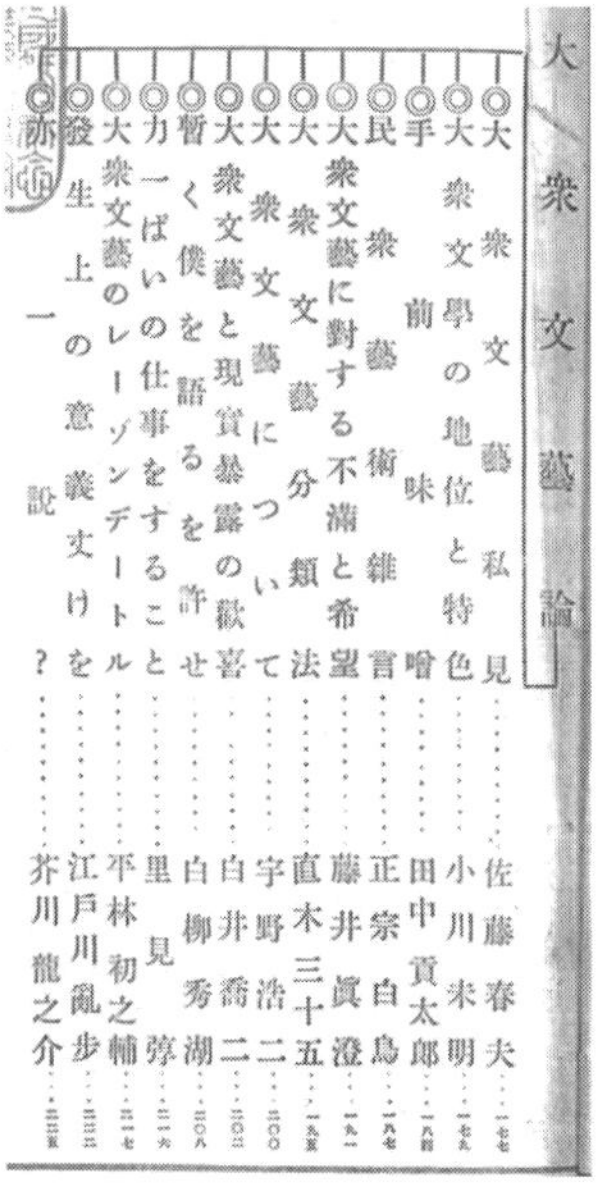
大衆文藝論
◎大衆文藝私見……佐藤春夫……一七七
◎大衆文學の地位と特色……小川未明……一七九
◎手前味噌……田中貢太郎……一八四
◎民衆藝術雜言……正宗白鳥……一八七
◎大衆文藝に對する不滿と希望……藤井眞澄……一九一
◎大衆文藝分類法……直木三十五……一九五
◎大衆文藝について……宇野浩二……二〇〇
◎大衆文藝と現實暴露の歓喜……白井喬二……二〇三
◎暫く僕を語るを許せ……白柳秀湖……二〇八
◎力一ぱいの仕事をすること……里見弴……二一六
◎大衆文藝のレーゾンデートル……平林初之輔……二二七
◎發生上の意義丈けを……江戸川亂歩……二三三
◎一說？……芥川龍之介……二三五
◎赤

『中央公論』目次（大正15・7）

> 大衆文学を時代小説に限り、通俗文学と一線を画そうとする見方は、その後、通俗文学と大衆文学がごっちゃになり、いつしかマスコミ文学のなかに雑居するようになった戦後においてもなお生き残っている。また頑固に、その領界を分けることで、かつての大衆文学が持った新興文学としての意義を思い出させようと努める評論家もいないわけではない。中谷博《なかたにひろし》や武蔵野次郎《むさしのじろう》などがその代表であろう。

と、次第に曖昧化する定義と、その流れに抗う論者を紹介している。前節で挙げた大井広介にしても、副題に示されたように、「頑固」に解釈する一人である。「大衆文芸」の提唱者が白井喬二であり、大正一五

年一月に創刊された、第一次『大衆文芸』執筆同人の大半が時代小説作家であっても、「大衆」という語の利便性が、ジャンル規定の機能を喪失させてしまう。芸術小説に対する娯楽小説、もしくは対象読者の知的・社会的階層性、作者の出自や志向といった問題系を包摂し、「純文学」の対義語として、それまで存在していた時代小説（新講談）、探偵小説、現代（通俗）小説[5]を一括した「大衆文学」へ概念が拡大すると同時に、作品の時代設定という要素は、些事として等閑視された。このように一連のプロセスは整理できるが、「大衆文芸（文学）」と「時代小説」が、発生期からすでに等号で結ばれていたという前提に、検討の余地が残ると思える。無論、もっとも人気を集めたのが時代小説ジャンルであった事実に、疑念を差し挟む余地はない。しかし、『中央公論』特集号中、狭義の意味で語を用いている執筆者は、皆無に等しいからだ。千葉亀雄「大衆文芸の本質」には、関東大震災後に流行した「大衆文芸の主題は、封建時代の武士や怪人や娼婦が選ばれた」と指摘があるものの、探偵小説についての考察を多く含んでいる。大多数は、やはり純文芸（芸術小説、文壇小説）の対概念と認識しており、大衆文芸の勃興と、講談の衰退との連関に着眼した菊池寛でさえ、

> 大衆文芸の諸氏と云へども、彼等が物の分つてゐる人達である丈に、現在の興味中心、描写本位の作品に慊らないで、彼等の書く物の中で文芸の正道を求め出しはしないか。そのかいてゐる物の中に、自分自身の芸術と人生を求めはしないか。そして、結局は、純文芸的な作品をかき出しはしい《（マヽ）》か。純文芸的になつてしまふと、結局現在の文壇の作品乙の上あたりと同じものになりはしないか。

と、あたかも両文芸が、同一軸上の高低として位置づけられるかのように述べている。

「大衆文学」の語が一般化した契機は、昭和二年から刊行が開始された『現代大衆文学全集』（平凡社）とされるが、同全集には、江戸川乱歩や小酒井《こさかい》不木《ふぼく》の探偵小説も収められている。通説にとって、いわばノイズとなる乱歩は、『大衆文芸』第二号（大正一五・二）に「探偵小説は大衆文芸か」を発表していたように、当初より大衆文芸を時代小説に限定していない。その立場から記された乱歩の「発生上の意義丈けを」は、特集号中ひときわ興味深い認識を示して

いる。

色々な意味をこめて、大衆文芸の主たる存在理由は、今も云つた芸術の民衆化にあるといふことが出来るかも知れない。第三者の立場からは、これがもっとも穏当な見方であるかも知れない。つまり、難解な高踏的芸術を避け、しかも、娯楽的読物よりは一歩芸術に踏み入つた、謂はゞ中間的な、一種の文芸といふ見方である。実際、今日大衆文芸と云はれてゐる作物は、恐らく偶然にも、丁度左様な種類のものであるかも知れない。

戦後の「中間小説」についての議論を思わせる意見だが、このように、大正末時点で、「大衆文芸」と「時代小説」は、必ずしも同義語ではない。白井喬二「大衆文芸と現実暴露の歓喜」でも、探偵小説が大衆文芸の一ジャンルとして論じられている。(7)

初期「大衆文芸」概念の検討が本章の目的ではないため、範疇に関する指摘は以上にとどめるが、本節の最後に、特集号での直木三十五「大衆文芸分類法」における、実作者としての言葉に触れておこう。直木は、大衆文芸の質的向上のため、「もう少し学殖を、機智を、批判を、そしてそれを興味の多い題材に――。それから表現を芸術的に」と述べる。「空想を現実的迫真らしくする力を文芸と云ふ、虚を実に、偽を真に感ぜしむる力、それが芸術であつて、それをもっとも興味深い題材に使用せよ、それが大衆文芸の上乗なるものである」という指針は、後述する「大衆文芸作法」(『文芸創作講座』昭和三・一二〜四・八)に継承される。ここで重要なのは、大衆文芸への文学的要素の加味が、結局は擬似的純文芸作品を導くという懸念を示した菊池寛と、認識を大きく異にしている点である。直木は、文学的価値の高低で、純文芸と大衆文芸をとらえておらず、方向性のちがいとして、あくまで水平軸上に位置づけている。大衆文芸の「芸術」化は、上限に純文芸を設定した文学観と矛盾する。ゆえに直木の次の発言は、「文壇作家」と「大衆作家」間の階層性の否定に他ならない。

何んといふ現在の「大衆作家」の多くは、赤本作者であらうか?彼等の幾人かは、文壇の落第坊主である。と云つて悪いなら逆に文壇人共の「大衆文芸」は又、何んといふ拙さであらう?と云つてもいい。それは単に小使取として許してをけることでは無い。大衆作家としても、文壇作家としても才能の無いことを示すだけのことである。

だが、「大衆」という不適当な呼称により、早くも偏見が定着していた。大衆文学の良否を問うためには、上位に純文学を配置した認識を、まずは転倒させねばならない。このような意識が、他の通俗的なジャンルと分節し、大衆文学を時代小説に限定しようとする態度を導いたのではあるまいか。

三 知識人のためのチャンバラ

先の引用で尾崎秀樹は、「頑固」な論者の代表として、中谷博[8]を挙げている。「そこには誤解と混乱とがある」と起筆された、中谷の「大衆文学本質論」(『新文芸思想講座』昭和九・四〜五)は、前半部を大衆文学概念の定見なき拡大に対する批判が占める。

大衆文学がそもそもの最初から惹き起し、今日もなお激烈にこそなれ、一向に減退することのない混乱、即ち人情物作者をも、探偵物作者をも、情話物作者をも、髷物作者をも、恋愛物作者をも、純文学作者をも何でもかでも大衆文学の中へ抱擁し統括して行く、無制限無差別無頓着な門戸開放、それから此の大衆と云う言葉を寧ろ俗衆の意味に解釈して、文学的教養に遠いものと仮定してかかったが為めに、読者の中に多数の知識人があることを、(中略)文学的教養に於いては年少の文学青年などの遠く及ばないような知識人があることを見落していて、それから生じて来る種々なる誤解に依る徒らな謙遜と偏屈な孤立、これが大衆文学の正体を曖昧にさせ、今日いろいろ勝手気儘な、無責任極りない論議を招来しているわけである。

一般通念に対する反発から、中谷は、「大衆文学とは知識人の文学である、虚無と破壊との文学である、剣の文学である、チャンバラの文学である。そして最後に遊びの文学である」と結論した。こうした非常に局限した認識を、尾崎は「大衆文学が本来はらんでいた大衆性の側面を過小評価している」（『大衆文学論』）と、理論的限界として退ける。だが、中里介山《なかざとかいざん》「大菩薩峠」を大衆文学の典型と見なす中谷が、「剣」あるいは「チャンバラ」を強調した背景にある、従前の時代小説で、それらが粗雑に扱われていた事情を考慮する必要がある。佐々木味津三《ささきみつぞう》が、「張扇の代りの単なる文字の羅列」と非難したように、[9]昭和初年代の時代小説における剣戟描写（チャンバラ）は、発展途上であった。

三田村鳶魚《みたむらえんぎょ》『大衆文芸評判記』[10]（昭和八・一一、汎文社）は、時代小説における考証の不備を批判したことで知られているが、佐々木の「旗本退屈男」シリーズ（『文藝倶楽部』昭和四・四～六・三）も、「免許皆伝も奥義以上の腕前」「峯打ちの血を見せない急所攻め」「両翼八双に陣形を立て直しつゝ、爪先き迫りに迫つて来る」等の語について、「何のことだか分らない。作者にも多分説明が出来まい。ならば手柄に佐々木さん、読者のために講釈してごらんなさい。この類の怪しげな、小児の片ことのような、造語や名称が、一般に通用するかどうか」と、手厳しく論難されている。おそらく鳶魚は、言語によるチャンバラの描出を、そもそも不可能と認識していた模様である。「大衆小説は此処へ」（『時代小説評判記』昭和一四・四、梧桐書院）では、「大衆小説自体が殊に甚しい動きのある立廻り――今日の言葉で云へばチヤンバラですが、その恰好や云ひ現し方に就ては、どの人もあまり研究してゐない」と断定し、「上手にごまかして行くだけのものを持つて」いる「講釈師の口について廻つた方がいゝ」と、講談への退行を主張している。「大衆小説が好んでやるチヤンバラなども、文で半分、画で半分といふやうな行き方をしたならば、もつと無理が無しに済むかとも思はれます」とあるのも、そうした認識に由来するのだろう。だが、鳶魚の考証も、武芸に関しては、理解不足が目に付く。たとえば、林不忘《はやしふぼう》「新版大岡政談」（『大阪毎日新聞』夕刊、昭和二・一〇・一五～三・五・三一）にある、「神変夢想流の鷹の羽使ひ」を「不可解な言葉」と一蹴している。しかし、剣豪小説の典拠として活用された、吉丸一昌《よしまるかずまさ》篇『武術叢書』（大正四・五、国書刊行会）にも収録されている剣法書、松浦静山《まつらせいざん》『剣攷』（享保元年刊）に、「鷹は鳥を撃つ者なれば、

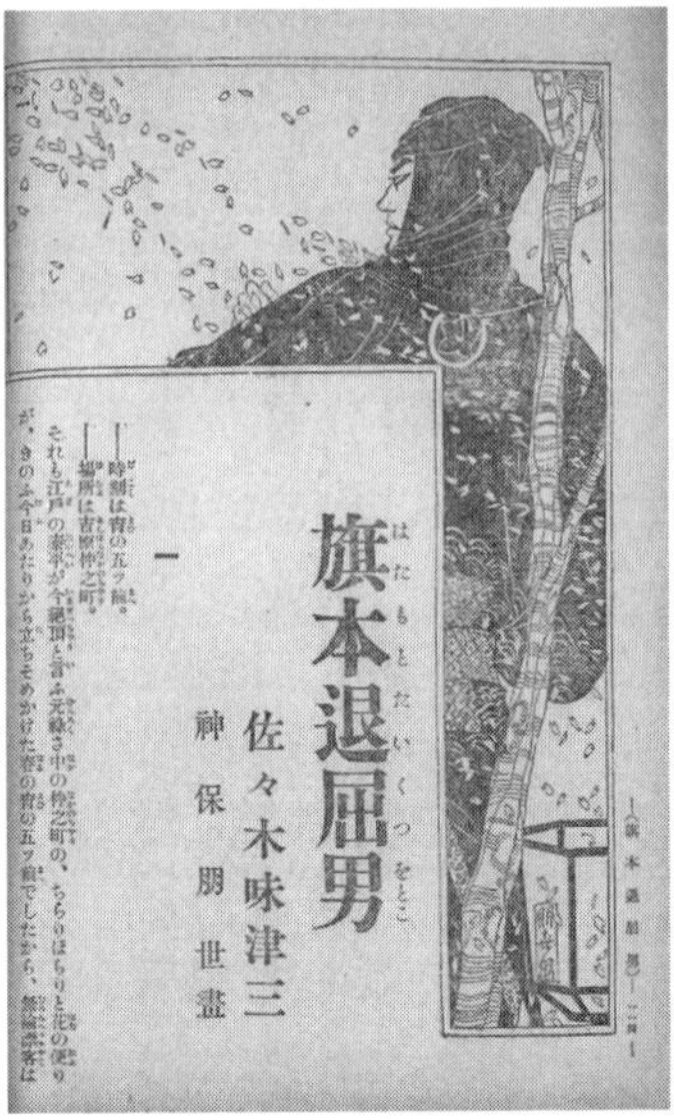

佐々木味津三「旗本退屈男」（『文芸倶楽部』大正4・4）

此撃を打つになずらへて鷹の羽使ひと云ふ義を、下の使ひの字を略して、（引用者注、太刀の名を）名づけたる成るべし」と見えるように、不忘の用いた語は、鳶魚のいう「造語」ではない。近世風俗研究の泰斗であっても、剣法論に限っては、必ずしも的を射た指摘ではなかった。しかし、裏を返せば、剣戟描写の改良による差異化こそ、従来の講談から脱却し、近代的な文芸へと進展するために不可欠だという観点へ、容易に転化する。

その好例が、直木三十五「大衆文芸作法」における、日本人の「剣戟に対する一種特別な伝統的な感覚」が、歌舞伎を代表とする「世界独特の剣戟殺人の形式」を創造し、それが「大衆小説を発達させ得た」という認識である。「もっとも重要な大衆文芸の要素となつてゐるところの、「剣術」及び、「忍術」のことさへ、本当に調べて書いてゐる大衆文芸作家は、殆んど少ない」という同時代への不満自体は、鳶魚と共通しているが、「調べた智識を軽蔑しては、大衆文芸の将来の発展は殆んど約束されない」とし、剣戟描写のリアリティ獲得を訴えている。直木は、読者が批判研究する材料として、国枝史郎《くにえだしろう》、大佛次郎《おさらぎじろう》、中里介山、横光利一の作品を引用する。大衆作家と横光との併置や、「大衆物に、より芸術的なもの、小説的なものを与へやうと努力し、効果を挙げている」と大佛を評価する姿勢には、「文壇小説」の下位に「大衆物」を位置づける価値観へ抗う、意識の通底が明瞭である。「大衆文芸分類法」時点では、「定義をきめるのは下らない」と概念規定を避けていたが、ここで直木は、「震災後に於て現れたる興味中心の髷物、時代小説」という通説と重なる認識を示している。[11]「大衆文芸」再定義と、剣戟の重要視は、無縁ではない。剣戟を「日本の文壇小説が自然主義に禍ひされ、誤つた、局限された方向へ突進んで」排除された要素ととらえ、「一口に剣戟は下等だ、いや反動的だという大ざつぱな言葉で片付けて了ふこと」に駁するふるまいは、時代小説にふさわしい評価基準の請求といえる。

大衆物は、いふならば現在の芸術小説――文壇小説の興味のなさに対する反動として生れて来、そして読書階級の欲求に投じたのである。従つて、興味中心的であり、あくまで娯楽的にとどまり、その限りに於て、芸術的文学観の立場からは批評し得ないものであり、無価値に等しい低級な小説の類だと言つていい。所謂、小説の要素としての心理過程、社会史料、性格、思想などの描写に関しては、読む方も書く方も期待してはゐないのだから、芸術的批評の適用され得ないのも当然のことといはねばなるまい。

その代わり期待されるのが「恋愛と剣戟」だと述べ、同時に、それら要素がマンネリズムに陥り、読者に辟易されはじめていることへの危機感にもとづき、剣戟描写の改良は主張された。剣戟は、文壇小説との連続性を端的に截断する象徴である。それへの特化は、「文壇」からの的外れな論評を封殺し、適切な批評がなされるべきという、素朴で当然な期待をふまえての試みだろう。ただし、大衆作家中、直木の剣戟に関する知識と意欲は、群を抜いていたこと[12]を考慮すると、自身に有利な環境を編成しようとする目論見も、多少は含まれていたようにも思える。

中谷の「大衆文学本質論」には、執筆中、直木の逝去が報じられたと記されている。掲げられた偏狭にも思える大衆文学の理念は、直木の遺志を継承し、さらに純化したものといえよう。大衆文学の主人公が抱懐する虚無が、震災恐慌以降の知識人の鬱屈を代弁しており、剣による破壊が、彼等に清涼感を与えたという指摘は卓見であり、適切な価値基準による批評の要求[13]にも正当性がある。しかし、中谷の以後の論攷は、大衆文学に対する「誤解と混乱」の訂正を叫び続けるが、肝心の「剣」「チャンバラ」の考察へ進んでおらず、あまりにも「遊び」のない悲憤慷慨のリフレインだった。[14]

四 「宮本武蔵論争」と〝剣の反知性主義〟

甲賀三郎《こうがさぶろう》「大衆文芸」（『読売新聞』昭和五・一一・三〇）には、大衆文学批評に関する葛藤について、急所を突いた指摘がある。

読書階級の大衆文芸に対する態度には、判然としないまでも、自ら二つの種類がある。その一つは、他の読書に倦き、中間的休養的書物として臨むもの、他の一つは、大衆文芸以外に読書を持たず大衆文芸を唯一の読物とするものである。前者にあつては、大衆文芸は一つの娯楽に過ぎないが後者にあつては、大衆文芸は修養であり、慰安であり、人生の教科書でもある。両者を通じて変らないのは、娯楽慰安と云ふ点である。

娯楽を第一義として大衆文芸を読む階級が批判階級であり、大衆文芸について何ものかを求めようとする読者が多く無批判階級であると云ふ事は、大衆文芸自体にとつて大なる煩悶であ《マ》判《マ》階級は単なる娯楽的読物として大衆文芸を迎へながら、尚批判を試みる。而して、之らの批判に報いるべく試みられた作品は、大衆文芸としての味を著しく減殺する。

甲賀は、批判階級、つまり知識人の需要に応じた作品が、「著しい心境小説的色彩を帯びて、大衆文芸的色彩を減じてゐる」点に着目し、「大衆文芸は之を単に娯楽的読物としか認めない階級の、一般文芸を基準とした批評には重きを置く必要がないのではなからうか」とする。ここでも、前節で眺めたのと同様に、大衆文学が正当な評価軸を獲得できず、結局は純文学的価値観から、的外れに品定されるジレンマが語られている。事実として、チャンバラ描写への踏み込んだ考察は、ほとんど示されておらず、否定的ながら鳶魚の指摘は、数少ない例外といえる。ここで、「大衆文芸作法」においても、直木は各作家の剣戟描写を引用するにとどめ、注釈的に論評していなかったことが思い出される。昭和七年、直木と菊池寛を中心に展開された、いわゆる「宮本武蔵《みやもとむさし》論争」[15]でも、剣の技術そのものではなく、もっぱら武蔵の人物に関する論戦だった。

> 第一、その人物の、傲岸不遜
> 第二、その著作の価値
> 第三、剣道上の邪道としての二刀
> 第四、当時に於ける武蔵の社会的地位と名声
> 第五、門人に傑物の出ざる事

右に挙げたのは、武蔵を日本一の剣客とする菊池に対し、上泉信綱《かみいずみのぶつな》を第一とする直木の論駁[16]だが、剣法の〝強さ〟ではなく、人物の〝偉さ〟の評価にすり替わっている。もっとも、諸流派の特徴を知悉した上で、技術に限定して比較検討するには、極度に専門性を要するであろうし、それが、一般を対象とする雑誌の読物コンテンツの域に、ふみとどまるとは考えがたい。戦後、村雨退二郎《むらさめたいじろう》が、

> むかしの剣客で、だれが一番強かったか、剣豪十人を選ぶとすればだれだれか、といった質問をうけることがあるが、こんなことはわかるものでは無い。(中略)時代もちがい、勝負したこともない者をつかまえて、あれが強いの、いやこれが強いのと、議論してみたってはじまらない。よほど閑人のすることである。

と皮肉を述べているが[17]、〝誰が強いか〟という批評は、文芸技巧的には高難度であり、史学的にはナンセンスである。さらに、口角泡を飛ばし荒唐無稽な架空のチャンバラを語るのは、知識人ならば社会階層上、いささか体面が悪い。実在の剣豪の強さ比べ以上に、時代小説が低俗と見なされた最大の要因を論じるのは、ためらわれたに相違ない。虚構の剣戟描写の巧拙を、文学者たちが真剣に議論する機会が、戦後の第二八回芥川賞選考会まで持ち越された理由の相当量は、知識人たる自意識に帰するのではないだろうか。

直木没後、剣豪を描いた戦前期最大の作品は、いうまでもなく吉川英治《よしかわえいじ》「宮本武蔵」(『朝日新聞』昭和一〇・八・二三～

一四・七・一一）である。だが、大衆文学を愛好した知識人、読み巧者たちの本作に対する評価は、芳しいものとはいえない。尾崎秀樹が、「吉川英治の「宮本武蔵」に否定的な見解を持してゆずらないのも中谷博の特色の一つである」[18]としたように、中谷「吉川英治論」（『大衆文芸』昭和一六・五）では、

> 『宮本武蔵』は読者が多かったことにより、必ずしも傑作を以て許し得ない。（中略）我々から見れば凡そ噴飯ものである沢庵の説法に、何か知ら深い意味でもが蔵せられてあるかの如くに眼つぶしを喰った。年齢的には決して若くはないが、文学的には青二才の紳士たちが、そして大衆文芸の読者としては必ずしも歓迎すべきでない人々が、簡単に参って了つたと云う実状にあるのだ。作品そのものは単調な、そして作家その人にも大して進歩の見られない。寧ろ低調な作品である。

と辛辣である。大井広介は、「一乗寺下り松その他の剣戟場面はさすがに年季が入っていてよく書けている」とするものの、「武蔵という人物は私に言わしむれば、およそ教養小説の対象にふさわしくない」、「勝つためには手段を選ばなかったおぞましい男だ」（『ちゃんばら芸術史』）と、宮本武蔵そのものへの嫌悪を露わにしている。荒正人《あらまさひと》もまた、

> この小説は、戦争の始まる頃の緊張した社会情勢の中で、中年以上の読者に熱心に読まれた。将校、政治家、社長など普通小説を読まぬ連中が熱心に読んだ。この世に生きる態度を、直接に教えている点が買われたのであろう。だが、そこで語られた人生訓は、戦後読めば、しらじらしい感じを禁じえない。「大菩薩峠」にはるかにおよばぬ。（中略）「宮本武蔵」は、庶民から支配層にいたる広い階層の、保守的な人生観、世界観に拠り所を与えたのである。

とし、「知識人の関心を誘った」大佛次郎と対称に位置づけている。[19]この他、時局迎合主義と変節の実態を批判した高橋碩一《たかはししんいち》「吉川英治の秘密――宮本武蔵から高山右近へ」（『日本評論』昭和二五・一）をはじめ、作者に対するイデオロギー批判は、枚挙に暇がない。本章では、それらを逐一検討する余裕はないが、櫻井良樹が、戦没学生の手記に遺された「『吉川英治』を感激して読むような「下の方に」適応したくない」という言葉に着目し、「大衆と知識人との

間に主観的な裂け目があった」（傍点原文）と指摘しているのを[20]受け、作品本文から剣戟描写に見られる一つの傾向に触れておきたい。

彼は、師といふものに就かなかつた為に、その修行の上で損もし苦しみもしたらうが、師を持たない為に、益もあつた。

それは何かといへば、既成の流派の形に鋳込まれなかつた事である。彼の剣法にも従つて型も約束も又、極意も何もない。六合の空間へ彼が描き出した想像力と実行力とが結びあつて生れた無名無型の剣なのである。

（中略）

ずつと後年にである。

武蔵のかういふ戦法を「二刀流の多敵の構へ」と人が称んだ。

然し——今この場合の武蔵は、無自覚でしてゐることだつた、無我無思のうちに、全能の人間力が、より以上の必要にせまられた結果、常には習慣で忘れてゐた左の手の能力を、われともなく、極度にまで有用に働かすことを、必然に呼びおこされてゐたに過ぎない。

けれど、剣法家としての彼は、まだ至つて幼稚だつた云つてよい。何流だの、何の形だのと、理論づけたり体系づけてゐる間などが今日まであらうわけはない。彼の運命からでもあつたが、彼が信じて疑わずに通つて来た道は、何でも実践だつた。事実に当つて知ることだつた。——理論はそれから後、寝ながらでも考へられるとして来たのである。

それとはあべこべに、吉岡方の十剣の人々を始め、末輩のちよこちよこしてゐる人間まで、皆、京八流の理論は頭につめこんでゐて、理論だけでは、一家の風を備へたものも少くない。けれど恃む師もなく山野の危難と、生死の巷を、修行の床として、おぼろげながらも剣の何物かを知らんとし、道に学ぶ為には、いつでも死身となる稽古

をして来た武蔵とは、根本からその心がまへも鍛へも違つてゐる（後略）

右は、初出時の一乗寺下り松の決闘場面から引用した。ここから、〝剣の反知性主義〟を看取することは、さして困難ではあるまい。「宮本武蔵」の「国民文学」としての妥当性や、作品を貫く「修養主義」の是非はさておき、少なくともこの場面で語られたのは、長い年月をかけて構築された伝統的武術理念に対し、叩きつけられた野蛮人の暴力である。「精神の剣」を描くという主題とは裏腹に、実際の剣戟描写には、オルテガが「自分が過去のどの生よりもいっそう生であると感ずるあまり、過去に対するいっさいの敬意と配慮を失ってしまった」とする、大衆人の典型的な心性が色濃く滲み出ている。[21] 武蔵の剣を、「いっさいの古典主義を排除してしまった時代、模範や模範たりうる可能性を認めない時代」に誕生した「凡俗な人間が、おのれが凡俗であることを知りながら、凡俗であることの権利を敢然と主張」（傍点原文）する大衆人の「直接行動」、つまり私刑の表象ととらえれば、武術思想の正統性への異議申し立て自体が〝強さ〟の根拠となる論理が、マジョリティから絶大な支持を受けたのも不思議ではない。佐藤卓己『キングの時代――国民大衆雑誌の公共性』（平成一四・九、岩波書店）では、「読者層の下方的拡大を、興国の上昇イメージに連動させる」（傍点原文）戦略により「国民大衆雑誌」となった『キング』が、誕生させた「国民作家」としての吉川英治に着目している。「記号的抽象度が低く意味理解が容易なコードを持つラジオ」的メディアであり、

「人格の陶冶」という抽象的で永遠に到達不能な目標を掲げることで、教養主義が現実的な効用を無視した、あるいは無視する余裕があったのに対し、野間の修養主義は一貫して効果のある、現実的な成果のあがる人格形成を主張していた。それこそが、「面白くて、為になる」『キング』の本質である。

と、佐藤は指摘する。「宮本武蔵」の剣戟描写に見られる反知性主義は、『キング』の教養主義批判イデオロギーと同調しており、大衆を共感・参加させる上で、絶大な効果を上げたに相違ない。[22] だが、ここで問題となるのは、知識層が抱いた、娯楽を希求しつつ、必ずしも現実的な効用を求めない、いわば「面白くて、為にならない」小説への欲

求である。

　筒井清忠は、昭和戦前期を、「マスプロ化、マスコミ化、思想の「大衆化」という物質的ベースの上に、平準化、ナショナリゼーション（国民統合）、集権化が平行して進行していった時代」と結論づけている。[23] 大衆は、「宮本武蔵」を正典と讃仰する読者層へ「平準化」された。だが、その時代思潮から逸脱した、知的読者層の受け皿となった時代小説の好例を見出すのは困難である。加藤秀俊には、机竜之助や丹下左膳といったニヒリスト剣士類型への次のような指摘がある。[24]

> わたしは、ニヒリスト・サムライを、たんにその異常性格において面白がっているのではない。私は、ニヒリスト・サムライに、日本における逸脱知識人の大きな問題がふくまれていることに着目したいのである。
>
> （中略）
>
> 　わたしは丹下左膳その他の人間を、基本的に正統からの逸脱とみる。彼らは、大へんな才能をもっている。だが、才能はあっても、たまたま何かの事情で、正統とつながる絆を失ったのだ。だから不遇なのである。世にいれられないのである。そのウップンが昂じて、「斬る、斬る」などとブツブツいわざるをえないようになってしまったのだ。学閥だの、学派だのとつながりをもたず、あたら才能ある身を野に埋めてしまったインテリが明治・大正・昭和をつうじてどれだけあったことか。机竜之助や丹下左膳は、そうした現代の知識人の問題を収斂したときに浮かび上がった人間像なのだ。

　周知の通り、「宮本武蔵」の登場以降は、代表的なニヒリスト剣士の誕生が、柴田錬三郎「眠狂四郎無頼控」（『週刊新潮』昭和三一・五・八～三三・三・三一）まで待たれる空白期である。

　そもそも、この時代において、大衆文学を愛読するインテリは、あらゆる意味で少数派たらざるを得ない。社会的階層性と嗜好との矛盾を抱えた読者層の気分を、伊集院斉《いじゅういんひとし》（相良徳三《さがらとくぞう》）『大衆文学論』（昭和一七・四、桜華社出版部）は、詳しく伝えている。

考えてみるのに、彼等の時代には、小説と云へば、芸術小説だけに限られてゐた。芸術小説に対立してゐるのは講談、新講談の類ひ、又はせいぜい新講談の域を脱したに過ぎないと云ふ程度の大衆小説であつたから、インテリの読者はそれを手にしようともしなかつた。体面の上から云つても、芸術小説を読まなければならなかつた。当時は純美孤高な芸術小説も、インテリ大衆性を持つた小説も、ひとしく芸術小説の部に這入つてゐた。しかし後には、些か事情が変つて来た。読者層は可成りはツきりと分化して、明らかにインテリ大衆小説を要求するインテリ層を生じてしまつた。

（「長谷川伸論」）

待望された「インテリ大衆小説」の内実について、伊集院は、先述した江戸川乱歩のものと同様に、ネガティブなニュアンスを含まない、理想的な意味での「中間小説」を先取する言説を示している。

私の見てゐる所では、今日の知識階級が要求してゐる小説は、一種独特なものである。従来の通俗小説、大衆小説と、芸術小説との中間に位するもの、と云つたら好いであらうか。真実性と生活的関心、自然な、無理のない構成とモラルの点では、或る程度まで芸術小説的であつて、而も通俗小説、大衆小説の特色としての云はば浪漫的な興味、生新な娯楽性、単純平明な表現のスタイル——然うしたものを失つてゐないやうな、そんな作品である。

（「新聞小説のスタイル」）

端的にいえば、「芸術性があつて面白い小説」[25]となるが、それは、昭和一〇年代の時代小説ジャンルで開花していない。読者層としての「逸脱知識人」は、マーケットとして魅力に乏しいばかりでなく、推進される統合から脱落した層が、顧慮される時勢ではなかった。[26]大半の大衆作家が、いわゆる「国策小説」へ積極的・消極的に携わる状況下で、虚無と破壊の娯楽時代小説は、消えるべくして消えたのである。

キャラクター表象に限らず、君臨した「宮本武蔵」に見られるような反知性主義的理念は、表現面においても、剣戟描写の発達可能性を閉ざすものであった。五味康祐の「喪神」、あるいは代表作「柳生連也斎[27]」（『オール讀物』昭和三〇・一〇）については、描かれた虚構の剣の解釈を巡って議論され、その話題性がブームを加速させている。剣豪小説は、武術思想にもとづき組み上げられた一種のトリック[28]が、読者に精読を要求する点に特色があった。思弁性の高い剣戟描写を核に据えたジャンルは、伝統的理論の排撃を旨とする「宮本武蔵」的叙法の延長線上に存在し得ない。

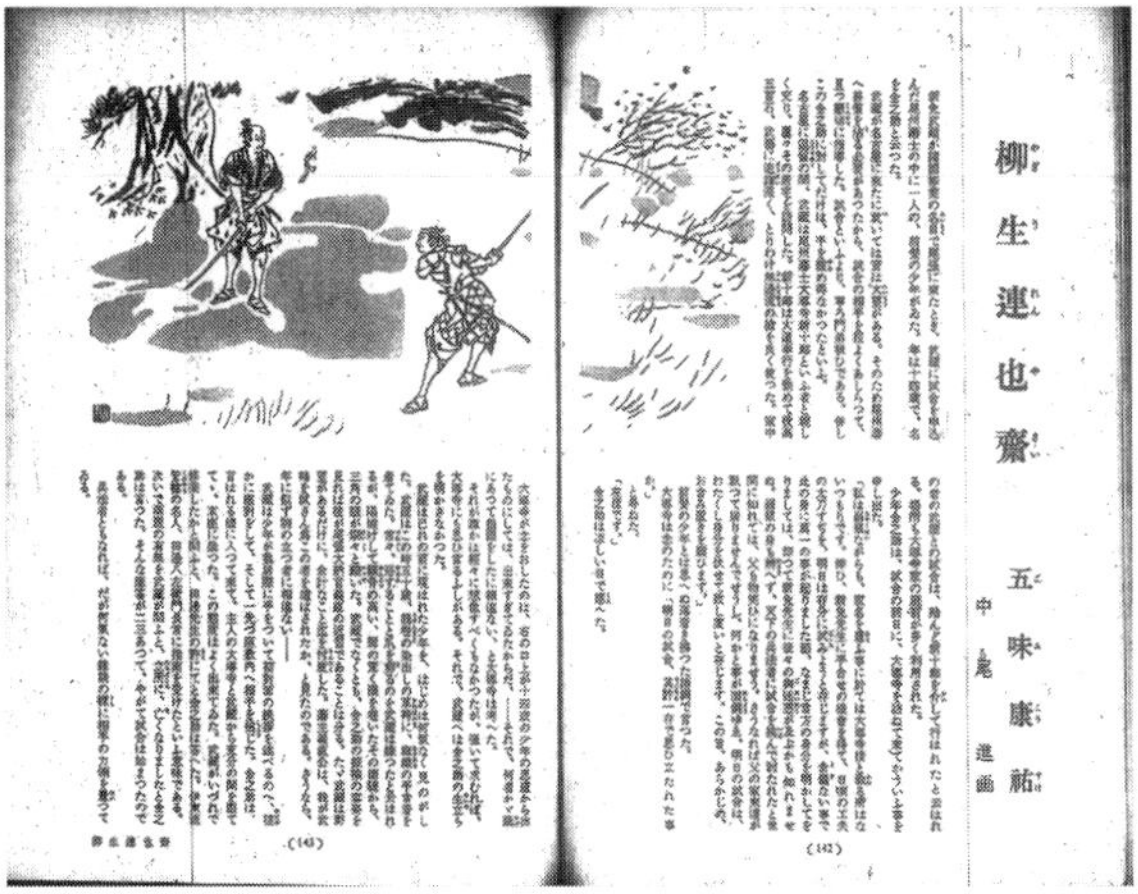

五味康祐「柳生連也斎」（『オール讀物』昭和 30・10）

五　触発された「教養」

時代小説改良を唱導した直木三十五の死後、理念は継承されることなく、少数の知識人たちの欲求は、抑圧されたまま沈潜を続けた。それが具体的にどのようなものであったか、伊集院斉『大衆文学論』には、断片的に現れている。繰り返し言及されるのは、「真実性」の有無、つまり作品のリアリティについてである。考証の精緻化については、直木や鳶魚も訴えていたが、伊集院はさらに、読者の史的リテラシーの高低に由来する、反応の差異に踏み込んでいる。

小説中の女主人公が吉原に身を沈めて、受取つた金が五百両――。

（中略）

五百両と云ふ金高に、歴史的な虚偽、又は誤謬を感じて、一瞬シヨツクを感じるのは、云ふ迄もなく、経済史の知識を持つてゐるインテリ読者に限られてゐよう。彼等の教養が、作品を無造作に、素直に受入れる事を許さないのである。それに反して、インテリでない一般の読者にとつては、五百両と云ふ前借金は、今日の五百円との数字的連想、又は数字的錯覚の上から単にショッキングでないばかりでなく、却つて実感的でさへあるかも知れない。

一般の読者にとつては、史実などは、或る程度まで如何だつて構はない。彼等の持つてゐる歴史的教養の程度に応じて、真実らしくありさへすれば好いのである。

（「長谷川伸論」）

知的水準を一切考慮せず、不特定多数を受け手と想定した場合、作品は単なる消費財に過ぎず、最低限の一般常識に適っていれば、商品として通用する。しかし、読書体験を内在化した個々の読者には、教養と齟齬する情報がノイズとして映る。伊集院は、「インテリ読者にとつては、大衆小説も猶ほ且つ、彼等の教養の結果としての歴史的感覚に逆らはないために、十分史実的でなければならない」ともしているが、この「教養」を広く文学的教養ととらえたならば、大衆文学におけるフローとストックの問題系に関する主張として読み替えられる。中谷博に、

吉川氏は何の未練もなく昨日の自分を否定し清算し、更らにより新しい時代の動きに合し、時代の風潮に乗ずると共に、必要とあらば次ぎの風潮を迎える為めに、自分の乗っている風潮を捨て去り、早速、何のぎこちなさもなく新時代の花形として登場して繰来る変通自在さがある。氏は絶えず新しい読者を身辺に集め得る技倆を持っている人だ。『宮本武蔵』は大当りをとった作であるが、その読者は決して『江戸三国志』の読者と同じではない。[29]

（「吉川英治論」）

という指摘があるように、読者数の膨大さは、必ずしも成員の連続を保証しない。個々の読者にとって重要なのは、流通量ではなく、作品の質だという自明の判断基準は、出版市場の論理に敗北し、本来個別的であるはずの読書体験は、匿名の集団の中に塗り込められてしまうのだ。こうした矛盾がひときわ顕在化しやすい文芸ジャンルに対する、きわめてラディカルな発言として、やはり中谷の「大衆文芸と読者の問題」（『大衆文芸』昭和一五・二）が挙げられる。

大衆文芸が実際は少数特定の者の文芸であったのだ。苟も大衆文芸に関して云為する人間は、此の曽つての明確なる事実を無視して説を立てることは、許されないものであることを、忘れてはならないのである。

大衆文芸論で大衆排斥を唱えるという、一見奇妙に思える議論は、大衆迎合主義、あるいは、それを戦略として無定見に読者拡大を目指す商業主義から、文学理念を防衛するための警鐘だった。

少数の人々が読むからこそ、読むと言い得るのであって、総べての人々が読むのでは言い得ないのだ。文学は必ず誰かの為に書かれている。それにも拘らず、総べての人々が読む。

　通俗文学は、必ず総べての人々のために書かれている。それにも拘らず誰も読まない。作家が総べての人々の御機嫌を伺うことは、結局、誰れからも相手にされなく（勿論文学的にであって、原稿料のことは知らぬ）なることであることを知らねばならぬ。又、そうなると作家自身も一向に進歩しなく（これ又文学的にであって、名士になるならぬは御随意です）なることであることを考えねばならぬ。

　既に文学であることをやめた大衆文芸が、通俗文学たる大衆的文芸に席を譲って以来、質的に何等進歩もせず向上もせず、発表の舞台だけを広くし、見物人だけを矢鱈にふやし、軍需景気の読者を向うに廻して、ただ昔の作品の蒸し返えしや塗り変えによって、お茶を濁している有様はどうであるか。

かつて大岡昇平《おおおかしょうへい》は、子母沢寛の「逃げ水」を、「これまで三十年間に出た大衆文学の予備知識を要求している高級な小説」と評した[30]が、大衆文学的教養を養ってしまった知的読者の、「高級な小説」を待ち望む声は、支配的な「平準化」思潮からの疎外感と表裏を成していたに相違ない。

　中谷と同じく、知識人を対象とする時代小説を待望した伊集院斉は、直木三十五「南国太平記」（『東京日日新聞』『大阪毎日新聞』昭和五・六・一二～六・一〇・一六）をその好例としている。「私は最初、この小説を読み始めた時、作者が非常に史実を好く調べてゐるのに驚かされた一人である」と評価しているが、ここで着目すべきは、正確に「史実」をふまえているかよりも、直後に述べる「事実でない事を、事実のやうに思ひこませて、われわれ読者を引きずつて行く彼の手腕」（「直木三十五論」）である。三田村鳶魚「大衆文芸評判記」で、「大名は勿論、武士の様子などの書ける人間ではない」としてあげつらう、細々とした考証的粗漏はともかく、直木自身、「歴史ならば、このまゝ書いてもいゝが、小説である以上、十八年間にわたつて、克明に書くといふことは、絶対に出来ないから、これを、一年半にちゞめてしまつた」と明かしているように[31]、実際には、「南国太平記」において、時間は極度に凝縮されており、少なくとも「史実」に即した作品とはいいがたい。つまり、伊集院の「小説は結局、史実を支配しなければならない」（「長谷川伸論」）とする立場にとっては、作品の記述が、客観的に「史実」かどうかは問題ではなく、個々の読者が主観的に覚える「真実性」こそ重要なのである。したがって、伊集院のいう「我々知識人」、これまで議論してきた中谷や大井広介等も当然含まれる彼等を、公正に評価された一定の知的水準以上の集団ではなく、あくまで主観的に自認する読者層ととらえれば、欲求の内実の把握は容易となる。

伊集院は、

> 私は「南国太平記」の人物が、余りに人を斬りすぎると云ふのでもないし、理由なしに人を斬ると云ふのでもない。むしろ、成る程！　と肯かせるだけの条件の下に、丁度好い位に人を斬ると思つて、実は感心してゐるのだが、彼が、その人を斬ると云ふ効果的な行為を、更に剣法の知識で修飾してゐる事は、誰でも直ぐに気が付くだらう。その修飾にも、無理が少ない。

と、剣戟場面から実感した「真実性」を評価している。納得するに足るシチュエーションと、武芸思想にもとづきリアリティを向上させた剣戟描写により訴求する作品像は、戦後、大井広介が要請した「チャンバラ中間小説」と呼応している。しかし、戦時中はもとより、戦後も占領軍の検閲政策に禁圧された時代小説ジャンルには、めぼしい作品が出現しなかった。長期にわたり、くすぶり続けた一部読者層の欲求を、自覚化させる契機として、五味康祐「喪神」の芥川賞受賞は、十分なインパクトを有していたのである。

六　戦後の読者獲得戦略

最後に、埋もれていた欲求を賦活《ふかつ》し、文学的成功を収めた戦後作家の有りように触れておきたい。五味康祐の初期短篇集『秘剣』（昭和三〇・七、新潮社）および『柳生連也斎』（昭和三〇・一〇）の広告(32)には、知識人としての自意識を対象とする宣伝戦略を、顕著に認められる。「剣という切迫した人間関係の中に、人間心理の妙を捉えて一読巻を措かせぬ痛快篇！」（『秘剣』）、「剣の奥旨に人間心理の秘境を探る鬼才五味が描く秘太刀の妙!!」（『柳生連也斎』）と、ともに「人間心理」と「剣」を接続して語られたように、ハイブラウな読者層の興味を誘引する企図は明らかである。雑誌メディアでの作品掲載時にも、受賞後の剣豪小説第一作である「秘剣」（『面白倶楽部』昭和二九・二）の「宮本武蔵もこの剣魔には敗れ去つた――芥川賞の作家が描く親指斬りの秘剣！」以降、いわゆる倶楽部系雑誌でありながら、惹句では「芥川賞」が繰り返し強調された。芥川賞の権威は、読者の上方拡大に有用であると同時に、チャンバラについて真剣に語ることに対する含羞を、軽減させただろう。だからこそ、「喪神」は話題作となり、後続作品がブームを加速させた(33)。

大井広介は、「五味がチャンピオンだという意味は、五味が中間チャンバラ小説のうち、もっとも虚構に工夫をみせているということにほかならない」（「剣豪ブームの秘密　大衆文芸の史的背景を見る」）としているが、五味は「喪神」時点で、直木三十五の遺作である「日本剣豪列伝(34)」（『講談倶楽部』昭和九・五〜一二）を典拠として活用している。つまり、最初期より五味は、直木の方法の継承者であった。大井が評価した「虚構」もまた、直木が志向した「内面的にも外形的にも可成り「剣術」の正道に当嵌つた描写」（「大衆文芸作法」）、いわばリアリズムの剣戟描写を通過し、編まれた幻想だったのである。

図らずも直木の理念を受け継いだ五味が、芥川賞を獲得するまでのプロセスは、商業的意図とは離れて進行しており、結果生じた剣豪ブームも、潜在的ニーズとの偶然の一致によってもたらされた現象と考えるべきだろう。巧まずして鉱脈を掘り当てた五味よりも、むしろ、読者獲得を目的とする文芸戦略は、追従する立場にあった柴田錬三郎の言説に、多く示されている。

読者は、もう風俗小説中間小説にあきあきしているのである。編集者自身もあくびをしているに相違ない。にも拘らず、今後とも中間雑誌は猶売れるであろう。何故か?理由はかんたんである。かつての大衆小説の読者が、中間小説の支持者になつたからである。この数はおよそ夥しいものである。そして、この読者層は、およそ怠惰である。いつさいの積極的意嚮をしめさない。そのくせ、いつも教養ありげな表情をつくつてみせたいヴァニテイをもつている。「キング」を読むと軽蔑されそうな気がするので、「小説新潮」を買うのである。たつた、それだけの、甚だあいまいな、しかも抜きがたい了簡は、日本似而非インテリゲンチャの特質なのである。戦後の混乱が、この特質を露骨にむき出してみせてくれたのである。(35)

いささかシニカルな見解だが、柴錬は、市場規模の大きさ(36)を鋭敏に嗅ぎ当てていると同時に、主観的インテリ読者層の獲得のため、触発すべきは、教養ではなく情動であることを見ぬいていた。では、柴錬が選択したジャンルが、なぜ時代小説でなければならなかったか。

柴錬は、直木賞受賞後第一作「真説河内山宗俊」(『オール讀物』昭和二七・七)を皮切に、時代小説へ進出していくが、それは、独自の文学的抱負にもとづく転身であった。柴錬「時代小説の意義」(『新文明』昭和二八・八)は、冒頭で「時代小説(敢へて大衆小説とは云はぬ)」と注記し、

時代小説は、今日喪はれた人間の怪物性を、自由にとらへ得るという特権を有してゐる。時代小説のテーマの大半

は、人間の悲劇である。すでに結論の出てゐる悲劇といふものは、その悲劇性に悲愴味を加へれば加へる程、読者にとつては興味深くなる。いはば、歴史としてのこされた事実（たとへそれが伝説にもせよ）には、現代的思惟から飛躍した安定性が存在する。

と、ジャンルの特性と、質的向上の可能性について論じている。また、「封建制といふ歴史の必然が生んだ宿縁的な事件が、人間の怪物性をどれだけ活躍せしめたかといふ事実が、現代の人間の卑小さに絶望した作家の興味をそそる時、はじめて時代小説は、大きな魅力をはなつ」とする柴錬が、「風俗小説中間小説にあきあきしている」読者を奪取するための有力な選択肢と見なしても不思議ではない。また、剣豪ブームの最中、『オール讀物』で匿名書評欄「新刊診断書」を担当していたこと[37]も、奇縁といえる。昭和三〇年一〇月号では、五味『秘剣』を取りあげ、「稗史野《はいしや》乗《じょう》のたぐいをあさりにあさつたかの如く見せかけて、立川文庫の立役者たちに、いかにして「中間小説」の主人公にふさわしいコロモをかむせるかに、汨ぐましい努力をはらつた作者こそ、猿飛に劣らぬ曲者というべきである」と評している。おそらく、同時代で五味作品の特色を、もっとも的確に見抜いていたのが、後に剣豪作家として肩を並べる柴錬だった。「「中間小説」の主人公にふさわしいコロモ」について、柴錬「最近の時代小説から」（『日本読書新聞』昭和三〇・八・八）では、「作家の意識すると否とに拘らず、現代に照応する思想的基盤とは別個の世界に生きた「巨人」に対して、作家各自の趣向のポーズやスタイルをかむせている」としている。さらに、五味『秘剣』収録作について、

新解釈立川文庫といってしまえばそれまでだが、しかし、そのほとんどあり得べからざるような神技を、おそろしい克己の修行によってわがものにした「巨人」の姿は、文句なしの爽快さにちがいない。（中略）文芸批評家たちが用意する尺度によって、これらの「巨人」をはかることは愚かなのである。こうした時代小説に要求されることは、如何に主人公がオールマイテイがあるかという実証的虚構であり、そしてまた同時にオールマイテイということが如何に非人間的な悲劇であるかという逆説的真理である。（中略）五味氏や中山（引用者注、義秀《ぎしゅう》）氏の描く武士たちが「巨

人」でありながら、講談的背景の中で猶文学的価値をうしなわない所以はここにある。

と語った柴錬は、「中間小説」読者の獲得に向け、五味をライバルと目し、「実証的虚構」を描くための表現技巧を急速に磨いていく。柴錬の「「剣豪」かけ出し時代[38]」に参照された武術関連書籍の中には、直木三十五作品も含まれていた[39]。また、直木の武術随筆は、その他の資史料へのアクセスを先導したと考えられる。柴錬もまた、直木の理念と方法を継承し、量産した剣豪小説により、流行作家の地位を勝ち取ったのである。さらに、大衆文学は単純明快でなければならないという原則[40]を無視したことも、読者を刺激する効果をもたらしただろう。ニヒリスト剣士の類型を更新した眠狂四郎の、複雑な出自と性情を持つ人物造型とともに、表現面においても、高いリテラシーを要求する叙述が行われている[41]。では、この流れから、いかなる文学史的意義が見出せるだろうか。

柴錬はかつて、「戦前的通俗性と戦後的通俗性と」(『書評』昭和二四・三)で、

> 戦前の大衆通俗読物の大家は、轡《くつわ》を並べて、華々しく復活した。いや、その忙しくなつたことゝ来たら、何某マタタビ小説の大家は、戦前書きまくつた小説を切抜き机上に積みかさねて、殺到する註文に応戦したし、何某恋愛小説の大家は、新年号だけで九つの連載と、十三篇のアンコールを売つちやつた。前者に云はせれば「マタタビ小説なんて、どうせ筋書は同じだ」からであらうし、後者に云はせれば「わしはもう六十ですよ、戦後の青年男女の心理なんて、てんでわからんよ、だから書いてもむかしと同じさ、なればいつそむかしの小説を売つちやつた方が、手取り早いさ」といふわけであらう。

と、ゴシップを掲げている。股旅物を得意とした長谷川伸の弟子では、たとえば村上元三は、当時比較的若手といえるが、それでも明治四三年生まれである。したがって、五味や柴錬の「チャンバラ中間小説」は、当時支配的だった明治世代の既成大衆作家に対し行われた、「大正生れの、青春を戦争でつぶしてしまった世代[42]」による権利請求として評価されるべきだろう。闘争の手段となった剣戟描写の刷新は、結果的には、旧世代の命脈を絶つに至らなかった。

しかし、「チャンバラ中間小説」の書き手が拓いた剣豪ブームは、後続する忍法ブームへ展開し、時代小説が、史上もっとも広汎な読者を擁した黄金期を導く[43]。若い読者層の獲得[44]と同時に、時代小説を好む主観的知識人を、永きにわたる抑圧から解放させたことが、ジャンル自体を延命させたことは確かだろう。

注

(1)「喪神」への言及は、拙稿「五味康祐「喪神」から坂口安吾「女剣士」へ——剣豪小説黎明期の典拠と方法」(『日本近代文学』第七八集、平成二〇・五)にもとづく。

(2)引用は、復刻版(平成七・九、深夜叢書社)に拠る。

(3)真鍋元之『増補　大衆文学事典』(昭和四八・一〇、青蛙房)。

(4)柴田錬三郎は、「柴錬巷談」「柴錬捕物帖」「柴錬三国志」等、自身の略称を戦略的に文壇、出版界に展開した作家であり、本章もそれを重視し、「柴錬」と略す。

(5)南條範夫は、「子守りの殿」(『オール讀物』昭和二八・三)で第一回「オール新人杯」を受賞しているように、五味や柴錬と比べ、純文学出身者としての経歴が希薄なため、本章では除外して考察する。

(6)『中央公論』の特集中、千葉亀雄「大衆文芸の本質」では、大衆文芸を「時代物」「探偵物」「新聞小説や娯楽誌の読み物に属する世話物」の三種に分類している。

(7)ちなみに、新居格「中間文学論——純文学概念に対する提議」(『読売新聞』昭和九・九・二三〜二七)では、純文学と形式上の差異はないものの、「読者を高め、広め、深める何等かの角度、線条、新発見、新解釈、新しい意思と感覚とによつて構築された人生面、社会面、生活面」のない作品として「中間文学」を唱えている。「大衆文学でない創作を純文学と云ふのは消極的である」とあるように、一般的に「純文学」と見なされる作品を区分するために提唱された呼称である。ニュアンスとしては、「純文学の作家が、調子をおろして書いた小説」(荒正人「中間小説と免罪符」、『文学界』昭和三〇・三)という「中間小説」認識に近い。

(8)中谷博のテキストからの引用は、中谷『大衆文学』(昭和四八・七、桃源社)に拠る。

(9)佐々木味津三「文壇辻説法」(『佐々木味津三全集』第一二巻、昭和一〇・三、平凡社)。

(10)引用は、中公文庫版(昭和五三・六)に拠る。

(11)ただし、直木は、現状への目配りから「現在では大衆文芸はやゝその範囲を通り越して、大衆の字義のまゝに探偵小説をもその中に含め、進んでは、文壇人以外の、芸術小説以外の、新旧一切の作をも、含めやうとするまでになつてゐる」とつけ加えている。

(12)剣術史および各地方の流派を網羅した堀正平『大日本剣道史』(昭和九・五、剣道書刊行会)の「感謝英名録」に名の見える大衆作家は、流泉小史、直木、本山荻舟の三者である。

(13)中谷博「評論家出でよ」(『大衆文芸』昭和一九・四)にも、「大衆文学の批評家・評論家は、何よりも先ず文壇と無関係であらねばならぬ。文壇文学に基礎を据えた知識の如きは大衆文学の評論に際しては役に立たぬばかりでなく、寧ろ却って有害でさえもあるであろう。文壇の義理に通ぜず、文壇に知人を有しない人間が、それこそ全く新鮮にして独自なる文学論を抱懐して、事に従って呉れるのでなければ意味がない」とある。

(14) 尾崎秀樹『大衆文学論』では、「戦後に発表したいくつかの大衆文学論は、ほとんど戦前の「大衆文学本質論」や「大衆文学発生史論」の焼きなおしで、新しい展開はない」と評価されている。

(15)「宮本武蔵論争」に関しては、尾崎秀樹『大衆文学の歴史』(平成元・三、講談社)や小島英熙『剣豪伝説』(平成九・五、新潮社)に詳しい。

(16) 直木三十五「上泉信綱と宮本武蔵」(『文藝春秋』昭和七・一一〜一二)。

(17) 村雨退二郎「剣豪小説の種本」(『武道名試合秘録』昭和三一・八、鱒書房)。

(18) 尾崎秀樹『大衆文学論』。

(19) 荒正人「大衆文学史」(荒正人・武蔵野次郎編『大衆文学への招待』昭和三四・一一、南北社)。

(20) 櫻井良樹「宮本武蔵の書かれ方と読まれ方――歴史的考察」(水野治太郎・櫻井良樹・長谷川教佐編『宮本武蔵』は生きつづけるか――現代世界と日本的修養』平成一三・四、文眞堂)。

(21) オルテガ・イ・ガセット(神吉敬三訳)『大衆の反逆』(平成七・六、ちくま学芸文庫)。

(22) 時代物における反知性主義に関しては、橋本治『完本チャンバラ時代劇講座』(昭和六一・一、徳間書店)での考察が示唆的である。橋本は、「〝物を考える〟人間にロクな人間はいません――ということに東映チャンバラ映画の世界ではなっています」と指摘し、その理由について、「悪役というのは自分のことばかり考えて私利私欲に走る。私利私欲に走って、自分の属している社会秩序の中で自分に与えられている〝分際〟というものを越えてしまうのです。自分の分を越えて、秩序を乱してしまう」と述べている。

(23) 筒井清忠『昭和期日本の構造』(平成八・六、講談社学術文庫)。

(24) 加藤秀俊『見世物からテレビへ』(昭和四〇・八、岩波新書)。

(25) 中村光夫「中間小説――一九四九年の文学界」(『文藝往来』昭和二三・一二)。

(26) 大衆作家の国策協力時代について、真鍋元之『増補　大衆文学事典』では、

> われわれの先輩は、血迷っていたのである。
> 言うまでもなくわれわれの文学は、大衆への密着に誇りをおぼえてきた。主題の低さ、描写の粗悪性、構成、性格の類型化のすべて、ただ大衆への密着のゆえにのみ、そのマイナスが消されると信じてきた。しかるに当時のわれわれの先輩は、ある日突如として大衆から離れ去り、権力に接近、支配者の側に立ち、大衆を見下し、号令をかけたのだ。それも作家の内面の声ではなく、権力に仕える代弁者の号令を――。大衆文学の歴史にかんがみても、尋常な神経では成しえぬ業だったが、さよう、彼らは血迷っていたのである。

と語られているが、本質的に反権力的傾向を持つニヒリスト剣士が、このような情勢下で姿を消したのは、当然の帰結といえる。

(27)「柳生連也斎」への言及は、拙稿「〝朧〟の越境――五味康祐「柳生連也斎」前・後」(千葉大学文学部『人文研究』第四三号、平成二六・三)にもとづく。

(28)『文藝春秋』昭和三一年一一月号に掲載された五味康祐『剣法奥儀』(昭和三一・八、文藝春秋新社)の広告惹句には、「五味文学の魅力は、読書界の人気をさらつた観がある。この作者のもつ独得のサスペンス、トリックのすばらしさが、現代のクイズ時代の嗜好にぴたりとあてはまつたからにちがいない!」とある。

(29) 同様の指摘として、尾崎秀樹『大衆文学論』には、吉川英治の「大衆の転向現象に密着し、体制に即応して変ってゆく彼の傾向は、自覚

的であるより無自覚的である点に特色をもつ」とある。
（30）大岡昇平「大衆文学批判」（『群像』昭和三六・七）。
（31）直木三十五「『南国太平記』を終りて」（『直木三十五全集』第一四巻、平成三・七、示人社）。
（32）『秘剣』は『文藝春秋』昭和三〇年九月号に、『柳生連也斎』は『文藝春秋』昭和三〇年一二月号に、それぞれ広告されている。
（33）たとえば、奥野健男「かなしき無頼派」（『五味康祐代表作集　月報』（四）、昭和五六・五）では、「熱烈な安吾ファンであったぼくは、安吾に導かれ五味康祐の「喪神」を読んだ。そして痛く感心した。幻雲斎の受身必殺の剣は、フロイトの精神分析学の無意識と、パブロフの条件反射学説を、巧みに応用した奇想天外な剣豪小説であると、その頃生意気盛りのぼくは、そう解説して、得意になっていた」と回想されている。
（34）「喪神」執筆時に参照されたのは、戦後復刊された直木三十五『剣豪伝』（昭和二六・六、同光社）と推定でき、同書は五味の蔵書中に確認できる。
（35）柴田錬三郎「文壇展望」（『新文明』昭和二六・九）。
（36）大村彦次郎『文壇うたかた物語』（平成七・五、筑摩書房）には、「「小説新潮」の部数は、昭和二十五年頃から十万部を超えるようになり、創刊百号記念を出した二十九年には、四十万部近くにも達した」とある。
（37）柴錬の「新刊診断書」担当期間について、『柴田錬三郎選集』第一八巻（平成二・八、集英社）の「著作年譜」は、昭和二九年七月～三一年七月としているが、同欄は昭和二九年一月に開設されている。矢野八朗によるインタビュー「柴田錬三郎との一時間」（『オール讀物』昭和三七・一）には、「「新刊診断書」（現行）というスタイルは、わたしがつくった」とあるため、開始当初より担当していたのではあるまいか。
（38）柴田錬三郎「自伝抄　戦後十年」（『読売新聞』夕刊、昭和五一・五・二七～六・一二）。
（39）このことは、拙稿「柴田錬三郎「武蔵・弁慶・狂四郎」論――典拠のコラージュ」（『千葉大学人文社会科学研究』第一五号、平成一九・九）ですでに指摘している。
（40）伊集院斉『大衆文学論』では、「積極的にせよ、又は消極的にせよ、大衆小説の主人公は正義的でなければならないが、その正義的であるあり方は単純明確である事が必要である。其処に懐疑的な反省があつたり、躊躇があつたりしてはいけない」としている。
（41）柴田錬三郎の自伝的小説「色心」（『別冊文藝春秋』昭和三五・九）には、「図々しく、時代小説を書く気になり、また、一応読めるものが書けたのは、むつかしい漢字を縦横に駆使し得たからである。／現代では全く死語と化してしまっている漢字を、思いきって、使ってみると、かえって、格調らしいものを示す効果があり、これが、須藤の文章のささえになった」とある。また、南條範夫「理屈抜きの面白さ」（『図書新聞』昭和三二・二・二）の「眠狂四郎無頼控」評でも、「抱関撃柝などという熟語は一般読者には無縁のものであろう」と指摘されている。
（42）柴田錬三郎「独語」（『わが毒舌』昭和三九・六、光風社）。
（43）真鍋元之『増補　大衆文学事典』参照。
（44）たとえば、柴田錬三郎は、「遊太郎巷談」（『週刊明星』昭和三三・七・二七～三四・九・六）のように、若者向け雑誌に時代小説の提供を続けている。

第3章

舟橋聖一『雪夫人絵図』と中間小説誌

西田一豊

一　『雪夫人絵図』について

舟橋聖一《ふなはしせいいち》の『雪夫人絵図《ゆきふじんえず》』は昭和二三年一月から昭和二五年二月まで『小説新潮』に連載された。(1) 連載開始の前号、すなわち昭和二二年一二月号には、同時に連載開始となった石坂洋次郎『石中先生行状記』と併せて連載予告(2)が掲載されている。そこには「何年前からか、書いて見たいと思つてゐた一人の夫人の人間像である。或る事情が、それを描くのを阻んでゐた。その事情は、まだ、完全に解消してはをらないが、私は思ひ切つて突つこんでみようと思ふ」という舟橋の言葉が書かれている。ここで示唆された「事情」が一体どのようなものであったかは不明であるが、新興の雑誌に小説を連載するにあたり舟橋の中に何か思うところがあったのかも知れない。あるいは、この後本章において見るように、戦後文壇において非難を浴び続けた舟橋にとって、この小説を自身の重要な転機ととらえていたのかもしれないが、少なくとも『雪夫人絵図』そのものからは、この「事情」は読み取ることは出来ない。なお、この連載予告では小説タイトルが『雪夫人』とのみなっており、連載開始にあたって『雪夫人絵図』というタイトルが正式に採用されたようだ。また『小説新潮』という中間小説誌の性格上、『雪夫人絵図』には佐野繁次郎の挿絵が毎号二葉挿入されていた。挿絵ではしばしば「雪夫人」の横顔や後ろ姿が描かれている。

さて、『雪夫人絵図』については、すでに少なくない数の論評がなされている。同時代評は別としても、たとえば河盛好蔵[3]の「文章がふくよかで、色彩に富み節度を失わぬ官能美に豊かであることはいうまでもないが、作者が一つの境地に達し、そこに芸術的自信をもって安定した時期の作品であって、その意味で作者の代表作の一つと見るべきであろう」といった評価や、あるいは亀井勝一郎[4]の「『雪夫人絵図』は、妖しく美しい雪夫人の女体と、その運命を追求した舟橋氏の代表作である。戦後の解放感に、それまで閉ざされがちであった氏の才能の一面を、思いきり発揮させる機運をもたらしたようである。妖艶無比の官能の世界がこゝに展開された」といった評価に見るように、『雪夫人絵図』そのものを舟橋の代表作と見なそうという評価がなされてきている。

ただし、本章では『小説新潮』に連載された『雪夫人絵図』という、小説の置かれた状況を重視しているため、より重要になるのが『小説新潮』に掲載された尾崎秀樹による「『小説新潮』にみる戦後」という文章[5]である。この文章で尾崎は『雪夫人絵図』を「『石中先生行状記』とならぶ柱は『雪夫人絵図』だった」と位置づけ、またその後舟橋が「二十七年一月号からは『芸者小夏』にはじまる夏子ものを十年にわたって書きつづけた」事実をまとめ、「舟橋聖一はこの雑誌とともに歩んだといえる」と結び、両者の緊密ともいえる「歩み」についてまとめている。そしてこうした両者の関係をふまえて尾崎は『雪夫人絵図』そのものについて、次のように述べている。

舟橋聖一に「愛欲愛憎と人間像」と題したエッセイがある。戦後の政治的オクターブの高い時代に、一貫して変らない愛欲の世界を描きつづける彼にたいして、左右両陣営と芸術至上派からの批判がなされたが、それへの反論でもあった。舟橋聖一はそのなかで、「戦禍をよそに女と寝るのは、時にとつての詩であり、芸術であり、美学である」と書き、また「人間の愛欲愛憎をおめず臆せず、書きつくさぬことには、ほんたうの人情に徹し得たとはいへず、したがつて、ほんたうの人間像を描いたことにはならない」と述べていた。この舟橋聖一の文学観は、そのまま「雪夫人絵図」や〈夏子もの〉にまでひきつがれている。そしてまたおもしろい小説は通俗的だといって批判する芸術至上派にたいするアンチ・テーゼとしても、『小説新潮』の舞台は彼にふさわしい場であった。

尾崎が述べているのは、中間小説誌としての『小説新潮』が舟橋の文学的信念に合致し、またその発表の場として相応しかったということである。しかし、尾崎の述べるように「舟橋聖一の文学観」を提出する媒体として『小説新潮』が選ばれたとしても、「『小説新潮』の舞台は彼にふさわしい場であった」と言い切るには、舟橋聖一が登場するための舞台としての『小説新潮』は、余りにも歴史が浅いとは言えないだろうか。すなわち、「あしのうら」の掲載が創刊号、『雪夫人絵図』が通巻五号目からの連載だったことを考えれば、『小説新潮』を「彼にふさわしい場」にしたのは、実は作者舟橋聖一本人だったのではないかということである。換言すれば、『小説新潮』ないしは中間小説誌という「場」が用意されて舟橋が登場したのではなく、舟橋の小説と共にその「場」は成立していったというのが実情ではないかと考えるのである。中間小説誌の勃興期、中間小説がかくあるものとして（多くは現代恋愛小説として）提示した人物こそ舟橋聖一だったと見立てることも可能だろう。

そこで本章では、『小説新潮』に登場するまでの舟橋聖一をめぐる言説を検証し、『雪夫人絵図』というテクストの生成を考えてみたい。また舟橋聖一が『小説新潮』にとって欠くことが出来ない作家となっていったその発端として、『小説新潮』という雑誌の性格を視野に入れながら、テクストそのものに仕掛けられた戦略についても検証する。

二　『雪夫人絵図』まで――舟橋聖一と「世評」

まず尾崎の指摘していた「舟橋聖一の文学観は、そのまま『雪夫人絵図』や〈夏子もの〉にまでひきつがれ」たという点について検証しておきたい。『小説新潮』に登場するまで、戦後の舟橋の仕事量はかなりのものがあり、それらの小説がどのように『雪夫人絵図』へと接続されたかという視点は、『小説新潮』という中間小説誌の成立要件にも関連していると思われるからである。そうした意味で、北条誠の『雪夫人絵図』に対する見解(6)は、この時期の舟橋をめぐる状況を正確にとらえていると言える。

> 「雪夫人絵図」は昭和二十三年一月から「小説新潮」に筆を起され、先生四十五歳。
> 試みに年譜を開けば、戦争中は「悉皆屋康吉」一本に全生命を賭けられた。
> 終戦とともに「横になった令嬢」「瀧口入道の恋」「田之助紅」のことごとくが、従来の常識の枠を破った官能描写で、当時轟々の世論を惹起したものである。
> 昭和二十二年は「老茄子」と「鶩毛」。
> そのあと、「夢よもう一度」に続いてこの「雪夫人絵図」が起こされたわけである。
> 同時に別冊文春に「裾野」の筆も起し、文芸家協会の初代理事長になった。
> さきに述べた烈しい自己主張の戦いの中から、轟々たる世評の中から、一つの確固たる立場を確立しての第一作とも云えようか。これの完結に続いて、朝日新聞に「花の素顔」がはじめられている。

北条が示す、戦後の舟橋の仕事の、その結束点としての『雪夫人絵図』の位置づけこそ、おそらく当時の状況をよく物語っている。一言で言うならば当時の舟橋は、「轟々たる世評」にも係わらず、数多くの小説を執筆する流行作家だった。事実、北条が示すテクスト群は、戦後の舟橋の仕事のごく一部でしかない。その他に『満月』(『月刊読売』昭和二一・四〜二二・五)、『くろ髪記』(『婦人文庫』昭和二一・四〜二二・五)、「肉の火」(『新潮』昭和二三・四)、「卯の花」(『日本小説』昭和二三・一二)、「白椿」(『ホープ』昭和二三・二〜四)というように、小説掲載媒体の差異を超えて書き続けた作家こそ、舟橋聖一だったのである。そして一部私小説を思わせる「悟助」ものである「毒」(『文藝春秋別冊1』、昭和二一・二)や「卯の花」(7)が書かれてはいるものの、文芸誌、新聞、婦人誌、大衆誌掲載の小説は『雪夫人絵図』と同様に、現代を舞台とする男女の恋愛に関する小説であり、そこでは尾崎の指摘するように「愛欲の世界」が展開されていた。ただし、舟橋のこうした小説群に対する評価は、「轟々たる世評」と指摘されるように、批判的なものが多いのだが、小説内容に対する価値判断という次元とは別に、良かれ悪しかれそれが「話題」になっていくという点にこそ、後に中間小説誌で常連作家となる舟橋の特性があると考えられる。たとえば岩上順一の同時代評[8]にその典型を見出すが、舟橋に貼られるレッテルは、裏を返せば作家を言祝ぐ状況と同様に、舟橋自身を話題の人物として取り扱ってしまうのである。

それから、悪名高いエロ作家Fが書く小説は「横になつた令嬢」や「毒」や「おびの花」や「その一日」やの間になにか本質的な個別性――作品としての個性があるのだらうか。いや作家FやKやSのあひだに、なにか「エロ作家」といふレッテル以外の個性があるのだらうか。

「悪名高いエロ作家F」こそが舟橋聖一であることは明瞭であるが、いくら「エロ作家」と蔑もうとも、現象としては舟橋聖一その人を「話題」として称揚することになってしまうのである。またここで「悪名高い」と指摘されるのは、舟橋の文壇での評価のみを言っているのではない。岩上の挙げる『横になつた令嬢』(『キング』昭和二一・一～一二) は、読者からの新聞投書[9]という形で「世評」を惹起するのである。

私は農村の青年ですがいま提議する事は重大な農村文化問題ともいふべき悪雑誌ばつこの兆ありといふ警告です。先ごろ戦争犯罪追放出版社として問責された講談社の「キング」に載つてゐる「横になつた令嬢」といふ情痴的作品は、同社が今度は戦犯と反対の趣向において再び社会に新たな罪過を犯さうとする、本質的な性格を早くも暴露したものだと断ずるにちゆうちよしません。私の妹はこの小説を読んで興奮した成年のために、つひに作品同様の汚辱を受けました。

投稿された日付から、この投稿者が糾弾する「情痴的」場面は、昭和二一年二月に『キング』に掲載された『横になつた令嬢』の、ヒロインが強引に辱を奪われそうになる場面だと推測される。投稿者が訴えるように、それが「作品同様の汚辱を受け」る原因になったとも、また実際にそうした事件が起こったことも実証することは出来ないが、少なくとも『横になつた令嬢』が文壇とは離れたところで「話題」となっていたことがわかる。この投稿を受けて、昭和二一年三月一六日の『読売報知』読者欄「叫び」では「横になつた令嬢論」として、先の投稿が出版社批判と作家批判を混同しているとして、舟橋を庇う投稿も寄せられる事態となっている。ただし、この投稿者も「キングのやうな悪い意味での大衆雑誌にはなるべく露骨な描写はお避けになるやうに」と舟橋に対して注意を促しているのだが。

以上、戦後の舟橋の仕事とそれに伴う「悪名」ないしは「話題」が、『小説新潮』への舟橋の登場へと接続されるその様相を見てきたのだが、こうした事態が作家にも自らの信念を固める契機となったという点も確認しておこう。すなわち舟橋自身、『横になつた令嬢』のこうした「世評」には無視できないものを感じたらしく、『横になつた令嬢』の中で反論をさえ試みているのである。[10]登場人物である「其井」は、戦中の言論弾圧を経て戦後流行作家になった左翼系の人物であり、その「其井」が自らも登壇者である講演会において、「エロ派の驍将」と評判になっている作家「某氏」の話を聞く場面である。

某氏の所論は、エロチシズムを論じるには、ミリタリズムとの相関々係に於て、見なければならないといふ点を力説した。日本人の生活に、もつと、たくましく、エロチシズムをたゝかひ取り、それが滲透しないことには、長いく〳〵年月に養はれた尚武の思想が解消しない。日本人がどんな風にして、好戦的な精神を植付けられたかを、もつとく〳〵強烈な光りで、照らし出すと共に、乾ききつた国民に、骨と皮になつた国民に、人間並みの快楽を与へてやれ。骨と皮の国民に、いくらモラルを与へても、モラルは砕け落ちるばかりだ。先づ、人間並みにしてやつてから、それからモラルだ。日本軍部が、国民を戦争に猪突させる前駆措置として、一切の快楽を禁断し、禁欲思想を鼓舞したのが、つい、この間のことだつたのに、それを皆はもう胴忘れしたのか。バカの一つ覚えで、戦後文学の頽廃性を弾劾するだけでは、いつまでたつても新しい文学の建設はありえないぞ。

登場人物の一人である「其井」こそが、作中にあって軍部により迫害を受けた人物であり、加えて『横になつた令嬢』が「エロチシズム」という点においてその「頽廃性を糾弾」された小説であったことを考えれば、この「エロ派作家」の「某氏」の「エロチシズムを論じるには、ミリタリズムとの相関々係に於て、見なければならない」という説そのものが、『横になつた令嬢』のメタ言説となっているのである。さらには、舟橋はこれに対して「其井」に「某の所論には、熱があり、其井は、段々に惹きこまれて傾聴した。そして、いつか機会があつたら、膝をつき合はして、この先輩と、じつくり文学を論じてみたい意欲を感じた」と共感をさえ催させている。

またこの時期の舟橋の文学観を知る上で欠かせないテクストとして、尾崎の文章でも引かれていた「愛欲愛憎と人間像――わが文学」[11]がある。この文章で舟橋は、「この頃のやうに遠慮なく、徹底的にこきおろされる方が、よつぽど気分が爽かである」と強がりを見せているが、重要になるのは「作家の信念」が垣間見えるということと共に、それを可能にする雑誌メディアの出現を期待している点である。次の引用冒頭にある「この傾向」とは「文藝雑誌ほど、売れないものはないという定説」を指している。また引用中「枯木派」とあるのは「宇野浩二のような芸術陣」を指し、私小説ないしは私小説作家を意味している。

この傾向は、今にはじまつたことではなく、二十年も前から、さうであるから、私はこれについて、自分としても反省したかつたし文壇全体としても、これでいゝのかとおもふのである。手つとり早くいへば、文藝雑誌の読者を、もう少し拡大したいのだ。小理想として、十万売れる文藝雑誌が、せめて三冊、欲をいへば五冊ほどあれば、文壇は興隆の緒につく。読者は、婦人雑誌をやめて、文藝雑誌を読み、作家も婦人雑誌の執筆を謝絶することが出来るだろう。

が、それには、面白い、筋のある小説を、頭から軽蔑否定する、枯木派に、反省して貰はなければ困るが、この枯木派の頑固一徹はなか〳〵牢固たるものがあるので、まだまだ、当分、読書界は、婦人雑誌や大衆雑誌に、王道を占められていくだろうと予想される。
然し、私はかへすがへすも、残念に思ふのは、日本の若い作家が五年十年と修業して、やつと、腕をふるへ面白いものが書ける頃になると、文壇から追放されて、行くところなくして、婦人雑誌作家となる幾人かの例を見てゐることだ。これがみな、枯木共の仕わざである。そして、枯木共は、自らを省みることなくして、たゞ、嘲けり笑ふ。曰く、某々作家も、竟に、堕落せりと。

ここで舟橋は「十万売れる文藝雑誌」を希求し、それが可能になれば「婦人雑誌や大衆雑誌」に小説を発表することなく、また「堕落」することもないだろうと観測している。この指摘は、昭和二一年という時間において重要である。というのも、後に刊行される中間小説誌こそが「筋のある小説」が掲載される「十万売れる文藝雑誌」であったからである。作家側から、理念と言うよりもかなり具体的に中間小説誌のイメージが提示されていると理解することも出来る。[12] これに昭和二二年一月に大佛《おさらぎ》次郎《じろう》によって創刊された『苦楽』を並べて見ると、昭和二一年から二二年にかけて、後に中間小説として結実される小説像が一部の作家等に共有されていたことが分かる。『苦楽』創刊号の「編集後記」では次のように述べられていた。[13]

「苦楽」は青臭い文学青年の文学でなく社会人の文学を築きたいと志してゐる。なまぐさくつて手がつけにくいと云ふ代物でなく、洗練と円熟を求めてゐる。文学に縁のない生活をしてゐる読者が読んでも、素直に平明に文学なり人生の明るい理解に立ち入り得ると云つたやうな小説を生む機縁と成れば有難いのである。読者の側からも御協力を願ひたい。我々は所謂大衆雑誌や娯楽雑誌を作つてゐるものとは信じない。誠実に、謙抑にもつと大きく明い世界を拓きたいと志してゐるのだ。

舟橋の求める物に比べて理念的ではあるが、両者が希求しているものが、「大衆雑誌や娯楽雑誌」とは異なる「もつと大きく明るい世界」である点で共通している。中間小説誌とは、単に雑誌の新機軸ないしは編集者の思惑によって成立したのではなく、作家側からも潜在的にそれを望む声が起こっていたのである。[14]

では、そのまだ見ぬ新しい雑誌で舟橋は何を描こうとしたのか。再度、「愛欲愛憎と人間像——わが文学」から引用すると次のようになる。ここには、戦後の「世評」に揉まれながらも、自身の強みを理解した作家の言辞がある。

そこで、わかりきつたことをいふが、小説の面白さは、描写の妙だけでは、むろん無い。いくらしみじみした描写があつても、又いかにエロチツクな描写があつても、それだけで、小説が面白いといふわけにはいかない。然しである。私はこのことだけは、堅く信じてゐる。人間の愛欲愛憎をおめず臆せず、書きつくさぬことには、ほんたうの人情に徹し得たとはいへず、したがつて、ほんたうの人間像を描いたことにはならない、のだと。

この時点で、中間小説誌はいずれも発行されていなかったが、後に中間小説誌として結実される雑誌メディアを提示している点、そしてそこに載せるべき小説を自らの信念とし提示しているという点において、この文章は大変示唆に富んでいる。実際、『小説新潮』に掲載された小説、更には中間小説誌である『別冊文藝春秋』に間歇的に掲載された『裾野』[15]は、いずれも「人間の愛欲愛憎をおめず臆せず、書きつく」したと言ってよいものであった。また後年、舟橋は『小説新潮』について「『小説新潮』の功績は、読者層を拡げただけでなく、小説をよくわかるものにしたことだろう」と評価し、次のように述べている。[16]

みんなによくわかるということ。正直で明快であることが、決して小説の堕落でなく、それこそが「文学の近代化」であるということの証明を、「小説新潮」の二百冊が、実証したのだ。人にわからない論理を弄び、読んでも正確に伝わらぬ小説を創作するのは、今日に於ては、エゴイズムの外の何ものでもない。

「愛欲愛憎と人間像——わが文学」で示された舟橋の文学観が、新興の雑誌であった『小説新潮』によって結実された姿を、ここに見ることができる。ただし、再度繰り返すことになるが、舟橋の主張の実現の「場」として、『小説新潮』が存在していたのではない。舟橋の実作こそが、そうした「場」として、『小説新潮』を成立させていったのである。加えて、作家の思惑とは別にここに雑誌側の思惑も確認する必要があるだろう。すなわち「轟々たる世評」を巻き起こした「エロ作家」とも言われる「話題」性に富んだ舟橋聖一を雑誌に起用すること、そのインパクトと商業的成功への企図がそれである。そしてまた、それを可能にした舟橋テクストの仕掛けについても検証しなければならない。

三　『小説新潮』と『雪夫人絵図』——戦略とその技法

以上見てきたように、すでに作家の新たな雑誌メディアへの欲望が存在し、それに呼応するように新たな文芸誌、すなわち小説のみを掲載する中間小説誌『小説新潮』が創刊されることになる。ここで『小説新潮』創刊号に掲載された「創刊の言葉」を引用してみると、舟橋の主張と雑誌の主張が重なっていることがよく分かる。[17]

小説が演劇や映画に伍して、大衆の健全な娯楽に大きな貢献をしてゐることは更めて云ふまでもないが、本誌の念願とするところは、小説文学を今日の水準より一層高め、その領土を広く開拓して、通俗に堕せず、高踏に流れず、娯楽としての小説に新生面を開くと共に、近代小説の使命なる人生の教師としての役割もまた十分に果さんとする点にある。

すでに作家からの欲望は示されていた。ここに相思相愛ともいえる関係が現出する。『小説新潮』にとって「悪評」という形で蓄積された文学場における舟橋聖一の象徴材は、読者を呼び込む格好の宣伝でさえあっただろう。[18]そのため、当然といえば当然ながら、舟橋聖一の小説は創刊号に掲載されている。創刊号について大村彦次郎は次のように述べている。[19]

石川の「風雪」は傷痍軍人を迎える戦後の女性たちの変貌を描いた社会派向きの作品で、舟橋の「あしのうら」は生命からがら満州から引揚げてきた男が、以前番頭として勤めていた骨董屋の、さして年の違わぬ女房をひそかに恋慕する、やや倒錯的な市井風俗物であった。前年「横になつた令嬢」、「毒」などを書いて、その刺激的エロチシズムが世間から手ひどい反撥を受けていた舟橋であったが、男女心理の濃淡を書き分ける小説技術は間然するところなく、さすが見事であった。まもなく舟橋がこの雑誌の花形作家として過分に優遇される素地は、このときすでに出来上がっていた、といっていい。

そしてまた舟橋と『小説新潮』の関係は、雑誌の人気ないしは発行部数においても成功を収めることになった。『読書世論調査30年――戦後日本人の心の軌跡』（昭和五二・八、毎日新聞社）を参照すると、調査項目「いつも読む雑誌」で昭和二二年度、二三年度は二〇位以内に『小説新潮』の名前はないが、昭和二四年度には二〇位の『新潮』を押さえて一六位に名前が挙がっており、翌二五年に一六位、二六年度に一二位に上ると、以後同書に収録されている調査結果の昭和五一年度に及ぶまで一〇位から一三位あたりに常に名前が挙がっている。同様に項目「買って読む雑誌」においても昭和二四年度・二五年度に一七位で名前が挙がると、二六年度には一二位に上がり、こちらも「いつも読む雑誌」同様、以後一〇位から一三位の間に常に名前が挙がっている。これは上位に位置する雑誌の多くが総合誌や婦人誌であることを考えれば、文芸誌はもちろんのこと、他の中間小説誌を凌ぐ順位である。

もちろん、舟橋が書いたから雑誌が売れた、あるいは舟橋が常連作家だから雑誌の人気が出たという単純な理由ではないだろう。そこには『小説新潮』という中間小説誌の創刊当初の戦略が存在していたと考えるべきである。たとえば、昭和二三年の『小説新潮』は『雪夫人絵図』と同時に、バルザック『風流滑稽譚』を思わせる、石坂洋次郎の『石中先生行状記』の連載をスタートさせ、しばしば地方における艶笑譚（性風俗にまつわる笑い話）を掲載していた。また同年七月号には石塚《いしづか》喜《き》久三《くぞう》による「回春室」、および同年九月号に「続回春室」を掲載していることを考えれば、昭和二三年の『小説新潮』が「エロ」を売りにしていたことが推察される。事実、昭和二三年一〇月には石坂の『石中先生行状記』が猥褻文書にあたるとして警視庁により新潮社は家宅捜査を受けている（起訴猶予処分）。時代は数年下るが『小説新潮』がどのような雑誌として受け取られているかの傍証として、勝本清一郎の同時代評[20]を挙げておこう。

> 二月号の「小説新潮」を手にとると、この雑誌の編集者が特にそういうねらいを持つている点もあるが田村泰次郎「龍舌蘭」石坂の「続石中先生行状記」武田泰淳の「椅子のきしみ」舟橋の「雪夫人絵図」終章北条誠の「浮名ざんげ」梅崎春生の「黒い花」藤原審爾の「新版好色一代男」そろいもそろつてまつしぐらな官能小説である。これらに共通する成熟した肉ぶとのやわらかい描線は戦前には全く見られなかつたものである。

勝本の同時代評は『雪夫人絵図』の終章が掲載された昭和二五年二月号を対象としているが、「官能小説」が並んだ誌面と先の雑誌の人気とは決して無関係ではないだろう。

またこうした出版社による雑誌の販売戦略と同時に、小説テクストそのものにも読者の興味を引く仕掛けが施されたという点にも留意しておきたい。『雪夫人絵図』に関して言えば、月刊誌に連載という、その「一か月」という間隔の時間的制約を克服するべく、読者に小説の続きへの興味を持続させるための、あえて事件の発生途中で物語を中断し次号へ引き延ばすクリフハンガーとも言うべき手法が積極的に採られていた。たとえば昭和二三年九月号の掲載分では、以下のように物語は閉じられる[21]。

> 「お帰りやす」
> と、俄かに、口々に、色めき立つけはひ。
> 雪夫人が、今、自動車で、帰つてきたに相違ない。浜子はドキンとした。
> そして、殆ど反射的に立上らうとするのを直之の太い腕に、グイと、肘のあたりをつかまれた。
> それから、広い胸で、次の間の方へ、押しこめられた。そういふ行動は、昔の殿様らしく圧倒的で、ウンもスン

もいはせない威があつた。

片方で、浜子を引きとらえたまゝ、彼は静かに境の襖をしめた。


ヒロインである信濃雪が別の男性と出かけて戻ってくるのを、夫である直之が待ち伏せする場面である。事件の途中でわざと物語を宙づりにし、読者の関心を次号へと向かせている。読者はこの後、雪と直之の間にどのようなやりとりが行われるかに興味を引かれ次号を手に取ることになるだろう。ただし、前号終末部で起こった事件は、次号で展開するかというと、決してそうはならない点も足かけ二年に渡る長期連載だった『雪夫人絵図』の特徴であるだろう。先の引用に続く昭和二三年一〇月号の冒頭は次のようになる。


息づまる緊張。

直之は、グイと、浜子を次の間に押しこめてから、暫く、待つてゐる様子だつたが、待ち切れないと見え、玄関の方へ出ていつた。そして、いつまでも帰つて来ない。

十分程して、いきなり、スルツと、襖があいた。

「アツ——びつくりしたわ」

と、浜子が思はず、叫びをあげたのは、目の上を、紫色に膨らした誠太郎が、薄暗い渡廊下のはしに、立つてゐるからだつた。


おそらく読者が期待したであろう、直之と雪の対決の場面は、気を利かせた番頭代わりの誠太郎によって読者の目に曝されることなく、事件はうやむやになってしまう。そして、この号では雪の経営する旅館「宇津保館」に泥棒が入ったとの知らせが入り、新たな事件の発生と共に次号へと物語は継続されていくのである。こうした手法はすでに月刊誌連載だった『横になつた令嬢』や『満月』においても用いられていたものだったが、これら二作と比較するとその手法がより際立ったものになっている。

また、『雪夫人絵図』では積極的に時事的話題を小説テクストに取り込んでもいる。たとえば雪が夫の直之と離婚協議を行うため、関西地方に出かけた場面。雪が京都競馬場へ赴くと、その日はちょうど天皇賞が行われる日であった。

車内の会話は、今日のレースのことばかりで、自然、雪夫人だけが、取りのこされる。呼び物の天皇賞は、第十レースで、三二〇〇米といふ長距離である。出馬表を見ると、①マツミドリ、②シマタカ、③ツバサ、④ブルーホマレ、⑤カツフジ、⑥シーマーの、六頭立である。

テクストに出てくる天皇賞は、昭和二三年五月一三日に行われた実際の天皇賞である。レース前の予想を覆しシーマーが先行逃げ切りで優勝する。このレースを、およそ二か月後[22]の昭和二三年七月号の『雪夫人絵図』で舟橋はテクストに取り込み、雪夫人に見事に的中させている。『雪夫人絵図』は、信濃雪が戦後の没落貴族の一人で、残された遺産をもとに旅館を経営しているという、大まかな時間情報だけしか与えられていなかったが、ここで物語の時間設定も明瞭になるのである。こうして読者は話題となった競馬レースが作中の道具立てに用いられているとの興味とは別に、雪夫人の物語が読者の現実の時空と接続しているという錯覚を持つ。舟橋聖一について述べるならば、昭和二七年一月から連載が開始された『芸者小夏』が、たとえば「キンゼイ報告を読む夏子」(昭和二八・一一月号)、「夏のデモ見る夏子」(昭和三五・八月号)といった連載タイトルからも分かるように、時事的興味を小説内で取り扱い、『小説新潮』の人気連載となっていった。「夏子」ものは『小説新潮』で昭和三六年一二月まで連載が続けられている。

以上のように、舟橋聖一の文学的理念あるいは、それを可能にする雑誌という希求があり、理念を共にする雑誌『小説新潮』を以て、舟橋は自身の仕事を具体化することが出来た。そして、舟橋の「人間の愛欲愛憎」を描いた小説が雑誌を牽引するように、昭和二〇年代の『小説新潮』それ自体も「官能小説」を一つの特徴とするような小説雑誌へと展開していったのである。そしてまたテクストそのものにも、読者の興味を刺激するような戦略が施され、多くの読者に人気を博する月刊の中間小説誌『小説新潮』が誕生することになったと言えるだろう。

最後に、ここまで触れてこなかった読者の位置について言及しておきたい。ただしそれは『小説新潮』あるいは中間小説誌を読む具体的な読者ではなく、『雪夫人絵図』に思わず映り込んでしまった読者の姿についてである。

四　窃視と二人の読者

『雪夫人絵図』における読者という問題系を考える時、このテクストの男女の「愛欲愛憎」を描いたという単純さというよりも、霧をつかむような不可思議な感触に戸惑わざるを得ない。不可思議というのは、小説のタイトルそのままに、雪夫人こと信濃雪の動静に物語の焦点は合わせられているはずなのだが、雪その人の心理は極力省かれ、もっぱら女中の浜子と、従業員の誠太郎の眼を通してのみ雪夫人が語られる、という点にある。すなわち「雪夫人」その人を知ろうとテクストを繙いたにもかかわらず、読者は二人の目を通してしか雪夫人を知ることができないのである[23]。

ではこの二人は一体何を語るのだろうか。丹羽文雄は同時代評[24]において「舟橋聖一は『雪夫人絵図』『裾野』に一番力を入れているらしいが近ごろひどく美文調になつて来ている。また最近は私小説を書き出したが林房雄が苦々しく思つていることだろう。舟橋のものには必ずのぞきがあるが（後略）」と指摘しているが、昭和二一年の『横になつた令嬢』以降、舟橋の小説には「のぞき」以外にも、女性の入浴場面、人工妊娠中絶が必ずといってよい程描かれる。これら女性の身体に焦点化した描写には、男性読者の欲望をかき立てる機能があると思われるが、『雪夫人絵図』においてもこれらはテクスト中に描かれ、二人の登場人物の眼を通して巧妙に描き分けられている。

二人の登場人物のうち浜子は、雪が経営する宇津保館で女中として働くことになった女性であり、同性という位置づけが雪夫人の身体への接近を容易にし、雪夫人と入浴を共にし、また雪夫人の体をマッサージすることで、読者に雪夫人の身体のありようを伝える。しかし浜子は、雪夫人に忠義を誓っている以上、雪夫人の異性との関係をあえて見ようとしない。たとえば、浜子と誠太郎が雪と直之が同衾している場面を、「のぞく」あるいは「のぞかない」で意見が分かれる時、浜子という登場人物の視点が明確になる。同場面をのぞかなかった浜子にとっては、雪夫人は神秘的対象となり、異性との具体的な関係という一点において一種の謎を残すことになる。

ふと、ゆうべの、白いかひなの印象が、浜子の胸をゆすぶつた。どんな、侮辱にも耐えなければならぬわけ——それは、あの厚肥えた縮緬の、夜の衾の下に秘められた雪夫人の雪の膚の、ふしぎな絵図が知るのみで。

だが、その浜子の見ようとしない、雪夫人の異性との関係をめぐる性的な側面については、誠太郎が「のぞき」みようと試みる。しかし、のぞいてしまった誠太郎は、あるいはのぞき見てしまったという徴を得たために、一時的に『雪夫人絵図』から退場せねばならなくなる。

お姉さんへ。

僕は黙ってここを出て、これっきり、帰ってきません。僕は、ゆうべ、何もかも、見たのです。長い思いが届いたのも、同様でしょう。僕は、あいつに、殴られたから、出ていくのではありません。何もかもの、正体を見たから、出ていくのです。お姉さんは、とうとう、見損ったんでしょう。お姉さんのズル。見たいくせに、見ないなんて云ってる間に、気のきいたお化けは、シャンと水際立って、引込んでしまったんです。

あんな美しいものとは、僕、知らなかったんです。もっと、卑しいものか、でなければ悲しいものだろうと想像していたんです。お姉さんも知らないのでしょう。

見てしまったが語らない誠太郎と、見ようとしない浜子の視線の先で、雪夫人の姿は明滅するのみで、そのため読者の「見る」という欲望は喚起され続けることになる。そしてテクストが二人の視点によって雪夫人を見ようとしている以上、この二人の視線が読者の視線と重なるのである。その意味で、浜子と誠太郎こそは、作中に放り込まれた読者の代理表象に外ならない。

　また、この小説が掲載された『小説新潮』が挿絵のある中間小説誌であったことも、重要である。先に述べたように、『雪夫人絵図』には佐野繁次郎の挿絵が、毎号二葉挿入されていた。その挿絵を見てみると、雪夫人その人が描かれた挿絵が多くあるのだが、その構図は後ろ姿であったり、横顔であったり、あるいは正面から描かれたものでも雪夫人は俯いていたりと、もちろん正面から見つめる雪が描かれた挿絵もあることにはあるのだが、多くの場合、雪の視線は誌面正面から外されているのである。すなわち挿絵においても、読者は雪の視線の外で、読者自身の目によって雪を窃視していることになるのである[25]。

　『雪夫人絵図』というテクストを通じて、雪夫人その人は作中の二人の人物によって、また何より読者によって徹底的に窃視され続ける。そのため、身体こそが読者の欲望の焦点として特化された存在、常に窃視される対象であった雪夫人が、おもむろにその胸中を語る時、のぞいていた視線とのぞかれていた視線がかち合い、読者は驚かざるを得ない。物語の終局、このテクストを通じてほぼ初めてであろう雪その人の願望が吐露される。


——モーター小屋の戸があいた。

「おくさま——」半分、泣いてゐる声で。

「あゝ、いらしつた。いらしつた。一体、どうして、こんなところへ？」

誠太郎は、とびついてきた。

「苦しいから、隠れてしまひたかつたの。誰にも見られたくないの」

「そんな無茶な——おくさま。誰も、見てなんか居りません」

「いいえ、みんな、見てゐるわ。敗北よ。絶望よ。あたしモーターボートにのりたいのよ」

「さうして、どうなさるんです」

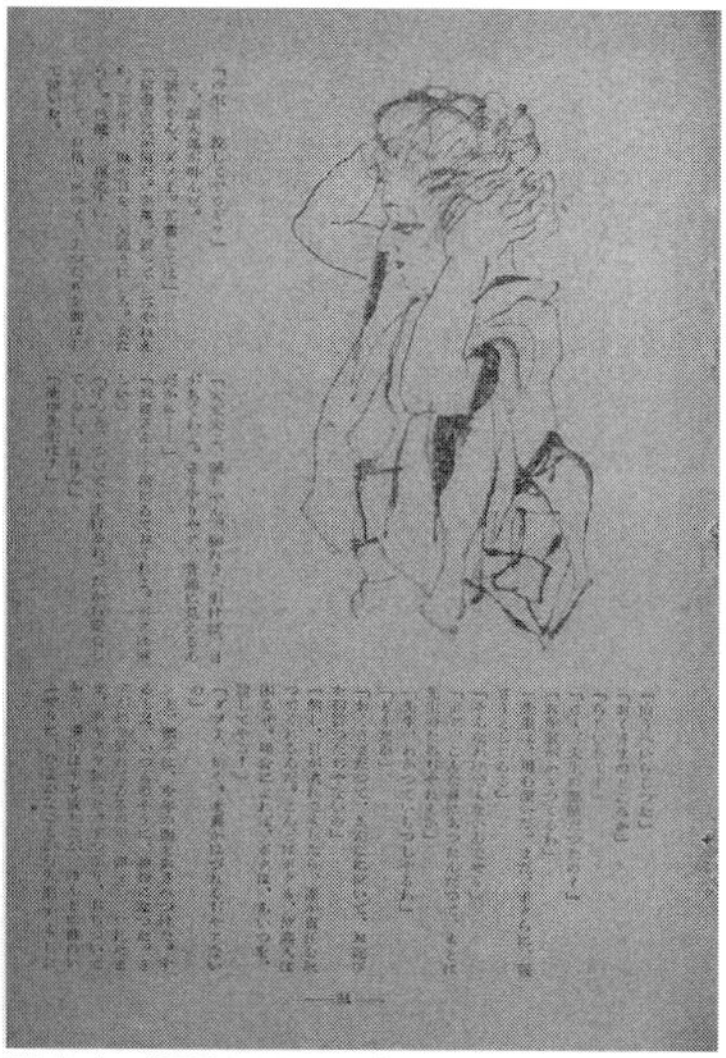

雪夫人（昭和 23・10）

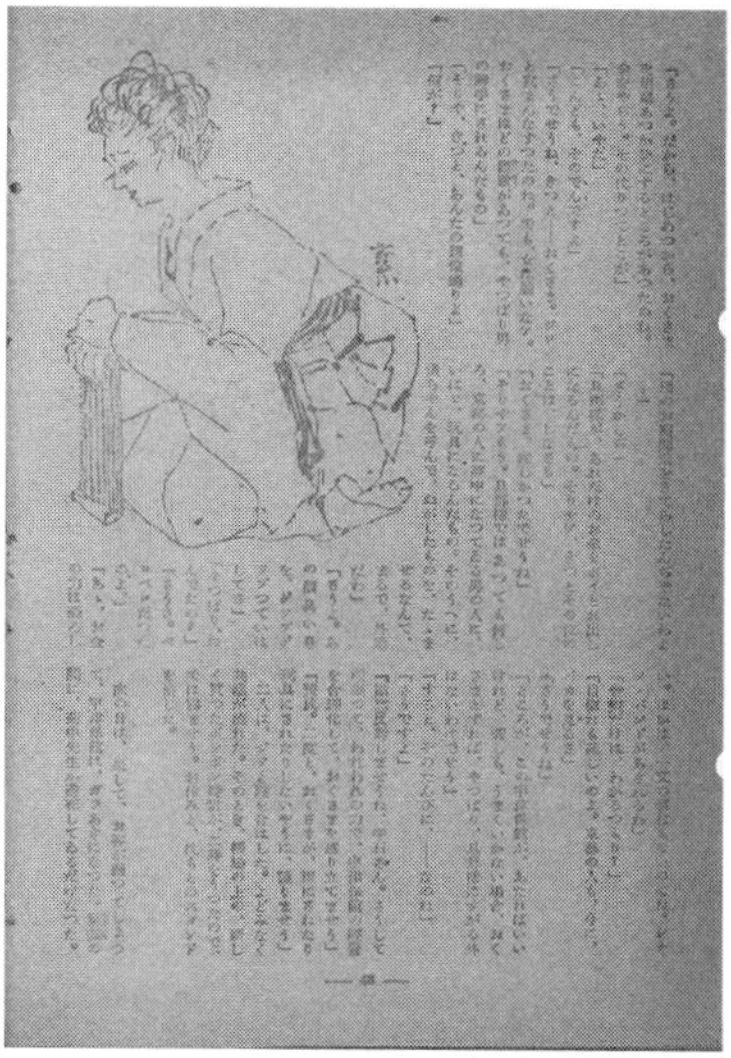

雪夫人（昭和 23・3）

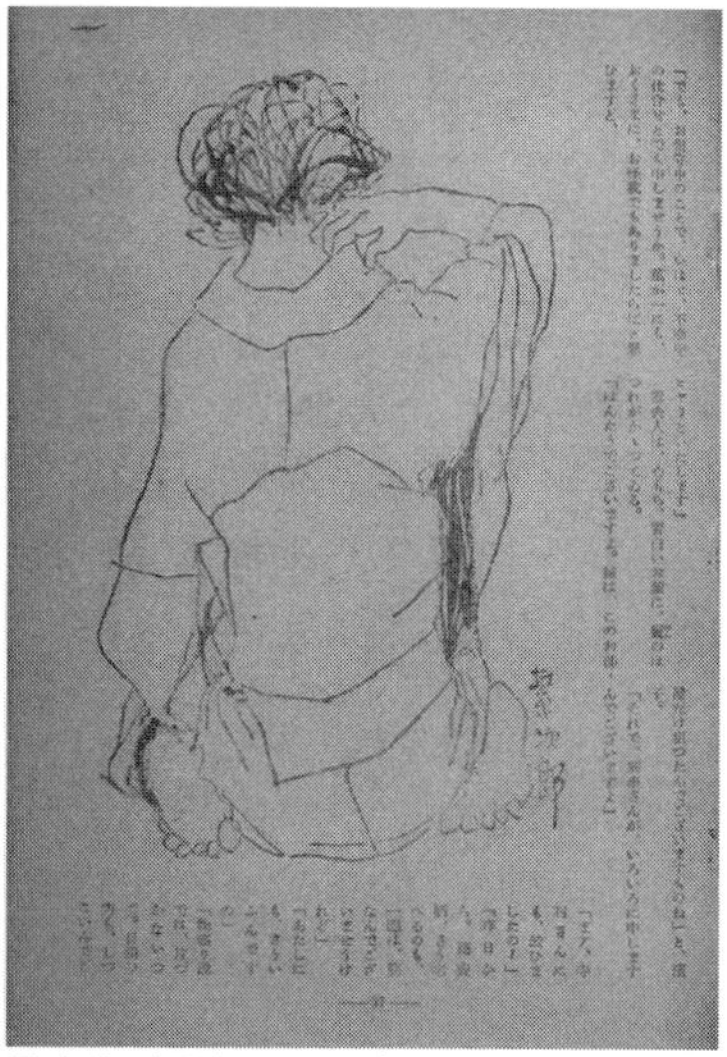

雪夫人（昭和 23・11）

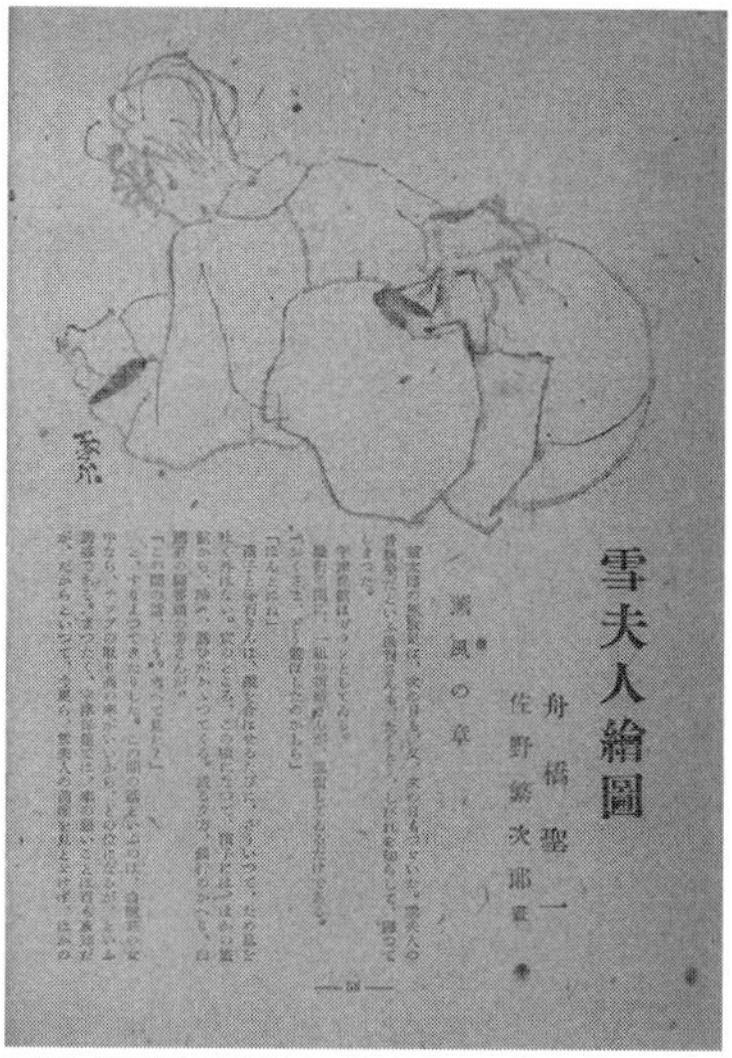

雪夫人（昭和 23・6）

「縦が崎から舟出して、湖水の底に、隠れてしまふの。——日の目も見ない暗い水底が、あたしの安息のお墓よ」

常に窃視される存在であった雪は、自身が「見られて」いることを自覚していた。雪の「絶望」は、財産を失い、行き場が無くなったからの「絶望」なのではない。テクストに張り巡らされた視線に耐えることが出来なくなったのである。それゆえに「日の目も見ない暗い水底」こそが「安息」の場所となるのである。あるいは、「日記」という形で表される雪の「内面」も「人々の目」に曝されることへの煩悶が綴られていた。

われは、幼きより、人々の目に、好奇の対象としてうつりたれど、真実の愛を享けたることなし。

直之は、もとより、方哉も浜子も、われを愛したるに非ず。

僅かに、愛情に似たる若干の好奇心を抱くにすぎざるならん。

『雪夫人絵図』というテクストは、雪夫人に自覚されていたように、「人々の目」に映る雪夫人の姿を常に追っていたのである。読者の代理表象である浜子と誠太郎、そして挿絵というかたちで雪夫人をのぞいていた読者の視線から逃れるように、雪夫人はテクストから姿を消し、物語は終わりを迎えるが、名詮自性ともいえる「雪」という名を持つ女性の消失は、この物語の終局としてもっともふさわしいといえるだろう。

以上、『雪夫人絵図』について、そのテクストの生成と、またこの小説が生まれる「場」を検証してきた。『雪夫人絵図』は、戦後舟橋によってなされた一連の仕事の、一つの結束点として存在している。それは、「民主化」や「文化国家」というかけ声の下、より広い読者を想定した中間小説誌という戦後に生まれた新たな雑誌メディアと、従来の文壇小説に不満を抱いていた作家との稀有な邂逅だったともいえるだろう。『小説新潮』が企図した雑誌のコンセプトに、具体的なテクストを提示することによって舟橋はこの新興の雑誌をそれにふさわしい「場」として生成していったのである。『雪夫人絵図』の後、舟橋は「夏子」ものに代表される「中間小説」を数多く執筆し、それに対して「風俗小説」批判、「中間小説」批判といった言説が新たに紡がれていくことになる。

注

(1) なお昭和二四年一月は休載。また昭和二三年一月から一二月までを「第一部」、昭和二四年二月から昭和二五年二月までを「第二部」としていた。
(2)「新年号より二大長篇連載」(『小説新潮』昭和二二年一二月号)。
(3) 河盛好蔵「『雪夫人絵図』における美への祈念」(「月報3」『舟橋聖一選集　第三巻』昭和四三・八、新潮社)。
(4) 亀井勝一郎「解説」(『日本文学全集44　舟橋聖一集』昭和三五・一、新潮社)。
(5) 尾崎秀樹「『小説新潮』にみる戦後」(『小説新潮』昭和四七・九月号)。
(6) 北条誠「解説」(『雪夫人絵図』昭和三四・九、角川文庫)。
(7)「卯の花」が掲載された『日本小説』は和田芳恵による編集で、中間小説誌の嚆矢であるとされるが、作家の意識としては「文芸誌」であったようである。舟橋は昭和二三年一〇月にも『日本小説』に「多情の悩み」を掲載しているが、これも「悟助」もので私小説を思わせるものである。
(8) 岩上順一「文学の堕落」(『朝日新聞』昭和二一・九・三〇)。
(9)「戦犯雑誌の警告」(「叫び」欄、『読売報知』昭和二一・三・五)。なお、投稿者は「農村の兄」となっている。
(10)『キング』昭和二一年一二月号。
(11)『新潮』昭和二一年一一月号。
(12) 舟橋聖一にとって売れる雑誌とは、作家が事業者として成立可能になる素地として重要だったと考えられる。「作家生活の新条件」(『知性』昭和一九・七)では出版社の経済的状況に左右される作家の立場を嘆いている。こうした意識が戦後日本文芸家協会の会長になった際に、「職能利益の擁護」という形で出版社や映画会社との権利契約の明確化を訴えることになる。
(13) 署名は「坐雨盧」とあるが大佛次郎であるとされる。
(14) その他に、たとえば「(座談会) 丹羽文雄・富田常雄・大佛次郎・吉屋信子・久米正雄「新文學への展望――「懸賞小説」選者を囲んで」」(『新風』二巻四号、昭和二二・四、大阪新聞社東京支社) などに同様の問題意識を見ることができる。
(15)『裾野』は昭和二三年一二月から『別冊文藝春秋』に掲載され、間を挟みながら昭和二五年二月まで掲載された。
(16)「二百冊の実証」(『小説新潮』「創刊二百号に寄す」昭和三六・二月号)。
(17)『小説新潮』昭和二二年九月創刊号。
(18) また『新潮社百年』(平成一七・一一、新潮社) では「とくに二十三年新年号より連載された舟橋聖一作・佐野繁次郎画『雪夫人絵図』と石坂洋次郎作・宮田重雄画『石中先生行状記』の二作によって抜くべからざる地歩を築いた」とされている。
(19) 大村彦次郎『文壇栄華物語』(平成二一・一二、ちくま文庫)。
(20) 勝本清一郎「官能小説の果て」(『北国新聞』、昭和二五・三・五)。
(21) 本章では『小説新潮』に掲載された『雪夫人絵図』を検証する目的のため、引用はすべて初出に拠った。なお便宜的に旧字は新字に改めている。
(22) 雑誌の号数と実売日のずれを考えると、より早かった可能性がある。
(23) ただし、雪夫人が浜子と誠太郎から離れて関西旅行を行った場面は、雪夫人に語り手は寄り添っているが、ここでも雪夫人の内面は極力語られていない。
(24) 丹羽文雄「文藝時評(中)」(『東京新聞』昭和二三・一二・二四)。
(25) 亀井勝一郎は『雪夫人絵図』の「のぞき」について「氏は自己の空想せるかぎりの幻の女体を、つまりは現実には存在せぬ自己のイメーヂを、自分でのぞいてゐる故に、これは見事な芸術となつたのである」(「『雪夫人絵図』を読む」『小説新潮』昭和二四年五月号)と指摘しているが、挿絵によって具体化された読者の視点も存在していると言うべきだろう。

column

「御三家」の筆頭

昭和二〇年代の『小説新潮』

【発行期間】昭和二二年九月～令和六年現在も継続中。

【判型・刊行頻度】月刊・A5判。また、昭和二四年四月からは『別冊小説新潮』が刊行される。同年一〇月にさらに一号刊行後、刊行頻度は、昭和二五年九月から、一月、五月、九月の年三回刊行となる。さらに昭和二九年からは一月、四月、七月、一〇月の年四回刊行となる。

【発行所】発行所は株式会社新潮社。所在地は東京都新宿区矢来町七一。

【編集人・発行人】編集兼発行者は佐藤俊夫。

【印刷人・印刷所】印刷者は、順に勝畑四郎（創刊号～第三巻第四号）、北原春夫（第三巻第五号～第三巻第一二号）、小野通久（第三巻第一三号、一四号）、土岐佐光（第四巻第一号～第九号）、小坂孟（第四巻第一〇号～第五巻第九号）、村尾一雄（第五巻第一〇号～第八巻第三号）、長久保慶一（第八巻第四号～第八巻第一六号）。印刷所はまず、文寿堂富岡工場（創刊号～第四巻第九号。第三巻第一号からは名称が文寿堂印刷株式会社富岡工場となる）。所在地は横浜市磯子区堀口八八（第三巻第四号から横浜市金沢区堀口八八と記述）。次いで、第四巻第一〇号から大日本印刷株式会社。つまり印刷者でいうと、小坂孟からは大日本印刷株式会社となる。所在地は東京都新宿区市谷加賀町。
また、配給元として日本出版配給株式会社の記述が第三巻第八号まである。所在地は東京都千代田区神田淡路町二―九。

【概要】『小説新潮』は、昭和二二年九月に創刊された[1]、中間小説誌の典型ともいうべき雑誌である。

　創刊に至る経緯は『新潮社一〇〇年』（平成一七・一一、新潮社）収載の河盛好蔵「新潮社七十年」に詳しい。

> だが、二二年において特筆すべきは、『小説新潮』の創刊であろう。新潮社ではすでに廃刊した『日の出』に代る新しい大衆雑誌の刊行を考え、菊池寛らの意見を求めたりしていたが、漸く機が熟して、この年の九月一日に『小説新潮』（九月号）の刊行に踏み切った。当時は新雑誌の創刊が認められなかったので、競馬雑誌の権利を三千円で買い、出版協会に企画届を出し、六四ページ、二万部の用紙の割当を貰って出発した。編集長は佐藤俊夫である。『小説新潮』という誌名は社内募集をしてきめたもの

である。　（一二一頁）

　つまり、用紙難の嵐が吹き荒れるなか『小説新潮』は『日の出』の後継誌として、大衆向けという特色を持った雑誌として出発したということである。

　その理念は、「創刊の言葉」、第二号に付された「十月の言葉」に明示されている。それは「念願」が「小説文学を今日の水準より一層高め、その領土を広く開拓して、通俗に堕せず、高踏に流れず、娯楽としての小説に新生面を開くと共に、近代小説の指名たる人生の教師としての役割をもまた十分に果さんとする点にある」であり（「創刊の言葉」）、それが指す小説の内実とは、「私小説を排し」、「小説をもっと一般的に面白いものとしなければならぬといふ運動」に同調する（「十月の言葉」）というものである。これは『日の出』から引き継ぐべき「大衆向け」という特徴を、大衆の娯楽に貢献しているものとしての小説に求めるものといえた。大衆がみな面白いと感じる小説を主軸とした雑誌、これが『小説新潮』の目指すところであった。そしてその有効な術として、現実的に『小説新潮』が選んだのは、すでに名を成している純文学作家に大衆向けの小説の執筆を求めるものであった。高井有一「百年を超えて」（『新潮社一〇〇年』）では、「五〇年代までの『小説新潮』には、声価の定まった作家でないと起用しない傾向」があり、「純文学で実績のある作家に書いてもらうという創刊当初の方針が多分に影響していただろう」とまとめられている。昭和二四年四月からは、より読切小説集という特徴に特化した『別冊小説新潮』の刊行も始まる。そして、『小説新潮』が成功を収めてゆくにつれ、この編集方針が中間小説とは何かという問いへのひとつの答えと化してゆくのである。

　こうした編集方針は、『小説新潮』に先立つこと四か月、昭和二二年五月に創刊された和田芳恵《わだよしえ》の『日本小説』に近い。和田芳恵は、『日本近代文学大事典』（第五巻、昭和五二・一一、講談社）で『小説新潮』の項を担当しているが、そこで「昭和二二年五月創刊の『日本小説』が、いわゆる中間小説のジャンルを開発し、『小説新潮』が、さらに枠をひろげて小説の大衆化に成功した」と述べている。

　では昭和二〇年代の『小説新潮』の特色をいくつか明示していこう。『小説新潮』が人気を持続できた要因として、雑誌の看板となる小説が、途切れることなくあらわれたことがあげられる。昭和二九年一〇月号創刊百号記念号で創刊以来の人気一六作品を、作品を担当した挿絵画家の「絵による百号回顧」としてあげている。そこで紹介された小説は、舟橋《ふなはし》聖一《せいいち》「雪夫人絵図」、石坂洋次郎「石中先生行状記」、石川達三「風雪」、火野葦平「新遊侠伝」、石塚喜久三「回春室」、尾崎士郎「ホーデン侍従」、林芙美子「冬の林檎」、井上友一《いのうえともいち》郎《ろう》「日本ロォレライ」、平林たい子「栄誉夫人」、藤原審爾《ふじわらしんじ》「新版好色一代男」、広津和郎「入江の町」、林房雄「青春物語」、丹羽文雄「女靴」、坂口安吾「安吾捕物」、内田百閒《うちだひゃっけん》「阿房列車」、源氏鶏太《げんじけいた》「坊っちゃん社員」である。なかでも「石中先生行状記」は、創刊の翌年五月に猥褻図書として警視庁に押収され、新潮社が書類送検された。そうした話題性も要因となり、単行本は刊行から一年で一三万七千部を記録した。『小説新潮』誌上で「石中先生行状記」の連載は続いており、本作は創刊三年目の雑誌の定着に一役買ったと推察される。

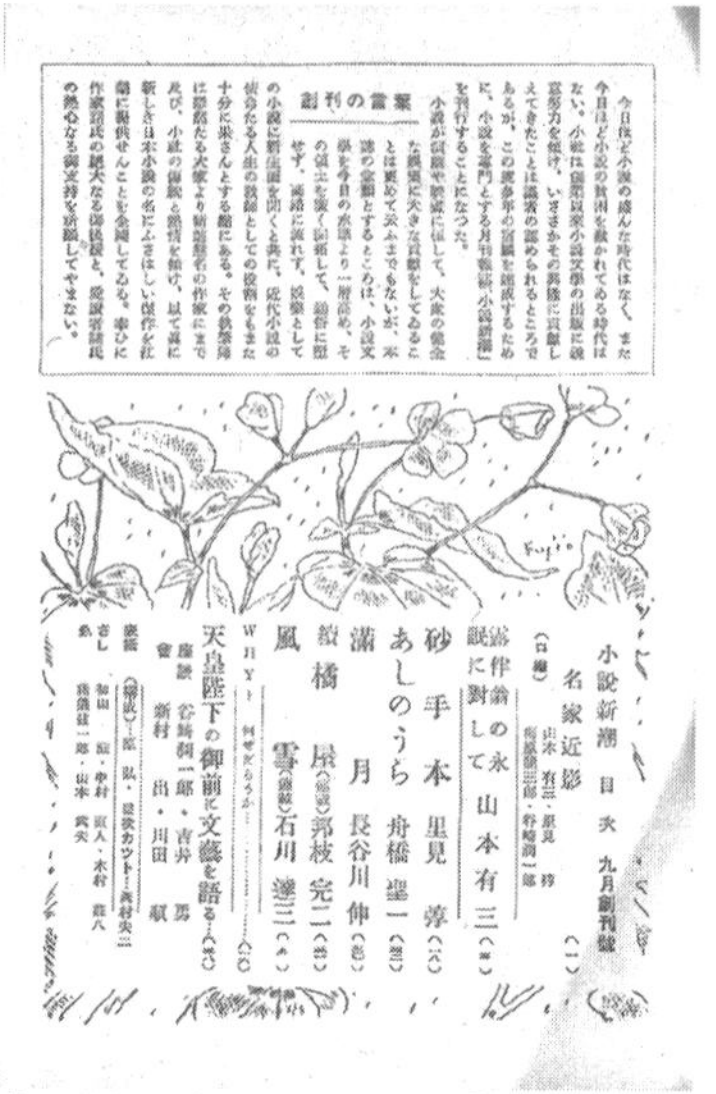

『小説新潮』創刊号目次、「創刊の言葉」（昭和22・9）

『小説新潮』が求める小説を書くことのできる新人作家を開拓するため、昭和二九年に設けられた「小説新潮賞」の存在も特記すべき事象といえよう。「小説新潮賞」は、「新潮社文学賞」、「同人雑誌賞」、「岸田演劇賞」とともに四大文学賞として設定された賞である。四大文学賞は、すでに昭和一一年に設けられていた「新潮社文芸賞」を発展させたものとされる。「小説新潮賞」の詳細については、先の河盛好蔵「新潮社七十年」に詳しい。

> 「小説新潮賞」は新人の中間小説を募集するために設けられたもので、石川達三、石坂洋次郎、舟橋聖一、丹羽文雄、尾崎士郎、井上友一郎、広津和郎、獅子文六の諸氏を審査員とし、記念品並びに副賞十万円をおくる文学賞であったが、思わしい結果を見なかったために、第八回から性格を変えて、前年の九月一日から、その年の八月末までに発表された新鋭、中堅の既成作家の中間小説に授賞することに更められた。（一五一頁）

つまり「小説新潮賞」受賞作には、先に見た『小説新潮』の理念が具現化されているはずであり、既成の純文学作家に大衆向けの小説の執筆を求めることから生じていた新人不足も解消されるはずであった。だが、河盛の言葉を借りるならば「思わしい結果を見なかった」のであり、作品を発表できる知名度を有す既成作家対象の賞となったのである。つまり、「中間小説とは何か」という問いはここでも棚上げにされたわけであるが、同時に昭和二〇年代はその問いに答えようという試みがあったことのひとつの証左となる。

　次に競合中間小説誌との差、『小説新潮』の独自性を象徴する人気企画「小説新潮サロン」についてである。「小説新潮サロン」は、昭和二八年九月号に開始、当初のコーナーとしては、四百字詰原稿用紙七枚分の短篇小説を募集する「コント」、お国自慢を四百字詰原稿用紙一枚で募集する「わが町・わが村」、「短歌・俳句」、そして「読者の声」であった。「詩」欄の追加などコーナーの増減はありつつも、少なくとも昭和三〇年代までは人気企画としてあった。とくに「読者の声」コーナーは、同時代の大衆娯楽誌からの影響がうかがえる企画であり、読者同士の交流の場ともなっていた。また『小説新潮』への苦情も積極的に掲載されており、それに対応する編集者のコメントも残されている。読者がつくる、読者とつくる雑誌をアピールする場として機能していたことが推察される。また、「わが町・わが村」は、昭和二七年一月号から始まっていた口絵写真コーナー「故郷の美」、昭和二六年から断続的に掲載されていた、内田百閒の列車紀行小説「阿房列車」と連関した企画といえ、都会に出た読者の郷愁を誘うものであると同時に日本再発見を企図するものといえた。

　また、先に述べた「絵による百号回顧」といった企画の存在からも明らかなように、『小説新潮』にとって挿絵は大きな売りであり、特色であった。昭和二八年一一月号の「読者の声」欄に、「文芸雑誌とりわけ本誌の如く小説の満載された有名雑誌なるものになると、挿画に注目を払ふべきだ。挿画は文章の内容を一役買つて、読者に興味をわかせる」という声が寄せられている。これからも同時代読者が、挿絵を重視し、編集側もその意見を重要視していたことがわかる。

　『小説新潮』の発行部数は昭和三三年、一号あたり四五万部を記録する。「中間小説誌」の御三家と呼ばれるなど、こうした昭和三〇年代の雑誌の躍進は、昭和二〇年代に着実に雑誌の特色を定めていった成果といえる。

［小嶋洋輔］

注

（1）尾崎秀樹「『小説新潮』にみる戦後」（『小説新潮』昭和四七・九）によると、「表示はそうなっているが、実際に市場へ出たのは七月末日である」とある。

第4章

大衆雑誌懇話会賞から小説新潮賞へ

「中間小説」の三段階変容説

高橋孝次

一 はじめに――「純粋小説論」との分節化

「中間小説」という文学場[1]の成立と展開について考えるとき、文学賞が果たした役割はいかなるものであっただろうか。文学場において文学賞が、文学作品・作家・所属グループ・ジャンル・掲載紙誌などの象徴的価値を登記する重要な契機であることは間違いないだろう。しかし、戦後新たに「中間小説」という場が生成、あるいは再編され、自律的な市場として機能し始めたとき、「中間小説」とは何かを規定するような文学賞は、いまだ存在していなかった。それは「中間小説」という場が小説需要の急激な短期的拡大にともなって市場先行で成立していった事情と、それに伴うジャンルとしての曖昧さ、象徴的価値の供給源である文壇批評の空白などによるもの[2]と、ひとまずは考えられる。とはいえ、第一部第1章で論じた和田芳恵《わだよしえ》編集の雑誌『日本小説』のように「小説芸術の正しい通俗性」を標榜し、あるいは壮年の読者の鑑賞に堪える「面白い小説」を掲げた敗戦後の雑誌群には、さまざまな文学賞が創設されていた。これらの文学賞がいかなる小説を募り、それによっていかなる指針を示したか、という軌跡は、「中間小説」という場の時間軸上の変遷を分析する上で、核となる視点をもたらすだろう。

本章は、中間小説誌が誕生し、中間小説を読む読者層が形成され、市場として確立、拡大していく「中間小説」という場の時間軸上の変容を、昭和二四年、昭和二九年、昭和三六年の三段階変容としてあえて図式的に提示し、大衆文芸誌・中間小説誌が主催したいくつかの「文学賞」から考察するものである。

だが、本論に進む前に、なぜこうした図式を導入するのかについて、第一部第1章と重なる部分もあるが、あらためて筆者の立場を明らかにしておきたい。「中間小説」を一つのジャンルとしてとらえるとき、避けて通ることができないのが、横光利一《よこみつりいち》「純粋小説論」(『改造』昭和一〇・五)の問題系との連続性である。すなわち、「中間小説」を戦前の芸術大衆化の文脈、文芸復興期以後の純文学作家の危機の再帰的到来として連続的にとらえる思考で、小説の純粋な象徴的価値と、多くの読者に受容される普遍性の両立についての「純粋小説論」的視点は、「中間小説」の起源を昭和一〇年代へと遡行させる。そして確かに、「中間小説」という名称が示す、「純文学と大衆文学の間」という象徴的空間は、「純粋小説論」の射程の中心に位置している。だが一方で、それぞれの時代の政治的・経済的・文化的コンテクストによって、市場が要請する価値も異なり、文学場はそれらを前提に運動するはずである。筆者がここで照準を合わせているのは、いわば昭和一〇年代と二〇年代の芸術大衆化の場の状況のちがいである。「中間小説」という名称の発生期から存在していた「純粋小説論」との連続性にすべてを還元してしまう短絡を避けるため、補助線として導入したいのが、「中間小説」の三段階変容説なのである。かつて掛野剛史は出版ジャーナリズムの変質を感じ取った平野謙《ひらのけん》の言説群を検証し、昭和二九年ごろを境目にして変質する「文壇」「読者」「出版ジャーナリズム」の三者関係を「文学という制度の基盤形成期」ととらえて分析した。(3) また、文壇で再び純文学の危機が叫ばれた純文学変質論争の直接のきっかけとなったのも、平野謙の「文芸雑誌の役割『群像』十五周年によせて」(『朝日新聞』昭和三六・九・一三)と、『群像』一五年の足跡」(『週刊読書人』昭和三六・九・一八)という文章であった。繰り返し噴出する純文学の危機到来の声は、文壇の回帰と純文学概念の境界画定の力学から考えるだけでなく、やはり市場と雑誌メディアの動きと連動した文学場の変容からも検討すべきであろう。本章では、文学場の変容を「中間小説」という場の変容からとらえ、とりわけ昭和二〇年代の大衆文芸誌が主催したいくつかの文学賞を検討することで、その分析を試みようとするものである。

ではまず、昭和二〇年代の文学賞の動きについて概括した荻久保泰幸の文章(4)を引いて見取り図を示しておきたい。

> （前略）文学賞の数は戦前の五、六倍にふくれ上がつており、つぎからつぎへと、新人の発掘、中堅・大家の顕彰がなされているのである。もつて、戦後の文運隆盛、ジャーナリズム繁栄の程を知るべきであろう。また、かくして、作家が現代の英雄と見なされ、文学作品の商品化、芸能化が論議される戦後的風景が生まれるのである。
>
> 文学賞の創設・復活を通観する時、昭和二十二年、二十四年、二十九年あたりにピークがあることに気付く。そしてそれは、文学賞が時の文学の動きを微妙に反映していることを示しているようである。

昭和三七年の荻久保による文学賞の創設・復活時期の整理は、本章にとってもきわめて示唆的である。ここで「作家が現代の英雄と見なされ、文学作品の商品化、芸能化が論議される戦後的風景が生まれる」というのは、小説需要の拡大によって、小説家が叛逆者から英雄（高額納税者）へ変わったことを評して画期を示した荒正人『小説家――現代の英雄』（昭和三二・六、光文社カッパブックス）をふまえたものである。

荻久保は昭和二二年頃の「大家復活・民主主義文学興隆・中間小説流行・新戯作派繁栄」といった文学場におけるトピックをまとめ、昭和二四年には「戦後文学賞の創設、芥川賞・直木賞の復活がそれを象徴する」、「文壇ジャーナリズムの再編成期の様相」と、文壇ジャーナリズムの混迷・狂乱が安定の方向へ向かったと概観している。そして、昭和二九年頃には「この頃創設された幾つかの新人賞」と併せて「文学賞の数がふえているだけに、数種の賞を合わせて獲得する作家・作品の数も、また少なくない」と指摘するなど、文学場の「再編成が完了する時期」と見ている。

これらの概括を、戦後の出版状況をふまえ、「中間小説」という場からそれぞれの結節点をとらえ直しておこう。

昭和二二年は爆発的な小説需要の増大によって雑誌が溢れかえって、母数が極大化する時期であり、昭和二四年はこうした渾沌とした状況が、芥川賞・直木賞の復活などいくつかの象徴的なイベントによって安定化へ向かう一方、雑誌の供給過剰とインフレによる価格高騰、原稿料支払いの遅滞、日配の営業停止に伴う中小出版社の淘汰、大資本の出版社による出版界の再編[5]が否応なしに進行した。つまり、「中間小説」という場が係留されている文学場の自律性が、経済場や政治場との相対的な関係によって変動しているため、「中間小説」という文学場の局所もまた、資本の再編成の波に呑み込まれざるをえないことを意味する。逆に言えば、「中間小説」という場の曖昧で雑駁な広がりが、淘汰によって次第に形をなして収斂していく時期に当たるともいえるのである。この「中間小説」という場の係留地となった雑誌が『小説新潮』であった。中間小説誌の嚆矢とされる『日本小説』は昭和二四年に廃刊したが、それを横目に『小説新潮』は一〇万部の大台を越えた[6]。

そして、昭和二九年は再編成の完了期であって、『小説新潮』の発行部数が三九万部に至り[7]、『小説新潮』という小説専門雑誌のあり方が、象徴的価値の規準として文学場に登記され、「中間小説」という場が文学場の編み目の中で確立する時期となる。

雑誌部数の安定的上昇は、読者層の固定化であり、受け皿としての雑誌が出揃って差異の消費が飽和した状況は、次に読者の囲い込みという出版社や雑誌の戦略を呼び込むだろう。市場の動きから見ても、昭和二九年は再編成の完了期として結節点となる年といえる。いわば、昭和二四年は淘汰によって多様な雑誌の試みの可能性が否応なく選別され、形をなしていく中間小説誌メディア誕生の境であり、昭和二九年は「中間小説」という場の拡大と固定化の境であるといえようか。

こうした把握にもとづき、ここから本章は昭和二〇年代のなかでも、大衆雑誌懇話会に属した大衆文芸誌の文学賞の試みを一つ一つ検討していきたい。

二　「夏目漱石賞」と「女流文学賞」の〈民主的な方法〉

戦後の小説需要の増大に伴い、大衆雑誌にも「面白い小説」を目指し、小説の質的向上を掲げた雑誌群が多数あったことは先にも触れた。それらのうちでももっとも早い象徴的なイベントの一つといえるのが、『小説と読物』（昭和二一・三創刊、桜菊書院）の創設した文学賞、「夏目漱石賞」である。(8)『小説と読物』についてはすでに本書コラムでもまとめた通りだが、「明治天皇奉賛桜菊会の理事長」であった森本光男が、「戦時中、伊勢神宮など神社仏閣の参拝団を編成して送り出す旅行会社」として、軍部に便乗して、羽振りのよい事業を営んでいたのが桜菊会であり、「豊富な用紙割当をうけ終戦時には九〇万ポンドとも一〇〇万ポンドともいわれる厖大な用紙」（ヤミ紙）を保有し、それを元手に戦後興したのが桜菊書院であったという。

桜菊書院は久米正雄《くめまさお》の提案(9)もあって『夏目漱石全集』刊行を企画し、解散した文藝春秋社（昭和二一年三月七日に解散）から上田健次郎《うえだけんじろう》と漱石の次男、夏目伸六を引き入れ、『小説と読物』第二号（昭和二一・四）で『漱石全集』企画を発表、三号（昭和二一・五）では予約受付開始、そして五号（昭和二一・八）で発表されたのが夏目漱石賞であった。漱石全集をめぐる桜菊書院と岩波書店の紛擾については、すでに矢口進也『漱石全集物語』（昭和六〇・九、青英社）に詳しく、ここで触れることはしない。いまは夏目漱石賞の設定が漱石全集と連動した看板企画であったこと、そして『小説と読物』という雑誌のあり方をも規定するものであったことを追認しておこう。それは、次のようなあり方である。

> 「小説と読物」に執筆する純文芸作家の作品は、通俗性、大衆性といふ点でも大衆作家の作品よりすぐれてゐる。どうしてあの雑誌に書く時に限つて、純文芸作家たちがあゝいふ手腕を発揮するのか？――この疑問に対しては、われわれはかう答へられるだけである。――われわれは、決して作家にこまかい注文は出さない。たゞ一つ、今ま

で日本の文学で不当に軽視されて来た小説に於ける筋の面白さといふものに、正当な地位を与へて貰ひたいといふ希望を除いては――

筋（ストーリー）の面白さ、と云つてしまふと、すぐ通俗性とか大衆性とかいふ在来の観念で簡単に片付けられてしまふ怖れがあるので、なるべくそれを云ひたくないのである。われわれが作品に求めるものは、決して低俗な大衆性ではない。それは作品の浸透性ともいふべきものなのである。漱石の小説が没後三十年にしてなほ滔々として大衆の中に浸透してゆく力を、人はよく「漱石の作品には通俗性があるからだ」といふ評言で納得しようとする。しかしその「通俗」と、いはゆる通俗作家の「通俗」とでは、雲泥の相違があることは、誰しも認めるにちがひない。この「通俗性」の堕落をわれわれは嘆くのだ。

（「編集後記」、『小説と読物』昭和二二・一）

最初期の「中間小説誌」といって差し支えない性格が、この雑誌の「編集後記」からは読み取れる。いわば、『小説と読物』における夏目漱石賞は、新興出版社がつかんだ投機的なチャンスとしての側面と同時に、特に「筋の面白さ」に焦点をおく「面白い小説」の理想を実現する旗幟をも明らかにするものだったのである。[10]

正式に夏目漱石賞の募集規定が発表されたのは昭和二一年一〇月のことだった。[11]

本社は、兼ねて夏目漱石全集の刊行、盛況裡に進展しつゝあるを記念し時恰も歿後三十周年に当る故文豪の、遺業を益々顕彰して、是を継ぐべき次代に、隠れたる雄篇傑作を求むるため、今回特に夏目家の援諾を得て、文界に輝くべき大「漱石賞」を設け、広く天下に小説を募集する事となった。

（『小説と読物』昭和二一・一〇）

ここであらためて注目しておきたいのは、その審査方法である。

漱石賞は民衆投票できめる

賞金二万円に上る「漱石賞」制定に関し執行委員久米正雄横光利一氏等の諸委員は数次の会合を重ねた結果銓衡方法にコンクールの形式をとり先ず委員の手で予選を行い五編を「小説と読物」誌上に発表し大衆の人気投票によっ

て民主的に等位を決定することになった

（『京都新聞』昭和二二・一〇・二七付、『新聞集成昭和編年史　二十一年版Ⅴ』所収、平成一〇・一一、新聞資料出版）[12]

募集規定を発表した当初、夏目漱石賞は、新聞報道によると読者投票による銓衡を予定していた。しかし、『小説と読物』本誌では次のように触れられているに過ぎない。

すでに銓衡委員の第一回打合せ会は、先頃済ましたが、その席上、発表方法に就て種々論議が交はされた結果、既に規定したものより更によき方法として、一つの案が一委員より提示され出席者一同の賛成を得た。（中略）この方法が採用されれば、応募者にとつては更によき刺戟となり、また銓衡は一層完璧に近づくこととなつて、「夏目漱石賞」の意義は愈愈深さを加へることにならう。

（「編集後記」、『小説と読物』昭和二一・一二）

実際には、募集規定が改定されることもなく、最後まで「人気投票」が行われた形跡はない。第一回の応募総数は六〇〇余篇におよび、昭和二三年一〇月、当選作は渡邊伍郎「ノバルサの果樹園」と決まった。第二回の募集は昭和二三年二月に始まり、一二月に入選四篇発表、当選作として斎藤芳樹「雨降る孤島」が発表、掲載されたのは昭和二五年一月のことだった。二回の授賞に三年以上を費やしたのは出版界未曾有の混乱期において致し方ないことでもあったろう。その間に元文春社員の上田健次郎、夏目伸六が去り、桜菊書院は倒産（『小説と読物』は上田健次郎が作った上田書房が引き継ぐことになる）。「唯一の文芸大衆雑誌」[13]、「いい小説第一主義」[14]を標榜していた『小説と読物』も、漫画や中間読物を加えた娯楽雑誌に模様替えを余儀なくされ、発行が確認できるのは昭和二五年一〇月までである。

このころ、大衆性、通俗性を掲げてはいないものの、同じく銓衡に際して「民主的な方法」を謳った文学賞に、「女流文学賞」がある。女流文学賞は、『婦人文庫』（昭和二一・五創刊、鎌倉文庫）が世話人となって結成された「女流文学者会」の実施する文学賞として、『婦人文庫』昭和二一年一二月号で設置が発表されている。その作品銓衡の前段階として候補作品推薦を募る方法を『婦人文庫』では「読者輿論調査」と呼んでいる（図1「読者輿論調査」を参照）。

（前略）この種文学賞運営方法に於てもっとも至難な該当作品撰定の方法としては左記の如き画期的な民主的方法を採用することに致しました。

A　作家よりの候補作品推薦

B　読者よりの候補作品推薦

右の二方法によつて候補作品が決定致しました時、始めて銓衡委員会にかけて受賞作品を討論の後に票決制によつて最終決定をする事に決しました。

斯の如き我国でも最初の読者参加審査方法に奮つて御参加の上、この意義ある女流文学賞を完璧のものたらしめることに何卒御協力をいただきたいと存じます。

（「読者輿論調査」、『婦人文庫』昭和二一・一二）

このように、「画期的な民主的方法」として「読者参加審査方法」を採用する旨が宣言されている。そして、昭和二二年五月、『婦人文庫』誌上で授賞作品が発表される。第一回授賞作は、銓衡委員でもある平林たい子「かういふ女」で、「画期的な民主的方法」については「このやうな成果をみましたのは、偏へに作家、評論家諸氏及び読者各位の絶大なる御後援によるもので」などと言及があるにすぎない。選評でも吉屋信子《よしやのぶこ》が「女流文学者会賞の候補作品として、もつとも多数の推薦を受けたのは、平林さんの「かういふ女」と宮本さんの「風知草」だつた」と証言している程度で、実際に「読者輿論調査」がどのよう

讀者輿論調査

A　作家よりの候補作品推薦

B　讀者よりの候補作品推薦

女流文學賞候補作品推薦

題名	作者名	發表誌	發表の出版社名	推薦者住所	推薦者氏名

図1　「読者輿論調査」（『婦人文庫』昭和21・12）

に銓衡に生かされたのかまではっきりとはわからない。ただ、第二回、網野菊「金の棺」、第三回、林芙美子「晩菊」といずれも銓衡委員からの受賞者選出となっている。こののち、鎌倉文庫の経営が悪化して昭和二四年に『婦人文庫』は休刊。以後、女流文学者会に賞の主催は委ねられ、読者輿論調査も終了している。そもそも読者輿論調査は候補作品を選定するもので、銓衡自体は銓衡委員に委ねられていたため、女流文学賞の銓衡過程に困難は生じていないようだが、画期的な民主的手法としての読者意見の反映は、銓衡プロセスに意義があるとはいえ、とりたてて特別な結果をもたらしたようには見えない。しかし、これは昭和二〇年一二月に普通選挙法改正が実現し、満二〇歳以上の日本国民も男女すべてに選挙権が与えられ、女性がはじめて参加した昭和二一年四月の総選挙を経て設定された銓衡プロセスであることを忘れてはならない。ここでは「読者」と「国民」は重なっている。そしてこうした「大衆の人気投票によって民主的に等位を決定する」という当初の夏目漱石賞の読者による銓衡という理念や女流文学賞の試みは、こののち『小説と読物』が世話人を務めた大衆文芸誌の業界団体、大衆雑誌懇話会が設定し、主催した文学賞である「大衆雑誌懇話会賞」において引き継がれたのではないかと考えられる。

三 「大衆雑誌懇話会賞」の〈編集者銓衡〉と林房雄

それでは大衆雑誌懇話会の成立についてまずは見ておこう。夏目漱石賞募集規定発表と同じ月に開かれたある座談会が、大衆雑誌懇話会の前段であっただろうと考えられる。昭和二一年九月に創刊された岩崎純孝編集の雑誌『小説倶楽部』（昭和二一・一一、洋洋社）の「編集後記」に、「十月に「小説倶楽部」と「小説と読物」と「モダン日本」と「ホープ」四社の編集者が、各々大衆雑誌の諸問題を論じ、各誌の方針を述べる座談会をひらいた」とあるのがそれである。そしてこの四誌の編集者による座談会の半年後、大衆雑誌懇話会は正式に発足する。

大衆雑誌の質的向上を　大衆雑誌懇話会生まる
　大衆雑誌懇話会ではかねてから設立準備を急いでいたが、去る四月四日午後一時から千代田区駿河台の雑誌記念会館で創立総会を開催、会員約三十名出席座長に「小説と読物」の上田健次郎氏を推して議事を進め、岩崎純孝氏（小説クラブ）の設立趣旨及び規約の説明尾崎八十吉氏（ホープ）の事業内容の説明があつたのち規約草案を審議してこれを決定、ついで五名連記の互選により世話人を選出した
なお同懇話会は事業の一として「大衆雑誌懇話会賞」を設定し新人の優秀作品に贈呈する（後略）
（『出版文化』昭和二二・四・二一、日本出版協会）

『小説と読物』の上田健次郎を座長とする大衆雑誌懇話会は、出版社の業界団体であり、用紙不足が深刻化していた出版業界において、当初、用紙割当原案を作成する役割を担った日本出版協会内の雑誌課に設置された部署であった。カストリと呼ばれたエロ・グロ雑誌と一線を画すことで大衆雑誌の地位向上、相互の親睦による雑誌の質的向上を目指した機関であり、大衆雑誌懇話会賞はその主要な事業であった。

　この昭和二二年四月という時点も、中間小説にとっての一つの結節点と呼べる。大衆雑誌懇話会の発足した同じ月、『新風』（昭和二二・四、大阪書房）誌上でなされた座談会「新文学への展望――「懸賞小説」選者を囲んで」が、戦後における「中間小説」という言葉の起源とされてきたからである。座談会の出席者は、丹羽文雄《にわふみお》、富田常雄《とみたつねお》、大佛次郎《おさらぎじろう》、吉屋信子、久米正雄の五名で、大阪新聞が創刊した雑誌『新風』で新たに懸賞小説を募集したが「いつたいこれをどういう方向へもつてゆくか、具体的なことを一つ（中略）ご意見を伺わせていただき」たい、というざっくりとした趣旨である。懸賞小説について、新聞小説の書き手であり、懸賞小説の銓衡委員でもある作家たちが、内幕を含めて実際のところを話し合う場を設けたものといえる。いわば、戦後の新しい状況の中での大衆文学のあり方が、「懸賞小説」の規範という形で、あらためて作家たちに問い質されたのであった。ここで顔を並べている久米正雄や大佛

次郎や吉屋信子は、いわば鎌倉文庫の関係者であり、この座談会でも次のようなやりとりが印象的である。

吉屋　審査員は誰がなるのですか？
大佛　志賀さんもそれを言い出した。審査員を誰にする。ぼくは文芸批評家はやめさせたほうがいゝといつた。
吉屋　審査員は仕様がないから、各雑誌の編集者から代表が出て……。
大佛　それでなければ輿論に問うのです。

のちにも登場するように久米正雄、林房雄《はやしふさお》、吉屋信子、大佛次郎といった鎌倉文庫周辺の面々は、おそらくこうした文学賞の銓衡に関する「民主的な方法」について、共有するところがあったのではないかと推測される。ここに『婦人文庫』とのつながりも確認できる。

あらためてここで「中間小説」という用語の起源とされる部分を正確に記しておくと、久米正雄の「もうちよつと筋のある、ちやんとした、いわゆる、ぼくのことばで、〝中間小説〟と称しているのですが、悪いことばだけれど、つまり林房雄の書くこのごろの小説は、ぼくは代表的な中間小説だと思つているのですが」という発言がそれであり、「読物小説」、「ストーリー」をその林の主張として挙げている。これはまさに『小説と読物』で林房雄が連載し始めた「小説時評」（昭和二二・三）第一回の文章を受けた発言であり、さらに林自身も久米の発言を受けて当時の時評で、「名称はどうでもよろしいが、私の所信と狙ひがそこにあることは事実だ」（「中央小説」）と認めており、「純文学と大衆文学の枠を取りはらふことは現代日本文学の喫緊事であり、私も及ばずながら、その方向への努力をしてゐる」（「自信」）と述べている。[15]『小説と読物』は「読物」に重きをおきながらも、いわば『日本小説』よりも早い、中間小説誌の原型とでもいうべき特徴を備えた場だったのである。

久米正雄は『小説と読物』編集顧問、且つ、夏目漱石賞の銓衡委員でもあって、のちには大衆雑誌懇話会の会長に納まっている。[16]また、林房雄も夏目漱石賞の銓衡委員の一人であり、前述の通り『小説と読物』誌上に自ら志願して

「小説時評」の連載をもっており、『新夕刊』（新夕刊新聞社）の「文芸日評」でも同様の論陣を張っていた。林の時評は、私小説を批判し、「通俗小説」と呼ばれている小説こそ「小説の本道」に近いとするもので、上田が『小説と読物』の「編集後記」でも掲げていた「筋の面白さ」を批評面でバックアップするものであった。『小説と読物』の全四一冊中、実に二二回、林は小説を寄せており、登場回数は群を抜いている。五回掲載された「小説時評」のなかでも「小説時評　小説の目的」（昭和二二・六）の回での坂口安吾への評言が、「新戯作派」という文壇用語を生んだことを合わせて考えても、林房雄は『小説と読物』の顔といえる存在であった。

これまで、中間小説に連なる問題系の大半は、純文学側からの視点で論じられてきたが、中間小説誌の嚆矢とされる『日本小説』の創刊直前に、大衆文芸誌の文脈において、上田健次郎や久米正雄、林房雄らを震央として、「中間小説」という場を醸成する言説やメディア編成が整いつつあったことは見逃してはならない。[17]では、大衆雑誌懇話会賞とはどのような賞であったか。大衆雑誌懇話会の世話人雑誌に掲載された規定・趣意を、少し長いが引用しておきたい。

大衆雑誌懇話会賞

最近大衆雑誌数十誌が集まり「大衆雑誌懇話会」を作つたことは、四月号の編集後記で一寸触れておいたが、今年度の世話人として「小説と読物」「苦楽」「ホープ」「につぽん」「モダン日本」「新読物」「大衆文芸」「オール讀物」「日本ユーモア」「小説倶楽部」の十誌が選ばれ、用紙問題や、懇話会賞について、具体的な活動を開始してゐる。

特に話題となるのは、昨年度の大衆文芸の優秀作に対して、賞金を贈与しようといふ計画であらう。勿論、いゝ作品を書かれた作家に対する御礼心もあるが、要は、大衆文芸の発展と傑作の誕生を刺戟するにある。これは毎年行ふ予定で、この賞を受けることは、編集者及び読者の圧倒的支持がある作品として、権威あるものだといふ社会的定評になるものにしたいと思つてゐる。

選出方法は会員誌に掲載された作品から選出するのであるが、今更大衆雑誌の編集者から賞金を貰ふまでもないといふやうないはゆる大家諸氏の作品は、候補から遠慮して貰ふことにした。但し、今回はさういふ考へ方をしたのであり、次年度はどうなるか、それは今の所はつきりしてゐない。選者は、この御案内に対し参会された各誌の方が全部当ることになつてをり、極めて公平にして、民主的な方法を取ることになつてゐる。

賞金は首席に金一万円（これに記念品がつくかも知れない）及び他に四作品に、各々金一千円づゝ贈呈する予定である。

在来、かういふ「賞」の計画も事実もなかつたやうである。「新潮賞」とか「野間賞」とか、一社の個人的な企てや、文芸家の集まりによる「芥川賞」「直木賞」とかはあつたが、是は、結局作家側の批評の尺度に合つた作品なり、出版社の自己宣伝的な企てに乗せられた作品なり、さういふ匂ひを持つてゐた「賞」であつた。然し今度の「大衆雑誌懇話会賞」は全然違つてゐる。

編集者は長年の作品を読む技術者であり、批評家であると共に、読者の反響を直接知る地位に在る人々である。その意味で、大衆の支持した大衆文芸を選ぶには、もっとも適格な資格者である。作家諸氏も、この企てに是非賛同されて頂きたいと思ふ。

（『小説倶楽部』昭和二二・六）

大衆雑誌懇話会賞の打ち出した特色は、「極めて公平にして、民主的な方法」、つまり、「作品を読む技術者であり、批評家であると共に、読者の反響を直接知る地位に在る」編集者が選ぶ点にあると強調されている。ここでも「民主的な方法」という言葉が登場しており、時代の空気が濃厚に漂っているが、ここではとくに編集者が「読者の反響を直接知る地位に在る」点に重点があるといえる。「作家側の批評の尺度」からも、「出版社の自己宣伝的な企て」からも自由な読者の代表として、編集者が位置づけられているからである。

作家とは異なる文学の担い手として編集者に注目する視点も、実は『婦人文庫』に見られた傾向である。先の『新風』の座談会と同月発行の『婦人文庫』の「編集後記」には、「作家と評論家と編集者――この三者は何れが高位でも亦何れが低位でもなく、三者は同一の線で恰も縄を綯うやうに文学や文化を網み出すものなのではないであろうか」と編集者が作家や評論家とは異なる感覚や視野を持つことが強調されていた。

世話人雑誌の一つ、『新読物』（公友社）の同月号「編集後記」でも「従来文芸賞は他にもありますが編集者自身による銓衡推選はわが懇話会が初めてゞあらうと存じます」とある。より具体的に言えば「その銓衡方法も従来のような何某大家に依頼するという方法に頼らず会員相互の互選による」（「編集者の手帖」、『大衆文芸』昭和二一・六、新小説社）ということで、各世話人雑誌の編集者によって、自誌掲載の候補作が推薦され、あらためてそれを懇話会で銓衡し、最終的に投票で決めるという手順だったという。しかしながら、「民主的な方法」といっても現実には、出版社が発行する大衆雑誌メディアとしての力学が強く働いた文学賞ととらえるべきであろう。結果的に第一回大衆雑誌懇話会賞を受賞したのは、ほぼ身内と言えそうな林房雄の「妖魚」（『小説と読物』昭和二一・八）であった。「大家諸氏の作品は、候補から遠慮して貰ふ」と言いつつ、他の候補者も久生十蘭、山岡荘八、木々高太郎、山手樹一郎、松岡譲といった戦前・戦中から活躍する四〇代以上のベテラン作家だけで、これも初の編集者銓衡の文学賞という特色を出せたとは言い難い結果といえる[18]。

言ってみれば、林房雄という存在を第一回受賞者に選出したことは、「小説再建の運動[19]」を目指した大衆雑誌メディア側からの、一つの意志を示すものであったと考えられる。しかしそれは、一つの潮流を生み出すには至らなかった。

そもそも大衆雑誌懇話会が働きかけようとした日本出版協会の用紙割当の役割は、すでに商工省の新聞雑誌用紙割当委員会に移っており、民主主義出版同志会などによる主要な出版社の粛清・追放路線は、日本出版協会と自由出版協会の分裂によって大きく転換、日本出版協会は弱体化する。これはＧＨＱの占領政策が二・一ゼネストへの中止命令を経て転換したことを反映したものであった。実は、大衆雑誌懇話会の発足は、日本出版協会からすでに用紙割当に関わる権限が粗方失われてからのことであり、ただでさえ用紙割当に関して冷遇された大衆雑誌は、いかに「カストリ雑誌」との差異化を打ち出したとしても用紙は行き届かず、業界団体としてきちんと機能したかどうかも心許ない。昭和二三〜二五年の雑誌の供給過剰と市場淘汰、インフレと日配営業停止に伴う出版不況[20]によって、中小の大衆雑誌出版社は軒並み消え去り、大衆雑誌懇話会の世話人雑誌の多くも例外ではなかった。これにより、大衆雑誌懇話会賞は第二回を最後に終了する。

これらと同種の文学賞を主催した雑誌に『日本小説』や『文芸読物』(昭和二三・一〜二五・六、昭和書房→日比谷出版社)を挙げてもいい。『日本小説』は第一部第1章でも述べた通り、元新潮社社員、和田芳恵が大衆雑誌『日の出』のノウハウを持ち込んだ、中間小説誌の嚆矢とされる文芸誌で、「日本小説賞」を設置したが、第一回受賞作も決定できぬままに、資金繰りの悪化で潰れてしまった。『文芸読物』は、かつて文藝春秋社にいた香西昇(元『オール讀物』編集長)と式場俊三が満州から引き揚げ・帰還した後に作った雑誌であり、直木三十五賞の運営が一時『文芸読物』にうつったことで知られる。戦後最初の直木賞となった第二一回上期の受賞作は昭和二四年九月号(富田常雄が受賞)で、第二二回下期の受賞作は『文芸読物』昭和二五年六月号(山田克郎「海の廃園」が受賞)で発表された。しかし、『文芸読物』が直木賞を開催できたのはこの二回のみ。日比谷出版社は倒産し、次回から直木賞の運営も文藝春秋新社の『オール讀物』に戻った。投機的な実業家の単発的な経済資本と、かつての大手出版社社員らの社会関係資本を元手にした新興の中小出版社は数多の雑誌を氾濫させたが、これらの雑誌群の生み出した象徴資本はやがて市場淘汰を経て、経済資本・文化資本の大きな大手出版社へと還流することになった。「中間小説」という場が生成し、自律的な市場を形成する昭和二〇年代の後半ごろには、新潮社の『小説新潮』と文藝春秋新社の『オール讀物』、『別冊文藝春秋』が場の中心に位置していたのである。

四 「大衆文芸賞」の〈読者代表〉

だが、『小説と読物』の夏目漱石賞や、大衆雑誌懇話会賞の遺志を継ぎ、読者の意見を反映しようとする大衆文芸誌における文学賞の命脈は、ほかにも辿ることができる。大衆雑誌懇話会の世話人雑誌の一つであった『大衆文芸』が、大衆雑誌懇話会賞の後を受けて設置した、「大衆文芸賞」である。元々『大衆文芸』は長谷川伸を中心とする新鷹会の作家たちが戦前から活躍した、島源四郎編集の老舗大衆文芸雑誌であり、大衆雑誌懇話会賞の第二回受賞作は『大衆文芸』に掲載された梶野悳三「鰊漁場《にしんば》」（昭和二二・六）で、梶野もまた新鷹会の中堅作家であった。

そして、この大衆文芸賞は、済し崩しとなってしまった大衆雑誌懇話会賞の「民主的」な銓衡方法を明らかに踏襲、発展させたものだった。大衆雑誌懇話会参加の大衆雑誌が軒並み厳しい経営で娯楽誌化するなか、新鷹会という戦前以来の長谷川伸門下の作家グループが作品を供給してくれる『大衆文芸』は、一定の象徴資本を有しており、他の大衆雑誌よりも出版不況に耐えうる体力があったとも考えられる。

それでは、大衆文芸賞はいかなる文学賞であったか、募集要項から具体的に見ておこう。（図2「大衆文芸賞・作品募集」を参照）

　大衆文学はただに一部愛好者のためのものでなく、広く一般大衆によつて支持されることが絶対必要な本質に鑑み、審査員には作家代表の外に編集者代表と読者代表を依頼いたしました。（中略）審査は採点の方法に依るものとします。

（『大衆文芸』昭和二三・四）

大衆文芸賞の明確な立場は読者重視と代表制に見るべきであろう。第一回大衆文芸賞の作家代表には、芥川賞、直木賞、野間奨励賞、新潮社賞、大衆雑誌懇話会賞の各受賞者を揃え、編集者代表には、『苦楽』『オール讀物』『小説と読物』『小説新潮』『大衆文芸』の各誌編集長が、そして読者代表には、法律家、東毎文化部長、代議士、評論家、文化学院学監という顔触れが並んでいる。彼ら一五人による採点方式で、『大衆文芸』昭和二三年一一月号で選評・各得点に関しても公表した。（図3「審査員作品採点表」を参照）

大衆文藝賞・作品募集

既に大衆生活の希望を消え、日本民族の希望に灯火を掲げる大衆小説を懸賞募集します。高い倫理性とすぐれた叙情、雄大な構想の作品を奮ってお寄せ下さい。

大衆文藝賞……一篇

正賞 内藤四郎氏作・特製木彫

副賞 時価により約壱万圓相当以上の稿料

準大衆文藝賞……二篇

正賞 内藤四郎氏作・特製木彫

副賞 時価により約五千圓相当以上の稿料

募集規定

(1) 作品の種類 現代小説・時代小説を問いません、但し純正に創作々品たること。翻訳・翻案は採りません。

(2) 作品の長さ 四百字詰原稿用紙五〇枚―一〇〇枚

(3) 締切り 六月末日（同日付消印あるものは有効とします）

(4) 発表 十一月號本誌上

(5) 版権 上映・上演権と共に作者に属します

(6) 原稿送り先 東京都千代田区神田錦町三ノ六新小説社内

一大衆文藝一編集部

（審査経過には受賞作を取上げ、其二作品の場合は御返送申上げますから念のために郵便切手と住所氏名を御封入下さい。なお封表に「懸賞募集原稿」と必ず朱書のこと）

審査員

大衆文藝はただに一部愛好者のためのものでなく、廣く一般大衆によって支持されることが絶対必要な本質に鑑み、審査員には作家代表の外に編集者代表と讀者代表を依頼いたしました。その氏名左の通りで、審査は採點の方法に依るものとします。（順不同）

（作家代表）

芥川賞受賞者 櫻田常久　直木賞受賞者 村上元三

野間文藝賞受賞者 山岡荘八　新潮社賞受賞者 北條秀司

大衆文藝懇話会賞受賞者 林房雄

（編集者代表）

苦楽編集長 須貝正義　オール讀物編集長 車谷弘

小説と讀物編集長 夏目伸六　小説新潮編集長 佐藤俊夫

大衆文藝編集長 眞鍋元之

（讀者代表）

劇作家 三宅正太郎　東大文化部長 城戸又一

代議士 佐藤観次郎　評論家 中谷博

文化學院學監 石田アヤ

図 2 「大衆文芸賞・作品募集」（『大衆文芸』昭和 23・4）

審査員作品採點表（敬称略）

	未完の日記	面白くない小說	いわし網	破れ寝時記
櫻田常久	80	80	80	85
山岡荘八	80	95	80	85
林房雄	70	90	80	70
村上元三	70	80	90	80
北條秀司	58	63	65	60
須貝正義	70	60	70	80
夏目伸六	90	60	80	80
車谷弘	95	100	80	90
佐藤俊夫	70	50	60	65
眞鍋元之	85	80	75	70
三宅正太郎	85	70	60	80
佐藤観次郎	80	90	65	60
石田アヤ	88	70	90	85
城戸又一	75	70	90	50
中谷博	80	67	75	70
計	1170	1143	1140	1080

作家・編集者・讀者・代表別採點表

	未完の日記	面白くない小說	いわし網	破れ寝時記
作家代表	358	408	395	350
編集者代表	410	350	385	385
讀者代表	408	385	380	345

図 3 「審査員作品採点表」（『大衆文芸』昭和 23・11）

作家による審査はもっとも慣習的な形式だが、従来の「大家」による審査ではなく、すでに文壇において一定の権威を認められている文学賞の受賞者を審査員に迎え、文藝春秋新社、講談社、新潮社の大手出版社に並んで大衆雑誌懇話会賞受賞者、林房雄が顔を出している。雑誌についても『苦楽』『小説と読物』『大衆文芸』は大衆雑誌懇話会の世話人雑誌であり、『小説新潮』『オール讀物』という大手出版社で同じ路線を歩む雑誌との連携が試みられている。もちろん、そもそも大衆雑誌懇話会の世話人雑誌のような新興の中小出版社が大衆文芸誌の業界に参入できたのは、新潮社や改造社、講談社、文藝春秋社といった大手出版社の元社員を登用することで得た社会関係資本が元手でもあり、結果的に大手出版社に資本が還流する契機もここに存在したといえるだろう。

では、肝心の読者代表はどうであったか。戦中に大審院部長を務め、当時公職追放中であった法律家・三宅正太郎は随筆や劇評で知られ、鏡花を囲む九九九《きゅうきゅうきゅう》会のメンバーでもあって、ちょうどこのころ出版された随筆集『嘘の行方』（昭和二三・三、養徳社）には「現在野にありて弁護士を開業す」とある。毎日新聞東京本社文化部長・城戸又一はパリ特派員時代には横光利一を案内したというジャーナリストで、のちに東京大学新聞研究所所長を務めた人物。代議士・佐藤観次郎は『文壇えんま帖——一編集長の手記』（昭和二七・一〇、学風書院）などで知られる元『中央公論』編集長で、この前年に日本社会党から衆議院議員選挙で当選している。評論家・中谷博は大衆文学研究で知られ、大衆文学界で唯一大衆文学批評が掲載される雑誌『大衆文芸』で、長く論陣を張った。文化学院学監・石田アヤは、文化学院創設者西村伊作の娘であり、こののち、文化学院の校長となった人物。この当時四〇〜六〇代の知識人を読者代表として選ぶという大衆文芸賞の設定からは、大衆文学の読者として、壮年の成熟した知識人の読むに堪えるものを、という意志を感じることができる。第二回募集（『大衆文芸』昭和二四・三）でも、読者代表は、読売新聞文化部長・原四郎、元名古屋新聞記者の代議士・辻寛一、『サンデー毎日』編集長・新妻莞の妻である労働省婦人部長・新妻イト、随筆家・渋沢秀雄、評論家・中谷博というメンバーで、方向性に変化は見られない。

当時流行のカストリ雑誌や旧来の大衆娯楽雑誌とはエロ・グロ批判の立場において一線を画す姿勢をとった大衆雑誌懇話会の雑誌群であるが、これには、戦前期の大衆文芸誌の反省もあると推察される。戦前期に『ギャング』（昭和七〜八、萬里閣）や『大衆倶楽部』（昭和八〜九、大衆倶楽部発行所）といった雑誌の編集者だった山岡荘八は「大衆雑誌のあり方」（『大衆文芸』昭和二一・八）で「現在雨後の筍のごとく発行されつゝある雑誌の大半は、間もなく廃刊の運命に逢着するであらうことは疑ひを容れない。そして残る雑誌が編集と経営の苟合《こうごう》による、戦前以上の商品性に堕ちなければ幸ひである」と、経験者として読者への迎合の危惧を示し、『大衆文芸』（昭和二四・四）の「編集者の手帖」で編集長・島源四郎も「大衆雑誌最近の傾向が、なんだか戦争前の粗悪な状態を再現しだしたような気がしてならない。年齢が三十代以上の人ならば、その戦争前の無茶苦茶なエロ、グロ、ナンセンス時代を記憶していられるに違いない」と語っている。先の文章で山岡荘八は戦前の轍を踏まないための、資本の圧迫に対抗する方策として、①雑誌における批評、②編集と経営の分離、③編集者の質の向上、④編集者同士の横の団結の四点を挙げているが、大衆雑誌懇話会はつまり、この戦前期への危惧と地位向上への志向を実現する場であったといえるだろう。

応募総数約二五〇篇から下読みで一二篇の候補作を選び、さらに編集部内で四篇に絞られた作品から審査が行われたが、大衆文芸賞の特色たる編集者代表、読者代表の採点表を見ると、両者とも「未完の日記」を推しており、作家代表の採点で推された「面白くない小説」は退けられている。しかし選評にはこの判断が大衆文芸賞の特色、つまり、編集者または読者にとっての「面白い小説」とは何か、という基準としては示されず、第一回受賞作である松山照夫「未完の日記」は結局、第二回大衆雑誌懇話会賞受賞作の梶野悳三「鰊漁場」ほど注目を集めることもなかった。そして、昭和二四年ごろ、五万部売れていたという『大衆文芸』も、ヤミ紙の取締まりと印刷所との関係悪化で二五年から二八年まで三年間の休刊を余儀なくされ、昭和二四年には『文芸読物』で直木賞も復活し、大衆文芸賞もまた二回で終了した。[21]

夏目漱石賞、大衆雑誌懇話会賞、大衆文芸賞といった直木賞なき時代の大衆文芸雑誌が主催する文学賞が、「民主的な方法」として読者による投票や採点を志向したのは、なぜだったのか。第二回大衆文芸賞の作品募集には「大衆文学の憲法第一条は大衆のための文学であることだろうと存じます。孤高と独断をわたしたちの文学は好みません」と書かれていた。それは、大衆雑誌が純文学の価値基準との比較対照によってではなく、自前の価値基準によって新たに大衆文学をとらえ返そうとしたとき、読者の存在があらためて浮上してきたことを意味している。しかし、読者の存在から大衆文学をとらえ返そうとするとき、単に売り上げを読者の求めるものと同一視し、それに迎合するのは戦前の失敗を繰り返すことになる。それゆえ、大衆雑誌懇話会の雑誌群は、読者投票は行わず、その代わりに前面に出てきたのは編集者たちだったのではないか。

とはいえ、林房雄が「文芸日評」で、「大衆文学には批評家が附属してゐないやうに見へるが、実は編集者といふ強力な批評家がゐて、俗悪きわまる注文をつける。その昔「講談社作家」と呼ばれた一群は編集者の註文にもっとも忠実な水ぶくれ財閥の典型であつたが、今は滅亡した」と語ったように、大衆文学の世界である意味で戦前から力を持っていたのは、第一部第1章で論じた和田芳恵をも含む大手出版社の編集者たちであった。戦後の雑誌編集者が壮年の読者にとっての「面白い小説」を、という理念を持っていたにせよ、やはり山岡荘八の挙げた②「編集と経営の分離」は、リスクを取ることができない中小出版社にはきわめて困難な条件だったにちがいない。大衆文芸誌の文学賞の取り組みが、概して思わしい結果を生み出すことなく終わったのは、大衆文学を支える新たな読者の声を求めつつも、それを引き出す経路を見いだせなかった点にある。

採点内容を公表するといった公平性への配慮や、読者投票の計画も、当時の新憲法施行や男女による改正普通選挙が象徴する「民主的な方法」であり、鎌倉文庫の面々が共有していた空気も同様のものだっただろう。だがそれよりも、読者に迎合するのではなく、独善的に啓蒙するのでもなく、大衆文学自前の価値基準と読者の声を掬い上げる仕組みを生み出そうとする文学賞の試みが、占領期の大衆文芸誌メディアにおいて行われていたことは、あらためて見直されてもよいのではないか。

これら一連の大衆文芸誌の動きは、ベクトルは異なるものの、「中間小説」という場の生成の主要な誘因の一つであったことは間違いない。そして『小説新潮』『オール讀物』『別冊文藝春秋』『小説公園』といった昭和二〇年代後半の中間小説誌が共有することになる、A５判の小説専門雑誌として挿絵を重視し、批評を重視しない、などの限定を含む形態は、大衆文芸誌がとらえそこねていた戦後の小説読者の輪郭を、よりはっきりとつかむことに成功した、あるいは作ることに成功した、といえるかもしれない。

五 「小説新潮賞」の失敗――丹羽文雄のマス・プロダクション

昭和二四年前後のインフレと日配営業停止に伴う出版不況、用紙事情の改善によって、中小の大衆雑誌出版社が軒並み消えたことは、前述の通りである。生き残った大衆雑誌も健全な家族層を読者層として限定し、長期的な購読者の確保を行う体力はもはやなく、短期的な売り上げを求めてエロ・グロもいとわぬ娯楽誌の色彩を強めていった。一方で、大手出版社にとっては、撤退した大衆文芸誌のあとに形作られた「中間小説」という場、本章のこれまでの議論をふまえて言えば、旧来の大衆文学・通俗文学における迎合的・類型的側面に飽き足らない壮年の読者層が支える領域を、確かめるように拡大していった時期であった。大村彦次郎は次のように述べている。

創刊部数二万部でスタートした「小説新潮」の発行部数は、「日本小説」や「苦楽」や「文芸読物」が消えたあとの昭和二十五年頃には十万部を越えるようになり、その後も急速な伸長を見せるに至った。昭和二十年代半ば以後の雑誌ジャーナリズムは、「文藝春秋」と「小説新潮」の二誌が大人雑誌の分野を制覇したといってよかった。「文藝春秋」は二十九年一月号で七十三万八千部、「小説新潮」は創刊百号記念を出した二十九年十月号には三十九万部に達した。（大村彦次郎『文壇栄華物語』平成一〇・一二、筑摩書房）

昭和二四年三月号からは、『文學界』の編集・発行が文藝春秋新社に移行し、『別冊文藝春秋』は昭和二三年一一月（第九号）の「小説特集号」から、昭和二六年一二月（第二五号）までは、ほぼ毎号で小説特集・小説誌化する。文藝春秋新社の『オール讀物』は「高級娯楽雑誌」、「あらゆる階層、あらゆる職域のすべての方の、嗜好にかなつたたのしい雑誌」を標榜し、「大衆小説の檜舞台」、「本格小説の本舞台」を志向していたが、昭和二七年一〇月号で新人賞となる「オール新人杯」を設定する。文藝春秋新社内での各雑誌の編集方針の推移については本書コラム「『別冊文藝春秋』昭和二〇年代」に譲るが、芥川賞・直木賞を擁する文藝春秋新社の出版戦略としては、文学青年向けの『文學界』と筋の面白さの『オール讀物』、小説好きの大人の雑誌としての『別冊文藝春秋』という棲み分けによって戦後の新しい読者層に対応していたこと、昭和二三年九月調べの「主要雑誌売れ行き調査」（『出版文化』昭和二三・一一）でもすでに『別冊文藝春秋』が『オール讀物』の売り上げを遙かに上回っていたことはあらためて確認しておいていいだろう。

そしてこの時期、『小説新潮』を擁する新潮社は、芥川賞・直木賞の復活と時期を同じくして、昭和二四年三月、「新潮社文学賞」を復活させた（復活以前は「新潮社文芸賞」）。新潮社文学賞は、新潮社が昭和一二年に創設し、「第一部文芸賞」と「第二部大衆文芸賞」の二部門、七回の授賞が行われた文学賞であった。

新たな募集要項で注目すべき点は、二部門構成がなくなり、受賞作の発表誌が「「新潮」「小説新潮」「銀河」の何れか」とされたことである。そもそも投稿規定枚数が五〇枚〜五〇〇枚という幅広さで、「自己の希望する分野があれば「新潮」「小説新潮」「銀河」等の如く表記すれば参考にする」と書かれているのは、小説ジャンルの垣根が曖昧化している証左とも言えるだろう（ちなみに児童文学系雑誌『銀河』はこの五か月後の八月号を最後に終刊している）。しかし、再開後三回を数えても結果は思わしくなく、昭和二九年、あらためて出直しをはかることになった。「新潮社四大文学賞」として「新潮社文学賞」「小説新潮賞」「同人雑誌賞」「岸田演劇賞」の四部門を新たに新設したのである。そしてこのうちの「小説新潮賞」が、いわば最初の「中間小説」における文学賞ということになる。

河盛好蔵は小説新潮賞について、『新潮社七十年』（引用は『新潮社一〇〇年』平成一七・一一、新潮社より）で次のように説明している。

「小説新潮賞」は新人の中間小説を募集するために設けられたもので、石川達三、石坂洋次郎、舟橋聖一、丹羽文雄、尾崎士郎、井上友一郎、広津和郎、獅子文六の諸氏を審査員とし、記念品並びに副賞十万円をおくる文学賞であったが、思わしい結果を見なかったために、第八回から性格を変えて、前年の九月一日から、その年の八月末までに発表された新鋭、中堅の既成作家の中間小説に授賞することに更められた。

すでに文芸誌の十倍の読者をかかえる市場として確立していた「中間小説」という場の中心に位置していた『小説新潮』は、市場の要請する中間小説を再生産する資格を持つ作家を必要としていた。しかし、新人の中間小説作家を小説新潮賞によって認定し、『小説新潮』を舞台とした再生産のシステムを整えることはできなかった。「思わしい結果を見なかったため」である。なぜなら、「中間小説」では、なによりもマス・プロダクション、つまり長期にわたる大量の執筆に堪えうる能力こそが重要であり、小説専門雑誌に小説を供給し続けるブランドであってこそ、「中間小説作家」であり得るからである。その意味で、「中間小説」は売り上げと供給量という二つの指標によって雑誌メディアに評価される領域であり、文学賞受賞というイベントが与えることのできる象徴的価値だけでは中間小説作家たり得なかったといえよう。

ではここで、その第一回小説新潮賞（募集規程に「中間小説」の文言はない）について確認しておこう。受賞作は、当時小学校教員で丹羽文雄主宰の同人雑誌『文学者』の同人でもあった、上坂高生の「みち潮」である。『小説新潮』昭和二九年一二月号で決定発表されたこの受賞に関して、上坂高生はのちに、「清書」（原題「消えた賞」、『賞の通知』所収、平成一六・九、武蔵野書房）で詳細に当時の様子を綴っている。後年になって当時の様子を語った小説をそのまま事実として受け取るわけにはいかないが、ここでは丹羽文雄による選評が正確に引用されているため、長くなるが合わせて引いておきたい。

十二月二十三日の木曜日の朝刊第一面に、広告が、新聞の五段分を占めて、でかでかと載った。「小説新潮　二月特大号」とある。さっそく書店に寄って雑誌を買った。

頁をめくってみた。六五〇余篇の応募があった、とある。驚いたのは、選後評をあるじ（引用者注　丹羽文雄）が一頁全部を使って書いていることである。しかもひとりだけだ。芥川賞の選後評をたびたび見てきたが、選者全部が短い評を書いていた。これは異例としかいいようがない。

『中間小説として新潮社は小説を募集したではなかつた。が、当選作は、「小説新潮」に発表するといふことになつてゐたので、応募者の気持には、中間小説といふものが微妙に作用してゐたやうである。中間小説といふ名前は、久米正雄が発明したことばだとされてゐるが、小説のジャンルの中に、さうした種類が確乎としてあるわけではない。発表の機関が、普通の文芸雑誌や総合雑誌とはちがつてゐるといふだけであつて、本質的には、純文学をめざして書かれてゐるものである。通俗的な妥協は、厳しく排斥されてゐる』

『審査員の中には、他誌の懸賞小説の選者をしてゐる人もあり、その人のことばによると、第一回の「小説新潮」の懸賞小説のレベルは、高いものだと言ふことだつた。六百何十篇の応募作品の中から、六篇が厳選されたが、上坂高生君の「みち潮」に決定したといふことは、中間小説といふものに対してあいまいな気持を抱いてゐる人々に、一つのはつきりとした目標をつけられるのではないかと考へる』

『「みち潮」は、適度の省略と的確な描写で秀れてゐる。材料にひきこまれず感傷的にもなつてゐない。この作者は同人雑誌によつて、苦労をしてきた人である。おそらく上坂君は、中間小説の何たるかを意識せず、自分のもつてゐる力を十二分に発揮するだけに熱心であつたらうと想像される。「小説新潮」の募集する作品は、本質的にはいはゆる純文学でなければいけないのである。しかし、純文学が陥入りやすい狭いものではいけないのである。このかね合ひが、むつかしい。その意味では、「小説新潮」の募集する小説ほど、むつかしいものはないといふことになる。堂々たる大家の書いたものでも「小説新潮」では通じないといふ例もある』

上坂の記述は続いて、舟橋聖一が、上坂が『文学者』同人で丹羽の弟子であることを知らずに「みち潮」を推したため、丹羽はほとんど発言をせず、そのおかげで受賞に至ったという経緯なども語っている。審査自体は従来の文壇諸大家によるものであったが、選評が丹羽一人のみの長文であったのは後にも先にもこれだけで、異例中の異例であったことと合わせて、丹羽の肩入れは並々ならぬものがあったことが示唆されている。

そして、第一回小説新潮賞における丹羽の選評には、注目すべき点がいくつかある。まず、小説新潮賞が中間小説というものに「一つのはつきりとした目標」を与えるものと考えている点。次に、『小説新潮』に掲載される小説は、巷間言われるような「中間小説」ではなく、中間小説にはそもそも「さうした種類が確乎としてあるわけではない」とする点。そして、『小説新潮』の掲載作品は、本質的には「純文学」であり、「通俗的な妥協」は排斥され、「純文学が陥入りやすい狭いものではいけない」と指摘している点である。

つまり丹羽は、『小説新潮』に掲載されるべき小説（「小説新潮賞」を受けるべき小説）として、「純文学」を目指して書かれ、且つ、「純文学が陥入りやすい狭いものではいけない」、すなわち、身辺雑記的私小説でないものを要求している。また、「みち潮」の受賞理由については、「材料にひきこまれず感傷的にもなつてゐない」点を高く評価している。これはそのまま、丹羽文雄自身の小説観の反映であり、客観描写の手法で書かれた丹羽的な小説が「一つのはつきりとした目標」として、小説新潮賞の方向性として提示されたと受け取られた可能性は高い。上坂も「中間小説雑誌といわれる「小説新潮」には見向きもしないできた」（前掲書、一二頁）という「純文学」志向の作家志望者であった。『文学者』という同人雑誌を主宰し、十五日会という集まりを開いて同人たちに文章修行のアドバイスを行っていた丹羽としては、後進に道を付ける意図もあっただろう。実際に『小説新潮』を、大衆文芸雑誌を凌駕する売上げの中間小説誌という新メディアへと押し上げた原動力は、舟橋聖一や石坂洋次郎や丹羽文雄らの小説であった。

中村光夫は『風俗小説論』（昭和二五・六、河出書房）で丹羽の手法について、「つまり彼は（その初期の私小説においてすら）私小説の手法で他人を描くことから始めたので、このやうに極度に自分を殺した客観的手法をその出発の当初から身につけたといふことが、彼の風俗作家への移行を容易にし、「どんな素材でもどしどし小説にする」可能性を与へた」[22]とする。さらに「その文学手法は、まさしくそれが彼自身からも独立した「客観的」技術であるゆゑに、一旦それに熟練すれば、無限の繰り返しと「職人的多産性」を保障するものであり、彼の風俗作家としての一応の成功もこれにもとづくもの[23]」と徹底して丹羽の無思想性・職人性を批判した。当然この批判は一面として、丹羽が大量の小説を書くことができ、その小説が大量に売れたことへの反応ととらえることができる。

小説新潮賞での丹羽の振る舞いは、あくまで丹羽の信じる純文学の価値基準や方法意識によって「中間小説」という場を切り回そうとする行為にも見える。中村光夫の批判が的確であったにしても、丹羽の小説は多くの読者に読まれ、文壇の重鎮として隠然たる影響力をもつに至った。ただ、丹羽はもはや純文学と中間小説に本質的な差異を認めなかったが、丹羽の示した方向性は結局、中間小説に「はつきりとした目標」を与えることもなかったのである。

小説新潮賞は、結局昭和二九年から昭和三五年までの計七回、六名の受賞者を選出してきたが、新潮社の社史には「思わしい結果を見なかった」とのみ書かれ、六名の受賞者名と作品名は、どこにも記されていない。「新潮社四大文学賞」のうちでもこのような抹消扱いは初期小説新潮賞だけである。そして、昭和三六年に新人賞形式を辞め、非公募の既成作家に対する賞へと変更され、中間小説の公募新人賞は幕を閉じた。この昭和三六年前後は、倶楽部系雑誌廃刊と早稲田系風俗小説作家の退潮と社会派推理小説の台頭という、中間小説のもう一つの転換期でもあった（第二部第1章参照)。

さて、ここまで「中間小説」という場の生成する過程を、「面白い小説」を志向し、大衆雑誌懇話会を発足させた中小出版社の、とりわけ大衆文芸誌による文学賞の試みを追うことで検討してきた。そこで浮上してきたのは、膨張した読者の存在であった。多くの大衆文芸誌が戦後の急激な小説需要の拡大を受けて、未曾有の混乱期のなかで新たな読者をつかみ、導き、囲い込もうとし、失敗していく過程はやはり、戦前のノウハウが通用しなかったことを示しているともいえよう。そして大衆雑誌懇話会周辺の文学賞の系図を辿った上で、小説新潮賞の丹羽文雄の選評を読むとき、そこでいかに読者が無視され、排除されているのかを確認することができる。そして小説新潮賞が昭和三六年、非公募の功績賞へ転換したときの募集規定ではじめて、授賞作品の対象として「中間小説」という言葉が明記された。このように見てくると、少なくとも大衆文芸誌・中間小説誌の文学賞の系図をもとに「中間小説」という場の変容の遷移を昭和二四年、二九年、三六年という三段階に切り分けることで、時代ごとの文脈を解きほぐし、複雑な位相を整理して、理解することができる。それは、戦後における文学大衆化現象の検討にも有効な視角となるはずである。

注

(1) 本章は、ピエール・ブルデューが『芸術の規則Ⅰ・Ⅱ』(石井洋二郎訳、平成七・二および平成八・一、藤原書店)で用いた「文学場」理論を援用している。ブルデューの「場」は、一定の自律性を持って社会的に構造化された空間で、その「場」に特有の文脈においてのみ通用するコードにもとづき、「場」の参加者は「場」の中での権力や高い価値を求めて互いに差異化の闘争を繰り返す。こうした諸関係のシステムは文学や芸術などでも観察することができ、それぞれの構造化された空間を「文学場」などと呼ぶ。

「文学場」理論を援用することで、文壇の批評や作品評価などでは把握が困難な「中間小説」という問題系を「場」としてとらえ、動的に分析することができる。それにより、個別の雑誌における表象を同時代の言説空間のなかに位置づけ、文壇やメディア、出版業界、読者や市場の間で働いている力学の関係性のなかで有機的にとらえなおし、文学場における価値変動のダイナミズムを記述することができる。

(2) 当時の中間小説・大衆文学の批評の動きについては、吉野泰平「一九五〇年代の大衆文学論と「風信」――山本周五郎を視座として――」(『情報コミュニケーション学研究』令和五・三)が参考になる。

(3) 掛野剛史「一九五四年・「文壇」「読者」「出版ジャーナリズム」――伊藤整『女性に関する十二章』『文学入門』という書物を巡って」（『論樹』平成一三・一二）。

掛野は平野の一九五四年末における概括（「文学界の回顧」初出誌未詳、昭和二九・一二、引用は『文壇時評』上、昭和四八・四、河出書房新社から）を冒頭におき、平野が感じ取っていた変質を論じており、この認識は本章においても重要と考えられるため、ここでも確認しておきたい。出版ジャーナリズムの肥大化により、日本の近代文学の主要な発表機関であった総合雑誌の創作欄の権威が失われてきた現状について、平野は次のように述べている。

> これを作家の側からいえば、新聞小説を書くことが、最上の願望と変りつつあるのではないか。今日、新聞小説の書けないような作家は、一流作家たる資格を喪失してしまう、といってもよさそうである。新聞小説を書く機会にめぐまれぬ作家は、せめて《小説新潮》とか《別冊文藝春秋》とかに書くことを、無上の光栄としているのではないか。無論、だれもそんなことを口にする作家はいない。しかし、新聞小説が書け、中間小説の書ける作家だけが、流行作家の位置を確保している現状は、うごかしがたい事実のようだ。エンタテーンメントとマス・プロダクション、この二つの要求に応じられない作家は、今日の作家としてはどうやら失格らしい。（中略）
>
> これは一種の極論であり、暴論であるかもしれぬ。しかし、雑誌ジャーナリズムを中心とした、いわゆる文壇文学が、新聞、週刊ジャーナル、娯楽雑誌などの影響をうけて、いま大きく変化しつつあることはうごかせまい。一九五四年度の最大の特徴として、私はその事実を第一に指摘したいと思う。文藝時評家がその文藝時評において、むかしながらに文藝雑誌や綜合雑誌などに載った作品だけを対象として、なんとかかんとかいってるスキに、現代文学全体はお人よしの文藝批評家などを尻目にかけて、大きく変質しようとしているのだ。今年あたりが、ちょうどその境目にあたっているような気がしてならない。（四二頁）

平野は、新聞小説、中間小説が書ける作家、エンターテインメントとマス・プロダクションという要求に応じられる作家こそが一流作家とされる時代への転換期を、一九五四（昭和二九）年に見て取っている。こうした変質の境目を「伊藤整ブーム」を通して検討していく掛野の論考に、本章は多くの示唆を得ている。

(4) 荻久保泰幸「戦後の文学と文学賞―その素描―」（『國文學解釈と鑑賞』昭和三七・四）参照。

(5) 出版業界においては、日本出版協会から自由出版協会へ業界団体の主導権が移行したことが挙げられる。

(6) 宮守正雄「巷説出版界　中間小説の勃興（上）（下）」（『図書新聞』昭和三三・七・二六、八・二、『ひとつの出版・文化界史話―敗戦直後の時代―』所収、昭和四五・三、中央大学出版部）参照。

(7) 尾崎秀樹「『小説新潮』に見る戦後」（『小説新潮』昭和四七・九）参照。

(8) 川口則弘のウェブサイト「直木賞のすべて　余聞と余分」（http://homepage1.nifty.com/naokiaward/rival/）でもすでに論じられており、本章も多大な示唆を受けた。

(9)『小説と読物』創刊号の「編集後記」では、菊池寛と久米正雄の名が「編集顧問」と記載されているのが確認できる。

(10)『日本小説』の大地書房のように、ヤミ紙を保有する実業家が出版業界に参入し、ノウハウを持った編集者を雇って、投機的に雑誌を発行するケースは数多い。第一部第1章を参照のこと。

また、当時の「面白い小説」をめぐる言説状況については、斎藤理生「一九四七年前後の〈小説の面白さ〉――織田作之助と「虚構派」

あるいは「新戯作派」――」（『國語と國文学』平成三〇・四）、ならびに須山智裕「林房雄の戯作者としてのカムバック――中間小説概念の黎明に触れて」（『三田國文』令和二・一二）などが本章と問題意識を共有する論考として挙げられる。

（11）原稿募集については、『小説と読物』第二号（昭和二一・四）ですでに新人による短篇小説（二五枚程度）を募る記事が見えるが採用・掲載された形跡はなく、四号（昭和二一・七）にはもう募集は打ち切りとなっている。『小説と読物』は菊池寛や久米正雄をはじめ、元文藝春秋社社員である上田健次郎、夏目伸六の人脈があって、目次にはベテランの名前が並んでいる。

（12）この文献の存在は、前掲の川口則弘のウェブサイトに教えられた。

（13）上田健次郎の手になるとみられる「編集後記」（『小説と読物』昭和二二・二）より。

（14）注（13）と同じく「編集後記」（『小説と読物』昭和二二・三）より。

（15）引用は林房雄『我が毒舌』（昭和二二・一二、銀座出版社、一一四頁、一一一頁）より。本書には『新夕刊』連載の「文芸日評」（昭和二二・二～一二）が収録されている。

（16）第二回大衆雑誌懇話会賞の入選作発表の記事に、「第二回（昭和二十二年度）大衆雑誌懇話会賞は八月十六日日本出版協会に於て懇話会々長久米正雄氏列席のもとに銓衡委員の公平なる投票の結果左の如く決定しました。」（『大衆文芸』昭和二三・一一）と記載がある。

（17）林房雄は『日本小説』創刊にあたっても、和田が創刊号に引いた武田麟太郎の昭和一三年の言葉に共鳴し、「小説再建の運動」として前出の「文芸日評」でエールを送っている（『我が毒舌』前掲書、一六二～三頁）。

（18）川口則弘『直木賞物語』（平成二六・一、バジリコ出版、七二～四頁）にも、大衆雑誌懇話会賞の経緯が端的にまとめられている。

（19）注（17）参照。

（20）昭和二四年三月二九日、過度経済力集中排除法の指定会社となっていた日本出版配給株式会社が、GHQの命令を受けた閉鎖機関整理委員会によって閉鎖機関に指定され、活動を停止。取次を一手に担っていた日配の業務停止により、委託販売制度下で出版社は苦境に立たされ、十分な資本力のない中小出版社は、相次いで倒産した。

（21）島源四郎「出版小僧思い出話（10）終戦直後の出版界――直木賞のうら話など」（『日本古書通信』昭和六〇・五）参照。

（22）引用は中村光夫『風俗小説論』（昭和二九・五、岩波文庫、一一六～七頁）より。

（23）注（22）、一一八頁から引用。

芸術の香りただよう「小説好きの大人の雑誌」

昭和二〇年代の『別冊文藝春秋』

【発行期間】 昭和二一年一二月～令和六年現在も継続中（平成二七年三月号で紙媒体での発行は終了し、六月号より電子版に完全移行している。本目次では以下、昭和二〇年代に発行された、第一号から昭和二九年一二月発行の四三号までの四三冊を扱うこととする）。

また、『別冊文藝春秋』創刊当初（第六号まで）の巻号数表記には不統一があり、目次では「号」表記、奥付・編集後記では「輯」表記、背表紙・裏表紙では「巻号」表記など、混在した表記のまま記載されている（第二号が「第二巻第一号」と表記されているなど）。しかし、第七号以降は「号」表記で統一されており、また本目次では目次の記載を生かす方針を採るため、以下、とくに断らない限りは目次での「号」表記を採ることとする。

また、昭和二一年二月と五月、文藝春秋社解散の時期に、『文藝春秋』の臨時増刊号として発行された『文藝春秋別冊』二冊がある。

【判型・刊行頻度】 A5判。創刊当初は不定期刊。ただ、『文藝春秋別冊』第一輯の「編集後記」にはすでに「別冊文藝春秋は、年四回発行の予定」と明記されており、当初から季刊雑誌が想定されていたと考えられる。第三号（昭和二二・六）の「編集後記」でも他の「季刊雑誌」に言及する箇所があり、第一二号（昭和二四・八）までは概ね三～四か月毎の発行であったが、それ以降は基本的に隔月刊となる。のち、昭和三四年の『週刊文春』創刊準備に伴い、第六九号（昭和三四・九）以降は季刊となっている。

【発行所】 『文藝春秋別冊』二冊の発行所は株式会社文藝春秋社。所在地は東京都麹町区内幸町二ノ一大阪ビルヂング。「別冊文藝春秋」の発行所は、株式会社文藝春秋新社。所在地は東京都麹町区内幸町二ノ三幸ビルヂング（麹町区は昭和二二年三月に神田区と統合し、千代田区に区名変更）。第一七号（昭和二五・一〇）より所在地は東京都中央区銀座西五ノ五に移転（現在の「株式会社文藝春秋」への社名変更と紀尾井町への本社移転は昭和四一年三月）。

【編集人・発行人】 『文藝春秋別冊』の発行兼印刷兼編集人は永井龍男。『別冊文藝春秋』の編集人は順に、鈴木貢《すずきみつぐ》（第一号～第五号）、徳田雅彦《とくだまさひこ》（第六号～第二八号）、田川博一《たがわひろいち》（第二九号～第四三号）。発行人は池島信平《いけじましんぺい》。

【印刷人・印刷所】『文藝春秋別冊』の印刷人は前記の通り、永井龍男。『別冊文藝春秋』の印刷人は小坂孟（印刷人の記載は第一号〜第三号まで）。印刷所はいずれも大日本印刷株式会社。所在地は東京都牛込区加賀町一ノ一二（昭和二二年三月の合併で牛込区は新宿区に区名変更）。ただし、第九号（昭和二三・一二）のユトリロの口絵、第一一号（昭和二四・五）のルオーの口絵の原色版印刷だけは、光村原色版印刷所（現・光村印刷株式会社）で行われている。

【概要】『別冊文藝春秋』は、戦後の文藝春秋社の解散後、再出発した文藝春秋新社から、『文藝春秋』の別冊として創刊された雑誌である。

　戦後の『文藝春秋』復刊（昭和二〇年一〇月号）や『オール讀物』復刊（昭和二〇年一一月号）によって文藝春秋社は再スタートを切ったが、終戦直後の用紙難に伴って経営困難に陥り、両誌ともに休刊が続いた。

　また昭和二〇年一〇月には業界団体として日本出版協会が設立され、出版界の再編の流れを加速させていた。昭和二一年一月二一日には、民主主義出版同志会が中心となって、戦争協力出版社として大日本雄弁会講談社、主婦之友社、旺文社、家の光協会、第一公論社、日本社、山海堂の七社を日本出版協会から除名する決議を行い、二四日には出版界粛正委員会が設けられ、二月二七日には、主婦之友社など七社に対し粛正主旨を通達し、さらに博文館、新潮社、文藝春秋社、雄鶏社など一一社の審査を決定している。当時、日本出版協会が商工省の用紙配給委員会の配給申請事務を代行していたため、協会除名による事実上の用紙配給停止を出版社は恐れていた事情もあった。こうした経緯もあって、社主の菊池寛《きくちかん》には事業継続の意欲はなく、昭和二一年三月七日をもって文藝春秋社を解散した。

　しかし、旧文藝春秋社社員の一部は佐佐木茂索《ささきもさく》をあらためて社長として迎え、三月二三日に文藝春秋新社を設立、『文藝春秋』『オール讀物』の刊行が議決される。

　こうした戦後の混乱のただ中で、昭和二一年一二月、旧文藝春秋社は『オール讀物』を休刊とし、本誌『文藝春秋』の臨時増刊号として『文藝春秋別冊』を創刊。本誌の編集長であった永井龍男を発行兼印刷兼編集人とした。この辺りの事情を、社史『文藝春秋の八十五年』（平成一八・一二、文藝春秋）は次のように解説している。

> 　舟橋聖一、島木健作、井伏鱒二、平林たい子、久保田万太郎らの小説に、時代に相応しく大佛次郎、佐藤春夫、今日出海による日本人論特集と戦前からの常連執筆者が顔を揃えた目次からは、敗戦の前年『文藝春秋』に吸収

合併された『文學界』に替わる自前の文芸誌をという意気込みが感じられる。編集兼発行人は専務・永井龍男だったが、三月、菊池寛が突然の文藝春秋社解散を発表し、五月発売となる旧文藝春秋社最後の刊行誌『文藝春秋　別冊2』の編集を終えて、永井は退社した。／設立された文藝春秋新社で企画が練り直され、『別冊文藝春秋』として再出発したのは同年十二月、編集後記で「本誌（『文藝春秋』）とは独立して文芸美術雑誌として発足することになつた」と対象範囲を広げることが謳われている。

ここからも、『文藝春秋別冊』が当初『文學界』などの文芸誌を失った旧文藝春秋社の文芸誌再建の意図が色濃く読み取れるものであったこと、文藝春秋社解散を契機に企画が練り直され、『別冊文藝春秋』として再発足したことが分かる。『文藝春秋別冊』は『文藝春秋』本誌の性格を温存しつつ、創作欄を充実させたものだったが、『別冊文藝春秋』はもう一歩進んで当時の小説需要に応えた、あくまで小説を柱とする文芸雑誌となった。他社との差異化の意志は、和洋両画壇の大家の手になる表紙からも明らかである。とりわけ二一号ではパリの超一流画家であったマチスに直接依頼し、オリジナルの切り絵が表紙を飾って話題を呼んだという。仙花紙の誌面にも、資材不足ながら美術雑誌としての風合を醸し出そうとした努力の跡が認められる。これらの編集方針が、『別冊文藝春秋』に他誌と異なる本物の芸術の香りをまとわせたことは間違いない。当初から売上げは好調で、第二号の編集後記には「闇値」での売買が横行している旨が記されている。

昭和二二年一〇月には菊池寛とともに佐佐木茂索も公職追放となり、翌年三月に菊池はこの世を去る。戦後の出版社の激増と資材不足、用紙統制に伴う建頁制限もあって他誌との差別化が困難なこの時代に、月刊誌ではなくボリュームが出せる臨時増刊の別冊で新たな特色を出そうという戦略は、結果的に大きな成功を収めたといえる。

昭和二三年一一月二一日発行の日本出版協会機関紙『出版文化』掲載の「主要雑誌売れ行き調査」（日本出版協会文化部雑誌課　昭和二三年九月調）によると、『別冊文藝春秋』は「文芸雑誌の部」に分類され、『新潮』に次いで二番手、鎌倉文庫の『人間』を上廻り、文芸誌乱立の時代にも抜きんでた売上げを示している。ただこの調査は、都内主要小売店一八店舗で調査、調査対象の雑誌は主要三〇〇種余り、仕入部数から返品数を引いた部数を調査し、各店の希望部数と実際の仕入部数が異なる場合は、「需要部数」という形で三か月間の平均値を数値化して比較したもので、『新潮』や『人間』は希望部数通りの仕入が実現していないため、実際の売上げで言えば、『別冊文藝春秋』は当時もっとも売れた文芸雑誌といえるのである。ここでは、「大衆雑誌の部」に分類された『オール讀物』の売上げも、『別冊文藝春秋』に遠く及ばない。

すでに『別冊文藝春秋』も広く出版界に認知されるようになり、昭和二七年一月には、ライバル誌である『小説新潮』も『別冊小説新潮』を創刊するに至る。それへの対応もあってか、同年六月の人事異動に伴い、田川博一が『別冊文藝春秋』の編集長に就任すると、目次に惹句を取り入れ、芥川賞・直木賞に関する特集が恒例となって、「文芸美術雑誌」としての性格は次第に希薄化していく。

その背景として、昭和二四年三月から、それまで同人誌として刊行されていた文芸雑誌『文學界』の編集・発行を開始して以降、大衆文芸誌としての性格が強い『オール讀物』と『別冊文藝春秋』の三誌が文藝春秋新社内で並び立つことになった事情がある。『別冊文藝春秋』について大村彦次郎『文壇栄華物語』（平成二一・一二、ちくま文庫、二〇〇頁）では「この雑誌は「文學界」と「オール讀物」の中間を埋める季刊の小説誌」とされており、文藝春秋社史では「執筆者の一人が後になって「『別冊』は小説好きの大人の雑誌、文学青年が読者だった『文學界』より格上の感じで緊張して書いたものだ」（略）と述懐されている。そこに「『文學界』は実験の場所で『オール』は飯櫃、『別冊』が檜舞台といったところだな」という声もあった」とあるように各誌の性格がおのずと異なってきたため、編集方針の棲み分けも行われていき、中間小説誌という拡大する市場に向けて雑誌の方向性にも微修正が施されていくことになったと考えられる。

昭和二七年の人事異動では隔月刊のノンフィクション誌『増刊文藝春秋』の編集も『別冊文藝春秋』の編集部が行うこととなり、二九号以降は、グラビアやノンフィクション、実録・実名小説などが『別冊文藝春秋』に新たな色彩を加えるようになっていく。

出版界では「文藝春秋は別冊の売上げで社員賞与をまかなえている」と噂されたほど順調に号を重ね、中間小説誌が総計一〇〇万部近い部数を誇った全盛時代である昭和三〇年以降も代表的な雑誌としての地位を譲らなかった。こうした隆盛は、文藝春秋新社のネットワークを最大限活用し、芥川・直木両賞の受賞作家が名を連ねる小説特集など、多彩な顔ぶれが一堂に会する贅沢な誌面を打ち出したからこそ維持されたといえよう。

『別冊文藝春秋』の編集方針の変化の幅は、紆余曲折の結果ではあるが、時代の変化に対する柔軟な試みであり、今日まで続く雑誌の土台はこの昭和二〇年代に築かれたといってもよいだろう。

［高橋孝次］

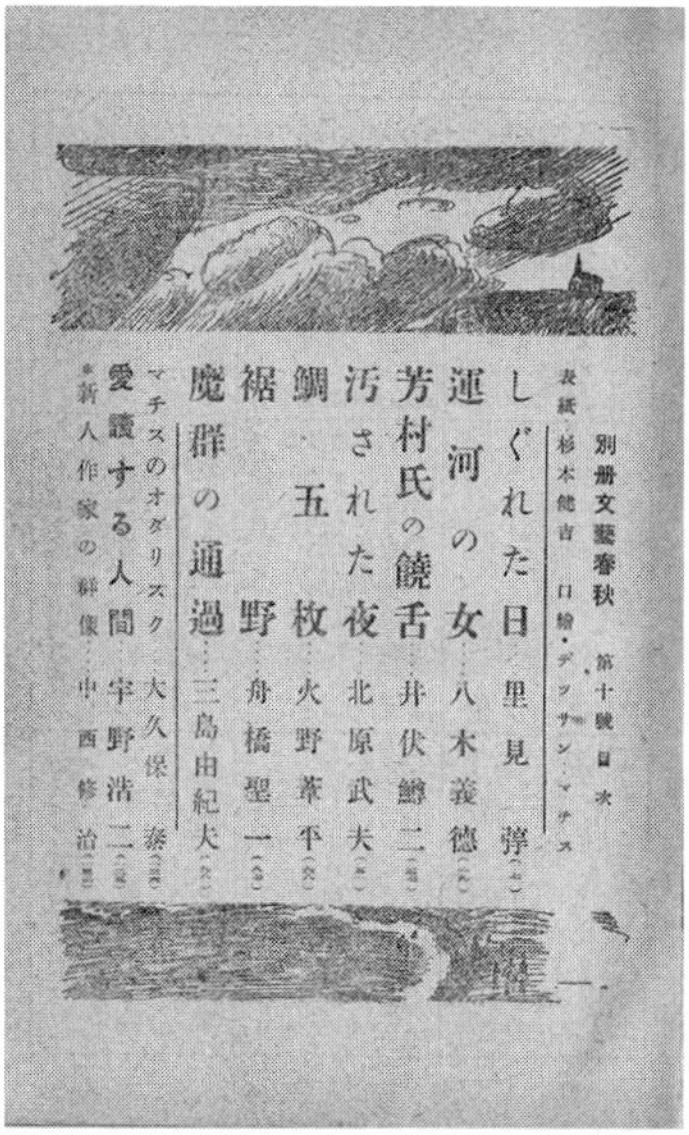

別冊文藝春秋 第十號目次

表紙・杉本健吉 口繪・デッサン・マチス

しぐれた日……里見弴
運河の女……八木義徳
芳村氏の饒舌……井伏鱒二
汚された夜……北原武夫
鯛・五枚……火野葦平
裾野……舟橋聖一
魔群の通過……三島由紀夫
マチスのオダリスク……大久保泰
愛讀する人間……宇野浩二
＊新人作家の群像……中西修治

『別冊文藝春秋』目次（10号、昭和24・2）

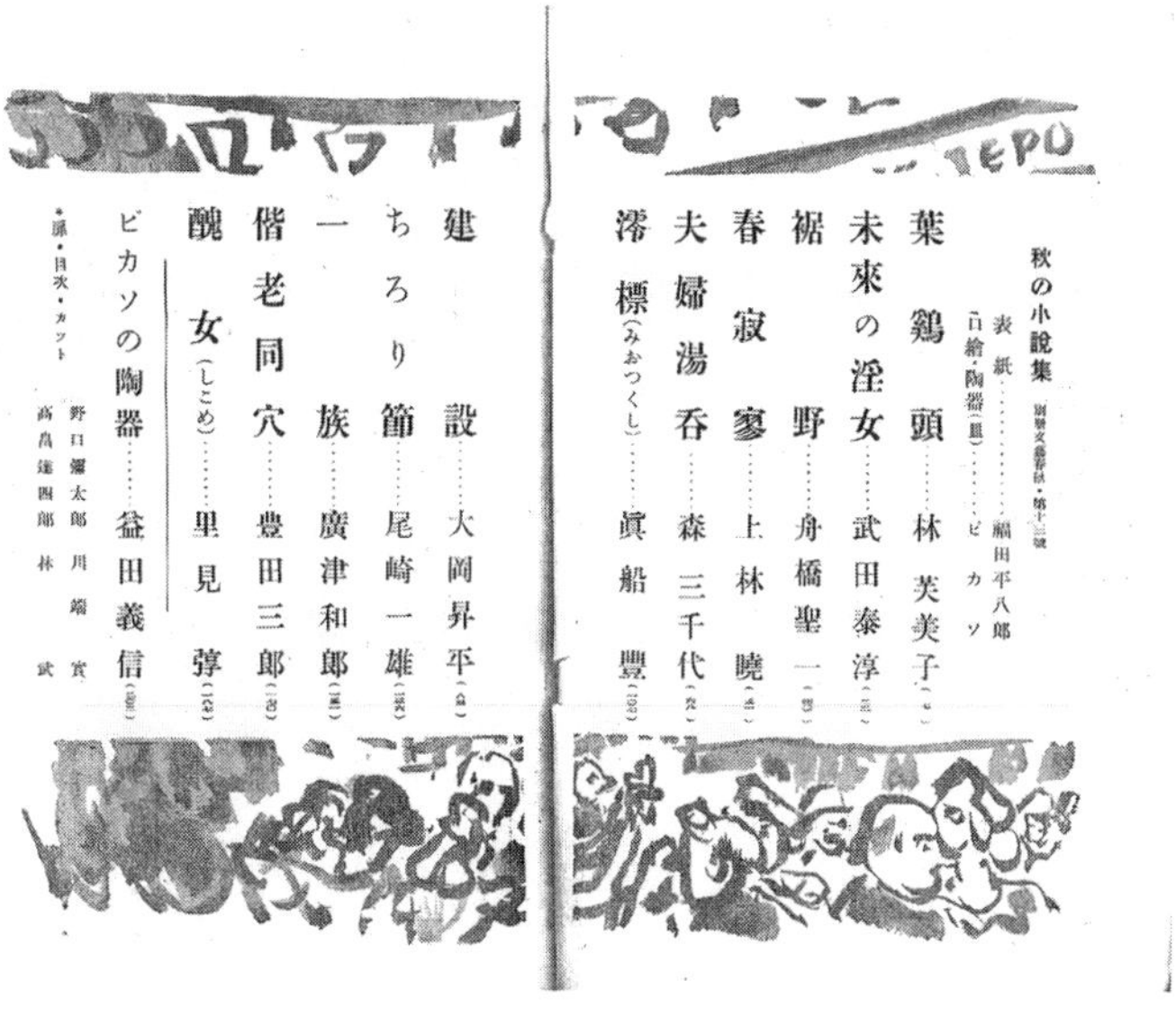

秋の小說集 別冊文藝春秋・第十三號

表紙……福田平八郎
口繪・陶器（皿）……ピカソ

葉鷄頭……林芙美子
未來の淫女……武田泰淳
裾野……舟橋聖一
春寂寥……上林曉
夫婦湯呑……森三千代
澪標（みおつくし）……眞船豐
建設……大岡昇平
ちろり節……尾崎一雄
一族……廣津和郎
偕老同穴……豊田三郎
醜女（しこめ）……里見弴
ピカソの陶器……益田義信

＊扉・目次・カット 野口彌太郎 川端實 高畠達四郎 林武

『別冊文藝春秋』目次（13号、昭和24・10）

第二部　昭和三〇年代の中間小説誌

第1章

中間小説の「真実なもの」

「地方紙を買う女」と「野盗伝奇」

高橋孝次

一　松本清張と中間小説誌——中間小説作家の一面

松本清張《まつもとせいちょう》の名は、文学史に一つの画期をなしている。ただ、その名が広く人々の脳裏に刻まれるのは、昭和三三年以降のことだ。では、「清張以後」といった言辞が流布する以前の、『点と線』と『眼の壁』（ともに昭和三三・二、光文社）のベストセラー以前の清張は、どのような作家であったのか。

『週刊朝日』の懸賞「百万人の小説」で「西郷札」が三等に入選したのが、昭和二五年一二月。『三田文学』（昭和二七年九月号）に発表した「或る「小倉日記」伝」が第二八回芥川賞を受賞したのが、昭和二八年一月。さらに同三月、『オール讀物』に投稿した「啾啾吟」が第一回オール新人杯佳作第一席に入選し、同年本人たっての希望で朝日新聞東京本社に転勤、本格的に職業作家の道を歩み出す。元々小説家志望でなく、文学修業時代もなく、四十を過ぎて唐突に始めた作家稼業で、仕事の合間に執筆を重ねて八人の家族を養わねばならなかった清張に、順境に浮き足立つ様子はない。そんな清張の主な小説発表の舞台となったのは、『オール讀物』『小説公園』『別冊文藝春秋』『小説新潮』といった、いわゆる「中間小説誌」であった。

中間小説は、基本的にこの中間小説誌に掲載される作品を指し、瀬沼茂樹は「中間小説は純文学と大衆小説との中間をいくというが、はじめは純文学作家が純文学の芸術性を備えながら、大衆文学のおもしろさを持った読物小説を書くということであった。やがて純文学作家が純文学で磨いた技術を「応用」して、高級な大衆文学を書くという方向に進んだ。」（「中間小説」、『日本近代文学大事典』第四巻所収、昭和五二・一一、講談社）とまとめている。清張は「或る「小倉日記」伝」が直木賞候補から芥川賞選考へと回され、五味康祐《ごみやすすけ》と同時に芥川賞を受賞した経緯を持つ。ある意味で、清張は中間小説の書き手としての資格を十分に具えているといえる。しかし、「中間小説」という言葉の揶揄的な響きに対し、清張自身も「小説に「中間」はない」（『朝日新聞』昭和三三・一・一二）として安易なレッテルは退けている。

ここで『松本清張研究』第八号（平成一九・六、北九州市立松本清張記念館）に収録されている「昭和三〇年前後の週刊誌の創刊状況と、清張作品の掲載誌」年表（昭和二六～四〇）をもとに、清張の作家デビューから昭和三二年までの八年間に発表された全一一四作品を発表媒体毎に見てみると、五七作品を中間小説誌に発表していることがわかる。内訳は、『別冊文藝春秋』がもっとも多く一五作品、続いて『オール讀物』が一四作品、『小説新潮』が一一作品、『小説公園』が一〇作品、その他『別冊小説新潮』『オール小説』『小説春秋』に合わせて七作品。それに比べれば、新聞、週刊誌、総合誌、婦人誌、娯楽誌での発表数は、それぞれ中間小説誌に及ばない。デビューの舞台となった『週刊朝日別冊』に九作品、大衆雑誌『キング』[1]に八作品、文芸誌でもっとも多くの作品を掲載している『新潮』でも六作品にすぎない。[2]『週刊読売』での「眼の壁」の連載（昭和三二・四・一四～一二・二九）以降、週刊誌での連載が常態化するが、三二年までの清張にとっての主戦場は、間違いなく中間小説誌であった。

言ってみれば清張の、少なくとも昭和三二年までの相貌は、歴史小説を中心とした典型的な中間小説作家[3]のそれであったのだ。

清張の転機は、「点と線」（『旅』昭和三二・二～三三・一）の連載というよりも、光文社出版局長の神吉晴夫《かんきはるお》が仕掛けたメディアイベントにあった。

松本が神吉と組んだことは双方に多大な利益をもたらした。「点と線」は「眼の壁」とともに、三十三年の二月に光文社から四六判の単行本として同時に発売された。同社はこの二冊のために朝日新聞紙上に全五段の出版広告を打った。当時、一人の作家で全五段広告を独占するのは珍しかった。初版はいずれも五千部だったが、たちまち増刷につぐ増刷になった。その前月、映画『張込み』が全国的に封切られていた。こちらは正月休み明けとあって、興行的にはさしたる成果をあげられなかった。松本清張が戦後比類ない超流行作家になったのは、このとき昭和三十三年の春以降のことであった。（大村彦次郎『文壇挽歌物語』平成一三・五、筑摩書房、九六頁）

清張のいわゆる「社会派推理小説」が出版業界、読書界、文壇に与えた衝撃は甚大だった。こうしてベストセラーをものにした清張はその後、推理小説に重心を移し、「タイプライター」（平林たい子・金東里・呂石基「鼎談　韓・日文学을말하다」『思想界』昭和三六・八での発言）と揶揄されるほど、質量共に驚異的なペースで執筆、連載をこなしていく。その一方で、『随筆黒い手帖』（昭和三六・九、中央公論社）に収録される「推理小説時代」（『婦人公論』昭和三三・五、のち「推理小説の読者」と改題）や「推理小説の発想」（江戸川乱歩・松本清張共編『推理小説作法』所収、昭和三四・四、光文社）、「推理小説独言」（『文学』昭和三六・四、のち「日本の推理小説」と改題）などの推理小説論では、自身の推理小説の方法意識を明快な論理で開陳し、従来の推理小説と自身のそれとを截然と分けるヘゲモニー戦略も忘れなかった。[4]

小説家を「現代の英雄」、「マス・コミの王者」ととらえ、読者層の拡大に伴う未曾有の小説需要が小説家を反逆者から英雄に変えたとする、荒正人《あらまさひと》『小説家　現代の英雄』（昭和三二・六、光文社カッパブックス）には、時代を代表する作家たちの姿がグラビア入りで紹介されているものの、そこにまだ清張の姿はない。だが翌年、清張は国税庁発表の文壇所得番付で作家部門第一二位に入り、三四年度には三位、そして三五年度にはついに一位となっている。毎日新聞社の読書世論調査「好きな著者とその著書」でもやはり、昭和三三年度に初めてランク入り（一八位）し、翌年から一四位、五位と順調に上昇し、三六年度第二位⑸となる。また清張に対する平野謙や伊藤整《いとうせい》、大岡昇平《おおおかしょうへい》らの評価が、文壇史上最大規模の「純文学論争」の引き金にさえなった。昭和三六年には、『砂の器』（昭和三六・七、光文社カッパノベルス）で再びベストセラーをものにし、直木賞の選考委員にも就任、このとき清張はまぎれもなく、時代を象徴する存在であった。

荒正人は「探偵小説の新傾向として、社会派とでも名づけるべきものが目立ってきた。松本清張がその開拓者である」（『読売新聞』昭和三五・六・七）、あるいは、「探偵小説の関係者の間で、松本清張以後という言葉が交わされることがある。松本清張は、探偵小説に新風を起こし、広い読者層を拓いて、いわば探偵小説の市民権を確立したといえよう。その功績の第一は、探偵小説に社会性を導き入れた点にあろう」（『文学』昭和三六・四）と清張の存在の画期性に早くから注目している。これら「社会派」や「松本清張以後」などの言葉は、清張の存在が文学場に象徴的な存在として登録され、卓越化とほぼ同時に規準化されたことを示す最初期の使用例⑺である。清張はもはや単なるベストセラー作家ではなく、「社会派」の開拓者として昭和三〇年代半ばの文学場における規準の一角ともなっていた。⑹

清張の文学場における卓越化ののち、「社会派推理小説」には清張以外に水上勉《みずかみつとむ》、有馬頼義《ありまよりちか》、黒岩重吾《くろいわじゅうご》といった後続者が現れ、読者層はさらに大きく拡大する。その象徴的な出来事が『別冊小説新潮』の特集「現代推理小説代表作集」の大増刷⑻であった。ここで再び大村彦次郎の言葉を借りておこう。

昭和三十六年十月、〈現代推理小説代表作集〉というタイトルの「別冊小説新潮」秋季号が発売された。この号は発売と同時に、平常号より売れ足が速く、四、五日もしないうちに完売され、関係者を驚かせた。（中略）「別冊小説新潮」は本誌の好調に伴い、昭和二十六年から年四回の季刊誌として刊行されていたが、その執筆者の主流は丹羽、舟橋ら当時の流行作家によって占められた。だが、彼らだけでは雑誌は埋めきれないので、他に比較的地味な肌合いの私小説や風俗小説系の作家たちが糾合され、雑誌の補完的な役割を務めた。彼らはそれなりに熟達した技術と文士的風韻で読者を惹きつけたが、その題材はどちらかといえば、作者の日常身辺に限られることがおおかった。それだけに小説にもっとナマな事件的材料や刺激に富んだ味付けを求める読者には物足りない一面もあった。そういう読者の欲求を社会派ミステリーと称される一群の作家たちが登場し、代替した。ここでも松本清張の果たした効果はおおきかった。この十数年間、よくもわるくも中間小説雑誌を支えてきた小説の方法と理念が音もなく崩れ去った。時に微温的、退嬰的ともいわれた中間小説作家たちはしだいに追い詰められた。[9]

昭和二〇年代の中間小説誌の主役は、丹羽文雄や舟橋聖一らに代表される「風俗小説系の作家たち」であったが、[10]「中間小説」という場は昭和二〇年代前半の黎明期から目まぐるしい変容を繰り返しながら膨脹していった。昭和三〇年代になると、中間小説誌は、『小説新潮』と『オール讀物』の二誌のシェアが圧倒的で、昭和三三年に『小説公園』が廃刊、講談社ではまず『キング』が昭和三二年に廃刊、伝統の倶楽部系雑誌も三五年に『面白倶楽部』(光文社)、三七年に『講談倶楽部』が廃刊、歴史に幕をおろす。それに代わり講談社が満を持して中間小説誌に参入したのが『小説現代』(昭和三八年二月新春号、昭和三七・一二に発刊)であった。ここから中間小説誌御三家が揃い、市場規模は一〇〇万に垂んとする。清張は、こうした中間小説という場の大きな変容、文学場の再編の鍵となる存在といえる。

ここまで、松本清張が昭和二〇年代から三〇年代の文学場における象徴闘争で卓越化していく過程を中間小説誌との関わりから急ぎ足で概観してきた。それは、清張の存在を基軸として「中間小説」という場を有機的にとらえ直すためであった。しかし、だからといって松本清張の存在を、流行作家だから中間小説分析のために引き合いに出したわけではない。むしろそれは、清張でなければならない。なぜなら、清張のテクストには「中間小説」が自律的な市場として機能し始める以前の、第一部第1章で論じた、中間小説誌の嚆矢とされる和田芳恵編集の文芸雑誌『日本小説』が志向したものと共通の、ある強い理念のようなものが読み取れるからである。理念と呼ぶにはあまりに茫漠なそれを一口で言うならば、壮年のシビアな読者にも響く小説本来の面白さの探求である。なおかつ、清張と和田のいずれも、読者にとっての小説本来の面白さを絶えず実現しようとする存在であるがゆえに、「中間小説」という場からは逸脱してしまうのだ。

二 「小説本来の面白さ」と松本清張

翻って考えると、昭和三〇年代の清張の小説論は、読者にとっての小説本来の面白さを強靱な筆力で探求する姿勢に貫かれていた。清張の中間小説への言表はつねに読者意識を伴っている。まず、清張の最初期の中間小説への言及を確認しておこう。

清張は昭和三二年に単行本『顔』(昭和三二・一〇、大日本雄弁会講談社、ロマンブックス)で日本探偵作家クラブ賞を受賞(昭和三二・二)して以後、積極的に推理小説に手を染めていくことになるが、それまでにも清張は九冊の単行本を世に問うている。そのうち八冊は歴史・時代小説だが、現代小説集も一冊のみではあるが刊行している。『悪魔にもとめる女』(昭和三〇・八、鱒書房、コバルト新書)がそれである。収録作品は、「赤いくじ」(赤い籤)、「青春の彷徨」(死神)、「火の記憶」(記憶)、「脅喝者」、「恋情」(孤情)、「悪魔にもとめる女」(女囚抄)で、「恋情」だけは時代小説だが、それ以外は現代小説、とくに「火の記憶」や「脅喝者」は郷原宏『松本清張事典 決定版』(平成一七・四、角川学芸出版)では「推理小説」と分類され、「張込み」(『小説新潮』昭和三〇・一二)に先行する推理小説的構成を持った小説とされている。その「あとがき」で清張は中間小説に関して次のように語っている。

二年ばかり前から書いたもので、現代物で、いわゆる中間小説的なものをあつめた。中間小説という名も時を経たが、当初のいわゆる純文学を書く作家のアルバイトといった感じもだいぶん薄れた。中間的なものでなく、本気にこの分野が確立してよい。観念の実験的な高尚なものばかりが何も、文学ではない。文学にはいろいろあってよいし、小説はわかりやすく、まず面白くなくてはならぬ。この頃は面白い小説が滅多にない。
ただ、作家の中には、読者を面白がらせようとして、自分ではちっとも面白がらずに書く作家もいるし、自分では面白がっても読者が少しも面白がらぬ作品を書く作家もいる。作家が面白くて書きたいものを書いたよろこびに、読者が読んでその面白さによろこびを感ずるなら最上の作品であろう。
この集にある作品は、その題材に私は感興にのって書いたのだが、読者が面白がって下さるかどうかは分らない。

「中間小説」というレッテルに対しては慎重な物言いを繰り返しているが、「本気でこの分野が確立してよい」、「文学にはいろいろあってよい」、「小説はわかりやすくて、まず面白くなくてはならぬ」といった言い回しからは、純文学でも大衆文学でもなく「面白い小説」こそがすべてに優るという主張が読み取れる。

興味深いのは、面白がらせようとしてはだめで、「作家が面白くて書きたいものを書いたよろこびに、読者が読んでその面白さによろこびを感ずるなら最上の作品であろう」とその理想を述べている点である。職業作家としての大衆小説家は、もちろん「面白がらせようとする」ことにおいてはプロフェッショナルであり、作家が面白がっていなくとも、読者を面白がらせるのが仕事であろう。「作家が面白くて書きたいものを書いたよろこび」とはそれに比べ、アマチュア的といえる。むしろ自らを読者とした場合の「期待の地平」を更新するような作品でなければ、読者を満足させることはできないという主張と読み替えられる。

清張は純文学や大衆文学といった文壇用語ではなく、読者への意識から組み立てられた「面白さ」を基準にして、あらためて「中間小説」という言葉の従来の意味を編み直してみせている。こうした清張の姿勢は先に触れた和田芳恵の編集理念にも共通する倫理的なあり方[11]を感じさせる。

清張の「中間小説」に関する言表は平易でわかりやすいもののため、変哲もない常識的な意見に見えるが、清張の立場が弛まず「小説の面白さ」をめぐる読者への意識と挑戦に貫かれていることは、「小説に「中間」はない」（『朝日新聞』

昭和三三・一・一二）からも読み取れる。

作品の批評に、「これは中間小説的だ」とよくきく。（中略）面白い物語を書くと、「大衆の愚かしい要請に対する作家の妥協」ときめつけられそうである。純文学と中間小説の区別を量るに、エンターテインメントの目盛の上下が、かなり重要な尺度のようである。だが、興味性というのは模糊としている。興味性があるからといって作者が読者に妥協し奉仕したとはいえない。

「面白い」ことが「読者に妥協し奉仕した」ということと同義ではないことも、清張は繰り返し説いている。時代性を帯びた読者の期待の地平、つまり流行をつかむことはある程度可能かもしれないが、それを再生産することでは、作者自身の期待の地平を超え出ることはできない。このあとに続けて清張は「私小説的な構成の型と、物語的な構成の型」が作家にはあり、それは「作家の個性の相違」であり、小説の面白さを本質的に規定するものではないことを強調している。風俗小説的な時代性を帯びた「興味性」の素材も、ある種の類型を含む筋の面白さも、読者にとっての小説の面白さという意識のなかで相対化されている点は注目される。そして「今年も「中間小説」は悪漢のようにジャーナリスチックな「純文学」の花壇を横行するであろう。しかし、その真実なものだけが新しい文学のジャンルに発展するような気がする」と清張は締めくくり、文壇の批評を遠ざけ、「中間小説」の「真実なもの」の発展を望んでいるという。

さらに明確に清張の中間小説観が展開されているのは、「小説に「中間」はない」を加筆・進展させた「推理小説時代」（『婦人公論』昭和三三・五、のち「推理小説の読者」と改題）においてだろう。内容はやはり「小説の祖先である素朴な物語の発生までさかのぼることはない、小説は面白さが本体なのだ。この面白さを喪失した小説から読者が去ってゆくのを誰も非難することはできない」というおなじみのものである。清張はベストセラー作家の階段を登り始めたその時期に書かれた文章でも、変わらず「純文学」や「大衆文学」、「中間小説」といった文壇的ジャーゴンから距離を置くように、それぞれの概念を「小説の面白さ」と読者意識の側から裁断していく。これらの文章は清張の主張が「小説の面白さ」と読者意識によって徹底され、深化していく過程としても読める。

ここで確認しておきたいのは、「面白さ」についての説明が書き加えられている点である。

面白さというのは、読者への奉仕を計算して出るものではなく、作家の内面が充実して、それが読者に反映して感じられるものであろう。

（「推理小説時代」前掲）

『悪魔をもとめる女』の「あとがき」の主張が、要領よくまとめられている。「作家の内面が充実」して「読者に反映」することは、「実感」という言葉で言いかえられている。

それにしても、推理小説は、もっと現実に密着しなければ、読者に実感を与えることはできない。これがなければ、単なる架空のお話であって、中間小説の読者を獲得することはむずかしい。一体、推理小説の読者には、サラリーマンや学校の教師、医者、学生などが多い。大体にいって、教養は低くない人たちだと思う。推理小説が、もっと文学的にならなければならない理由であり、もっと知性を与えなければならぬゆえんである。

ここで注意すべきは、すでに推理小説によって「中間小説の読者を獲得すること」が目指されており、新中間層といわれるような読書の時間を持てる教養ある読者を、清張がはっきりと想定していることである。その読者への意識がそのまま「読者に実感を与えること」と直結している。そして「実感」を与えられなければ「単なる架空のお話」になってしまう小説に「実感」を加えるために、清張は具体的な方法も説明する。

読者は、もっと人間の性格や心理を欲している。生活に密着した現実性を欲している。もう少し文章の描写力を望んでいる。トリックも、もっと自然なものでないと空疎を感じる。（中略）推理小説というものは犯罪が主題となっているから、もともと内容が異常なのである。それだからこそ、筆を抑えて、表現の過剰を戒めた方が、内容のもつ異常感がふくれ上がって読者に迫るのである。

この文章は終盤、「動機を主張することが、そのまま人間描写に通じるように私は思う。犯罪動機は人間がぎりぎりの状態に置かれたときの心理から発するからだ」として動機こそリアリティを支えるものであると提起され、「私は、動機にさらに社会性が加わることを主張したい。そうなると、推理小説もずっと幅ができ、深みを加え、時には問題も提起できるのではなかろうか」という「社会派」命名につながるようなよく知られた一節が導かれる。

かくして清張が「中間小説」を文壇的な言説空間から切り離しながら、「小説の面白さ」を素材の「興味性」だけでも、筋や構成の物語的な領域だけでもなく、読者に与える「実感」[12]の質によって再定義していくとき、「社会派推理小説」の方法は前景化してくるのである。

では、ここから具体的に「社会派推理小説」の方法意識を象徴的に示したテクストとして「地方紙を買う女」(『小説新潮』昭和三二・四)を採り上げたい。それは「野盗伝奇」(『西日本スポーツ』昭和三一・五・一七〜九・九)という小説内小説の〈面白さ〉をめぐる作者と読者のディスコミュニケーションが、清張の「社会派推理小説」という「中間小説」の「真実なもの」を象徴してしまう稀有なテクストだからである。

三 「地方紙を買う女」と「野盗伝奇」——テクストの過剰と空隙

「地方紙を買う女」は、テレビドラマ化された初めての清張作品であることでも知られる、名作の誉れ高い初期短篇推理小説の代表作である。言及されることも多く、藤井淑禎「迷宮としての「地方紙を買う女」」(『清張 闘う作家「文学」を超えて』所収、平成一九・六、ミネルヴァ書房)など「地方紙を買う女」を分析した論考も多く発表されている。

「地方紙を買う女」の潮田芳子は、Y県K市の臨雲峡で、心中に見せかけて殺した男女の死体を、警察が思惑通り心中と判断するかどうかを確認するため、地域のニュースが掲載される地方紙を講読することにする。その際、講読

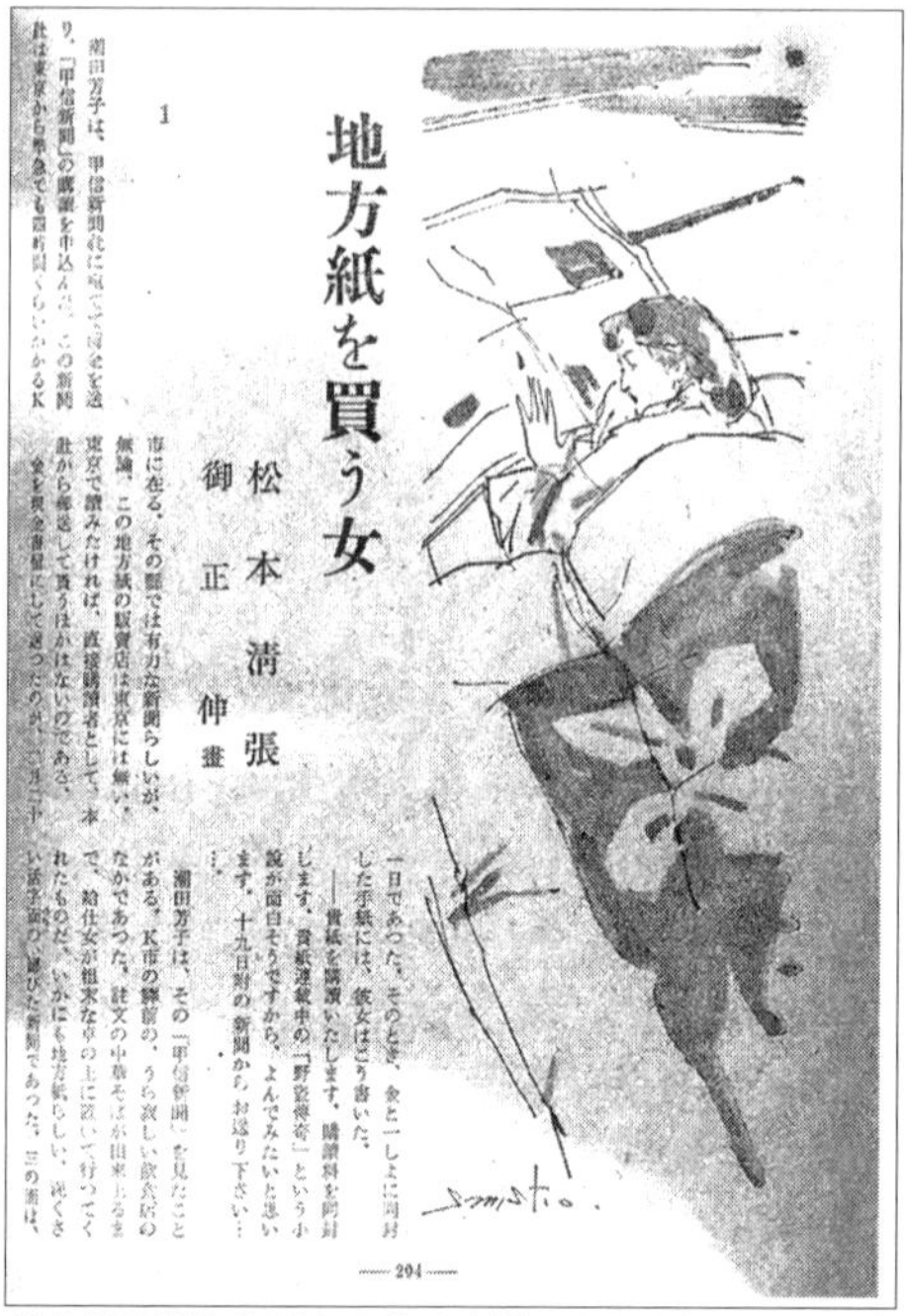

松本清張「地方紙を買う女」(『小説新潮』昭和32・4)
版面目次

松本清張「野盗伝奇」(『西日本スポーツ』昭和31・7・10、第54回) 版面

の理由に選んだのは、杉本隆治（松本清張のもじり）の連載する新聞小説「野盗伝奇」が面白いから、というものだった。そして、芳子はひと月ほど講読したのち、目的の記事を見つけ、安堵する。芳子は用済みとなった地方紙に「小説がつまらなくなりました」と購読中止の手紙を送る。これを受けとった杉本が芳子の動向に、ともすれば異常なまでに疑問を抱き、探偵と化して事情を探り始める。「地方紙」というメディアを使った趣向や、巧妙な伏線と一部倒叙形式の行文、芳子と杉本の視点人物が交互に配置された章立てなどの推理小説的要素だけでなく、動機の社会的背景も、最後の告白に描き込んだ社会派推理的結構も、「地方紙を買う女」というテクストには豊富に含まれていた。

そしてもうひとつ興味深い点は、共同通信扱いの地方紙連載とはいえ、松本清張が自身初めての新聞小説として力をこめた一作が「野盗伝奇」であり、その小説名がそのままテクストに利用されているところである。「野盗伝奇」は清張が朝日新聞社を退社した月から連載が始まっており、新聞小説の連載が決まったことで当時の清張に職業作家としての見通しがついたのだとしたら、その意気込みはさらに大きなものであったと推測できる。[13]

連載直前の紙面では次のように紹介されている。

こんどの連載は六十回で完結する短編もので、さいきん剣豪、武将を主人公にした歴史小説が流行しているおりから、芥川賞受賞作家松本氏が登場、物語は徳川初期の不安定な世相を背景に美男で正義感の強い若き剣士が中心となり、男装の麗人が野武士の隊長として活躍、野武士の群との勢力争いをめぐって戦闘と愛欲のいりまじった波乱万丈の興趣あふれる絵巻を展開します。（「つぎの連載　野盗伝奇」『西日本スポーツ』二面、昭和三一・五・一六）

「地方紙を買う女」で「甲信新聞」という形で暗示されている山梨の地方紙[14]での掲載は確認できなかったが、杉本隆治の小説家としての設定は、清張によく近似していて、戯画化されてはいても当時の清張の自画像を透かし見ることができる。

杉本隆治は、いわゆる流行作家にはほど遠いが、一部の娯楽雑誌には常連としてよく書き、器用な作家として通用している。読者ウケするこつを心得ているとかねがね自負している。いま甲信新聞に連載している小説は、決して悪い出来ではないのだ。いや、自分では気持よく書けて、筆が調子づいているくらいだ。

（『松本清張全集』第三六巻、昭和四八・二、文藝春秋、三七一頁。以下、断りのない限り頁数は同書から）

前半部分は、いま読めば謙遜に見えるが、当時の清張と重ねてみれば、それほど遠くない。ただ、「読者ウケするこつを心得ているとかねがね自負している」という点は戯画的にも読め、杉本の風体も「四十二、三の髪の長い小太りの男」とは当時四六の清張とズラされているが四〇代の清張の写真を想起すると、こちらも遠からずと思わせる。

「野盗伝奇」は、彼が、地方新聞の小説の代理業をしている某文芸通信社のために書いたものである。地方新聞に掲載というので、娯楽本位に、かなり程度を合わせたものだが、それはそれなりに力を入れた小説だった。決しておざなりな原稿ではない。自信もあった。だから、わざわざその小説を読みたいという東京の読者があったと知らされて、愉快になって礼状を書いたくらいだった。

（同、三七〇〜一頁）

「娯楽本位に、かなり程度を合わせた」だけでなく、「それなりに力を入れた小説だった」という述懐は、連載直前に紙面に掲載された「作者の言葉」から事実、窺い知れる。

ぼくはいままで歴史小説を多く書いてきた。これはほとんど史実を基底としていたもので、そのため史料の中に小説を探るという手法であった。勢い、史実にしばられる傾向があって、それからぬけることができなかった。一つ史実はうんと向こうへ押しやって、自分の思い通りの人間をつくって、おどらしてみたいとは、かねての念願であった。こんどその機会が与えられたことはうれしい。

小説は何よりも面白くなくてはならない。しかし作者が読者をヘタに面白がらせようとして書くことは禁物である。そういう種類の小説が結局面白くないことは、いままでぼくが読者の側にいてよく知っている。とはいうものの、ぼくのこの小説が果たして面白く書けるかどうか、少し心配である。（松本清張「作者の言葉」、『西日本スポーツ』前掲）

清張の意気込みとともに、「小説は何よりも面白くなくてはならない」という文句がまたも繰り返されているが、「そういう種類の小説が結局面白くないことは、いままでぼくが読者の側にいてよく知っている」という記述が目を引く。この言葉は「読者ウケするこつを心得ているとかねがね自負している」という杉本隆治の慢心と好対照をなして、清張の厳しい読者意識には、明らかに長く読者の側から小説を読み続けてきた清張自身の姿が反映されていたことがわかる一節となっている。「面白さというのは、読者への奉仕を計算して出るものではなく、作家の内面が充実して、それが読者に反映して感じられるもの」（「推理小説時代」前掲）という認識がすでに端的に示されているとみていい。

そして紙面を見ていくと「六十回で完結する短編もの」とされていた「野盗伝奇」は、当初の六〇回の予定を大きく延長し、一一五回にわたって連載されたことがわかる。人気によっては短くなることもあり得るであろう新聞小説で、倍近い長さに連載期間が伸びたとすれば、「野盗伝奇」が好評を得たと見ても間違いではあるまい。それをふまえてみると、「地方紙を買う女」の冒頭近くの一節がまた別の意味合いに見えてくる。

二の面の下段には、連載物の時代小説があった。挿絵は二人の武士が斬り結んでいる。杉本隆治というのが作者で、あまり聞いたこともない名である。芳子は、それを半分ばかり読んだときに、中華そばが来たので、それきりにした。

しかし芳子は、その新聞の名と、新聞社の住所とを手帖に控えた。「野盗伝奇」という小説の名前も、その時に記憶した。題名の下には（五十四回）とあった。（三六七頁）

芳子にとって「野盗伝奇」は中華そばが出てくるまでの慰みにすぎず、そのあとも「その小説など読みはしないのだ。どうせそのはがきの文字と同様に拙いにきまっている」（三六九頁）と決めつけられている。目的の記事を探す場面では「蒲団の中で新聞をひろげて、隅から隅までゆっくりと読んだ」（同前）と語られてもいるが「「野盗伝奇」なんか本気で読んだこともない」（三七六頁）とも書かれており、読者というには些か無関心すぎる。

では「地方紙を買う女」というテクストに「野盗伝奇」という現実の清張のテクストが挿入されたことで、異化されてくる面はどこか。真っ先に考えられるのは結局、杉本隆治の小説に対する姿勢と読者への意識である。たとえば、杉本が芳子に疑惑を抱くきっかけの場面である。

その読者が「面白いから読みたい」といった回よりも、「つまらないから」と購読をやめた回の方が、はるかに話が面白くなっているところなのだ。筋はいよいよ興味深く発展し、人物が多彩に活躍する場面の連続なのである。自分でも、面白くなったとよろこんでいた際なのだ。

「あれが、面白くないとは」

と彼は変に思った。ウケル自信があっただけに、この気儘な読者が不快でならなかった。（三七一頁）

これを清張の本音と建て前のちがいと読むことも不可能ではないが、ここで強調されているのが小説の筋や構成の面白さであり、「ウケル自信があった」のに「気儘な読者が不快」だという恨み言も、本物の「野盗伝奇」の作者が書き付けた「作者が読者をヘタに面白がらせようとして書くことは禁物である」という一節を裏返したようである。

「あの女の読者は、おれの小説の新聞を途中から読みはじめた。面白いからという理由だったが、その前、それをどこで知ったのだろう？」（中略）仮にそうだとしたら、その小説の面白さに惹かれて、わざわざ新聞社に直接購読を申し込むほどの熱心な読者が、僅か一ヵ月も経たないうちに、「面白くない」と講読を断るはずがない。しかも、小説自体は面白くなっているのだ。（三七一〜二頁）

ここまでくると、小説に関するかぎり「野盗伝奇」の「作者の言葉」を裏返した小説家像を造型したようにしか見えない。「ぼくのこの小説が果たして面白く書けるかどうか、少し心配である」という清張の謙虚は影も形もなく、「小説自体は面白くなっている」ことに何も疑問を抱くことなく、自分の小説の面白さを理解できない読者などいないかのように語る。もちろん、途中から読みはじめて講読を始め、一ヵ月でそれを止めてしまうことの不自然さは明白で、不自然さに疑問を感じることはごく当たり前のことに感じられる。だがなぜ、「しかも」と断って「小説の面白さ」を付け加える必要があるのか。このテクストのある過剰さは、清張の戯画という以上の意味を堆積させているのではないか。

杉本は結局、芳子のはがきの住所から東京の女であることを確認し、「Y県の何処かと東京を結ぶ関係のものに限定して」記事を拾い読みしていく。そして行き当たった庄田咲次と福田梅子の情死死体の発見記事は、たしかに「東京とY県を結ぶ線」と「時間的な符節」（三七三頁）はあるが、この時点では「小説の面白さ」を根拠とする、違和感にまかせた推理ゲームの域を出ない。杉本がある意味で尋常でないのは、次の行動、私立探偵に一読者の素性・過去・人間関係を洗いざらい調査させていることである。杉本自身「よく、こうも調査が行き届いたものだ」と感心しているが、ここまで徹底した調査には当然応分の費用も生じただろう。杉本の口から「小説のネタとして面白そうだ」といった類の発言でもあれば、その出費も経費ととらえられなくはない。しかしそれどころか、杉本は「明日に迫っている締切の原稿をそっちのけにして、頭を抱えて考え込んだ。彼の小説に愛想を尽かした一読者が、ここまで彼を引き摺って来ようとは思わなかった。／女房は、彼が小説の筋で苦悩しているとでも思っているに違いない」（三七五頁）と仕事そっちのけで謎解きに夢中なのである。

優秀な私立探偵のおかげで、芳子が事件に関係していることは間違いないと確信した杉本は、このあとさらに常軌を逸し、潮田芳子が女給を務めるバーに日参して、「あまり酒が飲めない」（三七六頁）にもかかわらず、「現代の英雄」よろしく小説家の顔を見せながら実際にはこちらも仕事そっちのけで十分に濫費している。さらに自ら探偵役となって芳子を試し、揺さぶり、芳子の危険な思惑をヒシヒシと感じ取りながら、「特別に贔屓の客と馴染み女給の間」柄になっていく。もしも情死事件が殺人事件であったなら、命懸けとなるにもかかわらず、である。ここにいたって、もはや杉本からは謎解き以外の葛藤は語られない。杉本がここまでの時間と労力を蕩尽して芳子の事件への関与を調べる動機はなにか。このように考えてくると、もはや杉本は、小説の機能を代行する非人間的な存在に見えてくる。当然それは、「地方紙を買う女」というテクストがもつ推理小説としての構造に由来する。杉本は芳子の手紙を読むことで、その余白に謎を読み取り、謎解きをしていくのだが、彼には小説家としての権限しかなく、しかも彼の権限が及ぶ小説は、この世界全体を意味する「地方紙を買う女」の方ではなく、「野盗伝奇」の方なのだ。杉本が警察権力や経済的な利得のためでなく、小説家として事件の謎に迫っていくかぎり、「小説の面白さ」に重点を置かざるを得ない。しかし「地方紙を買う女」というテクストにおいて、むしろ杉本は、芳子の手紙の読者でしかないのである。杉本は結局のところ、真相の断片しか知り得ず、自らと知人の編集者の田坂ふじ子の命までをも危険にさらしても、真相を知るには至らない。

第七章で、いよいよ杉本と芳子は田坂ふじ子を連れて奥伊豆へピクニックに出かけ、ひと気のない山の中で弁当をひらき、芳子が折詰の巻きずしを田坂ふじ子にすすめた刹那、杉本はそれをはたき落とし、芳子は事件に勘付いた杉本を臨雲峡のときと同様、心中に見せかけて毒殺しようとしたのだと告発する。しかし、不完全な探偵である杉本の謎解きは不発に終わる。

「さすがに小説家だけにうまく作るわね。じゃ、この寿司に毒薬が仕込んであるというの?」

「そうだ」

小説家は答えた。(三八四頁)

杉本の三人称の呼称がテクスト全体で唯一、「小説家」に変わっている。これはいわば杉本の「小説家」としての権能の限界をあらわし、杉本はこのときひとりの「小説家」に還元されている。ここで想起しておきたいのは、杉本の推理が芳子の「動機」にたどり着いていないということである。杉本は情報は私立探偵から購入し、芳子との関係もバーにお金を落とすことで築いていったが、のちに明かされる芳子の苦悩には、微塵も気付いた気配がない。杉本は夜ごとバーで芳子と向かい合って、どんな言葉を交わしてきたのか。芳子の横顔の憂いを見なかったのか。杉本の行動にはそれらを想像させる余白がないのである。

杉本は小説家として、清張の「作者の言葉」を裏返したような「読者ウケするこつを心得ているとかねがね自負」をもっているが、実際の清張の「野盗伝奇」を振り返ってみれば、芳子が甲信新聞を最初に見た「五十四回」(『西日本スポーツ』昭和三二・七・一〇)から、講読した一ヵ月間は「走路」「獣」「新しき頭領」などの章にあたる。現実の連載と重ね合わせれば、当初の連載予定六〇回をすぎるあたりで、筆にもある種の緊張感があったのではないかと想像されるものの、内容は、このあとの芳子の告白を考えれば、とても女性読者にとっての〈面白さ〉を期待できるものではない。

高島藩士であった秋月伊助は、藩主諏訪頼水と家老千野兵部に、兵部の娘美世との婚約の約定を破られて反旗を翻し、野盗雲切組に拾われる。そして雲切組は美世と為賀源兵衛の倅との祝言のうわさを聞き、そのすきに兵部の金蔵を襲い、美世を攫う計画を立てる。しかし金蔵破りには失敗し、追っ手に狙われることとなる。「走路」は雲切組の名代役、岩熊猪太郎と、亡き頭領の娘、藤乃が追っ手から逃れる途上の場面であるが、「獣」では、追っ手から逃れた草むらで、岩熊が藤乃に襲いかかる。かねてからその美貌を狙っていたのだが、そこをもう一つの野盗団、鳴神組に見咎められると、岩熊は鳴神組頭領、鳴神権兵衛が藤乃に「ぞっこん」であることを知り、藤乃を鳴神に売り渡してしまう。「獣」は藤乃に欲情した岩熊と鳴神を指した章題なのである。いわば「あわや」の手法で展開する「獣」のあと、事実を知った秋月伊助が岩熊と頭領の座を賭けて対峙、岩熊を切り倒すことで、伊助が「新しき頭領」となる。

「地方紙を買う女」の芳子は最後の手紙で、庄田とのいきさつを吐露しているが、定かならぬ万引きの罪をネタに身体の関係を迫られ、夫がシベリア抑留から戻るから別れて欲しいという芳子の願いを聞いてさらに欲情するような「獣」から逃れられず、犯行に及んだ芳子にとっては、(それが本当なら)もし「野盗伝奇」を読み進めていたとしても、

「小説がつまらなくなった」と購読を中止してもおかしくはなかろう。岩熊を庄田に、シベリアから戻る夫潮田早雄を伊助に重ねる夢想も不可能ではない。つまり、「野盗伝奇」が清張の「野盗伝奇」と同様の内容であるとするならば、杉本のそもそもの推理の根拠から、的外れというほかない。

結局杉本は、小説家として「読者ウケするこつを心得ている」としても、「読者に実感を与えること」を重視しないため、杉本の推理の筋立てには「動機」がない。杉本は職人的な通俗小説作家のようでもあり、一部の熱狂的なマニアを意味する「推理小説の鬼」(「推理小説時代」前掲)のようでもある。

しかし「地方紙を買う女」はそれでも、「社会派推理小説」の奥行きを持ちえている。それは杉本という不完全な探偵と、それによって引き出される犯人(芳子)の真相の告白によって完成される。清張ミステリーの特徴的な様式ともいえる、倒叙形式と、テクストの余白がそれを可能にするだろう。

ここで、清張の「推理小説独言」(『松本清張全集』第三四巻、昭和四九・二、文藝春秋、三九一頁)の、「推理小説の宿命」である「解決篇」について語った文章を参照しておこう。

すなわち、そもそも推理小説に「文学性」を望むなら、「いまのところ文体や、描写や、人間の性格の書き方」でしかアプローチできないが、結末部分に「解決篇」の「絵解き」が入ることで、俄然「文学性」は低下してしまう。「未解決」という深遠な魅力的部分を推理小説は持ちえないからである。「倒叙推理小説に比較的文学性が見られるのは、末尾に絵ときが不要だからである」。事件が起きた地点から語り起こせば、末尾にオチを付けずとも小説として成り立ち、きちんと人間心理を書きこめるからこそ、倒叙形式は採用される。

普通の小説にも解決はある。一見、解決がないように見えながら、実は、それは文章に書いていないだけであって、読者のイメージはそれを解決しているのである。/しかし、現在の推理小説には、文章によらず、読者にあとの解決をすべて想像でまかすということは許されていない。

(「推理小説独言」前掲)

「推理小説の宿命」である「解決篇」の「絵解き」が存在しない、すなわち「未解決」は読者のイメージによってそれを解決するのであって、そのテクストの空所に「文学性」の広がる余地を清張は見ている。倒叙形式は、社会的な動機につながる人間心理の記述には適しているが、あくまで清張のトーンは窮余の策といったところである。

では「地方紙を買う女」の結末はどうであろうか。先行研究の多くもこの点をめぐって展開されている。たとえば藤井淑禎は、「迷宮としての「地方紙を買う女」」（前掲）で「真相」が芳子の遺書のなかで述べられていたということは、そのなかに「嘘や自己正当化が入り込む余地」がある、つまり「客観的な三人称体ではなく虚偽も混ぜうる告白体で表現した、その差異に敏感であれ、と言い換えてもいい」として、真相が一人称の告白体で語られていることによる、告白内容の決定不能性が「地方紙を買う女」というテクストにさまざまな深読みを許し、「迷宮化」させるのだと指摘する。

さらに木股知史は、「松本清張の短編技法」（『松本清張研究』第二号、平成一三・三）で藤井の「意図的な深読み」が「地方紙を買う女」というテクストに引き入れる可能性を次のように読み解いてみせる。

藤井は、真相が「真偽の定かならぬ告白体」で語られていることと、「杉本の反応の空白」が、表層のストーリーを「迷宮化」してしまうと指摘する。芳子が自殺したかどうかわからないし、また本当に偽装心中で男を毒殺したかどうかもわからないというのだ。

藤井は、そうした理解の補助線として、『小説研究十六講』の告白の真実が相対的であることにふれた「法廷的配置」の視点に言及している。一人称の告白の真偽が小説内では確定できないという手法については、ウェイン・C・ブースが『小説の修辞学』で、「信頼できない語り手」として取り上げている。ただし、藤井は、知的な深読みを遊んでいるわけではない。戦後史に深く根ざした芳子の不幸は、犯人探しの謎解きによって終結させられるよりは、不明の迷宮に導かれるほうが、私たち読者の側に隠された願望を満たすのかもしれないと考えているのである。迷宮として読むことで、読者の心の底の心理的動機が呼び起こされるといっていいのかもしれない。

こうした理路を、推理小説／探偵小説的な文脈に置き直せば、次のような一節もその理解を助けてくれるだろう。

探偵小説が公正な推理のゲームであるとすれば、「語り手」は読者を欺いてはならず、物語の進行にたいして超越的なメタ・レヴェルの位置を担保している必要がある。だが、語り手が物語のなかにひそむ犯人であれば、個々の情報の内容や語られる情報の選択においてつねに読者を欺く可能性があり、読者は語り手の提供するあらゆる情報についてその真偽が決定不能の状態に置かれてしまう。（内田隆三『探偵小説の社会学』平成一三・一、岩波書店、四二頁）

「地方紙を買う女」が結末にもつ、犯人による真相告白の遺書は、テクストの末尾に読者の心理的動機を呼び起こす開口部となって、テクストの内部で完結しない〈面白さ〉へと開かれているのである。

しかし、「女による真相告白の手紙」が語る因果が、テクストの「落ち」としてふさわしい強度をもつと考えられたのは、性が過剰に意味づけられていた時代的な制約があったからだとする飯田祐子「清張の、女と因果とリアリティ」（『現代思想』平成一七・三）の指摘もまた、重要である。

清張の作品には、最後に女が書いた手紙や文書で閉じられたものがいくつかある。それらの書かれたものは、ミステリーの落ちとして機能するもので、やはりカタルシスを生み出しうる〈真実〉として扱われているといえる。あるものは告白的に種明かしをし、あるものは、意図的に嘘として書かれ、できごとに意味や結果を与えることになっている。清張の作品を見渡してみると、こうして、書かれたものが小説の最後に置かれる形になっているのは、男の言葉ではなく女の言葉の方が多いようだ。物語を閉じ得る意味決定性の強い言葉は、「女」の言葉であるということになろうか。「男」に比べて、「女」の身体により強く性的な意味が付与されているのはいうまでもない。「女」が因果を語る言葉は、落ちとして全体にまとまりを与える強いリアリティを持つ。

清張のテクストが昭和三〇年代を象徴するものでありえたのは、昭和三〇年代の言説空間と通底する「実感」を書きこみえたからであり、「〈真実〉には歴史性がある」ということ、「清張の物語が提示する〈真実〉を信じることは、今ではただ危険である」（「清張の、女と因果とリアリティ」前掲）ということも忘れてはならない。

四　中間小説の「真実なもの」

それでもなお、「地方紙を買う女」が優れて象徴的なテクストといえるのは、「野盗伝奇」という間テクストを媒介にし、〈面白さ〉をめぐって社会的な動機の重視へと収斂していく推理小説の方法意識が、テクストの構造にそのまま象徴＝代行されているからである。清張が読者を意識するとき、〈面白さ〉はテクストの過剰さとしてでなく、テクストの空隙へと向けられる。常に平易で抑制的な筆致をこころがけ、読者のイメージを喚起しながらも、期待の地平を揺り動かして、「実感」的な感覚から濃厚で生々しい欲望へと働きかけるテクストこそ、清張が時代を席巻した小説力学を明かしていよう。清張が時代の寵児となる昭和三三年春の少し前、「小説に「中間」はない」（前掲）で、彼は「中間小説」のなかの「その真実なものだけが新しい文学のジャンルに発展する」と予感を吐露した。むろんそれは時代的な制約をもった〈真実〉であっただろうが、それがために、〈真実〉は大衆の「実感」を喚起した。だからこそ、清張は読まれたのである。

本章では、「小説の面白さ」という「中間小説」のいささか茫漠とした理念的側面を昭和三〇年代という時代の文学場において再定位し、そのあいまいな輪郭を「社会派推理小説」という時代的「実感」を介して読者＝大衆の情動を喚起する、推理小説としての方法を「地方紙を買う女」のようなテクストにおいて清張が実践し、卓越化していく過程を追尾してきた。

松本清張の「社会派推理小説」は、昭和三〇年代の「中間小説」という文学場の一角にあって、かつて和田芳恵が望んだ昭和二〇年代の「中間小説誌」黎明期の理念を、実践的な形で体現したかのようである。そうであるとすれば、清張の実践は、和田芳恵が『日本小説』でかつて掲げたように、昭和一〇年代の「純粋小説論」の射程に接続されることになるのだろうか。

しかし、清張は「私の黒い霧」(『小説中央公論』昭和三七・八)ですでに、「推理小説は、その動機や背景を現代生活に求めているから、どうしても風俗小説的になるのは止むを得ない。逆に云えば、この意味で、推理小説がいわゆる中間小説の主流だった風俗小説を横取りした」と語り、むしろ「いつの間にか推理小説が風俗小説の虜になった」として、推理小説への執着を失ったかに見える。膨大な小説における実践を経て「来年からは推理小説をうんと減らしてみたい。理想的に云えば、一本も書かないほうがいいのだが。道楽半分に書いたものを、こちらから出版社に持込みたいのが今の夢である」と語る清張にとって、「社会派推理小説」という方法は、すでに類型化、通俗化されたものと見なされている。読者の情動は時代に制約され、〈面白さ〉の基準は読者の「実感」に支えられてあることを知り抜いた清張だからこそ、「社会派推理小説」がジャンルとして自律的な場を形成した瞬間、そこは再生産の場となることをいち早く察知していた。ただ、清張は再生産を避けるわけではない。清張の理念的な最前線は次々と移行していく形でつねに少しずつ変貌していく。

清張の真実なものへの訴求力が、ノンフィクションや歴史研究といった形でさらに変貌し、先鋭化していくとするなら、「中間小説」という場と清張との蜜月は、理念と実践を二つながらに具有した昭和三〇年代のほんの数年にすぎなかったのである。

注

(1) 佐藤卓己『「キング」の時代　国民大衆雑誌の公共性』(平成一四・九、岩波書店)によれば、かつての国民大衆雑誌『キング』は、戦時体制下で一時『富士』と名前を変え、「国民教養雑誌」として総合雑誌化を歩み、敗戦直後は戦犯雑誌として弾劾さえされた。昭和二五年ごろには四〇万部にまで部数を戻しているものの、完全な大衆娯楽雑誌に戻ることはできず、編集方針は、総合雑誌化と娯楽雑誌化の間で揺れ動き、昭和三二年に総合雑誌となるもそのまま廃刊している。

（2）年表全体の、昭和二六年から四〇年の一五年間、全二七九作品で見てみると、婦人雑誌掲載作品は二三、文芸誌掲載作品は二五、週刊誌掲載作品は六七、中間小説誌掲載作品は一〇九（その他は、新聞、総合誌、娯楽誌などの掲載分）となり、中間小説誌での作品発表数が抜きん出て多いことがわかる。

雑誌メディアの特性上、中間小説誌発表作品に短篇が多く、週刊誌に長篇連載が多いことを差し引いても、清張にとっての中間小説誌の重要性は変わらない。清張の昭和三〇年代までの主な発表媒体は、中間小説誌と週刊誌だったことはあらためて確認しておきたい。

ちなみに、中間小説誌のなかでの発表作品の内訳は、『別冊文藝春秋』に二五、『小説新潮』に二〇、『オール讀物』に一九、『小説公園』に一〇、『小説中央公論』に七などとなっており、『別冊文藝春秋』にもっとも多く執筆していることがわかる。『別冊文藝春秋』には清張の実験的な作品が発表される傾向があり、清張にとって『別冊文藝春秋』は第一のホームグラウンドであったといえる。

（3）現在でも清張を「中間小説」の代表であった小説家と見なすような、「「純文学変質論争」の当時、「中間小説」を代表するのは、まず松本清張や水上勉であり、井上靖であり、また舟橋聖一、また柴田錬三郎やあるいは大藪春彦だった」（鈴木貞美『日本の「文学」を考える』平成六・一一、角川選書）といった文学史的記述があるのは、昭和三〇年代半ばの「社会派推理小説」の流行後、「推理小説」自体が「中間小説」の主流をなしているとみなされるようになったからである。

（4）清張のヘゲモニー戦略については、藤井淑禎「清張と本格派　乱歩封じ込め戦略のてんまつ」（『清張　闘う作家――「文学」を超えて』平成一九・六、ミネルヴァ書房）参照。

（5）好きな著作としては常に『点と線』が挙がっており、清張といえば『点と線』というほどパタン化していたことがわかる（『読書世論調査30年――戦後日本人の心の軌跡』昭和五二・八、毎日新聞社、二三七頁参照）。また、この調査では、昭和三五年から五一年（掲載最終年）にはじめて「好きな著者」第一位になるまで、常時六位以上を保っている。

（6）本章は、第一部第4章と同様、ピエール・ブルデューが『芸術の規則Ⅰ・Ⅱ』（石井洋二郎訳、平成七・二、八・一、藤原書店）で用いた「文学場」理論を援用している。

（7）中島河太郎「推理小説における「清張以後」」（『松本清張研究』創刊号、平成八・九、砂書房）参照。

（8）細谷博「〈純文学〉の変質」（『時代別日本文学史事典　現代編』所収、平成九・五、東京堂出版）によれば、純文学論争の直接のきっかけとなったのは、平野謙の「文芸雑誌の役割　『群像』十五周年によせて」（『朝日新聞』昭和三六・九・一三）と、「『群像』一五年の足跡」（『週刊読書人』昭和三六・九・一八）とされる。「純文学」は大正から昭和初年にかけて私小説を中心に形成された歴史的概念にすぎず、肥大化した出版メディアの力を背景とする「中間小説」の隆盛に対して、「純文学」を擁護するだけでは戦前期の横光利一の「純粋小説論」以来の大衆化の問題を克服できないという平野の主張に反応したのが、伊藤整の「『純』文学は存在し得るか」（『群像』昭和三六・一一）であった。伊藤は次のように述べる。

　もっとも大きな変化は、推理小説の際立った流行である。そんなこと「純」文学に関係ないではないかと思う人があるかも知れない。しかし、松本清張、水上勉というような花形作家が出て、前者が、プロレタリア文学が昭和初年以来企てて果たさなかった資本主義の暗黒面の描出に成功し、後者が私の読んだところでは「雁の寺」の作風によって、私小説的なムード小説と推理小説の結びつきに成功すると純文学は単独で存在し得るという根拠が薄弱に見えて来るのも必然のことなのである。

私の言いたいことは次の点である。今の純文学は中間小説それ自体の繁栄によって脅かされているのではない。純文学の理想像が持っていた二つの極を、前記の二人を代表する推理小説の作風によって、あっさりと引き継がれてしまったことに当惑しているらしいのである。

純文学論争は、松本清張や彼の追随者たちによって読書界を席捲する潮流となった社会派推理小説の衝撃によるものであり、具体的には中間小説誌での推理小説特集の売れ行きへの過敏な反応でもあった。同月、十返肇も「推理小説ブーム」について触れ、「松本清張や水上勉その他の推理小説も中間小説の主流派として繁栄している」(『文學界』昭和三六・一二)と認めている。ただ、それらが「中間小説」の隆盛の中から起こっていながら、ジャンルの範疇を超えて「純文学の理想像」という理念的な領域に触れうるテクストと評価されたことが論争の発火点となったことは、確認しておくべきである。

(9) 大村彦次郎、前掲書、二〇二頁。

(10) たとえば、『一九五一年版 朝日年鑑』(昭和二五・一一、朝日新聞社)は、昭和二五年を「戦後派は衰退し、風俗派が文壇を支配したが、その作品の多くは中間小説と呼ばれるものであり、まさに中間小説氾濫の一年であつた。これはもともと純文学と大衆文学との総合的統一を目標としたもので、事実大衆文学の向上と相まつて両者の面の溝はいちじるしく埋められた観があつた」と概括している。

ここで「風俗派」とされているのは「石川達三、石坂洋次郎、火野葦平、林房雄、舟橋聖一、坂口安吾、田村泰次郎、井上友一郎らの作家」であり、「題材の範囲をひろめ、技巧の斬新さに苦心し、純文学と大衆文学との対立を、より高き次元において解消せしめようとする傾向」があると評されている。

(11) 清張が「ある「小倉日記」伝」を発表した『三田文学』には、和田芳恵の「暗い血」も発表されており、ともに『三田文学』の編集委員をしたこともあったという。たびたび電話をする仲であり、清張は和田に親しみを感じていた。和田への追悼文「近い眺め」(松本清張『グルノーブルの吹奏』所収、平成四・一一、新日本出版社)では、和田について「曾つて中間小説雑誌の草わけの「日本小説」を出した人」とふれ、「よく武田麟太郎のことを話した。おそらく武麟らとの交遊が和田さんの青春であったと思われる」とも回想しており、『日本小説』の創刊号が思い浮かぶ。「上京して以来尊敬していた和田さんに近づきを得て文壇入門のような手ほどきを受けたのは今でも仕合せだと思っている」とあることから、清張の小説観になんらかのアイデアを与えた可能性もあろう。

(12) 昭和三三年五月に発表された文章に「実感」重視の姿勢が書き付けられていることは、ある歴史的コンテクストを想起させる。丸山真男「日本の思想」(岩波講座『現代日本の思想』昭和三一・一一、岩波書店)に端を発する「実感論争」である。「中間小説」にかかわるテクストで「実感」の重要性が説かれたことは、「実感」が新中間層の価値意識や行動原理として用いられたことを思い合わせるときわめて示唆的であるが、本章では、清張のテクストにおける「実感」重視の行動原理をもった登場人物と「実感」という言葉の時代性に着目した大橋毅彦「〈なつかしさ〉と〈空虚〉と〈実感〉と――昭和三〇年代の松本清張・水上勉文学の意味づけ」(『文学』平成二〇・三)にのみふれておく。

(13) 土屋礼子「松本清張のメディア戦記」(『松本清張研究』第八号、

平成一九・六）にも、「この連載開始直後の五月末に彼は朝日新聞社を退社した。おそらく新聞小説の執筆によって、職業作家としての生活のめどが付いたためであろう。翌三十二年（１９５７）に発表した短編「地方紙を買う女」の中で、殺人事件を解き明かす鍵として、この連載小説の名がそのまま登場するのは、新聞に小説を連載する作家となった彼の喜びを反映しているように思える」とある。

また、「野盗伝奇」に関しては、山本幸正「新聞小説第一作――松本清張「野盗伝奇」論」（『松本清張研究』平成二七・三）を参照のこと。

（14）当時の山梨で発行されていた地方紙は『山梨日日新聞』と『山梨時事新聞』の二紙であったが、どちらにも掲載は確認できなかった。

第2章

清張の〝ポスト銭形〟戦略

『オール讀物』のなかの「無宿人別帳」

牧野悠

一　平次終焉

「無宿人別帳」（『オール讀物』昭和三二・九～三三・八。単行本は昭和三三・七、新潮社）は、松本清張《まつもとせいちょう》が流行作家へと確実に階を踏んでいった期間に著されており、作者の時代小説中でも、代表作に数えられる連作短篇シリーズである。清張作品とメディアとの相関の分析を目的とする本章は、当該作が世に現れ出た模様を、あらためて確認するところから議論を始めたい。

本作が連載された『オール讀物』は、昭和五年七月、『文藝春秋』の臨時増刊『オール讀物号』として創刊され、同年一一月の再度の増刊を経て、翌年四月より月刊化、昭和八年一月より『オール讀物』と誌名を改め、今日に至る長寿雑誌である。戦時中は、昭和一八年九月から翌年四月まで、敵性語の関係から『文藝讀物』と改題され、以降は『文藝春秋』に統合されるという受難期であった。しかし戦後は、昭和二一年一〇月号から本格的に復しており、

「オール讀物」はインテリ向きの高級娯楽雑誌と呼ばれ、或ひは大衆文芸の檜舞台とも称されて、全国の皆さんに特別の親しみを寄せられたものですが、あくまでもその名誉ある伝統をまもつて、美しい、たのしい、誰にでも親

しまれる立派な雑誌を育てあげてゆきたいと念願してをります。どうかくれぐれも倍旧の御支持をお願ひいたします。

と同号で述べられた志望は、十分に果たされたといえる。戦後の『オール讀物』は、ライバル誌『日本小説』昭和二三年八月号の「編集後記」に、

此頃「中間小説」といふ言葉を聞き、それは何のことかと訊ねたら、相手は答へて「日本小説」に載つてゐるやうな小説を指すのだとのこと。思ふに「オール讀物」や「苦楽」や「小説と讀物」などの類で、純文芸雑誌と云はれてゐるものとも大衆文芸とも違ふ中間の存在の意味らしい。（後略）

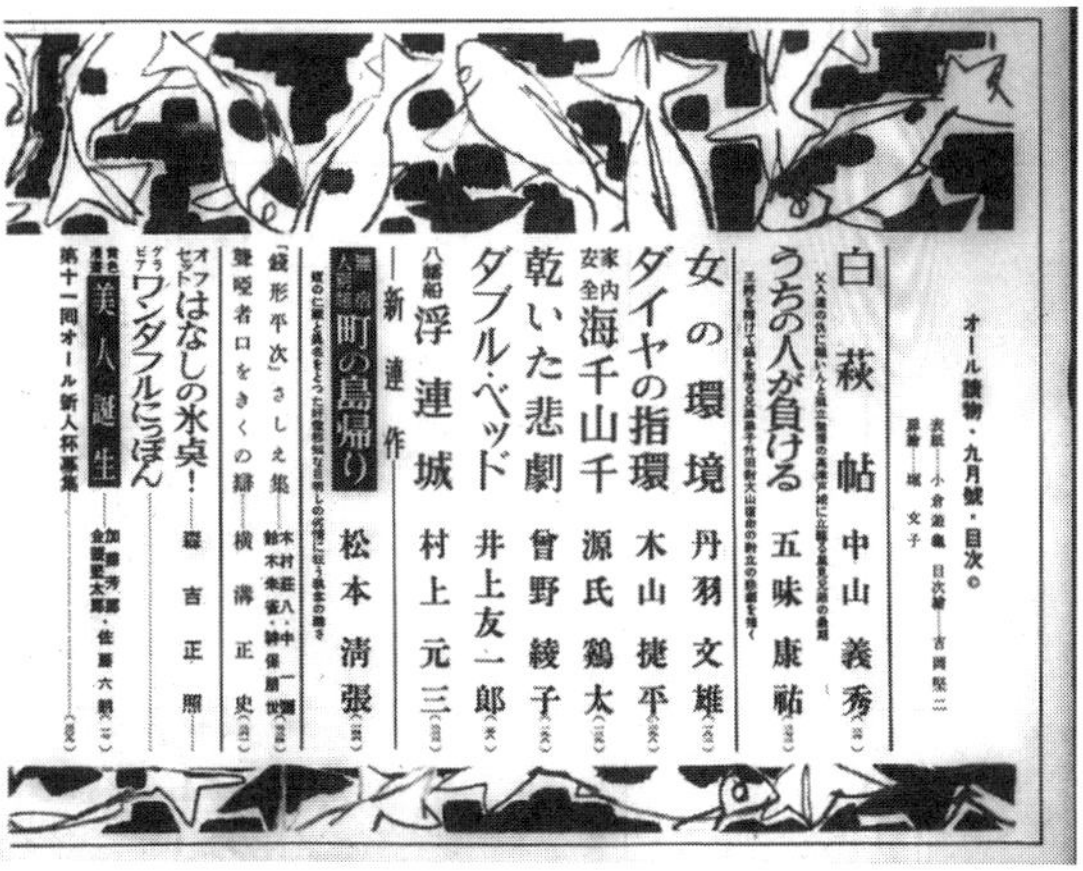
オール讀物・九月號・目次
白萩帖　中山義秀
うちの人が負ける　五味康祐
女の環境　丹羽文雄
ダイヤの指環　木山捷平
家内安全　海千山千　源氏鶏太
乾いた悲劇　曾野綾子
ダブル・ベッド　井上友一郎
八幡船　浮連城　村上元三
—新連作—
町の島帰り　松本清張
「銭形平次」さしえ集
聾唖者口をきくの記　横溝正史
はなしの氷卓！　森吉正照
ワンダフルにっぽん
美人誕生
第十一回オール新人杯募集

『オール讀物』目次（昭和32・9）

とあるように、早くから代表的「中間小説誌」と認識されている。「インテリ向きの高級娯楽雑誌」を目指す編集方針は、中村光夫《なかむらみつお》「中間小説——一九四九年の文學界」（『文藝往来』昭和二三・一二）でいう、「純文学と大衆文学との間」にあり「芸術性があつて面白い小説」を掲載する雑誌という定義に合致している。初期臨時増刊時代にも、谷崎潤一郎、正宗白鳥、久米正雄、小林多喜二、武者小路実篤等の名が見えるように、菊池寛《きくちかん》を中心とする人脈により、当初から純文学作家と大衆作家とが目次上で肩を並べるメディアではあったが、「中間小説」の語が定着する前後でも、坂口安吾、舟橋聖一、丹羽文雄等が盛んに作品を発表している。昭和二五年八月号の匿名批評「色眼鏡」では、

中間小説なんて曖昧な呼称は誰が発明したのか。恐らく、その造

> 語者は曲学阿世の俗物にちがひない。小説には、各々のスタイルこそあれ上中下の階級などあらう筈はない。尤も日本には、いつ頃から大衆（通俗）小説と呼ぶジャンルが存在してゐる。が、これは通俗読物の一種であつて小説ではない。文学的な（時には文学的ですらない）記述を用ひた講談、実話の類で、一見小説の如く見えるニセモノである。このニセモノとホンモノの混成物をさして中間小説と呼ぶつもりなら怪しからん話だ。

とするものの、

> 永井荷風の「老人」や大佛次郎の「こだま」を売りものにする「オール讀物」が、中間小説雑誌を標榜しないのは甚だ立派である。雑誌のタイトルからして「オール讀物」であつて「オール小説」でないところに、弾力性がある。（「オール小説」と云ふカストリ雑誌があつたやうだが、これは問題でない）田村泰次郎、高田保、井上友一郎、井伏鱒二と顔を並べて置いて、中間文学雑誌ずらをしないところにオール讀物の面目がある。（後略）

としたように、内実としては、きわめて典型的な「中間小説誌」だったといえよう。

いわば「中間小説」現象を体現する『オール讀物』と松本清張は、因縁浅からぬものがある。第一回「オール新人杯」で、南條範夫《なんじょうのりお》「子守りの殿」の次席として入選し、昭和二八年三月号に掲載された「啾啾吟」を皮切りに、同年五月「三位入道」（原題「行雲の果て」）、同年九月「権妻」、翌年三月「女囚抄」など、清張の文学的出発期における主要な作品発表媒体であった。芥川賞作家が登場するにふさわしい格を持つ雑誌なればこそ、掲載数が多いのは当然のように思われるが、作家となる以前の清張もまた、『オール讀物』の愛読者だった事実に留意しておく必要がある。本誌三五〇号記念随筆「オール讀物と私」の一篇として寄せられた「あのころの自分のこと」（昭和三七・六）では、「「オール讀物」は前から私は愛読していた。殊に菊池寛の「日本合戦譚」「日本武将譚」は、連載中に発売日を待ちかねた。私に歴史物の興味を起させたのは、この二つから始まったといってもいい」とし、

> 昭和二十五年に「週刊朝日」の「百万人の小説」という懸賞に当選してから、ぜひ一ぺんは「オール讀物」に登

場したいと思った。というのは、この当選作品は初めて書いた小説で、いきなりその年の直木賞候補になったからだ。ただの当選作だけで終ったら、私は小説を書くことに本気にならなかったかも知れない。私は「オール讀物」の発売日の朝に駅の売店に駆けつけ、胸をどきどきさせながら審査員の選後評を読み入ったものだ。今でも憶えているが、待合室のベンチに腰を下ろし、繰返し繰返し自作に関する批評文に喰い入った。

第二五回直木賞候補となった「西郷札」(『週刊朝日別冊春期増刊号』昭和二六・三)にまつわる想い出を述懐している。「「オール讀物」が最初に出たときの表紙も私は憶えている」としたことからも、清張が長年の読者であったことを窺わせる。

本随筆で清張は、「「オール讀物」にはその後いくつかの作品を書いているが、今でも私の好きなものは「無宿人別帳」の連載である」と語る。では、その初回「町の島帰り」が掲載された、『オール讀物』昭和三二年九月号を見てみよう。目次をひらくと、小説は中山義秀「白萩帖」、五味康祐「うちの人が負ける」、丹羽文雄「女の環境」、木山捷平「ダイヤの指輪」、曾野綾子「乾いた悲劇」、井上友一郎「ダブル・ベッド」が読切短篇であり、連載作品として源氏鶏太「家内安全」、村上元三「八幡船」、その他「銷夏推理特集」で柴田錬三郎「盲目殺人事件」、角田喜久雄「笛吹けば人が死ぬ」、日影丈吉「鵺の来歴」、木々高太郎「異安心」の四編、当時としても豪華な顔ぶれが連なっている。他にも徳川夢声や近藤日出造らの中間読物や、以前より連載されていた漫画、加藤芳郎「下町無宿」(傍点引用者)や各種コラムが列んでいる。復刊から十数年経てなお、「大衆文芸の檜舞台」の権威を貶めぬ、錚々たるラインナップだが、さらに本号は、一種の記念号的性格を有する。

まことに突然ではありますが、この程野村先生より、宿痾の眼疾が急に悪化し、原稿執筆が不可能になつたとの御申出がありました。編集部では極力続稿を希つて種々先生と協議を重ねましたが、何分にも問題が健康上のこと故残念ながら、ここに一応「銭形平次」の連載を中絶致すことにしました。

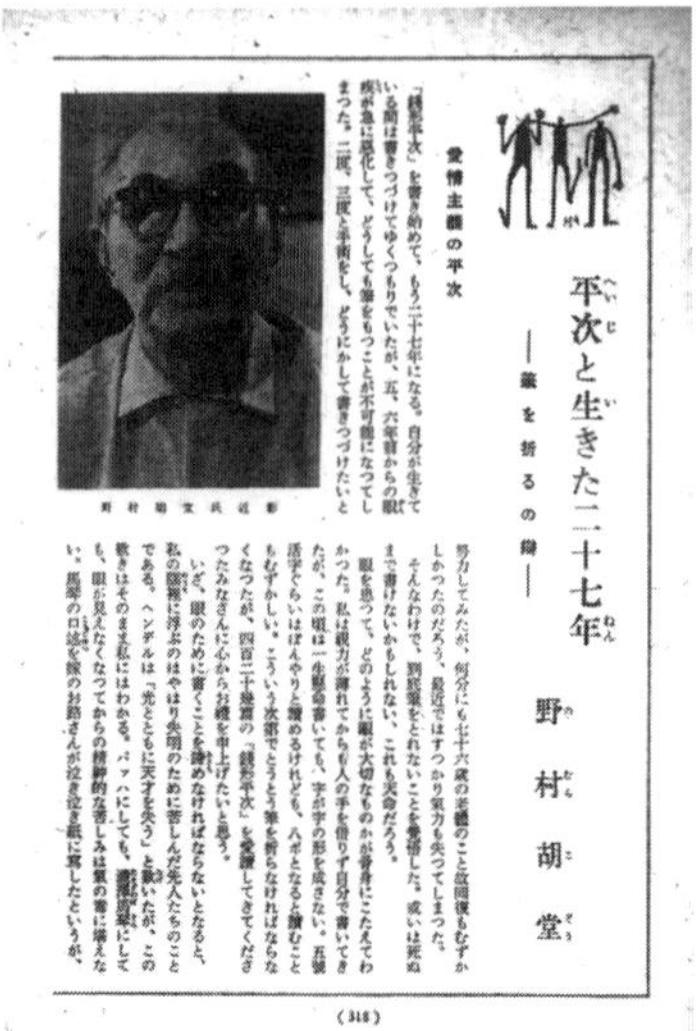

平《へい》次《じ》と生《い》きた二十七年《ねん》
――筆を折るの弁――
野《の》村《むら》胡《こ》堂《どう》

愛情主義の平次

「銭形平次」を書き始めて、もう二十七年になる。自分が生きている間は書きつづけてゆくつもりでいたが、五、六年前からの眼疾が急に悪化して、どうしても筆をもつことが不可能になつてしまつた。二度、三度と手術をし、どうにかして書きつづけたいと努力してみたが、何分にも七十六歳の老齢のこと故回復もむずかしかつたのだろう。最近ではすつかり気力も失つてしまつた。

そんなわけで、到底筆をとれないことを覚悟した。或いは死ぬまで書けないかもしれない。これも天命だろう。

眼を患つて、どのように眼が大切なものかが骨身にこたえてわかつた。私は視力が薄れてから他人の手を借りず自分で書いてきたが、この頃は一生懸命書いても、字が字の形を成さない。五号活字ぐらいはぼんやりと読めるけれども、八ポとなると読むこともむずかしい。こういう次第でとうとう筆を折らなければならなくなつたが、四百二十数篇の「銭形平次」を愛読してきてくださつたみなさんに心からお礼を申上げたいと思う。

いざ、眼のために書くことを諦めなければならないとなると、私の脳裏に浮ぶのはやはり失明のために苦しんだ先人たちのことである。ヘンデルは「光とともに天才を失う」と歎いたが、この歎きはそのまま私にはわかる。バッハにしても、にしても、眼が見えなくなつてからの精神的な苦しみは筆の書に堪えない。馬琴の口述を嫁のお路さんが泣き泣き紙に写したというが、

野村胡堂氏近影

（318）

野村胡堂「平次と生きた二十七年　筆を折るの弁」（『オール讀物』昭和32・9）

本誌創刊以来廿七年の長きにわたり、皆様より絶大の御好評をいたゞき続けました稀有の連載小説を、今俄に失うことは遺憾の極みでありますが、事情何卒御諒承願います。

野村先生の久しい御苦心と御努力に深謝し、御自愛を祈上げると同時に、皆様方の御愛読を心から御礼申上ます。

編集部による「お断り」で、『オール讀物』を支え続けた連載の終了が、唐突に告げられたのである。

二　『オール讀物』の巻末

ごく大雑把に書誌を示すならば、野村胡堂《のむらこどう》「銭形平次捕物控」（『オール讀物』昭和六・四～三二・八、以下「銭形平次」）となるだろう。正確には『サンデー毎日』や『キング』などにも「銭形平次」はたびたび発表されたが、右に示したように、『オール讀物』にとっては、「創刊以来」続く「稀有の連載小説」であり、編集部が覚えたであろう「遺憾」は想像に余りある。しかも、先述の通り戦中は誌名変更を余儀なくされ、戦後も昭和二一年には、文藝春秋新社へ発行元の体制が移行するという激動期を乗り越え、「銭形平次」連載は続いている。『オール讀物』の伝統やアイデンティティの一端は、「銭形平次」連載によって担保されていた、としても過言ではあるまい。未曽有の国家的大転換を背景としながら、作者が「年は何時まで経っても三十一」（「平次身の上話」、『銭形平次捕物全集別巻　随筆銭形平次』昭和二九・一一、

同光社）と語ったように、銭形平次と、ガラッ八こと子分の八五郎との愉快で暢気な遣り取りは、延々と繰り返されている。驚異的なマンネリズムといえよう。

昭和二五年の『オール讀物』では、「作家・読者・編集者のページ」として前号の合評会が企画されているが、好意的にいえば「銭形平次」の安定性は、たびたび指摘されている。石川達三、石坂洋次郎、今日出海による「オールサロン」（昭和二五・六）では、

石川　野村胡堂の「歎きの幽沢」ね、ごく暢気な気持で読んだんだけれども、いつでも決つたテは、殺人の真相というものがあるね、それに対してごく通俗的な解釈をしてるのが三輪の文七なんだね。それが一応誰でもがやる解釈をやるんだ。その解釈は通俗なんで、ほんとうはこうなんだという所をやるのが銭形の平次なんだよ。面白いな。

今　ずいぶん愛読してるんだよ、あれは。

石坂　僕はとき〴〵読むんだが読者の魅力になつているのは（中略）ガラ八《（ママ）》というのが出て来ましよう、あれと平次のやりとり、あれが面白いんですね。会話なんか巧いね。

今　巧い。……それが、いつも同じなんだよ。も少し変えたらよかりそうなものだがね。しかし、雑誌というのは、一ト月に一遍だけ読むんだから、あれでいいんですね。一冊の本で読んだら鼻につくんじやないかな。

石川　だけれども、始終きまつて読んでる人は、同じような会話、同じような文章が出て来るんで、親近感をもつんじやないかな。

（中略）

石坂　今月のは出ていなかつたようだけれども、平次の女房も出て来るんじやない？

今　そう、よく出て来る。それがネ、いつまで経つても、新婚なんだよ。賛成だね、これは。（笑声）

とあり、前号の坂口安吾、高田保、尾崎士郎「オールサロン」（昭和二五・五）でも、安吾が「銭形平次はいつも話は同じやうなもんだけど、八五郎との掛合ひの面白さだね。大体、通俗小説といふものは型に嵌まるはうがいいんだよ。愛読者はああいふのを喜ぶんだね」と発言している。四百篇近いシリーズ全作品を細密に検討し、変化の有無を確認するという、重要かつ苛酷な作業は、本章の射程を超えている。しかし、「銭形平次」の存在が、一つの読書スタイルを読者に定着させたことは指摘できよう。

高田　いまだに僕はオールが来ると一番先に読むのが銭形平次だ。
坂口　僕と同じだね。僕もいつもあれを最初に見るな。
（中略）
坂口　やつぱりオール讀物を開く場合は、軽い気もちで娯楽のつもりだから、僕は一番好きなのを開くわけだ。だから銭形になるんだ。（後略）

このように、『オール讀物』を「銭形平次」から読み始めるのは、高田や安吾に限らず、当時デビュー前の司馬遼《しばりょう》太郎《たろう》もまた、「私は作者の野村胡堂（一八八二〜一九六三）にお目にかかったことはないが、『銭形平次捕物控』が雑誌に月々発表されていたころ、まっさきにそこから読んだ」（「神田界隈」、『街道をゆく三六』平成四・四、朝日新聞社）と後年回想している。

作品自体の人気はもちろんだが、本誌の誌面構成を考慮した場合、読書行為への作用を無視できない。読者は、まず目次をひらき、掲載位置を確認し、頁を繰るという工程を経ずとも、雑誌内の「銭形平次」へ、容易に到達し得たからだ。戦後の『オール讀物』において、目次を確認せず、確実にひらくことが可能な唯一の作品が、「銭形平次」だった。理由は単純で、掲載位置が巻末に固定されていたからである。月ごとの秀作を掲げるため、流動的たらざるを得ない巻頭と異なり、雑誌の柱となる作品を、定位置として巻末に配置する編集方針が、恒常的な雑誌読者に対し、副次的にもたらされた便宜である。

昭和二一年の復刊以来、昭和三二年八月まで、「銭形平次」は（むろん休載月は除くものの）文字通り十年一日のごとく、不動の『オール讀物』巻末掲載小説だった。昭和二五年のように、巻末に合評会企画が設けられた年でも、小説として最後尾の作品は、「銭形平次」であった。安吾や司馬のように、「銭形平次」を最初に読む読者達は、事実上『オール讀物』を巻末からひらいていたこととなる。戦後十余年の連載により、先ず裏から『オール讀物』を繰る読書スタイルが、半ば無意識の身体的習慣として定着しても不思議ではない。この事実から、『オール讀物』の巻末という〝場〟は、特殊な性格を帯びる。

当該位置の特権性を確認するため、昭和三〇年代の『オール讀物』巻末掲載作品を概観しておこう。山本周五郎「赤ひげ診療譚」（昭和三三・三～一二、ただし巻末掲載は第六回以降）、海音寺潮五郎「武将列伝」（昭和三四・七～三五・一二）および「悪人列伝」（三六・一～三七・一二）シリーズ、柴田錬三郎「柴錬立川文庫」（昭和三七・一～三八・一二）という、戦後大衆文学中、声価の高い作品が彩っている。「大衆文芸の檜舞台」の特等席ともいうべき〝場〟は、しかし、決して盤石ではなく、たとえば前作ほどの人気を獲得し得なかった「悪人列伝」が、連載途中で「柴錬立川文庫」に取って代わられた（昭和三七・二）ように、作品・作家の人気を表すバロメータとしてとらえることができる。ちなみに、昭和三十年代の〝場〟を巡る闘争を最終的に制したのは、奔放不羈《ほんぽうふき》な奇想を駆使した作品を武器とする柴錬であり、四五年に過労で入院するまで、定位置を堅持している。

しかし、光輝ある〝場〟を築いた「銭形平次」は、後継者を選定する十分な時間を与えられないまま、不意の終了を迎えている。空いた穴を埋めるためには、当然、読切の時代小説が候補に想定されただろう。昭和三二年八月時点で、高い話題性を有する書き手は、いわゆる「剣豪ブーム」を牽引した柴錬と五味康祐である。しかし、昨年創刊した『週刊新潮』を軌道に乗せた功績のある「眠狂四郎無頼控」（昭和三一・五・八～三三・三・一二）、「柳生武芸帳」（昭和三一・二・一九～三三・一二・二二）が、ともに連載中の多忙であり、「銭形平次」の後釜としてふさわしい力作を得られるかは、少々心許ない。それ以前に、先に示した九月号目次に明らかなように、すでに両者には、短篇を依頼してしまっていた。村上元三、源氏鶏太の連載中作品は、読切連作ではなく、物語途中でスライドされるには不適当だった。そのような状況下で、急遽、白羽の矢が立てられたのは、同期に芥川賞を受賞した五味や、前年度の直木賞受賞者である柴錬の後塵を拝していた、松本清張であった。

三　捕物帳から罪囚小説へ

捕物帳ジャンルを対置する考察としては、岡本綺堂《おかもときどう》「半七捕物帳」と清張作品、たとえば「彩色江戸切絵図」（『オール讀物』昭和三九・一～一二）および「紅刷り江戸噂」（『小説現代』昭和四二・一～一二）の両シリーズとの影響関係が、すでに指摘されている。(4) しかし、〝場〟を引き継いだ直近の作品が、「無宿人別帳」である以上、「銭形平次」との関係性は、一考に値するだろう。昭和三二年九月号巻末は、野村胡堂「平次と生きた二十七年――筆を折るの弁」と木村荘八、神保朋世、中一弥、鈴木朱雀による回想「「銭形平次」さしえ集」が企画されたため、初回「町の島帰り」は、巻中掲載（一四六～一六二頁）だったものの、第二回「海嘯」以降は、「流人騒ぎ」、「雨と川の音」のように前後編に別れた場合も、すべて巻末に固定されている。

では、〝ポスト銭形〟として、なぜ「無宿人別帳」が選ばれたのか。編集部からの要請が、歴史・時代小説だったであろうことは容易に想像できるが、『オール讀物』掲載作に限っても、「ひとりの武将」（昭和三一・六）のように「武将列伝」に先立ったであろう武将譚や、「佐渡流人行」（昭和三二・一）や「甲府在番」（三二・五）など、武家を主人公とする系統もあり得たはずである。だが、結果的に敷かれたのは、「いびき」（昭和三一・一〇）に連なる路線であった。

作者自身が、『松本清張全集』第三六巻（昭和四八・二、文藝春秋）の「あとがき」で「「いびき」は、「無宿人別帳」の中ではないが、同じ系列のものである」とするように、無宿人を描いた先駆的作品であり、従軍中「もし、兵隊で敗走したとき、敵は敵軍ではなく、私のいびきを恐れる戦友ではないかと考えた」体験を反映した作品である。さらに作者は、「このとき参考資料として使った『日本行刑史稿』に拠って、あとで一連の「無宿人別帳」を書いた」と、典拠史料の存在を明かしている。それ以前に清張は、「あのころの自分のこと」でも、

「オール讀物」にはその後いくつかの作品を書いているが、今でも私の好きなものは「無宿人別帳」の連載である。これは「徳川行刑史稿」に載っていた処刑の種類から考えついたもので、大体、ひと通り書きならべたつもりだ。もちろん、ストーリーは私の空想だが、単行本になっても割合読まれたほうではないかと思う。これほどテレビ、ラジオ、演劇、講談、浪花節などに応用されたものはない。この中の「いびき」は前進座の翫右衛門さんが演り、つづいて「左の腕」を今年の六月に上演してくれるはずである。そのほか、私のかなりの作品は本誌に載ったはずだから、まず私の所期の夢は幸運に達せられたわけである。

としているが、ここでは「いびき」が、「無宿人別帳」のうちの一篇であるかのように錯覚されている。このような混乱もやむを得ないほど、両作品は似通った方法によって生成されていたのである。

「いびき」の創作にあたり参照されたのは、正しくは『日本近世行刑史稿』（上下、昭和一八・七、刑務協会）である。江戸期以降の行刑制度を、博引旁証する大冊であった。時代小説では、典拠活用の巧拙が作品完成度を左右する場合がままある。「いびき」では、前半で牢内が、後半では流刑地の三宅島が描かれるが、清張は双方の描写において、巧みに史料をコラージュし、作品にリアリティを与えている。

「やいやい、婆婆から、うしゃアがった大まごつきめ、そッ首を下げやアがれ」

どなっているのは牢役人の一人だ。

「御牢内はお頭、お角役様だぞ。野郎、うぬがような大まごつきは夜盗もし得めえ、火もつけ得めえ、割裂《かつさき》の松明も碌にゃア振れめえ。直な杉の木、曲った松の木、いやな風も靡かんせと、お役所で申す通り、有体に申上げろ」

新入り入牢者に対する牢役人の訓戒、いわゆる「おしゃべり」と称する牢内作法を描写したものだが、これは『日本近世行刑史稿』から、

> 娑婆からうしやアがつた大まごつきめ、はツつけ（磔）め、そツ首を下げやアがれ。御牢内はお頭、お角役様だぞエゝ。一番目にならびやアがつた一二、一六、一候《ぴんぞろ》とり大坊主野郎め、汝《うぬ》がやうな大まごつきは夜盗もしゑエめエ、火も附け得めエ、割裂《かつさき》の明松《（ママ）》も録《（ママ）》にやア振ゑめエ。（中略）直な杉の木曲つた松木、いやな風にも靡かんせと、お役所でまうす通り、有体にまうし上げろ。（日本橋区史）（協雑第一号、真木喬氏旧政府監獄の一班）

を用いており、原典の片仮名交じりの記述を継承することで、独特の迫力をもたらしている。また、「やい、娑婆じゃ何というか、厠というか、雪隠というか。御牢内じゃ名が変り、詰の神様というぞ」という、俗界との隔絶を表象する隠語によって行われる「詰のおしへ」も、

> コレ新入、娑婆ぢやアなんといふ、厠といふか、雪隠といふか。能く聴け、娑婆ぢやア、厠とも雪隠ともいはふが、御牢内ぢやア名が変り、詰の神様といふぞ。詰には本番、助番とて二人役人があつて、日に三度、夜に三度、塩磨きにするところだ（後略）

以下の利用による。同様に、作品後半、流刑地の風俗の描写も、本史料に拠るところが大きい。『日本近世行刑史稿』に多数引用されている尾佐竹猛『牢獄秘録』（昭和一四・九、刑務協会横浜支部）原本についても、「いびき」の段階で清張が眼にしていた蓋然性が高いだろう。主人公は、自身のいびきの大きさから牢内で秘かに殺されることを恐れるが、そのオブセッションを惹起する牢内暗殺（作造り）というモチーフ自体が、以下の記述から着想されたものと判断できるからだ。

> 役囚に多少とも憎まれて居る者とか或は好かれないといふ奴を、決めて置いて、夜になるとそれを引きずり出して、一人が咽咳をしめて声を出さないやうにし、一人がキメ板で撲り、或は陰嚢を蹴つて殺すのである。それが終ると又他の犠牲を出して、同じ手で殺して了うのだが、一夜に三四人を片づけることもある。此の選に当つた者こそ災難だ。

加えて、そのような死骸の処置について「いびき」では、

> 　翌朝、死亡を見廻りの牢番に届け出る、昨夜、急病にて死にました、と云えば、牢番もたいてい事情が分っているから、ああ、そうか、といって死体を引取るのである。別に検べもしない。無宿者は乞食が死体を引取って千住あたりへ取捨てるのだ。

とされるが、千住へ取捨てられるという情報についても、『牢獄秘録』に記載されている。

作者の手の届く範囲における、『日本近世行刑史稿』および『牢獄秘録』という利用価値が高い史料の存在と、『オール讀物』の発注に対し、「いびき」の路線が選択された事実が無関係だったとは考えづらい。「あのころの自分のこと」で清張は、「球形の荒野」とともに「無宿人別帳」を、「愉しみに書いた連載」（傍点引用者）として挙げているが、苦痛の少ない楽な作品生産を、史料は可能としている。清張作品における、自身の短篇をふくらませ長篇化していく文芸活動の高い効率性について、作者の出発期から交流のあった編集者の櫻井秀勳は指摘するが[5]、「無宿人別帳」、とりわけシリーズ前半は、きわめて効率的に生成されている。初回「町の島帰り」では、狡猾な目明し（岡っ引）の悪事が露見し、罪囚へと転落する末路が用意されている。ここでの牢役人の「おしゃべり」は、先に示した、「いびき」創作時に参照した、『日本近世行刑史稿』の記事を再利用しており、「詰のおしえ」や牢内描写も同様である。ここで用いられなかった典拠にあるテキストも、第三回「おのれの顔」で、次のように徹底的に利用されている。

> 「やい、娑婆からうしゃアったた大まごつきめ、はッつけめ、そっ首を下げやアがれ」

平吉は早口でおしゃべりを聞かせた。流れるように一種の調子がある。

「ご牢内はお頭、お角役様だぞ。えい、一番目にならびゃアがった一二、一六、一候《ぴんぞろ》とり野郎め。うぬがような大まごつきは夜盗もしえめえ、火もつけ得めえ。割裂《かつさ》きの松明もろくにゃア振れめえ。やい、すぐな杉の木、曲つた松木、いやな風にも靡かんせと、お役所で申す通り、有体にもうし上げろ」

さらに、「町の島帰り」のハイライトである囚人達の報復、

「申し上げます。あっしゃ、こいつのために縛られて憂目をみせられやした。よろしく願います」

(中略)

「よし」

　名主は、太い声を出した。

「詰の本番」

　と怒鳴った。

「おお」

　厠の近くにいる詰の本番が返事した。

「新入りは、いま入ったばかりで、晩飯を食って居ねえそうな。ご馳走して取らせろ」

(中略)

「お名主さんに云われたように、今から新入りにご馳走する。てめえ、馳走の手伝いをしろ」

「へえい」

　その男は出てきた。これも逞しい男であった。彼は椀を持って厠の方に行き、何やらしていたが、すぐにかえった。

「お膳が出来やした」

目明しが汚物を喰わされる結末は、『牢獄秘録』における、以下のリライトによって描かれる。

　さて岡引、罪を犯して入牢する時は、形の通り改め終つて後、二番役の指図で、向ふ通りから一人或は二人に訴へさせるのである。すると二人共てをつかへて、『モシ二番役さん、此奴は岡引で、私共二人は、此奴のために縛られ、憂き目を見せられやした。何分宜しく御願ひやす』などと訴へる。此の訴へは必ずしも、其の岡引の手に挙げられた者許りに限らないが、すべて召捕れた当時の有様を、陳べる習慣である。俗に犬の糞仇といふのは、此のことであらうか、それにしても岡引を見れば、誰でも彼でも憎くなるのは、自分等が縛られた時のことを思ひ出して、怨みを全体に及ぼしたのであらう。

　すると二番役は其訴へを取り上げて、名主と頭とに進達して、承諾を受けてから、『詰の本番』と物凄い声で怒鳴ると、『オ、』と応へて出て来る。本詰に目配して此の新入に、御馳走して取らせろと命令するのである。すると詰の本番は、畏つて向ふ通りから、もっとも猛悪さうな囚人を選み出して来て、御馳走の御手伝ひをしろと命ずる。お手伝ひは直ぐに椀を把つて厠へ行き、帰って来て、『お膳が出来ました』と報じてまた引き返す。

作品生成上、このように「町の島帰り」は、〝調べた文芸〟としての性格が濃厚であり、「いびき」で培われた方法ならびに教養を継承・発展させ造型された。岡っ引への復讐と「作造り」は、『牢獄秘録』で同節に前後して記載されており、先行作品での経験が、「町の島帰り」生成への労力を大幅に軽減したであろう。第二回「海嘯」もまた、かつて『オール讀物』に発表した現代小説、「恐喝者」（昭和二九・九、原題「脅喝者」）における、水害にまぎれて脱走した受刑者が、流れ着いた被災家屋で女性と出会うというモチーフを、時代をずらした上で再利用している。

　作者の楽屋裡に踏み込み、重箱の隅をつつくように言挙げすれば、史料、あるいは自作の使い回し・焼き直しに見えようが、昭和三〇年代の流行作家にとって、量産能力は必須の条件である。後に大宅壮一《おおやそういち》が、清張の執筆ぶり「三つの連載ものを二枚ずつ順番に順番に書いてわたし、一巡すると、また二枚ずつ書くといったような、〝ウグイスの谷わたり〟式はなれわざ」を「アクロバット」「マジック」と評したように[6]、ともすれば、寡作が作家の真摯な態度と錯覚される純文学ジャンルと異なり、週刊誌、月刊誌、新聞等からの依頼を捌く生産性が、ステータスたり得た。また、中心モチーフが、すでに典拠に存在したエピソードを拝借したものであろうとも、日高昭二が、『無宿人別帳』には、また「制度」のこちら側に属する人々が、ときに向う側へとその立場を変える事態が生まれることを描き出してもいる。おそらくそこに、「社会派推理作家」とも称される、この作家の面目が存するように思われる。

たとえば、端的に、最初の一篇「町の島帰り」は、ひとりの岡っ引きがこちら側からあちら側へとその身を転落させる過程が描かれていて、そこに作のねらいが明瞭に浮かび上がる仕掛をそなえているのである。

と指摘するように[7]、効率化のための技術は、好意的な評価を勝ち得るだけの構成力に囲繞《いにょう》され、一般読者に覚らせる恐れはなかったものと推測される。

これまで述べてきたように、「無宿人別帳」は、「いびき」の直系に当たる作品だが、挿絵もともに御正伸が担当しており、「いびき」「町の島帰り」双方で、牢内で私刑に遭う囚人が描かれている。従来は、加太《かた》こうじが『松本清張全集』第二四巻（昭和四七・一〇、文藝春秋）の「解説」で、「松本清張が作家になって数年後に書いた『無宿人別帳』は、戸籍簿から除外された無宿者に対して、温かい眼をもって、かれらのうしなわれた戸籍をふたたび作るようなつもりで書いたと思える無宿者銘々伝のような短編集の総称であり、清張の造語である。戸籍のないかれらに戸籍を復活してやろうという気持からそう題したと思われる」として以来、清張の弱者へのヒューマニズムあふれる視線が、本シリーズ創作の動機であるかに語られてきた[8]。しかし、無宿人を中心に描くという着想以前から、〝罪囚小説〟としてのテーマ設定がなされたであろうことは疑いようがない。「いびき」後半部では流罪人の島抜けが描かれ、それを敷衍したのが第七話「流人騒ぎ」だが、創作に利用されたのは、『日本近世行刑史稿』に示された『流罪人島抜日記』である。とくに「流人騒ぎ」では、本史料の叙述をコラージュ、もしくはリライトして流人たちの暴動が描かれる。典拠には、島抜けに加わった暴徒の名の列記（○は原典ママ）がある。

百間村無宿	○右衛門	四十三歳
甲州八代群徳田村百姓	久○右衛門	三十六歳
浅草町人	半○	三十歳
武州多摩群小川村	○八	五十六歳
一本木村無宿	○兵衛	四十七歳
西富岡村無宿	兼○	三十九歳
小船木無宿	喜○	五十歳
春山村無宿	竹○	二十八歳（十五歳で流島）
無宿	○次郎	三十四歳
無宿	仙○	五十三歳
品川無宿入墨	金○○	四十六歳

このようにモデルとなった事件でも、大多数が無宿身分であった。清張は「あのころの自分のこと」で、『日本近世行刑史稿』に「載っていた処刑の種類から考えついたもので、大体、ひと通り書きならべたつもりだ」とするが、「俺は知らない」において破牢を描く際に参照されたであろう『牢獄秘録』の記事でも、

死罪	牢ぬけ	無宿	大次郎
死罪	牢ぬけかくまひ	たばこや	女房

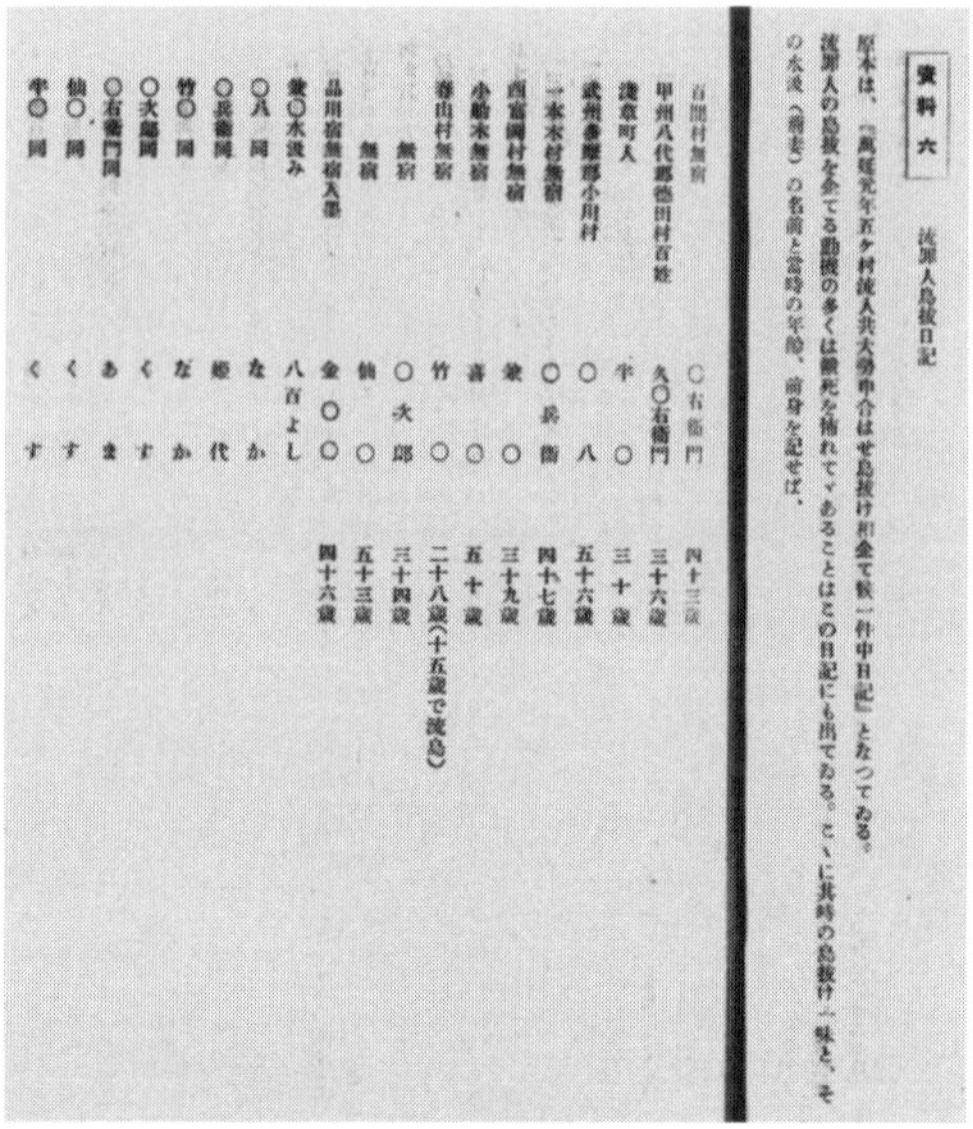
資料六　流罪人島抜日記

原本は、『萬延元年五ヶ村流人共大勢申合はせ島抜け相企て候一件中日記』となつてゐる。流罪人の島抜を企てる動機の多くは餓死を怖れてゞあることはこの日記にも出てゐる。こゝに其時の島抜け一味と、その水汲（賄女）の名前と當時の年齢、前身を記せば、

百間村無宿	○右衛門	四十三歳
甲州八代郡徳田村百姓	久○右衛門	三十六歳
淺草町人	半○	三十歳
武州多摩郡小川村	○八	五十六歳
一本木村無宿	○兵衛	四十七歳
西宮闕村無宿	衆○	三十九歳
小船木無宿	喜○	五十歳
春山村無宿	竹○	二十八歳（十五歳で流島）
無宿	○次郎	三十四歳
無宿	仙○	五十三歳
品川宿無宿入墨	金○○	四十六歳
衆○水汲み	八百よし	
○八　同	なか	
○兵衛同	姫代	
竹○　同	なか	
○次郎同	くす	
○右衛門同	あま	
仙○　同	くす	
半◎　同	くす	

『日本近世行刑史稿』（昭和18・7）

死罪　鋸を与へたもの　張番　平八

脱獄を企てたのは無宿であり、佐渡金山や人足寄場についての記録でも、人足たちは無宿人ばかりだった。つまり、社会的に虐げられた者を描くため、無宿にスポットが当てられたとするよりも、史料を余すところなく利用し、投獄、拷問、入墨、遠島など、バラエティに富む刑罰を作品化するにあたり、もっとも好都合な身分が無宿だったと考えるのが順当である。

再び作品を、『オール讀物』初出時の地平に戻してみよう。清張が「銭形平次」中絶を知ったのと、編集部からの連載依頼とで、どちらが先であったか、現在となっては知るすべがない。しかし、事実上、編集部の方針により、「銭形平次」の〝場〟に「無宿人別帳」は据えられている。捕物帳の後を受けるのが牢獄ものだという、冗談めいた図式は、清張にとって幸運だったに相違ない。「銭形平次」によって習慣化されていた、巻末掲載小説から読み始める『オール讀物』の読書スタイルが、にわかに消失しない限り、読者の高い注目度は約束されている。のみならず、「銭形平次」終了が読者に告知された昭和三二年九月号ですでに、新連作として白抜きされたタイトル、「無宿人別帳町の島帰り」の脇に「蝮の仁蔵と異名をとった奸佞邪知な目明しの劣情に狂う執念の醜さ」と惹句が付され、下劣な岡っ引の破滅が描かれている。継続的な『オール讀物』読者ならば、〝アンチ銭形〟宣言として受け取ったであろうし、「銭形平次」のマンネリズムに退屈していた層であれば、その落差に魅力を感じたとしても不思議ではない。このように、「無宿人別帳」

が話題となる下地は、すでに用意されていたわけだが、第二回以降の各話からも、清張の〝ポスト銭形〟戦略を認めることができる。

四　つくられたディストピア

野村胡堂は、「平次と生きた二十七年――筆を折るの弁」で連載を振り返り、シリーズ開始時の動機を、「人を罰するのではなく、すべての人を許してやる捕物帳をやろうじゃないか、ということになった。殺伐な暗い捕物帳ではなく、呑気な明るいものを書こうということが私の主眼だった」と語る。前月号に掲載された、『オール讀物』における最後の「銭形平次」となった、「鉄砲の音」（昭和三二・八）の末尾でも、

『平次親分、私が下手人に間違ひもありません、権六父さんを許して、お葬ひをしてやつて下さい、――お願ひ』

平次は黙つて聞いて居りましたが、其の時静かに立ち上りました。

『八、下手人が二人ある筈は無い、助十の縄を解いて、信州へ帰してやれ』

（中略）

『御府内で鉄砲さわぎはうるさいぞ、昨夜半兵衛が死んだとき鳴つたのは、生竹を焼いたせゐだらう、――下手人は権六さ――死んだ者を召捕りやうはあるまい、娘の敵を討つたんだ、黙つて帰るが宜い』

平次はいつものやうに、此の時も下手人を縛らうとしませんでした。もう四方は暗くなりかけて居ります。明神下の自宅には、女房のお静が、晩飯の冷たくなるのを気にしいしい待ちこがれて居ることでせう。（この項終り）

やはり平次は、おのが裁量で罪を悔いる真犯人を許している。それ以前にも胡堂は、「平次身の上話」（『銭形平次捕物全集別巻　随筆銭形平次』昭和二九・一一、同光社）で、

私は銭形の平次に投銭を飛ばさして、「法の無可有郷《ユートピア》」を作っているのである。そこでは善意の罪人は許される。こんな形式の法治国は、髷物の世界に打ち建てるより外には無い。

と述べたように、心優しき岡っ引の平次が、「いつものやうに」善意の殺人犯を放免する、免罪を主題とするシリーズだった。

対して「無宿人別帳」では、人品の低劣な岡っ引が、「町の島帰り」「夜の足音」「左の腕」に登場しているが、その末路は投獄、刺殺、盗賊にやりこめられて男を下げるなど、いずれも悲惨である。もちろん、「半生の記」（『文芸』昭和三八・八〜四〇・一、原題「回想的自叙伝」）で、

留置場には十数日間入れられた。出てきたときは桜が咲いていた。母は泣いた。
釈放されてからも、近藤という刑事はたびたびやってきた。彼が来るたびに父は酒をタダ飲ませた。刑事のしつこさを、このとき知ったのだが、これは、のちに小説で『無宿人別帳』の中にそのかたちを書いている。

とするように、作者にとっては昭和四年の拘留体験の反映である。しかし、同時期の時代考証でも、史実の岡っ引は、町家から小遣い銭をせびるなど、素行不良の者が少なくなかったとされている。[9] 作品連載期間の前後では、三田《みた》村鳶魚《むらえんぎょ》『江戸ばなし集成』（柴田宵曲編、昭和三一・三〜三四・五、青蛙房）が刊行されており、とくに第八巻『捕物の世界』（昭和三二・三）には、同様の情報が示されている。物知りな読者ならば、「無宿人別帳」の岡っ引にリアリティを覚えたであろうし、そうでなくとも、絵に描いたような善人の銭形平次を見慣れていればこそ、新鮮さが際立つのである。

『文藝春秋』昭和三三年九月号に掲載された単行本『無宿人別帳』の広告では、「無宿人達の世界を、史実に拠りつゝ壮絶の筆に描く力作」と宣伝されている。荒唐無稽な剣豪小説であろうとも、水準以上の考証精度が求められた昭和三〇年代においては、文句に「史実に拠りつゝ」と加える有効性を認められる。しかし、本シリーズは必ずしも、史実（史料）に正確ではない。「逃亡」では、『佐渡年代記』より「安永七年、老中書付」が、エピグラフとして配置されている。「無

罪ノ無宿共」（傍点原文）が佐渡へ水替人足として送られ、怠惰な者は「タトヒ悪事コレナク候トモ拷問同様ニイタシ」、「用タタザルモノハ死罪ニモ行ヒ候様」せよという、非情な下命である。これはやはり、『日本近世行刑史稿』からの引用だが、作者によって削除されたテキストが存在する。

無罪ノ無宿共先四五十人佐州へ差遣候間水替人足ニ遣候様可致尤無宿共ノ事ニ候間欠落死失等有之候共届ニ不及佐州ニ於テハ地役人共ニ為取計捉厳敷申付居小屋外へ罷出候モノハ勿論水替不精イタシ候カ或ハ虚病等申立候モノハタトヒ悪事無之候トモ拷問同様ニイタシ其上ニテ不相用モノハ死罪ニモ行候様可致其段奉行届候迄ニテ伺等ニモ不及候其内ニテ心底モ直リ候者モ出来候ハヾ掛リノモノ共相糺候上奉行交代ノ時分其外御用序江戸表へ相返候様可致無宿トモ佐州へ遣シ方ノ儀ハ最寄御代官ニテ取計ヒ候筈ニ付町奉行御勘定奉行ニ可談旨当四月松平右京大夫殿御書付御渡アリ（傍線引用者）

作品では脱落した傍線部には、悔悛した者は、佐渡奉行交代時などに、適宜江戸へ送還された旨が記されている。
また、安永七年（一七七八）より時代が下るものの、同じく『佐渡年代記』は、

一、江戸水替とも敷内に働出精し先非をも悔候者共先年より親類好身の者糺の上引受申出候得共伺の上引渡遣候処引受人の糺にて彼此相延死亡等有之候ては無慈悲に付於佐州平人申付追て親類好身の者方へ罷越度旨相願候はゞ他国出為致候積り伺の上極る（寛政七年）

一、江戸水替之内伺之上平人申付候もの共去寅年より他国出差留候処折角平人に成親族の対面も不相成儀に而は全く改心の者迄も出精の詮無之ニ付伺の上他国出さし免す（文政四年）

と記している。佐渡へ水替人足として送られた無宿であっても、「出精」し「改心」することで「平人申付」、つまり無宿身分からの脱却が可能だった。しかし、作品では、

江戸に帰してくれる年期でも決まっていれば、まだ希望をつないで元気が出る。そのことは全く無いのだ。佐渡に

> 送りこまれた以上、島から脱走する以外、この責苦からは脱れられなかった。

と語られ、さらに、

> 悪事をした罪でこの懲罰をうけるのなら、まだ諦めも出来る。しかし、無罪なのだ。何とも不合理な話だった。誰に怒りを訴えようもない制度である。憤怒と絶望とで彼らは笑いを忘れていた。

という理不尽な境遇を「地獄だ」と嘆く。典拠では「死亡等有之候ては無慈悲に付」「改心の者迄も出精の詮無之ニ付」と、悔悛者に対する〝お上の慈悲〟は明らかだが、これらを清張は排除し、史実よりさらに苛酷な環境へ、無宿を陥れていることは確かである。胡堂が「銭形平次」を「法の無可有郷《ユートピア》」として描いたのとは対蹠的に、清張の作為からは、作品世界を暗黒郷《ディストピア》として造型しようとする意図を明瞭に見てとれる。

典拠史料から作品への過程で、もう一つ脱落したものが、斬罪、様斬、獄門、火罪、磔、鋸挽といった、死刑の数々である。これは、公権力の手で無宿人の苦痛が、人生もろとも終了するという、一種の〝お上の慈悲〟の排除といえる。したがって、無宿人たちは、生かさず殺さずの状態で、ディストピアに置かれ続けるのである。また、高橋敏夫は、清張の描く無宿人が、それまでの「股旅もので はおなじみの「一匹狼」的な男たちではない」ヒーローとかけ離れた存在と指摘している[11]。先行作品「いびき」には、「上州無宿」「渡世人」など、股旅物では肯定的な意味をもつ語が散見する。しかし、同時代の股旅物に対する視線には、冷ややかなものが少なくない。たとえば、大井広介《おおいひろすけ》は、

> 昭和年代の股旅物に至っては、一定のシチュエーションで殺傷を行っても、土地を売る、旅に出るという形で、責任の追及から逃れ去る。再び大詰には、旅から戻った主人公が姿を現し、敵役を仕留めるが、その場で捕縛されたり、おれも傷ついて倒れるケースはむしろ稀で、敵役一味を斬り倒してしまうと、おおむね再び旅へ高飛びしてしまうのである。これまで、ごらんになった剣劇ないし剣戟映画の股旅物を、思い出していただくと、首肯してもらえるだろう。

本人にどのように言い分があろうとも、社会的な秩序は彼を葬らずにはおかない。こうした社会と個人の葛藤こそ、小説や劇の問題であったとすら言えるだろう。このような社会倫理通念の欠如と喪失が、股旅物の流行でもたらされた決定的堕落である。

とし、村上元三「次郎長三国志」(『オール讀物』昭和二七・六〜二九・四)を名指しで批判している[12]。清張と前後して出発した時代小説作家たちの認識も同様であり、五味康祐・柴田錬三郎・南條範夫による鼎談「楽しきかな剣豪小説　チャンバラ文学滅亡論を切る」(『産経新聞』昭和三四・四・二九)では、

柴田　最近大井広介さんが、チャンバラ芸術滅亡論を書いたけどね。あれは股(また)旅物を対象として書いたんだろうね。

五味　それにはぼくも賛成だな。(中略)股旅物を書いてる人たちのつまらないというのは、どうにもならないね。

と、批判された。もちろん、「いびき」で無宿人を、強迫観念に怯える臆病者として描いたことにも明らかなように、長谷川伸門下の作家が得意とした旧来の股旅物に対する否定的な認識を、清張も共有していた。「無宿人別帳」ではさらに、ヒロイズムに逆行する姿勢が顕著である。「おれは知らない」の主人公にかけられたのは、「七両二分の金を掻浚って遁げた」容疑である。『公事方御定書』[13]にあるように、「手元ニ有之品を与風盗取候類」に対する刑罰は、金額、代金の高下によって「死罪」と「入墨敲」にわかれるが、その境となるのが十両であったことはよく知られている。つまり彼は、公的な刑殺に価しない軽犯罪者であり、国定忠治や清水次郎長のように、お上に楯突き得るヒロイックな巨悪とはほど遠い。結末で、「不合理な、全く自分の意志でないこと」により、「おりゃ知らねえ」と叫ぶ主人公が、同じ無宿人の手で殺されたことが暗示されている。しかし、破牢の企てを訴え出るという、悪党内での「仁義」に背いたのは事実であり、自分の行為にも無自覚な、無宿の風上にも置けない性格の卑しさを露呈している。「赤猫」では、『折たく柴の記』をエピグラフに引き、多数の囚人たちが逃げ失せたと語られている。作中、明暦三年の大火

の折、牢奉行石出帯刀が囚人たちを解放し、戻った者は「自分の身に替えても、汝等の命を助けるであろう」と宣言し、囚人たちも「仁慈」に応じて逃亡する者はなかったと紹介されるが、このような処置について『牢獄秘録』では、「如何に幕府が、信義に重きを置いてあつたかゞ分かる」と述べられる。「赤猫」の主人公が、余儀ない事情があったにせよ、結果的に逃亡しているように、清張の描いた無宿人の、支配身分と悪党双方に対し、信義に悖《もと》る行状もまた、反英雄的である。

高橋敏夫は、こうした「裏切りと仕返しの連鎖」を描く行為は、「『無宿』と現代の社会的な弱者とをかさね」、「惨憺たる姿をえがきつくすことによって、別の生への投企を不可避なものにする」と現代社会への批評性を指摘する。(14) しかし、弱者を描く意図に、罪囚小説執筆への意欲が先行していたことは、先に論じたとおりだが、昭和三〇年代当時の一般的な読者は、今日主流となっているような、人道的な作品受容を行っていただろうか。

昭和三二年一一月二六日『読売新聞』夕刊に掲載された、LON「中間小説評」では、「松本清張「無宿人別帳」(同)(引用者注、『オール讀物』昭和三三・一)は好調。今号の分は八十点。前号は百二十点」と評価されている。「おれは知らない」が八〇点、「逃亡」が一二〇点となるが、この四〇点の差は、なぜ発生したのだろう。それは、おそらく無宿人の置かれた環境の、理不尽さの相違に由来する。容易に主人公側の没義道《もぎどう》を指摘できよう前者と、無罪で佐渡送りになるのとでは、不条理に大きな開きがある。そして、すでに論じたとおり描かれた「地獄」は、清張の手で〝お上の慈悲〟さえも徹底的に排除されたディストピアであった。単行本広告の惹句は、「〝無宿人〟ゆえに捉《(ママ)》えられ踏みつけられる彼等の怒り……。島抜け、牢破り、必死の反抗に生き続ける江戸、無宿人達」としている。『オール讀物』読者の実生活と、作品で描かれた無宿のそれとの懸隔は、議論するまでもあるまい。ゆえに本作は、より単純に、異界を舞台とする寓話として読まれ得たはずである。この場合、読者を惹きつけるのは、悲惨小説としての側面となる。

懲りることを知らない小悪党が、理不尽な状態であがく物語として、「無宿人別帳」は読める。このような嗜虐性に富んだ作品が、読者のネガティブな興味に訴え得る文学的環境は、すでに整えられていた。本作の初回掲載号では、村上元三、柴田錬三郎、五味康祐が名を連ねている。彼等を横目に見つつ清張が著した「無宿人別帳」は、従来の渡世人に見られる倫理の欠如、剣豪小説の荒唐無稽、両者に共通する過剰なヒロイズムに取り残された読者を、吸いあげたに相違ない。そればかりか、程なく訪れる、南條範夫『残酷物語』（昭和三四・一〇、中央公論社）を代表作とする、いわゆる残酷ブームを先取りしており、潜在する読者の嗜虐的な欲求を掻き立てたであろうことは、容易に想像できる。

　このような趣向を、もっとも栄えさせる〝場〟が「銭形平次」の遺産であった。胡堂は、「平次と生きた二十七年――筆を折るの弁」で、

　私の捕物帳の特徴はいま書いたように、まず容易に罪人をつくらないこと、町人と土民に愛情をもったこと、侍や通人は徹底的にやっつけたこと、そして全体として明るい健康な捕物にしようと心掛けたことだろう。

と語る。長い『オール讀物』の愛読者であった清張が、看板作品の終了宣言を読まなかったとするのは無理があろう。免罪小説である「銭形平次」に対し、「無宿人別帳」内のいくつかは、冤罪をモチーフとしている。字面は酷似するものの、わずか数画で真逆の意味となるように、一貫して胡堂の方針に反逆するという清張の〝ポスト銭形〟戦略は、至極合理的に編まれていた。無宿人たちを容易に罪人に貶め、非情の環境に追い込み、徹底的にやっつけ、そして全体として暗く殺伐な作品を心掛ける。このような「銭形平次」に対する差異化戦略は、同時代のライバルとの競合においても、多大な戦果をもたらした。構築された戦略にもとづく作品生産は、それを効率化する史料に支えられ、「無宿人別帳」は、「圧倒的人気に沸く松本清張の野心作！」（単行本広告惹句）として受容されたのである。

　これまで純文学と大衆文学の中間《メディア》と見做されていた中間小説誌だが、出自の異なる作家たちを一つの目次に並列する媒体《メディア》であるばかりか、作家・作品同士を結びつけ、変質をもたらす媒介《メディア》として機能している。特有の路線を開拓す

ることで、文学的生存競争を生き抜いたかに見える清張だが、競合他作家に対する目配りは、卓越したしたたかさを備えていた。昭和三〇年代時代小説は、剣豪ブーム、残酷ブーム、忍法ブームが次々と発生した黄金期である。しかし、清張は、軽佻浮薄に便乗することなく、距離を保ち独自性を守り抜いたといえよう。[15] 闘わずして勝ったという事実は、競争相手との間合を見切った、身振りのしなやかさを物語るのである。

注

（1）『文藝春秋の八十五年』（平成一八・一二、文藝春秋）によれば、『オール讀物』は、昭和二〇年一一月号から復刊が試みられたが、用紙難のため翌年二月に休刊している。

（2）海音寺は「あとがき」（『悪人列伝』（二）、昭和五〇・一二、文春文庫）で、

　雑誌連載中はわかりませんでしたが、書物にしてみて、この書が「武将列伝」ほど売れないので、ぼくは案外な気がしました。名は「悪人列伝」でも、ぼくにしてみれば、日本歴史人物列伝の一環のつもりで、執筆の態度は「武将列伝」と少しもかえていないのです。思うにこれは、悪人という名によって、「悪人の話など読みたくない」

　というところからでありましょう。

としている。掲載位置変更の事実から、『オール讀物』連載時も読者の人気は、「武将列伝」を下回ったものと推測できる。

（3）柴田錬三郎は、「柴錬巷談」「柴錬捕物帖」「柴錬三国志」等、自身の略称を戦略的に文壇、出版界に展開した作家であり、本章もそれを重視し、「柴錬」と略す。なお、「柴錬立川文庫」はシリーズ化し、「忍者からす」（昭和三九・一～一二）、「毒婦伝奇」（昭和四〇・一～一二）などが『オール讀物』巻末に連載された。

（4）たとえば『松本清張研究』第七号（平成一八・三）には、杉本章子「岡本綺堂と清張先生」、山田有策「江戸の〈切絵図〉と〈噂〉――捕物帳と清張」の二篇が掲載されている。

（5）櫻井秀勲『この時代小説がおもしろい――この作家ならこれを読め』（平成一一・三、編書房）。

（6）大宅壮一「斬人斬馬帖　松本・五味・柴田の巻――マスコミ界に嵐をよんだ御三家の人間像と生活を斬る」（『文藝春秋』昭和三五・二）。

（7）日高昭二「『無宿人別帳』――呪詛の声・希望の歌」（『解釈と鑑賞』平成七・二）。

（8）たとえば、入江康哲「無宿人別帳」（大衆文学研究会編『歴史・時代小説事典』平成一二・九、実業之日本社）では、「「無宿人」であるという理由だけで、世の中の人々から危険視されていた人たちの、どうしようもない悲しみや怒りを描いた作品である。悪意に満ちた司直の監視を強調しながら、江戸期の法律制度の重圧下にあえぐ無宿人たちの姿を、作者は弱者への共感を根底に据えながらじっくりと描いている」とし、権田萬治『松本清張　時代の闇を見つめた作家』（平成一一・一一、文藝春秋）は、「もっとも独創的なのは、清張がスーパーマン型の剣豪小説のアンチテーゼとして書いたという『無宿人別帳』

（一九五八）である。今までに、市井の庶民の哀歓を描いた作品は数多くある。だが、この連作短篇のようにいわば社会の底辺の人々の姿をこれほど赤裸々に描き出したものはない。まさに、清張でなくては書けない時代小説だった」と指摘している。

（9）稲垣史生編『三田村鳶魚武家事典』（昭和三三・一一、青蛙房）参照。

（10）同時代の時代小説における時代考証の問題については、拙稿「剣豪、もし闘わば——山田風太郎「魔界転生」のマッチメイク」（『昭和文学研究』第六三集、平成二三・九）で、すでに指摘している。

（11）高橋敏夫「消えた「なかま」のゆくえ——松本清張『無宿人別帳』をめぐって」（『松本清張研究』第七号、平成一八・三）。

（12）大井広介『ちゃんばら芸術史』（昭和三四・三、実業之日本社）。

（13）引用は、石井良助編『徳川禁令考』別巻一（昭和三六・五、創文社）に拠る。

（14）注（11）に同じ。

（15）清張の初期作品に「柳生一族」（『小説公園』昭和三〇・一〇）があるが、『松本清張全集』第三五巻（昭和四七・七、文藝春秋）の「あとがき」で「いわゆる剣豪小説にはしたくなかった。だが、その意図は中途はんぱで、自分としては出来のいいものと思っていない」とする。柳生宗矩と十兵衛の死没が史実と前後しており、剣豪小説の評価基準となる剣の描出にも工夫が見られない。本作で剣豪小説に見切りをつけていたことも、「無宿人別帳」に至る路線を補強したと考えられる。

【付記】テキストの引用は、松本清張作品は『松本清張全集』（昭和四六・四～平成七・三、文藝春秋）に、野村胡堂作品は『随筆銭形平次』（昭和五四・一〇、旺文社文庫）に、両者に未収録の作品は初出に、それぞれ拠った。

column

昭和三〇年代の『オール讀物』

戦前・戦後を生き抜いた「檜舞台」

【誌名・発行期間】 昭和五年七月・一一月に発行された『文藝春秋臨時増刊・オール讀物號』が、昭和六年四月より『オール讀物號』として月刊化。昭和八年一月に『オール讀物』へ改題。昭和一八年九月に『文芸讀物』へ改題。昭和一九年四月号を以て『文藝春秋』に合併される。戦後、昭和二〇年一二月に『オール讀物』として復刊するが、文藝春秋社解散の余波で昭和二一年二月号を以て休刊。発行所を文藝春秋新社に移し、同年一〇月より復刊後、令和六年現在も刊行中。

【刊行頻度・判型】 月刊・A5判。

【発行所】 昭和三〇年代の発行所は株式会社文藝春秋新社。所在地は東京都中央区銀座西五ノ五（昭和三〇・一〜一二）、東京都中央区銀座西八ノ四（昭和三一・一〜）。なお、現在の「株式会社文藝春秋」への社名変更と千代田区紀尾井町への本社移転は、昭和四一年三月である。

【編集人・発行人】 順に、編集人・小野詮造、発行人・池島信平（昭和三〇・一〜三四・一二）、編集兼発行人・小野詮造（昭和三五・一〜三六・九）、編集兼発行人・樫原雅春（昭和三六・一〇〜三九・二）、編集兼発行人・中野修（昭和三九・三〜）。

【印刷人・印刷所】 昭和三〇年代の印刷人は柳川太郎。印刷所は凸版印刷株式会社。

【概要】 中間小説誌の「御三家」と呼ばれた雑誌のうち、『小説新潮』と『小説現代』が戦後の創刊であるのに対し、『オール讀物』は戦前期に誕生している。菊池寛の命名による雑誌の最初期については、永井《ながい》龍男《たつお》「小説「オール讀物」」（『オール讀物』昭和二七・四）に詳しい。ここでは、永井が編集長を務めた期間（昭和七・六〜八・六、一一・一〜一三・一二）について、「全部読切」と「純文学」畑の作家で、オールに使へると思はれる作家のものは、どしどし載せる」編集方針だったと回顧される。創刊当初は、廃刊も提案されたほど苦戦を強いられたが、このプランが奏功し、「昭和十三年の新年号は、本誌と称してゐた文藝春秋を遂に抜き、十四万八千部まで伸びた」という。同号には、川口松太郎、丹羽文雄、藤沢桓夫など、戦後の中間小説誌における常連作家たちが稿を寄せている。

　永井は『文藝春秋三十五年史稿』（昭和三四・四、文藝春秋新社）で、「今日中間小説と呼ばれて、一般の嗜好に投じた一連の小説は、一に「オール讀物」を舞台として誕生したと称しても過言ではあるまい」と語ったが、あくまで主力は大衆文学（時代小説）だった事実を無視できない。実質的な創刊号である『文藝春秋臨時増刊・オール讀物號』（昭和五・七）の劈頭を谷崎潤一郎「大衆文学の流行について」が飾り、顔を揃えた吉川英治、長谷川伸、白井喬二、直木三十五、大佛次郎等の作品は、その後も紙面を彩り続けた。つまり、出自を問わず文藝春秋社のコネクションで動員可能な「使へる」作家を集合させた結果、バラエティに富んだ陣容が形成されたといえる。また、月刊化第一号である昭和六年

文芸春秋愛読者大会広告（『オール讀物』昭和35・12）

四月号の「編集後記」には、

時代小説を愛する読者に、翻訳は無駄、落語を読みたい人に、座談会の頁は無駄。と、どこか無用の頁を感ずるのが、この頃の雑誌の常らしいが、オール讀物号ばかりは、落語や講談を読んで貰ひ、座談会のために一冊買つたといふ人に、時代小説も面白く読んで貰ひたいために、我等は非常な努力をしてゐるのである。

とあるが、書き手のみならず内容面においても寛容に徹したからこそ、誌名に等しく幅広いジャンルを包摂するメディアたりえたのである。

同月の『文藝春秋』に掲載された「大衆文壇」では、臨時増刊二冊の好評を「内容が、他の娯楽雑誌と異ふから、といふよりも、文藝春秋の看板のお陰だらう」と自嘲するものの、「オール讀物號といふ題名は、気に入つた。何々倶楽部を手にするのを、何となく気がさすインテリ会社員諸君も、これなら、買ふ気にならう」と続ける。予想と違わず、イメージと人脈を武器に試みられた読者層の上方拡大に成功し、娯楽雑誌の雄としての地位は確立された。

戦後、本格的な再始動を果たした昭和二一年十月号の「編集後記」で、

「オール讀物」はインテリ向きの高級娯楽雑誌と呼ばれ、或ひは大衆文芸の檜舞台とも称されて、全国の皆さんに

特別の親しみを寄せられたものですが、あくまでもその名誉ある伝統をまもつて、美しい、たのしい、誰にでも親しまれる立派な雑誌を育てあげてゆきたいと念願してをります。

と編集方針の継承が宣言されるが、それは同時代の生存戦略として適切だったといえる。たとえば、『日本小説』二三年八月号の「編集後記」では、同誌および『苦楽』『小説と読物』とともに、「純文芸雑誌と云はれてゐるものとも大衆文芸とも違ふ中間の存在」である「中間小説」の掲載媒体として、ジャンル草創期より認識されていた。昭和二二年九月に創刊した『小説新潮』が、実績のある純文学作家に娯楽小説を依頼する編集理念が明確だったのに対し、『オール讀物』は、「あらゆる階層、あらゆる職域」を射程に収め、「万人の要求する娯楽的思考に合致した」(「編集後記」、『オール讀物』昭和二一・一二)雑誌を目標に据えた。文芸雑誌『文學界』および、『小説新潮』に近い編集方針だった『別冊文藝春秋』(昭和二一年一二月創刊)を擁する出版社の人脈が駆使された結果、もう一つの典型的な中間小説誌は構成されたと考えられる。また、直木賞発表媒体としての権威が、「高級」な印象を補強する一方で、文士劇の模様や日常風景を写したグラビアやゴシップ欄など、書き手たちへ親近感を抱かせるコンテンツも充実していた。昭和二七年一〇月に制定された「オール新人杯」は、第一回(翌年三月発表)当選者が南條範夫、次席が松本清張であり、新人の発掘・登用も積極的に試みられた昭和二〇年代だった。

昭和三〇年代前半の『オール讀物』が、いかなる特色を示したか、いくつか指摘しておく。掲載小説でまず注目すべきなのは、「剣豪ブーム」を牽引した五味康祐の初期代表作「柳生連也斎」である。いずれの剣士が勝者なのか判然としない結末による反響は大きく、翌年から短篇読切シリーズ「剣法奥儀」の連載がこれに続いた。剣豪小説の嚆矢と位置づけられる「喪神」により芥川賞を得た新人が、娯楽雑誌の寵児となる足跡は、この時期の文学状況を象徴するものといえるだろう。

既成大衆作家に目を向けると、山本周五郎「赤ひげ診療譚」や海音寺潮五郎「武将列伝」が好評を博した。とくに後者は、戦前の菊池寛「日本合戦譚」および「日本武将譚」や、戦後の坂口安吾「安吾史譚」、林房雄「明治人物伝」など、『オール讀物』誌上に繰り返し現れた史伝小説の系譜を継いでおり、「名誉ある伝統」に裏打ちされた編集方針の堅実性を認められる。一方で、創刊以来掲載され続けた野村胡堂「銭形平次捕物控」が、長い歴史に幕を下ろした。終結を告げる胡堂の「平次と生きた二十七年」を掲載した昭和三二年九月号より、五味と同期の芥川賞作家である松本清張の「無宿人別帳」がスタートしており、その後も書き手の世代交代が進んだ。

　時代小説以外では、石原慎太郎「狂つた果実」が目を引く他、安岡章太郎や吉行淳之介など、戦後派の芥川賞作家もたびたび起用している。もっとも、こうした傾向はライバル誌『小説新潮』でも顕著であり、むしろ江戸川乱歩や横溝正史の登場に、より広範に作品を募った形跡を窺える。また、毎年二度の直木賞発表号において、受賞第一作が掲載される恒例イベントも、購読者の維持・拡大に貢献したにちがいない。

　誌名に違背せず、随筆や座談会、中間読物、漫画も豊富に取りそろえている。なかでも、近藤日出造による漫画入り紀行文「新日本膝栗毛」が、長期にわたり誌面を賑わした。白抜きの題名に惹句がつくなど、目次でも強調されている。対して、活字のポイントは小さいながらも匿名書評欄「新刊診断書」は、大衆文学史における重要な契機として無視できない。昭和三〇年一〇月号では、五味康祐『秘剣』を俎上に載せ、

> 診断　稗史野乗のたぐいをあさりにあさつたかの如く見せかけて、立川文庫の立役者たちに、いかにして「中間小説」の主人公にふさわしいコロモをかむせるかに、泪ぐましい努力をはらつた作者こそ、猿飛に劣らぬ曲者というべきである。

と、ブームの要諦を喝破したのは、剣豪小説に手を染める直前の柴田錬三郎だった。他に、五味『柳生連也斎』や中山義秀『新剣豪伝』を取り上げており、流行作家の誕生に少なからず作用したと考えて然るべきである。それまでの『オール讀物』では、実話小説風の作品を提供する二線級作家だった柴田だが、数年後には異色推理小説「幽霊紳士」を連載する花形へ昇格した。

　こうした変容は、著しい包摂力を持つメディアのもたらした現象の一つである。中間小説の定着と市場の拡大は、雑誌の強大かつ持続的な動員力を前提とするが、多様な作家たちの参集それ自体が、文学状況を更新する原動力でもあった。戦前期からのベテランを重用しつつ、果敢に新進を抜擢した昭和三〇年代前半の『オール讀物』は、そうした機能をもっとも顕著に覗える媒体として位置づけられるだろう。

　そして、昭和三〇年代後半になると、中間小説誌の「御三家」が鼎立した時期に当たる。明治四四年一一月創刊の『講談倶楽部』は、戦前期に圧倒的な読者を擁した『キング』とともに、講談社の主力娯楽雑誌だっだ。しかし、戦後期には往時の存在感を示せず、昭和三七年一二月号をもって『少年クラブ』(旧『少年倶楽部』)『少女クラブ』(旧『少女倶楽部』)と同時に終刊する。すでに光文社の『面白倶楽部』は、昭和三五年末に廃刊しており、半世紀にわたる倶楽部雑誌の時代に終止符が打たれた。

　『講談倶楽部』に代わり、昭和三八年二月に講談社が送り

出したのが、中間小説誌読者をターゲットとする『小説現代』だった。後発でありながら『オール讀物』『小説新潮』と拮抗し、昭和四〇年代には、三誌で約一〇〇万部といわれる黄金時代を迎える。こうした繁栄の基盤を築く期間の『オール讀物』には、いかなる特徴を認められるだろうか。

荒正人《あらまさひと》は『小説家――現代の英雄』（昭和三二・六、光文社）で、高収入と名声を獲得した流行作家たちを「マス・コミュニケーションの王者」と表現した。彼等の生態に対する興味に訴える企画の増加に注目できる。たとえば、昭和三六年一〇月号は、第四五回直木賞の発表号であると同時に、受賞者である水上勉の人物像を知らしめるための試みが随所に見て取れる。「水上勉と私」と題したグラビアは、受賞パーティーの一場面を採用している。江戸川乱歩と松本清張に挟まれた水上をとらえており、両巨頭に比肩する才能という印象を与える構図である。また、矢野八朗（村島健一）(4)によるインタビュー「水上勉との一時間」は、嗜好や私生活を赤裸々に伝えており、同号の多くの頁が、新受賞者の風貌と人間性の発信に費やされた。

毎月の目玉作品に併載する作者のインタビューは、以降も人気コンテンツとして継続した。また、家族や住居などプライベートに踏み込んだグラビア企画も組まれ、作家像をタレント的消費に供する傾向が強まっている。ここで撮影された写真は、文藝春秋新社主催の文化講演会や愛読者大会など、作家を実見できるイベントの告知にも転用された。

掲載小説に目を向けると、推理小説が占める割合の増加が明らかである。荒正人が「社会派」の呼称を発案したのは昭和三五年(5)だが、同年一月から、松本清張「球形の荒野」の連載が始まる。それまで『オール讀物』では、短篇連作の時代小説「無宿人別帳」を手がけていた清張を、長篇推理の書き手として起用したのは象徴的な転換点といえる。昭和三七年一月からは、直木賞受賞後間もない水上勉の「オリエントの塔」が連載を開始する。読切短篇の特集も頻繁に行われ、社会派を含めた推理小説ジャンルは、雑誌の人気を支える一方の柱であり続けた。

創刊以来の主力である時代小説は、忍法ブームの最中だった。柴田錬三郎による「柴錬立川文庫」が幕を開けており、昭和四二年までシリーズを重ねる長期連載となる。『講談倶楽部』終刊後は、山田風太郎の短篇「忍法帖」を掲載する機会も増加した。奇想を得意とする両者に対し、オーソドックスな時代小説の書き手として登場したのが、昭和三五年に直木賞を得た司馬遼太郎と池波正太郎である。とくに池波の受賞作「錯乱」は、奇しくも司馬の直木賞発表号に掲載されており、後に「鬼平犯科帳」で雑誌の看板となる片鱗を窺える。海音寺潮五郎や山本周五郎らのベテランも健在であり、きわめて豊穣な時期だったといえよう。

大きく変化したのは、新人発掘の機会である。まず「オール新人杯」は、第一七回より「オール讀物新人賞」に改称された。昭和三四年に開始した「一幕物戯曲脚本募集」に加え、昭和三七年三月には、「推理小説新人賞」(第二回より「オール讀物推理小説新人賞」)の新設が発表される。添えられた趣意文には、「今日ほど推理小説が隆盛を極めている時はありません。(中略)単なる謎解きから脱却して、人間の苦しみ、社会の矛盾に素材を求め、読者に共感を与えたからでありましょう」とあり、さらに「いわゆる本格ものに限らず、広義の推理小説の募集をいたします」と補足する。選者には、松本清張と水上勉が名を連ねており、開設当初は明確に「社会派」ブームを意識した賞だった。なお、昭和三八年には、西村京太郎が「歪んだ朝」で受賞している。

その他、随筆や漫画、コラムなども充実した多彩な誌面構成も従来通りである。さらに、事件小説やユーモア小説などの特集企画と並び、早くもSF特集が組まれている。伝統と先見性を併せ持つメディアだったからこそ、文芸市場の再編成が著しく進んだ昭和三〇年代を通じ、娯楽小説の檜舞台として君臨し得たのである。

[牧野悠]

注

(1) なお、戦前期『オール讀物』の総目次は、『大衆文学大系別巻 通史 資料』(昭和五五・四、講談社)に収録されている。ただし、小説以外のコンテンツや掲載頁などの情報は省かれており、雑誌の総体を知る上では不十分である。

(2)「業界名物編集長大回顧座談会 文壇オンリー・イエスタデイ」(『小説新潮』平成一四・九)で、元『小説現代』編集長の大村彦次郎は、「『オール讀物』は漫画もあったりコラムもあったりという、都会的な柔らかさがありましたね。だから、『小説新潮』のほうがレベルは高いんだけど、野暮ったい感じだった」と、読者時代の印象を述べている。

(3)『柴田錬三郎選集』第一八巻(平成二・八、集英社)の「著作年譜」では、担当期間を昭和二九年七月～三一年七月とする。ただし、「新刊診断書」の開始は昭和二九年一月であり、矢野八郎によるインタビュー「柴田錬三郎との一時間」(『オール讀物』昭和三七・一)では、「「新刊診断書」(現行)というスタイルは、わたしがつくった」と発言している。

(4) 村島健一「矢野八朗のメモワール」(『オール讀物』昭和四二・一)で正体が明かされた。

(5) 高橋孝次「水上勉の社会派推理小説——同時代評と応答から」(大木志門・掛野剛史・高橋孝次編『水上勉の時代』令和元・六、田畑書店)参照。

第3章

中間小説誌における「読者の声」欄の位置

『小説新潮』の試み（昭和二八年〜昭和三九年）

小嶋洋輔

一　「読者の声」欄を研究するということ

『小説新潮』「読者の声」欄の位置

投書欄の研究は、これまでの文学研究、出版メディア研究において、盛んであったとはいい難い。それは、投書という史料の扱いが難しいことに起因しているように思われる。

永嶺重敏[1]は、婦人雑誌の読者層を探る研究のなかで、「それを読んでいた読者に関する史料は殆ど残されていない」なか、「唯一残された読者の痕跡ともいえるものが、雑誌の投書欄に掲載された読者の声である」と述べる。だが、その問題点として、まず「読者投書はきわめて短い断片的なものが多く、階層・職業・年齢等読者の属性に関わるデータが完全に記されていない」ない点をあげている。さらに永嶺は、投書を史料として扱うには以下のような問題点があるという。

読者投書自体の信憑性如何、すなわち、編集部が勝手に捏造したものや女性名を騙って男子学生が投書したもの等の混在を指摘する声もあるが、それは置くとしても、投書の採否に際して編集サイドから一定のフィルターがかかるために、採用された投書はステレオタイプの賛美的なものになりがちである。／加えて、読者投書を利用する際の最大の問題点は、その投書者の普遍性如何の判断が不可能なことである。例えば女工や女中からの投書が時折掲載されていたとしても、そのことから女工や女中の多くが婦人雑誌の読者であったといえるのか、換言すれば、婦人雑誌を愛読する女工・女中は例外的な存在であったのか、それともかなり一般的な存在であったのかが、読者投書からだけでは判断できない。この点は、婦人雑誌に限らず、雑誌読者層の拡がりを知る上で重大なネックとなっている。（一五八頁）

永嶺のような、当時の雑誌読者の実情を探る研究において、投書の抱える「信憑性」、「普遍性」の問題は大きいといえる。(2) とくに一点目の「信憑性」の問題は、編集部の手がどれくらい入っていたか、実証が不可能であるため、投書を資料として用いる際に問題となる。

だが本章は、中間小説誌を代表する雑誌である『小説新潮』の特徴を、名物企画「小説新潮サロン」の人気コーナーである「読者の声」欄に寄せられた投書から見出す、という姿勢で行う。永嶺の指摘にもある「編集サイドから一定のフィルターがかかる」ということは認識しつつ、投書から中間小説誌の特徴の一端を明示することを目的としたい。つまり、本章の目的は中間小説誌『小説新潮』の読者への意識を明らかにしたいということである。永嶺のいう「一定のフィルター」の内実を、「読者の声」欄という投書＝言説の連なりの分析から明らかにしてゆくものといいかえてもよい。投書は雑誌の戦略をうかがい知ることのできる有効な研究対象なのではないだろうか。

その一例として、「編集サイドからの一定のフィルター」を批判する投書の存在を指摘できる。つまり、読者も、投書が孕むこの危険性に意識的だったのである。またいえば、編集側もそうした危険性に意識的だったからこそ、意図的にそうした投書を掲載したといえるのではないだろうか。本章の目的を明示する好例であるため、ここで引用しておく。昭和三四年一二月号の投書である。

大分前から読者の声欄を見ているが、毎月々数人の同一投書者の意見が出ている。これは読者の声欄、ひいては本誌そのものに極めて危険なことだと思う。その同一投書者の意見を見れば常に一つの見識から進展することなく、本誌に対する批評及び感想が極めて限定化していると思われる。多数の読者からの投書によつて、本誌及び作品に対する批評、感想は無数と思われる。僭越した考えだが、編集者は常にそれから目を離さずいるだろうが、読者の声欄に於ても我々読者は（少なくとも私は）その欄によつて、本誌の編集状態を感知し、他の読者（読者の声欄にのつた）と共に、作品に対する自己の意見・感想等を対見していると思う。故に毎月同一投書者を登場させることは、読者の声欄も、また編集自体もセクショナリズムに陥りはしないだろうか。この点編集者は考慮する余地があると思う。ご考慮願いたい。

（三二一頁）

この投書は、「同一投書者」ばかり掲載する編集の方針、いわば「編集サイドからの一定のフィルター」に気づき、問題視したものといえる。そして同時に「読者の声」欄が、読者にとって「編集状態を感知」、「作品に対する自己の意見感想等を対見」するものという側面を有していたことも知らせてくれる。ただ逆に、こうした投書を編集が選び掲載したという事実も放念してはならない。この投書を掲載するという事実は、編集の意図を消極的に考えたとしても、編集サイドがこうした批判に意識的であったと、読者に知らしめる効果はあっただろう。

そしてこの投書に対する反論を、翌月号である昭和三五年一月号（三三七頁）、昭和三五年三月号（三二二頁）と「読者の声」は掲載してゆく。一月号のものは、本年度の投書家数をあらためて数え直すと「同一氏名のものは僅かに十名」であったことを指摘するもので、三月号の投書は「投書を採用するしないは編集者にあるし、又時によつては必要であればこそ掲載するものだから、投書者はそれに任せるだけの広い心を持つべきものと思う」と、先の投書家の意見を「島国根性」からくる狭い考えだと非難するものであった。こうした読者同士のやりとりを掲載し続けることで、『小説新潮』という雑誌がこの問題について意識的であり、そしてそれに冷静に対処していることを読者に印象づけることができるわけである。

さて、今回対象とするのは『小説新潮』に「読者の声」欄が創設された、昭和二八年九月号から昭和三九年一二月号までとする。この時代は、『小説新潮』の全盛期と呼べる時代であり、『小説新潮』が中間小説誌として、新たな市場を形成していった時代といえる。そしてそれを象徴する企画としてあったのが「小説新潮サロン」であり、その人気コーナー「読者の声」だったといえる。

同時代の他中間小説誌には、読者からの投書を求める企画はほとんどみられない。あるとしても『小説新潮』の成功を受けて企画されたものと思われる。たとえば、『小説公園』には昭和二九年一二月号から廃刊する昭和三三年五月号まで、「花壇」という投書欄が設けられていた。また、『小説中央公論』には、月刊化される直前である昭和三八年一月に発行された、隔月号時代最後の号に一度だけ「読者コーナー」という投書欄が設置されたことがある。そして、明確に『小説新潮』を意識して投書欄を設置したと推察されるのが、『小説現代』の「読者ルーム」である。これは昭和三八年の『小説現代』創刊号（二月号）から設置されている。

つまり『小説新潮』の「読者の声」欄は、競合する中間小説誌のなかでは、特異な企画だったといえる。こうした企画が設置された要因としては、あとで投書から明らかになるが、『文章倶楽部』の存在があった。新潮社に、投書を重視する伝統があったといってもよいだろう。また投書欄は、総合娯楽誌や婦人誌では一般的なものであった。そうした雑誌も刊行し、ノウハウを知っていた歴史ある出版社新潮社だったからこそ、中間小説誌という新たなメディアに投書欄を作ることができたと考えられるのである。(3)

創設当初の「読者の声」欄

では、具体的に『小説新潮』における「読者の声」欄についてみてゆこう。先にも述べたとおり『小説新潮』の

「読者の声」は、「小説新潮サロン」という参加型コーナーのひとつである。昭和二八年八月号の「投稿原稿募集!!☆百万人の読者と直結する新企画☆「小説新潮サロン」開設!!」を引用する。これから『小説新潮』の企画創設意図がみえてくるだろう。

誌界随一の小説雑誌として、常に新鮮な企画と豪華な内容をもつて百万人の読者と共にある本誌が、茲に新たな次号（九月号）より『小説新潮サロン』の頁を設けて、広く一般読者諸氏の作品感想等を掲載し、読者と共に作る雑誌として、江湖の御支援に応へたいと思ひます。振つて御投稿をお願ひ申します。

——応募規定——

一、コント（短篇小説）

四百字原稿紙七枚以内

入選作賞金五千円贈呈

選者　丹羽文雄氏

一、短歌・俳句

官製ハガキ一枚に一首（又は一句）

但一人何枚にても可

賞金　天（二千円）　地（一千円）　人（五百円）

佳作に本社刊行の書籍贈呈

選者　土岐善麿氏（短歌）

中村汀女氏（俳句）

一、わが町・わが村

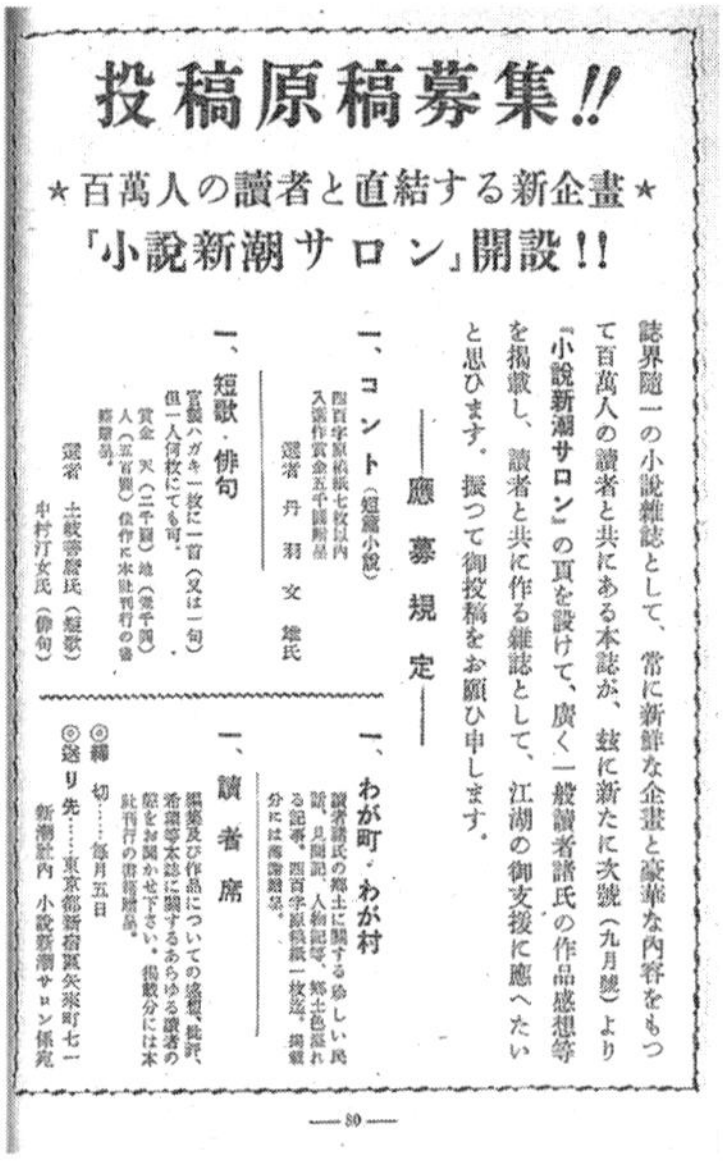

投稿原稿募集!!

★百萬人の讀者と直結する新企畫★

「小説新潮サロン」開設!!

誌界隨一の小説雜誌として、常に新鮮な企畫と豪華な内容をもつて百萬人の讀者と共にある本誌が、玆に新たに次號（九月號）より『小説新潮サロン』の頁を設けて、廣く一般讀者諸氏の作品感想等を掲載し、讀者と共に作る雜誌として、江湖の御支援に應へたいと思ひます。振つて御投稿をお願ひ申します。

——應募規定——

一、コント（短篇小説）

四百字原稿紙七枚以内

入選作賞金五千圓贈呈

選者　丹羽文雄氏

一、短歌・俳句

官製ハガキ一枚に一首（又は一句）

但一人何枚にても可。

賞金　天（二千圓）地（壹千圓）人（五百圓）佳作に本社刊行の書籍贈呈。

選者　土岐善麿氏（短歌）

中村汀女氏（俳句）

一、わが町・わが村

讀者諸氏の郷土に關する珍しい民話、見聞記、人物記等、郷土色溢れる記事。四百字原稿紙一枚迄。掲載分には薄謝贈呈。

一、讀者席

編集及び作品についての感想、批評、希望等本誌に關するあらゆる讀者の聲をお聞かせ下さい。掲載分には本社刊行の書籍贈呈。

◎締切……毎月五日

◎送り先……東京都新宿區矢來町七一 新潮社内 小説新潮サロン係宛

—80—

『小説新潮』（昭和28・8）

読者諸氏の郷土に関する珍しい民話、見聞記、人物記等、郷土色溢れる記事。四百字原稿紙一枚迄。掲載分には薄謝贈呈。
一、読者席（※引用者注、後「読者の声」へ）
編集及び作品についての感想、批評、希望等本誌に関するあらゆる読者の声をお聞かせ下さい。掲載分には本社刊行の書籍贈呈。
◎締切……毎月五日（※引用者注、九月号から「毎月末日」）
◎送り先……東京都新宿区矢来町七一新潮社内　小説新潮サロン係宛[4]

こうした募集を受けて、実際の読者の反応は賛否両論入り乱れるものであった。逆に言えば、こうした新コーナーに関する読者からの賛否を雑誌サイドは双方掲載したのである。昭和二八年一〇月号の投書には、同じ新潮社で戦前まで刊行されていた、投書欄が目玉のひとつであった読物雑誌『文章倶楽部』を引き合いに出しての投書が掲載されている。

サロンはいゝ。かつて大正の頃私は新潮社の「文章倶楽部」のファンだつた。あの時代貴社が負つた新人文

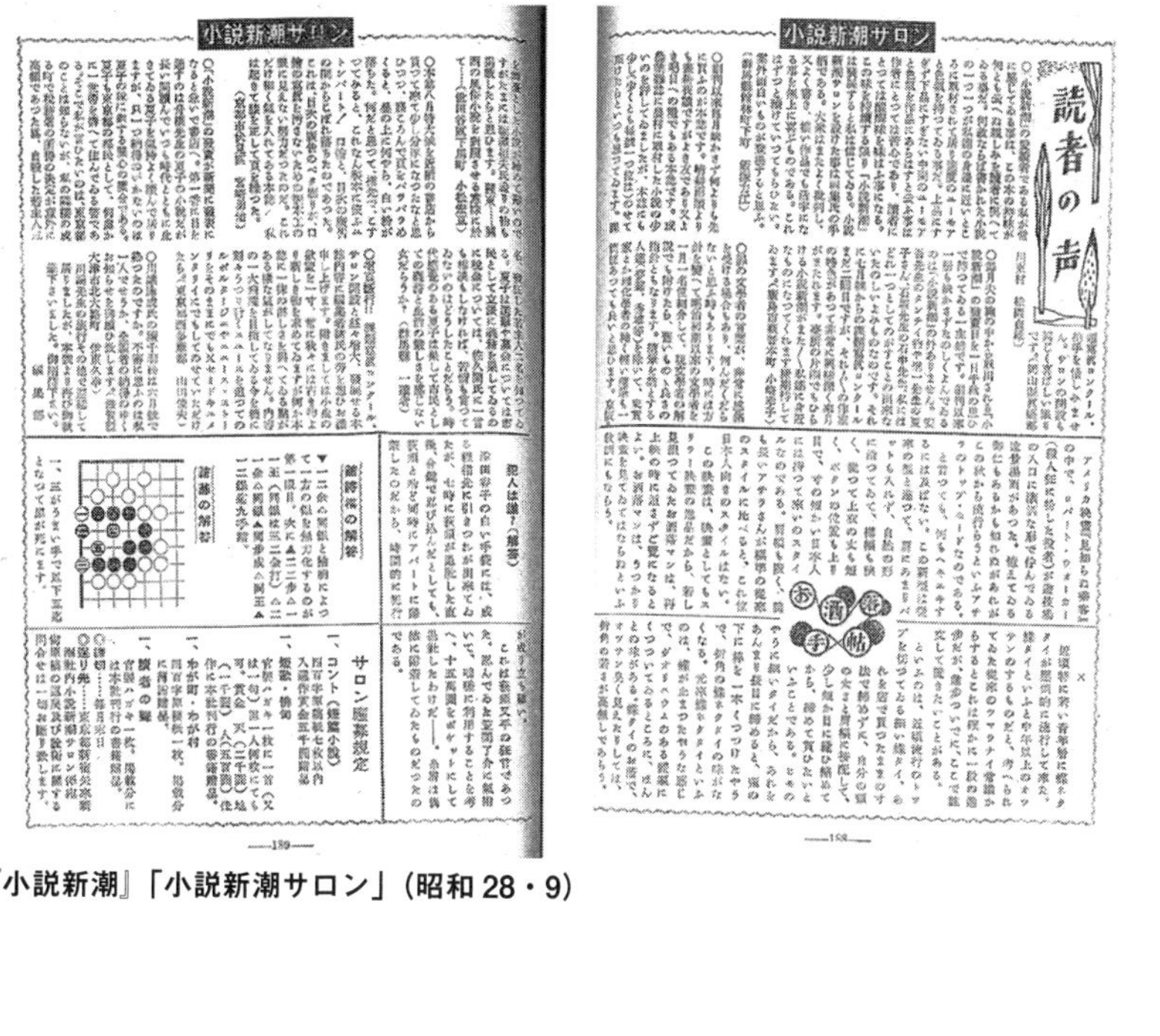

『小説新潮』「小説新潮サロン」（昭和 28・9）

学への責任は重大だつたと思ふ。出版社が真に読者との心のつながりを持つことは賢明である。（後略）（二八八頁）

この翌月号にはさらに、他誌が「雑誌の賛辞だけを読者の声として掲載してゐる」現況を指摘、『小説新潮』の「読者の声」欄がそうならないことを希望する投書が掲載されている（二八四頁）。「編集の独善を排する為」と「読者の声」欄の存在意義もこの投書は語る。

これらは新設の「読者の声」欄への期待の声を選んで掲載しているようにみえるが、そのさらに翌月号の一二月号では、苦言を呈する投書が掲載されている。

小説新潮及新潮の愛読者ですが一言苦言を呈します。小生は小説新潮サロンなどと云ふ頁は不賛成。如何にも通俗雑誌めいてゐてよくない。婦人雑誌のやうだ。通俗ウケは中間読物で充分補つてゐると思ふ。（後略）（二八四頁）

ここから理解できるのは、「読者の声」というコンテンツは文芸誌のものではなく、「通俗雑誌」、「婦人雑誌」のものという認識があったということである。こうした欄を、新たな雑誌ジャンル＝中間小説誌に設置するということは、先行雑誌としての『文章倶楽部』の経験があったとはいえ、編集側からすると大きな決断だったといえるのではないか。小説雑誌ではあるが、既存のものとは異なるものを目指すのだという、『小説新潮』編集サイドの意図が本欄の設置からみえてくるといってもよい。また、賛否の「声」を双方、数号にわたって掲載してゆくことで、ある種の雑誌の方向づけを行うということもあったのではないだろうか。

そして、先の苦言を呈する投書から二号後の昭和二九年二月号には、その苦言への反論の投書が掲載されている。「小説新潮の奥附はサロンの前頁にあり、小説新潮としての役目はそれで済んでをり、サロンは編集者の読者への喜ばしい附録である」というもので、サロンは「編集者の好意」だというのである（三一六頁）。さらに昭和二九年五月号には、ここまでの議論を概括するような投書が掲載される。

貴誌サロンについての賛否両説は結局読者として賛成を支持する者が多いのではないかと推察致します。それはこのサロンの編集の上手さからさう言へるのでして、これがちよつとでも間違つたら矢張り否定説の通俗雑誌云々といふことになつてしまふのだと考へます。この点私は貴誌サロンに全面的に賛成致します。殊に懸賞コントは貴誌に相応しい優れた作品が毎月一篇づつ選ばれて、これこそは新風を誘つてくれる立派なサロンだと感心して居ります。希望を申しますと、その月の応募作品が一体どの位集まつたのかそれを知りたいことです。(後略)／★愛読者のご支持によつて応募数は毎月上昇しつゝあります。（三一五頁）

これまでの議論の結果、賛成派が多数ではないかという投書を掲載しているのである。『小説新潮』の編集は投書を利用して、「読者の声」欄を設置するが、「通俗雑誌」ではない、新たな雑誌のかたちを読者に示していったようにもみえる。そして、この投書を最後に、「小説新潮サロン」自体の意義を問うような投書は掲載されなくなる。

以上のように、コンテンツ自体の賛否を議論する投書の掲載という流れ自体が、本章が目指す『小説新潮』編集側の意図を投書欄から探る好事例であった。「読者の声」欄から、雑誌側が読者に求めているもの、意図のようなものを探ることができるのではないか。さらに、先の引用最後の★以下は編集のコメントである。誌面ではポイントを下げて記されている。こうした編集者自らのコメントは、掲載の意図を分析するよりもより直接的に編集の意図を透かし見る材料となるのではないだろうか。

二　読者層について

毎日新聞社「全国読書世論調査」

先に見た永嶺論にもあったように、どういった人々が『小説新潮』の読者であったかを、投書欄からのみで判断するのは難しい。以下は、そうした問題に対する永嶺論の対応であるのだが、「読書調査」を用いるという手段がある。

本章でも、投書欄から読者層について迫る前に、毎日新聞社の読書世論調査のデータから、『小説新潮』の読者層について確認しておこう。本章では、その調査が昭和五一年に三〇回を迎えたことで発刊された『読書世論調査30年——戦後日本人の心の軌跡』（昭和五二・八、毎日新聞社）を用い、概括する。(5)

昭和二二年に開始された毎日新聞社読者世論調査は、対象者が第三〇回までで延べ三三万九千人を超した大規模な調査である。この調査結果のおかげで戦後の人気雑誌の読者層や、ベストセラーの傾向についてその大枠は理解することができる。

本章の対象である昭和二八年から昭和三九年までの毎日新聞社読書世論調査の調査対象者は、「科学的な層別多段抽出法」にもとづいている。「全国の市区町村6大都市、市部、郡部の3つに大別し、市部は人口数によって大都市（人口20万以上）、中都市（人口10～20万未満）、小都市（人口10万未満）に分け」、「国勢調査結果からみた市や町村の産業形態によって層別」し、次いで「各層の人口比率により地点数を割り当て、調査市区町村はそれらの層から無作為に選びさらに、該当地点の国勢調査の調査区を無作為にぬき出した後、市区町村役場にある「住民票」から一定間隔で調査世帯を抽出して、その世帯にいる満16歳以上（第4回だけは満20歳以上）の男女すべてを調査対象とした」ものである。ただし昭和三九年のみ調査対象者が変更されている。調査対象者は同一世帯内の重複を避けるため、満一六歳以上の男女を直接選ぶことになった。(6)

『小説新潮』が含まれる「雑誌」項目のランキングであるが、その読書率に男女差、世代差がほぼ出ないことが特徴とされる。そこで『小説新潮』は人気雑誌の地位を守っていたということである。「いつも読む雑誌（月刊雑誌）」の結果は、昭和二八年一一位、昭和二九年一一位、昭和三〇年一二位、昭和三一年一二位、昭和三二年一三位、昭和三三年一七位（ここまで月刊誌、週刊誌の区分なし）、昭和三四年一二位、昭和三五年一一位、昭和三六年一〇位、昭和三七年一〇位、昭和三八年一〇位、昭和三九年一〇位となっている。また「買って読む雑誌（月刊雑誌）」の結果は、昭和二八年一二位、昭和二九年一一位、昭和三〇年九位（ここまで月刊誌、週刊誌の区分なし）、昭和三一年一〇位、昭和三二年九位、昭和三三年一三位、昭和三四年一四位、昭和三五年一一位、昭和三六年一〇位、昭和三七年一〇位、昭和三八年九位、昭和三九年一一位と、常に十位前後にランキングされている。

男女を分けてとられたデータも存在する。これは昭和三六年〜三九年のデータに限定されるが、『小説新潮』は「いつも読む月刊雑誌」というランキングで、男性で昭和三六年四位、昭和三七年五位、昭和三八年四位、昭和三九年四位と上位にランキングされ、女性でも昭和三六年一五位、昭和三七年一六位（昭和三八、九年は一七位以下であるが）とランキングされていることがわかる。同様に「買って読む月刊雑誌」ランキングでも、男性で昭和三六年四位、昭和三七年四位、昭和三八年三位、昭和三九年四位と上位にランキングされ、女性で昭和三六年一六位、昭和三八年一七位、昭和三九年一七位（昭和三七年は一七位以下である）となっている。同じ月刊雑誌である婦人誌の読者に女性が多いということは自明であろう。にもかかわらず『小説新潮』は女性読者の獲得も成し得ているのである。婦人誌を除くかたちで、女性対象のランキングを見直すと『小説新潮』は『文藝春秋』に次いでいる。

以上、『小説新潮』が人気雑誌であったこと、女性読者の心もつかんでいたことについて、『読書世論調査30年』を用い確認することができた。毎日新聞社読書世論調査でさらに確認できるのは、地域、年齢、学歴に分けてのデータである。ここでは、『小説新潮』に「読者の声」欄が創設される前年の昭和二七年度と、本章が対象とする最終年度となる昭和三九年度の調査を比較する。(7)

昭和二七年度の調査において、『小説新潮』は「あなたが読んでいる雑誌及び週刊誌は何ですか」という問いに対する「買つて読んでいる」雑誌のなかで、「毎月買つている」で第一二位（98）、「時々買つている」で第一一位（109）という結果であった。(8)その地域別の数を見ると、「六大都市」＝二一（毎月）・二八（時々）、「市部」＝三七（毎月）・三九（時々）、郡部＝四〇（毎月）・四二（時々）とほとんど地域差なく、読者を有していることがわかる。では昭和三九年度はというと、質問の内容が変わるので単純に比較できないが、「あなたが読んでいる雑誌のうち、買って読んでいる雑誌は」という問いで、『小説新潮』は第一一位（61）となっている。そのうち「七大都市」＝一六、「市部」＝三四、「郡部」＝一一と、「市部」の読者数が増加しているように見える。ただ、これはほとんどすべての雑誌で同じ結果になっているため、都市化の進展の結果と見るべきだろう。

次に同じ質問で年齢別ではどのような結果になるだろうか。昭和二七年度では「毎月買つている」という問いに『小説新潮』と答えたのが九八という総計結果になったことは先に見た。そのなかで「一六〜一九」＝五、「二〇〜二九」＝三四、「三〇〜三九」＝二九、「四〇歳以上」＝三〇と、二〇代以上の読者が主であった。「時々買つている」（109）では、「一六〜一九」＝一七、「二〇〜二九」＝四七、「三〇〜三九」＝二九、「四〇歳以上」＝一六となっている。

これと比して昭和三九年度は、「買って読んでいる雑誌」を『小説新潮』と答えた六一（実数）のうち、「一六〜一九」＝二、「二〇〜二九」＝一三、「三〇〜三九」＝二〇、「四〇〜四九」＝一六、「五〇〜五九」＝八、「六〇〜」＝という結果になった。つまり昭和二七年度とほぼ変わらず、二〇代から四〇代の読者が主ということである。昭和三九年代の『平凡』の結果を見ると、『平凡』の読者の年齢層は一〇代から二〇代の若者に特化しており、二〇代から四〇代の広い世代にわたって読者がいるということが、『小説新潮』の大きな特徴としてあったことがわかる。

最後に同じ質問で学歴別の結果を見ると、昭和二七年度では、「毎月買つている」という問いに対しては、学歴十年以上という読者が総計九八のうち七三を占めた。「時々買つている」という問いでは、学歴九年以下の読者数が「毎月買つている」よりも増えはするが、やはり学歴十年以上の読者が多い。これが昭和三九年になると、『小説新潮』を「買って読んでいる雑誌」と答えた実数六一のうち、「九年以下」＝一六、「一〇〜一二年」＝三三、「一三年以上」＝一二となり、ほとんど一二年前の結果と変わらないといえる。

「読者の声」欄から見る読者層

「読者の声」欄創設当初の特徴として、読者が自らの職業や現状について語ることが多いことをあげることができる。以下そうした投書を列挙してゆく。

まず、昭和二九年五月号には「読者の声に女性の言葉が少いのは淋しいと」述べる女性読者からの投書がある。この読者は「夜の洋裁のグループで回覧にして居りますが、皆はじめは石中先生を読んでしまひます」(三一五頁)とも述べている。この同じ号には「私の知る限りでは愛読者の多くは私のやうにサラリーマン」や、「バラエティに富んだ内容、私達労働者が一日の疲れを休めるのに充分です」、そして「然しながら吾々農村人として」といったように、「サラリーマン」、「労働者」、「農村人」からの投書が掲載されている。これはいいかえれば、『小説新潮』には様々な読者が存在することが、「読者の声」欄を読めば、読者同士で共有できるようになっているということである。読者層の広さを示そうという編集側の意図も感じられる投書の選定と思う。

また読者の世代を読み取ることができる投書もある。昭和二九年八月号のものである。以下に引用するが、これは同時に『小説新潮』サイドが読者にどのような世代を求めていたかをうかがい知れるものともなっている。

(前略)私は学生時代から貴誌を愛読してをりますがサロンの読者の声を読んでゐて若い人の声の少いのに少々ガツカリしてゐる者です。貴誌の編集方針は勿論小説が主である事はよく解つてはをりますが、我々青年層の読者のために小説家或ひは又有名人の青年だつた頃の人生に対する考へ方、又その後どの様に変つたかと云つた様なかんたんな人生論の頁がカミされれば一層、貴誌の魅力を高め青年層にも広く愛読されるのではないかと思ひます。／★編集の参考にさせていただきます。

(三一九頁)

『小説新潮』の読者に若者が少ないことを嘆き、打開の案も提示するような投書といえる。「★」は編集側からのコメントである。コメントが付与されるかどうかは問題である。どうしてもコメントが付与されていない投書に比して、特権化されるように思えるからである。若者読者が少ないことを憂う投書を掲載し、その投書に編集サイドがコメントするということは、昭和二九年当時『小説新潮』という雑誌が、若年層読者の不足を問題視していたひとつの証拠になるように思う。

そして投書には、読者が暮らす地域によって生じる差についての言及が見られる。こうした投書は、昭和三〇年代に頻出するようになるのだが、その端緒として、昭和二九年六月号に寄せられた投書がある。『小説新潮』が東京に偏重した誌面作りをしていることへのクレームである。

一言申し上げたく思ひますのは東京の記事が少し多すぎる様に感ぜられることです。愛読者は全国にあまねくある筈でせうから、殊に、「あの目この口」欄小生は東京者にて今神戸に住み、大阪へ通勤してをり、東京の事が出てゐれば懐しく又良く解るのですが、大阪は昔から「喰ひ倒れ」と云はれ、神戸とて仲々植民地的情緒？ 豊かなイケルところもありまツセ。読者よりの言も取上げこの欄に載せたら如何でせうか。／★全国的にしたいと思つてゐますし、読者の投稿も歓迎します。（三一五頁）

グルメ記事などの対象が「東京の記事が少し多すぎる」というこの投書は興味深い。そしてこの投書を契機として、昭和三〇年代、「日本再発見」をイメージさせるような投書が続くことになるのである。

たとえば、これは同一読者からの投書であるが、昭和三〇年一一月号と昭和三一年九月号に、そして昭和三三年一〇月号に、沖縄の読者からの投書が掲載されている。ここではその最初にあたる昭和三〇年一一月号の投書を引用する。

日本の発売日より十日位おくれて『小説新潮』九月号が本屋から届けられた。（中略）貴誌、七月号に小生の短歌が、川田順先生の選に入つたが賞金を直接受取れぬ沖縄の特殊な立場を考慮され、賞金に相当する単行本を送付された御好意に感謝いたします。「疎開船」や「戦果の唄」等で本誌とも馴染のある沖縄出身の石野径一郎氏や、詩人山

之口貘氏の作品を掲載されるよう希望します。（三一六頁）

この読者は、昭和三三年一〇月号の投書では、「忘れられている沖縄の読者のために」、「沖縄出身の作家」の掲載を希望している。これらの投書からは、沖縄の読者が昭和三〇年代初頭に置かれていた状況を知ることができる、ある種の資料となり得よう。そして同時に『小説新潮』が、いわゆる「復帰」前のUSCAR統治下の沖縄の読者にまで届いているのだという事実を、多数の読者に知らしめる効果もあるといえる。

別の例として、「読者の声」欄は海外の読者からの投書も積極的に掲載していることをあげることができる。昭和三一年六月号および一〇月号に、アメリカのアイオワ州からそれぞれ別の読者からの投書が掲載されている。この二名の読者は、投書の内容から判断するに、アメリカ人と結婚して渡米した日本人女性で、『小説新潮』は友人から送ってもらい読んでいるという。また昭和三五年一二月号にはブラジルのマナウスからの投書が掲載されている。この読者も日本の知人が、『小説新潮』を「ときたま送ってくる」という。これらの投書からは、『小説新潮』が日本を代表する雑誌というのはいい過ぎかもしれないが、日本の読者が海外の友人に現在の日本のものとして送る雑誌としてはあったということがわかる。こうした『小説新潮』の位置は、先の読書世論調査のデータを裏づけるものとなるだろう。

投書欄にこのような読者の拡がりを刻印するような記事が掲載されることで、読者が雑誌に求めるものも変化するようである。読者が、自らが暮らす地域を意識した記事を求めるようになる様が「読者の声」欄の調査から見えてくる。先に示したような東京偏重へのクレームという内容に加え、地域を描くことを求める投書が、昭和三〇年代になると増加するのである。次の昭和三七年九月号の投書は、「小説の中央集権化」を憂うものである。

小説の中央集権化はなぜこれほど盛んなのだろうか。「小説」の舞台は都市か、或はそれに準ずる市街地が中心になっているのが殆どである。かりに地方が舞台にされたとしても、素朴なローカル・カラーの接触から描かれるのではなく、市街地との対比のうえで、嘲笑的なものとして描かれている場合がその大部分である。私のみた限りでは『小説新潮』もその例外とはいえないようであった。地方性を存分に生かした小説が、そろそろ出現してもいいのではないだろうか。いつも「小説」の故郷不在が気になってしまう。地方を主題とした特集（小説、評論など広い分野の）をしてほしいと思う。文学の現代的出発をうながす意味でも大切なのではないだろうか。（三四二頁）

こうした「声」に応えるものとして、あとでみるような日本の風景を映すカラーグラビアページや、旅関連の企画があったと推察できる。この投書と同種のものとして、昭和三七年一月号の「日本の人口の六割以上」を占める「農村」に住む「農民」に向けた「農民文学特集」を求める投書をあげることができる。

そしてこうした『小説新潮』読者の拡大を総括するような投書もある。六〇代の読者から送られた昭和三七年四月号の投書である。

ところで私の周辺を調べてみると、本誌は二十代の青年層から、私のような六十代の老年層に至る――しかも「読者の声」欄によれば、草深い農村の主婦に至るまで、縦に横に広い読者層を持っているようであり、私にも手許に高校三年の子供がいるが、本屋から本誌が配達されると、予復習をそっちのけにしてかじりついている。若い世代の者だけあって、松本清張、水上勉、黒岩重吾、芝木好子等に興味があるらしいが、私たちは中山義秀、内田百閒、室生犀星、或は橋爪健等に先ず目を通すことになる。（中略）何れにしてもその広汎な読者層に対し、それぞれ興味ある読物をもって読者の期待に応えられんことを祈りたい。（三五三頁）

世代の差を超えて読まれる雑誌『小説新潮』、という主張が主の投書であるが、地域差についてもこの投書は言及している。『小説新潮』に「広汎な読者」がいることを指摘するものである。昭和三〇年代の『小説新潮』がまぎれもない人気雑誌であったことをうかがい知ることができる投書といえよう。これもまた先の読書世論調査のデータを裏づける証言といえる。

三　時代を写す「声」たち

中間小説誌に関する「読者の声」

『小説新潮』が冠する中間小説誌、中間小説というジャンルにも「読者の声」は敏感である。たとえば、昭和二九年六月号に中間小説の意義について次のように語る投書がある。

評論家の反論を受けつつも、読者に絶大なる支持を保たれている中間小説を、もう評論家も真剣に思考しなければならない時期がきたやうだ。低調になりがちなこの頃の純文学を大いに鼓舞勉励させる役目は元より大切な事だが、大衆が今までの大衆小説にあきたらずより文学性に富む中間小説へ転換してきた注目すべき現象を無視してゐる事は頷けない事である。これらの読者に対し懇切なる解説及び育成啓蒙こそ国民と文学の密接性をさらに深め、根強い組織を築くものと確信する。（三一五頁）

これはこの時期に起こっていた「国民文学論争」に影響を受けた言説といえる。同時に、「純文学」でも「大衆小説」でもないが、「大衆小説」「より文学性に富む」ところの中間小説が「国民文学」になり得ると、一読者にも考えられていたひとつの証左となる。そしてその役割の中心を担う場として、この投書を掲載した『小説新潮』がある。中間小説を「国民文学」とすること、その旗振りを『小説新潮』が現実的に求められていたことは、『小説新潮』に投稿するこの読者の存在からも、その「声」を掲載する編集側の姿勢からも理解されるところである。

だからこそ、この問題に関する批判も「読者の声」には存在する。昭和三三年一〇月号に掲載された投書に、「貴誌の小説がそれ自体の称する如き中間小説、風俗小説として明確なジャンルを文学史上に残すかどうかは知らない」が、「あまりにも微温的風俗小説に堕しつつある」という批判の「声」がある。「微温的風俗小説」とは、「文壇の既成大家」の作品が多く、「熱」、「（疾風怒濤）の要素」がないという批判から、その内実が理解されよう。この投書の存在からは、気鋭の新人が担う新たなジャンルとしての中間小説というイメージを読者が持っていたことを示すものとなるが、その「新」の内実が「熱」などといった曖昧な言葉で説明されているため、主張はわかるがその内実は不分明なものとなっている。これは中間小説という用語、ジャンルがはらんでいた問題である。中間小説の定義は、読者それぞれで異なるのである。それが、『小説新潮』の一読者の「声」からも見えてくる。

次の昭和三七年一一月号の投書もまた、中間小説というジャンルの曖昧さを指摘するものである。

> 『小説新潮』や『オール読物』などに載る作品を中間小説と称して純文学と一線を引いているが、（中略）等々の諸作を中間小説と言うのだったら、中間小説大いに結構だ。大正末期から『文章倶楽部』『新潮』を読み続けて、読むことに生き甲斐を感じて四十余年、現在『新潮』と『小説新潮』を併読していて、どちらにより多く惹かれるかといえば遺憾乍ら後者である。里見、広津氏らの作品が中間小説なら谷崎の「瘋癲老人日記」も漱石、荷風らの作品の何十%かは中間小説ではなかろうか。吾々読者にとっては中間であれ、純文学であれ、何んらかの意味で精神的にプラスするものを持っておれば結構である。（後略）　（三三九頁）

この投書は一見、作家名、作品名などをあげて中間小説を具体的に説明しようとしている。だが、その評価の基準は「何んらかの意味で精神的にプラスするものを持っておれば結構」という、きわめて曖昧なものである。このような「読者の声」から、中間小説がたどったジャンルの曖昧化の推移を見ることも可能なようである。[9]

また「読者の声」からは、中間小説誌を定義する特徴のひとつである、一号読み切りの作品を掲載する雑誌という定義形成の諸相をもうかがい知ることができる。昭和三四年一月号に中篇作品の増加を希望する投書がある。[10]

> 四本の連載小説と、四本の連載読物が十二月号で終つたが、余り連載ものが多く、煩雑にすぎはしないだろうか。もう少し整理して、中篇の読み応えある力作をふやしていただきたい。（後略）　（三三九頁）

さらに翌年昭和三五年一〇月号にも同種の投書が届いている。

（前略）それにしても、最近は何か連載ものも多すぎるような気がするのですが、どうでしょう。どっしりと重量感のあるのはどうしても長篇ですが、かといってそのためにコマ切れになっているというのは、どうしても感心出来ません。長篇ものは別冊の方に廻して、出来るだけ連載物を少なくしてほしいのですが。連載物は月刊では間のびしすぎるような気がします。
（三三九頁）

つまり、『小説新潮』は月刊誌であるため、連載にされると「煩雑」、「コマ切れ」になってしまうというのである。昭和三三年一〇月号には、「続き物であるのにどうして梗概がない」のか、「雑誌の続篇物には、大抵前号までのあらすじが載せられているのに」とのクレームが掲載されている。この投書の最後には編集側から「ご希望に添うようにします」というコメントが返されている。

このような「声」を掲載することで、自誌が目指す戦略を読者に対して伝える意図が『小説新潮』側にあったとするならば、昭和三〇年代までの『小説新潮』は、一号読み切りの作品で構成される誌面を目指していたということがわかる。実際、昭和三〇年代までの『小説新潮』の誌面構成は、長篇といっても舟橋聖一《ふなはしせいいち》の「夏子もの」のような短篇連作的な作品と、新進の「純文学」出身作家などが書く一号読み切りの短篇作品で占められている。前号の梗概が付されないと、その号だけ読んでも内容が理解できないような作品、たとえば松本清張《まつもとせいちょう》作品のようなものは少数なのである。

不満・要望、競合他誌との比較から見えてくるもの

もう少し具体的に、「読者の声」欄に寄せられた不満や要望について見てゆこう。明らかに誌面に影響を与えた、あるいは編集戦略を補強するものとして掲載されたことがわかるような例でなくても、「読者の声」欄に繰り返し同種の内容が掲載されることには何か意味があるはずである。

その代表的なものとして例示できるのが、執筆陣に関する投書である。執筆陣に対して、とくに不満を述べる投書が、昭和三二年と昭和三七年に集中して掲載されている。まず、昭和三二年六月号の投書である。[11]

> 五月号の小説陣のくだらなさ——さつぱり流行しない作家の小説、なぜもつと流行作家の力作を採用しないのか。小説雑誌としての編集者の良識を疑います。只予定枚数を充たすだけの職業作家の月並小説、商売人の生計のための小説、これでは御誌に期待する読者が気の毒です。小説雑誌ならばそれらしく読者の要望する作家を登場させて下さい。読者が希望する作家の小説を広く一般から募集したら如何ですか。編集者諸君の奮闘を期待します。
> (三二〇頁)

この批判のやり玉にあげられた号の目次には、たとえば「五大中篇力作」としてまとめて掲載された作家は、小島《こじま》政二郎《まさじろう》、池田みち子、阿部知二《あべともじ》、森山啓《もりやまけい》、内田百閒《うちだひゃっけん》で、とくに他の号の執筆陣と変化があったわけではない。おそらくこの投書の批判の主眼は、執筆陣のマンネリ化にあると思われる。昭和三二年七月号には、「編集方針がマンネリズムに陥つているのではないかという錯覚」といった言葉や「新人、中堅陣の力作を期待」するといった旨の投書があり、「若返りの注射」が必要であるとまとめられている。同年の八月号ではこれらの投書を受けて、さらに辛辣な執筆陣批判を行う投書が掲載されている。

> (前略)氏の意見のごとく五月号は確かに駄作が多かつたが、と言つて流行作家必ずしも力作ばかり書けるわけではないのだから新人登用の意味でもそれが編集方針の厳選を経たものならば登載して欲しい点は同氏と反対の意見である。要は作者に対する依頼原稿でも駄作愚作と見られたら没にするという佐藤橘香氏・中村武羅夫氏以来の輝く伝統を持つ新潮社諸誌の権威に遠慮なく顕現していただきたい、本誌は小説誌の王座だから……。(三二一九頁)

このような投書を掲載することから、大幅な執筆陣の刷新、スクラップアンドビルドを企図する『小説新潮』編集の意図を見てしまうのは、想像が過ぎるだろうか。だが、この昭和三〇年代前半から、芥川賞を受賞したばかりの「第三の新人」など新人作家の作品掲載数が増加することは事実である。

昭和三七年の投書も、ほぼ昭和三二年のものの繰り返しといえる。だが同時に、昭和三〇年代後半という『小説新潮』全盛の時代に掲載された以下の投書からは、中間小説誌の終わりの始まりを見ることができる。昭和三七年八月号の投書は、「近頃『小説新潮』が面白くなったという、溜息まじりの声が多くなった」のだが、「何故何処と思って今一度、色々と一通り目を通して見ても、これと云って指摘する所もな」く、「結局、全体に生彩にかけた「本」」になってしまったという、いわば最悪の評価を下すものである。この投書の最後には、編集側からの「編集の工夫、反省の資として、ご忠告を感謝いたします」というコメントが付されている。そして翌月号にはこの投書に対する投書が掲載されているのだが、「凡て読者のお気に召す作品で埋めるという事は、恐らく至難の業」と編集側を弁護しながらも、「安易な書きっ放しの作品」の存在を指摘するのみで、その対案は示されない。

つまり昭和三二年のもののように「新人、中堅陣の力作を期待」などといった具体的な欲求は示されず、何が問題なのかは不明だがとにかく「全体に生彩にかけ」ていると評価されているのである。これにその翌月号一〇月号の投書にある「読者も年をとったが、編集者も若々しさがなくなった」という批判を加えれば、当時の『小説新潮』が抱えていた問題が明らかになろう。雑誌自体は全盛期を迎え、いわば円熟したのだが、その反面マンネリ化が進み、新味に欠けるようになっていたということである。中間小説誌というメディア自体の賞味期限切れ、その終わりの始まりを示すひとつの事例として、これら一連の昭和三七年の投書を位置づけることができる。

さて、「読者の声」欄には競合他誌と『小説新潮』を比較する投書も多く存在した。これもまた、編集の意図を反射して浮び上がらせるものといえる。いくつか例示してゆこう。

早いものでは昭和三〇年六月号に、「オール読物が毎月銭形平次の捕物を掲載してゐるのに対抗して貴誌では新進作家の探偵小説を載せていただきたいのであります」という投書がある。競合誌である『オール讀物』の人気企画に「対抗」する企画の提案が読者からなされていることからも、昭和三〇年代初頭から、読者においてもこの二誌のライバル関係が意識されていたことを知ることができる。

昭和三〇年代中頃になると、週刊誌と比較する投書が増加している。「最近の週刊誌の氾濫の中に、只一つ、じっくり小説を味わえる雑誌として本誌を誠に貴重な存在と思っています」(昭和三四年七月号)や、「私は随分以前からの愛読者だが、近頃週刊誌にはとてもはいる気になれない」(昭和三五年三月号)などである。こうした比較の声の掲載からは、中間小説誌というメディアを雑誌側がどう位置づけたかったかを推測することもできる。すなわち、情報を週単位で与えてくれる週刊誌に対して、「じっくり小説を味わえる雑誌」=『小説新潮』という位置づけである。

そして昭和三〇年代末には、競合他誌を並べて比較し、『小説新潮』の特色をまとめる投書が掲載される。こうした「読者の声」の存在は、『小説新潮』という雑誌を定義づける際に有効な言説である。昭和三八年四月号の投書である。

大衆向きの小説雑誌も最近多くなった。ちょっと思い浮かぶだけでも、『小説新潮』初め、オール読物、小説現代、小説中央公論等々。がこれらを比較してみると、一長一短はあるが、わが『小説新潮』は小説誌として年期がはいっているだけに、内容、体裁、編集、その他の点で独特の風格があって垢抜けしている。読者の心理はデリケートで、日頃馴染んできた雑誌には親しみが出てこれに執着する傾向のものだが、何かのはずみで気移りするむら気な面もある。僕個人の場合について言えば、新月号が出ると、目次に目を通して作家や、題目によって面白そうだと判断したものを選ぶが、その際、連載物があまり多いと敬遠したくなる。長篇の力作も無論歓迎するが、これには手近に新聞小説があり、単行本もある。月刊誌の魅力は、その月限りの肩の凝らない小品を味わって楽しむところにある。せっかちな僕なんか、あれもこれも連載物となると、息切れして読むのが億劫になる。まず二、三篇が適当ではあるまいか。中間小説だから、面白くてバラエティに富む《ママ》は勿論だが、興味本位でなく、文学的にもすぐれた作品を期待して止まない。

(三四一頁)

この投書からは、『小説新潮』に載せるべき作品は「その月限りの肩の凝らない小品」で、「面白くてバラエティに富むは勿論だが、興味本位でなく、文学的にもすぐれた作品」ということになる。これはまさしく『小説新潮』が目指したところといえる。そして、先にも見た中間小説誌すなわち一号読切りの作品を掲載する雑誌という特徴が生じた要因のひとつに、やはり月刊誌というメディアであるからという点が大きいことが、この投書から理解できる。読者は月刊誌に連載物が多いと「敬遠したくなる」のである。(12)

旅と中間小説誌

次に「読者の声」に寄せられた投書には、風景を写すグラビア記事や旅行に関する記事へのコメントが多いことに気づかされる。そしてそれはほぼすべて賞賛の声である。つまりこのことからは、『小説新潮』には旅関連の記事が求められていたこと、そして雑誌側も旅関連の記事を重要視していただろうことがわかる。

昭和三〇年二月号から昭和三一年一二月号まで連載されていた「作家故郷へ行く」はそうした企画の嚆矢といえるものである。昭和三〇年九月号の「読者の声」欄には、「作家故郷へ行く——頗る気の利いた題名の此の昭和の風土記を毎月楽しみに拝見しているが、本月号(八月号)は特に良かつた」という投書がある。作家が自身の故郷を訪れる様子をグラビア中心に構成するこの企画を、この投書は「昭和の風土記」と形容している。このような読者に日本を再発見させるような企画は、「小説新潮サロン」の一コーナー、「季節の味覚」が読者側からのアプローチで作られたことからも、その人気がうかがえる。「季節の味覚」は郷土それぞれの味覚を読者に募るコーナーである。

昭和三〇年代において、旅関連の企画で、「読者の声」欄でももっとも多く投書を集めたのが、「カラー・日本百景」(昭和三一年五月号~昭和三五年一二月号)と思われる。昭和三三年六月号に以下のような投書がある。

老若・男女・都市農村の対立・断層の悲劇は現代日本の大きななやみである。新聞雑誌が従来の都市中心から、農村に関心をもつようになつた。『小説新潮』のカラー・日本百景は、回を重ねること十三回、やがて全国に及ぶであろう。都会人の目に新鮮な感を起さしめ、地方観光を思い立たしめるであろう。私は六十七年の生涯を都市農村に折半し、全国に足跡を印しているので、『小説新潮』の日本百景に期待するところが多大である。解説をもつと詳しくお願いしたい。

（三二〇頁）

東京、都市中心だった雑誌文化が、地方、農村に目を向ける。その象徴として「カラー・日本百景」はとらえられていたようである。また、この投書もそう位置づけられるのだが、読者は自らの移動と結びつけてこの企画に期待していることが多い。

「カラー・日本百景」と同時期に、同じくグラビア企画として、「取材旅行」（昭和三二年一月号～昭和三四年一二月号）もあった。これは先の「作家故郷へ行く」に続く企画で、その号に掲載された小説作品の舞台への取材を作家自らが行う様を撮影したグラビア記事である。いわば小説の写真挿絵の役割を果たしたようである。投書に「作品を読み進めながらその土地の風物の描写に触れた時、写真のページをあわてて披いて見較べる私は、いつもほのぼのとした楽しさを味わいます」（昭和三四年一二月号）とあることからもそれがわかる。[13]

旅関連企画は「カラー・日本百景」が終わっても継続される。その続篇として、投書で「カラー・日本百景にかわり、新年号からの『日本の美』は百景にもまさる美しさで登場し、私の眼をたのしませてくれた」（昭和三六年二月号）と語られる、「日本の美」（昭和三六年一月号から昭和三〇年代は連載が続く）がそれである。他にも「恐らく読者にとってもよき「旅への誘い」となる」（昭和三六年六月号）と投書が寄せられた「今月の旅」（昭和三六年三月号～昭和三七年一二月号）[14]などもある。また昭和三七年一月号から昭和三〇年代中は連載が続くことが確認できた、「作品の跡をたずねて」もある。これは作家の代表作の舞台を取材する企画である。

以上、投書から、『小説新潮』の人気企画として旅関連企画といえる、読者に日本を再発見させるような日本各地をカラーグラビアで紹介するものと、写真挿絵のように小説の舞台をグラビアで追うものがあったことがわかった。とくに前者の企画は、本章第二節で見た読者層の拡大と軌を一にしている。内田百閒『阿房列車』シリーズを継承、代替するものという側面もあったかもしれない。

作品の読み方指南

「読者の声」欄には作品の読み方指南とも呼べる役割もあった。投書にある読者から作家への、厳しい視線、チェックをまず例示することができる。昭和三〇年代の『小説新潮』の看板作品といえるのが、舟橋聖一の「夏子もの」である。その人気作品「夏子もの」への投書は、賛辞ばかりではなかった。

確かに「夏子もの」へは、昭和三三年二月号に投書にあるように熱烈なファンからのコメントが多い。

多くの読者がそうであるように私も又『小説新潮』を手にしたら先ず夏子から読みはじめる一人です。世の妾なる存在を心から軽蔑する私が何故か夏子には惹かれるのです。その矛盾、しかしそれは多くの夏子ファンが同感されることではないでしょうか、夏子が無くなつたら私は『小説新潮』は買わなくなるかも知れません。（三三〇頁）

『小説新潮』を手にしたら先ず夏子から」とあるように、「夏子もの」が『小説新潮』のまさしく看板であったことがわかる投書である。しかしその翌月、三月号には「夏子もの」が「ニュース記事にこだわりすぎている」という批判の投書が寄せられている。そして、同じ昭和三三年の一一月号の投書に、その「ニュース記事」にこだわりすぎるということに関連した厳しい指摘がある。この投書が興味深いのは、投書記事の直後に作家舟橋からの反論のコメントが載せられている点である。以下引用する。

八月号舟橋聖一氏「アジア大会行く夏子」の中に「明治アイスクリーム」一回、「アサヒゴールド」が二回出て来る。この商品名を明示したコマーシャルは、映画などに出て来る特定の商品と明らかにタイアップしたものは、その映画自体が『商業映画』という意味で許せるが、小説もこんな意味の商業小説と解してもいいものでしょうか、パブリシティには、こんな方式は採用しない方がよいと思いますが。／★ご忠告は有難いが、ぼくは小説の中で、それが迷惑にならない限り、具体的に実名を使うことにしている。「夏子」は昭和のメモランダムの意味もあるので、できるだけ実証的に書いてゆく積りだ。尤も三越と高島屋の選択は作者の自由であつて、そこからも作品の個性が、出て来るのである。杓子定規のパブリシティは作品の没個性を招くものと思い給え。商業小説などとは貴下の皮肉としか思えない。（舟橋聖一）（三二一頁）

投書は、「夏子もの」にある固有の商品名の明示を問題視し、指摘しているのだが、『小説新潮』サイドは、この投書に合わせてあえて、作家舟橋聖一の反論を掲載するという選択をしている（八月号へのコメントは通例、翌月九月号に掲載されるが、今回は一一月号掲載であり、舟橋のコメントを待った結果と考えられる）。舟橋の反論は、『夏子もの』は「昭和時代のメモランダム」を企図した作品であり、そのためにできるだけ「実証的」に書くべき作品なのだ、というものだった。商品名の選択に「作品の個性」があらわれるともいう。

このやりとりからは、「夏子もの」の孕むこうした特徴が、この投書以前から問題になっていただろうことが推察される。だからこそ、雑誌サイドは作家自らのコメントを併記する対応をとったのではないか。『小説新潮』サイドの意図は、翌一二月号にこの読者と舟橋とのやりとりを読んだ読者からの舟橋擁護のコメントが掲載されることからうかがい知ることができる。その投書には、「舟橋氏の適切なる御解答」、「夏子により教えられたり、感動したり、次号が待たれるのも実証的なるが故に大きいと深く信じます」とある。つまり、これが『小説新潮』が読者に求めた「夏子もの」の読み方だといえる。[15] そして「夏子もの」は積極的に商品名実名や「ニュース記事」を取り込む「実証的」な作品として読者に受け入れられてゆく。この「夏子もの」の特徴は、この二年後の投書でも再確認されることになる。

舟橋聖一氏の「夏子」は掲載の当初から読んでいるが、初めは芸者の成長記ぐらいの気持でしかなかったのに、社会が一日一日と変化していくように、夏子の眼も心も政治・経済、さてはスポーツと開眼してゆくのに、私もついて行くようになった。それにしても私たちの身辺に起った事実には夏子も敏感であるだけに、あらゆる問題を私たちに教えてくれるのは、いい勉強になると思って次の号を待っているのが、私のいつわりのないいまの気持だ。

（昭和三五年四月号　三二四頁）

こうした内容の投書は、これを皮切りにこの年続くことになる。「毎月々その折の時局を必ず織りこんであるのも一種の新鮮味をそえて舟橋氏独特の筆致」（昭和三五年八月号）、「折からの物情騒然たる世相をバックに、舟橋氏特有の、社会的視野の広さには敬服いたしました」（昭和三五年九月号）などがあげられる。

以上「夏子もの」をめぐる投書は、作家舟橋を「読者の声」欄に登場させることで、「正しい」、「夏子もの」の読み方が読者に伝授され、その後再確認されてゆくという流れをたどっていた。このような「読者の声」欄の機能は興味深い。作者と読者をつなぐものとして、『小説新潮』の「読者の声」欄は確かに存在したのである。

また「読者の声」欄の自浄機能としてあげられるのが、「小説新潮サロン」の懸賞作品（コント、短歌、俳句、川柳）の「盗作」、「二重投稿」、「再投稿」を指摘するものである。本章が射程とする昭和二〇年代末から三〇年代にかけて、「読者の声」欄にこうした指摘は断続的に多数存在している。ここではそうした不正行為が続き、それへの雑誌編集の対応に苦言を呈する投書と、編集からのコメントが載せられた昭和三三年六月号のものを紹介しておく。

文芸に盗作、二重投稿、再投稿などが後をたたないのには全く不愉快だ。僅か一音か二音しか違わない盗作といってもよいような作品もザラに採用されているから、これは一部の投稿者の不心得だけではすまされない幅の広い問題だ。かような投稿者は金品が目当てだからえげつないこともやりがちだが、面倒でも厳重に取消しを続ければ悪の根は枯れ朽ちてゆくはずだ。／今迄のように「困ったものです」程度の編集部の態度はなまぬるすぎる。取消したのは前の天位の俳句くらいのものではないか。採用、取消し権は総て選者にあるのかも知れないが、それならそれで読者─編集部─選者の線で取消しを実行してほしい。声欄に不明朗な作があると載っても取消したのやらどうしたのやら読者に判らないままでは、読者の方もバカバカしくて一々通知する気がしない。そんな場合でも金品は送っているのですか？　編集部の毅然たる態度をのぞむと共に編集部の考えも聞かせてほしい。(一読者)／★盗作、剽窃の続出の為、賞金は一ヵ月後に送ることにしています。従って、前掲の川柳は第一位も送金せず、当方から厳重抗議します。今後共、この態度に変りありません。(三一九頁)

人気企画の紹介を行う投書

これまで見てきた投書のいくつかにも見られた特徴であるが、『小説新潮』の人気コーナーについての広報を投書が行っているような事例がある。とくに昭和三〇年代後半に多く掲載された投書に、「読者の声」と同じ「小説新潮サロン」のコーナーである「コント」に対するものがあるのだが、それに顕著に見られる特徴である。

昭和三八年一一月号の投書では、「本誌をいつもお尻から読んでいる人が多い奇妙な現象」が「本誌の一大特色」と書かれるこの「コント」コーナーである。そうした投書を詳細に見直すと、『小説新潮』の読者にとって、「小説新潮サロン」に投稿することこそが、『小説新潮』を購入する大きな理由であったらしいことがわかる。「忙しい毎日、家事と育児に追われながら、ひまをみつけてはペンを持つ」、「私もつたない文章ながら、一生懸命勉強しては投書し、この次はこの次はと思っていますけど、仲々駄目な様です」(昭和三八年九月号)、「早速、「コント」を胸おどらしてひらく。「駄目かッ！」とひとりごと」、「当選作を読み乍ら、むくむくとファイトが湧き上る。これならそう技倆の差はないと思うからだ」(昭和三八年一〇月号)などの投書からそれが理解される。

そして昭和三九年一月号には、「コント」ブームの読者間での広がりを示す投書が届いている。今あげた昭和三八年九月号の投書を書いた同じ読者からのものである。

『小説新潮』「小説新潮サロン」「コント」（昭和38・11）

まあまあこんなにコントの気違いがいるとは思いませんでした。あとからあとからお便り戴くのです。それがみな『小説新潮』のファンであり、サロンの連中でしたので、嬉しいやら驚くやら。投稿して佳作になったから、もうひとふんばりだという努力型から、十一回出しても名前すら出ないと悲観し、ぼやいたのやら。でも皆一生懸命なのには心を打たれた次第。職業もさまざまで、先生から、主婦、BG、工員、学生、お手伝いさんといった層の広さ。一体、コントの投稿は一ヵ月平均何篇ぐらいくるのですか？　一度編集部の皆様で何点か選び出し、それから先生方が一篇選ぶのだと思いますけれど。私達の仲間で（万年落選者ばかりが集まったらしいのですが）友の会や同人誌をつくろうかなんて話まで出てるんですよ。サロン、本当にサロンらしき模様になりました。（三七二頁）

「コント」について「読者の声」欄に投書を寄せた読者に、同様の思いを抱く読者から「お便り」が届き、そこからさらに読者同士の関係が深まってゆく様を、この投書から見て取ることができる。読者間で「友の会」を作ろうとか「同人誌」を作ろうという話まで出ていることをこの投書は紹介し、「サロン、本当にサロンらしき模様になりました」という言葉でまとめている。こうした投書は、編集にとって得がたいものであったろうと推察されると同時に、昭和三〇年代末に「小説新潮サロン」が読者にここまで浸透していたことを示す貴重な資料ともいえる。

四 「読者の声」欄から見えること

以上、中間小説誌『小説新潮』の「読者の声」欄に寄せられた投書について、欄が創られた昭和二八年から昭和三九年までを対象にして、分析を行ってきた。その際、本章では、投書を雑誌の読者の実像に迫るツールとしては考えなかった。というより、その投書に書かれた内容を考察し、またその投書を掲載した雑誌側の意図のようなものまで含めて考察することで、『小説新潮』という中間小説誌がどのような「場」を形成していたかを探ることを目的とした。結果、雑誌側の戦略や、雑誌が求めていた読者層、そして人気企画の意図やその受け取られ方などが見えてきた。

ただ、この投書に限定した作業のみでは不完全である。たとえば、今回の作業で浮び上がってきた、『小説新潮』の戦略が、どのように誌面構成に反映されていったかを確認する必要がある。また、今回明らかにした投書欄の扱い方が、『小説新潮』独自のものなのか、他中間小説誌の投書欄の扱い方と類似したものなのか、布置し直す必要もある。こうすることで、中間小説誌というメディア全体のなかでの投書欄の位置が見えてくるだろう。さらにいえば、婦人誌や総合娯楽誌の投書欄との異同を探る必要もある。今後の大きな課題である。

注

（1）永嶺重敏『雑誌と読者の近代』（平成九・七、日本エディタースクール出版部）

（2）永嶺の研究と同種のものに、『平凡』を愛読していた若者たちのリアルタイムの声を直接聞くことは困難であるため、本書では主に読者投稿欄」を扱ったという、阪本博志『『平凡』の時代』（平成二〇・五、昭和堂）の仕事もある。ここで阪本は永嶺論を引用しつつ、『平凡』を大衆文化研究の一つの対象としてみた、思想の科学研究会の会員西村和義の当時の証言を参考資料として用い、投書欄から「普遍性」を見出そうと試みている（二一八〜二一九頁）。

（3）投書を送った読者の住所氏名などが、投書のあとに記載されているが、個人情報であるので、本書では伏せることとする。

（4）引用は昭和二八年八月号、八〇頁。九月号から「尚原稿の返戻及び銓衡に関する問合せは一切お断り致します」という文言が付される。

（5）本章では、個別のアンケートの結果を研究するのではなく、昭和三〇年代の『小説新潮』の変遷を見ることが主たる目的であるため、三〇年間の調査をまとめた本書を用い、概括する。

（6）調査方法は、第一七回までは（昭和三八年）までは「調査世帯の構成員で該当年齢に達した人全員を調査対象者」とし、その世帯に調査票を留め置きにし、回答を記入してもらう「留め置き法」で行っていたという。第一八回（昭和三九年）から三〇回（昭和五一年）は、一世帯一人の「留め置き法」に変更、同時に調査員が調査対象者に面接し、「リスト要調査票」を見せながら質問を読み上げ、対象者の回答を記入してゆく「個別面接法」も併用となった。本章の対象は昭和三九年までであるため、世帯の該当者全員を対象とする「留め置き法」のみを用いて行われた調査がほとんどである。

（7）毎日新聞社編『読書世論調査　第六回一九五二年度調査』（昭和二八・三、毎日新聞社）、毎日新聞社編『読書世論調査 1964年版（第18回）学校読書調査 1964年版（第10回）』（昭和四〇・九、毎日新聞社）を参照した。

（8）どちらも男女計である。括弧内のアラビア数字は昭和二七年度においては「総計」、昭和三九年度においては「実数」である。

（9）この曖昧化への作家、編集、つまり作り手サイドからの抵抗が、小説新潮賞という文学賞の存在といえるが、この問題については、本書第一部第4章の高橋論に譲る。

（10）この前号、昭和三三年一二月号には、「毎号三本以上百枚程度の長篇がほしいものだ」とあるが、ここでいう「長篇」もまた一号読み切り作品を指したものである。

（11）執筆陣に関していえば、昭和三一年一二月号の投書に、谷崎や荷風のような「大文豪」を執筆陣に加えてほしいといった内容のものがある。

（12）昭和三七年一〇月号には、「本商売」をしている読者からの投書があり、そこでは『小説新潮』と『オール讀物』の読者層の差についての意見が披瀝されている。『小説新潮』読者は「中年のご婦人」であり、『オール讀物』読者は「年配紳士」という。また『小説新潮』の固定読者の方が、雑誌の「出来不出来がおおい」ため「ヨロメキがおおい」ともいう。さらに季節によって売れ行きに差があり、夏は『小説新潮』、秋冬は『オール讀物』というデータも出されている。

（13）ただし、「取材旅行」はこの投書が掲載された号で終了となっている。

（14）連載中に、戸塚文子「旅の便利帳」と名前が変わるが、号によっては「今月の旅」にタイトルが戻ることもある。「今月の旅」、「旅の便利帳」の連載は管見に入る限りではあるが、昭和三九年一〇月号までのようである。

(15) こうした作家と読者のやりとりの例として、『小説新潮』掲載作品と過去作品との類似を告発する投書がある。その代表的なものに、昭和三〇年一〇月号の林房雄「釣堀の春」が、「一二、三、四年前に週刊朝日かサンデー毎日に載っていたものと内容はまったく同一」であると指摘した投書があげられる。この投書に対して林房雄自ら、先に引用した舟橋聖一のように、反論のコメントを寄せている。

第4章

『日本の黒い霧』と小説群

松本清張の小説方法をめぐって

西田一豊

一　『日本の黒い霧』と小説の方法

松本清張の『日本の黒い霧』(『文藝春秋』昭和三五・一〜一二)は、昭和二〇年代に生起した数々の事件[1]について、自身が推理を加え事件の全貌を明らかにしようとした野心的テクストである。一年にわたる連載で「小説」ではないテクストとは、この時期の清張にとって初の試みであり、またその後の『現代官僚論』(『文藝春秋』昭和三八・一〜四〇・一二)や『昭和史発掘』(『週刊文春』昭和三九・七・六〜四六・四・一二)といった現代社会史ないしは現代史を扱ったテクストへ、あるいは『古代史疑』(『中央公論』昭和四一・六〜四二・三)、『清張通史』(『東京新聞』昭和五一・一・一〜五三・七・六)といった歴史叙述へとつながる画期的なものであったと考えられる。『日本の黒い霧』が持つ意義については、山田有策[2]がまとめるように「この作品は、先述したような形の小説ではなく、現実そのものに鋭くメスを入れ、独創的な推理力で現実の深層の〈黒〉を剔抉しようと試みたもので」あり、またその文学史的な位相については藤井忠俊[3]が『日本の黒い霧』の方法について述べながら「これが、清張が新しいノンフィクションを生みだしたといわれるゆえんであり、現在のように多くのノンフィクションライターを輩出するもとをつくりだした」と指摘するように、清張以後に続く

「ノンフィクション」[4]の一種の雛型となったことも事実であろう。また、藤井淑禎[5]が述べる「ある小官僚の抹殺」(『別冊文藝春秋』昭和三三・二)に見られた方法上の分裂が、『日本の黒い霧』と『小説帝銀事件』(『文藝春秋』昭和三四・五〜七)という二つの方向へと発展ないしは改善されたとする、清張テクストの時間的生成過程も、その方法的経緯を考える上で大きな示唆を与えてくれるものである。というのも藤井の指摘する清張テクストの特徴、すなわち清張は「社会問題としての告発を目指した時には最終的にはノンフィクションの方向へ、『日本の黒い霧』の方向へ向かうことになった」ことは認められるからである。

この時期、すなわち昭和三五年の『日本の黒い霧』発表の前後から清張の関心が、虚構ではない現実の事件へと向かっていたことは、そのテクストの履歴からも確認することができる。たとえば先に挙げた『小説帝銀事件』の他に『「スチュワーデス殺人事件」論』(『婦人公論臨時増刊号』昭和三四・八)、それを小説化した『黒い福音』(『週刊コウロン』昭和三四・一一・三〜三五・六・七、推理編『週刊公論』昭和三五・六・一四〜一〇・二五)、あるいは「黒地の絵」(『新潮』昭和三三・三〜四)といったような、所謂「実録」小説を清張は書いている。またそうした実録的要素を活かすような手法、つまりは捜査資料や裁判資料を使った小説ということで言えば、「一年半待て」(『週刊朝日別冊・新緑特別読物号』昭和三二・四)、「上申書」(『文藝春秋』昭和三四・二)、「天城越え」(『サンデー毎日特別号』昭和三四・一一)といった小説を、その先行テクストとして見出すことも出来るだろう。こうしたテクストが成立する背景には、藤井忠俊[6]が指摘するように「初期、清張はいわゆる歴史時代物を書きながら、考古学には格別の関心をもち、やがて専門家と議論し合えるレベルに至っていたように思える。/では、現代史についてはどうであろうか。推理小説をはじめると、その題材は同時代史になったのである」という「推理小説」を通じての現代社会への関心の萌芽があったと思われる。

こうした作家の関心のありようと、それを具体化したテクストの逐次発表といった要因が絡み合いながら、昭和三五年の『日本の黒い霧』へと繋がっていくのだが、清張もそれまでの自分のテクストとこの『日本の黒い霧』が方法的に異なっていることに自覚的であった。しばしば先行研究で言及される「なぜ「日本の黒い霧」を書いたか――あとがきに代えて」（『朝日ジャーナル』昭和三五・一二・四）から当該箇所を引用しよう。[7]

最初、これを発表するとき、私は自分が小説家であるという立場を考え、「小説」として書くつもりであった。しかし、小説で書くと、そこには多少のフィクションを入れなければならない。しかし、それでは、読者は、実際のデータとフィクションとの区別がつかなくなってしまう。つまり、なまじっかフィクションを入れることによって客観的な事実が混同され、事実が弱められるのである。それよりも、調べた材料をそのままナマに並べ、この資料の上に立って私の考え方を述べたほうが小説などの形式よりもはるかに読者に直接的な印象を与えると思った。

そこで「単なる報告でも評論でもない」こういう特殊なスタイルができあがったわけである。もとより、私は「固有な意味での文学」などを書こうとは思わなかった。そういう既成の枠からははずれてもかまわない。自分の思い通りの自由な文章で発表したかった。作者が考えていることをもっとも効果的に読者に伝達するには、文学の形式などはどうでもよいのである。このような方法ですべて書き進めた。

『日本の黒い霧』というテクストのスタイルについて、明確に述べている箇所である。ここから「フィクション」と「実際のデータ」との混同によって、「事実」そのものが曖昧化することを恐れたこと、また「自分の思い通りの自由な文章」によって直接読者に「作者が考えていること」を伝えたかったという清張の意図が読み取れる。そしてそれらを「もっとも効果的に読者に伝達する」方法として『日本の黒い霧』の「特殊なスタイル」が出来上がったと述べているのである。同様の趣旨は『日本の黒い霧』で「帝銀事件」を再び扱った「帝銀事件の謎」冒頭部にも見ることができるが、ここでも前年に扱った題材を、なぜもう一度ノンフィクション的形式の下に発表することになったかの経緯が語られている。[8]

私は昨年（昭和三十四年）、『文藝春秋』に「小説・帝銀事件」を書いた。かねてから平沢貞通犯人説に多少の疑問

> を抱いていた私は、この小説の中で、出来るだけ事実に即して叙述し、その疑問とするところをテーマとした。小説の形にこれを仕立てたのは、私の疑問をフィクションによって表したかったのである。しかし、疑問をそのような形で書く以上、内容的なデータは出来るだけ事実に拠らしめなければならない。その小説の中では、殆どフィクションは挿入せず、検事調書、検事論告、弁護要旨、判決書など、裁判記録を資料に使った。
>
> この小説で私がテーマとしたのは、帝銀事件が発生してから平沢逮捕に到るまでの警視庁捜査が、途中で一つの壁にぶつかり、急激に旋回した跡が感じられたことである。今日でも、この疑問を私は捨ててはいない。この小説を書いた当時、私の調査は充分とは云えなかった。すでに、その跡を辿ろうにも、すべての痕跡は土砂の中に埋没されていた。捜査当局や検察筋と何の繋がりも持たず、法律的な知識もない私にとっては、その痕跡を発掘することは至難なことである。私が小説の名にそれを借りて疑問を書いたのは、その貧弱な知識の故であった。

まず「小説」として書かれた『小説帝銀事件』でも、「出来るだけ事実に即して叙述し、その疑問とするところをテーマとした」というように、『日本の黒い霧』と同様のモチーフがあったことが語られている。またそのために実際の資料等をテクスト中に多く引用する工夫を施したが、しかし同時に調査等の不十分さ故に「小説」とせねばならず「私が小説の名にそれを借りて疑問を書いたのは、その貧弱な知識の故であった」と語られている。『小説帝銀事件』が「小説」として発表された背景には、事件の「真相」を担保すべき資料等の不確かさがあったことが率直に語られているわけである。このことは、逆に言えば『日本の黒い霧』では調査等に充分な確証があり、それゆえに今回は「小説」という形を借りずとも済むという清張の自信があったとも言えるだろう。

ただし、清張のこうした『日本の黒い霧』での作述方法は、フィクションから「ノンフィクション」へという、作家自身の方法的転換がその背後に存在するものとして受けとるべきではないだろう。『日本の黒い霧』とそれ以前のテクストとの大きな差異は、作家自らによる現実に起きた事件の「推理」であるというテクスト形式にある。それゆえ先の引用に見たように、清張はこの点をとくに詳しく説明しているのであった。しかし、「なぜ「日本の黒い霧」を書いたか」にも見られるように、「調べた材料をそのままナマに並べ、この資料の上に立って私の考え方を述べたほうが小説などの形式よりもはるかに読者に直接的な印象を与えると思った」という作家の方法は、実は読者への「効果」を意識したきわめて「小説家」的眼差しによってもたらされたものであり、そのためこの方法に関する意識はそれ以前の推理小説に対して持っていた清張の方法と共通したものだと考えられるのである。たとえば江戸川乱歩との共編である『推理小説作法』（昭和三四・四、光文社）では推理小説について次のように述べている。[9]

いままで、推理小説と申しますと、大抵、ピストルが鳴ったり、麻薬の取引があったり、人殺しがあったりという、われわれの日常生活にはまず無縁なことが書かれております。ところが、そういう荒っぽい、こわがらせを眼目にしたような小説は、実は本来からいうと、ちっともこわくない。それよりも、生活に密着した、われわれ自身がいつ巻きこまれるかわからないような現実的（リアル）な恐ろしさを描いたほうが、どんなにそれが淡々と静かな文章で書かれていても、ずっと大きな戦慄を感じさせることになるのではないかと思います。

この考え方を発展させてゆきますと、将来の推理小説というものは個人的な動機のみならず、社会的な組織の矛盾を衝くことによって、もっともっと押し広げられ、もっともっと大人の鑑賞に耐え得る文学にまで高められうると私は考えております。

ここから犯罪の動機を重視する社会派推理小説の、松本清張における成立を見ることは容易だが、同時にここで表明された推理小説像は清張にとって「個人的な動機のみならず、社会的な組織の矛盾を衝く」こともできる方法を持ち合わせているものだったと考えられる。つまりは、推理小説の方法の延長上に『日本の黒い霧』は用意されていたともこの記述から読み取れるのである。またこうした小説方法への意識は、『日本の黒い霧』が書かれた翌年、再び「日本の推理小説」[10]（『文学』昭和三六・四）で語られることになる。

ここで、社会小説を書くのに推理小説的な方法を用いたらどうであろうか。未知の世界から少しずつ知ってゆく方法。触れたものが何であるか、他の部分とどう関連するか、という類推。これを推理小説的な構成で描いたほうが、多元描写から来る不自然、または一元描写から生じる不自由を、かなり救うように思われる。

少しずつ知ってゆく。少しずつ真実の中に入ってゆく。これをこのまま社会的なものをテーマとする小説に適用すれば、普通の平面的な描写よりも読者に真実が迫るのではなかろうか。つまり、少しずつ知ってゆくというところに、推理小説的な手法の適用がある。

ここでは「社会小説」と限定してあるが、すでに『日本の黒い霧』を書いた経験から、ある程度の自信を伴って語られていたと考えられる。「読者に真実が迫る」という効果論はすでに『日本の黒い霧』で実証済みだったはずである。あるいはまた、清張が次のように言うとき、その先に用意されていたのは「調べた材料をそのままナマに並べ」るようなテクストであったとも考えられる。『推理小説作法』より再び引用しよう。[11]

筋の構成をリアリスティックにしなければならないと申しましたが、今度は、それを表現する文章について考えてみましょう。この場合、文章も、あくまでリアルなスタイルで書かれなければならないのは当然と考えます。

いわゆるファンタジーとか、そのほか幻想的な味を持った小説も、それが、幻想的であればあるほど、実は筆はリアリスティックにおさえて描いたほうが、そのイメージを鮮明に浮かべさせるものであります。

話がつくり話であればあるだけ、その表現なり、文章の筆致は、あくまでも現実的にすることが大切ではないかと考えます。虚構の火を燃えあがらせるのは、現実の薪です。大げさな形容詞や、いたずらに持ってまわった言いまわしは、必要ないばかりか、かえって効果を減ずるものです。

引用した箇所では主に「文章の筆致」つまりは表現上の技法について述べられているが、清張が意図する「現実的」な「文章の筆致」として、おそらくはその究極に事件の関連資料そのままの引用という小説形式が存在することになると予想できる。もちろん、現実の資料そのままとは行かずとも、裁判資料、供述調書の引用という形式でテクストを構成するという方法も、これら清張の方法意識から当然導き出されてきたものと考えられる。たとえばそうした実践例として、「検事調書、検事論告、弁護要旨、判決書など、裁判記録を資料に使った」『小説帝銀事件』に至る以前に、「一年半待て」や「カルネアデスの舟板」(『文學界』昭和三二・八)、「上申書」などがそうした形式を持ったテクストである。とくに「上申書」はある殺人事件の尋問調書、聴取書、裁判意見書、上申書のみでテクストが構成されるという方法的な特徴がある。

こうして清張の推理小説は「リアリスティック」という点にその熱意が注がれ、「『スチュワーデス殺人事件』論」から『黒い福音』へ、実際の帝銀事件から『小説帝銀事件』へと小説による「リアル」な謎解きが志向される一方で、より読者への「効果的な」方法として、ついには資料そのままの提示とそれについての筆者の考察という形にまで押し進められることになったと考えられる。つまり、清張は推理小説の方法を広く適用することで推理小説をも越えた「社会小説」ないしは「大人の鑑賞に耐え得る文学」を目指したのである。

またこうした清張の野心的作述を可能にした場が『文藝春秋』だったことも視野に入れておく必要があるだろう。『日本の黒い霧』を中心としてその前後、『文藝春秋』に掲載もしくは連載された清張テクストを振り返ると、「上申書」、『小説帝銀事件』、『日本の黒い霧』、『深層海流』(『文藝春秋』昭和三六・一〜一二)、『現代官僚論』となっている。「上申書」以前には「菊枕」(『文藝春秋』昭和二八・八)、「笛壺」(『文藝春秋』昭和三〇・六)、「八十通の遺書」(『文藝春秋』昭和三二・四)、「春の血」(『文藝春秋』昭和三三・一)、「装飾評伝」(『文藝春秋』昭和三三・六)が掲載されているが、これらは「菊枕」などのモデル小説や「装飾評伝」の実作者を取材調査するというノンフィクションを思わせる小説を含みながらも、一応は語り手と筋を持つ「小説」と判断できるものであった。昭和三四年の「上申書」になるとテクストはすべて捜査資料・裁判資料で構成されることになり、そこから『小説帝銀事件』への小説の構成面での自然な移行が確認できる。

おそらく雑誌自体も清張による実際の事件を採り上げたテクストにかなり意識的であったことは確かであり、たとえば『小説帝銀事件』が掲載された昭和三四年五月号の目次欄には「この小説の主人公は事件である。ドキュメンタルタッチで描いた戦慄の記録小説一五〇枚」とキャプションが付してあり、同号「編集だより」欄でも「意欲的な仕事をつづけて、文壇に異彩を放つ松本清張《小説・帝銀事件》は徹底的に調べた小説であり、主人公は事件そのものである。胸のすくドキュメンタルな作風によって小説の面白さを堪能して頂けると信ずる」とあり、この小説が「ドキュメンタルな作風」であり「記録小説」であることが強く印象づけられている。むろんこうした「ドキュメンタルな作風」が可能になったのは、前作「上申書」で用いた調査資料のみで構成された小説形式が受け入れられていたということがあるだろう。また「主人公は事件そのもの」ということであれば、この翌年に発表された『日本の黒い霧』がより徹底されたものであることは言うまでもない。「下山国鉄総裁謀殺論」が掲載された昭和三五年一月号の目次キャプションでは「事実は小説より奇なり。いかなる推理小説のトリックも及ばぬという戦後最大のミステリー下山事件の内幕を推理文壇の鬼才が推定す」と書かれており、作家自らが「推定」したものであることが明確に示されている。『日本の黒い霧』の次に連載された『深層海流』では再び「小説」となるが、目次キャプションでは「この小説の主人公は事件である。推理小説の鬼才が現代の悪に敢然と挑戦する野心的雄篇」となっており、『小説帝銀事件』と同様に「主人公は事件」という「記録小説」的手法で書かれた小説であることが判断できる。またこうした一連の「ドキュメンタルな作風」のテクストは、花森重行[12]が指摘するように「だが社会派推理作家という肩書きをもつ清張が書いたという事実は、『フィクション』と『客観的事実』を描くドキュメンタリーとの混同を引き起こす可能性を残していた。逆にその境界線を霍乱させることによって、反響をさらに大きなものにしようと試みたという意味で、『日本の黒い霧』は劇場型テクストであった」という側面もあるかもしれない。いずれにせよこの時期、松本清張のテクストと『文藝春秋』という雑誌メディアが既成の推理小説を越えた何かを試みようとしていたことは確かである。

以上見てきたように、昭和三五年の『日本の黒い霧』に至る清張の方法的変遷、とくに推理小説の手法によってそれを「社会小説」へと適用しようとしたことが、現実の事件を扱うノンフィクション的テクストへ至る筋道でもあったと確認できた。しかし、ここで注意しておきたいのは、清張はその後こうしたノンフィクション的傾向のテクストのみを著したのではないという事実である。清張の小説とノンフィクションを横断する、融通無碍とも言うべき著述スタイルについてはさらに確認しておく必要がある。

二　小説への敷衍

『日本の黒い霧』が、その後の事件報道を主とする「ノンフィクション」というジャンルを用意したという点では疑いない。また『文藝春秋』が『小説帝銀事件』の目次キャプションに付した「主人公は事件」であるという文言は、事件をして事件に語らせるというスタイルを取るニュージャーナリズム[13]とも共通する姿勢である。しかし清張自身のその後のテクストが、こうしたノンフィクション的ないしはニュージャーナリズム的なテクストへと変遷していったかといえばそうではない。もちろん、先に見たように『昭和史発掘』というようなこの分野での大きな仕事があるのは確かだが、その一方で清張は「小説」というスタイルにも拘りつづけたと言えないだろうか。たとえば『日本の黒い霧』から二年後、清張は「私の黒い霧　病床推理文学随想」[14]（『小説中央公論』昭和三七・八）で次のように語っている。

犯罪といえば、最近ノンフィクションものが読まれはじめている。いわゆる犯罪実話のようなものが流行るのは、それだけ創作推理小説が衰退しているのだという見方もあるが、この説には私は賛成ではない。創作ものには、創作もののよさがある通り、実話ものにはそれだけの面白さがあって読まれるので、必ずしも創作ものの衰退が実話ものを勃興させたとはいいきれない。むしろ、両方の面白さが補い合って読まれていると思う。

「ノンフィクションもの」の流行に関する一意見というものだが、清張はここで「実話もの」流行の背景に「創作もの」の「衰退」があるのではないかという言説を否定する姿勢を示している。『日本の黒い霧』以降、「黒い霧」ブームという一種の「実話もの」流行の端緒を切った清張だが、清張自身はそれでも「創作もの」への熱意があったと考えなければならない。また同様の文脈で三好行雄との対談「社会派推理小説への道程」(『解釈と鑑賞』昭和五三・六)では次のように発言している。

三好　先生は小説という様式の可能性はまだ……。
松本　そりゃ勿論信じますよ。ノン・フィクションが小説の座にとって代わることは絶対にないと思います。やっぱり小説の衰弱がもたらした一現象と思います。

ここで不思議なことに、とでも言うべきか、「ノンフィクション」の先駆けと考えられる清張は、しかしそうした方法ないしテクストを支持していない。同じ三好との対談では『日本の黒い霧』に話が及ぶと、実際の資料と作者の創作した「材料」との混同をさけるため、また「資料として訴えたほうがより効果」があるという理由で、あえて「小説」と「うたってない」だけだとする。こうした姿勢はやはり推理小説にリアリティを持ちこもうとした方法的意識に裏打ちされたものだったと考えねばならない。そしてそれはまた常に「読者」への「効果」を考えた「小説家」的発想だったのである。それゆえに、清張のノンフィクションないし「実録もの」は、いつでも「小説」へ転化可能なものであったと考えられる。たとえば、隠退蔵物資をめぐる「考える葉」(『週刊読売』昭和三五・四・三〜三六・二・一〇)、『深層海流』、「よごれた虹」(『オール讀物』昭和三七・一一)、「下山総裁謀殺論」の続篇ともいえる「地を匍う翼」(『別冊文藝春秋』昭和四二・一二)、「白鳥事件」を材に取った「泥炭層」(『別冊文藝春秋』昭和四〇・一二)、「もくせい号遭難事件」の更なる推理「風の息」(『赤旗』昭和四七・二・一五〜四・一三)というように、いずれも「小説」として続篇ないしはリライトされたテクストが存在する。この事実は見逃すべきではない。清張は、「ノンフィクション」とフィクションとを何時でも往還できる作家であったのである。

もちろん、「ノンフィクション」とすべき所を、あえて「小説」にせざるを得なかったという理由もあるだろう。たとえば『深層海流』については「『深層海流』の意図」（『文藝春秋』昭和三七・二）の中で次のように語っている。


私は「深層海流」を『日本の黒い霧』の続編のようなつもりで書いてきた。これを小説というかたちにしたのは、いちいち本名を出しては思い切ったことが書けないからだ。

また、この小説では主人公らしい者は一人もいない。

「中久保京介」という男が「私」と一元的な小説構成の立場になっているが、これにはわざと人間的な心理を与えなかった。つまり、「人間」を文学的に描こうとすれば、本来の目的としている政治機構なり、社会機構なりの突っ込みがぼやけてしまうからだ。今までのいわゆる「政治」小説などが、ややもすると組織体への突っ込みが浅くなるのは、かえって登場人物に「文学」を置きすぎるからだと思う。そのため背景が浅くなってくる。小説家だから人間を書きたいのは山々だが、以上のような手法上の欠陥があるので、今度の小説では思い切って人間性を抹殺し、無機物化した。こうしないと、私には到底「事件」の追求が出来なかったのである。


『深層海流』が『日本の黒い霧』のような方法ではなく、「小説」となった理由について説明した箇所である。一つは、「本名を出しては思い切ったことが書けない」という実際の事件を背景としていることから来る、書く上での制約を考慮したということ、もう一つは、しかし「小説」とはしながらも「事件」そのものへの「追究」のために登場人物の心理を排し「事件」そのものを浮かび上がらせようとしたことが語られている。おそらくは第一の理由に大きな比重があり、それゆえの方法的工夫として小説らしからぬ心理の排除ということに繋がったと考えられる。なぜなら、すでに『日本の黒い霧』において、「事件」そのものへと密着するという方法は成立していたからである。そう考えると、「本名を出」すという事件関係者ないしは情報提供者への配慮こそ、『深層海流』が「小説」となった大きな理由となったと考えられる。しかし『小説帝銀事件』が「小説」とは言っても登場人物である仁科俊太郎が、ほとんど資料を読むだけの人物であったことを考えるならば、『深層海流』の中久保京介は自身の関心から事件の資料や情報を収集しており、後者は登場人物の動きという点でよほど小説らしくなっている。

『深層海流』のように、「本名」を使用することで「ノンフィクション」としての成立が困難になる場合、清張はそれを「小説」として仕立てあげるのだが、しかし実際の事件を背景とした「セミ・ドキュメンタリー」小説は必ずしもそうした制約があってのみ成立したとは考えられない。先に見たように、清張には「ノンフィクション」を書く、つまりは事件報道を伝えるというジャーナリスト的な感覚よりも、事件報道を如何様に伝えるかという小説家的感覚が先行していると考えられるからだ。それは、『深層海流』という書く上での制約があった小説を見るよりも、単に小説として発表されたテクストを見ることで明らかになるだろう。たとえば「地を匍う翼」や、「よごれた虹」、あるいは「泥炭層」といった小説である。

「地を匍う翼」は昭和四二年一二月に『別冊文藝春秋』に発表された「小説」だが、目次キャプションでは「戦後最大の難事件と称せられ、すでに時効になった下山事件を新資料をもとに推理した〝下山総裁謀殺論〟」となっており、『日本の黒い霧』と同様のスタイルを思わせる内容となっている。実際「地を匍う翼」は八節構成となっているが、「6」節までは「下山総裁謀殺論」を敷衍した記述となっており、下山事件の概要が捜査資料等を用いて説明されている。しかし「7」「8」節がこの「地を匍う翼」の「新資料」部分となっており、「木田鉄一」なる人物から得られた新証言と、事件に関係していたと思われる「宮田竹二郎」なる人物の存在が書かれている。前半部が「下山事件」の実証的記述であるために、後半部の「新資料」部分も有り得べき「真相」という形で読めてしまう。しかし、「7」節冒頭は「数年前、友人の一人が千葉市に住む木田鉄一という人のところを訪ねて行った」という記述で始まっており、清張は周到に又聞きの情報であるというフィクションとしての担保を取っており、この部分がどれほど事件の「真相」

であるかどうかは判断が難しくなっている。また事実「宮田竹二郎」という人物が存在しているとしても、あくまで疑惑のある人物ということに留まるはずだが、このテクスト中には彼のパーソナルヒストリーから家族構成、あるいは現在の役職など個人情報が具体的に書き込まれすぎており、目次キャプションで言うような「推理」にしてはいささか過剰なものを感じずにはいられない。それゆえ、この「新資料」部分は、小説という形を借りて清張自身の推理が物語られているものだと判断しなければならない。これはおそらく『日本の黒い霧』の「なまじっかフィクションを入れることによって客観的な事実が混同され、事実が弱められる」という方法を逆手に取ったスタイルがこの「地を匍う翼」だったのではないかと考えられる。つまりあえて事実かフィクションか判断しかねる記述を差し挟むことによって、清張は自身の推理を開陳するとともに、読者にとっては事件の後日譚への興味を湧き上がらせようとしているのではないだろうか。

またこのような虚実入り交じるテクストが可能であったのは、当時の「ノンフィクション」というジャンルの曖昧さに拠ったものだったことは確認しておいてよいだろう。たとえば「よごれた虹」は『オール讀物』の目次で「ノンフィクション特集」のカテゴリーに属している。しかしテクストそのものは書簡体小説であり読者から寄せられた手紙の全文引用という形式になっている。また内容も「隠退蔵物資」をめぐる地方銀行の汚職事件が語られるのだが、結末には事件の中心人物の「妾」が実は手紙の差出人「西沢吉雄」の元配偶者だったことが明かされるという「オチ」までついており、扱われた事件がフィクションだったことは疑えない。このテクストでも事実とフィクションとの間隙をつく形で、清張の「隠退蔵物資」をめぐる推理が有り得べき一現象として小説の形で表されるとともに、『日本の黒い霧』を知る読者にはこれも一つの後日譚として読む楽しみを持つことになる。

同様に事件の後日譚と清張の推理が小説という形式を借りて語られるテクストに「泥炭層」がある。これは「白鳥事件」の後日譚で、主人公である「詩人栗沢圭祐」は「詩をつくることから詩を評論するほうに移り、それが進んで社会を対象とするようになった」人物で、「ときどき社会現象を受身のかたちで見るだけではなく、興味のあるものは自分から進んで調査みたいなことも敢えて」し、「その上で知り得たことを、報告書のように雑誌や本で発表することもある」人物として設定されている。詩人と小説家というちがいはあるものの、清張その人がモデルであるような人物設定であり、読者には『日本の黒い霧』の後日譚ないしは続篇として読むという選択が可能となる。さらに内容も事件の「真実」にたどり着きそうになる栗沢の姿が語られており、読者は推理小説としての受容も可能なのである。

こうしたことから「ノンフィクション」というスタイルを採った『日本の黒い霧』はいつでも小説として転用可能なテクストだと判断出来るだろう。もちろん、そこには『深層海流』のような配慮があったことは確かである。しかしまた一方で、ここで挙げた「小説」はいずれも『日本の黒い霧』の後日譚として読むことが可能であり、先に見たように清張は小説という形式に可能性を見ていたからこそ成立したと考えられる。また「地を匍う翼」「よごれた虹」「泥炭層」がいずれも小説専門誌である中間小説誌に掲載されたことは重要であろう。清張は『文藝春秋』で実証的な報告体を旨とするテクストを発表する一方で、小説誌にはその後日譚を「小説」というスタイルで掲載しているのである。小説誌に小説を発表するのは当然ではあるが、そのテクストが「ノンフィクション」に根を張っていること、そしてまた後者から前者への後日譚という繋がりを持たせることによって、一連のテクストを成立させた作家松本清張という存在がそこに大きく浮かび上がることになる。かつて清張は「小説に『中間』はない[15]」と言ったが、小説方法を自身のテクスト形式の中心に据え、異なるジャンルを、そしてメディアを横断し続けた作家の「小説」という方法の確信は如何ほどであったろうか。

三　結論にかえて――「上申書」から「証言の森」へ

語弊を恐れずにいえば昭和三五年の『日本の黒い霧』は、少なくとも清張にとって「ノンフィクション」という固有のジャンルが意識されて書かれたテクストではなかった。このことはすでに見たように、そもそも『日本の黒い霧』での方法が、それ以前の推理小説、とくに犯人の動機を重視する社会派推理小説を可能にした方法と陸続きのものであったことから推定することができる。テクストにおける記述内容の読者への効果を重視した清張にとって、実際の事件を扱う場合、仮構に託すよりも直接に読者へ語りかけ、自らの意見を陳述するというスタイルの方が効果的であると判断されたに過ぎなかったであろう。

それゆえに『日本の黒い霧』で扱われた事件は、小説として発表される可能性を成立当初から孕み持っていたと考えねばならない。また事実『日本の黒い霧』の中で語られた事件は、小説として発表されてもいるのである。たとえばそれは本章で見た『深層海流』であり、「地を匍う翼」であり「よごれた虹」「泥炭層」であった。これらの小説テクストでは、現実の事件を物語の背景として用いるセミドキュメンタルな手法が採られ、有り得べき「真相」が小説という形式を借りて推理されているのであった。またこれらの小説が『日本の黒い霧』から派生しているということは、読者にとってその後日譚を享受する楽しみを提供することになった。読者は清張から提供された「続き」を楽しむとともに、作者によって示された新たな推理について思いを巡らすことになる。

また、これら「続編」がすべて小説という形式で発表されたことに、清張の読者への配慮が働いていると考えられるだろう。とくに総合雑誌である『文藝春秋』から中間小説誌である『別冊文藝春秋』あるいは『オール讀物』への掲載という細分化された雑誌ジャンルへの横断は、これまで見てきた清張の方法によって可能となったと言える。すなわち『日本の黒い霧』が社会派推理小説の方法と根本においては相同であったことが明らかにするように、清張にとって小説という著述スタイルが、時にはノンフィクション的テクストとなり、また時には推理小説になったのである。このことは仕事の幅という点で、昭和三〇年代の多メディア時代を清張が第一線で活躍する保障となってもいた。

異なるメディアや様々なジャンルへの清張の臨機応変は、実は「推理小説的な方法」を徹底していくその方法意識によって可能になっていたのである。もちろん個別のメディア上での細心の注意は払われていたであろう。それは、たとえばモチーフを同じくする事件を扱った二つの小説「上申書」と「証言の森」(『オール讀物』昭和四二・八)の差異に、雑誌の性格への対応が見られることからも判断することができる。

「上申書」は『小説帝銀事件』に先駆けて資料の引用を多用するという形式で『文藝春秋』に掲載された小説であり、「証言の森」はある殺人事件をめぐる複数の証言を語り手が捜査資料等を引用しながら物語る小説である。二つのテクストで問題となるのは、妻殺しの嫌疑を受けた夫が犯罪の認否を二転三転させることなのであるが、妻の死亡状況および死因、また警察での自白とその撤回といったモチーフはすべて共通している。自然に考えれば「証言の森」は「上申書」をリライトした小説ということになる。だが、「上申書」が捜査資料、裁判資料、上申書のみによって構成され、記述の多くが嫌疑をうけた夫である「時村牟田夫」の一人称の語りで構成されているのに対して、「証言の森」では嫌疑を受けた夫「青座村次」に関する捜査資料やその主張だけでなく、事件関係者の証言または捜査を担当した警察官あるいは検事、さらには裁判官などの事件への言及によって小説が構成されている。「上申書」では一人称の語りが採用されているために、時村が事件の犯人として警察によって仕立て上げられていく経緯の恐ろしさが、時村の主観を通して知ることが出来る一方で、しかし事件の「真相」にはそれだけでは到達できないという推理小説的趣向が窺える。「証言の森」では同様に警察によって青座が犯人に仕立て上げられていく様子が語られるのだが、複数の証言を並置することによって青座という人物を多面的にとらえ返すとともに、物語の終盤では真犯人を自称する人物まで登場することで、読者はどの証言がはたして真実であるのか、判断が困難になってくる。結局は真犯人を自称する人物の証言も、別の人物の否定により、では真犯人は誰なのかという読者の興味は尽きることはない。ここには「証言の森」というタイトルが暗示するように芥川龍之介の「藪の中」(『新潮』大正一一・一)の影響が見られるが、それ以上にリライトする過程で小説誌である『オール讀物』の読者に合わせた、小説としての面白さが追究されていると考えられるのである。

以上、本章では松本清張の小説方法に焦点を合わせ、そこから生成される多くのテクストについて概観してきた。多岐に亘る小説のジャンルで膨大と言ってもよい仕事を成し遂げた清張のその創作の根幹に存在する、信念とも言ってよい一つの方法的確信をそこに見出すことが可能である。作家としての生活の中で掴み得たその方法によって、清張は戦後の雑誌乱立期あるいは多メディア時代を生き抜いたのである。もちろん残された多くのテクストをより微視的に考察することも必要であり、また活字メディアを離れたラジオドラマや映画、テレビドラマなどの分析を通じて戦後の文化潮流に果たした清張の役割を検証することも戦後の大衆文化研究にとって重要となろう。

注

(1)詳細は次の通り。「下山国鉄総裁謀殺論」、「『もく星』号遭難事件」、「二大疑獄事件―昭電・造船汚職の真相」、「白鳥事件」、「ラストヴォロフ事件」、「革命を売る男・伊藤律」、「征服者とダイヤモンド」、「帝銀事件の謎」、「鹿地亘事件」、「推理・松川事件」、「追放とレッド・パージ」「謀略朝鮮戦争」。以上一二の事件・出来事を扱っている。年代については「革命を売る男・伊藤律」および「征服者とダイヤモンド」が昭和三〇年に入っているが、扱われる事件・出来事は概ね昭和二〇年代のものである。

(2)「『日本の黒い霧』―深層の権力―」(『解釈と鑑賞』平成七・二)

(3)「日本の黒い霧―現代史への接近」(『現代思想』平成一七・三)

(4)「ノンフィクション」という語の意味内容が時代によって異なるため、あえて鉤括弧を用い、ここでは主に昭和四〇年代以降、日本に成立した事件報道を主とするジャンルを指している。ノンフィクションという語の揺らぎ、およびそのジャンル成立については藤堂正彰「ノン・フィクションの傾向」(『解釈と鑑賞』昭和三七・四)、藤井淑禎「ノンフィクションの展開」(『岩波講座日本文学史 二〇世紀の文学3』、平成九・四、岩波書店)、武田徹「『ノンフィクション』の生成―筑摩書房版『世界ノンフィクション全集』の史的位置づけ」(『恵泉女学園大学紀要』二三号、平成二三・二)等を参照した。加えて近接領域と考えられる記録文学やルポタージュに関しては、鳥羽耕史『1950年代―「記録」の時代』(平成二二・一二、河出書房新社)を参照した。

(5)「「ある小官僚の抹殺」論—松本清張における小説とノンフィクション」(『昭和文学研究』四四号、平成一四・三。『清張闘う作家　「文学」を超えて』所収、平成一九・六、ミネルヴァ書房)。

(6) 注(3)に同じ。

(7) 引用は『松本清張全集』第三〇巻(昭和四七・一一、文藝春秋)に拠った。

(8) 引用は注(7)と同じ。

(9) 引用は『松本清張全集』第三四巻(昭和四九・二、文藝春秋)に拠った。

(10) 引用は注(9)と同じ。

(11) 引用は注(9)と同じ。

(12)「消費材としての歴史/『フィクション』という思想　一九六〇年代における大岡昇平と松本清張の『すれ違い』をめぐって」(『現代思想』平成一七・三)。なお花森の論文では『日本の黒い霧』への読者の反響に「私小説的作家への読者の同一化と極めて近しいものがある」と指摘されている。

(13) ニュージャーナリズムについては武田徹「『ノンフィクション』は社会科学の方法たりえるか—『ニュージャーナリズム』期前後の沢木耕太郎の作品分析を通じて」(『恵泉女学園大学紀要』二二号、平成二二・二)、烏谷昌幸「『ジャーナリズムとノンフィクション』研究のための調査ノート」(『武蔵野大学政治経済学部紀要』二号、平成二二・三)を参照した。

(14) 引用は注(9)と同じ。

(15)「小説に『中間』はない」(『朝日新聞』昭和三三・一・一二)。

第三部　昭和四〇年代の中間小説誌

第1章

吉行淳之介『男と女の子』と『別冊モダン日本』

〈戦後〉の違和をいかに描くか

小嶋洋輔

一　黙殺された初の長篇小説

吉行淳《よしゆきじゅん》之介《のすけ》の『男と女の子』は、昭和三三年九月号の『群像』に掲載された作品である。いわゆる文芸誌に掲載された純文学作品で、その翌月には講談社から刊行、そののちも文庫化され、潮文庫（昭和四七・八）、中公文庫（昭和四九・一）、集英社文庫（昭和五三・一〇）と社を変えて刊行されている。また、生前二度、講談社から刊行された『吉行淳之介全集』（昭和四六年七月から翌年二月にかけて刊行された全八巻版および、昭和五八年四月から昭和六〇年一月にかけて刊行された全一七巻別巻三版）と、没後新潮社から刊行された全一五巻版（平成九年七月から翌年一二月にかけて刊行）のすべてに収載されている作品でもある。[1] さらにこの『男と女の子』は、連作された短篇をまとめた『焔の中』（昭和三三・一二、新潮社）を除くと、吉行が書いた初の長篇作品ということができる。こうした状況だけみると『男と女の子』は吉行の代表作というべき作品のようだが、実際はそうはなっていない。先行の吉行をめぐる言説を見直してみると、黙殺された作品というのがふさわしいほどである。

当時『群像』編集長だった大久保《おおくぼ》房雄《ふさお》は、『男と女の子』執筆時の状況を、中公文庫「解説」のなかでまとめている。まず当時の「第三の新人」の状況について大久保は、「自分の小説」、「批評しにくい小説」ばかりを書いていて、ジャーナリズムから好まれていなかったと述べる。そこで大久保は、「「第三の新人」が不当に低く扱われるのは長篇を書いていないせいもある」と考え、「昭和三一年の秋」、安岡《やすおか》章《しょう》太郎《たろう》、庄野《しょうの》潤三《じゅんぞう》、そして吉行を呼び、「ぜひ長篇を書くようにとすすめ、もし書くのなら「群像」はどれだけでも頁をさきます」と説得を行ったという。(2) そしてこの計画によって完成した作品が、安岡「舌出し天使」(昭和三三・四)、「海辺の光景」(昭和三四・一一、一二)、庄野「静物」(昭和三五・六)、そして吉行の『男と女の子』だというのである(括弧内は『群像』掲載号)。この大久保の言説からは、長篇小説、「本格小説」を志向する文学史的な状況が、戦後にも継続していたという問題に突き当たる。ただ、ここで問題とすべきは、この時まで短篇しか書いてこなかった吉行、安岡、庄野がはじめて長篇を試み、書き上げたということである。『群像』一号分に掲載され得る作品がはたして長篇と呼べるのかという問題はあるが、確かに彼らにとってこれらの作品は、それまでのものよりも「長い」作品であるということは事実といえよう。

では、吉行にとって初の試みであった長篇小説『男と女の子』の評価はどのようなものだっただろうか。それは同時代評、そして研究論文もほぼ存在しない、という事実から明らかであるように思う。平野《ひらの》謙《けん》が『毎日新聞』の「文芸時評」で、「近代小説の正統の嫡子」とやや好意的に述べているくらいである。(3)

ここでもう少し、平野の評を詳しく見てゆこう。平野の視点の前提には「猥雑な題材の横行する」、「どぎつ」い「現代小説」の隆盛がある。その状況のなかでこの『男と女の子』は「小説作品の繊細な魅力」がある、「日本の近代小説の主流」が「あきもせず築きあげてきた」、「日陰もの」、「余計もの」を描く小説であるという。だが同時に「読後二百枚の力作とは受けとりがたいところに、この作品のシンの弱さもあるのではないか」とも述べている。つまり『男と女の子』は、日本近代文学の伝統を引き継ぐものであるが、二百枚の小説の割には「シンの弱さ」を感じているというのである。

吉行が『男と女の子』までに書いてきた短篇小説は、まさしく「余計もの」であるところの作家に近い登場人物が描かれた文学である。それだからこそ、「第三の新人」の文学の特徴について服部達《はっとりたつ》がまとめた定義のなかに「伝統的な私小説の方法」を用いた作風という言葉があったといえよう[4]。先の大久保も自分だけの問題、「自分の小説」を書く作家として「第三の新人」を位置づけていた。そして「第三の新人」をめぐる言説のなかで、吉行の作品は安岡のそれとともにその代表とされてきた。つまり平野がこの作品について評価した点は、長篇になったからこその新味ではなく、吉行作品にこれまでもあった点だということができる。

では『男と女の子』は、これまでの短篇作品を薄めて作られただけの、平野がいうところの「シンの弱さ」がある作品なのだろうか。恐らくそれは間違っている。平野の評は「どぎつ」い「現代小説」という状況を嘆くために『男と女の子』を扱っているという側面が強いからだ。だからこそ平野の次のような表現にこそ、この作品の新味を感じることができる。

> 失業した三十歳の青年がてんぷら屋の貧弱な女の子に惹かれるが、その女の子がのど自慢に優勝してテレビのコマーシャルソングの歌い手となるに及んで、女の子の可憐なすがたも自分自身も見喪うという話である。その間、エロ雑誌の編集者や正体不明のゼンソク病みなどをからませて、かなり手のこんだ現代風俗ふうな空気もとりいれているが、その中味は正真正銘の余計もの小説である。（二三八頁）

つまり、『男と女の子』に入り込んでいると平野が指摘した「かなり手のこんだ現代風俗ふうな空気」こそが、これまでの作品と比して長篇となった要因であり、新味なのではないかということである。

本章ではまず、この「現代風俗ふうな空気」とは何かを考察してゆく。そのためには、中間小説誌や婦人雑誌、週刊誌などにも抵抗なく作品を掲載してゆく、吉行淳之介の姿を透かし見る必要があるだろう。『男と女の子』は、文芸誌掲載作品とそれ以外の小説作品やエッセイ作品を並行して書くようになった時期に描かれた最初の小説でもあるのだ（しかもそれが文芸誌に掲載されたということも忘れてはならない）。そしてその上で、作品が何を描こうとしたのかという内実に迫ってゆきたいと思う[5]。

二 〈戦後〉を描く小説

『男と女の子』の舞台となった年代を推測するならば、主人公岐部が三〇歳であり、戦時中に高等学校から医大への進学を考えたということ、また、その医大に進学した友人B、Cがすでに医大に通えていたことなどから、昭和二八年といえる。それは、作家吉行の実際を参照すると、静岡高等学校を一年休学しているため一年ずれて、昭和二九年ということになる[6]。つまり岐部の年齢からは、それは吉行の年齢を参照しても同様であるが、『男と女の子』の時代は、その発表年である昭和三三年よりも前ということになる。ただ、後で詳細に述べるが、この『男と女の子』は昭和二八年、昭和二九年、また昭和三三年といった、ある時点に明確に焦点を当てて描いているというよりも、広く一九五〇年代を舞台にした小説といえるのである。しかも東京に残る戦争の影が薄くなっている時代としての一九五〇年代、『経済白書』が「もはや戦後ではない」とうたったのが一九五六・昭和三一年のことであったが、そのような意味での〈戦後〉の一年間を描いた小説ということができる。

その例としてまずあげられるのが、岐部の設定である。岐部は大学卒業後、「大機構の会社」の「サラリーマン」に「なりたい」と会社勤めをはじめ、「郊外」から都市へ向う「満員電車」に乗り、通勤していた男である。こうした「都市中間層」といえる男の存在自体が、〈戦後〉を描く作品としてこの『男と女の子』があることを示している。岐部のような「都市中間層」は、高度経済成長へと発展する朝鮮特需からの好景気の波によって所得水準が上昇したことで生じた存在として位置づけられる。その一般化も一九五〇年代後半から進んだといえ、この「都市中間層」という存在は一九五〇年代的なものということができる。

そして、〈戦後〉の「現代風俗ふうな空気」として、作品の展開にも関わるかたちで描かれるのが、テレビである。(7) テレビの日本における展開を端的にまとめると、昭和二七年に日本放送協会（ＮＨＫ）と日本テレビ放送網（ＮＴＶ）がテレビ予備免許を付与されたことにはじまる。それを受けて翌昭和二八年二月一日にはＮＨＫテレビの本放送、同年八月二八日にＮＴＶの放送が開始された。そして昭和三〇年四月一日にはラジオ東京放送（現ＴＢＳ）が放送開始、昭和三二年にはテレビの全国普及が推進され、ＮＨＫ七局、民放三四社にテレビ予備免許が交付される。昭和三三年一二月二三日には東京タワーからの放送が開始し、昭和三四年四月一〇日の皇太子御成婚のパレードに合わせ、同年二月一日には日本教育テレビ（現テレビ朝日）、三月一日には富士テレビジョン（現フジテレビ）が放送を開始した。まさしく戦争の影の残らない、新たな、〈戦後〉の文化の象徴としてテレビはある。

ここで注意すべきは、テレビの普及は昭和三〇年代の半ばから進んだということだ。つまり岐部の年齢から、また吉行の実際の年齢から推定される作品の時代、昭和二八年、昭和二九年では、作中に登場するようなかたちでテレビがあったというのは難しいのである。だが、『男と女の子』が『群像』に掲載された昭和三三年段階でのＮＨＫ受信契約数を見ると、一〇〇万世帯であり、前年の倍に増加していることがわかる。また、同じ年にはテレビに対する知識人たちの大きな反応といえる、雑誌『思想』での特集「マスメディアとしてのテレビジョン」（昭和三三・一一）がある。この点からも昭和三三年頃にテレビが一般化していた状況がわかる。さらに他の小説の描写もひとつの証左となると思われるが、昭和三四年六月から翌年一二月号まで『小説新潮』に連載された松本清張「歪んだ複写」には、東京の喫茶店の描写があり、「近ごろは、どこでもテレビを備え付けている」と書かれている。これは喫茶店でテレビを見る岐部の姿と照応する。つまり、『男と女の子』は、作品発表の年、昭和三三年に近い時代を舞台にしていると、このテレビの普及をめぐる歴史的な動きからいえる。

これは、『男と女の子』を「私小説」とするには明確なずれといえる事態である。だが、逆にいえば、それこそ『男と女の子』が、〈戦後〉の「現代風俗」の代表例、テレビを取り込むことを強く意識した作品なのだといえるかもしれない。そして、そのテレビが生んだ「現代風俗」として具体的に登場するのが、テレビコマーシャルとのど自慢である。

> 少女が予選を通過したノド自慢大会は、『トラップトロップ製菓会社』主催のものである。この大会は、ＮＨＫ全国ノド自慢大会などにくらべると、はるかに小規模のものだが、それでも決勝大会までには幾つもの段階がある。いろいろ入り組んだ仕組になっている。もしもこの大会に優勝すれば、向う一ヵ年『トラップトロップ製菓会社』と契約を結び、一週二回その会社がスポンサーになっているテレビ番組のはじめに、テーマ・ソングを歌う役割を振当てられる。それが、この大会の優勝者に与えられる特典である。（二七九頁）

まずテレビコマーシャルであるが、やはりこれも一九五〇年代的な事象といえる。民放ＮＴＶの開局とともにその歴史は始まった。ただ引用のような、「ノド自慢」で優勝した人間が、「製菓会社」と契約を結び、テレビコマーシャルに出演するという形態があったということは興味深い。このモデルとしては、「製菓会社」のテレビコマーシャルで歌があるものということで、『男と女の子』発表の年に放送されていたという佐久間製菓のキャンロップ・カクテルという天然果汁入りキャンディのテレビコマーシャル（歌はシャンソン歌手の小海智子）が想像されるが、作品で描かれるような形態で作成、放映されたかどうかは不明である。逆に、こうしたテレビへのいわゆる一般人の参入のかたちがあったという資料として、『男と女の子』は扱われる必要があるのかもしれない。

そして一般人のテレビへの参入、のど自慢はその最たる例としてある。作中にも登場する「ＮＨＫ全国ノド自慢大会」は、昭和二一年にラジオ放送で開始され、昭和二八年にはテレビ放送も始まった人気番組であり、すでに美空ひばりなど多くのスターを生み出すものとして機能していた。一般人がスターになる場として、機能していたと考えられる。『男と女の子』の少女北村栄子は、「テレビの画面に出て、歌をうたうこと」を「夢」としている。テレビという〈戦後〉文化の象徴に映ることが「夢」だという少女なのである。そのうえ少女は「原爆で孤児」となった存在であり、「屋根裏部屋を這いまわるような生活」を送って来たと、岐部に推測される存在である。そのもっとも日の目を見ない存在といえる少女がテレビに出ることで、見られる存在、すなわちスターになることができるという空間が、〈戦後〉という空間だったといえよう。それをこの『男と女の子』は描いているのである。大宅壮一《おおやそういち》がテレビを含めたマスコミの大衆迎合ぶりを批判し、「一億総白痴化」といったのは『男と女の子』発表の前年のことであった（『週刊東京』昭和三二・二・二）。だが、それは逆説的ではあるが、〈戦後〉という空間が「一億総スター化」の可能性も孕んでいたことを、『男と女の子』を透かして見ることで理解することができる。

　また『男と女の子』には、岐部の友人赤堀が雑誌編集を務めている「陽光社」という出版社が描かれている。岐部が赤堀を訪ねた時、「食っていかなきゃならない」ということで、「伝統のある典雅な雑誌から、エロ雑誌へ」雑誌の方針を変えたという。赤堀は「いまの雑誌は読書欲に訴えたんじゃ、売れやしない」が、「虚栄心や射倖心に訴えるものにするには、宣伝の金がない」ため、「性欲に訴えてみた」とその理由を述べている。

　加藤秀俊《かとうひでとし》は「中間文化論」（『中央公論』昭和三二・三）で、戦後の文化を段階に分け論じている。加藤はそこで、戦後「中央公論」などに代表される高級総合雑誌が隆盛した「High-brow dominant」期が『世界評論』『朝日評論』などが廃刊する一九五〇年まで続き、ついで多数が大衆娯楽に目を向け（雑誌『平凡』は一九五五年に一四〇万部を売り上げた）、政治への関心は少数のタカ派に限られた、火炎ビンと『平凡』の時代、「Low-brow dominant」期が一九五五年まであったとしている。加藤は予測を含めて、次の時代を「Middle-brow dominant」期、「中間文化」の時代とするのだが、この加藤の規定のなかの「Low-brow dominant」期の典型的な事例として「陽光社」の雑誌方針の転換はあるといえる。

　そして、『男と女の子』に描かれる「陽光社」のエピソードは、吉行淳之介の実体験に由来したものである。吉行は東京大学文学部に在籍しながら、昭和二一年に『モダン日本』を発行していた新太陽社にアルバイトとして働き出し、翌年秋には大学を中退し、同社に入社、『モダン日本』の記者となった。『モダン日本』は元々、菊地寛が創刊した雑誌で、文藝春秋社のいわゆる「典雅な雑誌」であったが、戦後新太陽社から刊行され、大佛次郎《おさらぎじろう》、井上友一郎《いのうえともいちろう》らが活躍する風俗小説誌となっていた。つまり戦後間もなく、雑誌方針の変換をはかり一定の成功を収めていた雑誌といえる。だが、昭和二四年に経営は赤字に転じ、昭和二五年四月に打ち切られることになる。これにはおそらく、「読物」を売りにする雑誌はほぼすべてダメージを受けた、昭和二三年の用紙制限（六四頁に制限）がひとつの要因となったと考えられる。そしてその後継雑誌として刊行されたのが、エロと

『別冊モダン日本』表紙（昭和 26・5）

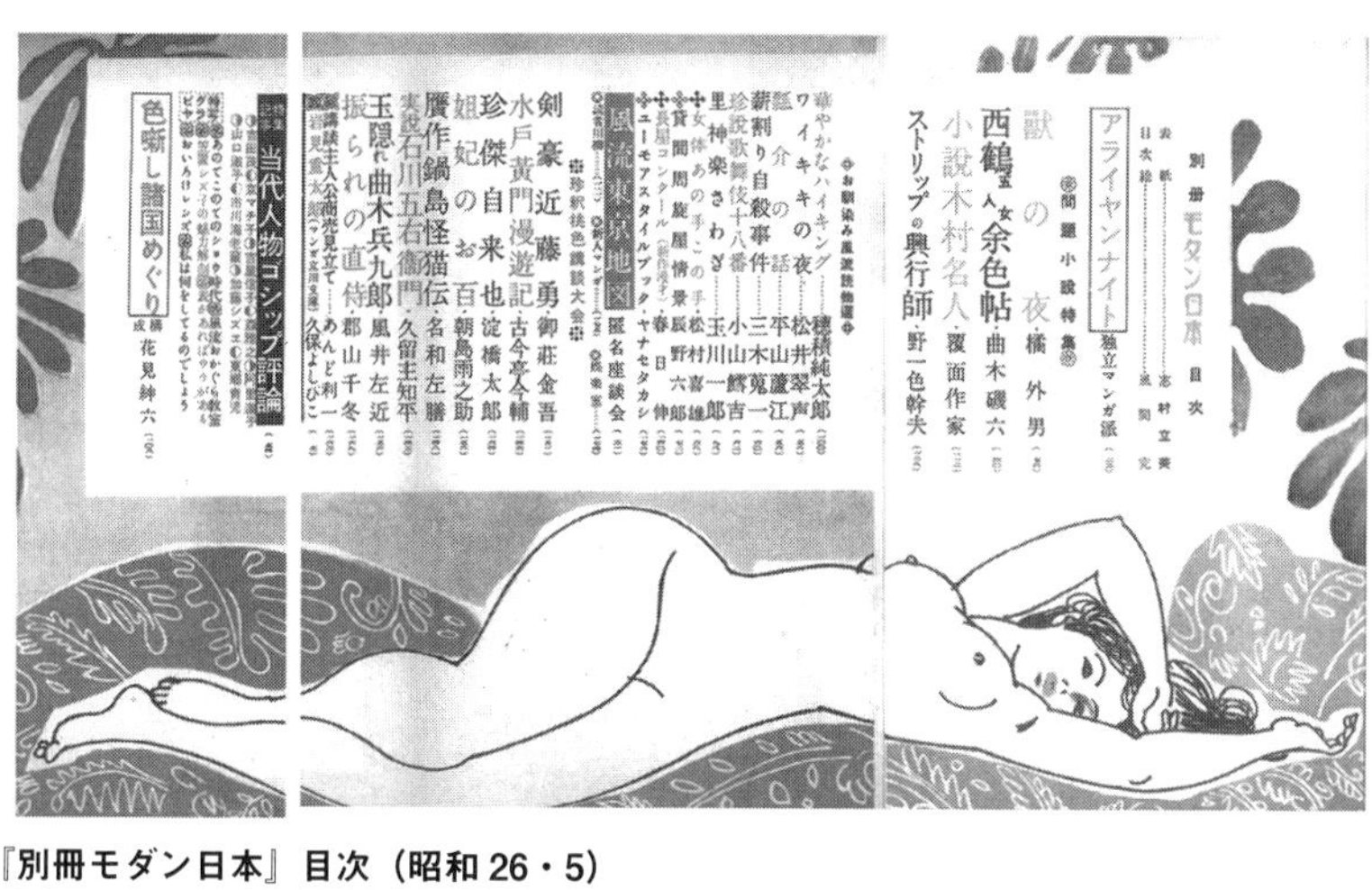

『別冊モダン日本』目次（昭和 26・5）

漫画を取り入れ新味を出した『別冊モダン日本』なのである。『別冊モダン日本』は、社長牧野英二《まきのえいじ》、編集者吉行淳之介、津久井柾章《つくいまさあき》（名和左膳、名和青朗《なわせいろう》）の三人で作成された全一三号の雑誌である。[8]

吉行は当時の仕事を振り返って「依頼、原稿取り、挿絵取り、割付、校正、印刷所の交渉、借金の言い訳」をこなしたと述べている。[9] どうしても頁が埋まらなかった際には、編集者である吉行が「名取蘭三」というペンネームで作文したという。[10] たとえば昭和二六年六月号には名取蘭三が「これはいけます喰歩き」という記事を書いている。

こうした状況は、『男と女の子』で赤堀が「匿名座談会／風流東京地図」を「書いている」、つまり座談会を創作するという場面と重なるものであろう。昭和二六年五月号の『別冊モダン日本』には同名の座談会、「匿名座談會風流東京地圖」がある。この記事を吉行が作文したかどうかは判然としないが、岐部が拾い読みした座談会の内容は、この『別冊モダン日本』の座談会の内容を写したものであることがわかる。[11]

また、少女のヌードを撮影した際に、赤堀が思いついた企画がある。

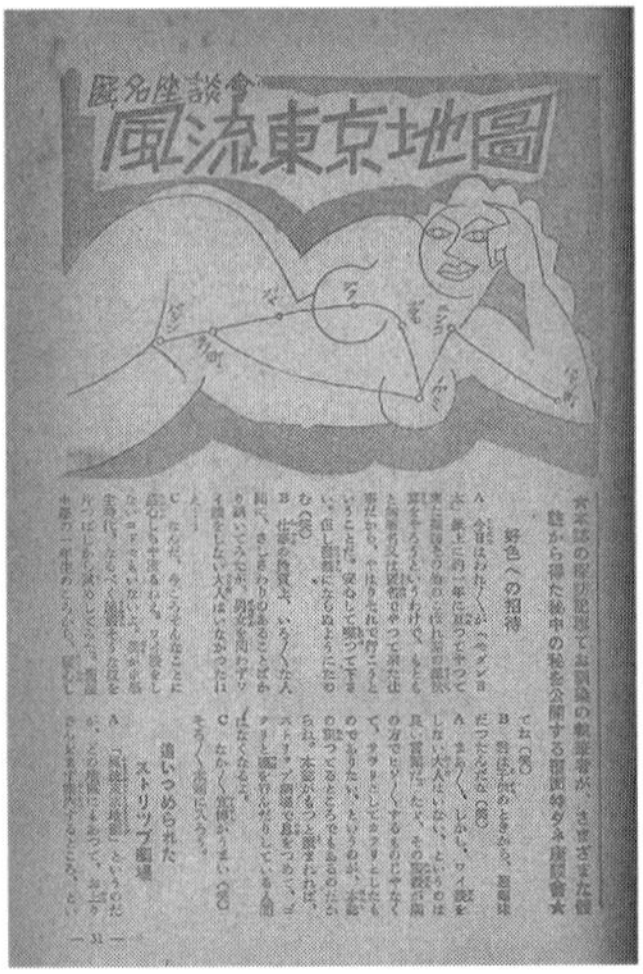

「匿名座談會 風流東京地圖」（『別冊モダン日本』昭和26・5）

> 富士山の写真と組合せて、見開き二頁のグラビアをつくる。富士山が噴火した。大噴火である。熔岩や火山礫が噴き出るかわりに、裸の女がいっぱい飛び出した。『フジヤマ噴火の図』と題をつける。四十も五十も、多ければ多いほど、効果がある。火山噴火の形に、豆粒ほどの裸の女をたくさん並べるのだ。（二五四頁）

この企画の「豆粒ほどの裸の女」に少女の写真は使われることになるのであるが、『別冊モダン日本』昭和二六年七月号の「美しき噴火」というグラビア企画はその原型といえる。そこでは

「美しき噴火」（『別冊モダン日本』昭和26・7）

「四十も五十も」裸の女を並べることはできていないが、十数体の裸の女が様々なポーズをとり、富士山から噴き出しているグラビアである。こうした『別冊モダン日本』との一致からは、『男と女の子』の赤堀の「エロ雑誌」が、『別冊モダン日本』での吉行の経験を下敷きとしたものであることを確認できる。

ただ、こうした作家の状況は昭和二五、六年のことであり、先述したように「テレビ」の時代としての〈戦後〉を描く『男と女の子』では、七、八年のズレがあるのだが、そう感じさせないところがある。それは吉行の『別冊モダン日本』での体験が、一九五〇年代後半に一般化してゆく現象であると考えられるからである。「週刊誌ブーム」や、「純文学と大衆文学の中間にあって、小説本来の面白さを追求する」[12]といった理想を掲げた中間小説誌の敗北（たとえば『日本小説』の昭和二四年四月での終刊）ののちに、「正統な楽しい雑誌」という緩い括りのもとに創刊された『小説公園』（とくに創刊号）などの存在と『別冊モダン日本』は軌を一にしているように思う。『別冊モダン日本』が経営的には上手くゆき黒字に転換したが、つまり雑誌としては成功したが、牧野社長と出資者側の対立で終刊したことは、吉行の証言などからもわかる。吉行が『男と女の子』に活かした自身の『別冊モダン日本』での経験は、高度経済成長期に続く、いわゆる〈戦後〉の雑誌メディアの変遷の原型であり、先取りしたものであったかもしれない。

三 「金のために」書く作家

以上見てきたように、『男と女の子』は一九五〇年代の戦争の影響の薄い部分を舞台にする、いいかえれば〈戦後〉を描くという意図のもとに、〈戦後〉的な事象をちりばめた作品であった。では、そうした空間を描くことで、『男と女の子』には何が描かれているのだろうか。それを探る作業を行ってゆこうと思うのだが、その前に、『モダン日本』『別冊モダン日本』の編集者として拡大する雑誌メディアの内実を知る吉行が、小説家として自身とその作品をどのように位置づけたかを見ておく必要がある。

吉行は自作を発表するメディアの拡大にどのように対応したか。それを端的にあらわす二つの発言がある。一つ目は、昭和四〇年の『文藝』七月号で、座談「文学と資質」が遠藤《えんどう》周作《しゅうさく》、小島《こじま》信夫《のぶお》、庄野潤三、安岡章太郎、吉行淳之介の五人を集めて行われたのだが、そこでの発言である。この座談で「第三の新人」は『文藝』編集者に週刊誌などにも作品を寄せる姿勢を問われるのだが、吉行はその問いに「金のために」書くのだと答えている。この発言を受けて、庄野は「ジャーナリズムの要求するものに対して、応え得るものを自分がどれだけもっているかということになるわけだ」と状況を見、自分にはそれはなく吉行らにはそれがあるとまとめている。つまり、それがあるから吉行は「金のために」書けるというのだ。

二つ目は、吉行は芥川賞受賞した翌年である昭和三〇年の「自筆年譜」(『吉行淳之介全集』第八巻、昭和四七・一、講談社)の記事にある発言である。

たまたま芥川賞を受けたので、文筆で生計を立てることに決心した。もともと文学で生計は立ちにくいと考えていたし、自分の文学的才能の型からみても生計は立ちにくいと考えていたのであるが、それより他に方法のないところに追い込まれた。

(二九九頁)

吉行は「文筆で生計を立てる」、「決心」をして作家となったのである。文士と自負してきた作家が、一大衆でありながら作家でもあるといった認識に変化していった時代、作家とは数多ある職業のひとつとなろうとしていた。吉行はまぎれもなく、こうした状況を背景に作家となった先駆けであり、代表的な存在といえる。

そして、以上二つの発言からは吉行の対応策が透かし見える。職業として作家を選んだ吉行は、「ジャーナリズムの要求」に応えるものと、自身の文学的興味を並立させる必要があったのである。つまり、文芸誌に掲載する作品＝「純文学」と、中間小説誌、婦人誌、週刊誌などに掲載する作品＝「中間小説」との「書き分け」を模索したといえる。

吉行作品の掲載誌を振り返ってみると、「自筆年譜」に「決心」を書く前は、「谷間」が昭和二七年六月の『三田文學』、「ある脱出」が同年『群像』(一二月号)、昭和二八年では「祭礼の日」が『文學界』(二月号)と、いわゆる「純文学」系の文芸誌に掲載していることがわかる。昭和二九年も同様で「治療」を『群像』(一月号)、「驟雨」を『文學界』(二月号)、「薔薇」を『新潮』(六月号)に掲載している。

しかし、昭和三〇年になると執筆の量が大きく変化している。その数は、新たに発表したものだけで一三篇であり、前年の三篇と比べると大きな変化である。発表媒体も、前半六月ぐらいまでは、一月「黒い手袋」(『文學界』)、二月「夜の病室」(『新潮』)、三月「因果物語」(『文藝』)、四月「焔の中」(『群像』)、五月「水の畔り」(『新潮』)、六月「夏の休暇」(『文學界』)と前年までの傾向通り、「純文学」系雑誌主体であるのだが、七月に、「軽い骨」を『文藝』に発表するとともに、「貞淑な女」を、「中間小説誌御三家」、『小説新潮』に掲載している。ついで八月には「重い軀」を『別冊文藝春秋』に掲載している。一一月には「暗い半分」を『知性』、「漂う部屋」を『文藝』に発表すると同時に、「夕焼の色」を『小説新潮』に掲載している。一二月には女性誌『新女苑』に「墓場のある風景」を発表している。「文筆で生計を立てる」ために、様々な発表媒体に挑戦してゆく昭和三〇年の吉行の動きは、まさしく、「金のために」書くと口外して憚らない吉行の姿勢を裏付けるものともいえよう。

そして吉行は、雑誌数の増加に歩みを合わせるように、自身の作品を掲載する媒体の数も増加させてゆく。『男と女の子』発表の年、昭和三三年にはのちに「ダンディズム」などといった言葉で語られるようになる吉行のスタイルを活かした女性向けのエッセイが初めて書かれることになる。『若い女性』に一年間連載した「青春の手帖」がそれである。さらに、昭和三五年前後には、週刊誌ブームの影響があらわれてくる。昭和三四年四月から一二月まで『週刊現代』に連載した小説「すれすれ」から堰を切ったように、昭和三五年にはエッセイ「浮気のすすめ」を『週刊サンケイ』に三月から一一月まで連載している。以降も吉行は、昭和三六年に『週刊サンケイ』に、二月から翌年一月まで小説「コールガール」を連載し、昭和三七年には、初めての時代小説「雨か日和か」(『鼠小僧次郎吉』に解題)を『週刊現代』に一一月から翌年の四月まで連載している。当然、この時期も文芸誌や中間小説誌にも作品は掲載している。中間小説誌で例をあげるならば、『オール讀物』『小説中央公論』『小説現代』などが新たに加わっている。

この当時の吉行の様子を安岡は『僕の昭和史Ⅱ』(昭和五九・二、講談社)で以下のように振り返っている。

> これまで「群像」の編集長だったO氏が「週刊現代」の編集長も兼任することになり、その創刊号から吉行淳之介が長篇『すれすれ』の連載をはじめた。これも原稿料は「群像」の五、六倍で、要領を飲みこんでしまえば労力は「群像」の半分もかからない。新聞には大きな広告が出て、「新鋭巨匠吉行淳之介」というようなことになった。それでしばらくの間、仲間うちで「巨匠」は吉行のアダ名になった。
>
> (二二二頁)

この安岡の回想からは、吉行、安岡らと『群像』の「O氏」つまり、大久保房雄編集長との関係の深さと、メディアによって選り好みしない「第三の新人」の特徴があらわれている。

こうした吉行の、「純文学」も「中間小説」も、ほぼ同等の仕事量を大量にこなすという戦略は、体調を崩すことで小説作品の執筆量が減ることもあったが、それを「純文学」の仕事と、ジャーナリズムの要請に対応した仕事（対談記事や、随筆など）という二項に代えれば、晩年まで変化することがない。[13]作家という職業に就き、職業＝作家を毎日行うと自認している作家の姿、「金のために」書く姿を見ることができよう。

ここで中間小説誌に掲載された作品を例に見てゆこう。[14]ここまで「書き分け」と短絡的に述べてきたが、その内実を見るためである。「書き分け」の意識は作品の内容にも影響を与えているのだろうか。さらにここでは問題を焦点化するために、一九五〇年代を中心としたいわゆる高度経済成長期の中間小説掲載作品に限定して考察しようと思う。これは吉行の中間小説への作品掲載がこの時期に多いということと、そうすることで、本章の対象である『男と女の子』との比較対照も可能となる。当然、『週刊現代』に連載された「すれすれ」などの作品や婦人誌に掲載された作品まで含めて、「純文学」以外の仕事としてまとめて考察する必要があるだろうが、ここでは行わない。[15]

この時期の中間小説誌に掲載された作品の特徴を端的に述べるならば、同時代風俗を描くことにその主眼が置かれているといえる。たとえば、「花嫁と警笛」（『オール讀物』昭和三一・九）では、タクシーのなかという空間が描かれ、ローラースケート場なども登場する。なかでも「八重歯」（『オール讀物』昭和三四・五）は、毎日電車で一緒になる男に恋をした知子が、その男性と偶然の再会をするという、よくある恋愛小説のパターンを用いながら、知子が歯科の開業医である点や、「八重歯」に異常に執着するフェティシズムの問題といった、新しさを描き込んだ小説である。趣向の部分に「現代的」な事象を取り込むのが、吉行の中間小説誌掲載作品ということができる。こうしたデッサンの成果が『男と女の子』に流れ込んでいると考えてもよいだろう。

このような特徴は、女性の口説き方や、夜の街の歩き方といったマニュアル的なものを小説に描くという特徴に繋がってゆく。女性の口説き方を描く作品としては、高飛車な女の口説き方を描いた「がらんどう」（『オール讀物』昭和三五・四）や、ホステスの扱い方を書いた「ハーバーライト」（『小説中央公論』昭和三五・一〇）などを例示できる。夜の街の歩き方を書く小説は、酒場での「艶話」や「笑話」のかたちをとる。「艶話ふたつ」（『小説新潮』昭和三六・八）や「探す」（『別冊文藝春秋』昭和三六・一二）、「夢三つ」（『オール讀物』昭和四一・四）、「おもいやり」（『オール讀物』昭和四一・一〇）、「ある夫婦」（『小説新潮』昭和四二・一）などである。「ある夫婦」は、「婦女子斡旋」を仕事とする「直さん」への取材をもとにした作品であるが、こうした性風俗業の実態を描くことは、中間小説誌の読者にそれを紹介するような機能を果たすといえる。また、このようなマニュアル的特徴は一九六〇年代になると増加するもので、吉行の「純文学」にはほとんど見られない特徴である。先に引用した吉行と安岡の言葉を借りれば、この特徴が「金のために」書く「要領」を得たといえるのかもしれない。

ただ、中間小説誌掲載の作品には、今例示した「ある夫婦」もそうなのであるが、吉行淳之介と思われる人物が語る、随筆風、私小説風の作品も多い。「未知の人」（『別冊文藝春秋』昭和三四・一二）は、小説家である「私」のところに精神に異常をきたした読者からの手紙が何通も来るといった、実体験をもとにしたような作品である。

こうした私小説風の作品は、「純文学」作品と連関してくる。「尿器のエスキス」（原題「子供の花火」『別冊文藝春秋』昭和三二・四）は、父吉行エイスケのことを書いたものであり、『砂の上の植物群』（『文學界』昭和三八・一～一二）に引き継がれる。「アイラブユーの相良武雄」（注（10）参照）は、『男と女の子』に登場する「売春研究家の山田さん」のモデルである相良《さがら》武雄《たけお》（中村三郎）を取材した作品である。つまりこの『男と女の子』の発表から九年後の作品「アイラブユーの相良武雄」を読むことで、『男と女の子』の背景が見えることになる。これらからは、中間小説誌掲載作品が、「純文学」長篇小説の衛星的な作品として機能しているようにみえる。

さらに直接的に「純文学」作品との関連が見える作品もある。「暗い宿屋」（『オール讀物』昭和三七・一二）にある、女性二人、男性一人による性交のエピソードはそのまま『砂の上の植物群』に用いられている。また、「決闘」（『別冊文藝春秋』昭和三二・一〇）は、主人公「僕」の友人Kがアレルギーで海老を食すと喘息の発作を起すという、アレルギーを趣向として用いた作品である。さらにそのアレルギーは元々MがKにうつしたものだという。そしてKはそれを今度「僕」にうつそうとしている。このアレルギーが「神経が絡まり合」ってうつるという設定は、『男と女の子』の「臥竜荘アパート」の男の話す話に発展して用いられている。

そして『男と女の子』には、まさにデッサンと呼べる作品がある。「皮膚と心」（『小説公園』昭和三一・一〇）である。「トラップトロップ製菓会社」のテレビコマーシャルソングを歌う、「バランスの取れていないところが、魅力」の少女、アレルギー性皮膚炎にまつわる、指輪を契機に皮膚炎が発症する婦人の話、ジーキル博士とハイド氏のモチーフなどの趣向や、大きな筋立てに至るまで、ほぼそのままのかたちで『男と女の子』に流れ込んでいる。[16]

つまり吉行は一見、「金のために」書く「要領」を得た、いいかえれば中間小説誌掲載用の小説のパターンを見出したようにも見えるが、それが内容レベルでは明確な「書き分け」になっているわけではないということである。だが、このことが、拡大する雑誌メディア環境に対応できた要因なのかもしれない。自身が「純文学」作品で書きたいと思う文学的な主題と、中間小説誌に掲載する作品に描く問題が近接していたともいえる。

ただ、この「純文学」作品と中間小説誌掲載作品を、内容レベルにおいては「書き分け」ない、差異が判然としない小説を「書く」、吉行という作家の存在は、文学史的に考えるならば、小説作品のジャンル分けを弱めた存在といえるだろう。それは「純文学」と「大衆文学」の差を消失させ、「中間小説」という概念の幅を広げたといいかえることもできる。[17]また、それが『男と女の子』という初の長篇小説の試みからあったということは興味深い。吉行は二つのジャンルを関連させることで小説を構築していった作家なのである。[18]

四　〈戦後〉に適応できるか／適応できないか

『男と女の子』には〈戦後〉的な事象が描き込まれていると先に述べた。そうした空間のなかで、主人公の岐部は、二項対立の図式のなかにいる（岐部自身がその図式を有しているともいえる）人物として描かれている。それは〈戦後〉という空間に適応できるか、できないかという二項対立である。そしてこの作中ちりばめられた〈戦後〉が、戦争の影響が薄まったという意味での〈戦後〉であることが問題になる。

そうした〈戦後〉に適応できなかった者として、岐部に認識されているのが、「戦争中に親しくなった友人たち」である。友人のAは戦争未亡人との恋愛の果てに無理心中させられ、BとCは長崎の原爆によって亡くなったという。そして、〈戦後〉に適応できている男を満員電車内で見つけ、「いまいましい」と感じ、友人たちと比較して次のように述べる。

たとえば、手に持った蝙蝠傘が柄だけになっていたことに気付いた時、咄嗟に、紛失した傘の部分を取戻そうと周囲に眼を配ることをしないような人間は、自然淘汰されてしまうのではないか。立止って、紛失した状況の中に、その状況に置かれている自分自身の中に潜り込もうとするような人間にとって、今の世の中では生きてゆく余地はしだいに寡なくなってゆくのではないか。（二三八頁）

つまり、岐部の友人たちは、「今の世の中」で生きてはいけない、適応できなかったから「自然淘汰」されたというのである。そして岐部は、そうした友人たちと「似通った同士」だったから友人になったという。その「似通った」部分とは「敏感すぎる心」を有しているということだった。

岐部の友人たちとは異なるかたちで、〈戦後〉に適応できていない存在と布置できるのが、「臥竜荘アパート」の男である。男は「傲岸さと自嘲」の表情をするのだがそれは「学生時代」に岐部と友人たちにも浮かび上がっていたものだという。男の持つ症状、アレルギー性のゼンソクとアレルギー性の皮膚炎の要因として「軀の中の神経のバランスが崩れること」をあげ、その症状が起こりはじめたのは「戦争中のことだった」という。

「戦争中には、かえってその症状が現れなくなった人間もいるんだ。精神が緊張したために、それまでと神経のバランスの具合が違ってきたのが、その原因なんだ。ところが、その逆にそれまでは何ともなかった人間に、そういう症状が現れるようになった場合がある。僕がその一例でね、これはどういうわけかな。おそらく、やる気がなくなったために、精神が弛緩して、神経のバランスが崩れたためじゃないかな。戦争に敗けたから、やる気がなくなったんじゃないよ。戦争中にやる気がなくなってしまったんだ。君、人間てやつは、いろいろなものに夢を抱くだろう。それに向って心をふくらませるわけだ。ところが、戦争というやつは、その夢からヴェールを剥がし取って、正体を見せてくれたんだ。戦争のおかげで、といったらよいのか、あるいは戦争のせいでといった方がよいのか、僕には判断がつきかねるが、正体を見てしまったのだ。（後略）」（二六二〜二六三頁）

ここで男は、戦争の「おかげ／せい」で夢の正体を見てしまい、「精神が弛緩し、神経のバランスが崩れた」ことでアレルギーの症状を持つようになったというのである。戦争の影響で男は〈戦後〉に適応できなくなったといいかえられよう。そして男のアレルギーの症状は、友人たちの「自然淘汰」、つまり死と同じ位置にあることが理解できる。男は「敏感すぎる心」を有する人物なのである。(19)

そして主人公である岐部は、この〈戦後〉という空間に適応できるか、できないかのあわいにいる存在だということができる。作中、会社を解雇となり、退職金と失業保険金で暮らす岐部の位置自体がまず、あわいといえる。また、岐部の部屋である「素人下宿屋」の位置も彼があわいにいることを象徴的に示している。岐部の部屋は「谷間」にある。部屋の周りには「川の水と雑然と生い茂っている水草と、その茎にひっかかっている紙屑と、土と樹木と陸稲の畠とあちこちに建っている木造の民家」という「風景」があるが、「斜面を上り切った土地」には、「舗装」された道路と「石と金属を沢山使った大きな家」があり、岐部の部屋は「都会のエア・ポケット」だというのである。

では岐部はなぜあわいにいるのか。それはあわいに居続けていたというのではなく、あわいの位置に後退したというのが適しているようである。戦争が終ったあと岐部は「石と鉄と直線の建物に閉じ込められる」、「計画」を立て、「大機構の会社のサラリーマン」になったと回想している。「毎日同じことを機械のように繰り返していればよい」生活を望んだからというのだが、その理由が戦争で受けたダメージだという。「戦争によって、彼の心は一層脆くなっていた」ためだというのである。だが、サラリーマンの仕事も「大きな機械の小さな部分品」になるだけではなく、「社内の対人関係」が「大きな部分」だった。つまり岐部は、〈戦後〉的な「石と鉄と直線」のなかで生活していたのだが、それに挫折した人物なのである。そしてその挫折の要因が、戦争で受けたダメージから立ち直っていないということにある。

そして、岐部の〈戦後〉への対応手段と想定できるものが、戦前の避妊用ゴム製品を娼家に売りに行く場面にあらわれている。岐部はそこで使用できることを証明するためにゴム製品に息を吹き込むのだが、その姿勢が「屈辱的な姿勢」だと思う。その姿勢を取ったことを岐部は「直接的なつながりを持っていない」、「遊戯」なのだと呟くことで紛らわそうとしている。おそらく岐部は戦争が終わったあと、すべてにこのスタンスを取って来たのではないだろうか。「直接的なつながり」を持たず、「遊戯」だと考えることが岐部の〈戦後〉への対応手段だったといえる。

「敏感すぎる心」を持っている友人の一人赤堀の対応手段もこれに近いと考えられる。岐部は赤堀の顔に「例の手がかりの付けにくい、磨き込んだガラス球のような、あるいは樹脂に厚く覆われたような表情」を見、戸惑う。岐部は、赤堀は〈戦後〉に適応できたのではないか、「似通った」存在ではなく自分の理解できない存在になったのではないかと疑っているのである。だが、その顔こそが赤堀の〈戦後〉への対応手段であることに岐部は気づいてゆく。その手段を岐部は「気をまぎらわして生きている」と表現し、赤堀は「絶えず忙しく軀と心を動か」すことで「気をまぎらわし」、岐部は「なるべく軀も心も動かさないように」することで、「気をまぎらわして生きて」きたとまとめている。つまり岐部は戦争で受けたダメージを消化し切らないまま、〈戦後〉にも向き合うことなく、「遊戯」として、「気をまぎらわし」生きてきた人物なのである。その人物が、そうした対応策が通用しなくなり、あわいの位置に後退したところから、この『男と女の子』ははじまるといってもよい。

そしてそうした岐部の前に少女北村栄子は、まず戦争と切り離せない〈戦後〉の象徴としてあらわれる。先にも見たように少女は、「原爆で孤児」となった存在なのである。だが、同時に少女の容姿は「頭ばかり大きくて、軀とバランスがとれていない」と描かれる。「グロテスク」とも書かれる少女のこの姿自体が、〈戦後〉、そして作品が舞台とする一九五〇年代の正体といえないだろうか。そう考えると次のような少女の容姿が持つ二面性もその象徴のように見える。

その照明の下では、少女の顔の肌は、毛穴がすべて大きく開いているように見えた。荒廃した色さえ示していた。それが、いかにも若い娘らしい線の崩れていない眼や鼻の背景となって、奇妙な対照を示していた。

（二七六〜二七七頁）

少女の顔は基盤である肌が「荒廃」しているのと対照的に、目や鼻は「若い娘らしい」と岐部の眼には映る。これは一九五〇年代の社会が、戦争で「荒廃」したままにもかかわらず、それをそのまま基盤として新しい「若い娘」の部分が現れてきた社会だということをあらわしているのではないだろうか。少女の表情は「年増女に似た表情」と「未成熟な少女の顔」という二種類の表情があるとも書かれている。「年増女」のように疲労しきっている部分もある「未成熟な少女」、それが『男と女の子』の舞台、一九五〇年代の正体であるといえる。

そして岐部は「荒廃」、「年増女」と表現される少女の部分を好む。「バランスの取れていないところに、魅力があるんだ」ともいう。それは岐部が、「少女の困難に満ちた人生」、「原爆で孤児」となり「屋根裏部屋を這いまわるような生活」を思い、「愛憐の情」を感じていることから、戦争の傷を残しながら健気に生きる彼女に愛着していると考えられよう。

だが、少女が〈戦後〉を象徴するテレビ文化に憧れ、その世界に没入してゆくことになると、岐部はその変化に「苛立」つようになる。「宣伝人形だったときには、愛嬌となっていたアンバランスが単なる不恰好に近づき、愛くるしい表情を湛えていた顔が単なる不器量に近づいているようだった」と、岐部が魅力としていた部分が「不恰好」、「不器量」へと転じてゆくのである。こうした少女の変化は、テレビに「場馴れ」し、「劣等感」を「削り落し」たことによって生じたものだと赤堀はいう。そしてそれを証明するかのようにテレビに映る彼女の姿は「美人型」に変化してゆく。「美人になったつもり」で「整形」を繰り返し、「当節流行の誇張した形態に変化」し、「魅力あるアンバランス」から「奇怪なアンバランス」に転じたというのである。こうした少女の変化した姿は「畸型」、「ジーキル博士の姿のつもりでいるハイド氏」とも表現される。

そして「苛立」ちながらも、岐部は「畸型」という言葉に強く反応する。〈戦後〉は、「魅力のあるアンバランス」を形成できず、戦争の傷跡を「削り落し」ただけの、「奇怪な」、「畸型」という比喩が適するものだったのである。そして、少女の〈戦後〉化と向かいあうことによって岐部は「不安定に動揺しつづけ」、アレルギー症状を発症することになる。

『男と女の子』は巻末、岐部と少女の再会を描く[20]。そこでの岐部の揺れ動きは、少女が〈戦後〉に近づくとマイナスの感情に振れるものといえる。少女は「二枚目俳優に会った話」をするのだが、そのいわば、〈戦後〉において成功をおさめた「二枚目俳優」の表情を岐部は「屈折のない心、傷つくことのない心」を反映したもので、「ダイヤモンドの硬さ」をもった表情と感じている。

もう一度、岐部はあの二枚目俳優の写真を思い浮べた。そこには、岐部にとって全く手がかりのつかない表情が浮んでいた。赤堀の手がかりのつかなさとは全く異質なものである。岐部との間の通路が、最初から無いのだ。岐部は、少女が自分とは隔絶された場所へ連れ去られる心持に捉えられた。（三四〇頁）

少女のいる〈戦後〉は、岐部にとって「通路」の無い、「隔絶された場所」だというのである。そして、そうした「場所」にいる少女を抱こうとするとき岐部の感情は「不安定に揺れ動き」、「嘔気」を感じるまでになっている。少女に「愛憐の情」を感じていた頃は遠のき、「屈辱感をはね返そうとする心」によってのみ「不能」から抜け出せたとさえ描かれている。この時点で少女は岐部にとって、「二枚目俳優」と同じように「通路」の無い存在となっていることがわかる。

だが、少女が〈戦後〉に馴染むために、「心も軀も」、「修正」し、「傷だらけの小さな軀」を抱えていることがわかると、岐部は「いまならば、少女の軀に軀を重ねて愛することができる」と感じる。こうした少女の姿から、〈戦後〉からあわいに後退した自分との同質性を見、岐部は「愛憐の情」を取り戻しているといえるだろう。だが、それもまた少女が今どこに住んでいるのかという岐部の問いに対して、「聞かないでおいて」と、つまり「隔絶された場所」を維持しようとすると、岐部の感情は「不安定に揺れ始めた」と描かれることになる。

「直接的なつながりを持たず」に来た岐部という男を、〈戦後〉と直接向き合わせる必要性を、この最後の場面は描こうとしているのかもしれない。ホテル代を支払ったことで、彼があわいにいることを許していた金が空になったことは、岐部が〈戦後〉と対峙せざるを得ない状況にいることを象徴的に示している。

だが、対峙したからといって岐部は〈戦後〉で洋々と生きられるわけではない。少女と別れた後に岐部が行う、「軀の中のものをしぼり出すよう」な「嘔吐」は〈戦後〉への違和の表明であり、戦争が消化できていないことをあらわしているだろう。そのうえ岐部は、「次の瞬間、はげしい寒さを全身の皮膚に覚え」、「自分が一瞬の間に、ハイド氏のような大型の猿のようなものに変貌してしまっている」ことを知るのである。こうした「軀の底」、つまり精神的な部分から「じりじり這い上がってくる」嘔気や、アレルギー症状、「はげしい寒さ」という身体的な苦痛は、〈戦後〉を岐部が生きることの困難さを示しているともいえよう。戦争を消化しないまま無視するような〈戦後〉では、やはり岐部は「自然淘汰」されてしまうしかないのである。

五　時代への違和を描く

『男と女の子』には、時代への違和が描かれていた。戦争を消化しきらないまま、なし崩しに展開する〈戦後〉への違和といいかえてもよい。それを、戦争で傷を負ったまま〈戦後〉を生きる岐部をあわいに置くことで描いた小説なのである。岐部は「原爆で孤児」となった少女に同化しようとするが、彼女の〈戦後〉化の前に敗北する。

平野謙はこの『男と女の子』を日本近代文学の「主流」、私小説的な「余計もの」の文学の伝統を引き継いだものとしていたが、あわいに後退した岐部という存在や、吉行の実体験を岐部、赤堀などに活かす特徴は確かに、「主流」であるといえるかもしれない。だがそれよりも、単純に私小説とはいえないような事実とのずれ、そしてそこから浮かび上がる同時代社会に対する批評性が、『男と女の子』にあることの方が重要のように思う。

吉行という作家が、「純文学」以外の仕事も積極的にこなしていたことは、『男と女の子』に描かれた〈戦後〉への違和感とまったく矛盾しない。そうした仕事を作家という職業に就き、行ってゆくことで、吉行は現在自身が生きている時代の真相と呼べるようなものに接近しようとしたのだろう。接近したからこそ違和を際立ったものとして感じていたといってもよい。そしてそれを吉行は『別冊モダン日本』の編集という経験から知っていたと考えてもよいだろう。さらにこののち吉行は、自らの存在もまた〈戦後〉の産物であることに気付く。『闇の中の祝祭』はそれを利用して描かれた作品といえるのである。

では、吉行にとって、自身が生きている時代とは如何なるものだったのだろうか。それを知るためには吉行にとって戦争とは何であったかを知る必要がある。佐藤泉「吉行淳之介論」（『国文学解釈と鑑賞』平成一八・二）では、昭和三一年に語られるようになった「論壇用語「戦中派」」の登場に際して、吉行が「戦中少数派」を名乗り、その異端性を主張している（「戦中少数派の発言」『東京新聞』夕刊 昭和三一・四・一〇〜一一）ことを明らかにした。佐藤はその吉行のスタンスは、時代に騙されないようにするひとつの方法であり、「極端に個人主義的で非政治的で文学的で没戦略的な視点は、その隘路をくぐって逆に政治的有効性をもつ可能性も、あるいはあったかもしれない」と指摘している。この指摘は大変興味深い。吉行は他のエッセイでも、自身が戦争中少数派で、いわゆる文学を至上とする青年であったことを繰り返し語っており（前注（6）参照）、これが戦争自体の相対化を図っていたようにもみえるからだ。この問題を詳述するには、吉行の戦争に対する言説をさらに考察しながら、自身の戦争体験を描いた連作短篇『焰の中』を読み解くことが重要になる[21]。

また編集者吉行淳之介についての調査も必要である。吉行が新太陽社入社後に携わった新雑誌『アンサーズ』への調査が喫緊の課題となる。

注

（1）『男と女の子』はそれぞれ、講談社刊全八巻本の第二巻、講談社刊全一七巻本の第三巻、新潮社刊一五巻本の第五巻に収載されている。本章の引用は、底本となっている吉行自身が著者校正を行った講談社刊の一七巻本を参照しつつ、それを引き継ぎながら更なる校正を行った新潮社刊の一五巻本を主として用いている。なお引用にふられた頁数はそれに対応している。

（2）この場には大久保の後輩にあたり、同じく「第三の新人」とまとめられることになる遠藤周作もいたが、遠藤はこの計画の前の昭和三一年一月から六月にかけて『文學界』に、彼らに先んじて長篇小説「青い小さな葡萄」を連載していた。

（3）引用は平野謙『河出文藝選書　文藝時評（上）』（昭和五三・三、河出書房新社）。初出は平野謙「今月の小説ベスト3」（『毎日新聞』昭和三三・八・一六）。

（4）服部達「劣等生・小不具者・そして市民」（『文學界』昭和三〇・九）。このなかで服部は、吉行について「彼は現実世界のなかから、自分の趣味に合う局面だけを抜き出して、それを自分の作品の世界の礎石にしようとする」とまとめている。

(5) 拙論「吉行淳之介『砂の上の植物群』―吉行淳之介の「戦後」」(『人文研究』平成二二・三)で指摘したように、作家吉行淳之介の情報もコードとして取り込んだ作品として『男と女の子』もある。本章もまた、上記「『砂の上の植物群』論」また、「吉行淳之介『暗室』論―「女」をめぐる「メモ」」(『千葉大学大学院人文社会科学研究科研究プロジェクト報告書第一五二集(滝藤満義編)『日本近代文学と性』」平成一九・三)と同様に、吉行淳之介という作家の存在も作品を紡ぐひとつのコードとして、作品を読み直す作業の一端をなすものである。

(6) 吉行淳之介『私の文学放浪』(『東京新聞』夕刊 昭和三九・三・一二~翌年二・二五)によると、友人B、Cも実在の人物であることがわかる。彼らのモデルである佐賀章生、久保道也は長崎医大で原爆受けてなくなっている。吉行は休学し一年遅れたため助かったのだが、『男と女の子』の岐部は、長崎までの「混雑の汽車」に乗ることが「億劫」だったため受けなかったとしている。

(7) テレビの歴史に関しては、日本放送協会編・発行『二〇世紀放送史 上』(平成一三・三)や吉見俊哉・水越伸『メディア論』(平成九・三、放送大学出版)などを参照した。

(8) 新太陽社発行の『モダン日本』は昭和二五年四月までで、以降はモダン日本出版部が発行となる。だが六月発行のタイトルは『(芸能版)モダン日本　臨時増刊』であり、『モダン日本』という誌名は残っている。以降、七月は「夏期増刊」、八月は「秋期増刊」、一〇月は「艶笑版」という文言が『モダン日本』という雑誌名に付され発行されている。そして、一一月発行のものから『別冊モダン日本』となる。(だが、一一月号奥付には「臨時増刊」と記されている)。本章では、吉行の定義(『紳士放浪記』集英社、昭和三八・八)に従って、昭和二五年六月以降昭和二六年九月までモダン日本出版部から一三冊発行されたものを『別冊モダン日本』とする。

(9) 講談社全一七巻本『吉行淳之介全集』第四巻「月報4」「わが文学生活」(昭和五八・八)。

(10) 吉行淳之介「アイラブユーの相良武雄」(『小説現代』昭和四二・一)

(11) 『男と女の子』ではその場面は「A　その売春地帯には、小さな部屋がいっぱいある二階建が五棟並んでいる。その棟ごとに、一つずつの便所がある。つまり、共同便所だね。ところがこの便所には、落書がほとんどない。たまにあるにしても、ワイセツなものは皆無なんだ。／B　なるほど、それは面白いことだね。欲望が溜まっていないときには、その種の落書をする気持が起らないということだな。／A　たまに書いてあるのは、ひどくマトモなことばかりだ。／C　そういえばパスカル曰く、というのがあった(笑)。」と描かれている。そして次がそれに相当する『別冊モダン日本』の記事である。「A　(前略)東京パレスというのは御存知のとおり前は時計工場の精工舎の女子寮だつたんで、小さな部屋がいつぱいある二階建が五つ並んでいて、その棟ごとに、一つずつの便所の建物がある。つまり共同便所だね。ところがこの便所に、落書がほとんどない。ワイセツなものは皆無だ。／B　なるほど、これは面白いことだね。欲望が溜つてないのでわざ〳〵ツマランことを書く必要がないんだね。／A　たまに何か書いてあると、哲學的辞句なんぞばかりだ。軀が軽くなると、人間高尚になるらしい(笑)／C　そういえば、パスカル曰くなんてのがあつた(笑)」。「軀」という字に吉行がこだわりを持っていたことは良く知られていることから考えると、この座談会は吉行が作文したものかもしれない。

(12) 大村彦次郎『文壇栄華物語』(平成一〇・一二、筑摩書房)

(13) その仕事の幅を示すように吉行の「著作集」は「純文学」系の仕事を扱ったものの他に『吉行淳之介傑作小説選集』(全四巻　昭和

四二・一一より、文理書院ドリーム出版）、『吉行淳之介時代小説集成』（昭和五〇・六、おりじん書房）、そして昭和五一年九月から『吉行淳之介エンタテイメント全集』（全一一巻　角川書店）が翌年七月まで刊行されるのなど多岐にわたっている。

（14）吉行淳之介のすべての小説のなかで、中間小説誌に掲載された作品は六六作品である。中間小説誌とは何かということは大変難しい問題である。この六六作品には、中間小説誌として『オール讀物』『小説新潮』『小説現代』『別冊文藝春秋』『小説公園』『小説春秋』『小説中央公論』『小説宝石』また週刊誌や婦人誌、総合誌の「読物特集」としての別冊や増刊も入れて数えた。倶楽部系の雑誌や大衆娯楽雑誌との区別は明確か、また増刊と別冊という形式の差異をどう見るか、といった問題はあるが吉行作品の発表媒体は、こうした問題とは距離があると考え、六六作品とした。

（15）拙論「吉行淳之介の「私」――昭和三〇年代の吉行淳之介」（『昭和文学研究』第七二集、平成二八・三）参照。

（16）「皮膚と心」について、吉行は「未発表作品および詩篇・解説」（『とにかく、吉行淳之介　面白半分3月臨時増刊号』昭和五四・三）で、「三十三年「群像」に発表した「男と女の子」の原型となった二十枚のもの」と説明している。なお「皮膚と心」は「未発表作品」ではなく単行本未収録作品であることも、ここで吉行は断っている。

（17）つまり内容レベルでの「書き分け」ではなく、雑誌名が変わってもあまり差のない作品を「書く」ということによって、結果「書き分け」ることになったのである。なお、ここでは文学の諸ジャンルを雑誌メディアの差ではなく、概念的な意味合いで用いていることを断わっておく。

（18）吉行個人の問題とするなら、執筆量が少ないにもかかわらず作家として生活するためには、内容レベルで「書き分け」を行う余裕はなかったのかもしれない。内容レベルでも「書き分け」を行った作家に遠藤周作がいる。遠藤の「書き分け」に関しては、本書第三部第3章を参照されたい。

（19）だが同時に、男にとってのアレルギー症状は、〈戦後〉と対峙しないための手段になっているように描かれていることは興味深い。男は岐部にアレルギーの症状をうつそうと試みるが、その様を岐部に「それを移住させると、あとに残った君は、がらんどうになってしまう」と批判されていることからもそれがわかる。

（20）先に引用した「未発表作品および詩篇・解説」（前注（16）参照）で吉行は、「皮膚と心」について、『男と女の子』と「末尾など大きく変っている」と述べているが、デッサン的な作品「皮膚と心」と『男と女の子』の大きな差はここにある。「皮膚と心」では少女と再会した際、少女が「スタアになったつもり」でいることがわかると、主人公佐伯のアレルギー性皮膚炎は「拭い去るように消え、元の肌に戻った」とされる。さらに「皮膚と心」には「作者」が登場し、この話が「愚かな男の愛の物語のエスキース」であること、佐伯の心が「少女から解放される」、「結末」を用意したことが説明される。この差異からは中間小説誌掲載作品には「わかりやすさ」が求められていたということがわかる。『男と女の子』はそこから進み、単純な「愛の物語のエスキース」ではないところにたどりついた作品といえる。

（21）前注（15）の論でその詳述を試みている。

第2章

笑いのリベンジ

山田風太郎「忍法相伝73」から「笑い陰陽師」へ

牧野悠

一 Pの忍法帖

そこで私は提案するのだが、十指のさすところだれしもが大家と認める――勲章などももらった作家たちの、ハシにもボーにもかからない駄作ばかり集めた全集を、どこかで出すところはありませんか?／そして、それがいかに愚作であるかを、コンコンと「解説」してもらうのである。あまり人を笑わせる小説がない現代で、さぞこれは笑いを誘うだろうし、なまじ自称名作全集より、もっと売れるだろうと小生は思うんですがね。

右は、山田風太郎《やまだふうたろう》「日本駄作全集のすすめ」(『問題小説』昭和五一・四)からの引用である。当時こそ、「私などを論外に置いた大作家たちの話」と予防線を張った風太郎だったが、晩年のインタビュー、対談、雑誌企画等において、一部作品へ手厳しい自己評価を下した。たとえば、中島らもとの対談「風色の一夜」(『In pocket』平成六・三)では、中島が好みとした「風来忍法帖」を「Bクラス」と退け、

ぼくがA級だと思ってるのが占師の話で『笑い陰陽師』なんですが、これがまた本は売れなかった。おかしなもんでね、いちばんC級というのが『忍法剣士伝』、これが題名がいいらしくて売れたんです。もっとも小説っていうのは、

作者の自己判断と読者の評価はまるで違う場合があるけどね。

と述べている。[1] しかし、風太郎にとって「いちばんC級」とは、「最低」と同義ではなかった。『GQ Japan』平成七年三月号の風太郎特集の企画「全作品紹介、急ぎ足で」では、作者による全長篇のランクづけが試みられた。ここで唯一「P」と判定されたのが、「忍法相伝73」[2]（『週刊現代』昭和三九・五・一四〜四〇・三・二五）である。日下三蔵による紹介文は、「ユーモアを狙ってうまくいかなかったとして評価が極端に低く、ABC評価でなんとP級（!）。忍法帖の中にあって唯一現代を舞台にしているため、かえって風俗的な面で古びてしまっているのが皮肉だが、ナンセンスなドタバタ劇としてのできは、それほど悪くない」と擁護するものの、風太郎による失敗作としての認識は、確固として揺るがなかったと思われる。

インタビュー「風太郎、八犬伝を語る」（『幻想文学』昭和五八・一一）では、「気にくわんから出さないんですよ。もう、永遠になくしたいですね（笑）」と語ったほど、意に沿わぬ作品の再刊に消極的だったことはつとに知られているが、本作はロマン・ブックス版（昭和四四・八、講談社）以降長期にわたり封印され、風太郎の没後、日下三蔵編『ミステリ珍本全集01　忍法相伝73』（平成二五・九、戎光祥出版）として四四年ぶりに復刊された。日下は「編者改題」で、「山田風太郎唯一の駄作」という読者の感想を紹介し、「忍法帖の愛読者は、『甲賀忍法帖』や『魔界転生』の現代版を予想（期待）しているため、ナンセンスな風刺ユーモア小説である本篇との落差についていけないのではないか」と、他のいわゆる「風太郎忍法帖」シリーズとのギャップに着目する。また、縄田一男は、「最後まで復刊を

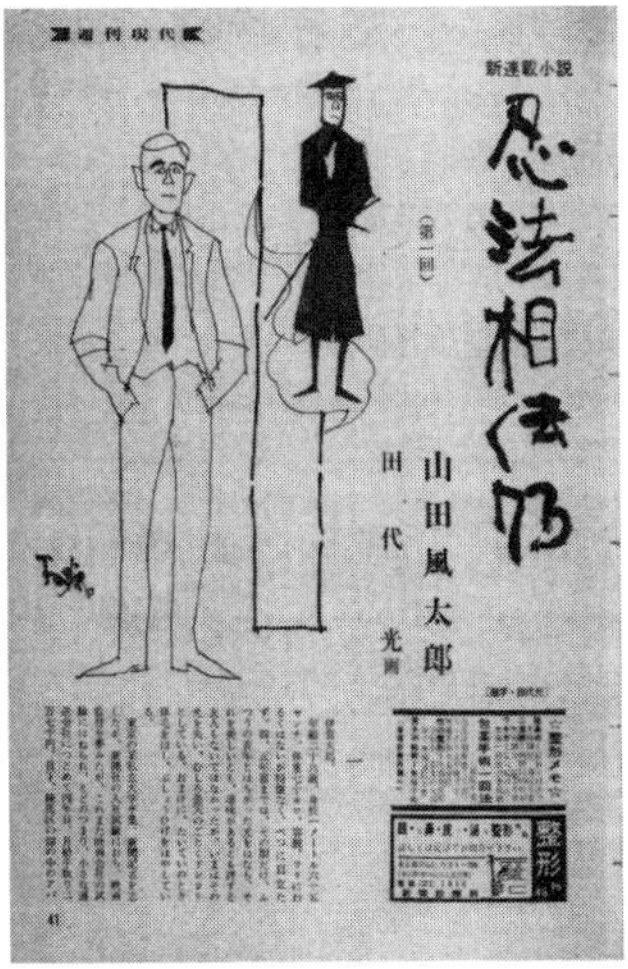

山田風太郎「忍法相伝73」（『週刊現代』昭和39・5・14）

拒否していた」と回想し、本作を原作とする映画、福田純監督「コント55号　俺は忍者の孫の孫」(昭和四四・一〇公開、東宝)に対する作者の悪印象も、版の途絶えた要因の一つと推測している。[3] このように、少なくとも長篇の忍法小説中、最低の駄作とする見解は、作読者間で一致する。

対して、「笑い陰陽師」(『別冊宝石』他、昭和四二・四〜一二)[4] を巡っては、奇妙な食いちがいが認められる。「風太郎、八犬伝を語る」では、「誰も認めてくれないけど、そんなに悪くないじゃないか、と思うのが『忍法笑い陰陽師』。あれ奇想天外でいいと思うけど」と述べ、「風色の一夜」では、「A級だと思ってる」が「売れなかった」と回顧されたように、世評や売上は芳しくはなかったが、作者の満足度、あるいは愛着の強さでは、「忍法相伝73」と対蹠的である。両忍法帖を対比する自作言及には、伊藤昭によるインタビュー「今度は明石大佐が主人公ですぞ!」(『別冊新評「山田風太郎の世界」』昭和五四・七、新評社)がある。

―― はあ。そう意味《(ママ)》では、ユーモアというのは意識されますか。

山田　うまく行くとね。まあ忍法帖というのは、全部おかしいと言えば全部おかしいんだけど、とくにおかしさを狙ってやったのが、「笑い陰陽師」。あれがぼくは一番うまく行ってると思うんだけど。

―― あの、「忍法相伝73」という現代ものがありますね。あれも面白かったですけど。

山田　あれは失敗作でね。新しいのを書こうと思ったんだけど。

図らずも笑いを主眼に据えた忍法小説として対比されているが、発表は「失敗作」の「忍法相伝73」が先であり、「笑い陰陽師」への高い自己評価には、かつて一敗地に塗れた経験が、多分に作用したのではあるまいか。細谷正充は、両作を「クッキリと明暗を分けた」忍法帖の「セルフ・パロディ」として併置し、「『忍法相伝73』は、パロディが空回りして、あまり作品の出来はよろしくない。詳細は省くが、最大の原因は現代を舞台にしたことだろう」と述べた。[5] だが、単純に一方は愚作、一方は傑作と、個別に論評するのではなく、むしろ先行作品での「空回り」が、忍法小説の可能性を拡大する原動力たりえたと意味づけてこそ有意義だと考えられる。そうした問題意識から、風太郎の「忍法相伝73」体験を重要な起点と再評価し、「笑い陰陽師」に至る忍法表現の展開を分析しつつ、「風太郎忍法帖」における笑いの系譜を検討する。

二　他動的な現代

「忍法相伝73」の作品評では、日下、細谷がともに「現代を舞台」とした時代設定を失敗の要因と指摘するが、そもそもその趣向自体は、シリーズにおける新機軸だった。ではなぜ、物語の現在を現代とした選択が、無残な敗北を招いたのか。そこで、忍法小説も多く描いた柴田錬三郎《しばたれんざぶろう》が、作中で忍者が発揮する超人的技芸について、「現代を舞台にとると、あまりに現実ばなれして、コッケイになるから、むかしを舞台にしているのである」と述べた[6]のが想起される。風太郎は後年、「ナンセンスといっても、人を笑わせるのは難しいですね。泣かせるほうがはるかに易しい」（「「神曲崩壊」について」、『死言状』平成五・一一、富士見書房）と語ったが、「おかしさを狙って」読者の感情を操り能動的に「笑わせる」のと、「コッケイ」な「空回り」を受動的に「笑われる」、つまり作者の狙いを離れて惹起された苦笑、憫笑、嘲笑とは、月鼈の相違である。

中近世の秘術を体得した人物が、現代社会で活躍する小説作品のうち、昭和三〇年代でもっとも成功した例が、五《ご》味康祐《みやすすけ》「一刀斎は背番号6」（『小説公園』昭和三〇・六）だろう。一七世伊藤一刀斎がプロ野球選手となり、剣術の極意で本塁打を量産する短篇である。破天荒といえる着想は、緊密な文体に支えられ話題作となった。五味に「一刀斎」というジャーナリズム上の愛称をもたらした快作だったにもかかわらず、続篇「スポーツマン一刀斎　色道修行の巻」（『サンデー毎日』昭和三一・一一・一一〜三二・五・一五）は、「自分で自分の書くものがバカらしくなった[7]」ために頓挫する。

短篇ではきわめて有効だった、時代小説の叙法を駆使し現代を描くアイデアだが、長篇連載では、時間経過に伴って陳腐化するのは当然である。本作こそ、「スポーツマン一刀斎（完結編）」（『小説新潮』昭和三二・八）で一応の終わりを見るが、後続シリーズ「サラリーマン一刀斎」（『週刊明星』昭和三四・一・一四〜八・二）、「スーパーマン一刀斎」（『週刊読売』昭和三八・四・七〜三九・二・九）は、ともに完結を放棄された(8)。

結果的に「忍法相伝73」は、先行する現代ものの長篇剣豪小説と、同じ轍をふんだといえる。最終話は、敵役が迫る最中に発現した「忍法110白馬降臨」で、パトカーが現れ唐突に幕を閉じる。この地口落ちは、物語の結構を整える責任を放擲した宣言に等しい。だが、近い時期に五味というモデルケースがありながら、果敢に現代ものの忍法小説に挑戦し、敗れるべくして敗れ去ったと短絡するのは、少々酷だろう。本作の生成された環境に鑑みると、確たる成算があって起筆されたとは考えがたいからだ。

第一に、執筆量の問題を無視できない。年譜に明らかだが、昭和三九年に連載が開始された長篇忍法帖には、他に「伊賀忍法帖」「忍法八犬伝」「自来也忍法帖」「魔界転生」「魔天忍法帖」がある。『山田風太郎忍法全集』（昭和三八・一〇〜三九・九、講談社）が飛躍的に部数を伸ばす最中(9)とはいえ、いささか多忙である。発想の質が作品の成否に直結する忍法小説ジャンルで、濫造が粗製を招くのは自明であろう。

また、時代を現代に取った致命的な過誤が、全的に作者の責任であるとする単純な理解にも同調しかねる。掲載誌『週刊現代』が、初めて連載する忍法帖に、現代ものの趣向を要求したとしても不思議ではない。完結後の作品だが、風太郎は「逆艪試合」（『オール讀物』昭和四一・一二、原題「逆艪一刀流」）の「あとがき」に、

いいかげんにしないか、とじぶんでも思っているんですが、自動的、他動的になかなかやめられません。忍術小説というのは、実に便利なものでしてね、うまいことを思いついたものだ、とじぶんで感心しています。／決闘小説でも、エロチックな小説でも、ＳＦでも、スパイ小説でも、或いはごらんのごとく豪快無双（？）のユーモア小

説でも何でも書けます。組織の中の孤独、人間疎外、なんてしかつめらしい顔をしたものだって書けるかもしれません。／とにかく、いくらめちゃくちゃを書いても、ばかでないかぎり怒る人がいないのだから助かります。もっとも、そのめちゃくちゃが、なかなかでてこないので、実は気息奄奄としているのですが。

とある。そこで、「忍法相伝73」は、「風太郎忍法帖」のうちもっとも「他動的」な作品だったと仮定して、同時期の言説に目を向ける。

流行作家の宿命であろう、昭和三九年には各誌から取材が殺到している。連載直前に掲載された「人物リサーチ㉚山田風太郎という男性」（『週刊サンケイ』昭和三九・三・二三）には、

——サラリーマンに忍法ありや？

（かぶせて）「ないないない、ぜんぜん無関係ですよ。なんの関係もないでしょう、そういう考え方、おかしい」

とあり、同様に矢野八朗「山田風太郎との一時間」（『オール讀物』昭和三九・七）でも、

——いま、忍法を使うことを許されていい人がいるとしたら、どんな種族か？

（くだらなさそうに）「ぼくなら、悪用しないですがねえ」（まじめに、苦笑い）「ほかの人は信用できないな」

——忍法帖を現実生活のガイドみたいに、あつかいたがる風潮については？

（ゴキンと）「バカバカしいです」（つづけて）「とり合ったこと、ありません。いったい、なんの関係があるんだ、とおもいますよ」

と、忍法小説から現実生活のヒントを得ようとする通俗的かつ不純な欲望に対し、不快感を露わにする。ただし、『週刊現代』の記事「新版・サラリーマン忍法帖」（昭和三九・三・五）は、

「忍法といえば、忍術よりも、少しばかり新しい、上等の感じがするということなんだが、それだけのことで、別に私は忍術を研究したわけではないんですよ。自分で考えだした忍法です。これだけ読まれているのは、ナンセン

スとエロで面白いからでしょうね。特別にサラリーマン生活に役立つとは思わないんだが……」

と、風太郎の談話を紹介しつつも、忍術研究家の奥瀬平七郎の語る、忍術から学ぶ処世訓を皮切りに、産業スパイや刑事の忍者的性質を列記し、「ベストセラー山田風太郎忍法全集は、あるいは徳川家康ブームに迫るかもわからない」と結ばれる。同時期に「経営虎の巻」として版を重ねていた山岡荘八《やまおかそうはち》『徳川家康』[10]と同じ講談社刊とはいえ、作者にとって歓迎せざる実用書的消費を煽る、『週刊現代』はメディアだった。それが業腹で故意に失敗作を提供した、というのは行き過ぎた邪推としても、風太郎の志向と雑誌側の戦略との齟齬は明白である。この記事についての言及と推測できるのが、「「甲子夜話」の忍者」（『オール讀物』昭和三九・三）に見える以下の記述である。

忍術小説を書き出したら、いくどか「忍術と現代」とか、「忍法とサラリーマン」とか、「忍術で出世する法」などいうたぐいの文章やら座談をたのまれた。／私は吹き出すとともに、しまいにはにがにがしくなった。忍術と現代となんの関係があるものか。忍術をしっていてトクをするのは泥棒くらいなもので、まさに現代の士大夫たるサラリーマンの知るべきことではない。

風太郎は、「そんな註文は願い下げにしてもらった」と語ったにもかかわらず、「忍法相伝73」連載開始は、この直後である。

『週刊現代』昭和三九年五月七日号の予告「作者のことば」に、

「現代に忍法を応用する法如何」などという問いをうけるたびに、ばかなことを言いなさんな、とせせら笑っていた私の枕頭に、一夜妖煙ぱっと立ちのぼり、大時代に九字の印を結んだ忍者らしき者が立ち「もし現代と関係あらば如何となす」と、陰々と呼ばわると同時に、はたと一巻の巻物を投げつけた。

とあることからも、不承不承の心境を見て取れる。プレテキストである「忍法相伝64」の掲載された『週刊大衆』昭和三九年一月二三日号の表紙では、「現代読切忍法相伝64」と角書が冠せてある。読切短篇であれば戯れの余技で済もうものを、ともすればそれに食指を動かしたメディアの主導で、破局へと至る長篇連載はスタートした。
風太郎が下した「P」評価の判断材料として、『週刊現代』内における他コンテンツとの関係性を無視できない。たとえば、高橋義孝とゲストとの連載対談「世相診断」には、戸隠流忍法三四代宗家の初見良昭を招いた「〝昭和の忍者〟秘伝を公開」（昭和三九・九・三）がある。ここで初見は、立川文庫の影響で定着した超人的なイメージを否定し、忍術の実相はきわめて合理的な武芸だと強調する。連載小説の荒唐無稽な忍法を、同じ雑誌の他企画が否認した構図である。実用的現代忍法帖という選択肢もあり得たはずだが、風太郎は意固地なまでにナンセンスに固執し、リアリティの乏しい笑話が漫然と書き連ねられていった。
作者の述べた忍法小説ブーム第二の要因であるエロには、掲載誌からの影響を指摘できる。第四話「忍法相伝100」では、たびたび「キンゼイ報告」に言及される。

「キンゼイ報告によると、平均して二十歳台で一週に三回余。一年に一五六回余、十年に一五六〇回余。三十代で二回余、一年に一〇四回余、十年間に一〇四〇回余。四十代五十代は一週に一回余、一年に五二回余、二十年間にこれまた一〇四〇回余、合計三六四〇回余。――これで見ると、人間一生のうち約十年間は毎晩ぶっ通しにつづいていているわけで、これだけやってこれだけ上達せん技術というのも珍しいな」

昭和三九年十月一五日号掲載分（第二三回）の記述だが、こうした「回数」について、すでに八月二〇日号の特集記事「知りすぎた「性」に悩む人たち」で取り上げられていた。右のテキストは、その一つ「〝理想的な回数〟に追われる夫たち」にある、

たしかにキンゼイ報告によれば、三十一歳から三十五歳までは週二・五回、三十六歳から四十歳までは週二・〇回（注・二十一歳から二十五歳が週三・四回、二十六歳から三十歳が週三・〇回、四十一歳から五十歳が一・九回）が平均とある。

これらの数値にもとづき算出されたと推定できる。仮に風太郎が、原典の邦語訳版『人間に於ける男性の性行爲』

上下巻（永井潜他共訳、昭和二五・二〜五、コスモポリタン社）を参照していたとしても、性的情報において他コンテンツの後塵を拝していたことに変わりはない。露骨にエロチックな内容に傾斜するのは「忍法相伝100」以降だが、同話に見られる、「人間一生の三千数百発などということは、神に対する冒涜であるといわざるを得ん。……せいぜい、四、五百発でよろしい。そしてあとの三千発分のエネルギーは、あげて天下国家のための事業に転換すべきである」とする主張は、七月一六日号の「性の力で金を儲けた成功者たち」にある、「性エネルギー転換説」と論旨が一致する。掲載媒体の記事をヒントに、場当たり的にドタバタ劇を書き飛ばす、自転車操業的作品生成だったと想像せざるを得ない。フィクションでありながら、扇情性すらも雑誌内部で後れを取ったという意識があれば、作者としての評価が過度に低下したのも当然である。

第六話「忍法相伝108」における、佐々木大次郎と宮本武子の新婚初夜が、「魔界転生」の結末に先んじた、吉川英治《よしかわえいじ》「宮本武蔵」のテキストを下敷きとするパロディであるなど、様々な試みは示されている。しかし、各場面の連環による、さらに大きな笑話の形成を達成していない。その場限りの消費に供された珍騒動の数々を個別に分析するのは、好意的に見れば各々を愉しめてしまうだけに、失敗の本質を見誤るだろう。そこで、晩年の風太郎が『私にとっての『魔界転生』』（とみ新蔵『魔界転生』上巻、平成一一・六、リイド社）で語った、

> 私がいうのはおかしいけれど、「忍法帖シリーズ」で面白い作品というのは、二つの要素からなっているんです。一つは忍法のテクニック、もう一つは決闘に至る状況設定なんです。この点で、自分でも本当に出来がいいと思っているのは「忍法帖シリーズ」の中でも十作品ぐらいしかありません。

という観点に従い、「忍法相伝73」における忍法表現に注目する。

風太郎は、折にふれ自作忍法小説を「ナンセンス」と表現した。「ばかばかしいお笑いを一席」（『宝石』昭和三七・一二）では、「ナンセンスな忍術小説」を書き始めた動機として、「あんまりレアリズム小説がはやすから、徹頭徹尾、荒唐無稽な小説を書いてやろうと発心して、そのムホン気だけでかいたようなものだ」と述べた。しかし、「いくら非合理、デタラメ、荒唐無稽の極みだといっても、それはそれなりにつじつまが合って、一つの世界を形づくらなければなら」ず、「まさか飛行三千里もかけないし、「それがどうした」といったらそれでオシマイ、というアイデアでもこまる」と補足する。小林信彦の評言には、「リアリティがなくて、現実と完全に手を切っているからこそいいのである。そもそもが虚構の極致の「忍法」に、なにがリアリティだろう」とあるが、[11] 風太郎のいうナンセンスとは、虚構の世界を成立させうる奇怪な論理に裏打ちされた、「「机上の空論」の面白さ」（「『甲子夜話』の忍者」）ととらえるのが適当である。「108人の忍者を生み出した男」（『週刊文春』昭和三九・二・二四）では、「風太郎忍法のナンセンス性」は、「忍法合理化のための説明により、さらに強まる」と指摘され、風太郎も、

「読者の中で、こじつけ的説明はない方がいいというひともあるけど、ぼくは、あった方が面白いと思っている。信じてもいないことを、だれも額面通り受けとらないことを、さももっともらしく、ぬけぬけと書くところに忍法帖の魅力があるのではないだろうか」

とコメントしている。せめぎ合う合理性と非合理性を土台に、両者の矛盾を超克する強靭な紙上の論理によって、奇想天外な世界像を構築させるイメージの遊戯である。霜月蒼は、「風太郎忍法帖」の物語に徹底されたゲーム性を「ロジカル・ナンセンス」と称したが、[12] 忍法表現に顕著な思弁性にも通底する特質といえるだろう。

しかし、「忍法相伝73」で描かれた忍法には、それが欠落している。たとえば、「男を女性化し、女を男性化」する「忍法85天地無用」は、以下のように説明される。

「まず敵に万夫不当の男あらば、これを一昼夜絶食せしめ、しかるのちはじめて食を与う。このときの飯のコゲたるを味方の女人に食わしむ。然り而うして、両人の尻を大地を打ちくだかんず勢いにて打ち合わすれば、一度にて勃々たる男の雄心女人に移り、二度にしてめんめんたる女心、豪傑に移るものなり。――」

なぜ一連の手続きが効果を発現させるかは、ついに解説されない。先行作品における忍法表現を、仮に〈行為〉〈現象〉〈原理〉に分節した場合、たとえば、「外道忍法帖」（『週刊新潮』昭和三六・八・二八～三七・一・二）の、強力な消化液により術者自身を流動化する「我喰い」には、「消化液中の酵素に変調を来すと、おのれ自身を消化することがないでもない。膵液が膵臓自身を破壊するいわゆる「膵臓惨劇」などはその例である」と、〈行為〉と〈現象〉の因果を担保する「こじつけ的説明」、つまり〈原理〉が付随する。生理学的知識にもとづく表現は、シリーズ第一作「甲賀忍法帖」以来、幾度となく反復された様式である。これらは、叙述された奇想を読者が追体験する過程で、生体現象の類比により生起されたイメージが補完され、場面の再構成を円滑化させている。だが、「「甲子夜話」の忍者」で、「「机上の空論」の面白さは、それが仔細らしい顔をしていればいるほど倍加される」とされたにもかかわらず、論理的一貫性を保証する〈原理〉の描写が、現代版忍法帖には認められない。「にがにがしくなった」余りナンセンス化を急いだ結果であろうか、想像上の遊戯へ読者を参加させるために不可欠な要素が脱落した、字義通り無意味《ナンセンス》なテキストの羅列である。

〈原理〉に代わって付加されたのが、〈準備〉に関する描写である。「忍法100諸行無常」は、特別に用意した俵の藁を燃やした煙を「吸いたる男女は未来永劫幾千度交合なすとも、その味淡きこと水のごとく、その索漠たること灰のごときに至」る性的な秘術である。問題は、「あまりといえばあんまり」な「忍法100を発動させる準備運動」、すなわち延々と続く材料製造のシークエンスだ。裸の女性を入れた空俵の周囲を、忍者が呪文を唱えつつめぐり、「一度めぐるごとに男根を空俵に突入」させ、「突入するごとに、中なる女人はシャモジを以てその雁首を撫す」作業を九セット反復するという。実験したわけではないが、おそらくこの忍法は、現実には効力を発揮しないだろう。後に風太郎は、「風眼帖」（『山田風太郎全集　月報』昭和四六・一〇～四八・一、講談社）で、伝奇小説は「徹底的な嘘の世界へ読者をひきずりこんで、それはそれなりに或る意味でのほんとうらしき錯覚を起させなければならない」とし、「人をだます最大の「忍法」はおのれみずからをまずだますことである」と、虚構のリアリティを醸成する秘訣を開陳した。テキスト内容に対する読者の不信感が生じた時点で、「机上の空論」は瓦解する。荒唐無稽な物語だからこそ、イメージの継起を蹉跌《さてつ》させる〈行為〉と〈現象〉の乖離は、強引な〈原理〉によって糊塗《こと》されねばならなかった。それに反して筆が費やされたのは、作中の文言に「手数のかかった前奏曲」とある珍奇な〈準備〉だった。連載期間中の『週刊現代』には、「くノ一忍法帖」（『講談倶楽部』昭和三五・九～三六・五）を原作とする映画、中島貞夫監督「くノ一忍法」（昭和三九・一〇公開、東映京都）に関する、「作者も首をかしげた『くノ一忍法』の映画化」（昭和三九・九・一七）が掲載されている。ここに愛読者の声として、「山田忍法小説は、いってみればＳＦエロです。読みながらそれぞれのシーンを、自分なりに頭の中に描き出すところが楽しい」とあるが、長大な〈準備〉は、一部読者のイマジネーションを停止させ、読書行為からの落伍を促す障壁として機能したのではあるまいか。

　他作品の忍者は、概して〈準備〉あるいは修行を完了した状態で登場し、しかるべき瞬間に忍法を発動させ、死んでいく。その点で、本作の主人公である伊賀大馬は、不適格といわざるを得ない。「これが、そんなに効くものでしょうか」と、あたかも作者の心境を代弁するかのように、忍法に対し半信半疑である。対照的に、シリーズ末期の「怪異二挺根銃」（『小説宝石』昭和四八・四）では、「もし男根が二本あったら」という「念力」[13]が、三百数十年間「代々の血脈に必死の思いで伝えられ」、ついに実現する。肉体を変容させるまでの意志と欲望が〈原理〉に相当する。作品群には、超常的な精神主義、物理法則すらもねじ伏せる極端な根性論[14]にもとづく忍法が少なくない。岡庭昇は、風太郎の忍法を「身体感の表出」と呼び、自己の存在感が「はっきり方法的におしひろげられ」表現された「肉体的シュールな像」と解釈したが[15]、それを特異体質と修行と念力の混淆として先鋭化させたのは、暴虎馮河《ぼうこひょうが》に等しい強引な根性論による強行突破といえるだろう。しかし、現代人たる伊賀大馬は、身体を変形させるほどの意志と欲望の所有者とは描かれていない。

拙稿「歴史をあざむく陰のわざ――柴田錬三郎と山田風太郎の忍法小説」(『昭和文学研究』第七六集、平成三〇・三)では、間者を別称とする忍者のメディア(媒体あるいは中間存在)的性格を論じた。メディアを「力と速さを増すために身体の神経組織を拡張したもの」と定義したマクルーハンら[16]によるメディア論的視座は、フィクションにおける忍者・忍法に関する問題系の分析にも有効である。仮に〈忍者メディア説〉と呼ぶが、拙稿での理解から「忍法相伝73」をとらえたならば、「相伝書の原文を考察してみるのに《ママ》、なるほど特別の忍者を媒体としなければならぬという条件は何もない。どうやら数ある忍法のうちには、大馬を必要としないものもあるらしい」とあるように、忍法小説である必然性さえ疑わしい。以前から風太郎は、忍法をメディアとして描くことに自覚的だった。たとえば、「山田風太郎との一時間」には、「女の体毛をつないでいって、こっちから引いたり、ふるわせたりして、合図を送る。その通信を遠くで受ける」という「忍法髪飛脚」が、自薦「傑作忍法」の第三位として紹介されている。忍者・忍法の本質的な特性が見失われていた事実も、失敗を招いた要因の一つに数えられるが、通信技術の発達した現代を舞台とした時点で、それは半ば宿命づけられていたに相違ない。

また、〈忍者メディア説〉において重要なのは、性と結びついた忍法表現である。中島河太郎が「男性群対女性群の忍法争いを、すべて性戦に還元した」と述べたのが[17]正鵠を射た指摘であるように、「くノ一忍法帖」の女忍者は豊臣秀頼の胤を妊《みごも》っており、「穴ひらき」や「肉鞘」といった性的忍法を武器とする敵忍者を相手に、血統の存続を図る、つまり身体を拡張させる装置だった。交合、妊娠、出産のプロセスにより、空間だけでなく、時間傾向の移動が可能となる。したがって、間法は姦法として、忍法は妊法として整理されうる類型の多さは、大衆小説への期待を差し引いたとしても、作品内部のメディア存在という忍者の性質を端的に物語る。しかし、「ことわっておくが、伊賀大馬はまだ童貞である」とされ、身体拡張の可能性を封じる自縄自縛は、最後まで解かれない(18)。

以上を集約すると、論理の破綻、本質的ではない部分の冗漫な叙述、メディアとして脆弱な忍者、の三点で、「忍法のテクニック」が死命を制するジャンルにおいての、著しい瑕瑾《かきん》を認められる。オーソドックスな忍法表現からの逸脱が明らかな「忍法相伝73」は、はたして玉砕した。広告の紹介文二種にも、本作の「ハシにもボーにもかからない」様を見て取れる。

消える消える、札束も書類も白紙に逆戻り！　伊賀忍法秘伝〝忍法墨消し〟――伊賀忍者の末孫――伊賀大馬が巻き起す奇想天外な騒動……ご存じ風太郎忍法の現代版。面白さ無類！（『小説現代』昭和四〇・七）

もし、現代に忍法が使えるとしたら!?　伊賀大馬クンの上にそれが起った。奇々怪々…印刷物が白紙に戻る忍法墨消し――。眠気も吹っ飛ぶ風太郎の〝快小説〟。（『小説現代』昭和四〇・八）

いずれも触れられた内容は、作品序盤のみである。作者自らが否定した趣向への挑戦は、愚作を世に送り出す結果に終わった。だが、風太郎の〝敗戦体験〟は、「笑い陰陽師」に集大成される、艶笑忍法小説の系譜を拓く端緒であった。レパートリーの展開を分析するためには、両作の〝間〟を読む必要がある。

四　ナンセンスとしての純度

「忍法相伝73」終了直後から、とくに読切短篇において、性的空想が惹起する笑いを主軸に据えた忍法小説の比率が飛躍的に上昇した。「捧げつつ試合」（『オール讀物』昭和四〇・八、原題「くノ一棒持して行く」）では、「これを女人の体中に置けば、その女人は懐胎する」という「忍法はぐれ雁」で、切断後も生命を保つ肉体の一部を託されたくノ一が描かれる。片腕を両断され、駕籠かきの集団に陵辱されるストーリーは惨酷だが、

鎖鎌は一方の手に鎌を持ち、一方の手に分銅のついた鎖を持つ。――その一方の手、左手に彼女は大八の「はぐれ雁」をにぎっているのだ！／おふうの顔に狼狽と苦悶の波紋がちった。／しかし、次の刹那、彼女はがっきと鎌の刃をくわえ、右手だけで鎖をにぎった。

くノ一が掌のぬくもりで護らなければ術の破れる「はぐれ雁」の条件をハンディキャップとし、肉体のパズルがロジカルに語られる。これを悽愴ととるか、ユーモラスに鑑賞するかは読者によるだろうが、風太郎が「全部おかしいと言えば全部おかしい」忍法表現は、明確に笑いへと傾斜を深める。

「麺棒試合」（『小説現代』昭和四一・二、原題「忍麺」）では、「甲賀忍法帖」以来の甲賀と伊賀の忍法争いというフォーマットにおいて、「くノ一忍法帖」を祖型とする男女の性戦を描いている。肉を膨張させる「甲賀忍法肉だわら」と、肉を軟化させる「伊賀忍法肉蝋燭」との交合合戦、端的にいえば、裂けるか溶けるかの勝負を経由し、以下の結末を迎える。

だれが知ろう、いちど女身を裂くばかり肉だわらのように巨大化したそれが、次に肉蕎麦のごとくひきのばされたものであろうとは。／そのものがそういうかたちに変るまでの、甲賀銅七郎と伊賀の霞との死闘の光景は、人間の想像を絶している。――げんにそれをまざまざと眼前に見た田沼意次も、肉蠟のようにひきのばされたものを、銅七郎がみずからの腹に巻きつけて秘していたとは空想のしようもない。／それにしても、なぜ彼はみずからの肉体の一部に絞め殺されたのか。

謎を解くヒントは、銅七郎に挑んだ霞の妹である吹雪が、「すべてをかなぐり捨てた」姿だったことにあるが、トリックの詳細な説明は省かれる。風太郎は後に、「本格推理小説の未来学」（『問題小説』昭和五二・五）で、

本格的推理小説の面白さは、他の分野の小説の面白さと違って、読者も知的ゲームに参加出来るという点にある。少なくともそんな錯覚を起させる点にある。このごろは、スポーツでも芸能でも、たんなる見物ではなく、それに参加することを望む人々がふえているそうだが、その希望にそえる小説など、本格推理小説以外にあるはずがない。

とするが、情報の欠落を設定し、知的（と自認する）読者層に参加を促す手法は、「チャンバラ中間小説」が定着した文芸市場[19]においても有効な戦略だった。登場する忍者は、甲賀が錫斎、鉄四郎、銅七郎、伊賀が一雲軒、時雨、霞、吹雪と、雑にさえ思える命名である。谷口基による、太平洋戦争の戦没者と忍者たちの死に様との相似から、「大量の無名の死のなかで、彼らの術＝忍法だけが彼らの名となり、生命となり、声高に死者たちの物語を謳い上げ、歴史の断層を乗り越える」という「風太郎忍法帖」の概括[20]は、的確な理解である。ただ、艶笑忍法譚の一短篇レベルでは、忍者は忍者らしい名で、くノ一はそれらしき名を持つ美女という、記号化のための処理とも考えられる。池田浩士は、風太郎作品を、「性的能力、それも性器の能力が、その可能性のすべてを挙げて相互解放の関係を切りひらく」と評価したが、対比されたポルノ小説の「性器も、武器も、自家用自動車その他の道具や装置も、むしろ所有者を代行し所有者から主体性を剥奪するという方向で、自立する」とする構図[21]が、ここでは当てはまる。「くノ一忍法帖」の系譜に連なる昭和四〇年代の作品で、超人的性能力を有する行為者へ忍者像の単純化が進んだのは、いわば〝本格忍法小説〟への志向が再燃した結果と推測できる。

「甲子夜話」の忍者」では、「なんでもかんでも現代にコジつけ」たがる風潮に対し、「無邪気なナンセンスとして面白がるだけ」の作品像を呈示していた。しかし、おそらくは意に反し、前者からの要請で執筆した作品で敢えなく敗退した。その反動で、「もし忍術なるものが現代と関係があるなら、それは現代からはなれることで関係がある」という逆説に即した方向へ回帰し、「アナクロニズムを逆手に取った」（「風眼帖」）忍法表現を核とする笑いとして、「〆の忍法帖」（『オール讀物』昭和四二・五）が誕生した。主人公「弓削の道兵衛」は、尤物《ゆうぶつ》の所有者という名詮《みょうせん》自性《じしょう》的命名に過ぎず、「悽愴苛烈」「沈毅重厚」等、常套句によって形容されるステレオタイプである。彼が忠義を尽くす「吉野藩」について故事来歴が懇々と語られるが、そもそも架空の藩であり、末國善己のいう「テレビドラマの通俗時代劇のように、〈江戸らしき世界〉を舞台にしても成立する」(22)物語として、あえて造形されている。

これらは、

人間の射精現象は、輸精管壁の筋肉、摂護腺の筋肉、つぎに尿道の筋肉及び球海綿体筋、坐骨海綿体筋という順序で、該部の諸筋肉が収縮してゆくことによって起るのだが、彼の場合はこれが逆の順序で収縮するのであろう。しかも強烈な筋肉運動により、最初には一種の真空を作って吸引を開始するのであろう。

と〈原理〉を説明される、道兵衛の「忍法馬吸無」に中心化するための道具立てと位置づけられる。常軌を逸した修行によって獲得された「忍棒」により、主君の胤をお国御前へ届ける「精液輸送器」として、江戸から吉野まで一五〇里を疾走する道兵衛は、まさしく空間的な身体拡張を可能とする媒体である。本作は、吸引し、かつ排出せぬための修行場面に多く筆を費やすが、それは思考実験の〈準備〉として必須の条件設定に相当する。また、「忍法相伝73」の伊賀大馬が、忍法行使のため勤務先からの早退を必要とする、余暇限定の兼業であったのに対し、「崇高悲痛の大義」の許に、二人のくノ一を「実験素材」として、「忍棒と馬吸無の修行」に長期にわたり専念する道兵衛は、純乎たる忍者といえよう。忍法に対する一切の疑念を持たない作中人物の懸命さを、「さももっともらしく、ぬけぬけと書く」ほどに、行動の客観的な珍妙さが際立ち、笑いが誘発される。初出時目次の惹句には、「美しい〝くノ一〟

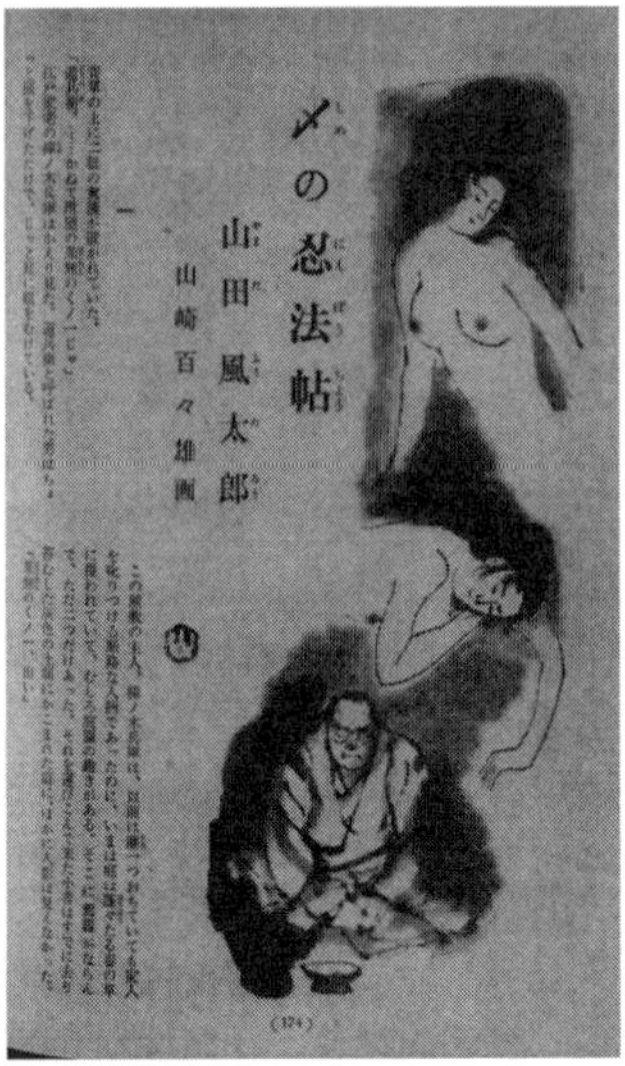

山田風太郎「〆の忍法帖」(『オール讀物』昭和42・5)

と共に果無谷の忍者・道兵衛は疾駆する！それを追う七人の伊賀忍者たちとの凄絶な死闘は東海道を西へ」とあるが、「忍法馬吸無」では額面通りに受け取るまい。

「白昼の下、忍者が全裸で競う媾合御前試合」、「武具競べの前の媾合戦で伊賀忍者の秘技に精力を奪われ、次々と斃れるくノ一達」と、目次で付された「姦の忍法帖」（『オール讀物』昭和四二・一二）もまた、最終的に現出する、術に殉じた忍者、くノ一たちの死屍累々たる酸鼻の光景と、下世話な忍法とのギャップが著しい。当初は、諸大名が家宝とする武具の優劣が問題であったが、介入した忍者の主張する「武具の強弱が人間の念力にかかわるという説」により、甲賀と伊賀の性技競べへすり替わる。交合で「念力」を放散した側の武具が敗れるという奇怪なルールを、競技者たちは忠実に履行する。強引な筋立てもさることながら、忍法表現も尋常一様ではない。「交合第一番」の「腰でのの字、ぬの字、ふの字」を書く秘術は、以下のように記述される。

正雪は解説した。／「いかにも、これは妙策。あの男、その字を書くに念力をこめ、従って女には快楽のかぎりを与えつつ、当人は気をそらして、いつまでたっても漏らすことがありませぬ。少なくともその狙いにてあの呪文を唱えおるものと存ぜられます」／「のぬふ！　のぬふ！　のぬふ！」／男の咆哮に、女の叫びが溶けてながれた。

この忍法を受けたくノ一は、当然のごとく武具競べにも敗れ自害するが、他のシリアスな忍法小説における厳粛な死と、同列に扱うのははばかられる。昭和三九年の各誌インタビュー等、これ以前の風太郎は、自作言及において「凄惨美」の語をたびたび用いたが、本作で非命に斃れた敗者の姿に、悲愴感を覚える読者は稀であろう。交合に挑む忍者は、首領を除きことごとく無名である。「麺棒試合」にも増して個性が抹消されており、役割を遂行した後、速やかに退場する。忍者とくノ一たちの死が試合の進行を妨げないように、感傷を催させうる要素が排除されたのは、イメージの遊戯として純化するための操作ととらえられる。

作品の現在が、どうやら寛永から正保にかけてと判断できるのは、松平伊豆守と由比正雪の名によってであり、徳川家光と推測される人物は、終始「将軍」と呼称される。史的情報が最小限の〈江戸らしき世界〉にも、忍法表現に読者の興味を収斂させるための作為を窺えるのだ。正確な年代も定かではない作品世界で術を競う、固有性を剥奪された忍者たちは、シリーズ全体を通じても、ひときわ純度の高い知的パズルの構成要素である。作品終盤、松平伊豆守は、「きょうここに起ったことは、この世のものならぬ荒唐無稽の物語と思いたいほどじゃが、物語としてもまったく意味がない」と呟くが、ストーリーがナンセンスであっても、忍法を描いた場面の求心力により、娯楽として通用させる試みでは、風太郎の志向した、「無邪気なナンセンスとして面白がるだけ」の「徹頭徹尾、荒唐無稽な小説」への接近を目的とする夾雑物の除去が、随所で実行されていたのである。

五　量的論理の忍法

「〆の忍法帖」と「姦の忍法帖」では、ともに性機能の質的側面に焦点化されているのに対し、連載時期が両作品と並行する「笑い陰陽師」は、性における量の問題がテーマの物語として一貫性を見出せる。「忍術では生活ができんので占い商売をはじめた」果心堂とお狛の夫婦は、長短、個数、能不能、回数、形状を、計測、可視化、さらには操作する。忍者の身体拡張を可能とするメディア的性格が、もっとも明快に描かれるのは、第二話「忍法玉占い」である。初出時の惹句には、「忍法〝睾丸転移術〟の奇法」とあるが、数の増減が兵法者の人格、技倆に直結するという仮説にもとづき、奇譚が展開する。文字通り去勢された側は、解りやすい。魁偉の武者修行は、闘争心を失って「円満具足、慈悲忍辱の仏相」を備え、野心家の佞臣《ねいしん》は、「善意と幸福にみちた好人物」に変貌する。

一方で、顔を出した作者が「本編を着想したときに描こうと思ったのは、(中略)金も力もあり、そのうえ無尽蔵の精力を持った超男性の持つ悲しみであった」と語ったように、話題の中心は、四個を加え常人の三倍となった剣豪大

名・鐘巻武蔵守である。だが、増えたデメリットは、
たった三十グラムの重量増加だが、微妙なもので、歩行するときちょっと平衡をとるのに努力を要すること。それとの相棒が屹立のしつづけで、衣服との摩擦が少々煩わしいこと。数時間おきに放出欲を禁じえないこと。それからいかなる女性でも、極端に言えば老若美醜を問わず、実に好ましいものに見えて、審美眼が鈍磨したように思われること、などがそうである。

といった程度で、作者も「超男性の悲劇や悲しみが、ぜんぜん脳中に浮かんで来ない」と、匙を投げて見せる。ただ、個人的な満足度はさておき、大名としての立場が、周囲へ破滅的影響を及ぼす。

　武蔵守の日常は悪逆の色彩を濃化して来た。「力は悪なり」と果心堂が喝破したが、個人でも国家でもあまり強大な力をそなえると、それを天にふるい地にふるわずんばやまない欲求を禁じえないものとみえる。（中略）それを諫言した家来数人はベトナム人のように殺戮された。

こうした暴走は、お狛の忍法で六個すべてを抜かれ停止するのだが、如上の荒唐妄誕《こうとうもうたん》にもかかわらず、関川夏央は、
「面白いんですけど、破天荒さはあまりないですね。むしろよく整っている」と評した。(23)

　読者を錯覚させるのは、個数と精力の相関というきわめてシンプルな論理が基底にあり、増減させる忍法が周到に合理めかされているためだろう。冒頭で触れられた「睾丸降下」を再び促進し、体外へ「出産」させる忍法の〈行為〉そのものは足の親指をはじくだけだが、〈現象〉が生じる〈原理〉についての説明は、曖昧な部分が残されている。

「さあ、それがどうしてだかわからん。妙なところへ針を打つと、妙なところに効果が現われる鍼術のいわゆる経絡と同じ原理であろうな。左右が逆に交差するのは、頭の左に中風を起こすと右手や右足が動かなくなるのと似たからくりだからだろうが。……とにかく、いまわしは左手でこの方のふぐりを支えていたのだが、右足の親指をはじいたとたん、たしかに左の睾丸が忽然とどこかへ消えた手応えがあった。出て来たら、よく調べてみよう。――

や！」

施術者である果心堂は、「悲しいかな、体得者自身は自分の術の原理を知らん」と述べるが、出島で入手した生理学書を読むと、「こういう原理で、ああいう術が可能であったのか、と眼からうろこが落ちたように啓発される」という学究的性格である。本作では、「忍法」の同義語として、しばしば「実験」が用いられるが、〈原理〉の不完全性は、思考実験へ参加するかの判断を暗黙裏に迫る。仮説を諒承する読者との共犯関係により、物語の成立に必要なリアリティは構築されるのだ。

複雑な果心堂の「手術」に対し、お狛の「忍法衣の館」は、格段に単純である。

お狛は恥ずかしげに傍らの座蒲団を春の葱みたいなほっそりと白い二本の指でむしった。すると、そこがスーと糸が抜かれて二つに裂けた。指を逆にすべらせると、またスーと縫い合わされる。——

縫合をファスナー[24]のごとく自在に開閉する場面は、「睾丸転移術」の〈原理〉を一応は納得した読者であれば、明瞭にイメージできるはずである。「この道ばかりは夫婦といえども独立関係」とあるが、夫婦の思惑がすれちがい発生する、お馴染の甲賀と伊賀の忍法争いからも、結末の感興を増幅させる意外性が形成されるだろう。

艶笑思考実験が発表された、媒体の性格も無視できない。昭和四一年八月、光文社から発行された『別冊宝石』第一号は、松本清張が責任編集を務める「推理小説特集号」だった。特集企画「情欲と復讐に賭ける」には、黒岩重吾、陳舜臣、高木彬光が稿を寄せた。第二号（昭和四二・二）も「推理小説特集号」で、「愛欲に溺れた人間の悲劇」「情痴と物欲が呼ぶ殺人」「ユーモア・ナンセンス推理」の特集三本立てである。清張は第二号で編集から外れたが、「笑い陰陽師」の開始する第三号も「陽春推理小説特集号」であり、推理小説の愛読者を主要ターゲットとする編集戦略が維持されていた。同号の「愛読者カード」にも、「昔の「宝石」（推理小説専門誌）をお読みになっていましたか」、「あなたのお好きな推理小説のジャンルは」と設問がある。旧『宝石』出身の風太郎ならば、読者層の嗜好に無関心だっ

『別冊宝石』第１号目次（昭和 41・8）

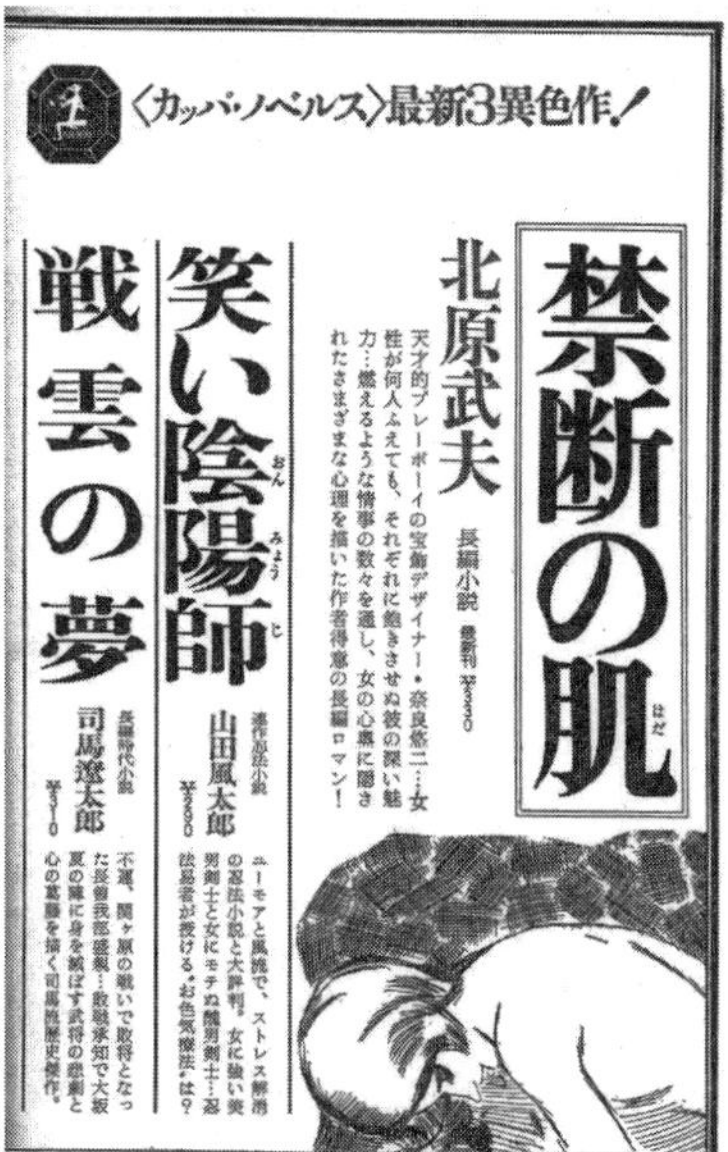

山田風太郎『笑い陰陽師』広告（『別冊小説宝石』昭和 43・1）

たとは考えがたい。

推理小説ファンに訴求すべく、論理性と実験性を備えた文芸パズルにおいて、笑いの発生源となるのは、むしろ非論理性である。鐘巻武蔵守の横暴な要求を、「ちょっと論理的な個所もあるが、おおむね非論理的である。むちゃくちゃである」と語り手が評価するが、論理と非論理の混在により情動を刺激する忍法表現は、前章で言及した諸作において十分に修練されていた。「三人の男性の起揚電力」を一人に「蓄電」しEDを治療する「忍法独筋具」と、その「実験よりも、もっと簡単に、すなわち同一人の肉体をもって同様の結果を招来する」「自家発電」である「忍法進行性筋萎縮」との対比は、電気工学の基礎知識を要求する。週刊誌小説「忍法相伝73」よりも、比較的高級な読者を見込める雑誌ならば、「非合理、デタラメ、荒唐無稽の極み」を統合し、「つじつまが合って、一つの世界を形づく」る「机上の空論」の面白さ」で勝負する、雪辱戦の舞台としてふさわしい。

「ガイガー計数管を観測しているキュリー夫妻」にも喩えられる果心堂とお狛だが、計測を目的とする術に「忍法爪紅」がある。「肥後ずいきを輪にしてな、男の髪でむすんで女の指の根もとに」はめると、「あのほうの回数」が一回につき一枚、女の爪を染める。秘されたものが可視化されるアイデアは、「ハカリン」(『講談倶楽部増刊号』昭和二九・二)と同様だが、〈現象〉が青梅藩の奸臣に悪用され、「平均回数一回につき扶持の十分の一をお家に返上」させる苛斂誅求《かれんちゅうきゅう》の端緒となる。

一割減俸の通知を受けた者は、二割返上組を、/「平均二回も愉しみおって、二割減俸くらいあたりまえだ」/いい気味だ、と言わんばかりの眼で眺め、その二割返上組は、三割組に、/「平均三回とは超人的といってよろしい。超人ならば三割どころか、七割返上しても食えるのではないか」/と、いかにも無情な断定を下す。/そして三割組四割組は、あたかも高額所得者のごとく満腔の悲哀を抱きつつ、よく考えてみれば「……やはり、チトやりすぎたかもしれん」と内心じくじくたるものあるを禁じえず、鉄丸をのんだように沈黙してしまう。

「忍法相伝73」では、科白に上った瑣末な情報に過ぎない「回数」だが、それが社会へ甚大な混乱をもたらすストーリー、執拗に数値へ拘泥した叙述により生じる笑い、双方で有効に機能している。

風太郎が随想を控えた生前未刊行の覚書『人間風眼帖』（平成二二・七、神戸新聞総合出版センター）には、昭和三八年一一月七日付で、

・男同志の会話で、よく月に何回とかいうことが話題に上る。特に老人に多い。（考えてみるとこんなことを話題にするのは老人ばかりかも知れない。つまりこういう回数のことが意識に上るのはそれだけ老人になったということであろう）／それは他人には無実だからよろしいが、考えてみると、月に何回とか週に何回とか誇っても、相手はいったい誰かということが問題である。きいてみると、相手はたいてい老妻らしい。想像するとグロテスクである。まるで粗食を大喰いしているような感がある。

と見えるため、早くより関心はあったものの、現代版忍法帖では十分に処理しきれなかった「回数」の問題である。

『週刊現代』の記事「知りすぎた「性」に悩む人たち」にも、「回数」に苦悩する証券会社員の談話として、

「今まで私たちは週一回がふつうだったんです。それが女房にいわれて以来、これではいかんというわけで、自分でも平均値に近づこうと努力してみたんです。（中略）週二回のノルマをどうしても越せないことだってあります。そうすると、自分は弱いんだと、こちらが劣等感を持つようになってしまうんですよ」

とあり、私秘的な事情が「平均」との遭遇により査定対象となる悲哀が語られる。しかし、「笑い陰陽師」では、「回数」を厳密に計量可能とするメディアにより、プライベートな問題は、一藩を動揺させる域にまで拡張され、珍騒動を招来する。物語は数量の論理で貫徹されており、こうした統一感こそが、「忍法相伝73」との最大の差違といえるだろう。

〈忍者メディア説〉では、媒介した対象の意味を変容させる忍者の機能を「マッサージ」と表現したが[25]、本作における忍法も、登場人物を数量へ単純化し、等級づけることにより、関係性の再編を促進する。数量への執着を徹底さ

せた艶笑譚の中心に存在するのは、常に忍者である。換言すれば、忍者と忍法を核に、構築された作品世界となる。長篇「風太郎忍法帖」の大半が、著名な歴史的事件の間隙に忍者を投入し、編まれた物語であるのに対し、中間存在を主体に世界が形づくられる構造的転回が果たされているのだ。登場人物中、国定忠治が唯一の実在人物である〈江戸らしき世界〉、その中央に位置する果心堂とお狛は、法、掟、身分などに束縛されない、シリーズにおいて稀有な自由人である。現代小説／時代小説の桎梏から脱却した表象としても、融通無碍《ゆうずうむげ》な忍者夫婦を位置づけられる。

それでもなお、時代小説の枠内にあると印象づける要素の一つに、登場人物の命名がある。「新免又右衛門」（新免武蔵＋荒木又右衛門）、「鐘巻一筒斎」（鐘捲自斎＋伊藤一刀斎）などは、剣豪小説で頻出する固有名詞の複合だが、とくに注目すべきは、「下り葉左内」である。「忍法進行性筋萎縮」により、機能の治癒と引き換えに右腕の筋力を失った剣士が、丹下左膳のパロディなのは明らかだ。「愛すべき悪漢「丹下左膳」」（『一人三人全集　付録』昭和四五・五、河出書房）では、風太郎が林不忘「丹下左膳」を読んだのは「小学校五、六年のころ」と回想されるが、「笑い陰陽師」にも影響の揺曳を認められる。柳生家の婚姻、「日光ご普請お手伝い」に由来する財政難、櫛巻きにしたお狛の髪型、さらには、連作短篇に長篇としての結構を与えるため、単行本化の際に加筆された大団円[26]も、登場人物が一堂に会する結末を踏襲したのであろう。「風太郎忍法帖」の世界である甲賀と伊賀から来た夫婦を、古典的大衆小説の様式により、講談や実録の舞台である剣豪と侠客の土地上州へ送るという、大衆文学史を遡及するダイナミズムは、「忍法相伝73」の末尾とは雲泥の差がある。先行作品では、現代の未確定性に翻弄され、終着点を見失い空転した。それに対し、後顧の憂いなく奇想に邁進する安定性が、史実／虚構を問わない、一般に流通する過去像の利用により獲得されている。笑いにはつながらない細部までも吟味が及んでおり、作者としての充実感もまた、主観的評価の著しい懸隔を生んだ要因と推測できる。

「笑い陰陽師」に連なる短篇作品は、その後も多く発表された。忍法を用いた相性診断は、「読淫術」（『オール讀物』

昭和四五・一二）や「伊賀の聴恋器」（『オール讀物』昭和四七・一二）に、暴君の人物評定が現出させるディストピアは、「倒の忍法帖」（『小説現代』昭和四二・一一、原題「忍法倒蓮華」）や「春夢兵」（『オール讀物』昭和四七・三）へ、それぞれ継承される。艶笑忍法小説のフォーマットが獲得されて以降は、短篇に精彩を放つ作品が多い(27)。レパートリーの拡大においても、「風太郎忍法帖」を画期する特異な位置を占めるのが、最後の「A級」長篇「笑い陰陽師」なのである(28)。

注

（1）時期の近い中野翠との対談「風太郎ワールドに魅せられて」（『小説現代』平成六・四）でも、『笑い陰陽師』というのは面白いよ」と発言している。

（2）『忍法相伝73』（昭和四〇・五、講談社）として刊行された。連載時は、85、99、100……と、中心となる忍法の数字に合わせタイトルも変化したが、本章では煩瑣を避けるため、作品全体については「忍法相伝73」と呼称する。

（3）縄田一男「何故「忍法相伝73」は封印されたのか」（『ミステリ珍本全集　月報』一、平成二五・九、戎光洋出版）。映画に関する風太郎の発言としては、尾崎秀樹との対談「「忍法帖」十二年」（『日本伝奇名作全集一四　柳生忍法帖』昭和四五・一、番町書房）に、「コント55号の映画は、これはまたひどいもんでね、ぼくは生まれてから何百本映画を見たけれども、これほどひどい映画は見たことがないというほどひどい（笑）」がある。なお、初出時の掲載頁には、第六回（昭和三九・六・一八）から「日活映画化決定／日本テレビ放映化決定」と最終話まで付されるが、ともに頓挫した模様である。

（4）連作短篇として発表後、加筆し『笑い陰陽師』（昭和四二・一二、光文社）として刊行された。角川文庫版で『忍法笑い陰陽師』（昭和五三・八）に変更されたが、講談社ノベルス版で『笑い陰陽師』（平成六・六）に戻された。初出時の目次や本文では、第二話は「快笑忍法占」、第三話より「快笑忍法占い」と題名に付されている。なお、多くの年譜や解説では掲載誌名に誤りがあるため、あらためて初出一覧を示す。

・第一話「忍法棒占い」……原題「忍法長短試合」（『別冊宝石』第三号、昭和四二・四）
・第二話「忍法玉占い」……原題「珠盗り物語」（『別冊宝石』第四号、昭和四二・六）
・第三話「忍法花占い」……原題「立て立て物語」（『別冊小説宝石』第一巻第一号、昭和四二・八）
・第四話「忍法紅占い」……原題「毛十三本物語」（『別冊小説宝石』第一巻第二号、昭和四二・九）
・第五話「忍法墨占い」……原題「陰拓物語」（『別冊小説宝石』第一巻第一号《ママ》、昭和四二・一一）

（5）細谷正充「風太郎忍法帖」（『文藝別冊　山田風太郎　綺想の歴史ロマン作家』平成一三・一〇、河出書房新社）。

（6）柴田錬三郎「「猿飛佐助」を書く理由」（『産経新聞　夕刊』、昭和三七・三・二六）。

（7）五味康祐へのインタビュー「人物双曲線⑯剣豪もの花形作家」（『週

刊朝日』昭和三二・七・一四)。
(8)五味康祐の「一刀斎」シリーズについては、拙稿「即是空の「色道修行」――五味康祐『スポーツマン一刀斎』論」(『近代文学と性　千葉大学大学院人文社会科学研究科研究プロジェクト報告書』第一五二集、平成一九・三)で考察した。
(9)尾崎秀樹「戦後ベストセラー物語〈64〉山田風太郎忍法全集」(『朝日ジャーナル』昭和四二・一・一五)によれば、全一五巻で三百数十万部だったという。ちなみに、山本芳明『カネと文学　日本近代文学の経済史』(平成二五・三、新潮選書)によれば、昭和三九年度の作家の高額所得者番付で、風太郎は第五位(四四五三万円)に名を連ねている。
(10)前月の『週刊現代』には、「八百万部売った「徳川家康」の秘密」(昭和三九・一二・二〇)が掲載されている。
(11)小林信彦「深夜の饗宴　山田風太郎――奇想忍法への招待」(『ミステリ・マガジン』昭和四五・一)。
(12)霜月蒼「解説　ロジカル・ナンセンス」(『武蔵忍法旅　山田風太郎忍法帖短篇全集』第八巻、平成一六・一一、ちくま文庫)。
(13)「風太郎忍法帖」シリーズの長篇最終作「忍法創世記」(『週刊文春』昭和四四・四・二八～四五・一二・二)では、「念力」「自信」「修行」が、「忍法を体得するための原理」として示される。
(14)「春夢兵」には、「根性とはその名のごとく根の性であるぞ!」とある。
(15)岡庭昇『犬の肖像』(昭和五五・六、三一書房)。
(16)マーシャル・マクルーハン『メディア論　人間の拡張の諸相』(栗原裕・河本仲聖共訳、昭和六二・六、みすず書房)。
(17)中島河太郎「解説」(『山田風太郎全集』第五巻、昭和四七・三、講談社)。
(18)最終盤である『週刊現代』昭和四〇年三月一八日号の「前号までのあらすじ」でも、「バーの芦屋美登に恋しているが、いまだ童貞の伊賀大馬は二十九歳、運送店に勤めるパッとしない男だ」とされている。
(19)時代小説と主観的知識人読者層に関する問題系は、第一部第2章で考察した。
(20)谷口基「「風太郎忍法帖」という歴史」(『日本近代文学』第八六集、平成二四・五)。
(21)池田浩士『大衆小説の世界と反世界』(昭和五八・一〇、現代書館)。
(22)末國善己「解説　「奇想」の本質」(『くノ一死にゆく　山田風太郎忍法帖短篇全集』第四巻、平成一六・七、ちくま文庫)。ただし、風太郎作品における史実と荒唐無稽な忍法との有機的結合を評価する文脈で、引用部分は否定的に語られている。
(23)中島らもと関川夏央の対談「戦中派変奏曲作家　堤防崩壊を独自にくい止めた少年」(『文藝別冊　山田風太郎　綺想の歴史ロマン作家』)。
(24)「ファスナーを閉じるように」身体の裂け目を縫う忍法は、「叛の忍法帖」(『オール讀物』昭和四三・三、原題「〝忍び〟の死環」)にも登場する。
(25)マーシャル・マクルーハン、クエンティン・フィオーレ『メディアはマッサージである　影響の目録』(門林岳史訳、平成二七・三、河出文庫)から着想を得た。
(26)第五話「忍法墨占い」の「八」以降が該当する。
(27)菊地秀行との対談「妖しい怪しい平成忍法帖」(『野性時代』平成七・二)では、「ぼくはわりに短篇集にはくずがないと思っているんですよ。長篇となると、あちこちゆるんだところがあるけれども、短篇となると、わりあい締まってるからね」と発言している。
(28)『GQ Japan』の自作評価において、「銀河忍法帖」(『週刊文春』昭和四二・一〇・三〇～四三・七・二二)以降の長篇忍法帖は、すべて「B」以下である。

第3章

遠藤周作と中間小説誌の時代

『小説セブン』と人気作家の戦略

小嶋洋輔

一 「書き分け」た作家

遠藤周作《えんどうしゅうさく》は「純文学」と「エンターテインメント」系の作品を、戦略的に「書き分け」た作家である。こうした戦略的な「書き分け」という遠藤の姿勢を注視することは、「純文学」出身作家が、いわゆる「人気作家」となってゆく現象を探る際に重要であり、遠藤はその突出した事例とさえいうことができる。

昭和二九年の文壇の情勢を、平野謙《ひらのけん》は次のようにまとめている。(1)

新聞小説を書く機会にめぐまれぬ作家は、せめて《小説新潮》とか《別冊文藝春秋》とかに書くことを、無上の光栄としているのではないか。無論、だれもそんなことを口にする作家はいない。しかし、新聞小説が書け、中間小説の書ける作家だけが、流行作家の位置を確保している現状は、うごかしがたい事実のようだ。エンタテーンメントとマス・プロダクション、この二つの要求に応じられない作家は、今日の作家としてはどうやら失格らしい。

つまり、出版ジャーナリズムの拡大に、自身の作品を対応できる作家とできない作家が生じ出したことを、この平野の昭和二九年の「文壇時評」は明示している。(2) 遠藤周作にとってこの昭和二九年は、フランス留学から帰国した翌年にあたる。この年の遠藤の著作は、『現代評論』六月号と一二月号に載せた「マルキ・ド・サド評伝」と『三田文學』に掲載された「アデンまで」であり、新帰朝者の新人作家として文壇デビューした年といえる。そして翌年の昭和三〇年七月、遠藤は「白い人」(『近代文学』五、六月号)で第三三回芥川賞を受賞する。このように見ると、平野の文壇把握とは遠く離れた位置に遠藤がいるように見えるのだが、遠藤が作家という道(職業)を選ぶ際にすでに、平野がいう、「エンタテーンメントとマス・プロダクション、この二つの要求に応じられない」と「今日の作家」「失格」という状況であったことは、重要である。遠藤が「海と毒薬」(『文學界』昭和三二・六、八、一〇)を書き、文壇的な居場所を確定すると、その翌年の昭和三三年から中間小説誌(『小説公園』『オール讀物』『別冊文藝春秋』)、婦人誌(『婦人公論』)、週刊誌(『週刊新潮』)とその執筆の場を広げてゆくことからもそれはわかる。遠藤は、平野のいう「エンタテーンメントとマス・プロダクション、この二つの要求に応じられない」と「今日の作家」「失格」という状況を前提に、その作家としての立ち位置を決めていったといえるのではないだろうか。さらにいえば、遠藤のような存在こそが、この状況を深化させていったということもできる。

戦後を対象とする日本文学研究において現在、遠藤のような存在を考察することの意義は大きい。大木志門は水上《みずかみ》勉《つとむ》を論じるなかで、水上が「戦後の高度資本主義社会の到来の中で、どのように社会や、大衆、その中の文学という存在に向き合ったのか、そして個人と社会の関係をいかに作品化したのか、という同世代性を考察してみる価値があるのではないか」と述べている[3]。今後、大木の指摘にあるように、「高度資本主義社会」の変遷と作家の対応について、作家それぞれのケーススタディの蓄積が必要になる。そして、その蓄積の上に戦後文学史は刷新されてゆくと考えられる。遠藤周作はそのケースのなかでも外せない存在といえるだろう。

さて小嶋洋輔「遠藤周作「中間小説」論――書き分けを行う作家」では、遠藤の作品群を発表メディアから分類し、小説で提示される主題の変遷とメディアの関連を考察した[4]。いわばそれは、「答え」を遠藤に還元するような作家論的な研究であったといえる。そこで本章においては、遠藤周作とメディアの関連について詳細に論じたい。まずその足がかりとして、先の拙論では「純文学」以外の小説としか規定できなかった、「中間小説」について中間小説誌と遠藤の関連を見ることで、その内実にさらに迫りたいと思う[5]。そして中間小説誌のなかでも、最後発の雑誌といえる『小説セブン』と遠藤周作の関連を対象とする。なぜならこの『小説セブン』が、遠藤が主体的に関わった雑誌のように見える上に、中間小説誌というメディアの隆盛の終焉を象徴する雑誌でもあるからである。

二　中間小説誌と遠藤周作

遠藤と中間小説誌の関係は、昭和三〇年、『別冊文藝春秋』（第四七号）に掲載された「地の塩」に始まる。そして掲載した小説の総数は百に近い[6]。ただし、中間小説誌は時代によってその姿を変えるメディアであるし、何をもって中間小説誌とするかは定まっていない。本書でここまで繰り返し試みられたように、「中間小説」という「場」を織りなす諸要素を解きほぐすことでしか迫ることができないのである[7]。だが、たとえば、その変遷の様相を、作家がどの作品をその雑誌に掲載させたかによって探ることも可能である。遠藤の場合、昭和三一年一一月、『別冊文藝春秋』に「ジュルダン病院」、昭和三二年一〇月、『別冊文藝春秋』に「月光のドミナ」、昭和三四年二月、同じく『別冊文藝春秋』に「最後の殉教者」と、後に「純文学」短篇と布置される作品が掲載されている。このことからわかるのは、『別冊文藝春秋』という雑誌は、文芸誌と中間小説誌の間、中間小説誌よりも高級なものを企図され、あらわれたメディアなのであるが[8]、作品を掲載する作家の側にもその意図が伝わっていたということである。

また、昭和三五年の小説作品とその掲載誌を見ると、遠藤が掲載誌の特徴を意識し、作品を寄せていたことがさらに分かる。この年文芸誌には『群像』六月号に「再発」、『新潮』七月号に「葡萄」を掲載しており、これらは後に、「純文学」短篇を集めた『あまりに碧い空』（昭和三五・一〇、新潮社）に収載されてゆく。一方、中間小説誌には、『小説新潮』六月号に「集団就職」、『小説中央公論』臨時増刊号（八月）に「男と猿と」、『オール讀物』八月号に「偽作」、『別冊文藝春秋』（九月）に「人食い虎」、『小説中央公論』一一月号に「船を見に行こう」を掲載している。ここで注目すべきは『小説中央公論』の位置である。『小説中央公論』は中央公論社から新たな試みとしてこの年に刊行された小説雑誌であり、同時代の他中間小説誌が有していた特徴をもつ雑誌である。だが、中央公論社の雑誌であることが影響したのであろうが、掲載された「男と猿と」は「純文学」短篇集『最後の殉教者』（昭和四九・一〇、講談社）に収められてゆく作品であるし、「船を見に行こう」もまた先の『あまりに碧い空』に収められるような私小説的ともいえる「シリアス」な作品である。それに対して『小説新潮』、『オール讀物』に掲載された「集団就職」、「偽作」は、同時代の風潮を多く取り込んだ小説で、中間小説誌掲載作品を多く集めた『狐型狸型』（昭和四八・一、番長書房）に収載されるのみで、のちに『遠藤周作文学全集』に収載されることはない。さらに『別冊文藝春秋』掲載の「人食い虎」も、インド大使館員を主人公に置く、遠藤には珍しい作風の小説であり、『遠藤周作ミステリー小説集』（昭和五〇・八、講談社）などに収載されるが、『遠藤周作文学全集』には収載されない。

以上のように、やはり遠藤は自作を掲載する媒体について、強く意識した作家ということができよう。現在中間小説誌と括られる雑誌群であっても、こうした遠藤の「書き分け」を追うことでその時代時代の雑誌の色があったことが理解できる。一九六〇年代（昭和三五年以降）に入ると、こうした遠藤の媒体による「書き分け」はさらに細分化されてゆく。推測をここで述べるなら、こうした「書き分け」の背景には、各出版社の編集者との関係が構築されていったことがあるのではないか。この問題は婦人誌、週刊誌といったメディアを含めて考察する必要がある。

遠藤の執筆傾向を追うことは、その後の中間小説誌というメディアが辿った変遷を追う際にも興味深い事例となる。一九七〇年代（昭和四五年以降）に入ると遠藤周作は短篇小説の執筆数を減らしてゆく。具体的な例として昭和五二年をあげる。この年の遠藤はのちに『侍』（昭和五五・四、新潮社）となる「純文学」長篇作品の準備をしながら、『キリストの誕生』（原題「イエスがキリストになるまで」）を『新潮』に五月号から連載している（翌年五月号まで）。この評伝作品を小説と数えるかどうかも微妙な問題であるが、これを含めて小説は四作品しか書いていない。それ以外の三作品は『文藝春秋』一月号の「戦中派」、『野性時代』五月号の「幼なじみたち」（原題「私の幼なじみたち」）、そして『小説新潮』一〇月号に掲載された「嘘」である。時代に適応した新たな小説雑誌を目指して角川書店が昭和四九年に刊行した『野性時代』に、作家の「私」を素材とする「純文学」色の強い「幼なじみたち」を掲載する遠藤の対応は興味深い。「幼なじみたち」は後に『遠藤周作文学全集』に収載されることになる。

だが、この年の特徴として目を引くのは、一三というエッセイの数の多さである。こうした遠藤の執筆スタイルの変化には、複数の要因があると考えられる。芥川賞選考委員や、これまでの作品をまとめた作品集の刊行など、小説執筆以外の仕事量の増加もそうだろう。また、エッセイというジャンルが「文学場」のなかで成立していったこともその要因といえる(9)。つまり、遠藤の仕事の割合のなかで、書き下ろし長篇のテーマを醸成させる役割といった意味でも、金銭的な意味でも、中間小説誌に小説を掲載するということの意味が、この時期減少していたということができる。

一九八〇年代（昭和五五年）以降は、文芸誌に短篇小説が書かれることがなくなり、短篇小説は中間小説誌掲載のものがほとんどになる。これは年齢や体調の問題などもあるだろうが、この時期の遠藤の興味が、オカルト色の強いものに向っており、それを掲載するにふさわしいメディアとして中間小説誌が選ばれたということができる。

そして、遠藤が生涯にわたって中間小説誌には、一号読み切りの短篇小説を中心に掲載したということは興味深い事実である。百に近い中間小説誌掲載作品のなかで、平成二年から平成四年にかけて『小説新潮』に掲載された「王の挽歌」のみが連載作品となる。たしかに中間小説誌は読み切り作品を掲載するということをその特色にあげることも多いメディアである。これも遠藤がそのメディアの特色を理解し、対応していたことの証左となるだろう。

　以上、ここまで遠藤と中間小説誌と呼ばれるメディアの関係性について論じてきた。本章ではここから、遠藤が自身と自身の作品を様々なメディアに適応させていた時代である一九六〇年代について、『小説セブン』という中間小説誌との関係に限定して、さらに省察してゆきたい。

三　後発の中間小説誌『小説セブン』

　『小説セブン』は昭和四三年六月から昭和四五年一二月にかけて発行された、全二七冊の雑誌である。(10) 全巻通じて、発行所は小学館、編集人は林四郎、発行人は相賀徹夫、印刷は大日本印刷所となる。そして『小説セブン』は、もっとも後発の中間小説誌といえる雑誌である。その意図は、創刊号「編集後記」にある、「新しい時代の新しい小説雑誌をと総力をあげてつくりますから、どうぞ、これからもよろしくご声援下さい」という言葉からも容易に理解でき

『小説セブン』創刊号表紙、（昭和43・6）

『小説セブン』初秋号表紙（昭和43・8）

よう。この「新しい時代の新しい小説雑誌」を目指すという意図は、最終号に付された「休刊のことば」でも変わらない。少し長いが全文引用しておく。

この十二月号で、当分の間「小説セブン」を休刊することになりました。／読者の皆さまはじめ、創刊以来本誌のためにご執筆いただきました諸先生方に今日までのご厚情に深く感謝の意を表します。ありがとうございました。／いま一度綿密な検討を加え、この時代に躍動する小説雑誌として、ふたたび皆さまの前に登場する機会を期しております。／ふりかえってみれば、三年前、「小説セブン」が創刊されてから今日まで、日本の小説雑誌界では稀にみる激しい競争が繰り展げられてきました。その激動にもまれ、真に七〇年代に生きぬける大衆的な小説雑誌として、編集部一同努力を続けてきました。しかし、私たちは今ここで、この三年間の歩みを今一度見つめなおし、また、数多くの方々からいただいたご意見をいま一度心にきざみこみながら、新たに検討を加えなければならない時期に直面しました。／私たちは、小説という表現形式をとりながら、人間を、時代を、社会の諸現象を捉え、そこで人間同士の魂がふれ合うことのできるこの分野を大切に発展させていきたいと思います。／一刻も早く、皆さまと共通の場でふたたび語りあえることを念じています。（三二八頁）

つまり『小説セブン』編集部としては、終始「真に七〇年代に生きぬける大衆的な小説雑誌」を目指してきたが、「稀にみる激しい競争」に負け、「新たに検討を加えなければならない時期」となったということであろう。さらに注目すべきは、「小説という表現形式をとりながら」と小説にこだわることにあらためて言及している点である。これから、『小説セブン』の敗因が、「大衆的な小説雑誌」というジャンルが時代の要請（＝読者の要求）に合わなくなってきたことに由縁していることがわかる。その証拠といえるだろうか、編集人の林四郎は、この後、週刊誌『週刊ポスト』の編集に関わってゆくことになる。

『小説セブン』の特徴としてあげられるのは、読者第一という意識である。それは、創刊直後「『小説セブン』原稿大募集」として、毎月四〇〇字づめ原稿用紙五〇枚以内の小説を募集し（採用掲載分には、賞金五万円）、同時に同人雑誌のなかから優秀新人に作品を依頼するということで、全国から同人雑誌の提供を求めたことから分かる。また、『小説新潮』そして後発の『小説現代』がそのコーナーの存在ですでに成功していた「読者の声」欄（『小説セブン』では「読者サロン」）を踏襲したことも、その意識のあらわれということができる。

「読者の声」は、その「声」を選ぶ編集の意図が見えるものでもある。第二号の「読者サロン」には、「中間小説の熱烈なファン」、「すでに〝O読物〟〝小説G〟などを読了した」読者からの声が寄せられている。『オール讀物』や『小説現代』を読むような中間小説のファンが『小説セブン』編集部の期待する読者層であることが理解される。そして同号に寄せられた次の投書は編集部の意図を代弁するようなものに見える。

現代一流作家による作品が網羅され、それも人生の機微にふれる重厚なもの、男女の間に展開される葛藤の渦など、読みごたえのある作品がずらり！私はたちまちにして「小説セブン」の虜となった。次号からは、豪華ケンランの小説に加えて、各地の読者のナマの声が紙面を賑わしてくれるのかと思うと、一層楽しみになってきた。あくまでも、読者に密着した「小説セブン」であってほしい。[11]（三三二頁）

「現代一流作家」による読みごたえのある小説の充実と、「読者に密着」、これが『小説セブン』の目指した中間小説誌像であり、これまでの中間小説誌の成功例の集積ということができる。[12]そして昭和四四年二月号（第5号）より開始された「『小説セブン』読者賞」も興味深い雑誌の試みである。これは読者による小説・記事の人気投票の募集であり、もっとも人気のあった作品を選んだ読者に賞金が渡されるというものである。[13]また、『小説セブン』はグラビアも重視するが、これもまた『小説新潮』ら先行成功例の踏襲といえると同時に、ヌードグラビアの多さからは小説誌読者の変遷への対応および先発誌の読者層以外の読者の掘り起こしの意図を感じる。[14]

また読者、時代の要求に対応するという『小説セブン』の特徴がもっともあらわれていて、独自の試みといえるのが、昭和四五年五月号からの判型の変更である。それまでのA5判からほぼ新書判と同じサイズへの変更で、その前月、四月号での告知では「ハンディでスマートな携帯サイズで新しく登場！」とされている。この告知ではポケットから出される『小説セブン』の写真が付されていて、携帯できることが強調されている。それに合わせて表紙も、柳生弦一郎、横塚繁の表紙絵から、白人女性モデルのグラビア写真に変わっている。[15]

では『小説セブン』が掲載を目指した「現代一流作家」とは誰か、その内実を探る必要がある。ここではまず、試みに創刊号（昭和四三・六）、一三号（昭和四四・一〇）、終刊号（昭和四五・一二）の小説執筆者名をあげる。創刊号の執筆陣は、「特別長篇」執筆者として梶山季之《かじやまとしゆき》と立原正秋《たちはらまさあき》が立てられている。以下、目次掲載順に五木寛之《いつきひろゆき》、平岩弓枝《ひらいわゆみえ》、三浦哲《みうらてつ》郎《お》、富島健夫、生島治郎、三好徹、近藤啓太郎、宇能鴻一郎《うのこういちろう》、野坂昭如《のさかあきゆき》、戸川昌子、川上宗薫《かわかみそうくん》、諸星澄子、青柳友子となる。一四号は巻頭に戸川昌子、巻末に陳舜臣《ちんしゅんしん》を置き、連載対談は丸山明宏《まるやまあきひろ》がホストを務め、相手は吉行淳之《よしゆきじゅんの》介《すけ》である。以下目次掲載順に作家名をあげると、菊村到《きくむらいたる》、新田次郎、近藤啓太郎、夏堀正元《なつぼりまさもと》、梶山季之、渡辺淳一《わたなべじゅんいち》、源氏鶏太《げんじけいた》、佐賀潜《さがせん》、佐藤愛子、遠藤周作、宇能鴻一郎、諸星澄子となる。そして終刊号は、エッセイ風作品の連載を行っていた五木寛之、連載対談を行ってきた野坂昭如が看板作家のように見える。以下目次掲載順に小説執筆者名をあげると、渡辺淳一、川上宗薫、金基洙（第二回小説セブン新人賞発表（佳作）として）、三浦哲郎、藤岡諭《ふじおかさとし》、池波正太郎《いけなみしょうたろう》、阿部牧郎、清水一行となる。これら執筆陣は、他の中間小説誌とほとんど重なるものであり、『小説セブン』独自の執筆陣とは言いがたい。[16]そしてこのなかに遠藤周作はいた。というよりもこの雑誌においてかなり大きな役割を担っていたようにも見える。以下、遠藤

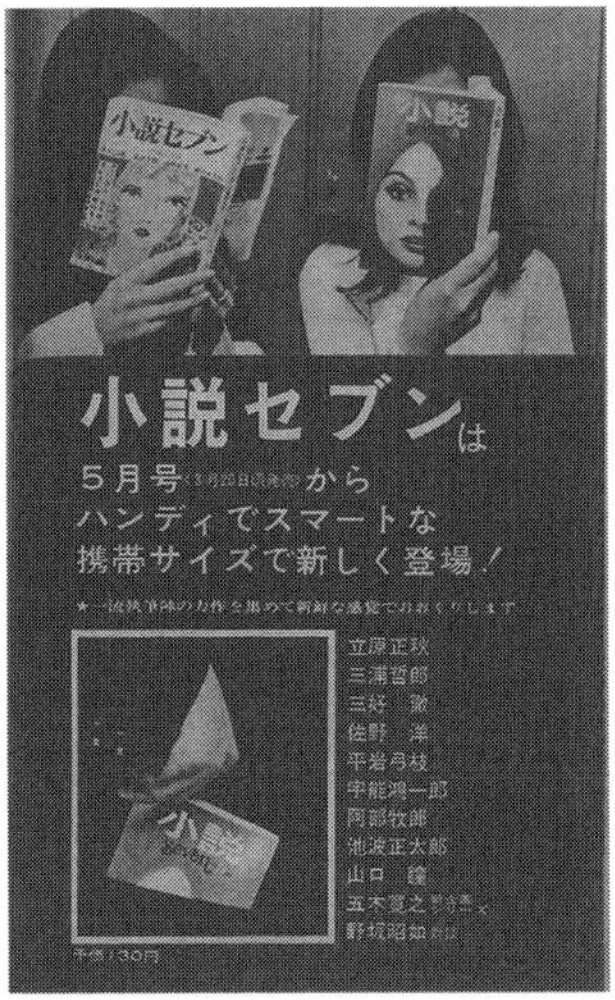

判型変更の告知（『小説セブン』昭和45・4）

と『小説セブン』についてみてゆこう。

四　『小説セブン』と遠藤周作

遠藤周作が『小説セブン』に載せた小説作品は六作品である。そのタイトルと掲載年月および号、そして挿絵画家を以下に示す。

「俺とソックリの男が……」　昭和四三年九月　二号　挿絵：山藤章二
「嘘つくべからず」　昭和四三年一一月　三号　挿絵：下高原健二
「女を捨てるのはむつかしい」　昭和四四年六月　九号　挿絵：秋野卓美
「ニセ学生」　昭和四四年一〇月　一三号　挿絵：浜野彰親
「世は戦国時代」　昭和四五年二月　一七号　挿絵：村上豊
「競馬場の女」昭和四五年一〇月　二五号　挿絵：山藤章二

「俺とソックリの男が……」と「嘘つくべからず」は、後に『ユーモア小説集』（昭和四四・八、講談社）に、「女を捨てるのはむつかしい」、「世は戦国時代」、「競馬場の女」は『第二ユーモア小説集』（昭和四八・一一、講談社）に、「ニセ学生」は『遠藤周作怪奇小説集』（昭和四五・二、講談社）にと、それぞれ「純文学」以外の短篇を集めた短篇集に収載されてゆく作品である。

遠藤は『小説セブン』にエッセイも執筆している。「私のなかの○人の女」を昭和四四年四月、七号に、「遠藤周作と劇団〝雲〟の女優たち」を同じく昭和四四年一一月、一四号に、「うちのオヤジ・石坂洋次郎（現代作家の徹底研究）」を昭和四五年一月、一六号に掲載している。とくに「私のなかの○人の女」は、三浦朱門《みうらしゅもん》、五木寛之とともに「一線作家の三大エッセイ」の一つとして掲載されている。この惹句からのみでも、同時代社会および『小説セブン』から、遠藤が「一流作家」として見なされていたことがわかる。

遠藤が『小説セブン』にとって、特別な作家であったことは、「ニセ学生」掲載頁内にミニコーナーのようなかたちで、「作者と5分間」というインタビュー記事があったことからも理解できる。軽井沢の千ヶ滝の別荘で行われたこのインタビューのなかで、遠藤は編集部から、「ユーモラスなものとシリアスなものを書き分けるコツ」について聞かれている。それに対し遠藤は、「ユーモアのある作品を書く時はサービス精神旺盛になるナ。読者を非常に意識する、逆にシリアスなものの時は意識しない。テメエのために書く」と答え、「愛着のある作品」として『沈黙』（昭和四一・三、新潮社）をあげている。こうしたインタビュー記事の存在は、この時期の遠藤が「書き分け」を行う作家としてあったことの証左となる。そして遠藤もそれを受け入れつつ、作家活動を行っていたということである。

また同様に『小説セブン』における遠藤の位置がうかがい知れる事例として、昭和四五年六月、二一号の「現代作家の徹底的研究15 遠藤周作——弱者の思想を追求する作家」があげられる。このコーナーは『小説セブン』の看板コーナーの一つであり、他にたとえば、石原慎太郎《いしはらしんたろう》、三島由紀夫《みしまゆきお》、有吉佐和子《ありよしさわこ》、北杜夫《きたもりお》、丹羽文雄《にわふみお》、瀬戸内晴美《せとうちはるみ》、水《みず》上勉《かみつとむ》らが「徹底的研究」されている。執筆者は、この前号の瀬戸内晴美と同じく、山本容朗《やまもとようろう》である。山本の遠藤論は、

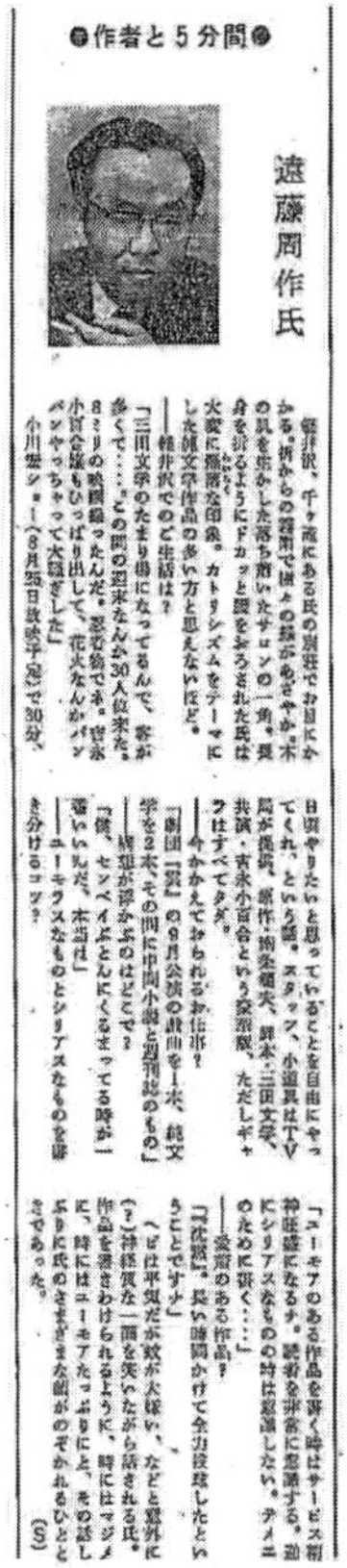
●作者と5分間●

遠藤周作氏

軽井沢、千ヶ滝にある氏の別荘でお目にかかる。折からの霧雨で緑々の緑があざやか。木の肌を生かした落ち着いたサロンの一角。長身を折るようにドカッと腰をおろされた氏は大変に飄逸な印象。カトリシズムをテーマにした純文学作品の多い方と思えないほど。

——軽井沢でのご生活は？

「三田文学のたまり場になってるんで、客が多くて……。この間の週末なんか30人位来た。8ミリの映画撮ったんだ。忍者物でネ。吉永小百合嬢もひっぱり出して、花火なんかバンバンやっちゃって大騒ぎした」

小川宏ショー（8月25日放映予定）で30分、自由やりたいと思っていることを自由にやってくれ、という話。スタッフ、小道具はTV局が提供、原作・[illegible]、脚本・三田文学、共演・吉永小百合という豪華版。ただしギャラはすべてタダ。

——今かかえておられるお仕事？

「劇団『雲』の9月公演の戯曲を1本、純文学を2本、その間に中間小説と週刊誌のもの」

——構想が浮かぶのはどこで？

「僕、センベイぶとんにくるまってる時が一番いいんだ、本当は」

——ユーモラスなものとシリアスなものを書き分けるコツ？

「ユーモアのある作品を書く時はサービス精神旺盛になるナ。読者を非常に意識する。逆にシリアスなものの時は意識しない。テメエのために書く……」

——愛着のある作品？

「『沈黙』。長い時間かけて全力投球したということですよ」

[illegible]は平気だが蚊が大嫌い、などと意外に(?)神経質な一面を笑いながら話される氏。作品を書きわけられるように、時にはマジメに、時にはユーモアたっぷりにと、その話しぶりに氏のさまざまな顔がのぞかれるひとときであった。（S）

「作者と５分間」（『小説セブン』昭和44・10）

遠藤が「弱者」の「眼」を描く作家であり、現実の「母」の存在をどう描いたかを読まなければならないという。こうした指摘はいまでも有効であり、まさしく埋もれた好遠藤論ともいえる。[17] このコーナーに掲載された写真群も、管見に入る限りではあるが、ここでしか見たことがないものがあり、貴重なものといえる。

そしてこのコーナーには、最後に「遠藤氏にズバリ10問」というインタビュー記事が付されている。ここで遠藤にされる「問」も、「純文学」作家としての遠藤を研究する際には、思いつかない質問といえ、興味深い。たとえば、「最初の原稿料」を問われ、遠藤は「神々と神と」が「一枚一〇〇円。全部で四千円ぐらい」と答えている。また、「一番売れた本」という質問には『沈黙』が「24版で25万冊ぐらい」と答え、「未知の読者にすすめる自作」には「純文学では『沈黙』、狐狸庵ファンには『狐狸庵閑話』(第一巻)、お嬢さんには『おバカさん』。」と答えている。こうした回答は、中間小説誌『小説セブン』という場だからこそ見られるものであろうし、これまでの遠藤研究が触れることができていなかったものといえる。週刊誌や婦人誌における遠藤の振る舞いや言説について、今後研究が進められるべきである。

また、遠藤は新人賞の選者になっている。これからも遠藤が『小説セブン』にとって大きな存在であったことを示している。昭和四五年一月号から募集が行われた第一回は、松本清張、瀬戸内晴美とともに選者をつとめ、同年七月号に受賞作を発表している。[18] 同年六月号から募集が開始された第二回も、佐《さ》野《の》洋《よう》、瀬戸内晴美、三浦哲郎とともに選者となり、最終号にて受賞作を出している。[19] 第一回の受賞作発表に付された「選考経過」における遠藤の発言を見ると、中間小説誌『小説セブン』というメディアを遠藤がどのように把握し、どのような作品をふさわしいと感じていたかが分かる。遠藤は受賞作について「主人公がどういう青年か、ハッキリしすぎるくらい出ているね。こういうのが現代の青年だといわれるとナットクする」、「人間がハッキリしていることでは、これがいちばん書けていると思う」と評価する。つまり、「現代の青年」を「ハッキリ」描いたことを評価したのである。第二回では候補作への辛辣な評

一九七〇年代は、日本にとっても、あるいは、世界にとっても、大きな変転の時でありましょう。
またその中に生きる一人一人の人間の内面にも深い、ひそかであるが強い変貌の訪れる時であると思われます。
またそれは、新しい人間像の誕生のときであり歴史に思いをはせる秋でもあります。
真に新しい作家、根底から小説を変えた文学が求められるとはいうまでもないでしょう。いや、今日ほど求められているときはありません。
これまで毎月募集というユニークな方法をとってきた『小説セブン新人賞』も装いを変え、年二回の重点的な募集方法に改め、同時に、松本清張氏、遠藤周作氏、瀬戸内晴美氏を選考委員とし、幅広く才能の発見・育成を計ることとしました。
社会の暗流、奔騰な情熱の姿、歴史にひそむ人間の高貴と悲惨、人のなりわいの哀歓など、現代、時代を問わず多様な題材に想を得た力作を待ちたいと存じます。

第一回　小説セブン新人賞募集

——〆切迫る！

〈選考委員〉

松本清張氏

遠藤周作氏

瀬戸内晴美氏

要項は左記の通りです。
資格　無名の新人であること
枚数　五〇枚〜百枚（四百字詰）
締切　昭和四十五年二月末日
発表　昭和四十五年七月号
賞　受賞作一編（賞金二十万円および記念品）
宛先　東京都千代田区一ツ橋二ノ一小学館　小説セブン新人賞係　郵便番号一〇一

〈付記〉
○第二回募集は、締切　昭和四十五年七月末日。発表　昭和四十五年十二月号。
○該当作品のない場合は発表を見合わせます。
○選考経過についてのお問い合わせには応じかねます。
○原稿の返却は原則としていたしかねますので、コピーをおとりください。
○原稿末尾に、住所、氏名（筆名）、年齢、略歴を明記、右すみをとじてください。
○受賞作の出版権、上映・上演権その他一切の著作権は本社に帰属します。

小説セブン編集部

「第一回小説セブン新人賞募集」（『小説セブン』昭和45・1）

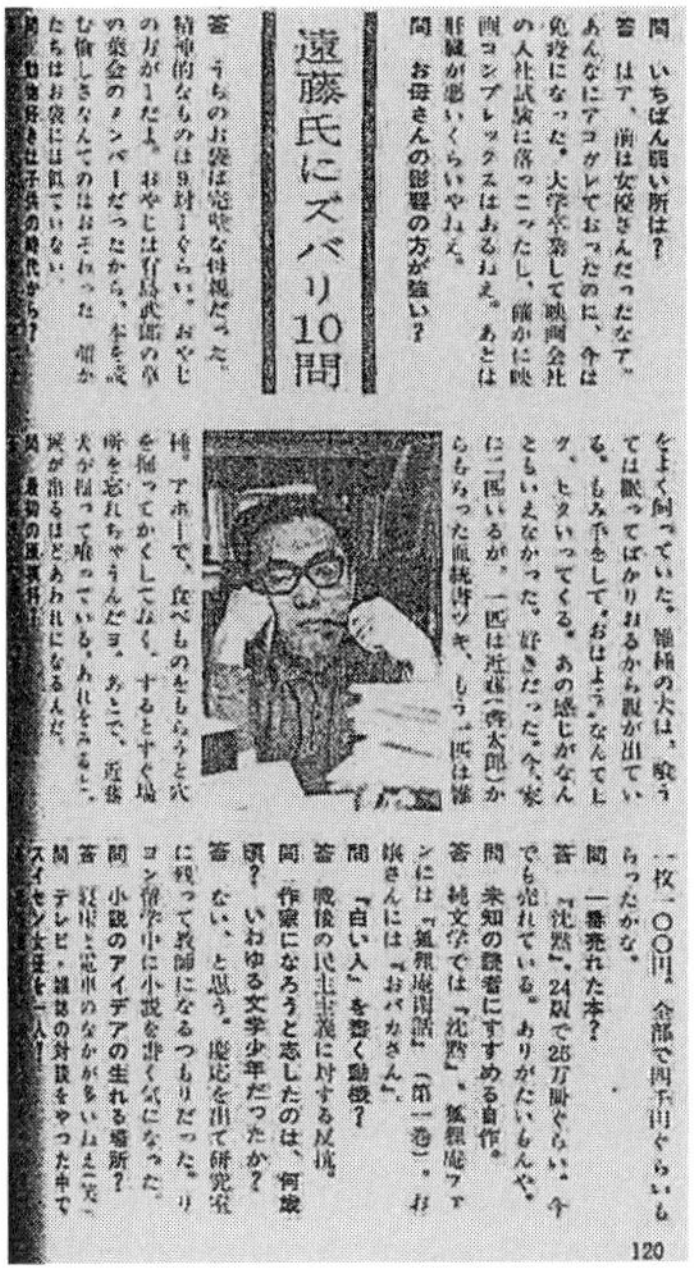

遠藤氏にズバリ10問

問　いちばん弱い所は？
答　はア、前は女優さんだったなア。あんなにアコガレておったのに、今は免疫になった。大学卒業して映画会社の入社試験に落っこちたし、確かに映画コンプレックスはあるねえ。あとは肝臓が悪いくらいやねえ。
問　お母さんの影響の方が強い？
答　うちのお袋は完璧な母親だった。精神的なものは9対1ぐらい。おやじの方が1だよ。

問　一番売れた本？
答　『沈黙』。24版で25万冊ぐらい。今でも売れている。ありがたいもんや。
問　未知の読者にすすめる自作。
答　純文学では『沈黙』。狐狸庵ファンには『狐狸庵閑話』（第一巻）。お嬢さんには『おバカさん』。
問　『白い人』を書く動機？
答　戦後の民主主義に対する反抗。
問　作家になろうと志したのは、何歳頃？　いわゆる文学少年だったか？
答　ない、と思う。慶応を出て研究室に残って教師になるつもりだった。
問　小説のアイデアの生れる場所？

120

「遠藤氏にズバリ10問」（『小説セブン』昭和45・6）

価が並ぶが、佳作となった作品の良さを「ユーモア小説」として成功している点に見ている。遠藤が有した中間小説像として、現代を描くこと、ユーモアを重視することがあったことをこれら新人賞選者としての言説からも理解することができる。

では、この時代の読者はどのように遠藤という作家を見ていたのだろうか。『小説セブン』の「読者サロン」は、そうした「声」も記録している。遠藤作品に対する感想の投稿は、「世は戦国時代」以外の作品すべてで、小説掲載の翌号に載せられている。それらの投稿を並べてみると、「氏一流のユーモアと皮肉が存分に発揮された傑作である。まさに遠藤氏ならではという感じがする」（「嘘つくべからず」に対して、昭和四三・一二）、「また遠藤周作氏『女を捨てるのはむずかしい（ママ）』の氏独得のユーモアは推理小説特集という、いわば調子の重い作品の多かった中で、特にひかっていた」（昭和四四・七）、「遠藤周作氏『ニセ学生』は氏特有の哀感のこもったユーモアでしみじみと読ませた

新人賞原稿募集

第二回小説セブン新人賞募集

七〇年代という流動する現代にあって、小説というものが、あらゆる意味で多くの課題を負っている時代は今までになかったことでしょう。その期待に応えるように真に新しい作家、根底から相貌をかえたみずみずしい作品の登場を求めて新たに設定した小説セブン新人賞は、第一回において好評のうちに藤岡諭氏の『よみがえる猫』を世に送りました。

更に第二回の募集にあたり、選考委員をひきつづき遠藤周作、瀬戸内晴美の両氏のほか新たに佐野洋、三浦哲郎の両氏に加わっていただき、より充実した選考体制のもとに、無限の可能性を秘めた新鮮な新人の出現を熱望しております。奮って御応募下さい。

遠藤周作氏　佐野　洋氏　瀬戸内晴美氏　三浦哲郎氏

〈応募規定〉

資格　無名の新人であること。
内容　自作未発表の小説。
枚数　四百字詰原稿用紙五十～百枚。
締切　昭和四十五年七月末日。
発表　昭和四十五年十二月号本誌。
賞　受賞作一編。
（賞金二十万円および記念品）
宛先　東京都千代田区一ツ橋二ノ三ノ一　小学館
小説セブン編集部新人賞係
郵便番号一〇一

〈付記〉

○原稿末尾に住所・氏名（筆名）、年齢、職業、及び簡単な略歴を記して右すみをとじて下さい。
○原稿の返却、選考経過のお問いあわせには一切応じられません。
○受賞作の出版権、上映・上演権その他一切の著作権は当社に帰属します。
○第三回募集は
締切　昭和四十六年二月末日。
発表　昭和四十六年七月号。
小説セブン編集部

233

「第二回小説セブン新人賞募集」（『小説セブン』昭和45・6）

」（昭和四四・一一）となる。つまり、『小説セブン』読者の有する遠藤という小説家の特色は、「ユーモア」ということばに集約される、といえるだろうか。同時期に積極的に遠藤が行っていた狐狸庵としての各種メディアへの登場や、ユーモアエッセイの執筆からの影響が見て取れる。

　また同様に「弱者」への眼差しという特徴も読者たちは抱いていたようである。たとえば「弱い者を描いては随一の氏だけに、まずは絶好のテーマではあった」（「ニセ学生」に対して、昭和四四・一一）や、「氏の文学の奥底に流れるものは弱虫の思想である、との評をどこかで読んだ覚えがありますが、たしかに氏の小説には現代の社会、人間に対する弱者としての痛烈な発想と批判がみられます」、「一介のサラリーマンの悲哀が、氏の苦いユーモアをまじえた文章を通して、ひしひしと感じられました」（「競馬場の女」に対して、昭和四五・一一）があげられる。これは、先に見た『小説セブン』上に掲載された山本容朗の考察の影響もあるだろうが、『沈黙』に対する批評として、『小説セブン』の時代とほぼ同時期に刊行された武田友寿『遠藤周作の世界』（昭和四四・一〇、中央出版社）に収載された「『沈黙』の世界—弱者の論理」の影響も考えられる。だが、こうした読者の「声」が創出された要因を探るよりも、こうした「声」が多数となり敷衍化し、遠藤のイメージが固定化してゆく状況が、一中間小説誌の読者投稿欄から見られることが重要である。つまり、一九六〇年代後半において、遠藤は現代社会に生きる「弱者」の悲哀を、ユーモアたっぷりの姿勢で描く小説家と見なされていた（いった）といえる。

五 『小説セブン』に掲載された小説

では、最後に『小説セブン』誌上に掲載された小説について考察を加えてゆこう。

『小説セブン』目次の作品名に編集部が付した惹句を引用することで、その小説のあらましについては理解することができる。以下箇条書きとなるが引用する。

「あの男は、女とこうしているときも俺と同じ顔してんのか？」（「俺とソックリの男が・・・」）
「自動車事故のおかげで、就職も女の子も手に入れたと思ったが」（「嘘つくべからず」）
「いただいた女が鼻についたらどうして捨てるか？　女は魔ものだから気をつけろ」（「女を捨てるのはむつかしい」）
「〝花の全学連〟に君臨する光栄ある委員長の正体は？　負け犬青年の苦悩を描く。」（「ニセ学生」）
「〝ヒモになりたい〟誰もの心の中にひそむそんな欲望を実現しようと決心した男が」（「世は戦国時代」）
「遊興費を作ろうと画策した若手サラリーマン。首尾よく金を手に入れたが」（「競馬場の女」）

これらの惹句からも、いま見た読者の「声」にあったような、現代社会を書くという遠藤の意図をうかがうことができる。

もう少し具体的に例示するならば、ヒロインの容姿の喩えとして使用される、いわゆる「人気女優」の実名があげられる。「嘘つくべからず」では吉永小百合、「世は戦国時代」では長山藍子の名前が使用されている。こうした「人気女優」の名前は、読者とイメージを共有するコードとして機能したといえる。同時に遠藤がどのような読者を想定したかもうかがい知ることもできる。

同様の例として、雅樹ちゃん誘拐殺人事件（昭和三五）や、吉展ちゃん誘拐殺人事件（昭和三八）といった事件で社会問題化していた児童誘拐殺人事件を、厚生大臣の孫の清高ちゃんの誘拐事件として、「俺とソックリな男が・・・」は小説に取り込んでいる。こうした事件もまた、『小説セブン』読者と共有のコードとなる。

さらに、文壇に衝撃を与えた山川《やまかわ》方《まさ》夫《お》の昭和四〇年の死に象徴される「交通戦争」（「嘘つくべからず」）、そして「就職難」（「嘘つくべからず」）、「受験戦争」（「ニセ学生」）など、時代を彩ったトピックが小説の背景に置かれていることも、同種の例としてあげることができよう。また、「女を捨てるのはむつかしい」の主人公「僕」が、地方（九州）出身者で、大学卒業後東京に出て就職した人物という設定は、『小説セブン』を購読する読者に近い人物を想定して書かれたものといえるのではないだろうか。この「僕」は作中「読者の中にはここまで読まれて、僕と類似した経験を思いだされた方がいられるかもしれない。そのときは、その方はどうされただろうか」と、唐突に読者に語りかけてくるのだが、これもその証左といえる。

「競馬場の女」に関しては、『第二ユーモア小説集』に付された岡保生の「解説」にある、「近来いよいよ沸騰する競馬熱の世相にぴたりという感じで、この発表当時の昭和四十五年においてはおそらく時代の先端風俗であったろう」という指摘に首肯できる。[20] そして『小説セブン』掲載作品に関しては、この岡の指摘がすべてに適用できるのではないだろうか。どの作品も「発表当時」の「時代の先端風俗」を後景に置いている。遠藤は「時代の先端風俗」を、同時代読者との共通のコードとして小説に取り込み、描いたのである。[21]

とくに「ニセ学生」は、『小説セブン』誌上に昭和四四年六月号から連載開始された梶山季之の「小説全学連 青い群像」を意識したような、オマージュ、パロディといえる作品であり、同時代的な政治、社会情勢を取り込んだ小説ということができる。

「ニセ学生」は、T大受験に失敗し四浪が決まった人物を主人公とする。主人公「俺」は、周りには合格したと嘘をつき、偽のT大生として振る舞ってゆく。その嘘に気づいたT大生学生運動家によって、「俺」は「俺」と似ている学生運動リーダーの身代わりとされ、警察に逮捕される。こうしたあらすじの小説であるが、「俺」が行う演説の場面に、この小説がもつ「政治の季節」への痛烈な皮肉を読み取ることができる。

五百人のT大生たちが俺のために興奮し、陶酔していた。俺を自分たちの英雄として眺めていた。このニセ学生が、今、彼等にとって英雄だった。女子学生の一人が手で顔を覆って泣いていた。／（中略）／俺は本当に自分がT大生になりきっているような錯覚と、一種の復讐の快感に――俺を三度も落第させたT大学への一種の復讐の快感に酔っていた。

（一三五頁）

階級による差別をなくし、その差別を生むシステムの中核となっていた大学への反発が、この時代への学生運動の根底にあったはずである。だが「ニセ学生」はそうした「正しい」はずのT大生が、T大生であるかないかにこだわり、聴衆たちも「ニセ学生」の演説に感動して泣いている。何かを「正しい」とすることの危険、「正しい」ということで「力」が集中してしまうことの怖さを、皮肉に溢れた眼差しで「ニセ学生」は描いている。これは、遠藤が「政治の季節」に対して抱いていた眼差しといってもよいのではないだろうか。

六　他メディアへ

以上本章では、遠藤周作とその作品を掲載した中間小説誌というメディアの関連について論じてきた。結果見えてきたのは中間小説誌というジャンルに括られる雑誌のなかでも、それぞれの雑誌の色に合わせて遠藤が「書き分け」ていたという事実である。小説家としてのこうしたメディアへの対応は、稀有な成功例として記録されるべきものといえる。

さらに本章では『小説セブン』という、一九六〇年代末に三年にわたり発刊された、最後発の中間小説誌を取り上げ、遠藤との関連を探った。この研究によって作家が当時、多数の読者を相手に自作を消費させることについてどのように考えていたかのひとつのケースを提示できたと思う。同時に、読者が（これには『小説セブン』の作り手である編集者も含まれる）、人気作家遠藤周作をどのように見ていたかを検出することができた。

そしてそこに書かれた小説は、時代を強く意識したものであった。読者を具体的に想定し、意識した作品という特徴でもまとめられよう。そこに「弱者」、「脱中心化」といった遠藤独自の問題意識を混ぜ込み、独自の問題意識の敷衍化を狙っていたということもできる。

こうした特徴は、他のメディア、たとえば週刊誌、婦人誌、新聞連載でも同じであろうか。一つ一つの詳細な考察が今後の課題である。また、歴史小説、推理小説といったジャンルと各種メディアの関連についても今後考える必要がある。そしてこれはまだまだこれからの課題であるが、各メディアの作り手（編集）と作家が作り出していた「場」をどのようにとらえ直すかも大きな課題としてある。

注

（1）平野謙「文学界の回顧」（未詳、昭和二九・一二。引用は「文壇時評」『平野謙全集』第一二巻 昭和五〇・一一、新潮社、五六頁）。

（2）こうした平野謙の昭和二九（一九五四）年を転換期として見て取る言説の流れを重要視し、こうした転換期の象徴として「伊藤整ブーム」を検討した掛野剛史の論考に本書は大きな影響を受けている（掛野剛史「一九五四年・「文壇」・「読者」・「出版ジャーナリズム」――伊藤整『女性に関する十二章』『文学入門』（『論樹』平成一三・一二）。本書第一部第4章で高橋孝次もこの論を参照している。

（3）大木志門・掛野剛史・高橋孝次編『水上勉の時代』（令和元・六、田畑書店）所収、大木志門「戦後文学の中で水上勉を考える」。

（4）小嶋洋輔「遠藤周作「中間小説」論――書き分けを行う作家」（小嶋洋輔『遠藤周作論――「救い」の位置』所収、平成二四・一二、双文社出版）。

（5）注（4）の拙論では、「純文学」とそれ以外の小説作品の区分について、『遠藤周作文学全集』全一五巻（平成一一・四～平成一三・七、新潮社）の「解題」（山根道公）の区分に多くを依った。本章は「それ以外」の内実について、中間小説誌というメディアからという視点でもって、詳細に分析することを目的としている。

（6）ここではっきりとした数字を出せないのは、中間小説誌というジャンルの明確な定義がないことに由縁している。中間小説誌には、本章で扱っている『小説セブン』のように自らを中間小説誌と宣言している雑誌だけではないからである。また、同じ雑誌名を冠していても、業績不振や出版社が変更するなどして、雑誌の方針転換が行われる場合もある。

（7）遠藤の作品を掲載した雑誌で、中間小説誌とするかどうか判断を保留しているものに、たとえば岩谷書店から宝石社に出版社が変わった頃の『宝石』（光文社に移る前ということ）、勝利出版社の『勝利』、そして後に角川映画とのメディアミックス路線を採る、新しい読物雑誌の創出を目指した角川書店の『野性時代』がある。これらの雑誌への遠藤の関わり方を概括する必要がある。今後の課題である。

（8）本書のコラム「昭和二〇年代の『別冊文藝春秋』」（高橋孝次）を参照。

（9）小嶋洋輔「安岡章太郎『私説聊斎志異』論——「私」の小説化」（井原あや・梅澤亜由美・大木志門他『「私」から考える文学史——私小説という視座』所収、平成三〇・一〇、勉誠出版）などを参照。

（10）創刊当初はほぼ隔月刊で、月刊化は昭和四四年四月号からである。

（11）これらの投稿には住所氏名年齢職業が付されているが本書においては省略した。

（12）昭和四四年四月号の「読者サロン」欄には、『小説S』をはじめ、『小説G』、『O読物』と御三家はまだまだ健在だが、それをしのぐ新しい感覚を持った、特色のある中間小説雑誌の実現を『小説セブン』に期待したい」という投稿が掲載されている。これは『小説セブン』編集部の声としても過言ではないだろう。

（13）この第五号はまだ確認ができていないが、昭和四四年四月号の「読者サロン」に第五号で募集をかけた「読者賞」の当選者発表が掲載されている。

（14）『小説新潮』のグラビアについては、岩元省子「「中間雑誌」が語る戦後日本社会——『小説新潮』創刊号 1947～1965 年のグラビアを中心に」（『日本女子大学大学院人間社会』平成二六・三）が詳しい。岩元はこの時期の『小説新潮』のグラビアを四段階に変容すると論じるが、『小説セブン』などの後続誌がそうした成功、失敗を学んだ上で雑誌をつくっていることを忘れてはならない。『小説セブン』のグラビアからは、雑誌が男性読者を中心とする方向を採ったことを示している。

（15）ここであげた二名の表紙絵画家は管見に入る限り、ということである。まだ確認ができていない号が、数号残っている。

（16）たとえば、昭和三八年創刊の『小説現代』の昭和四四年一月号の目次には、遠藤、吉行ら「第三の新人」他、川上宗薫、後藤明生、五味康祐、筒井康隆、星新一、森村誠一らの名前が並んでいる。しかし最終号の藤岡諭は後述するように第一回小説セブン新人賞の受賞者であり、編集部が自前の新人作家を育てようとした意識が見て取れる。

（17）山本は『火山』の仁平と対比して書かれたデュランが母の影ではあるまいか。『海と毒薬』、『沈黙』と世評高き作品のかげに埋もれてしまった『火山』が気になってならない」とも述べている。

（18）受賞作は藤岡諭「よみがえる猫」であった。

（19）受賞作はなく佳作として金基洙「ちがう生れ」となった。

（20）引用は講談社文庫版（昭和五〇・八）を用いた。

（21）作品の舞台に多く小田急線沿線を用いていることを指摘しておきたい。これは東京の西部への都市の拡大を象徴的に描いた、といえる。同時に昭和三八年に遠藤は町田市玉川学園に転居しており、その経験を活かしたということができる。

第4章

表皮としてのエンターテインメント

五木寛之「さらばモスクワ愚連隊」論

西田一豊

一　変化への胎動

五木寛之《いつきひろゆき》の「さらばモスクワ愚連隊[1]」は、第六回「小説現代新人賞[2]」受賞作として『小説現代』昭和四一年六月号に掲載された。五木の同誌への登場は、大村彦次郎によれば「新人賞のホームランであ[3]」ったらしいが、創刊三年目のこの中間小説誌にとって何より新人の発掘が急務であった。というのも、講談社では大衆小説誌であった『講談倶楽部』が昭和三七年一二月号で廃刊となり[4]、翌三八年二月号として創刊されたのが『小説現代[5]』であったからである。後発の中間小説誌として他誌との差異を強調しそうではあるが、実際は所謂「中間小説御三家」である『オール讀物』『小説新潮』と掲載内容として大きなちがいは見られない。たとえば、創刊号の『小説現代』では丹羽文雄「海の蝶」、松本清張「石路」、源氏鶏太《げんじけいた》「うちの社長」、石原慎太郎「銀色の牙」、山岡荘八「小説　太平洋戦争」、山手樹一郎「放れ鷹日記」が新連載小説として掲載され、そのほか長篇小説として柴田錬三郎「花は桜木」、梶山季之《かじやまとしゆき》「小説本田宗一郎」、水上勉「那智滝情死考」などが掲載されている。梶山季之のシリーズものであった「実力経営者伝」と吉行淳之介の「変った種族研究」に若干の新しさを見いだせるものの、掲載作家はおなじみの中間小説作家であった。同じ昭和三八年二月号の『オール讀物』では、連載小説だけ見ても松本清張「彩霧」、柴田錬三郎「柴錬立川文庫　名古屋山三郎」、円地文子「結婚相談」、司馬遼太郎「幕末暗殺史　花屋町の襲撃」、海音寺潮五郎「新太閤記」となっている。さらに『小説新潮』昭和三八年二月号と比較すれば、連載小説としては円地文子「雪燃え」、黒岩重吾「象牙の穴」、平林たい子「たたずむ女」となり、中編小説として川口松太郎「不幸の開幕」、丹羽文雄「波の上」などが掲載され、推理小説として笹沢左保「鏡のない部屋」、梶山季之「風変わりな代償」が掲載されている。『オール讀物』に時代小説が多く、『小説新潮』では現代物が多いという程度のちがいはあるが、掲載作家はすでに重複している。さらに、くどくなるが昭和三八年一二月号で廃刊となった『小説中央公論』[6]の二月号を見ておくと、倉橋由美子「蠍たち」、井上友一郎《いのうえともいちろう》「ああ、愛国行進曲」、椎名麟三「牧師の娘」、石川達三「上告趣意書」など純文学系の作家が並ぶが、同号には司馬遼太郎「新選組血風録　鴨川銭取橋」や丹羽文雄「かりそめの妻の座」、柴田錬三郎「江戸八百八町物語」、推理小説として鮎川哲也「裸で転がる」、結城昌治「あるフィルムの背景」が掲載されており、ほかの中間小説誌と比べ堅めの内容を特徴としているが、ここでも作家の重複は起きている。つまり、昭和三八年において中間小説誌市場は雑誌の販売拡大に伴い、供給源＝作家が不足していたわけである。他誌との差異を示すのは、小説とは異なる企画であり、『小説現代』で言えば創刊当初、「変った種族研究」と十返肇《とがえりはじめ》の「青春文学シリーズ」が人気を博していた。ただし、熱心な読者にとっては好きな作家の違う作品が、毎月複数読めることにはなったが、その「代わり映え」のなさに物足りなさを感じている読者もいた。たとえば、『小説現代』では創刊二号から「読者の声」欄を設けているが、第二号には早くも次のように釘を刺す「読者の声」[7]も載せられている。

> これで「小説新潮」「オール読物」と並ぶ中間雑誌が三つ出揃ったわけだ。
> 前記の両誌には共に特色があり、私の職場にも両誌を支持する両派があり両誌と肩を並べるためには、その編集によほどの新鮮味を出さぬ限り読者の開拓は難事と言えよう。創刊号にしてからが、両誌を一つにした編集ぶりと

言える。強いて特色を指すならば、作家がバラエティに富み、実在人物伝記小説を掲載しているぐらいのものである。「小説現代」の創刊を祝するが故に苦言を一言！

もちろん、『小説現代』にしてみても先行している『小説新潮』『オール讀物』とは異なる特色を出す必要は感じられていたはずであり[8]、それゆえに『小説現代』では当初「二方面作戦」をとったと大村彦次郎は述べている[9]。

「小説現代」は創刊当初、編集戦略上では二方面作戦をとった。ひとつは先行の「オール読物」や「小説新潮」に、品格で負けない一流雑誌の門戸を張ることであった。それには既成の大家や一線級の流行作家を満遍なくそろえることだ。（中略）

もっとも、既成の作家を通り一遍に並べているだけで、通用する時代ではなくなっていた。昭和三十年代に消えていった「小説公園」「文藝朝日」（40年9月号をもって終刊）、それに「太陽」「日本」といった総合雑誌も、流行作家を並べる努力はしていたが、時代の流れを先取りする迫力に欠けていた。大衆の娯楽は、テレビへ流れるようになっていたから、あとは小説好きの読者を相手に、専門の小説雑誌が生き残りをかけて、それぞれの技倆を競いあうしかなかった。

大村が述べているのは、後発の中間小説誌の苦しい誌面構成の事情だが、大村も指摘しているように、昭和三九年の東京オリンピックにかけて国内のテレビ需要は高まっており、「娯楽」を提供するコンテンツはテレビへ移行しつつあった。それゆえに、新興の中間小説誌である『小説現代』にとってみれば、他誌と遜色ない内容を示しながら、なによりも新しい書き手の登場が望まれたわけである。大村の言う「二方面作戦」とは正にその新人の発掘であった[10]。

もうひとつの作戦方途は、本誌独自の新人の開拓にあったが、このほうは成果をあげるまでには、多少なりとも時間を要する。そんなわけで創刊号からしばらくの間は、一流誌の体裁を保つのにせい一杯で、誌面はわりあいにおとなしく、やや保守的な印象さえ与えかねなかった。

『小説現代』では「小説現代新人賞」が創設され、第一回の募集広告が創刊号に掲載されている。「文壇への新人登竜門」というキャッチコピーが付されたこの新人賞の選者は、有馬頼義、石原慎太郎、源氏鶏太、柴田錬三郎、松本清張であった。なお、五木寛之が受賞した第六回の選者は、石原慎太郎と松本清張が抜け、北原武夫と田村泰次郎が選者となっており、キャッチコピーも「文壇へ直結する」に変わっている。また、「小説現代新人賞」の公募は年二回開催されており[11]、これは『オール讀物』の新人賞「オール讀物新人賞」(旧「オール新人杯」)と同様の回数であるが、文芸誌の新人賞が年一回開催であったことと比較すれば、新たな書き手がいかに嘱望されていたかが分かる。

五木寛之までの「小説現代新人賞」を概観すれば、第一回が中山あい子「優しい女」、第二回が長尾宇迦《ながおうか》「山風記」、第三回が八切止夫《やぎりとめお》「寸法武者」、第四回が竹内松太郎「地の炎」、第五回が伏見丘太郎《ふしみきゅうたろう》「悪い指」となる。とくに中山あい子や八切止夫などはその後『小説現代』の常連作家となっており、まさに「文壇へ直結する」賞であったわけであり、『小説現代』としても即戦力が必要だったのであろうと推測される。この点について、大村彦次郎は次のように述べている[12]。

> 「小説現代」は創刊と同時に、〈小説現代新人賞〉を設定し、ひろく野に遺賢をもとめたが、もういっぽう〈今月の新人〉という企画を立て、これはといった力倆のある書き手を、有力な同人誌や各誌新人賞の受賞者のなかから物色して、毎月のように起用していった。(中略)
>
> 編集著の三木さんの方針でもあり、手柄でもあったが、新人起用という点では、たしかに「小説現代」が他誌より先んじていたのではなかったか。この伝統はのちまでつづいて、新人賞の応募者へも、好ましい影響を与えることになった。新店だったのが、かえってさいわいした。新規の開拓をしなければ、補給源が乏しくなる。

新興の中間小説誌であったがゆえに、「補給源」の確保が雑誌の生命線にもなっていたはずである。『小説現代』がいかに新人登用に熱心であったかは、受賞賞金が第一回の十万円から、第二回以降二十万円へと倍増されたことにも証されている。

さて、こうした中、すでに述べたように五木寛之は第六回「小説現代新人賞」を受賞するわけだが、五木の受賞をめぐる言説に着目しておきたい。なぜなら、五木の登場が「新人賞のホームラン」であったとするならば、それは『小説現代』の「ホームラン」であったはずだからであり、五木の登場が『小説現代』にとってどのような意味を持っていたかを確認するためである。まずは大村彦次郎の言[13]から当時の状況を窺ってみる。

> 為替が一ドル三百六十円、海外出張にはまだ外貨の持出し制限があった頃だから、応募作品のなかでも、外国に題材をもとめたのはめずらしくもあった。
>
> しかも雪どけ時代のモスクワを舞台に、日本人のジャズ演奏が作品のクライマックスに仕掛けられている。大詰で主人公がピアノの前に坐り、前奏なしで「セントルイス・ブルース」を弾きだす。そのあとベース、クラリネット、トロンボーンなどいろんな楽器が加わって、演奏は最高潮に達する。
>
> これまで娯楽小説の分野で、音楽によるこんなエキサイトした場面は描かれたことがない。選考委員のなかでも、ジャズのわかる有馬さんが真っ先に推した。まさに音のきこえる小説、新型のヒーロー小説である。
>
> 「凄い新人が現れたよ」
>
> と選考会のあとで、有馬さんは興奮した面持ちで言った。編集部にとっても、ついにこの一篇とめぐり逢えたか、という思いがした。

海外を題材、とくにモスクワという特異さと、ジャズという新しい風俗を物語の最高潮で用いる巧みさに「音のきこえる小説、新型のヒーロー小説」を見た大村の言は、おそらく当時のこのテクストをめぐる反応を如実に語っている。また、「ついにこの一篇とめぐり逢えたか」というドラマチックな言辞は、「さらばモスクワ愚連隊」という新しい小説との出逢いを象徴もしているだろう[14]。そしてこの「新しさ」こそが、当時の『小説現代』にとって何より待望まれたものだったのである。たとえば、選者五名は揃って「さらばモスクワ愚連隊」を推すのだが、その「新しさ」に触れているのは柴田、源氏、有馬の三名である。柴田錬三郎は「「さらば、モスクワ愚連隊」は、いかにもフレッシュで、パンチがきいている」と評し、源氏鶏太は「モスクワを舞台にし、そこの愚連隊を描いているので、ぐっと新鮮味がある」とし、また有馬頼義は「二作について、僕個人の意見を少しばかりのべるとすれば、面白さでは「媼繁盛記」だが、新しさや、文学としての評価は「さらば、モスクワ愚連隊」の方が、ちょっとだが上のような気はする」と評している。とくに、柴田錬三郎と源氏鶏太は「さらばモスクワ愚連隊」が直木賞候補となった第五五回直木賞の選者でもあり、その選評でも同様の趣旨を述べている[15]。さらに、その半年後、五木寛之の「蒼ざめた馬を見よ」[16]が満場一致で受賞作となった第五六回直木賞の選評でも、指摘されていたのは「新しさ」だった。たとえば、水上勉の「選考中に中山義秀さんから、『心を打つところがあるか』とたずねられた。とにかく、これまでにない新鮮さがあり、柴田さん流にいうとパンチも効いていると思う。新しい作家の登場というにふさわしい、と私はこたえた」という評[17]に、「感銘」よりも「新しさ」や「特異さ」が先立っていた状況を見ることが出来る[18]。

また、こうした「新しさ」は何より『小説現代』が求めていたものであった。「さらばモスクワ愚連隊」が掲載された昭和四一年六月号の「デスク通信」では五木寛之、藤本泉、諸星澄子、丸川加世子、中山あい子の名前を挙げ「中間小説という呼称が出来て久しいが、新しい中間小説はこれら新人群の中から生まれるであろう」と言及されている。また、翌七月号では、小松伸六の「文壇パトロール」で「五木氏は「新人の出現」とよぶにふさわしい新人作家である」とされ、「読者の声」欄でも「流行作家が書きまくり、時には類似的な、結末の見えすいたような作品を発表してはばからぬ昨今である。誌面に登場するのは作家のネーム・バリューではなく作品である」と、「さらばモスクワ愚連隊」の画期性について示唆されている。とくに、「デスク通信」にあった「新しい中間小説」という言葉に注目したい。『小説現代』では、すでに昭和三九年八月号「文壇ビジョン」で「中間小説の変質[19]」を載せ、昭和二〇年代の風俗小説から昭和三〇年代の社会派推理小説の流行までの中間小説誌の「変質」を辿りながら次のように述べている。

今や中間小説の内容は、かつていわれたような純文学作家の余技または夜なべ仕事的なものではなく、いや、そんなことをしていたら、この世界もつとまらなくなるほどきびしくなっており、その中身も複雑多様、すっかり変貌して、ともいえるのだ。

さて、そうなると厄介なのは、中間小説という曖昧模糊《あいまいもこ》としたレッテルであって、昭和十年代作家が風俗小説に安易に移行した時期にかぶせられたままの名前では、不便でしょうがない。純文学の偏狭さにとらわれず、しかも大衆小説の通俗に堕さない、現代のマスコミ状況に即応した小説ジャンルの名称はないものだろうか。

「純文学の偏狭さにとらわれず、しかも大衆小説の通俗に堕さない」という文言は、さして新しいものではなく、『小説新潮』創刊号でも触れられていた旧来の中間小説の理念[20]であるが、それを「現代のマスコミ状況に即応」させる「小説ジャンル」＝「新しい中間小説」にふさわしい名称が求められているのである。この時に想起されるのが五木寛之による名付けである。単行本『さらばモスクワ愚連隊』（昭和四二・一、講談社）の「後記」において、五木は自らの小説を次のように名付けていた。

したがって、私は自分の作品を、いわゆる中間小説とも大衆文学とも思ってはいない。私は純文学に対応するエンターテインメント、つまり〈読み物〉を書いたつもりである。

「マス・コミュニケイションを、自分の戦場として主体的に欲した」という新人五木寛之による新しい小説が「エンターテインメント」と名指されたとき、『小説現代』の「新しい中間小説」にも新しい輪郭が描かれたのではないだろうか。ここでは五木は自らの小説に限って「エンターテインメント」という用語を当て嵌めているが、後年「エンターテインメント小説」として流布する「新しい中間小説」の源泉の一つをここに見るのである。

しかし、五木の用いる「エンターテインメント」なる言葉を額面通りに「娯楽」として受け取るのは早計であろう。五木は中間小説あるいは大衆小説とも、さらには純文学とも異なる何かについて「エンターテインメント」と言っているのであって、中間小説の別名を指しているのではなかったからである。(21)

二　韜晦するエンターテインメント

「さらばモスクワ愚連隊」について語られるときに必ずといってよいほど引かれる『さらばモスクワ愚連隊』の「後記(22)」について、あらためて考えてみたい。五木はそこで次のように語っていた。

私はもちろん、文学をやる積りでこれらの作品を書いたのではない。私が夢みたのは、一九六〇年代という奇妙な時代に対する個人的な抵抗感を、エンターテインメントとして商業ジャーナリズムに提出する事であった。ソヴェートにおけるジャズ、日本における流行歌などで象徴される、常に公認されざる〝差別された〟現実に、正当な存在権をあたえたいと私は望んだ。エンターテインメントという形を借りて、自分をとりまく状況に一丁文句をつけてやろうと思ったのである。そこには永遠の主題などという大層なものは、何一つとしてなかった。私の主題は、すべて一九六〇年代という時代の表皮に密着し、時の流れと共に消え果ててしまうべきていのものばかりであった。

その意味で、この本は、私の軽薄な作品どもの墓標に過ぎない。それらは月刊雑誌に発表され読者の手に渡った時点で、一度だけ充分に生きたのである。

五木にとって「エンターテインメント」とはあくまで「個人的な抵抗感」の韜晦された姿であり、実際には「常に公認されざる〝差別された〟現実に、正当な存在権をあたえたい」ということが目的であったと宣言されている。そしてそのために、中間小説誌という多くの読者を持つ媒体をあえて選んだ(23)と五木は言う。

私はこれらのマス・コミュニケイションを、自分の戦場として主体的に欲したのだった。私は、これまでの概念とは逆に、自分の小説の方法を量の側から追求してみようと考えていたからである。そのために、エンターテインメントの要素であるカタルシスやメロドラマチックな構成、物語性やステレオタイプの文体などを、目的としてではなく手段として採用する事を試みた。

繰り返されているのは、五木にとって「エンターテインメント」とはあくまで「手段」であり仮の姿だということだ。[24] そのため、「さらばモスクワ愚連隊」で描かれる主人公北見と「ソ連対外交流委員会第三部長」であるダンチェンコの「芸術的音楽」と「娯楽的音楽」をめぐる議論を、その対立の表れだととらえ「娯楽的音楽」の優位として理解してはいけない。「芸術」対「娯楽」の二項対立が際立つように書かれている、次のような場面でも作者は周到に対立そのものを無効化しようとしている。ジャズを「娯楽的音楽」だとして蔑むダンチェンコに対して、では「芸術的音楽とは、一体どのようなもの」かと北見は尋ねる。すると、ダンチェンコはおもむろにピアノに向かいショパンを弾き、「これが本当の芸術だ」と答える。それに対して北見は「気づいた時には」、「ピアノの前に坐って、〈ストレインジ・フルーツ〉をイントロなしで弾きだしていた」のだった。

どんなテンポで弾こうかとか、どのへんを聞かせてやろうとか、そんなことは全く頭に浮かんでこなかった。音楽は向こうからひとりでにやってきた。私の指が、おずおずとそれをなで回すだけだ。私は確かにブルースを弾いていた。背筋に冷たい刃物を当てられたようなふるえがくる。時間の裂け目を、飛び越えて流れこんできた。ピアノは私の肉体の一部のように歌っていた。五年前に私が失った音が今そこに響いている。

ここで北見のピアノの旋律が「気づいた時には」弾かれ、また「向こうからひとりでにやってきた」ことに注意しなければならない。また、それは聴衆を感動させようとか楽しませようという「目的」で弾かれたものでもない。北見の脳裏にあるのは、「引揚船の甲板から見た、赤茶けた朝鮮半島の禿げ山のこと」であり、また「ほこりっぽい田含道と、錆びたリヤカーのきしむ音」が聞こえているのであって、それはごく個人的な感興が「ブルース」となって奏でられたと語られているのである。つまり、「ブルース」という「手段」でしか表現できない何かの存在こそが、この場面で明かされているのである。だからこそ北見は、弾き終えた後に、これが「芸術的音楽」なのか「娯楽的音楽」なのかを問うているのであって、「芸術」と「娯楽」という二項対立の無効性こそが北見の主眼なのである。[25]

そのように考えると、北見がかつてのジャズバンドを辞めた理由も理解される。

だが、そのうち私たちのバンドも売れだした。安いギャラで使えて、何でもこなす器用なバンドを、当時の放送界が必要としたのである。私たちはうまくその波に乗った。テレビで顔を売って、ステージで稼ぐ。人気が出ると、金もはいってきた。それぞれ車を買ったり、バス付きの部屋を借りたり、ゴルフを始めたのもいた。だが、私たちは次第にブルースをやらなくなっていた。誰言うとなく、お互いにやりたがらないムードになってきたのだ。

バンドの活動が軌道に乗り、「現代のマスコミ状況に即応」させることで「人気」を博し、おそらくは多くの人々を楽しませる「エンターテインメント」が成立しているこの状況は、経済的な裕福さを伴おうと、北見を音楽から遠ざけてしまう。つまり、ここではエンターテインメント的状況そのものは否定されているのである。それ以後の北見には「ブルースの音を生み出す何かが消えてしまった」ままである。その「何か」とは、形を与えられると消えてしまい、情熱として刹那的に人を動かしながら、「ジャズ」や「ブルース」としてしか表現できない「何か」なのである。「さらばモスクワ愚連隊」はこの「何か」を北見が見出そうとする物語に他ならない。[26]

それゆえ、北見のブルースを聴いたダンチェンコが涙を流しながらも「それはやはり娯楽的音楽です」と断定する場面に、「芸術」か「娯楽」かの優劣を見出すべきではない。あるいは、ダンチェンコに代表される官僚主義に対する民間人の躍動や、ミーシャに代表されるスチャリーガに対する、ユーリイに代表される無理解な大人との対立といった問題も、やはり偽の問題である。[27]それは「後記」を補助線に用いるならば、テクストに施された「対立」、あるいはその克服という問題機制は、「メロドラマチックな構成、物語性」を担保するための「手段」でしかない。また、北見をソ連へ赴かせた陰謀めいた政治・経済機構がもたらす物語の「カタルシス」も、やはり「手段」でしかない。

「さらばモスクワ愚連隊」で北見が喪失している「何か」を再び見出すのは、物語終盤のジャズセッションの場面である。ソ連滞在を通じて親しくなったミーシャが「吐気がするほど甘ったる」い「セントルイス・ブルース」を、媚びを含みながら演じて吹く姿に北見はいらだつ。

「そんな吹きかたはよせ、ミーシャ」
と私は少し小声になって英語で言った。「きみはよいプレイヤーになれるとおれは言ったが、あれは間違いだった。いまきみがやっているのはジャズじゃない。すくなくともブルースじゃないぜ」

繰り返すが、問題は「ジャズ」や「ブルース」といった一定のリズムとメロディをもった演奏を指しているのではない。「ジャズ」や「ブルース」は「何か」を表出させるための表現手段でしかないのだ。問題は、その「何か」にある。

ジャズは人間の生きかただ、そいつはごまかせない。と私は言いたかったのだ。勉強が苦手なら学校なんか行かなくったっていい、働くのがいやなら食わなきゃいい。だけど、そんな演奏《プレイ》だけはやめろ。おふくろが憎けりゃ憎むことだ。兄貴がうらやましければ自分に腹を立てろ。それを、そのトランペットでやるんだ、それが本当のブルースってもんだろう。そうじゃないのか、ミーシャ！

「人間の生きかた」と呼ばれる「何か」こそが「ジャズ」や「ブルース」として表現される精神性である。北見はピアノで「セントルイス・ブルース」を弾き、そこにミーシャを含めた音楽家たちが参加し、一つのグルーヴとなるところで物語は大きな山場を迎えることになる。ソ連の大使館員である白瀬の「何かに祈るよう」な演奏や、共感を示すユーリイの姿に、先ほど挙げた対立の一応の溶解を見せるが、それはやはり物語的な「手段」であったろう。準備されたわけでもない、各々の「生きかた」が融合した、一夜の即興の演奏こそが「本当のブルース」であり、「本当の」エンターテインメントだと物語は語っているようだ。

五木寛之の「エンターテインメント」は韜晦している。手段でありながら、同時にそれはその「手段」でしか表現できない「何か」なのである。それは普遍的な意味を持ちようがない「何か」でありながら、常に明滅し続ける「何か」なのである。それゆえ、五木の「後記」にあった「永遠の主題などという大層なものは、何一つとしてなかった」や「すべて一九六〇年代という時代の表皮に密着し、時の流れと共に消え果ててしまうべき」といった文言は、作家の強い自覚の下に書かれたと言えるだろう。すなわち、一夜に現出したジャズのフリーセッションのように、「読者の手に渡った時点で、一度だけ充分に生きた」物語＝エンターテインメントとして、「さらばモスクワ愚連隊」は企図されたのではなかったろうか。

「さらばモスクワ愚連隊」は「本当の」エンターテインメントの「何か」を示そうと、仮初めの、あるいは「手段」としての「エンターテインメント」として提出された。しかし、「小説現代新人賞」を受賞したこの小説を皮切りに、一年後の直木賞受賞を経て、五木寛之は流行作家へとなっていく。「さらばモスクワ愚連隊」の結末では、競馬場での「数千の見知らぬ群衆」の熱狂に背を向け、主人公は「ひとりでスタンドを降りて行った」が、流行作家となった後の五木の歩みは、また別に検証されねばならない[28]。ただ、五木の示した「エンターテインメント」が中間小説雑誌へ登場することによって、「中間小説」とは別の名前を欲していた小説群が、「エンターテインメント」という「中間小説」とは異なる「何か」へ変貌しようとしていたことを最後に確認しておきたい[29]。

三　中間小説誌のそれから

尾崎秀樹は『雑誌の時代――その興亡のドラマ』（昭和五四・一〇、主婦の友社）の中で、五木寛之について次のように述べている。

五木寛之自身も、新しい状況に対応する意欲を強く自覚していました。「モスクワ愚連隊」が本にまとまったときに、こう言っています。「私は自分の作品はいわゆる中間小説とも、大衆小説とも思っていない。私は純文学に対応するエンターテインメント、つまり読み物を書いたつもりである」。この前後から、いわゆるエンターテインメントという言葉がしだいに日常化してきます。大衆文学という言い方がきらわれ、中間小説という表現も時代おくれ、昭和四十年代はエンターテインメントだという気持ちは五木寛之だけでなく一般の認識でしたが、それを意識化したところに彼の存在理由がありました。

中間小説誌は昭和三八年の『小説現代』から、五木寛之のデビューの後、昭和四二年『問題小説』（徳間書店）、昭和四三年の『小説エース』（学習研究社）、『小説セブン』（小学館）、『小説宝石』（光文社）とその誌数を増やしていく。いわゆる第二次中間小説誌ブームである。誌数の増加に伴い、他誌との差異を強調するために雑誌内容は「より刺激的、より官能的[30]」になっていった。また、新たな供給源を求めるべく新人発掘も盛んに行われ、五木寛之のように「ジャーナリズムのあり方と結んで、最初から中間小説作家として登場する作家を生じた[31]」。そうした中、第二次中間小説誌ブームからしばらく時間をおいて、昭和四九年に創刊された雑誌がある。それが角川書店の『野性時代』である。角川春樹事務所による文庫本と映画のメディアミックスの手法、いわゆる角川商法[32]で八〇年代に名を馳せた雑誌である。創刊号（昭和四九年五月号）を見ると、中間小説誌で人気の松本清張や井上靖がいる一方で、全共闘世代に人気のあった純文学作家柴田翔、芥川賞作家の李恢成のエッセイ、さらには伝奇SF作家の半村良、スパイ小説で人気のあったフレデリック・フォーサイスや新人の片岡義男の名前が見える。こうした作家のラインナップは、文芸誌に比べると中間小説誌寄りだが、中間小説誌と比べると文芸誌寄りに見える。旧来の文芸誌ではなく、また大衆文学という歴史性と過激さを持った中間小説誌でもない、新たな「中間小説誌」が意図されている。このことは、『野性時代』創刊号

『野性時代』創刊号広告（『朝日新聞』昭和49・3・26）

の新聞広告で如実に語られていた。新聞広告では『野性時代』の誌名の上に「新しいエンターテインメントとドキュメントの総合文芸誌」のキャプションが付され、次の文言が載せられていた。

　野性とは内なる心の荒野と外なる原野に立ち向かう姿勢である。わたくしたちは、すべての雑誌を検討し、これを無視することにした。内容のないマス・マガジンよりもむしろ、毒を秘めたリトル・マガジンであることをわたくしたちは選ぶ。大家は、いまだ書かざる頁をつくり、新人はバイオレンスをもって登場する。フロンティアの声が聞こえてくる。

『野性時代』は「エンターテインメント」を標榜し、「わたくしたちは、すべての雑誌を検討し、これを無視することにした」という強い言い切りの下に、新たな出発を遂げようとしている。そこには、当初中間小説誌がもっていた理念やその歴史性を断絶することで新たな雑誌の性格を打ちだそうという強い意志がある。

　後年、五木寛之は中間小説誌について「世間で理解されているように、中間小説とは純文学と大衆文芸の中間、ということではない。トリでもなければケダモノでもない、れっきとしたヌエをめざす世界だったのである」[33]と振り返っている。「ヌエ」である以上、それはいかようにも変化をし、その姿は杳としてとらえられないものだが、五木寛之が中間小説誌に「エンターテインメント」と呼ばれる「何か」を持ち込んでから八年、中間小説誌は確かに別の「何か」へと離陸しようとしていた。

注

(1) 初出時では「さらば、モスクワ愚連隊」だったが、昭和四二年一月に講談社より単行本化される際に読点がなくなり、「さらばモスクワ愚連隊」となった。以後、本章ではタイトル表記は「さらばモスクワ愚連隊」を採用し、また本文の引用はすべて『五木寛之小説全集（第一巻）さらばモスクワ愚連隊』（昭和五四・一〇、講談社）に拠っている。

(2) 第六回「小説現代新人賞」は、五木寛之と共に藤本泉《ふじもとせん》「媼繁盛記」も受賞している。

(3) 大村彦次郎『文壇うたかた物語』（平成一九・一〇、ちくま文庫）。なお、大村彦次郎は講談社の『小説現代』立ち上げスタッフであり、のちに同誌編集長を務めた。

(4) 講談社は昭和三七年に『講談倶楽部』のほか、『少年クラブ』『少女クラブ』も廃刊にし、『小説現代』『週刊少女フレンド』を創刊している。そもそも講談社は「出版界は昭和三五年（１９６０）以降、連続して二ケタ成長を続けていた。しかし、講談社では伸び率は六〜七％にとどまっていた。書籍部門が飛躍的な成長をつづけているのにたいし、雑誌部門、とくに月刊誌の伸び悩みにその大きな原因があった」とし、昭和三六年に社業発展委員会を発足させ、問題点解決のため昭和三七年に大幅な機構改革を行っていた。社業発展委員会の指摘した問題点の一つは「雑誌部門、とくに月刊誌のここ数年間の低迷の原因と打開策」であった（『クロニック講談社の110年』令和二・一一、講談社）。

(5) なお実際の発売日は昭和三七年一二月二二日である（『クロニック講談社の110年』令和二・一一、講談社）。

(6) 大村彦次郎は「そんな頃、「小説中央公論」が昭和三十八年の十二月号を最後に休刊した。この雑誌の編集方針に、これからの中間小説のひとつの方向があると思っていた私は、他誌とはいえ、その破綻にショックを受けた」と述べ、「結局、「小説中央公論」は、純文学と中間小説の、これまた中間という、読者の薄い領域を目ざし、ハイ・レベルに過ぎて、敗退した。その点、「小説現代」は変りばえがしないといわれながらも、大衆読者の安定した部分に頼ったのが、新雑誌としてどうやら定着することができた理由かもしれない」と分析している（『文壇うたかた物語』前掲）。また、この件については廃刊当時、『小説現代』の「文壇ビジョン」でも廃刊を惜しむと書かれている。

(7) 『小説現代』（昭和三八・三）。

(8) 特色の一つに表紙絵の画家に新人だった村上豊を登用し「清新なイメージを売り出そうとつとめた」という（大村彦次郎『文壇うたかた物語』前掲）。

(9) 引用は注（3）と同じ。

(10) 引用は注（3）と同じ。

(11) 昭和三八年の新人賞は一度しか開催されていない。これは創刊年のため時間がかかったというよりも、二年目より年二回開催へ切り替えたからではないかと推測する。

(12) 引用は注（3）に同じ。

(13) 引用は注（3）に同じ。

(14) 松本鶴雄は「六〇年代安保から七〇年代安保」の間に、若い読者層に「熱狂的に迎え」られた「五木寛之の時代」があったと指摘している（「五木寛之」『解釈と鑑賞』昭和五九・一二）。作家の同時代における状況を考えるうえで示唆的である。

(15)たとえば柴田錬三郎は「私は、五木寛之「さらば、モスクワ愚連隊」を、極力推した。これは、今期候補作品中、もっともフレッシュな、いわゆるパンチのきいた現代小説である。私は、文壇がこれまで持たなかった新しいタイプの作家を出現させることになる、と確信をもった」と評している。「小説現代新人賞」の「文壇へ直結する」とは、こと「さらばモスクワ愚連隊」に限って言えば、まさに言い得て妙であった。

(16)初出は『別冊文藝春秋』九八号（昭和四一・一二）。

(17)水上勉「沈潜した秀作を」（『オール讀物』昭和四二・四）。

(18)高畠通敏は講談社文庫版『さらばモスクワ愚連隊』（昭和五〇・一一）の「解説」の中で、「処女作において人びとが感じた五木の「新しさ」の核にあるものは、単にひとりの個性的才能や世代的感覚の新しさということにつきるものではなく、この五木の作家としての姿勢の根本にある思想の新しさだというべきだろう」と指摘している。六〇年代の状況をふまえた高畠の「五木寛之論」は示唆に富んでいる。また、五木寛之と中間小説をめぐっては中沢弥「デビューの頃――ジャズと中間小説」（志村有弘編『五木寛之　風狂とデラシネ』平成一五・七、勉誠出版）がある。

(19)「文壇ビジョン」の署名者「中間派」は当然ながら、平野謙らの「純文学論争」を参照しており、「中間小説の変質」は一連の論争の一種のパロディである。

(20)『小説新潮』創刊号（昭和二二・九）の「創刊の言葉」では「通俗に堕せず、高踏に流れず、娯楽としての小説に新生面を開く」と宣言されている。「文壇ビジョン」の筆者にはこれが意識されていたはずである。

(21)自作に対する作家のこうした姿勢は、松本清張の「小説に「中間」はない」（『朝日新聞』昭和三三・一・一二）との類似性が認められる。

(22)「後記」の引用は『さらばモスクワ愚連隊』（昭和五〇・一一、講談社文庫）を用いた。

(23)五木寛之は『デビューのころ』（平成七・一〇、集英社）で、中間小説誌の「あいまいさ」を指摘し、「だが私にはそのあいまいさこそが一つの可能性と感じられた」と述べている。また、別の箇所では「私が金沢時代に書店の店頭で見た中間小説雑誌には、なにかがあった」とも述べている。

(24)五木は『国文学』昭和五一年六月臨時増刊号で行われた三好行雄との対談で、「ロマンというのは、つまりラテン語で書けないものであるわけですから、ラテン語の文学のジャンルにロマンの復興を求めること自体がそもそも無理なわけだし、横光利一は、その無理なことをどういうふうにしていいかわからずに悲劇的な試行錯誤をした人だと思いますけど、簡単に言えば、彼はロマン語で書く道を採用すればよかったのですね」と語っている。横光の「純粋小説論」から、自身のロマン＝「民衆の文学」を接続させる貴重な証言だと言える。

(25)この場面について駒尺喜美は「北見は勝ったのである。北見のブルースはダンチェンコに涙を流させたのである」（『雑民の魂　五木寛之をどう読むか』昭和五四・四、講談社文庫）と記述している。また、小久保実は「このショパンのピアノ曲とジャズとの対比は、そのまま純文学とエンタテインメントとの問題であろう」（「五木寛之における〝読み物〟の思想」『解釈と鑑賞』昭和五一・八）と指摘している。

(26)松本鶴雄は「さらばモスクワ愚連隊」を「「私」から「何かが」失われていくプロセスとそれをふたたびモスクワのミーシャとの邂逅で、自己蘇生させる、作者内面の精神遍歴の物語と言ってもよかろう」（「さらば、モスクワ愚連隊」『国文学』昭和五一・六月臨時増刊号）としている。

(27)「艶歌」（『小説現代』昭和四一・一二）でも、旧世代対新世代の対立、合理主義対義理人情主義といった構図が描かれるが、その優劣を超えた「何か」を見いだすという点で、「さらばモスクワ愚連隊」と共通している。

（28）「さらばモスクワ愚連隊」におけるニヒリズムについての分析は、光葉啓一「作品集『さらばモスクワ愚連隊』における五木文学のアナーキスティックな許容性」（『兵庫教育大学近代文学雑志』第一〇号、平成四・二）で行われている。
（29）「さらばモスクワ愚連隊」が示したエンターテインメントとしての可能性については、松本鶴雄が「「芸術」と「娯楽」に区別されることへのプロテストも同時に内包した問題提起の小説」（「さらば、モスクワ愚連隊」『国文学』昭和五一・六月臨時増刊号）であるとしている。
（30）尾崎秀樹『雑誌の時代――その興亡のドラマ』（昭和五四・一〇、主婦の友社）。
（31）長谷川泉『増補　戦後文学史』（昭和五四・一、明治書院）。
（32）角川書店の経営戦略については、大塚英志『日本がバカだから戦争に負けた　角川書店と教養の運命』（平成二九・一〇、星海社）を参照している。
（33）「〝Call and response〟を求めて」（『ユリイカ』第三九巻第二号、平成一九・二）。

column

最後の「御三家」

創刊から昭和四〇年代前半までの『小説現代』

【発行期間】 昭和三八年二月〜令和六年現在も継続中。

※本コラムでは、本書の射程となる創刊から昭和四〇年代前半をまとめている。

【刊行頻度・判型】 月刊・A5判。昭和四一年一〇月より『別冊小説現代』が季刊で刊行された。

【発行所】 株式会社講談社。所在地は東京（小石川局区内）音羽三の一九。昭和四二年三月号から所在地が東京（小石川局区内）音羽二の一二の二一となる。

【編集人・発行人】 編集人は、創刊号である昭和三八年二月号から、昭和四四年九月号まで三木章がつとめた。そして昭和四四年一〇月号からは大村彦次郎《おおむらひこじろう》がつとめている。発行人は有木勉である

【印刷人・印刷所】 印刷所は大日本印刷株式会社である。所在地は東京都新宿区市谷加賀町一の一二。印刷人は本コラムの対象期間中、すべて高橋武夫である。

【概要】『小説現代』は、明治四四年から続いていた『講談倶楽部』に代わる新たな小説雑誌としてスタートした。『小説現代』の二代目編集長となる大村彦次郎によれば（『文壇挽歌物語』平成一三・五、筑摩書房）、当時、小説雑誌としては『オール讀物』と『小説新潮』があったため、「取次会社や有力書店の間では」、「これ以上他誌が参入する余地はない」と見られていたという。創刊当時について、少し長くなるが、大村彦次郎のまとめを引用しよう。

> しかし、老舗の講談社としては、社の文芸戦略上からして、あえて小説雑誌の創刊に踏み切ることになった。十年遅れたのではないか、という声もあったが、その遅れを取り返すことに全力を挙げた。編集長の三木章は戦後シベリア抑留から帰還後、雑誌「キング」に復籍し、のち「婦人倶楽部」に移ったが、その間主として小説担当の編集者として専念し、おおくの作家の知遇を得た。三木はこの年（昭和三七年―引用者補足）の七、八月の夏の盛りには、避暑先の軽井沢に滞在する作家を訪ねて、足を運ぶこと十数回に及んだ。新雑誌の誌名は社内募集で、当初、「現代小説」ときまり予告まで出されたが、この誌名が他社で登録されていることも分り、誌名を逆にして「小説現

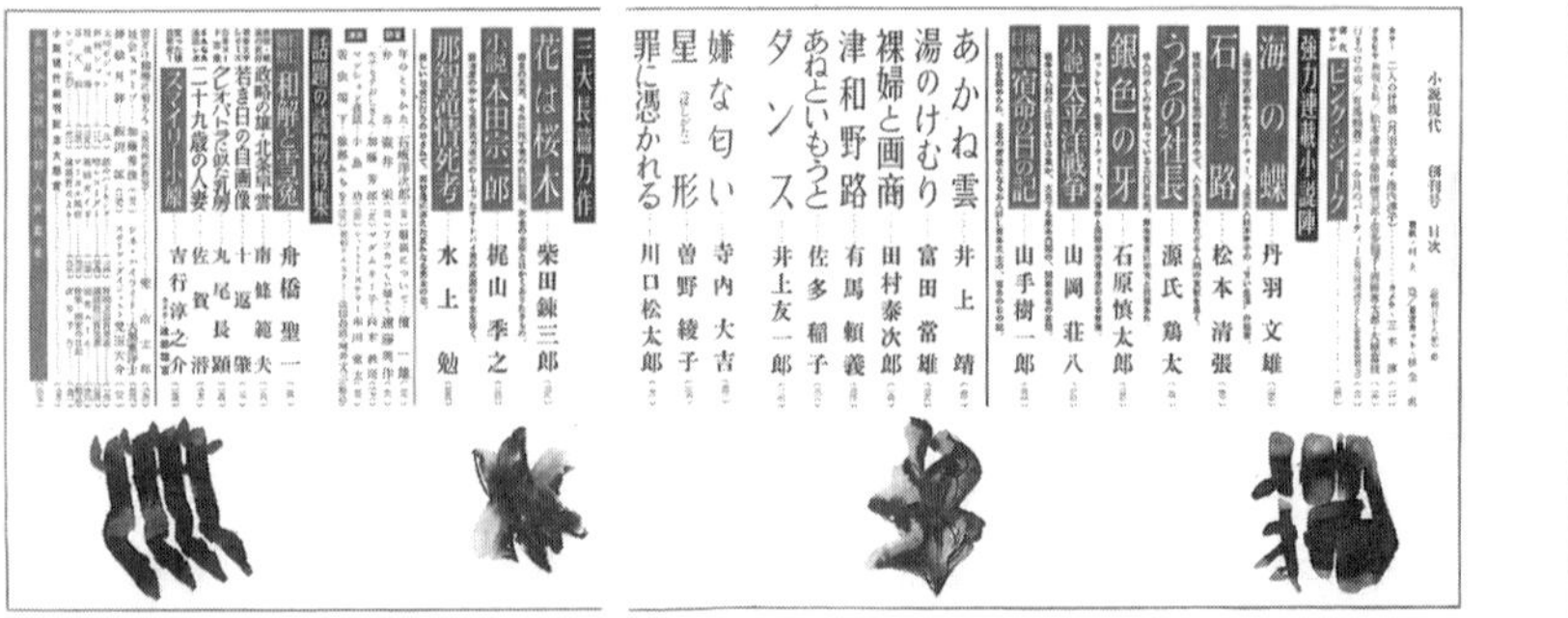
小説現代　創刊号　目次

強力連載小説陣
海の蝶……丹羽文雄
石路……松本清張
うちの社長……源氏鶏太
銀色の牙……石原慎太郎
小説太平洋戦争……山岡荘八
宿命の白の記……山手樹一郎

あかね雲……井上靖
湯のけむり……富田常雄
裸婦と画商……田村泰次郎
津和野路……有馬頼義
あねといもうと……佐多稲子
ダンス……井上友一郎
嫌な匂い……寺内大吉
星形……曽野綾子
罪に憑かれる……川口松太郎

三大長篇力作
花は桜木……柴田錬三郎
小説本田宗一郎……梶山季之
那智滝情死考……水上勉

話題の読物特集
和解と筆究……舟橋聖一
政略の雄・北条早雲……南條範夫
若き日の自画像……十返肇
クレオパトラに似た乳房……丸尾長顕
二十九歳の人妻……佐賀潜
ストリー小説……吉行淳之介

『小説現代』創刊号目次（昭和38・2）

代」とした。表紙は何人かの画家のオーディションの結果、弱冠二十六歳の村上豊に決定した。A5判、三百八十四頁、定価百三十円だった。

当時の様子がわかる、すぐれた回想といえる。そして、『小説現代』が創刊に際し直面したのが、伝統ある『講談倶楽部』のイメージをいかに払拭するかと、競合他誌とのすみ分けという、二つの難題であったことが大村の証言から見えてくる。それは創刊号の目次を見ても明らかである。他誌で人気を博していた、松本清張《まつもとせいちょう》や源氏鶏太《げんじけいた》、石原慎太郎《いしはらしんたろう》に、時代小説を中心とした『講談倶楽部』からつながる作家として、山岡荘《やまおかそう》八《はち》や山手樹一郎《やまてきいちろう》を配した連載陣となっている。「三大長篇力作」欄に名前を連ねるのも、時代小説の柴田錬三郎《しばたれんざぶろう》、実在の経営者本田宗一郎を描いた梶山季之《かじやまとしゆき》、そして水上勉《みずかみつとむ》である。

他誌には見られない企画としては、吉行淳之介《よしゆきじゅんのすけ》が同時代の「サブカル」を担う人物と対談を行う「変った種族研究」があげられよう。また新人作家の発掘、育成にも積極的で「小説現代新人賞」の募集が創刊号から行われている。年二回受賞作を決める新人賞はめずらしく、その意味でも新人の発掘に『小説現代』が意識的であったことがうかがえる。選考委員は第一回から第四回までが有馬頼義《ありまよりちか》、石原慎太郎、源氏鶏太、柴田錬三郎、松本清張で、第五回目から第七回までが有馬頼義、北原武夫、源氏鶏太、柴田錬三郎、田村泰次郎、第八回目から第一二回まで柴田に代わって司馬遼太郎《しばりょうたろう》が入ったが第一三回から柴田に戻っている。そして昭和四五年度（一九七〇年度）からは陣容を大きく変えて、継続したベテランの柴田錬三郎に、若手の野坂昭如《のさかあきゆき》、山口瞳《やまぐちひとみ》、結城昌治《ゆうきしょうじ》、そして自身が本賞の受賞者である五木寛之という体制になる。賞金は第一回が一〇万円であったが、第二回以降二〇万円となった。五木は、処女作の「さらばモスクワ愚連隊」で第六回の本賞を受賞しており、翌年「蒼ざめた馬を見よ」で第五六回直木賞を受賞した。五木は『小説現代』が発掘した作家の代表例といえる。

刊行当初の『小説現代』の位置については、第二号以降にある「読者の声」欄を見るとさらにその実情を理解できる。『小説現代』編集部が選び掲載した「読者の声」には競合他誌との関係性なども「読者の声」として語られているからである。

こうした試みと、大村の言を借りれば「講談社の資本力をバックに背水の陣を布いた」ことで、『小説現代』は発行部数を伸ばしてゆく。昭和四三年には『オール讀物』、『小説新潮』の部数を抜き三五万部となり、その年末には四三万五千部の最高部数を記録したという。この時期の特徴としていえるのが、「性」というテーマを強調することにある。昭和四三年に組まれた特集のタイトルを列挙するだけでもその特徴は理解できる。「現代〝性〟の告白ベスト3」（二月号）、「新鋭競作・抵抗する現代の性」（三月号）、「異色特集 倒錯愛の世界」（四月号）、「特集 現代・欲望の実態」（五月号）、「特別企画・ある女子学生の頽廃」（五月号）、「特集 荒廃する現代の性」（七月号）、「〝女〟その生態ベスト3」（八月号）、「娼婦の中の純愛ベスト3」（八月号）、「特別企画小説・倒錯の欲望」（九月号）、「異色競作 人間と性」（一一月号）、「特集 現代の異常な性」（一二月号）などである。こうした「性」特集を書く小説家は固定化されているように見える。泉大八、宇能鴻一郎、川上宗薫、戸川昌子が、『小説現代』の「性」というテーマを中心となって担ったといえよう。

そして昭和四四年一〇月号から編集人が三木から大村に代わる。その特徴は、一〇月号の巻末の編集後記といえるコーナー「LAST BALL」に詳しくまとめられている。そこで今号からの変化としてあげられているのは、要約すると以下の通りである。

・若手写真家篠山紀信による巻頭ヌードグラビア、「篠山紀信ヌード・ドキュメント」
・吉行淳之介の対談「寝ながら話そう」および野坂昭如司会の座談会「男の性の品定め」（森茉莉／瀬戸内晴美／白石かずこ／富岡多恵子）
・佐藤愛子の直木賞受賞第一作「ひとりぼっちのダンディ」
・「ヌーベル・バーグのシナリオ・ライター」石井淑郎を「今

月の新人」として小説作品掲載

そして、こうした特集の合間に挿入される、横尾忠則《よこおただのり》、永田力《ながたりき》、宇野亜喜良《うのあきら》のカラーイラストも大村編集長に代わった当初の特徴といえる。目次カットも作家の顔写真をデザインしつつ、岩崎鐸《いわさきたく》のサイケデリックなカットを配した、水野石文《みずのいしぶみ》による構成となった。

こうした変化への読者からの反応については、翌一一月号の「LAST BALL」に書かれた編集サイドからのコメントを見れば推察できる。

> 前回の十月号については、毀誉ホウヘンさまざまなご批評をいただきました。雑誌をつくっていることの手ざわりをこれほど感じたことはありません。おおくの方から雑誌が変ったという声をききました。しかし小説雑誌は小説が本スジです。スジ目のある小説を読者に提供するというタテマエは変えておりません。これからも変えない方針です。

『小説現代』の変化について読者から批判も多く寄せられていたこと、そしてその批判の矛先がグラビアやイラストなど視覚に訴えかける誌面構成に向けられていたことがうかがえる。だが、『小説現代』の現代化ともいえるこの変化は時代の動きに対応したものであることは、のちの隆盛が証明しているともいえる。

［小嶋洋輔］

おわりに

中間小説誌研究展望

小嶋洋輔

本書に収められた各論は、中間小説を戦後から高度経済成長期にかけ、文壇・メディア・市場が連動することにより、日本社会へ浸透するに至った「場」の変動と認識し、中間小説誌という雑誌メディアから論じるという共通した姿勢で書かれたものである。また、いえば第一部第4章で高橋孝次が明示した「場」の三段階の変容を基軸に、その時期ごとの重要なトピックを取り上げ論証することで、「場」の諸相を多角的に切る作業を行ったともいえる。

あらためていうが、中間小説は「鵺」である。中間小説という用語は存在し、小説家ごとの研究においては自明のものとして扱われている。だが、では「中間小説とは何か」という問いは常に棚上げにされてきた。とはいえ（これも繰り返しになるが）本書で行った作業がその問いに必ずしも答えるものではない。戦後日本にあらわれた「場」、中間小説誌が形成した「場」を見ることで、「鵺」が存在した、もしくは存在することになった空間を縁取ることにはなったといえる。今後の研究では、中間小説が指し示すものが時代や作家とメディアの関わり方によって変容するものであることを前提に成されてゆくことに期待したい。

本書に収められた論がどのような調査をもとに完成した成果であるかを見るために、ここで本書の編著者である四名による、これまでの研究についてまとめておきたい。

「遠藤周作「中間小説」論――書き分けを行う作家」(『千葉大学人文研究』、平成一九)で、遠藤周作エンターテイメント作品群の位置づけの修正を行った小嶋洋輔は、高橋孝次、西田一豊、牧野悠らと研究会を発足させた。以降外部資金として、第十三回松本清張研究奨励事業(共同研究「松本清張と昭和30年代「中間小説誌」」平成二三～平成二四年度、代表高橋孝次)、科研費基盤研究(C)「中間小説誌の研究――昭和期メディア編成史の構築に向けて」(24520205、平成二四～平成二六年度)、科研費基盤研究(C)「中間小説誌の研究――昭和期メディアの読者獲得戦略」(18K00292、平成三〇～令和三年度、代表牧野悠)を獲得し、研究を進めた。その成果が本書につながっている。

繰り返すがわれわれの目的は、資本によって形成された「文学場」としての中間小説をとらえることにあった。それを成すために外部資金を得てのこれまでの研究では、以下三種の目的を据え、調査作業を行ってきた。

(1)中間小説誌がいかなる雑誌メディアであったかの解明(資料の保存・公開)

調査報告が少なく、さらに「読み捨てられる」消費形態により散逸が進む中間小説誌の全体像を把握するために基礎情報を収集調査。表紙・目次・挿絵・読者欄・編集後記等の雑誌を構成する諸要素のデータを採取し目録化することで、雑誌の書誌情報を整備し、中間小説各誌の性格を明示。またこうして得たデータを適宜HPや報告書にて公開。

(2)中間小説誌編集の戦略の解明

基礎情報調査にもとづき、目次構成、挿絵の機能および効果を分析し雑誌編集の戦略を抽出。また編集後記などの作り手側の言説を分析参照しながら隣接するジャンルである文芸誌および大衆誌との比較調査。

(3)中間小説誌読者の位置づけ

中間小説誌の需要形態を明らかにするために読者分析。中間小説誌に登場する作家の随筆・日記等に描かれた、作家側の想定する読者像を分析するとともにテクストに内包された読者の機能を分析。また発行部数や販売形態といった流通機構に関連する情報を調査。さらに「読者の声」等に表れた読者側からの言説を分析。

以上の三種からなる作業によって、中間小説誌全体の見取り図の構築を行ってきた。

また、その作業の一環としてわれわれは、中間小説誌の総目次作成作業も継続的に行い、発表してきた。これは本書には載せられなかった成果であるので、ここでまとめておきたい。これまでのところ、昭和二〇年代の中間小説誌である、『小説と読物』、『苦楽』、『小説界』、『小説朝日』、『別冊文藝春秋』、『小説新潮』の総目次を作成、概要を付して『千葉大学人文社会科学研究』に掲載している。以後『帝京大学宇都宮キャンパス研究年報 人文篇』に発表の場を移し、『オール讀物』の作業を行った。以下その成果について記す。

「『小説と讀物』『苦楽』『小説界』——中間小説誌総目次」

『千葉大学人文社会科学研究』二六　平成二五・三

「『小説朝日』——中間小説誌総目次」

『千葉大学人文社会科学研究』二七　平成二五・九

「昭和二〇年代の『別冊文藝春秋』——中間小説誌総目次 附『文藝春秋別冊』総目次」

『千葉大学人文社会科学研究』二八　平成二六・三

「昭和二〇年代の『小説新潮』——中間小説誌総目次（上）」

『千葉大学人文社会科学研究』二九　平成二六・九

「昭和二〇年代の『小説新潮』——中間小説誌総目次（下）」

『千葉大学人文社会科学研究』三〇　平成二七・三

「昭和三〇年代の『オール讀物』——中間小説誌総目次（上）」

『帝京大学宇都宮キャンパス研究年報・人文編』二五　令和元・一二
「昭和三〇年代の『オール讀物』――中間小説誌総目次（下）」
『帝京大学宇都宮キャンパス研究年報・人文編』二七　令和三・一二

本書では、各総目次の冒頭にわれわれが執筆した各雑誌の概略をコラムとして付した。そのコラムには、科研費期間内で作業が追いつかなかった『小説現代』の刊行当初のものを書きおろしで追加した。なお総目次については、各機関リポジトリを参照いただければと思う。また、これらの資料は、『中間小説誌の研究』（https://chuukansyosetu7.wordpress.com/）に掲載している。目次を眺めるだけで、各雑誌の特色や時代背景が見えてくる。今後も継続して目次を公開する予定である。

また、以上の調査で収集した、中間小説誌のグラビア、挿絵などのデータに関して公開の予定はない。調査や研究のために参照されたいという場合は、右記本研究のＨＰにある、問合せ先に連絡、相談いただければと思う。

本書はこれまでわれわれ研究グループが行ってきた一五年に及ぶ成果の最初のステップに位置づけられる。もちろん、中間小説という「鵺」的な対象を言及し尽くせたわけではない。中間小説誌の黎明期から昭和四〇年代までを通史的に取り扱っているようには見せているが、本来ならば言及すべきだった対象や、取るべきだったアプローチの仕方はまだ無数にある。

そのひとつの方向性として小嶋が令和五年度から採択された、科研費基盤研究（C）（一般）「中間小説はどこにいったか、その終わりの始まりを巡って――昭和四〇年代以降の小説誌研究」（23K00280、令和五〜令和七年度）で行っている調査がある。この研究では中間小説誌、中間小説はどこにいったか、ということでその「場」の有効性が「消失」あるいは「変容」してゆくさまを見ようというものである。「御三家」と呼ばれた『オール讀物』『小説新潮』『小説現代』は令和六年現在も刊行され続けているものの、中間小説誌、中間小説という用語は前のようには機能していない。では、その契機といえるものは見えてくるのか。昭和四〇年代以降の中間小説誌および、近接するジャンルの雑誌＝「競合雑誌」を探ることでそれを明らかにしようというものである。

昭和四〇年代以降をあえて強引に定義するなら高度経済成長期が終わり、さまざまな諸相で「個人化」が生じた時代といえる。小説が多義的な意味を含め語られ出し、書き手も、読者もそれを意識するような時代として昭和四〇年代以降は措定できるのである。そこで小説に生じた変化の諸相について、中間小説誌とその近接メディアを横断的に見ることで、ひいては令和六年、現代において小説というコンテンツが置かれた状況を把握することができるかもしれない。

本書第三部第4章で西田一豊は、『小説現代』が目指した中間小説誌的な理想と、五木寛之《いつきひろゆき》が志向した「エンターテインメント」の相違を見出した。その上で西田は、以後の中間小説誌の質的な変容を予測し論を閉じているのだが、この視点の活用は昭和四〇年代以降を研究する際に必須である。同じ視点でもって笹沢左保《ささざわさほ》や筒井康隆《つついやすたか》といった存在と作品掲載雑誌の関連を考察する必要がある。また、昭和四九年に角川書店が創刊する『野性時代』と「第三の新人」の関わりを見るという作業もその延長線上に置けるだろう。「純文学作家」を自認し、この時期大家となりつつあった「第三の新人」が、こうした出版社の新たな試みにどのように対応したか。これまでの中間小説誌の試みと比して考察することで、中間小説、中間小説誌の「終わりの始まり」のようなものが見えてくるように思う。最後にもう一点、展望のようなものを付記するならば、大光社の編集者だった佐藤嘉尚が「編集人」となり、吉行淳之介《よしゆきじゅんのすけ》、野坂《のさか》昭如《あきゆき》、開高健《かいこうたけし》、五木寛之、藤本義一、金子光晴、井上ひさし、遠藤周作、田辺聖子、筒井康隆、半村良《はんむらりょう》、田村隆一を「編集」として刊行された『面白半分』の調査は重要だと考えている。『面白半分』は「創作」、「編集」、「雑誌」について考えるのに最適な対象と思う。今、『面白半分』の「編集」となった作家名を羅列したが、野坂や五木、藤本、筒井、半村などは、日本近代文学研究においてまだ「言語化」されていない対象といえる。今後これらの作家が研究される際に本書で提示した方法の活用が可能だろう。

また、われわれは中間小説誌を網羅的に見てきたわけだが、ひとつの雑誌、またはひとつの出版社を対象として考察する必要があると考えている。たとえば、『小説現代』の戦略には、後発の中間小説誌だからこその先達の良いところをのばし、ないところを探ろうという意識があったはずである。また、文藝春秋新社、文藝春秋は戦後、『文學界』『別冊文藝春秋』『オール讀物』を刊行した出版社である。とくに高度経済成長期に出版社として文藝春秋がどのような戦略を持っていたかを考察することは今後重要である。

そして、令和六年度から新たに牧野悠の科研費基盤研究(C)「〈中間小説誌御三家〉における時代小説――娯楽メディアと文芸ジャンルの相互作用」(24K03637、令和六～八年度)が採択された。牧野の時代小説というジャンルから中間小説誌に迫る研究も重要である。

さいごに、謝辞を述べるべき方は、無数におられる。「はじめに」ですでに感謝の意を申し上げた故大村彦次郎氏をはじめ、多くの方に支えられ本書は成立している。だがやはりこの四名の編者がここであらためて謝辞を伝えるべきは、恩師である滝藤満義先生であろう。先生のもとで学んだことで、文学研究における実証性とは何かについて知ることができた。興味関心がそれぞれの四人の弟子が共通して有しているのは、先生の背中を見て学んだ研究対象に真摯にのぞむという姿勢である。心よりお礼を申し上げる。

『中間小説誌の研究』(https://chukansyosetu7.wordpress.com/)にアクセスできるＱＲコードはこちら→

中間小説誌関連年表

＊中間小説関連雑誌の創廃刊（出版社）、および関連文学賞の設定発表時期（発表媒体・主催団体）をまとめた。廃刊については明らかになったもののみとした。括弧内の出版社名は創刊・設立時のもの。

昭和20年11月　『オール讀物』（文藝春秋社）復刊　※昭和21年2月号を出し再休刊

昭和20年12月　『平凡』（凡人社）創刊

昭和21年1月　『ホープ』（実業之日本社）、『モダン日本』（新太陽社）、『にっぽん』（日本社）、『りべらる』（太虚堂書房）創刊

昭和21年2月　『読物と講談』（公友社）創刊

昭和21年3月　『小説と読物』（桜菊書院）創刊

昭和21年8月　夏目漱石賞　『小説と読物』（桜菊書院）

昭和21年9月　『小説倶楽部』（洋洋社）、『新読物』（公友社）創刊

昭和21年10月　『オール讀物』（文藝春秋新社）再復刊、『日本ユーモア』（日本ユーモア社）創刊

昭和21年11月　『苦楽』（苦楽社）創刊

昭和21年12月　『別冊文藝春秋』（文藝春秋新社）創刊

昭和21年12月　女流文学者賞　『婦人文庫』（鎌倉文庫）

昭和22年1月　『小説と読物』で尾崎士郎「人生劇場（夢現篇）」連載開始。『苦楽』で大佛次郎「鞍馬天狗 新東京絵図」連載開始

昭和22年4月　大衆雑誌懇話会賞　『小説倶楽部』、『小説と読物』、『モダン日本』、『ホープ』などの世話人雑誌（大衆雑誌懇話会）

昭和22年5月　『日本小説』（大地書房）創刊

昭和22年6月　日本探偵作家クラブ賞　『日本探偵小説年鑑』（岩谷書店）

昭和22年8月　『日本小説』で坂口安吾「不連続殺人事件」連載開始

昭和22年9月　『小説新潮』（新潮社）創刊

昭和23年1月　直木三十五賞（復活）『文芸読物』（日比谷出版社・日本文学振興会）→第22回上期年下期以後『オール讀物』へ

昭和23年1月　『小説新潮』で石坂洋次郎「石中先生行状記」、舟橋聖一「雪夫人絵図」連載開始

昭和23年4月　大衆文芸賞　『大衆文芸』（新鷹会）

昭和23年6月　『小説界』（小説界社）復刊

昭和23年6月　日本小説賞　『日本小説』（日本小説社）

昭和24年4月　芥川龍之介賞（復活）『文藝春秋』（文藝春秋新社・日本文学振興会）

昭和24年9月　読売文学賞　『読売新聞』（読売新聞社）

昭和24年10月　『文藝春秋』読者賞　『文藝春秋』（文藝春秋新社）

昭和24年4月　『日本小説』廃刊

昭和24年9月　『苦楽』廃刊

昭和25年1月　『小説公園』（六興出版）創刊、『小説界』廃刊

昭和25年6月　『モダン日本』の発行が新太陽社からモダン日本出版部に移り、『別冊モダン日本』となる

昭和25年10月　『小説と読物』廃刊

昭和26年5月　講談倶楽部賞　『講談倶楽部』（講談社）

昭和26年6月　『小説朝日』（太陽出版）創刊

昭和26年9月　『別冊モダン日本』廃刊

昭和27年1月　『小説新潮』で舟橋聖一の「芸者小夏」、いわゆる「夏子もの」連載開始。後に第28回直木賞を受賞する立野信之「叛乱」が『小説公園』で連載開始

昭和27年12月　『小説朝日』廃刊

昭和27年11月　オール新人杯　『オール讀物』→昭和36年から「オール讀物新人賞」へ

昭和28年10月　野間文芸賞（復活）　野間奉公会（講談社）

昭和29年1月　小説新潮賞『小説新潮』

昭和29年10月　江戸川乱歩賞『日本探偵作家クラブ会報』（日本探偵作家クラブ）

昭和29年4月　新鷹会賞『大衆文芸』（新鷹会）

昭和30年6月　『小説公園』に五味康祐「一刀斎は背番号6」掲載

昭和31年　中央公論新人賞『中央公論』（中央公論社）

昭和32年4月　『小説新潮』に松本清張「地方紙を買う女」掲載

昭和32年8月　『オール讀物』で昭和6年4月の創刊以来連載が続いていた野村胡堂「銭形平次捕物控」連載終了

昭和32年9月　『オール讀物』で松本清張「無宿人別帳」連載開始

昭和33年5月　『小説公園』廃刊

昭和33年10月　『別冊文藝春秋』に城山三郎「総会屋錦城」（後に第40回直木賞受賞）掲載

昭和34年1月　『オール讀物』で海音寺潮五郎「武将列伝」連載開始

昭和35年　サンデー毎日小説賞『サンデー毎日特別号』（毎日新聞社）→大正15年創設『サンデー毎日』大衆文芸の改称

昭和35年7月　『小説中央公論』（中央公論社）創刊

昭和36年7月　文芸賞『文芸』（河出書房新社）

昭和36年　空想科学小説コンテスト『SFマガジン』（早川書房）→第5回から「ハヤカワ・SFコンテスト」へ

昭和36年4月　女流文学賞『婦人公論』（中央公論）

昭和36年3月　『別冊文藝春秋』に水上勉「雁の寺」（後に第45回直木賞受賞）掲載

昭和37年　『婦人公論』読者賞『婦人公論』（中央公論社）

昭和37年3月　オール讀物推理小説新人賞『オール讀物』（文藝春秋新社）

昭和37年1月　『オール讀物』で柴田錬三郎「柴錬立川文庫」シリーズ連載開始

昭和37年5月　『小説中央公論』で司馬遼太郎「新選組血風録」連載開始

昭和38年2月　『小説現代』新人賞『小説現代』（講談社）

昭和38年2月　『小説現代』創刊

昭和38年12月　『小説中央公論』廃刊

昭和38年　日本推理作家協会賞→日本探偵作家クラブ賞から改称

昭和40年3月　谷崎潤一郎賞『中央公論』（中央公論社）→中央公論新人賞を発展的に解消して創設

昭和40年10月　太宰治賞『文芸展望』（筑摩書房）

昭和41年6月　第6回小説現代新人賞を五木寛之「さらば、モスクワ愚連隊」が受賞

昭和41年12月　『別冊文藝春秋』に五木寛之「蒼ざめた馬を見よ」（のちに第56回直木賞受賞）を掲載

昭和41年6月　吉川英治文学賞　講談社・吉川英治国民文化振興会

昭和42年2月　『別冊宝石』（宝石社）で山田風太郎「笑い陰陽師」連載開始

昭和43年3月　日本文学賞　新潮社・新潮文芸振興会

昭和43年6月　『小説セブン』（小学館）創刊

昭和43年10月　『小説エース』（学習研究社）創刊

昭和44年10月　『サンデー毎日』新人賞『小説サンデー毎日』（毎日新聞社）

昭和45年　小説現代ゴールデン読者賞『小説現代』（講談社）

昭和45年1月　小説セブン新人賞『小説セブン』（小学館）

昭和45年12月　『小説セブン』廃刊

昭和46年3月　『小説現代』に笹沢左保の木枯らし紋次郎シリーズ第一作「赦面花は散った」掲載

昭和46年12月　『面白半分』（面白半分）創刊（昭和55年12月廃刊）

昭和47年1月　『小説新潮』で池波正太郎「剣客商売」シリーズ連載開始

昭和47年12月　小説新潮新人賞『小説新潮』（新潮社・新潮文芸振興会）

昭和48年5月　泉鏡花文学賞　金沢市

昭和49年5月　『野性時代』創刊（平成8年4月廃刊）

昭和49年5月　野性時代新人文学賞、角川小説賞『野性時代』（角川書店）

中間小説ブックガイド

＊具体的な小説作品からも中間小説の輪郭に触れ、より深く味わってもらうため、編者らの選んだ作品八編を紹介する。

丹羽文雄「告白」

第一章「盛粧」『別冊文藝春秋』昭和二三・七、第二章「発禁」『世界文化』昭和二三・七、第三章「マロニエの並木」『改造文芸』昭和二三・七、第四章「挿話」『文学会議』昭和二三・一〇、第五章「喜憂」『文学界』昭和二三・九、第六章「めぐりあい」『日本小説』昭和二三・九、第七章「四十五才の紋多」『風雪』昭和二三・九、第八章「雨の多い時」『社会』昭和二三・九。『告白』昭和二四・三、六興出版部、『丹羽文雄文学全集』第一八巻、昭和四九・一二、講談社

独自の非情なリアリズムの眼で男女の愛欲愛憎をえがいて、風俗小説の代表的な作家とみなされ、文壇の大家となった丹羽文雄が、戦時下の検閲や占領下のパージ問題（公職追放指定）に直面した心理の自己解剖をまとめた作が『告白』である。

自身をモデルとした「紋多もの」として、『別冊文藝春秋』や『日本小説』を含む種々の文芸誌に短篇連作の形で発表したもの。情痴の筆で物語を脚色しながら、戦争責任に関わる作家としての自意識と戦後社会の問題をも扱っている。「中間小説」の言葉が拡散し、輪廓がかたどられていくさなか、中村光夫『風俗小説論』（昭和二五・六、河出書房）にまとめられる丹羽批判の直前でもあり、批評への態度も含めて当時の小説の姿を伝えて興味深い。

（高橋孝次）

源氏鶏太「坊ちゃん社員」

『小説新潮』昭和二七・九〜二八・九、『坊ちゃん社員』、昭和五一・四、講談社文庫

源氏鶏太によるサラリーマン小説。昭和太郎の太陽工業株式会社での奮闘ぶりを夏目漱石『坊ちゃん』に擬えユーモラスに描いた。源氏鶏太は戦後『三等重役』（『サンデー毎日』昭和二六・八〜二七・四）に代表される多くのサラリーマン小説を書いたが、「坊ちゃん社員」もその一つとなる。昭和二六年に「英語屋さん」その他で直木賞を受賞した源氏に

とって『小説新潮』での初掲載作品が『坊ちゃん社員』であった。源氏自身「当時の私は、『三等重役』を書いたあとであり、今後どういうサラリーマン小説を書いていいかわからないでいる状態であったのが、『坊ちゃん社員』によって、一つの道が拓かれたわけである」(「『坊ちゃん社員』のこと」『小説新潮』昭和三六・二)というように、作家にとってとても記念すべき小説となったのであった。

(西田一豊)

川崎長太郎「金魚草」

『別冊文藝春秋』昭和二七・一二、『抹香町』昭和二九・一、講談社、『ひかげの宿/山桜』平成二七・一〇、講談社文芸文庫

いぶし銀の私小説作家であった川崎長太郎は、窮乏の果て、小田原の生家近くの物置小屋で起居しながら抹香町の私娼窟へ通う哀感の日々をえがき、「今や一種の川崎長太郎ブーム」(『文學界』昭和二九・五)と呼ばれる稀有な事態が出来した。

「金魚草」は「抹香町もの」の一つで、長太郎自身をモデルとした「川上竹七」ではなく、馴染みの娼婦雪子を語り手として「竹七」をえがいた作である。「私は、目下、小田原「抹香町」の魔窟にいる、二十八歳の女です」と語り起こされる「金魚草」では、それまで別段心惹かれなかった「竹七」が小説家だと聞き知って「中間小説などはちょいちょい読んでいる私」は「むらむらと、好奇心とも何んとも名のつけようのない気持」のこみ上げるさまが書きつけられる。中間小説誌に掲載された「竹七」と娼婦との交情をえがいた小説は、女性読者の好奇心を刺激して彼女を小説の登場人物とし、それを読んだ女性読者が物置小屋を訪れ、それがまた「抹香町もの」として描かれる、メタ小説的仕掛けを備えるにいたる(山本幸正「川崎長太郎とその読者――一九五〇年代のブームをめぐって」『湘北紀要』平成二一・三参照)。私小説が中間小説誌の数十万読者と出会うことで、その輪廓を変えていったのである。

(高橋孝次)

井上靖「風林火山」

『小説新潮』昭和二八・一〇〜二九・一二、『風林火山』、平成一七・一一、新潮文庫改版

井上靖による時代小説。武田晴信に仕える山本勘助を主人公に川中島の戦いに至る活躍と人間模様を描いている。『小説新潮』で一五回にわたり連載された。井上靖は「闘牛」(『文学界』昭和二四・一二)によって芥川賞を受賞した作家だが、その活躍の場は文芸誌にとどまらず新聞・婦人雑誌・中間小説誌と幅広い。井上自身「芥川賞作家として出発したので、純文学一本にしぼって仕事をして行くべきだと言ってくれる

人もありましたが、しかし、中間小説は中間小説で書いていて面白いし、読物は読物で書いていて面白く、純文学の仕事とはまた異なった魅力がありました」(『〈井上靖小説全集5〉戦国無頼・風林火山』昭和四八・六、新潮社)と自作解題で語っている。映像化も何度もされているが、平成一九年にはNHK大河ドラマにもなった。(西田一豊)

五味康祐「一刀斎は背番号6」

『小説公園』昭和三〇・六、『五味康祐代表作集』第一〇巻、昭和五六・一一、新潮社

五味康祐は芥川賞を獲得し、文壇に登場した。だが、受賞作「喪神」(『新潮』昭和二七・一二)は、特異な妖剣士を描く剣豪小説の嚆矢といえ、決闘場面の新奇性を主眼とする新たな領野を開拓し、流行作家へと駆けのぼる。〝中間小説作家〟にふさわしい経歴を持つ五味が、ジャンルの曖昧化する時代に産んだ鴇として、「一刀斎は背番号6」に注目したい。

十七世伊藤一刀斎を名乗る青年が、巨人軍に入団し、一刀流の極意で本塁打を量産する。後のスポーツ漫画などで頻出した、異業種から参入する人物類型の先駆である。さらに、現代を舞台としながら、剣術を描く筆致で野球を表現した文体の遊戯、著名人が実名で登場する時事性が話題となった。当時の『オール讀物』や『小説新潮』には、既成大家が肩を並べており、新人を起用する余地が少なかった。だからこそ、一流誌に後れをとった媒体に、突如として新鋭の異色作が出現したのである。(牧野悠)

遠藤周作「最後の殉教者」

『別冊文藝春秋』昭和三四・二、『遠藤周作文学全集』第六巻、平成一一・一〇、新潮社

遠藤周作が切支丹を描いた初の小説で、明治初期の「浦上四番崩れ」を素材にしている。主人公の喜助は「弱者」であり、迫害を恐れ、仲間と信仰を裏切り棄教してしまう。それを悔やむ喜助の耳に「わたしを裏切ってもよかよ」という声が響く。

喜助は『沈黙』(昭和四一・三、新潮社)のキチジローの原型であり、『沈黙』の前奏としてこの小説は位置づけられている。『遠藤周作文学全集』は「純文学作品」を収載し、「中間小説」は除くという方針の「全集」であったが、この「最後の殉教者」は例外として収載されている。この事実からは、やはり『別冊文藝春秋』が、「「文學界」と「オール讀物」の中間を埋める季刊の小説誌」(大村彦次郎『文壇栄華物語』平成二一・一二、ちくま文庫/筑摩書房)だったことがわかる。純

文学と中間小説のそのまた「間」に位置する雑誌を『別冊文藝春秋』は目指したのである。そしてそれは作家側も意識していたといえる。

（小嶋洋輔）

松本清張「歪んだ複写」

『小説新潮』昭和三四・六～昭和三五・一二、『松本清張全集』第一一巻、昭和四七・六、文藝春秋

R新聞社社会部記者田原典太を主人公に、税務署員殺しの背景を追う小説である。税務署員による不正行為を事件の背景に、エリートの弱さを殺人事件の直接的動機に置いた作品とこの「歪んだ複写」はまとめられる。そうした「歪んだ」ものが、次々と「複写」されてゆく社会の現状を痛烈に清張は批判しているのである。犯人と動機の新しさはあるが、そうした社会の裏側を見通す眼差しはまさしく清張「社会派推理小説」の典型と呼べる。


独特な特徴として、謎解き役田原の推理が地図を駆使し、読者に東京の地図を横に置きながら読むよう要請することがあげられる。また「歪んだ複写」は、掲載誌『小説新潮』の人気作舟橋聖一の「夏子もの」を意識し、作品世界に取り込んだ作品でもあった。

（小嶋洋輔）

柴田錬三郎「柴錬立川文庫」

『オール讀物』昭和三七・一～三八・一二、『柴田錬三郎選集』第四巻、平成元・一〇、集英社

老舗雑誌『オール讀物』は、伝統的に歴史列伝スタイルの連載作品を主要コンテンツに据えていた。戦前には、菊池寛「日本合戦譚」および「日本武将譚」があり、戦後では、海音寺潮五郎「武将列伝」が代表的である。歴史に関心のある読者をターゲットとする編集方針により高まった、購買層の史的教養を逆手にとる娯楽作品が、柴田錬三郎「柴錬立川文庫」である。


大正期に隆盛した小型講談本の名を借り、猿飛佐助や真田幸村など、お馴染みの顔ぶれが活躍する短篇読切の連作という体裁だが、作者は「デタラメきわまるストオリイ」（「わたしは悪書製造人」）と自評している。作中では、剣豪や忍者が痛快な秘術を披露するが、その結果、常識的歴史像が次々と覆されていく。真田主従を主軸とする第一作に続き、メディアが育んだ知的読者層を相手に、異説で対峙する「柴錬立川文庫」を冠したシリーズは、長期にわたって雑誌の屋台骨を支え続けた。

（牧野悠）

参考文献リスト

秋山駿『時代小説礼賛』（平成二・一二、日本文芸社）
荒正人『小説家――現代の英雄』（昭和三二・六、光文社）
岩本憲児『「時代映画」の誕生　講談・小説・剣劇から時代劇へ』（平成二八・七、吉川弘文館）
大井広介『ちゃんばら藝術史』（昭和三四・三、実業之日本社／平成七・九、深夜叢書社）
大木志門・掛野剛史・高橋孝次編『水上勉の時代』（令和元・六、田畑書店）
大草実ほか『昭和動乱期を語る――一流雑誌記者の証言』（昭和五七・一〇、経済往来社）
大村彦次郎『文壇うたかた物語』（平成七・五、筑摩書房／平成一九・一〇、ちくま文庫）
大村彦次郎『文壇栄華物語』（平成一〇・八、筑摩書房）
大村彦次郎『文壇挽歌物語』（平成一三・五、筑摩書房）
大村彦次郎『ある文藝編集者の一生』（平成一四・九、筑摩書房）
大村彦次郎『時代小説盛衰史』（平成一七・一一、筑摩書房）
尾崎秀樹『雑誌の時代――その興亡のドラマ』（昭和五四・一〇、主婦の友社）
尾崎秀樹『大衆文学の歴史』（上下巻、平成元・三、講談社）
川口則弘『直木賞物語』（平成二六・一、バジリコ）
紅野謙介『投機としての文学――活字・懸賞・メディア』（平成一五・三、新曜社）
阪本博志『『平凡』の時代』（平成二〇・五、昭和堂）
佐藤卓己『『キング』の時代――国民大衆雑誌の公共性』（平成一四・九、岩波書店）
塩澤実信『倶楽部雑誌研究――出版人に聞く⑬』（平成二六・三、論創社）
庄司達也・山岸郁子・中沢弥編『改造社のメディア戦略』（平成二六・一、双文社出版）
鈴木貞美『日本の「文学」を考える』（平成六・一一、角川選書）
セシル・サカイ『日本の大衆文学』（朝比奈弘治訳、平成九・二、平凡社）
高橋一清『作家魂に触れた』（平成二四・六、青志社）
寺田博『文芸誌編集実記』（平成二六・四、河出書房新社）
十返肇『文壇の崩壊』（昭和三二・三、村山書店）
永嶺重敏『雑誌と読者の近代』（平成九・七、日本エディタースクール出版部）
中村八朗『文壇資料　十五日会と「文学者」』（昭和五六・一、講談社）
縄田一男『時代小説の戦後史　柴田錬三郎から隆慶一郎まで』（令和三・一二、新潮選書）
原田裕『戦後の講談社と東都書房――出版人に聞く⑭』（平成二六・八、論創社）
日沼倫太郎『純文学と大衆文学の間』（昭和四二・五、弘文堂新社）
福島鋳郎『戦後雑誌発掘――焦土時代の精神』（昭和四七・八、日本エディタースクール出版部）
藤井淑禎『清張　闘う作家――「文学」を超えて』（平成一九・六、ミネルヴァ書房）
ピエール・ブルデュー『芸術の規則I』『芸術の規則II』（石井洋二郎訳、平成七・二及び平成八・一、藤原書店）
毎日新聞社編『読書世論調査30年――戦後日本人の心の軌跡』（昭和五二・六、毎日新聞社）
真鍋元之篇『大衆文学事典』（昭和四二・一一／増補版・昭和四八・一〇、青蛙房）

宮守正雄『ひとつの出版・文化界史話——敗戦直後の時代』（昭和四五・三、中央大学出版部）
宮守正雄『昭和激動期の出版編集者——それぞれの航跡をみつめて』（平成一七・五、中央大学出版部）
村上元三『思い出の時代作家たち』（平成七・三、文藝春秋）
校條剛『ザ・流行作家 笹沢左保 川上宗薫』（平成二五・一、講談社）
校條剛『作家という病』平成二七・七、講談社、講談社現代新書）
矢崎泰久『編集後記』（昭和五六・五、話の特集）
山岡明監修『カストリ復刻版　発掘！戦後大衆雑誌＝世相と風俗』（昭和六〇・九、日本出版社）
山本芳明『カネと文学——日本近代文学の経済史』（平成二五・三、新潮社、新潮選書）
山本芳明『文学者はつくられる』（平成一三・一、ひつじ書房、未発選書）
和田敦彦編『職業作家の生活と出版環境——日記資料から研究方法を拓く』（令和四・六、文学通信）

初出一覧

中間小説とは何だったのか――「はじめに」に代えて（高橋孝次）
書きおろし

第一部

第1章　「中間小説誌」の誕生――和田芳恵と『日本小説』（高橋孝次）
書きおろし　※ただし、日本近代文学会二〇一〇年度秋季大会での口頭発表「和田芳恵と「日本小説」――中間小説誌の誕生」が元になっている。

第2章　『チャンバラ中間小説』の徴候――戦前期大衆文学論からの要請（牧野悠）
（『中間小説誌の研究――昭和期メディア編成史の構築に向けて　研究報告書』、平成二七年）

第3章　舟橋聖一『雪夫人絵図』と中間小説誌（西田一豊）
（『中間小説誌の研究――昭和期メディア編成史の構築に向けて　研究報告書』、平成二七年）

第4章　大衆雑誌懇話会賞から小説新潮賞へ――「中間小説」の三段階変容説（高橋孝次）
（『中間小説誌の研究――昭和期メディア編成史の構築に向けて　研究報告書』、平成二七年を元に加筆）

第二部

第1章　『中間小説』の真実なもの――『地方紙を買う女』と『野盗伝奇』（高橋孝次）
（『第13回松本清張研究奨励事業研究報告書　松本清張と昭和30年代『中間小説誌』』、平成二五年）

第2章　清張の〝ポスト銭形〟戦略――『オール讀物』のなかの「無宿人別帳」（牧野悠）
（『第13回松本清張研究奨励事業研究報告書　松本清張と昭和30年代『中間小説誌』』、平成二五年）
第3章　中間小説誌における『読者の声』欄の位置（小嶋洋輔）
（『中間小説誌の研究――昭和期メディア編成史の構築に向けて研究報告書』、平成二七年）
第4章　『日本の黒い霧』と小説群――松本清張の小説方法をめぐって（西田一豊）
（『第13回松本清張研究奨励事業研究報告書　松本清張と昭和30年代『中間小説誌』』、平成二五年）

第三部

第1章　吉行淳之介『男と女の子』――戦後への適応（小嶋洋輔）
（『千葉大学人文社会科学研究』二三号、平成二三年）
第2章　笑いのリベンジ――山田風太郎「忍法相伝73」から「笑い陰陽師」へ（牧野悠）
（『帝京大学宇都宮キャンパス研究年報人文編』第24号、平成三〇年）
第3章　遠藤周作と中間小説誌の時代――『小説セブン』との関わりを中心に（小嶋洋輔）
（『遠藤周作研究』一三号、令和二年）
第4章　表皮としてのエンターテインメント――五木寛之「さらばモスクワ愚連隊」論――（西田一豊）
（『鹿児島純心女子短期大学紀要』第五三号、令和五年）

おわりに――中間小説誌研究展望（小嶋洋輔）
書きおろし

ら・わ

ま

や

さ

人名索引

［編　者］

小嶋洋輔（こじま・ようすけ）
一九七六年生。千葉大学大学院社会文化科学研究科博士課程修了。博士（文学）。現在名桜大学国際学部教授。主な著書に、『遠藤周作論―「救い」の位置』（双文社出版、平成二四年）、編著書に『琉球諸語と文化の未来』（岩波書店、令和三年）、論文に「吉行淳之介の「私」―昭和三〇年代の吉行淳之介」（『昭和文学研究』第七二集、平成二八年）などがある。

高橋孝次（たかはし・こうじ）
一九七八年生。千葉大学大学院社会文化科学研究科博士課程修了。博士（文学）。現在帝京平成大学人文社会学部准教授。主な編著書に『水上勉の時代』（田畑書店、令和元年）などがある。

西田一豊（にしだ・かずとよ）
一九七六年生。千葉大学大学院社会文化科学研究科博士課程修了。博士（文学）。現在鹿児島純心女子短期大学生活学科生活学専攻准教授。中間小説を扱った他の論文に「福永武彦「鬼」論―雑誌メディアと福永武彦―」（『福永武彦研究』第九号、平成二五年）がある。

牧野悠（まきの・ゆう）
一九八一年生 。千葉大学大学院人文社会科学研究科博士後期課程修了。博士（文学）。現在帝京大学宇都宮キャンパスリベラルアーツセンター准教授。主な著書に、『昭和史講義【戦前文化人篇】』（共著、ちくま新書、令和元年）、『昭和史講義【戦後文化篇】（上）』（共著、ちくま新書、令和四年）、論文に「歴史をあざむく陰のわざ―柴田錬三郎と山田風太郎の忍法小説」（『昭和文学研究』第七六集、平成三〇年）などがある。

中間小説とは何だったのか

戦後の小説雑誌と読者から問う

2024（令和6）年5月25日　第1版第1刷発行

ISBN978-4-86766-051-5　C0095

発行所　株式会社 **文学通信**
〒113-0022 東京都文京区千駄木2-31-3 サンウッド文京千駄木フラッツ1階101
電話 03-5939-9027　Fax 03-5939-9094
メール info@bungaku-report.com　ウェブ https://bungaku-report.com

発行人　岡田圭介
印刷・製本　モリモト印刷

ご意見・ご感想はこちらからも送れます。上記のQRコードを読み取ってください。

※乱丁・落丁本はお取り替えいたしますので、ご一報ください。書影は自由にお使いください。